欧丽娟

红楼梦公开课

（三）

贾府四春

欧丽娟 著

北京大学出版社
PEKING UNIVERSITY PRESS

图书在版编目(CIP)数据

欧丽娟红楼梦公开课. 三，贾府四春 / 欧丽娟著. — 北京 ： 北京大学出版社，2024.3

ISBN 978-7-301-34758-4

Ⅰ.①欧… Ⅱ.①欧… Ⅲ.①《红楼梦》研究 Ⅳ.①I207.411

中国国家版本馆CIP数据核字（2024）第018990号

书　　　　名	欧丽娟红楼梦公开课（三）：贾府四春
	OULIJUAN HONGLOUMENG GONGKAIKE（SAN）：JIA FU SI CHUN
著作责任者	欧丽娟 著
责任编辑	吴 敏
标准书号	ISBN 978-7-301-34758-4
出版发行	北京大学出版社
地　　　址	北京市海淀区成府路205 号　100871
网　　　址	http://www.pup.cn　新浪微博：@北京大学出版社
电子邮箱	编辑部 wsz@pup.cn　总编室 zpup@pup.cn
电　　　话	邮购部 010-62752015　发行部 010-62750672
	编辑部 010-62752022
印刷者	北京中科印刷有限公司
经销者	新华书店
	720毫米×1020毫米　16开本　36.25印张　420千字
	2024年3月第1版　2024年3月第1次印刷
定　　　价	118.00元

序

这套书的出版，真是始料未及的浩大工程。原来从逐字稿到书面文章，等于是脱胎换骨，重新炼造。

自最初于 2019 年春天开始动工，迄今已达五年，仅完成了前四卷，共约 160 万字。期间的工序耗时费力，首先是兆泳帮忙录音的转档，接着是北京大学出版社的实习生进行初步梳理，再由责编吴敏女士大致调整结构，删冗去复之处并添加小标，以利于读者分节把握要点，说来简单，其实是付出两三倍于其他书种的编辑精力；最主要是我的逐句定稿，四册便总计投入二千多个小时，终而在付梓前由编审做最后巡礼，挑出若干漏网之鱼。唯到了台版的排版稿，我又全部修订一次，耗时逾月，至此，才算是符合理想的样貌，说是字斟句酌，实不为过。

此外，必须特别致谢的还有联经出版公司，副总编逸华先生慨允支付部分助理费，第三卷、第四卷始得以聘请菁菁同学帮忙将初稿书面化，让我的定稿可以省下一半的时间心力，否则我的总工时势必再暴增七百多个钟点，超过三千之数，那更是不堪设想。为了呈现出最佳质量，两岸出版社的同仁多方赞助，至所铭感，唯其大大延宕了我个人的研究规划，让身心负担雪上加霜，这也是后续的工程难以为继的原因。倘若已完成的书稿能够有所贡献，也差堪告慰。

一路行来，百感交集。人生被时间推进，回首仅余雪泥鸿爪，现代科技重新定义了存在的形态，固然有拟真再现的临场感，但就文明的承载而言，影音传输终究不比文字刻记。若说诗歌犹如流动的水，则书籍便似稳固的山。定稿工作漫长而辛苦，过程中却也重温一直以来的知识关怀，偶尔进行若干修补，更正了两三个说法，表示自己仍在继续成长，尤其是从字里行间再度瞥见当年授课时的灵光乍现，那绝非学术论著所能产生，也不是一般讨论所能激发。课堂确实是一个独特的空间，不仅让讲者进入百分之百的专注状态，同时又可以灵动地挥洒延伸，从而出现创造性的联结，包括融入人生的体悟，因之既有纯粹的知识性，并且焕发心智的活力，别具一格。

这应该也是此一系列套书还值得面世的价值所在。学术未必生涩，尤以探索人文现象为主的文学领域更是引人入胜，何况学者做研究的目的本来就是对知识的追求，而知识乃是心智提升、社会进步的指标，则将象牙塔中的学术进展推广到社会上，使一般文学爱好者得以在浅层的个人感悟之外看到学问的重要乃至必要，更是当今世俗化当道之下的一大课题。诚如《红楼梦》中最好的一段话，即曹雪芹借薛宝钗之口所言："学问中便是正事。此刻于小事上用学问一提，那小事越发作高一层了。不拿学问提着，便都流入市俗去了。"确实，曹雪芹远不只是在书写一般的青春与爱情，他洞视人情事理的复杂纠葛、人性的深沉奥妙，往往已经达到现代最前沿的专业等级，所以经得起哲学、心理学、人类学、社会学、文学批评等各种理论的检验，这才是他在令人惊叹的传统文化集大成之外，真正超时代的地方。

若问曹雪芹的创作宗旨，答案非关政治意图，更绝未反对构成其人生精华与存在核心的贵族礼教，而是如钱穆先生以六朝为例所指引的，实乃刻画出"当时门第中人之生活实况，及其内心想象"，那正体现出一个民族经过两三千年的文化努力所缔造出来的大传统（Great tradition），精致而优雅，截然不同于一般读者所置身的小传统（little tradition），日常而世俗。重新了解《红楼梦》，为的是让眼界作高一层，窥见曹雪芹笔下的美丽与深沉，也开启另一种存在样式的可能，原来天外有天，一个人的视野可以如此宏大辽阔，通过学问而发现到世界是那等深不可测。

欧丽娟

2023 年 11 月

目录

第一章

贾元春

"三春争及初春景"

在讨论贾家"三春"的身世背景及性格成因之前，首先必须把探索的目光转到她们的大姊贾元春身上。曹雪芹笔下的"三春"因各自迥异的性格而活出了截然不同的人生，有的可怜可悲，有的壮丽宏伟，有的悲惨无奈。不过，"三春"在《红楼梦》里的地位，事实上远不如那位一开始便不在主要叙事舞台上，出场的故事篇幅也短少得多的大姐姐，贾元春。

元春身为贾政与王夫人的长女，于小说伊始已被选入宫成为女史，除了因封妃而得以归宁省亲的那段情节之外，她都只出现在小说的只言片语中，不少读者甚至还据此判断"元春"不过是《红楼梦》中不足挂齿的小人物，那可大错特错了。元春的重要性绝不能根据其出场次数的多寡来判定，相反地，她可是贾家幕后的"大母神"。因为封妃的缘故，元春把皇权转化为庇佑家族的宏大力量，尤其是原本戒备森严、不容皇族之外者染指的大观园，竟得以被改造为宝玉与众金钗一起生活的净土，为少女们创造了一个自由自在、无忧无虑的青春乐园，全都必须归功于元春。由此可见，元春显然是《红楼梦》青春叙事背后一个举足轻重的存在，如果没有她，我们也无法看到宝玉与众金钗丰富多彩的故事。因此严格来说，我非常赞同第五回元春判词中所说的"三春争及初春景"。

第五回宝玉神游太虚幻境的时候，他在薄命司里看到了元春的图谶是"画着一张弓，弓上挂着香橼"，下面有一段判词云：

二十年来辨是非，榴花开处照宫闱。三春争及初春景，虎兕相逢大梦归。

其中，"三春争及初春景"一句里的"争及"是一个否定疑问词，相当于"怎及""岂及"，为"哪里比得上"之意，用"争"字乃刻意模仿唐朝的习惯用法，而"初春"即"元春"，整句诗说明迎春、探春、惜春这"三春"，甚至包括小说中所有的金钗，都比不上元春的繁花盛景。曹雪芹之所以认为"三春争及初春景"，关键便在于元春入宫被封为皇妃一事，毕竟从人世间的价值观而言，成为至高无上的皇家一员可谓荣宠至极，"三春"的人生发展自然难以与元春的相提并论。再者，图像中的"弓"和"橼"分别与皇宫的"宫"和元春的"元"谐音双关，也暗示了元春的身份变化与皇家息息相关。

倘若只就皇室身份来说，元春当然是"三春"所无法企及的，然而除此之外，"三春争及初春景"是否还有更深层的含义呢？正所谓"一入侯门深似海"，皇宫作为皇帝妃嫔们居住的场所，其门禁规矩之森严更胜侯门百倍，导致入宫后的元春很少有机会现身，唯有在第十八回归宁省亲时留下惊鸿一瞥。虽然如此，根据小说中对于她点点滴滴的描述，我们注意到除了拥有世俗权威的力量之外，其实无论在才能智慧、道德品性乃至心怀胸襟上，元春都比"三春"来得高远宏大，不但迎春、惜春比不上，恐怕连为人聪慧细致的探春都要略逊一筹。只要大家仔细阅读《红楼梦》，并结合元春那贵族世家与皇室相关的身份背景来看，便可以发现"三春争及初春景"不单是就世俗的阶级权位而言，也隐含了元春的内在品格才德都超过"三春"之意，甚至可以说，能够通过皇宫的严苛考验而成为皇妃，她的完美性格必定较诸众金钗更有过之。关于这一点，我们之后会统理小说里的种种具体证据再加以强调。

生于正月初一

在此之前，必须先了解元春出身的来龙去脉，毕竟这与元春的形象塑造关联极大。

首先，何以她名为"元春"？在第二回冷子兴演说荣国府时，贾雨村便曾对贾家为女儿们的命名现象提出质疑，他说："更妙在甄家的风俗，女儿之名，亦皆从男子之名命字，不似别家另外用这些'春''红''香''玉'等艳字的。何得贾府亦乐此俗套？"既然以"春"字命名是这般的俗气，与甄家同为诗礼簪缨之族的贾家又怎么会落入俗套，取"元春"如此俗艳的名字，那岂不是在自贬身价、辱没门风吗？当然，贾家绝非落于俗套或缺乏品位，且看冷子兴的解释：

> 不然。只因现今大小姐是正月初一日所生，故名元春，余者方从了"春"字。上一辈的，却也是从弟兄而来的。现有对证：目今你贵东家林公之夫人，即荣府中赦、政二公之胞妹，在家时名唤贾敏。不信时，你回去细访可知。

从中可见，元春之所以得此名讳，就是因为她在大年初一诞生，属春之元始，故名。而贾家身为贵族世家，取名时理所当然有一定的讲究与规矩，基于大小姐名为"元春"，于是以"春"字作为挑名，替接下来的其他同辈分、同性别的孩子做出设定，表示同辈之间的排行，所以之后诞生的妹妹们才会相继取名为"迎春""探春""惜春"，如此一来，便证明了贾家并非因为审美品位的低落才出现这种情况。贾家实则与甄家一样，都属于极富文化品位、诗书教养的贵族阶层，从元春的上一辈，即贾赦、贾政的胞妹"贾敏"之名可以清楚看出，其用字正是"从男子之名"，"敏"字与两位兄长名字中的"赦""政"同属于"攵"部，显然也"是从弟兄而来的"，和甄家的风俗完全一致。由此可见，贾家为元春取了看似香艳俗气的名字，实际上别有用意，其中的关键便来自她十分罕见又特殊的生日。

对于一个人来说，"生日"与"名字"一样，都是其生存于世上非常重要的基本坐标，蕴含着人生的神秘密码与命运讯息，而特殊的出生日期往往与特殊之人物紧密相连，元春正属于此类典型。元春生于"正月初一"，这个生日不仅正处于大地回春、万物复苏的创新时刻，巧妙的是，当天也属于贾家的一个隆重节日，第六十二回探春历数家族成员的生日时，提及：

倒有些意思，一年十二个月，月月有几个生日。人多了，便这等巧，也有三个一日、两个一日的。大年初一日也不白过，大姐姐占了去。怨不得他福大，生日比别人就占先。又是太祖太爷的生日。过了灯节，就是老太太和宝姐姐，他们娘儿两个遇的巧。三月初一日是太太，初九日是琏二哥哥。二月没人。

探春所说的"大姐姐"即元春，而"怨不得他福大"又是何意呢？自是指元春成为皇妃一事，第六十五回兴儿对尤二姐介绍家中的姊妹们时，也说道："我们大姑娘不用说，但凡不好也没这段大福了。"而元春领先众金钗的地位正隐含于其"生日比别人就占先"的时序中，在此一春回人间、万物复苏的神圣日子里诞生，她自然而然就占有最大的福分，第十六回传来原本入宫成为女史的元春"晋封为凤藻宫尚书，加封贤德妃"，便印证了其福大之至。

更重要的是，和元春同一天生日的还有"太祖太爷"，亦即为贾家开辟和奠定富贵基业的荣国公贾源。贾源对这个家族而言，毋庸置疑是形同开国君王般的伟大存在，因为追本溯源，荣府子弟目前所享受到的荣华富贵，都是来自这位祖先的庇荫和赐予，所以大年初一不仅是全国上下最重要的节日，还是贾府自家专属的神圣节日，而元春恰恰又出生在这一天，既是偶然的巧合，更是命中注定，可谓寓意深远。封妃的元春使贾家在现世的身份地位更上一层楼，她堪称与荣国公贾源这位荣府百年基业的开创者一样，都对贾家有莫大的贡献，因此我们就不难理解两人共享同一天生日的缘故了。

在小说家的笔下，"生日"是一个非常有趣的文化符号，在高明的叙事技巧之下，它可以在小说人物之间建立起意味深长的象征意义，其中最显而易见的关联，即是以同一天生日隐喻夫妻关系。例如第七十七回王夫人抄检大观园后，为了找出可能败坏宝玉品性的丫鬟，便亲自从袭人到做粗活的小丫头们都看了一遍，当场问道："谁是和宝玉一日的生日？"丫鬟蕙香当然不敢答应，老嬷嬷便指出她道："这一个蕙香，又叫作四儿的，是同宝玉一日生日的。"王夫人冷笑道："这也是个不怕臊的。他背地里说的，同日生日就是夫妻，这可是你说的？"固然那只是主仆之间私下毫无避忌的玩笑话，可是当这番话传入王夫人的耳中，那可不是以一句"玩笑"就能轻易不了了之的小事。王夫人之所以要处置蕙香，不仅是因为她逾越分际，关键更在于她触犯了严重的禁忌，竟以同一天生日来隐喻她与宝玉具有夫妻关系，一个二三等的丫头居然这般不懂分寸，妄想成为主子少爷的妻子，那还了得！难怪不为王夫人所容。

其实，蕙香的结局早已在第二十一回埋下伏笔，那时宝玉与袭人、麝月吵架，不愿二人近身伏侍，由此出现了一个空档，于是原本身为小丫头的蕙香即四儿，得以趁虚而入接近权力中心，这样一来便不免引发了一些原来与她同等或身份更低之人的嫉恨，正如宝玉所洞察的："还是那年我和你（案：袭人）拌嘴的那日起，叫上来作些细活，未免夺占了地位，故有今日。"（第七十七回）而蕙香夺占地位以后又衍生出如此肆无忌惮的玩笑话，为其被逐的下场埋设了导火线，一直到第七十七回抄检大观园终于爆发出来。

要知道，虽然丫鬟得以通过主子纳妾这一途径而成为姨娘，可是姨娘的选择权依然掌握在尊长的手中，即便当事人如宝玉也不能够自做主张。试看第七十二回贾政于赵姨娘房中过夜时，赵姨娘趁此机会谈起为贾环纳妾的话题，贾政说道："且忙什么，等他们再念一二年书再放人不迟。我已经看中了两个丫头，一个与宝玉，一个给环儿。只是年纪还小，又怕他们误了书，所以再等一二年。"居心叵测的赵姨娘便借机陷害说"宝玉已有了二年了"，此处值得注意的是，贾政听后连忙问："谁给的？"这个"谁"可说是至关重要，因为并非任何人都可以为这些年纪轻轻的少爷随便纳妾，遑论他们将来明媒正娶的妻子。足见无论娶妻还是纳妾，都属于不可私自决定的重大议题，我之所以在此补充说明，是为了让读者们深刻了解到蕙香究竟触犯了何等严重的禁忌，也避免大家对王夫人产生"小题大做"的误解。

另一方面，与宝玉同一天生日的薛宝琴，确实正是贾母唯一开口有意为宝玉提出婚配的人选。第四十九回描写贾母非常喜欢初来乍到的宝琴，特别把她留在身边，过了不久，到第五十回时，即向薛姨妈说及"宝琴雪下折梅，比画儿上还好，因又细问他的年庚八字并家内景况。薛姨妈度其意思，大约是要与宝玉求配"。年庚八字是传统社会中要为男女双方合婚时会参酌的一种先天根据，所以薛姨妈一听就知道贾母是有意要求婚配。只因宝琴已经先许配给梅翰林家之子，才就此作罢，不过如果从象征意义来看，宝琴和宝玉仍然算是"潜在的夫妻"关系。

当然，元春与太祖太爷同一天生日，不可能是对夫妻关系的暗喻，而明显是着眼于百年家族薪火相传、家业发展的层面上。荣国公贾源通过九死一生的戎马战绩而得以加官进爵，开创了贾府此等贵族世家；元春这位后代子孙则是入宫封妃，由贵族进一步提升为皇亲国戚，把宁、荣二公一手打造的贾家带到登峰造极的地位，这就是元春生日的第二个重要含义。

如果大家仔细回想，便会发现，作者经常借由不同的小说人物来强调生日好坏对于人生的影响。以王熙凤的女儿巧姐儿为例，她生于七月初七日，生日不好到家人都不敢替她命名，因为一旦名字再取得不好，则她的命运将更是雪上加霜，恐怕永远翻不了身，导致贾家不得不戒慎恐惧，最终凤姐唯有请求刘姥姥帮忙取名，其原因是："一则借借你的寿；二则你们是庄家人，不怕你恼，到底贫苦些，你贫苦人起个名字，只怕压的住他。"（第四十二回）果然一语成真，刘姥姥确实成为巧姐儿的救命恩人。

此外,《红楼梦》里还有些没有生日的人,他们大部分都是身世坎坷的可怜人,因为各种外在因素以至于连生日都无法记得,或即使记得也不重要,更不用说根据生日去发掘自身的生命密码,这种形同乱码的身份背景也导致了他们人生的不幸。不记得生日的人物,第一个就是香菱。香菱原名甄英莲,年仅五岁便不幸被拐子拐卖,从苏州望族甄士隐的独生女沦落为无依无靠、身份卑贱的奴婢,不但家乡、父母都不记得,甚至连本姓都遗忘了,遑论自己的生日。同样地,另一个不记得自己身世及生日的人,是同为丫鬟的晴雯。不过必须说,晴雯的遭遇可比香菱好得多,她一进入荣国府便因"生得伶俐标致"而深得贾母喜爱,后来又被贾母分配到宝玉房中,享受着不亚于主子小姐的优渥待遇,正如第七十七回宝玉所说的"自幼上来娇生惯养,何尝受过一日委屈",只可惜在年仅十六岁的碧玉年华便早夭去世,所以事实上晴雯也算是不幸的。

换言之,曹雪芹通过"生日"这一设计告诉我们,有迹可寻的编码能够让一个人掌握人生方向,并照着这个编码去展开他们的命运。元春的出生日与太祖太爷相同,的确是带有浓厚的圣诞意味,对于注重孝道的贾府来说,大年初一便等同于贾家的圣诞节!

我们在前文就已经提到,元春的出生日带有福分极大的暗示,从婚配的角度而言,她的夫婿将会是一位极尊贵的人物,而普天之下最尊贵的人无疑是权位皆至高无上的皇帝。原为宫中女史的元春,本是一名备受尊敬、才学品德兼备的女官,并非皇上身边的妃嫔,所以在第十六回元春被"晋封为凤藻宫尚书,加封贤德妃"便属于罕见的殊荣,宛如天上掉下来的礼物,绝非一般人所误解的——入宫当女史即可一步登天被封为妃子，也正因如此，贾家在得知元春封妃的消息之际才会万分欣喜。而我认为，元春的封妃不仅源自特殊生日的庇佑，更有其出众才德的加持，在两者相互作用之下所产生的人生结果。

总括而言，贾家上下在得知这天大的好消息后纷纷喜上眉梢，春风满面，作者的此等描写绝对不是在讽刺或批判贵族家庭的虚荣，实际上，他是在如实地反映世家大族对于女儿进宫后竟然可以封妃的喜出望外，毕竟那可是难得的非凡荣耀。

"榴花开处照宫闱"

为了进一步了解贾家的命运，我们必须对元春封妃一事多做一点说明。曹雪芹为小说里的几位金钗分别设计了不同的代表花，诸如：黛玉是芙蓉，宝钗为牡丹，探春则兼玫瑰与红杏，至于元春的代表花又是什么呢？证据出现于第五回元春的判词，其中第二句的"榴花开处照宫闱"，便已经明明白白地指出她的代表花是石榴花。只可惜，这一句作为文本的确切内证，并未被清末以来的评点家或学术界的研究者所关注，不少人以其他的花卉穿凿附会，因此落入了众说纷纭、莫衷一是的局面，殊不知确凿的证据就近在眼前。

例如清末王希廉认为元春的代表花是牡丹，而把玉兰派给了薛宝钗，张槃（1812—？）所绘的《红楼梦十二钗花卉图》亦然，但明显与文本所述完全不符。现今则有学者推测"榴花开处照宫闱"是取自《北齐书·魏收传》的典故，理由是其中所记载北齐皇帝高延宗之李妃的故事，与元春的处境和身份颇为吻合。当时高延宗与李妃回到她的娘家设宴，皇帝驾临实属非比寻常的荣宠，于是李妃的母亲献上石榴一对，取其"多子"之意作为祝贺，而"多子"在中国传统文化里是家族兴旺的象征，对于注重血脉绵延的皇室来说尤为重要。表面上粗略地看，此一典故中不仅李妃的身份与元妃一样，而且"石榴"与家族繁荣昌盛相关的寓意，也和元妃之个人荣辱与贾府之盛衰结合为一体的说法相符合，所以不少人进而推论出这便是元妃判词的来源。

　　不过，后续又有学者指出，这番推论其实并不严谨，还需要仔细斟酌。第一，《北齐书·魏收传》所涉及的高延宗皇帝和李妃回娘家一事，原文如下：

　　　　安德王延宗纳赵郡李祖收女为妃，后帝幸李宅宴，而妃母宋氏荐二石榴于帝前。问诸人莫知其意，帝投之。收曰："石榴房中多子，王新婚，妃母欲子孙众多。"帝大喜。

由此可见，之前学者对于史事的概述过于简化，直接把文中提及的"帝"等同于"安德王延宗"，但实际上，到李宅赴宴的皇帝是高洋，为安德王的叔叔，高延宗称帝乃后来之事，而且仅仅当了两日皇帝，不可能是此处临幸李宅的"帝"。既然李妃是安德王高延宗的妃子，并非当时的皇帝高洋之妃嫔，那么她的身份就不能与元春的皇妃等级相提并论。

　　第二，我认为，《北齐书·魏收传》里出现的是一对"石榴果"，而非"石榴花"，虽然花果同出一源，彼此之间具有承前启后的连带关系，可是两者细论起来还是有区别的，不能混为一谈，否则就会犯下"失之毫厘，谬以千里"的诠释错误。再者，《北齐书·魏收传》所写的石榴是以"对"为单位，其用意也是为了取"房中多子"的祝贺意旨，与元春的判词截然不同，因为判词里已清楚说明是"榴花"，花光照耀之处也并非其娘家贾府而是皇宫。至于"多子"之义更是无稽之谈，元春在《红楼梦》中始终无子，从根本上便与李妃母亲献上石榴一对的祝祷之意背道而驰。因此必须说，《北齐书·魏收传》并非元妃判词取典所在。

根据我的研究，曹雪芹之所以采用"石榴花"作为元春的代表花，原因有好几个。首先，单以"榴花开处照宫闱"的"照"字来看，说明此花红艳夺目，与牡丹、西府海棠这一类的花卉相似，格外光彩照人，这便是与元春封妃密切相关的象征意义。试想，倘若元春不具备吸引人的特点，又怎么会受到皇帝的青睐并被封为皇妃呢？由此证明，曹雪芹这般安排实际上回应了中国传统诗歌或文化理念中对于石榴花的一个诠释，最关键的是，该用法来自唐朝韩愈《题张十一旅舍三咏·榴花》一诗：

> 五月榴花照眼明，枝间时见子初成。可怜此地无车马，颠倒青苔落绛英。

首句的"五月榴花照眼明"即与元春判词的"榴花开处照宫闱"相互呼应，其中的"照"字凸显了花朵的红艳动人、显眼出色，盛放时宛如万丈光芒般闪耀炫目，而曹雪芹正是引用了榴花的这一特点来形容元妃的尊贵。皇妃作为帝室的一员，属于皇帝身边最为亲密的人物，她一出场便是万众俯首跪拜的对象，其尊贵至高无上，必然如同榴花一样地璀璨夺目。

到了中唐以后，"石榴花"忽然大量涌现在诗人笔端，成为他们用来抒情咏物的热门题材。而我之所以选择以韩愈的"五月榴花照眼明"作为石榴花灿烂耀眼的首个例证，除了"照眼明"这一特征与"照宫闱"相符合之外，最主要的是他还提及了榴花在五月盛放的生物特性，其实更与元春封妃及贾家的命运息息相关。要知道，农历的仲夏五月是石榴花当令的时节，明末《帝京景物略》记载："五月一日至五日，家家妍饰小闺女，簪以榴花，曰女儿节。"可见端午又被称为"女儿节"，而清代《帝京岁时纪胜》更进一步说道："饰小女尽态极妍，已嫁之女亦各归宁，呼是日为女儿节。"这表示出嫁之女也可在端午节回家归宁，与家人享受天伦之乐的幸福，而石榴花在当天是被用来装扮小女孩的一个重要饰品，此花便成为女儿归宁的象征。可以说，种种的风俗特点都和元妃归宁省亲的情景相符应。

除韩愈之外，中唐诗人白居易在歌咏石榴花时，也专注于表现它艳光四射的特征，以《山石榴寄元九》为例：

> 千房万叶一时新，嫩紫殷红鲜麹尘。……日射血珠将滴地，风翻火焰欲烧人。

这是一首白居易写给友人元九，即元稹的诗，"千房万叶""嫩紫殷红"分别是形容山石榴花的富丽堂皇及大红大紫，而"日射血珠将滴地"则彰显其宛如太阳般散发炙热光芒的耀眼，那红艳的色泽仿佛即将滴落的殷红血珠，种种联想或比喻无不反映了石榴花瓣之浓艳。至关重要的是，"风翻火焰欲烧人"这句诗形容石榴花随风翻动，好像燃放的火焰烧到人身上，此一动态描写不仅生动活泼，其中亮眼的火焰也与韩愈的"榴花照眼明"相呼应。

另外，白居易还有一首《山石榴花十二韵》，如下：

> 晔晔复煌煌，花中无比方。……绛焰灯千炷，红裙妓一行。

在这首诗里提到的"晔晔""煌煌"都是指色彩与光芒，均为表示灿烂之意的形容词，这般靓丽的山石榴花在诗人眼中正是"花中无比方"，其他的花都无法与之相提并论。"绛焰灯千炷，红裙妓一行"这两句更是把花团锦簇的盛况展现得淋漓尽致，试想：千万朵石榴花一整列绽放，不仅像极了燃烧着红色火焰的炷灯，甚至形同穿着红裙的美艳舞妓罗列在眼前，如此的景象何其壮观！

素来与白居易并称为"元白"的元稹，也在《感石榴二十韵》一诗里回应了好友白居易对于石榴花的吟咏：

> 委作金炉焰，飘成玉砌瑕。……琥珀烘梳碎，燕支懒颊涂。风翻一树火，电转五云车。绛帐迎宵日……朝光借绮霞。

诗中的"委作金炉焰""风翻一树火"都是指火焰，"飘成玉砌瑕""朝光借绮霞"则是指晚霞，"燕支懒颊涂"与"绛帐迎宵日"分别把石榴花比喻为胭脂和红色的帐幔，这种种喻词都属于红艳抢眼的类比，而且不断地在诗中反复呈现，令人眼前一亮。可能因为元白两人是知己，好友之间具共同的审美情趣，所以对石榴花有一致的描写，但这种审美品位是否仅限于两人小小的交友圈呢？非也，实际上中晚唐的其他诗人对于红石榴花都有类似的审美反映，诸如：

- 夜久月明人去尽，火光霞焰递相燃。（中唐·刘言史《山寺看海榴花》）
- 深色胭脂碎剪红，巧能攒合是天公。（晚唐·施肩吾《山石榴花》）
- 似火山榴映小山，繁中能薄艳中闲。一朵佳人玉钗上，只疑烧却翠云鬟。（晚唐·杜牧《山石榴》）

无论是"火光霞焰""似火山榴"，还是"深色胭脂"，把石榴花联想成火焰、晚霞、胭脂的情况，实际上都与韩愈、白居易、元稹的手笔极为相似，而杜牧《山石榴》所写的"一朵佳人玉钗上，只疑烧却翠云鬟"则进一步描写了花朵与美人相互辉映的美景，石榴花的艳丽甚至令诗人不禁发出"只疑烧却翠云鬟"的担忧，可见此花是多么灿烂逼人、炙手可热。从这些现象来看，石榴花会雀屏中选成为元春的代表花，绝对与其"花中无比方"这独一无二、绚烂夺目的特质有关，唯有如此，才能够具象表现出元春封妃后尊贵无比的皇室身份。

这样一来，无怪乎白居易《山石榴花十二韵》一诗会赞颂道：

> 恐合栽金阙，思将献玉皇。好差青鸟使，封作百花王。

有趣的是，此诗中的"百花王"并非一般大众所认为的牡丹，反而是指石榴花。既然石榴花也可作为花中至尊的代表，那么它又该植根于何处才最为相称？白居易认为此花"恐合栽金阙"，"合"即应该之意，"金阙"是指由黄金铸造的宫阙，也就是说，身为百花之王的石榴花应该要栽种在皇宫里，并且，这种具有超凡绝俗、艳压群芳之姿的花品自然会令人"思将献玉皇"，想要将它献给玉皇大帝。此处便明显反映出它与人间最尊贵的皇族之间的联系，恰恰和元春判词中"榴花开处照宫闱"的含义完全一致，可见曹雪芹是在这样的文化背景下引用了石榴花的特征。

重台石榴花

通过不断追溯并深入了解石榴花所蕴含的传统文化寓意之后，我们不得不感叹曹雪芹匠心独具的巧妙设计，他之所以在百花中选择石榴花作为元春的代表花，实际上意义深远。然而，曹雪芹不只是纯粹继承既有的成果，他还在继承中加以创新，而越发丰富了他所继承的文化内容，此即反映在种植于贾府大观园内、由他别出心裁所设计的重台石榴花上。大观园是以贾家的园地为基址，特意为归宁省亲的元春建造而成的乐园净土，作为元春亲人迎接她返家的阖府团圆之地，既是她的家乡所在，其苑围规模又与皇妃的身份相合，因此元春的代表花石榴花也必须种在大观园里。此外，曹雪芹又刻意做了一个独特的安排，贾府所栽植的并非一般人所知道的石榴花，而是一种更独特的品种，让它与元春的结合更为深刻。

第三十一回史湘云来到贾府与姊妹们相聚，之后单独和贴身侍女翠缕在大观园里闲逛，随处欣赏园中景致，于是两人有了以下的一番对话：

> 翠缕道："这荷花怎么还不开？"史湘云道："时候没到。"翠缕道："这也和咱们家池子里的一样，也是楼子花？"湘云道："他们这个还不如咱们的。"

在此先做个简单的说明：史湘云和翠缕都来自史家，属于和贾家并称为"贾、史、王、薛"的四大家族之一，而史家早两代已经有一位重要的女性嫁入贾家并成为伟大的"母神"，也就是贾府上下尊称为"老祖宗"的贾母。因为"史"乃贾母娘家的姓氏，所以贾母又被称作"史太君"，可见贾家与史家不仅联姻门当户对，彼此还是交情深笃的世交关系。在梳理了贾家与史家之间的关联后，更有助于我们去理解史湘云与丫鬟翠缕之谈话中所蕴含的寓意。

首先，大观园池子里的荷花是促使主仆两人展开此一话题的关键物。由翠缕的问题"这也和咱们家池子里的一样，也是楼子花"，可知史家的池子中同样种植了荷花，而其开出的乃是"楼子花"的特殊形态。所谓的"楼子花"，是植物产生了罕见的基因突变现象，在分化出花朵以后又继续原应停止的生长机制，导致花蕊变成一枝新的花梗，然后上面再开出一朵完整的花，如翠缕接下来所形容的"头上又长出一个头来"，也因其逐层往上生长的状态宛如层层叠叠的楼台，故楼子花又名"重台"。其实，史家开出的荷花楼子花早在唐诗中就已经出现过，晚唐诗人皮日休的《木兰后池三咏·重台莲花》歌咏道：

> 敧红婑媠力难任，每叶头边半米金。可得教他水妃见，两重元是一重心。

诗题中的"重台莲花"即指莲花的楼子花，第四句"两重元是一重心"简直与楼子花的开花形态完全吻合。

面对翠缕"这也和咱们家池子里的一样，也是楼子花"的疑惑，史湘云回应道："他们这个还不如咱们的。"这代表什么意思呢？史湘云之前便向翠缕解释过，贾府的荷花还没盛放的原因是"时候没到"，既然尚未开花，她何以能断定"他们这个还不如咱们的"？从贾、史两家的世交关系来看，我们可以合理推测，他们彼此往来密切，常在贾府走动的史湘云应该曾经看过此地荷花开放的状态，所以才会清楚知晓它的生长情况，只属于一般常见的普通花型。当然，史湘云只是针对荷花这一种花卉，指出贾家的比不上史家的楼子花，然而，贾府大观园里的石榴花却呈现出截然不同的面貌，正如翠缕所说：

> 他们那边有棵石榴，接连四五枝，真是楼子上起楼子，这也难为他长。

必须注意的是，贾府的石榴花是"接连四五枝"地盛开，比史家的"楼子花"还更上好几层楼，但是楼子花已经属于花朵在孕育过程中极为罕见的现象，若要进一步"接连四五枝"地生长，在自然界根本是不可能存在的，更何况这也显然超出了整枝茎梗所能承受的重量。可是，史湘云却对此见怪不怪，甚至还表示"花草也是同人一样，气脉充足，长的就好"，以天人感应的道理来解释石榴花"楼子上起楼子"的奇观异象。因此，对于这种令人叹为观止的奇异现象，我们不该以流于表层或单纯的科学角度视之，倘若结合史湘云"气脉充足"

一说来看，不难发现这是在基于事实根据的情况下，又依照情理逻辑所做出的极端化虚构，已经完全属于文学艺术的范畴，作者的目的明显是为了彰显贾家的富贵鼎盛比起史家更有过之。

那么，为何贾家的富贵等级会远超过与它齐名的"史、王、薛"三大家族呢？这就与元春封妃息息相关。既然石榴花即元春的代表花，如此一来，便意味着贾府里石榴花接连四五枝盛放的"楼子上起楼子"之盛况，正是因元春的皇妃身份使得贾府从贵族跃升为皇亲国戚的形象化比喻。犹如第十三回秦可卿死前托梦给王熙凤时所说："眼见不日又有一件非常喜事，真是烈火烹油、鲜花着锦之盛。"假若史家的富贵堪称为"烈火""华锦"，则贾家便可说是火上再加油、锦上更添花，比史家还要贵上加贵。最重要的是，其中之"贵"不再只是单指贵族地位，而是添上皇亲国戚的顶级身份，所以说，"楼子上起楼子"正呼应了秦可卿所预示的"烈火烹油、鲜花着锦"的盛况。

总括而言，史湘云所说的"花草也是同人一样，气脉充足，长的就好"，这番道理就是通过植物的生长与家族或人物的某一种运势力量相对应，将两者合而为一所得出的结论。

"功封"型贵族

何以会称"元春封妃"一事为贾家极大的意外之喜呢？其实，这与贾家的身份密切相关。从小说里的各种描写来看，贾家的身份明确地反映了清代历史中一个非常特别的阶层，属于一般定义下的贵显之家，他们位居最高的社会等级，不仅享有物质生活上的"富"，也兼具了精神内涵上的"贵"，诚为货真价实的"贵族"。

贵族又可以分为多种类型，若只根据《红楼梦》的叙事背景来看，可大略划分为两类。第一类为皇族，即具有爱新觉罗血统的凤子龙孙，当然随着时光变迁，并非所有的皇族都能够永远维持既尊且贵的地位，有些"闲散宗室"甚至可能沦落到贫穷不堪的境地，那就得另当别论了，但摒除经济财力等外在因素，他们身上的皇族血统终究是不争的事实；第二类虽为贵族，可是并无皇家血统，与爱新觉罗异姓，贾府正属于这一类。宁、荣二公以九死一生出兵打仗获封"一等国公"此一世职爵位，这一类的贵族大都是在1644年清军入关时，为大清帝国立下了赫赫战功，于是受到朝廷特别的封赏，故第七十五回说贾家乃"在武荫之属"这种"功封"爵位的方式，大多数存在于清代开国之际，因为随着社会渐趋稳定，作战机会减少很多，自然而然地军功、战功也失去了形成的条件。

简言之，贾家这种并非皇族子孙的异姓功臣即所谓的"八旗世爵"。八旗分为正黄、正白、正红、正蓝、镶黄、镶白、镶红、镶蓝八种旗色，是以军事化的方式把满洲社会的政治、司法、经济、宗族等融合起来的独特制度。而必须特别注意的是，"八旗"并非全是由满族人组成，此外还含括其他不同的民族，如汉族、蒙古族甚至高丽人在内，形成一种不局限于民族血统的特殊的旗人群体，汉人的数量最多，甚至超过一半。也就是说，"旗人"是一种文化概念，其中所包含的范围比"满人"这个血统概念大得多，"血统"绝非定义"旗人"的关键。八旗里功劳很大、地位很高的人，都有可能受到朝廷封赏以世爵，将爵位世代传承，成就世袭的贵族之家。

从第七回的焦大醉骂中，我们便可以了解到贾家属于"功封"型的贵族，当时他赶着贾蓉喊道：

> 蓉哥儿，你别在焦大跟前使主子性儿。别说你这样儿的，就是你爹、你爷爷，也不敢和焦大挺腰子！不是焦大一个人，你们就做官儿享荣华受富贵？你祖宗九死一生挣下这家业，到如今了，不报我的恩，反和我充起主子来了。不和我说别的还可，若再说别的，咱们红刀子进去白刀子出来！

焦大之所以恃宠而骄，便是仗着自己曾经与主子共患难的功劳，犹如尤氏所提供的补述，她叹道："只因他从小儿跟着太爷们出过三四回兵，从死人堆里把太爷背了出来，得了命；自己挨着饿，却偷了东西来给主子吃；两日没得水，得了半碗水给主子喝，他自己喝马溺。"贾家祖先便是在这种出生入死的情况下挣得家业，可谁知历经百年以后，子孙不是偷鸡戏狗，就是爬灰、养小叔子，所以焦大才会对这些不肖子孙的行径万分愤慨。由此可见，焦大是贾家经历从无到有、由盛至衰之整个过程的见证人，他所说的话堪称第一手证词。

至于焦大所描述的情况，显然只有在清初的历史背景下才足以得到最适切的印证。这也显示出一部经典的叙事背景不一定是放诸四海而皆准的，我们应该回归文本独特的时代环境，才能够从比较正确的角度去理解它，否则便会陷入狭隘的自我成见，对经典进行带有个人喜好的主观曲解和心理投射。因此必须谨记的是，经典作品具永恒意义并不等于它没有特殊的时代印记。

《红楼梦》有几处显著的例子便反映了清朝特有的社会风气。首先，第二十六回中贾兰拿着弓箭在大观园里演习骑射，又第七十五回贾珍因居丧无聊，而想出一个破闷之法，"日间以习射为由，请了各世家弟兄及诸富贵亲友来较射"，都显示出旗人重武的习气，绝非一般纯汉人世家所能有。其次，第六十三回中宝玉想为芳官改称一个别致的男名"耶律雄奴"，在两人谈笑之间，芳官提及贾府"现有几家土番"，而那些土番又是源自何处，属于什么身份的人呢？当时宝玉回答说：

> 我亦常见官员人等多有跟从外国献俘之种，图其不畏风霜，鞍马便捷。既这等，再起个番名，叫作"耶律雄奴"。"雄奴"二音，又与匈奴相通，都是犬戎名姓。况且这两种人自尧舜时便为中华之患，晋唐诸朝，深受其害。幸得咱们有福，生在当今之世，大舜之正裔，圣虞之功德仁孝，赫赫格天，同天地日月亿兆不朽，所以凡历朝中跳梁猖獗之小丑，到了如今竟不用一干一戈，皆天使其拱手俯头缘远来降。我们正该作践他们，为君父生色。

由此可见，所谓的"土番"应该就是贾家先人们于征战时所俘虏的"犬戎"异族，他们并无大用，只能留在家里做一些杂务，显然贾家的崛起与清朝的创立是同步发生的，否则贾府也不会留有这些土番，则这一特点同样是回应了清朝开国的历史事迹。

除此之外，小说中还有不少情节都在暗示贾府的家运确实和清朝的国运紧密相连。例如第七十七回一开头便提到，王熙凤因为罹患妇女病而需要服用一料调经养荣丸，其中包含了人参此一药材。出人意料的是，在这个疗治的关键时刻，王夫人却发现家中已无任何全枝的人参留存，只剩下一些参膏芦须，根本不敷使用，无奈之下只好转向贾母借取一包人参，送到太医那边去配药。谁知不久之后却被退还回来，周瑞家的拿了药包进来说：

> 这几包都各包好记上名字了。但这一包人参固然是上好的，如今就连三十换也不能得这样的了，但年代太陈了。这东西比别的不同，凭是怎样好的，只过一百年后，便自己就成了灰了。如今这个虽未成灰，然已成了朽糟烂木，也无性力的了。请太太收了这个，倒不拘粗细，好歹再换些新的倒好。

贾母拥有的人参当然是上好的极品，从年轻时珍藏到现在，确实已经过了数十年，流于老旧，而此处所谓陈年人参的性力衰退，实际上是在隐喻贾府家境的衰败没落，外强中干。贾家原本是地位崇高的贵宦世家，在趋近百年之后，家族内部却如同这枝"年代太陈"的人参一样，沦入"朽糟烂木，也无性力"的窘况，再过几年便将化成灰烬。可见小说家不断地暗示读者，"百年"乃是贾家宿命的终点，这恰恰和清代开国到曹雪芹生活的时程完全吻合。总此以观之，无论是焦大的怒骂，还是人参的象征隐喻，作者在小说里点点滴滴透露出来的信息，都一致地告诉我们，贾家能够获得封爵的荣耀，实际上与大清帝国的建立脱离不了关系。

满族文化的痕迹

　　既然宁、荣二公乃是异姓功臣，那么他们又与皇室有何关系？为何他们家的女儿必须送到皇宫去呢？倘若要清楚地了解元春被送入宫中的原委，首先就必须深入探讨曹雪芹的家族背景，毕竟贾府反映了若干曹家的特点。虽然并不能把两者完全画上等号，但是曹雪芹在创作《红楼梦》之际，确实自然而然地挪用了部分的家世特征并投射进小说里，而其中不少情节所展现的叙事逻辑也合乎当时的社会情理。

　　大家都知道，曹雪芹出身于正白旗包衣世家，但他在血统上却是个汉人。不少人仅凭这一点即推断曹雪芹怀有反满的民族情绪，毕竟满汉有别，尤其满人又掌握了政权，让汉人受到压迫，所以他便通过创作《红楼梦》来讽刺清朝的皇族，甚至说他隐藏着反清复明之心。

　　可是，无论是从文学本身的内部表达，还是从历史研究的角度来看，这些都是错误的观点。正如前文所述，"八旗"本身便囊括了满、汉、蒙，以及一部分高丽人，种族在八旗制度里并不构成根本差异，他们都属于同一个旗人群体。凡属旗人即不仅享有同等的政治地位、经济利益，甚至在整个社会制度的运作中，也受到同样的待遇，肩负着相同的责任。纵使旗人里仍然免不了存在种族之别，然而在满汉交融的情况下并不影响他们成为一体，所以我们不能轻易地以"满汉有别"的抽象概念，去看待和理解曹雪芹背后的家族问题，更不应该逾越分际，将政治观点凌驾于文学诠释之上。必须说，虽然曹雪芹具有汉人血统，但在出身背景与文化认同上却是不折不扣的旗人，这一点可以从《红楼梦》中所展现的旗人风俗得到印证。

大家是否想过一个问题，即身为旗人的曹雪芹，在日常生活中究竟用什么语言和家人沟通？我们可以合理地猜测，恐怕应该是满洲话或者满汉双语。曹家在明末的辽东就已经入旗，到曹雪芹这一辈时已历经四五代，满化的程度非常高，因此在《红楼梦》里甚至会出现一些满洲用语的痕迹。这些文句如果用汉语的思维去理解，或许还得通过对上下文的分析才能揣摩出意义何在，但若是以满文的用法去认知的话，其中的含义便一目了然。

以"出去走走"为例，这句话看似非常普通，如果单单放在情节脉络中来观察，我们也只能够大约推测为出恭之意。譬如第六十三回，当时宝玉对众人说："我出去走走，四儿舀水去，小燕一个跟我来罢。"走至外边以后，见四下无人，便询问柳五儿进怡红院之事，说毕复走进来，故意洗手。从"舀水"和"洗手"这两点来看，可以合理推断宝玉是在假装上厕所。倘若我们仅从汉语的角度去分析，便会认为这是一种文雅、含蓄的表达，但其实不然，根据《满汉辞典》的解释，"出去走走"的满语为"tule genembi"，恰恰是满文中用来表示出恭的片语。另外，第五十一回麝月要宝玉与晴雯"两个别睡，说着话儿，我出去走走回来"，然而当时已经是冬天夜晚的三更时刻，按常理来说，麝月不可能会在这种时候出去赏月，再加上她是独自一人开了后门出去，则其目的恐怕也是出去上厕所。由此可见，"出去走走"这个词语说明了曹雪芹的家族应该是使用双语交流，在这种生活环境的耳濡目染之下，汉译的满文便自然而然地渗入笔端，展现于小说人物的日常用语中。

除此之外，《红楼梦》还有很多的细节也透露出满族文化的痕迹，其中显著的一点便是旗人对关公的崇拜信仰。第五十一回里，薛宝琴创作了《怀古绝句》诗十首，却因为最后两篇《蒲东寺怀古》和《梅花观怀古》采用了才子佳人故事的虚构地点，所以薛宝钗主张这两个典故于史书上无考，并不适合用来作诗而加以否决，建议宝琴另外再作两首。其实追根究底，宝钗话中蕴含的弦外之音，真正的关键在于两首诗的内容出自才子佳人故事，而这些讲述男女恋爱的作品往往属于违背闺训女教的禁书，良家妇女不应该涉猎，她为了避免大家触犯禁忌，便找了一个史鉴上无考的理由作为托词，以维护妇德戒律。很有意思的是，完全受传统妇女教育长大的李纨却表示没有关系，她以关公坟为例，详细解释道：

> 比如那年上京的时节，单是关夫子的坟，倒见了三四处。关夫子一生事业，皆是有据的，如何又有许多的坟？自然是后来人敬爱他生前为人，只怕从这敬爱上穿凿出来，也是有的。

确实，因为后人敬爱关公，导致到处都可以看到关公的坟茔，也算是一种名人效应，但可想而知，关公不可能分别被埋葬在好几个地方，所以这些坟墓必然有不少是穿凿出来的。这段话最关键的地方在于，正因为现实生活中对于真正的历史人物也有不少类似的杜撰情况，故李纨认为虚构是可以接受的，宝琴使用虚构的题材亦无关碍。

然而值得注意的是，为何身处闺阁之内的李纨要以豪迈勇武的关公当例证，以之作为一个将虚构地点合理化的依据呢？如果我们缺乏对满洲文化的认识，就会从一般的层次去理解这个现象，殊不知，关公身为骁勇善战、忠义双全的武将，对拥有重武精神的满人而言，可谓深具独特的魅力。相关的历史文献资料显示，满洲人最崇拜的神明便是关公，甚至将他奉为清朝的护国神，所以八旗的每一旗、每一营都会有一座关公庙。可见李纨举关公作为例证，这又是一种满族文化的自然流露，再度显示出曹雪芹是一个满化程度很深的汉人，毕竟他属于旗人，而且是最高层级的旗人贵族的一员。

必须说，满族也许是在中国历史上汉化程度最深的少数民族，他们对儒家经典的认识极为博大精深，这是他们的文化教养中最讲究的一环，并不亚于汉人。无怪乎曹雪芹对中华古典文化的运用是如此丰富、深刻，他可以说是满汉交融的旗人文化中所产生的一个具体成果。

上三旗包衣

回归曹雪芹出身正白旗包衣的这个问题，有学者常以其"包衣"身份而误以为曹家乃皇帝的奴仆，身份卑微低下，因此对掌权的满人产生不满。然而，"包衣"真的在身份、阶级上与主子有着重大的贵贱之别吗？倘若想要正确了解其中的差异与意义，首先得厘清几个层次的问题。第一，在清兵入关后，八旗依据不同的从属关系分为上三旗和下五旗：上三旗由皇帝亲领，下五旗则由各自的旗主统率。第二，每一旗都有自己的包衣，虽然他们可说是仆人，但那只是相对于自家的主子而言，绝非通常意义上的贱民奴婢，而是具有正式法律身份和社会地位的"良人"，可与良人通婚、成家立户。至于真正身份卑微的奴仆并不能开户，在法律上被归类为"贱民"，因此与包衣绝对不能混为一谈。

第三，当旗人分为上三旗和下五旗之后，各旗的包衣也随之归入两个系统：上三旗的包衣独立出来，直属于皇室的内务府，即清代为了专门负责管理皇家事务所设立的特别机构，所以与皇帝、皇室的关系更为亲近，称为"内务府属"或"内三旗"；下五旗的包衣则依然隶属于本来的旗主，故称为"王公府属"，与一般的上三旗、下五旗统称为"外八旗"，与内务府无关。由此可见，内务府所辖的包衣旗人无论是身份地位、与皇室之间的关系，还是所享受的待遇利益，都有别于其他的包衣甚至一般旗人，堪称地位高贵，与皇帝的关系最为亲密。

进一步来说，内三旗与外八旗乃各不相干的两个组织体系，曹雪芹的家族便属于内三旗，即上三旗包衣。这类的包衣旗人不仅从小就可以出入皇宫，还能够担任皇帝的侍卫，与皇室关系非常密切。曹雪芹的祖母即为康熙的乳母，乳养之功形同半母，因此，当康熙在一次南巡中与这位幼年时期的乳母重逢时，甚至还高兴地称对方为自己的家人，显然所谓的"内三旗"对皇帝而言，是形同家人般亲密的存在，所以他们的地位也远高于"外八旗"的旗人。

通过这一点可知，原来汉族乃至于异姓如贾家，在清代的宫廷中是很可能拥有荣华富贵的，我们绝不能用一般的贵贱概念去看待内务府旗人。学者定宜庄也再三强调，把由上三旗包衣所形成的内三旗一概视为奴仆，甚至将"包衣"一词等同于"家奴"，都是大错特错的。事实上，他们比一般的大臣更受皇帝的宠信与重用，堪称皇帝的心腹，因此某些外派的肥差或内务府的官缺，皇帝一般都会选择内三旗的包衣来担任，所以他们成为炙手可热的贵宦世家。假如我们把曹雪芹的家世背景和内三旗、外八旗的系统结合来看，便可以发现元春封妃其实是以客观的历史事实为基础，加上一些虚构手段融合而成的一种独特形态，唯有如此，才能够解释元春封妃和贾家命运息息相关的缘由。

选秀女制度

第二回说元春"贤孝才德，选入宫中作女史"一事，确实是清代颇为特殊的一种社会或政治制度的反映，虽然明朝也有选秀女的制度，却和清代的不大一样。根据历史学家的相关研究，清朝的"选秀女"是一种为皇室后宫提供年轻女性的选拔制度，甄选范围都是十几岁的年轻少女，她们被选入宫中的主要功能有两个：其一，作为皇帝妃嫔或皇子们的指婚对象（即福晋）；其二，充当皇宫里的服务人员，但她们并非负责打扫或端茶送饭的低阶奴仆，其优秀者是能够陪伴在公主或是妃嫔身边读书识字的高级宫女。

清代的选秀女制度仅限于在八旗内部运作，并未推及广大众多的一般汉人，所以非旗人的女子并不会受到这一套制度的束缚和影响。而随着旗人社会组织分为外八旗和内三旗两个系统，选秀女制度也分化为两种管道。首先，外八旗中满、蒙、汉军的正身女子，即八旗正规的女性，在年满十三岁至十七岁时，就会被纳入选拔的范围里，每三年到皇宫参加一轮验选，选中者则入宫为皇帝妃嫔，或被指婚给皇子和其他王公贵族，因此，十三岁至十七岁的外八旗正身女子在应选之前都不准私相聘嫁，因为她们全部属于皇室的妃嫔候选人。

至于内三旗的少女，她们的选拔方式以及入宫后的职能却截然不同，虽然年满十三岁亦进宫选秀女，但却是每年选拔一次，选中者则留作宫女，无偿提供各种服务工作，未选中的才遣发回家让父母自行婚配。以曹雪芹的家族为例，如果曹家的年轻女孩作为秀女被选入宫，是绝不可能直接当妃嫔的，反而会成为皇室女眷的老师或伴读。由此可见，外八旗和内三旗的少女在中选后的境遇可谓天差地别，虽然内三旗的秀女并非一般的低等女仆，然而还是充任各种杂务，满二十五岁才能够出宫，换算起来，以这种方式被选中的女子，她们大约要耗费十二年的青春岁月义务为皇室提供劳役。

我们可以合理地推想，这些内三旗的少女是否会希望被选中入宫呢？答案当然是否定的，连家长都不乐见入选的结果。毕竟谈婚论嫁是传统女子的最终归宿，根据学者的研究，在清代，尤其是贵族家庭，女性的婚嫁年龄平均大约是十七八岁，但那些被选中成为宫女的内务府少女却只能把大好的青春都消耗在皇宫中，待二十五岁出宫时早已过了适婚年龄，成为乏人问津的老姑娘，极有可能孤独一生在娘家终老。因此，有的少女为了逃避选秀而不惜逃跑或躲起来，然而一旦被发现，她们便会连累家长、族老一并受到重罚。

在选秀女制度的历史背景下，《红楼梦》中被列入应选名单的分别有元春和宝钗。根据第二回冷子兴的演说荣国府，元春是"被选入宫作女史"，"女史"乃古代对有才学之女性的尊称，最早的定义即《周礼·天官·冢宰》郑玄注云："女史，女奴晓书者。"显然女史不是嫔妃。身为公主、妃嫔的伴读者，这些被拣选出来的优秀旗人女子不仅要博学多闻，还得具备崇高的妇德，以便她们能够通过自身的品格熏陶皇室女眷。著名的东汉史学家班固之妹班昭，曾在汉和帝时担任过宫廷教师，被尊称为"曹大家（姑）"，由此"大家"也是对具有贤德才学的女性之尊称。这便证明了元春之入宫，并不属于八旗系统里为皇帝嫔妃或王公贵族的指婚之选。再参照第四回描写宝钗来到贾府的情况：

> 近因今上崇诗尚礼，征采才能，降不世出之隆恩，除聘选妃嫔外，凡仕宦名家之女，皆亲名达部，以备选为公主郡主入学陪侍，充为才人赞善之职。

这段描述可以说是对元春入宫的详细补充，同时还说明了宝钗是"以备选为公主郡主入学陪侍，充为才人赞善之职"才来到京城，并非作为皇子王公的指婚对象，这进一步证实了元春与宝钗都属于内务府三旗包衣的选秀女系统。因此，一般所谓的宝钗希望借着选秀女而飞黄腾达的说法，纯属无稽之谈。

很多人在讨论薛宝钗的人格时，经常会以选秀女一事作为依据，断定她怀有入宫当妃嫔的强烈欲望，并把其《柳絮词》中的"好风频借力，送我上青云"（第七十回）解释为宝钗本来就存有"飞上枝头做凤凰"的青云之志，只因为无法达成入宫的志向，所以才转而考量宝二奶奶这一位置。但这些说法都属于望文生义、穿凿附会，过于想当然耳。

事实上，以曹家的身份地位，曹雪芹足以直接参与到与皇室密切往来的上层贵族阶级圈，这无形中便拓宽了他的眼界，甚至让他清楚了解到整个皇族的生活习性，进而把这些材料纷纷整合成小说创作的素材，尽管严格来说，毕竟小说是经过虚构的产物，所以《红楼梦》未必只是纯然反映内务府世家的生活。不过，我们可把曹家作为一个参考标准来进行假设，贾府是通过军功封为八旗世爵的，但能够让贾府富贵传流近乎百年的赫赫战功，可不是一般的八旗所能够做到，贾家得以获得至高的荣宠，终归与内务府系统有直接的关联。换言之，倘若是曹家的女子被选入宫中的话，应该是遵循内三旗系统的选秀制度。

此外，再根据其他的种种线索，我们可以合理推测，贾、史、王、薛四大家族也应该属于内三旗系统。如果说薛宝钗存有当皇妃的功利之心，这种说法不仅违背史实，也不符合《红楼梦》的叙事逻辑。

再者，上文引述第四回的那一段话，除了阐明宝钗是因朝廷规定而进京待选的来龙去脉，当事人根本不能自主，还反映出当今皇上是个心怀仁德的圣君，因为他"崇诗尚礼"，即崇尚正统文化的礼义教养，因此才会"征采才能"，在"聘选妃嫔"之外同时又另开渠道，让"凡仕宦名家之女，皆亲名达部"，即填好姓名登入名单，送到采选秀女的部门，"以备选为公主郡主入学陪侍，充为才人赞善之职"。

值得注意的是，曹雪芹以"降不世出之隆恩"来描述这一选秀制度，意指此乃唯有真正的圣王才会赐予的隆恩，是一种极为罕见的大恩德惠，与现代读者的感觉反应截然相反。其实，倘若大家仔细阅读《红楼梦》中关于当今皇上与朝廷的描写，便会发现全部都是指向仁德、好礼的王道实践，以元妃归宁省亲为例，于第十六回中，作者即透过贾琏赞扬道：

> 如今**当今贴体万人之心**，世上至大莫如"孝"字，想来父母儿女之性，皆是一理，不是贵贱上分别的。……想父母在家，若只管思念儿女，竟不能见，倘因此成疾致病，甚至死

亡，皆由朕躬禁锢，不能使其遂天伦之愿，亦大伤天和之事。故启奏太上皇、皇太后，每月逢二六日期，准其椒房眷属入宫请候看视。于是太上皇、皇太后大喜，**深赞当今至孝纯仁，体天格物**。因此二位老圣人又下旨意，说椒房眷属入宫，未免有国体仪制，母女尚不能惬怀。竟**大开方便之恩**，特降谕诸椒房贵戚，除二六日入宫之恩外，凡有重宇别院之家，可以驻跸关防之处，不妨启请内廷銮舆入其私第，庶可略尽骨肉私情、天伦中之至性。此旨一下，**谁不踊跃感戴**？

可见这番话中的"当今贴体万人之心""大开方便之恩""谁不踊跃感戴"等，无不清楚展现了对当今皇上"至孝纯仁，体天格物"的极度赞美。另外，在第六十三回宝玉为芳官取名"耶律雄奴"时，便庆幸他们都"有福，生在当今之世"，并把"当今之世"比作"大舜之正裔，圣虞之功德仁孝，赫赫格天，同天地日月亿兆不朽"，这也说明了曹雪芹确实认为他所生活的时代，即康乾盛世，已经达到王道的境界，否则何以他要多次安排小说中的人物来表达对当今朝廷与君王的颂赞之情？

当然，很多读者认为，清朝的"文字狱"极有可能导致曹雪芹在书写过程中作出避免触犯当权者的考量，以致刻意隐恶扬善。但是，我们不能以此作为唯一的理由来解释《红楼梦》中的各种社会现象，并忽略小说里的其他细节、线索，而轻率地断言这是在讽刺皇权的虚伪，如此一来，最终只会沦为现代人想当然耳的投射。必须注意的是，曹雪芹的确由衷地认为，如果皇权能够实践王道，便是一种最完美的政治形态，这一点尤其可以从"大观"的真正含义得到证明。

元春封妃：贾家的意外之喜

回到元春封妃来看，那显然是一件相当罕见、难得的际遇，宛如天上突然掉下来的奇迹，可说是融合了外八旗和内三旗两种选秀方式之后的结果，虽然在历史上不乏其例，并不完全是虚构。曹雪芹的目的就是为了借此强化贾府的荣盛，因为贾府从宁、荣二公开始奠定繁华富贵的家世根基，可是面对随代降等承袭的制度，加上诸多不肖子孙只管安富尊荣，贾家已经逐渐走向没落，而这时家里突然出了一位皇妃，则相当于再次把贾家从谷底拉到"烈火烹油、鲜花着锦之盛"的顶峰。所以我们也不难理解，为何元春会与始祖贾源共同分享元旦这天的生日，因为元春封妃对贾家来说，完全是一份天大的惊喜。

当然，作者特意设计元春封妃的情节，即使做了一些虚构，也仍然符合当时的历史条件，但除了让贾家的声势突然锦上添花之外，这样的安排是否另有其他的目的呢？原来，正如老子所言："祸兮福之所倚，福兮祸之所伏。"人世间的盛衰荣枯本是一体两面。元春封妃在内三旗选秀系统里属于罕见的特例，贾家的富贵等级也因此更上一层楼，达到赫赫扬扬的境界，令人感到无比艳羡，殊不知其中却隐藏着更惨烈的悲剧，而这个问题的答案将会在接下来的相关单元得到揭晓和详细的说明。

总而言之，元春是通过内三旗的选秀系统而入宫的，由此可以合理推测当时她的年纪至少是十三岁，而王夫人大概是在元春十岁时才生下宝玉，所以元春和宝玉相差了十岁，也因此二人之间虽名为姊弟，实则情同母子。虽然元春身处皇宫大内，小说里鲜有机会能够展现两人的姊弟之情，可是在元春归宁省亲的情节中，作者却花费不少笔墨展现出元春对宝玉的万般疼爱，这也为贾政之所以采用宝玉对大观园建筑的题名埋下了伏笔。

细究元春为人

按理来说，能够成功通过验选而入宫的内三旗正身女子，即便是留作女史，她们各方面的条件毋庸置疑也是最优越的，以这样的逻辑而言，元春的外貌应该相当漂亮，或者至少是中上。基于贵族的通婚情况大多是世家子女共结连理，他们的血统、基因经过数代不断地改良、优化，加上平日饮食上摄取的营养比较充足，因此与一般平民百姓相比，他们长得更为端正而品貌出众，是很合理的结果。例如第五十六回提到，甄宝玉因为"生的白，老太太便叫作宝玉"，其模样又与贾宝玉相仿，贾母即指出一个普遍的现象："大家子孩子们再养的娇嫩……大概看去都是一样的齐整。"只不过话虽如此，小说里写得非常明确，元春是因为"贤孝才德"（第二回）被选入宫中做女史，显然比起美丽的外貌，她之所以入选的关键更在于十分优秀的品格，这也显示出元春的存在价值极为重要，证明《红楼梦》是一部货真价实的"复调小说"。

我们以前解释过，一名杰出的"复调"小说家绝对不会把他笔下的主人翁当作自己的化身，并把小说人物，尤其是主角，当作宣扬自己理念、信仰和价值观的传声筒，否则就会把创作变成一种低层次的、二流的独白型小说。曹雪芹所撰写的《红楼梦》，其叙事内容是由许多地位平等的个体连同他们的意识世界，在互补并存的情况下构成一个众声喧哗的整体——这也暗合俄国文学理论家巴赫金（Mikhail M. Bakhtin，1895—1975）所提出的"复调小说"理论。后来法国小说家米兰·昆德拉（Milan Kundera）承接了这个观点，他在《小说的艺术》一书中说道：

> 所有主张复调曲式的伟大音乐家，都有一个基本原则，那就是声部之间的平等：没有任何一个声部应该突出于其他声部，没有任何一个声部应该只是单纯的伴奏。

此处清楚表明了"复调"这个概念是从音乐那里借过来，使用于小说创作上的。虽然我们无法确认米兰·昆德拉究竟是否直接接触到巴赫金的理论，但二者对于小说之价值的追求显然是殊途同归，都主张用复调的方式来进行创作。

"复调"是指一部小说中并非仅有单一的价值观，凡每一个人物的形象与人性内涵只要充分、饱满，便能体现出一条主旋律，并与其他小说人物所形成的众多主旋律平等和谐地并存。同样的道理，贾宝玉在《红楼梦》里只不过是无数的主旋律之一，只因为小说必须要有一个主角来贯穿始末，始能稳定整体的架构，所以他才会成为叙事轴心而占据最大的篇幅，拥有最多的出场次数，展现其主旋律的机会也相对显得频繁，但我们并不应该因此就把贾宝玉等同于作者的代言人。

纵观整部小说，我认为曹雪芹所要强调的是，书里的每一个人物都是复杂而独立的个体，都拥有属于自己的人生舞台，展开以其个人为主角的叙事主轴，因此小说中蕴含着多元的价值和观点，并没有哪个人物可以代表绝对的、唯一的真理。如果我们接受了这个概念，便可以了解到宝玉眼中所看到的林黛玉，实际上也只是众多女性的美好形象之一，其他的红粉佳人如薛宝钗、史湘云、贾探春等所展现的女性之美，同样是各有千秋，读者并不应该完全以宝玉个人的主观喜好作为唯一的衡量标准。不过，倘若一定要从《红楼梦》中选出最美好的女性，则书中人公推的是薛宝琴，当她在第四十九回来到贾府时，不只上上下下赞叹连连，连宝玉都承认自己是井底之蛙，而我认为书中最杰出的书中女性是元春和宝钗，以及探春。

贤德妃

在此必须承认，《红楼梦》中佳人众多，各擅胜场，其实难分轩轾，如果非得要勉强分出高下，则根据第六十三回的花签品鉴，宝钗堪称"群芳之冠"。不仅脂砚斋认定宝钗乃《红楼梦》里真正的"佳人"，于第八回夹批道："知命知身，识理识性，博学不杂，庶可称为佳人。"清末评点家王希廉的《红楼梦总评》也称赞"宝钗却是有德有才"。据此而言，既然元春是"因贤孝才德，选入宫中作女史"，随后又"晋封为凤藻宫尚书，加封贤德妃"，可见其所呈现出的"贤德"，即贤良美好的品德，以及由此产生的雍容典雅之气度，更应当位于众金钗之首，而这也是元春封妃的主要条件。

元春的贤德表现之一，便是"富贵不能淫"的君子境界。《孟子·滕文公下》指出："富贵不能淫，贫贱不能移，威武不能屈，此之谓大丈夫。"孟子认为，这三种境界都能产生一般人难以达到的"大丈夫"人格。在此，我们无须拘泥于性别，而是单就人格标准来看，元春即担当得起"大丈夫"的定义。我之所以会引述孟子的话来概括元春的为人性格，是因为她纵使身在绝顶的富贵荣华之中，于"二十年来辨是非"（第五回元春判词）的皇宫生涯里，却依然能够一直保持心灵的朴实无华，这并非一般人可以轻易做到。尤其大丈夫的三种境界中以"富贵不能淫"的难度最高，因为"富贵"是普通人性最渴望的东西，它会顺着人类的感官欲望渗透进身体的每一个毛孔，令人感到极其舒畅、愉悦，即便想与之抗争，也没有具体的对象，缺乏明确的焦点，因为它并非来自外界的压力，与"贫贱""威武"的性质截然不同。如此一来，当一个人长期处在极致的物欲满足和权力快感之中，而无法持续守住自我克制和道德自觉的界线，其心灵自然会不知不觉地开始腐化，甚至变本加厉，堕入穷奢极侈的深渊。所以能够做到"富贵不能淫"的，恐怕只有如孔、孟般的伟大君子了。

相较之下，元春实在不遑多让，试看她所在的皇宫便是富贵至极的地方，然而其内心真正向往的还是单纯的亲情。并且即使她出生于"白玉为堂金作马"（第四回）的贾府，却没有落入"富不过三代"的魔咒，变得心高气傲、挥霍成性，反倒为人处事成熟大度、稳重朴实，称之为君子诚非过誉。关于这一点，在深入分析元春的高尚性格之前，我要先补充一段第十八回中，王夫人对官宦小姐所作出的常态性描述，借此便能够更准确地了解到，元春"富贵不能淫"的女中大丈夫品格是多么难能可贵。

当时贾府为了迎接元妃省亲，于是储备了典礼仪式中所需要的宗教人员，其中便包括已经出家为尼姑的妙玉，然而最初接触时，她以"侯门公府，必以贵势压人，我再不去的"为由，表示拒绝。没想到王夫人对此却完全不以为忤，反而笑道：

> 他既是官宦小姐，自然骄傲些，就下个帖子请他何妨。

王夫人用这样的逻辑来接受妙玉的高傲，而且愿意以礼相待，其中便说明了一种普遍的道理：一个人只要出身于豪门，性格即难免骄纵任性，毕竟他是衔着金汤匙长大的，久而久之便会习以为常，形成一种自视甚高的优越感，散发出凌驾于人的骄气。正如北齐大儒颜之推在《颜氏家训》中所说："古人云：'膏粱难整。'以其为骄奢自足，不能克励也。""难整"之整，即"正"。颜之推于家训里引用了"膏粱难整"的典故，意指生长在富贵之家的子弟一般都难以塑造、培育，因为这种人家的孩子总认为自己所享受的一切特权都是理所当然的，导致他们骄傲奢侈，无法克制和砥砺自己，这也属于一般常见的人性表现。正因如此，颜之推才特意撰写家训，告诫族中的晚辈们应该在各个方面进行严格的教育、训练，以便能够成为富有品格教养的佳子弟。

元春正是完全超越一般人性所培养出来的佳子弟，她不但没有那些"膏粱难整"的习气，反而以自己高尚的品行体现了良好的贵族所具备的优秀人格。实际上，诸如贾府这般的好贵族都是希望通过严格的教育，以避免家族后裔因过度安富尊荣而败坏心性，其最终目的便是要培养出"富而好礼"的子弟，并形成代代相传的家风，元春正是在这样良好的环境中逐渐成长为一名最优秀的女性。因此必须说，富贵本身绝对不是罪恶，罪恶的是为富不仁。假若一个人依靠自己的能力、才学、品格和努力而获得了富贵，那是非常公平的分所应当，我们其实必须给予尊敬和欣赏。

元春的封妃正是如此。元春既谦逊温厚又朴实真诚，这与她从小的天赋和家庭的母教密切相关，尤其是贾母、王夫人同处在闺阁中，可以借由生活环境以及性别上的亲近对元春进行才学品德的栽培，发挥关键的影响。可想而知，贾府得以养育出性格贤良和平的元春，其母亲、祖母这两代女家长的教导可谓功不可没，所以她才能够因贤孝才德而入宫。再看元春"飞入"帝王家，荣获皇帝的宠幸，晋升为皇妃而恩遇正隆之际，不仅没有恃宠而骄、不可一世，利用权势挥霍无度、作威作福，反而依然珍视宝贵的人伦亲情，以朴实简约作为心志的最高境界，诚属高贵的君子德操。

试观第十八回中，元春于回府省亲时，便含泪对其父亲贾政说道：

> 田舍之家，虽齑盐布帛，终能聚天伦之乐；今虽富贵已极，骨肉各方，然终无意趣！

从中可见，在元春人生价值的天平上，是骨肉亲情重于泰山，荣华富贵则轻如鸿毛，多数人所追求的权势地位、物质享受远不如至亲相伴所带来的心灵满足来得重要。对她而言，贫穷的庶民之家虽然只有粗茶淡饭，但却能够一家团聚，享受天伦之乐，反观她虽因封妃而拥有极致的荣宠和权势，可是却得忍受"骨肉各方"的离别之痛，甚至得要几个月才能见到父母亲一面，这样的人生简直是乏味无趣，得不偿失。

最重要的是，元春能够身处富贵之中却不被影响，未曾如平凡人般腐化了心性。且看她回府省亲时，只见：

园中香烟缭绕，花彩缤纷，处处灯光相映，时时细乐声喧，说不尽这太平气象，富贵风流。……且说贾妃在轿内看此园内外如此豪华，因默默叹息奢华过费。

元春一路乘坐着轿子游园，当她流览那堪比天上仙境的大观园时，却并未因此而感到高兴，反倒"默默叹息奢华过费"，一有机会就劝请父亲"以后不可太奢，此皆过分之极""倘明岁天恩仍许归省，万不可如此奢华靡费"，足见大观园的奢华程度，也证明了元春确实俭朴成性。而她之所以拥有这么淳厚的人品，除了优良的母教之外，其实，父亲贾政的性格也发挥了潜移默化的影响。在第十七回里，贾政以大家长的身份带领众人检阅大观园，身为父亲的他固然认为园子设计得很好，可是也觉得正殿"太富丽了些"，与元春的反应如出一辙，由此显示出贾政同样是属于"富贵不能淫"的君子类型，清楚表明了贾政与元春父女两人的同道相承。

然而应该注意的是，大观园之所以展现出令人赞叹的富丽华美，并非源于贾府过度奢侈浪费，而是它作为元妃省亲的驻跸之处，本质上必须具备符合皇妃身份的豪华规模，此乃礼仪制度所使然。一如贾政身边的清客们所说：

要如此方是。虽然贵妃崇节尚俭，天性恶繁悦朴，然今日之尊，礼仪如此，不为过也。

可见众清客的描述仍不失客观公允，元春确实天性朴实，崇尚节俭而不喜繁华富丽，全然没有一般轻浮之辈的作威作福，只不过她身为贵妃，富丽堂皇的大观园才是与其身份等级相符的体现，所以正殿"玉栏绕砌，金辉兽面，彩焕螭头"的瑰丽建筑并不算过分。

从元春归宁省亲时的种种反应可以得知，显然她虽贵为皇妃，却完全没有视享受奢华为理所当然。在此我必须强调的是：第一，元春正是受到父母，即贾政和王夫人以身作则的熏陶，于是更养成了以俭朴为重的性格；第二，元春在成长的过程中培育出良好的品格修养，才能够因为贤孝才德而选入皇宫做女史，随后甚至得以封妃；第三，我们不能把自己的期望或好恶强加于小说人物身上，而是应该在其既有的生活环境里，去发掘他当下所展现并发扬光大的优点。以元春为例，她生于高高在上的尊爵之家，却并未被富贵荣华所腐化，甚至还达到如孔、孟般的圣人才具备的崇高君子品性，这正是她伟大的地方，我们实在不应该强人所难，谴责元春为何不去革命或反抗选秀女制度。总括而言，根据清代的等级制度来看元妃省亲的排场，贾府大观园的豪奢乃势所必然，如果用这一点来批评贾家堕落、浪费、奢靡，完全是一种不公道的苛刻成见。

二十年来辨是非

对于注重骨肉亲情更甚于权势物质享受的元春而言，身居与世隔绝的后宫禁地，其中的孤独寂寞自不待言，否则她也不会在父亲面前悲叹"今虽富贵已极，骨肉各方，然终无意趣"，毕竟皇帝之嫔妃所居住的宫廷位于森严的皇城里，那确是一个"不得见人的去处"。

在当时的历史条件下，入宫为妃的元春除了偶一返家省亲之外，与贾府直接联系的机会非常少。依据皇家制度，一般都是让妃嫔最亲近的家人在某个固定的时间进宫，彼此短暂相见，如乾隆年间编纂的《国朝宫史·宫规》所记载："内庭等位父母年老，奉特旨许入宫会亲者，或一年，或数月，许本生父母入宫，家下妇女不许随入。其余外戚一概不许入宫。"由此可见，只有少数通过严格筛选，与妃嫔有血缘关系的直系长辈才能够入宫。宫中有封号的妃嫔，如果其父母年老恐不久于人世，为了满足她们作为女儿尽孝的心愿，皇上也会准许她们的父母入宫，让嫔妃得以好好陪伴并照顾双亲。皇帝在历史条件的限制下，尽量去弥补妃嫔所缺失的亲情，缓解她们人生中的缺憾，这一点也反映于《红楼梦》里，第十六回经贾琏之口提到，借由皇帝推己及人的悲悯，"启奏太上皇、皇太后，每月逢二六日期，准其椒房眷属入宫请候看视。于是太上皇、皇太后大喜，深赞当今至孝纯仁，体天格物"。

无可奈何的是，纵使众妃嫔能够在宫中与亲人会面，那也是仅限于父母二人，而且会见的次数少之又少，仅能在数个月或是一年内见上一次，其他的姊妹、亲人就难以晤面了。因此，元春入宫后便再也没有见过宝玉，直到省亲时才终于看到她最疼爱的小弟弟，并发现他"比先竟长了好些"，而悲喜交集地泪如雨下。再者，宫廷所在之处乃是禁锢重重，妃嫔的身边时刻环绕着一群宫女和太监，言行举止还得遵行一定的仪轨，因此与家人相聚时，现场也势必不能尽情地诉说心里话而难以惬怀，比起一般在家里享受天伦之乐的女儿，实有着天壤之别。所以对元春来说，入宫封妃显然是得不偿失的，可为人孝顺的元春并未怨天尤人，她认为自己既然走上了这条道路，便要接受这样的命运安排，而由此所产生的种种效应中，有几点正是与元春的代表花——石榴花的某些特性相关，容后文再详细分析。

此外还应该注意到，元春虽然品格高尚，却不是一个迂腐乡愿、可以任人摆布操纵的呆板女子。大家可别忘记，元春大约在十三岁时入宫，就这样形单影只地在宫廷那"不得见人的去处"度过了漫长的岁月，从少女到中年，没有亲人的陪伴，独自面对后宫的明争暗斗、波谲云诡，倘若她没有坚忍不拔的个性，根本无法承受其中的压力乃至凶险，遑论还能够履险如夷长达二十年。因此，元春年纪轻轻便能在暗潮汹涌的宫中怡然自处，而且历经二十年不出差错，还被皇帝青睐有加，破格封妃，则她必定内蕴着一种圆融通透的智慧，以及非比寻常的眼光和判断力。

只因元春为人朴实，所以她的聪明并没有流于精明——聪明与精明截然不同，"聪明"是指理解力很好，反应很快，但是"精明"则还包含了善于计算，更偏向于重视个人利益的一面。元春固然温厚，但是绝不愚钝，她是个谦逊温厚、具有高度判断力的聪明君子，这正是我最欣赏的一种人格形态。

从情理上来看，一个在后宫如此复杂的环境中生存的女子，绝不可能无忧无虑、天真无邪，否则势必很快便会在激烈的竞争中"阵亡"。要知道，宫廷生活之险恶程度必然是贾府这等的贵宦之家难以望其项背的，因为宫中的人际关系更加错综复杂，而利益纠葛越大，就越能吸引更多精明的人来分一杯羹，所以元春所遇到的谋略欺诈、陷阱圈套只会越发凶险。在这种情况下，元春圆融通透的智慧恐怕更胜过宝钗，其判词里所说的"二十年来辨是非"，便暗示了她从入宫以后的二十年间，分分秒秒都处在判断孰是孰非的步步为营中，为了自保，她不得不时时刻刻眼观四方、谨慎防备，以免误触地雷、踏入陷阱而死无葬身之地。可喜的是，元春终日置身于这种敌友难辨、是非混淆的皇宫生涯中，不但没有迷失自我，变得杀伐奋进、势利圆滑，反而坚守初衷，凭借着聪明睿智和坚韧不拔的性格，保护自己免于各种暗算、伤害，同时又维系内心的纯净、正直，这实在与其天生禀赋和后天的家教密切相关。

这二十年内，虽然元春都在雕栏玉砌的皇宫里过着锦衣玉食的生活，但实际上她却比一般平民百姓更加辛苦，因为不仅要面对骨肉分离的孤独，还得自我防卫，避免遭到他人伤害，而被迫日日钩心斗角，可以说是长期处在心力交瘁的状态下。不过，在"辨是非"的过程里，元春也训练出高度的眼力和判断力，能够从各种微小的端倪把握重要的信息，不被表象所蒙蔽，这就成为她在宫廷中立足时重要的求生能力。

"我素乏捷才"

如此杰出的人物，当然也有她不擅长的事情，毕竟人无完人，无法全才皆备，倘若在某个领域天资卓越，往往在别的地方则能力平庸，所以我们务必谨记，千万不能用同一个标准来衡量所有的人，也不要因为一个人在某项专长上有所欠缺，就把他全部的才能都加以抹杀。元春对人对事固然具有高度的眼力和判断力，但她在文学创作方面确实非常平庸，在第十八回中，她还向众姊妹坦诚笑道：

> 我素乏捷才，且不长于吟咏，妹辈素所深知。今夜聊以塞
> 责，不负斯景而已。

由此可证，元春的判断力诚然十分公允，连对自己都有高度的自知之明，而且拥有客观承认的雅量，并且她为了不辜负家族团圆的良辰乐事，即便"素乏捷才"，还是遵照礼仪赋诗，没有刻意藏拙，只因无法像林黛玉一样，可以即席立刻写出佳作，故而自谦仅有"微才"。也果然，在第二十二回元宵佳节之际，元妃制作了一个灯谜差人送出宫外，令贾府中人都猜，当时大家的反应十分有趣：

> 宝钗等听了，近前一看，是一首七言绝句，并无甚新奇，
> 口中少不得称赞，只说难猜，故意寻思，其实一见就猜着了。

这段话展现了两个重点：第一，元妃的确不善于诗词创作，她制作的灯谜并不新奇，所以轻易地被宝钗等人破解了，相应地，元春对姊妹们所作的灯谜"也有猜着的，也有猜不着的"，显示出相关的领悟力不高；第二，既然大家都已经知道元妃所作灯谜的谜底，为何还要"口中少不得称赞，只说难猜，故意寻思"呢？原来这是一种基本礼貌，避免突显出对方的文思平浅，否则会对皇妃有所不敬。以上的种种端倪都一再印证了元春在诗词创作方面资质平庸，故第十八回中，脂砚斋对她的大观园诗便评论说：

> 诗却平平。盖彼不长于此也，故只如此。

"彼"即指元春，意思是元春并不擅长此道，因此"诗却平平"。然而我们在推论时务必思考严谨，把不同的范畴区分清楚，其实元春所不擅长的只是诗词创作而已，如果据此便以偏概全，评断元春资质平庸、乏善可陈，那可就大错特错了。关于这一点，典型的错误可以清末评点家涂瀛为例，他在《红楼梦论赞·贾元春赞》中批评道：

> 元春品貌才情，在公等碌碌之间，宜其多厚福也，然犹不永所寿，似庸才亦遭折者。说者谓其歉于寿，全于福矣，使天假之年，历见母家不祥之事，伤心孰甚焉！天不欲伤其心，庸之也。越于史氏多矣。

他认为，元春无论从人品、容貌还是才华各方面来看，都只是平凡、庸碌的女子，然而事实真的是如此吗？非也，其实元春有着极高贵的人品——前文已经通过详细的论述证明这一点，否则她怎么会因"贤孝才德"被选入宫中做女史，又晋升为贤德妃？再者，能够坚持"富贵不能淫"长达三十多年的千金小姐，这等人品岂是可以用"公等碌碌"便轻易否定的？另外，从一般的常理来推论，元春得以选上秀女而入宫，之后还"晋封为凤藻宫尚书，加封贤德妃"，都足以说明她的容貌绝非"公等碌碌"，否则掌握选择大权兼坐拥后宫无数佳丽的皇帝，也不会越过不同的系统特别选中内三旗出身的元春为妃，毕竟才貌平庸之辈又怎么可能得到皇上的青睐？

　　简而言之，元春的品貌才情绝对是出类拔萃的，否则根本达不到入宫的基本条件，所以万万不能轻率地以"庸才"二字为其盖棺定论。更何况，单以才华来说，即使仅就诗歌艺术的范畴而言，元春所具备的是创作之外的另一种"别才"，事实上有其洞明开通之处，一般女性也难以企及。古代诗论家以及西方批评家都早已明确认识到"创作"与"批评"分属两种不同的层次，不能混为一谈、一概而论。我曾以李纨为例，仔细厘清这个读者常有的迷思，在第三十七回起诗社的情节中，她向姊妹们表示：

> 要起诗社，我自荐我掌坛。前儿春天我原有这个意思的。我想了一想，我又不会作诗，瞎乱些什么，因而也忘了，就没有说得。既是三妹妹高兴，我就帮你作兴起来。

李纨毛遂自荐担任诗社盟主，负责评比成员们的作品，便不必与其他姊妹在诗词创作上一较高下。可是为何大家都对她自封盟主的决定欣然接受呢？首先，李纨身为长嫂，因此拥有伦理的优势，但另一方面更重要的是，她之所以在众姊妹里最具掌坛的资格，是如宝玉所指出的：

> 稻香老农虽不善作却善看，又最公道，你就评阅优劣，我们都服的。

这段话中的"不善作"是指李纨缺乏创作上的诗才，至于所谓的"善看，又最公道"则说明了她具有品评分析的眼光和客观公正的态度。也就是说，李纨对诗词的艺术价值最是洞察精准，并且不会因为个人的喜好而偏袒某位姊妹的作品，而是秉持着公道、公正的态度鉴赏诗词、定出高下。从众人对宝玉评价的应和，大家都道："自然。"可见李纨荣膺海棠诗社的掌坛盟主，负责品评每一次诗歌竞赛的优劣次第，这是众望所归的结果。很显然，"善看"不同于也不亚于"善作"，都属于诗歌乃至一切艺术上的重要才能。

不独重宝钗，也未偏爱黛玉

元春也是属于"虽不善作却善看，又最公道"的文学评论家，虽然素乏创作的才华，却不影响其品评赏析的能力。高超的评鉴眼光使她在第十八回归宁省亲时，一眼便从众人所创作的诗篇中发现秀出不凡的佼佼者，先是赞美宝钗和黛玉的作品最与众不同，"非愚姊妹可同列者"，继而又能够在毫不知情的情况下，指出由黛玉为宝玉代笔的《杏帘在望》一诗"为前三首之冠"，甚至不惜为此把先前御制的"浣葛山庄"改名为"稻香村"。其实，元春长年在宫廷中练就的好眼力，已经让她在初见钗、黛二人时，即看出两人"亦发比别姊妹不同，真是姣花软玉一般"，可见元春对于钗、黛的诗才和气质风度同样有精准的识人之明。

进一步来说，元春既不独重宝钗，也没有偏爱黛玉，对于两人都表达出毫不保留的赞赏，即便是与她具有血缘关系的妹妹们，她也秉持着公道的精神，全部一视同仁，进行客观的评价。最值得注意的是，元春不仅有鉴赏评析的眼光，还蕴含了海纳百川的包容力，因此愿意运用自己身为皇妃的特权，给予宝钗、黛玉、龄官之类优秀女性很多的肯定与额外的恩惠，包括后来的开放大观园。

试看第十八回元妃省亲时，在伶人搬演诸戏之后的一段情节，作者描述道：

> 一太监执一金盘糕点之属进来，问："谁是龄官？"贾蔷便知是赐龄官之物，喜的忙接了，命龄官叩头。太监又道："贵妃有谕，说'龄官极好，再作两出戏，不拘那两出就是了'。"贾蔷忙答应了，因命龄官作《游园》《惊梦》二出。龄官自为此二出原非本角之戏，执意不作，定要作《相约》《相骂》二出。贾蔷扭他不过，只得依他作了。

由此可见，元春确实具有艺术品鉴的非凡眼光，她能够在短暂的演出时间里，从十二个女伶中辨识出龄官的才艺表现最为出色，因此特别加以赏赐，并钦点她再多表演两出戏。从元春并没有限制表演剧目，而是赋予龄官极大的自由发挥空间来看，她实在是心胸开阔，也具有相当大的包容力，因此让龄官尽情展现自我。

更值得注意的是，此时贾蔷以主管之权威命令龄官演出《游园》《惊梦》这两出戏，可是龄官却因为"原非本角之戏"，即不是她所擅长的剧码而"执意不作"，定要坚持己长，选择《相约》《相骂》来表演，贾蔷扭她不过，唯有依她做了。从作者接着描述"贾妃甚喜，命'不可难为了这女孩子，好生教习'"，可以合理推论元春显然清楚知晓龄官叛逆抗命的行为，但她却不以为忤，反而表现出"甚喜"的反应，还特别交代不要为难龄官，并"额外赏了两匹宫缎、两个荷包并金银锞子、食物之类"。如此一来可想而知，龄官的个性恐怕会变得越来越高傲，越来越倔强，因为皇妃对她的欣赏相当于为她戴上了护身符，有了这一道圣旨，再也不会有人胆敢为难她这个身份卑微的小戏子。

其实，这般纵容女孩任意率性的情节，更是经常出现在宠爱外孙女林黛玉的贾母身上，贾母因为顾及黛玉体弱多病，出于"怕他劳碌着了"的理由，一直纵容她懒于针线女红，所以便导致了"旧年好一年的工夫，做了个香袋儿；今年半年，还没见拿针线"（第三十二回）的状况。巧妙的地方恰恰在于，这位深受元春照拂、欣赏的龄官正是林黛玉的重像人物之一，龄官的容貌、性格、痴情、多病等特质，都与林黛玉如出一辙。从第三十回龄官画蔷的情节可知，她"眉蹙春山，眼颦秋水，面薄腰纤，袅袅婷婷，大有林黛玉之态"的身姿形貌，以及"模样儿这般单薄，心里那里还搁的住熬煎"的柔弱秉性，无不呈现出与黛玉高度叠合的现象，而龄官画蔷那般为情所苦的一面，显然就是黛玉对宝玉痴情秘恋、多心歪派的翻版。

既然元春如此欣赏从长相、个性、才华各方面都与林黛玉极为相似的龄官，甚至愿意鼓励她继续发展高傲率性的性格，则同理可推，元春怎么可能会讨厌林黛玉呢？由此也说明了对于元春在宝二奶奶的人选上作出舍弃林黛玉的抉择，恐怕不应该简单地纯粹用个人好恶的逻辑来推论。

我之所以要仔细分析元春的为人性格，就是要借此提醒读者，元春在宝二奶奶的人选上"舍黛取钗"，并非如多数"拥黛派"所认为的，元春不喜欢黛玉。毕竟选择贾府继承人的配偶可是牵涉甚广、关系重大的课题，其中必然涉及元春的价值观和鉴识力等问题，所以我们绝对不能够毫无根据地把元春的个人喜好与钗、黛取舍的结果直接画上等号。

总括而言，从龄官的案例来看，元春不但不厌恶黛玉的高傲，恰恰相反，她个人其实最喜欢这种个性，这也更展现出多元开阔的宏大胸襟。既然如此，为何她却舍弃了黛玉，反而以宝钗作为宝二奶奶的人选呢？其中必有其他深刻的奥妙之处。关于元春"以薛易林"的取舍缘故，下文将会一一揭晓。

对龄官的喜爱与包容

世事纷繁复杂，尤其人性更是深奥幽微，同样的现象背后很可能存在着多种不同的原因，所以，要对任何一个情况进行推论之前，切记万勿在缺乏缜密逻辑之下，仅凭个人的臆测、猜想，便想当然耳地做出判断。

要知道，一个人的性格特质连同过去的生命史都会影响到他当下的取舍和作为，绝不只是简单的直觉反应而已，则对于元春并没有选择黛玉作为宝二奶奶，我们是否可以就此推断她不喜欢黛玉呢？答案当然是否定的。前文中提到，元春是个聪慧睿智又宽大为怀的君子，与李纨同属于"不善作却善看"（第三十七回）的女性，而且这个特点不单单限于品评诗作上，在知人论世这方面也是如此。元春"以薛易林"的抉择必然经过深思熟虑，并非如许多读者所认定的：元春不喜欢黛玉孤高不驯的性格，以至于决定把黛玉从宝二奶奶的名单上淘汰出局——这种推论不仅粗疏简略，所得出的结果也与元春极为包容优秀女子的性格背道而驰。

身为皇妃的元春，实际上没有什么机会直接与黛玉接触，但是，曹雪芹为黛玉刻意设计的重像之一——龄官，她在元春面前的表现机会比黛玉多，恰恰提供了非常客观的参照坐标，而通过二人之间的互动，可以看出元春对于富有才华与个性的女性都抱持着欣赏、包容的态度。在第十八回元春省亲时，她特别赞美宝钗、黛玉"亦发比别姊妹不同，真是姣花软玉一般"，对于众姊妹即席作诗的表现，还笑称"终是薛林二妹之作与众不同，非愚姊妹可同列者"，显示她对钗、黛二人都青睐有加，并且在短时间的接触中迅速把握住她们在气质、才学上出类拔萃的特点，同样地，对于龄官也是如此。

从第十八回的描述可以得知，为了元春归宁省亲一事，贾蔷从姑苏采买了十二个女戏子，将她们安置于梨香院，由"教习在此教演女戏"，其中以扮演小旦的龄官表现得最为出色，元春观赏演出之后，特别下谕说"龄官极好"，并赐予她许多额外的赏赐。我们在前文中曾经提醒过，此刻龄官表现出对主管贾蔷的抗命行为，但是元春并不以为忤，依然非常欣赏龄官，还命令说"不可难为了这女孩子，好生教习"。值得注意的是，元春与龄官的互动并未仅止于此，当她回宫之后，不仅本家的直系亲人可以每隔几个月进宫与贵妃相聚，甚至连身为戏子的龄官都有机会入宫。

试看第三十六回中，有一段宝玉和龄官二人互动的情节，便清楚反映了龄官深得元春的赏识和厚爱，作者描述道：

> 宝玉因各处游的烦腻，便想起《牡丹亭》曲来，自己看了两遍，犹不惬怀，因闻得梨香院的十二个女孩子中有小旦龄官最是唱的好，因着意出角门来找时，只见宝官玉官都在院内，见宝玉来了，都笑嘻嘻的让坐。宝玉因问"龄官独在那里？"

众人都告诉他说："在他房里呢。"宝玉忙至他房内，只见龄官独自倒在枕上，见他进来，文风不动。宝玉素习与别的女孩子顽惯了的，只当龄官也同别人一样，因进前来身旁坐下，又陪笑央他起来唱"袅晴丝"一套。不想龄官见他坐下，忙抬身起来躲避，正色说道："嗓子哑了。前儿娘娘传进我们去，我还没有唱呢。"

有趣的是，宝玉在众金钗的圈子里一直都是众星拱月般的核心人物，女孩们无不乐意围着他玩乐，孰知此际他竟然遭到了龄官的冷眼嫌弃。龄官不仅在宝玉坐到身边时，连忙"抬身起来躲避"，面对宝玉要她唱一套曲子的央求，甚至以"嗓子哑了"作为借口断然回绝，根本不把宝玉看在眼里。龄官的冷淡对宝玉来说简直是破天荒的遭遇，清代评点家姚燮《读红楼梦纲领》即对此提示道：

> 宝玉过梨香院，遭龄官白眼之看，黛玉过栊翠庵，受妙玉俗人之诮，皆其平生所仅有者。

宝玉可是贾府里炙手可热的少爷，集万千宠爱于一身，在小说前八十回中，唯一一次不被当作是价值的最高拥有者，以及所有人际关系的核心人物的，就属这一回的"过梨香院，遭龄官白眼之看"。幸而此事为宝玉带来的是成长的契机，给予其一种醍醐灌顶般的全新领悟，促使他重新认识自我，并进行了人格结构的去中心化。儿童心理学家指出，一个人在成熟的过程中必须经过"去中心化"的步骤，意谓某个人、某件事导致一个人开始意识到自己根本就不是世界的焦点，于是懂得客观地从别人的角度来看待自己、认识世界。而以前的宝玉，在潜意识里总认为所有的人都会环绕着他，以他的意志为中心，可是，龄官却结结实实地打破了他一直以来所习惯的自我定位和存在信念。这个偶发事件的关键意义在于，宝玉从此突破了幼儿式的自我中心并获得了成长，懂得以不同的心态和观看角度与别人交流、应对。

于是，当宝玉"痴痴的回至怡红院中"，便和袭人感慨道：

> 我昨晚上的话竟错了，怪道老爷说我是"管窥蠡测"。昨夜说你们的眼泪单葬我，这就错了。我竟不能全得了。从此后只是各人各得眼泪罢了。

由这段话可知，宝玉终于领悟到以前自我中心的心态是多么狭隘，有如坐井观天，事实上并非全部女孩的眼泪都可由他一个人"全得"，至少龄官的眼泪便不属于他，因此产生了巨大的失落感。当然，对于习惯享受特权的人而言，这是一种遗憾，但对心智成熟的人来说，却正提供了一个让自己成长的绝妙契机。

再看龄官所谓"嗓子哑了。前儿娘娘传进我们去，我还没有唱呢"，确实极具挡箭牌的作用，从中也反映出龄官的个性十分高傲，即使面对至高无上的皇权，她都敢于不迎合、不谄媚，恰恰与第十八回中，她违逆贾蔷以主管的权威指派她表演《游园》《惊梦》两出戏的情况如出一辙。既然龄官连元妃传她入宫时都可以不唱，则宝玉又算得了什么？综观这两件事情都与元妃直接相关，而对于龄官一再抗命的行为，元妃的态度都是百般包容，甚至可以说是纵容，这才是最难得的。一般当我们谈到"包容"一词时，其实或多或少都蕴含着一些消极色彩，带有隐忍的意味，但是"纵容"二字却截然不同，其中含有顺任、欣赏之意，而且愿意鼓励对方做出违抗的行为。足见即使元春手握皇权，却依然愿意宽待有人在她面前不表现出对皇权的敬畏，这便证明了元妃海纳百川的性格确实难能可贵。

那么，我们该如何评判龄官的个性呢？相信大部分《红楼梦》的读者，应该都是以贾宝玉的视角作为看待一切人、事、物的标准，只要是宝玉喜欢的，那毋庸置疑都是好的，为价值之所在；倘若是宝玉不喜欢的、为他所贬低的，大概就会被视为曹雪芹和《红楼梦》所鄙夷、唾弃的。虽然这种阅读心态的确在所难免，可是思想严谨的读者绝对不应该忘记，宝玉只不过是整部小说里众多的人物之一，虽然他是主要角色，但并不代表他就是评判一切是非对错或价值高下的标准。更何况，主要人物只是因为叙事架构的需要才被突显出来，而在现实中，人人皆平等地担任自己人生的主人翁，努力顺应或对抗自己的命运，去完成或完善他们的一生，并没有所谓的孰轻孰重之分。据此而言，宝玉的观感只不过是小说里的各种主旋律之一，虽然它很动听也颇具价值，可是其他的主旋律同样如此，甚至它们的价值可能比宝玉的还有过之而无不及。

因此，必须注意的是，龄官这种自我中心极为强烈的个人主义，实际上并非曹雪芹或《红楼梦》想要彰显的人性价值，纵然她是黛玉的重像之一，同时属于宝玉见了便感到清爽的女孩儿，但这并不意味着她所展现出来的人格特质就是作者所推崇的。

确实，曹雪芹是一个能够多元并存、矛盾统一，而创造出《红楼梦》这部伟大经典的小说家，因此他笔下的每一个人物都是活色生香、传神写照，具有可爱、可喜的不同优点，尤其那几位主角占了篇幅的优势，往往被视同小说家最为肯定的自我化身，宝玉、黛玉的个人倾向也因此成为性灵至上观的最佳代表。然而实情并非这么简单，倘若真的要曹雪芹选出哪一种人比较好，他恐怕不会以贾宝玉作为答案，纵使他最了解宝玉，把宝玉写得如此地精彩动人，甚至对他报以同情的微笑，但那也只是因为宝玉等于曹雪芹的前半生，乃其过去即成年之前不成熟阶段的自我再现。而过去的自我就等于现在的自我吗？答案是不一定，因为大多数人都会长大，随着心智的发展和生活样态的变化也将重新评价过去的自我，岂不见很多作家都"悔其少作"吗？对行为处事的判断亦然。其实，曹雪芹是怀着忏悔之情以及沉重的批判来看待宝玉的，即便他把宝玉的一生描写得鲜活可亲、扣人心弦，但是，宝玉的价值观并不等同于作者曹雪芹的立场和态度。

"宁养千军，不养一戏"

如果要知道当时的曹雪芹究竟是如何看待龄官这一类戏子的个性，恐怕便得透过与他同一阶级文化出身的脂砚斋来深入了解。乾隆时期，上流阶层、精英家庭流行着蓄养戏子的风气，家里拥有戏班本属常事，其中当然不乏出类拔萃的伶人，除龄官之外，第三十三回提到忠顺亲王府的琪官蒋玉菡，也是其一。主人们对戏子辈的性格有了就近观察的机会，由此形成一种普遍的共识，即俗语所说的"宁养千军，不养一戏"，意指宁愿花费巨额去养千军万马，也不要养一个戏子，可见伶人的形象在他们的眼中其实是非常负面的。脂砚斋在第十八回批云：

> 按近之俗语云："能（宁）养千军，不养一戏。"盖甚言
> 优伶之不可养之意也。大抵一班之中，此一人技业稍优出众，
> 此一人则拿腔作势，辖众恃能，种种可恶，使主人逐之不舍，
> 责之不可，虽不欲不怜而实不能不怜，虽欲不爱而实不能不
> 爱。余历梨园子弟广矣，各（个）各（个）皆然。亦曾与惯养
> 梨园诸世家兄弟谈议及此，众皆知其事，而皆不能言。

所谓"技业稍优出众"者即才华超群的优伶，是此辈中人最难以
对付的，因为他们会有"拿腔作势，辖众恃能"的任性表现，虽然令
人"不能不怜""不能不爱"，却掩盖不了他们的"种种可恶"之处。
从常理来说，龄官之所以会产生唯我独尊的骄纵个性，实际上是源自
不幸的身世，毕竟小小年纪就被卖到戏班子里吃尽各种训练的苦头，
又没有父母在旁边呵护照顾，加上贱民的身份不免遭人轻蔑，自然而
然便容易形成自卑心理。而一个人的自卑心理通常会借由优越感来得
到补偿，正如奥地利心理学家阿德勒在《自卑与超越》中所说：

> 自卑情结总是会造成紧张，所以争取优越感的补偿动作必
> 然会同时出现，但其目的却不在于解决问题。

他认为自卑感是人与生俱来的，并且这种自卑感在大多数的情况下属
于正常的健康反应，甚至能促使一个人追求进步；但是当自卑感被过
分激发出来，人们为了平衡情绪便自然会产生出一种优越感来加以补

偿。简而言之，当一个人傲世轻物、口出狂言，展现出强烈的自大态势时，即证明他正被高度的自卑感所充塞，傲慢只是其自我防卫的一种外显方式。

清朝和历代一样，优伶乃属于最底层的"贱民"阶级，不仅因为卑贱的身份而普遍遭到鄙视，日常生活也过得艰难辛苦，为了练就一身出色的表演技艺，身上往往会留下相当严重的伤痕，这些伤痕再加上特殊的生活环境，很有可能会导致他们的身心发展不健康，以致"拿腔作势，辖众恃能"。因为对他们来说，唯一能胜过别人的就是才华，所以便尽力展露自己的过人之处，并表现出鄙夷或凌驾于他人的气势，以达到一种心理上的补偿，然而，这种行为却会给一起相处的人带来不愉快的感受。无可奈何的是，即使这些戏子做出"种种可恶"的表现，主人却因为他们的高超技艺和卓越出色的表演，而舍不得把他们赶走。

既然做不到狠心把优伶们从家里驱逐出去，为何主人又"责之不可"呢？原来，他们虽然身份低贱，却极为骄傲，倘若因为加以责备而伤及其自尊心，可能因此招来更多不必要的困扰。由此可见，在多数人的眼中，优伶堪称麻烦人物，这样一来，便不难理解为何脂砚斋会批曰"虽不欲不怜而实不能不怜，虽欲不爱而实不能不爱"。虽然优伶的性格令人讨厌，一不小心刺激到其自尊心，他们就会像刺猬一样竖起身上的尖刺来伤害别人，可是被触怒者一想到他们有不得已的身世背景，又不忍心为此而加以责备，何况也还需要他们提供的表演服务，实在是让人又恨又爱。

既然清朝上层社会大部分的家族都养戏班子，彼此又常常交流、比较，例如第五十四回贾府欢庆元宵时，贾母派人叫来自家的女伶，在台上唱上两出戏助兴，她笑道："你瞧瞧，薛姨太太、这李亲家太太都是有戏的人家，不知听过多少好戏的。这些姑娘都比咱们家姑娘见过好戏，听过好曲子。……咱们好歹别落了褒贬，少不得弄个新样儿的。"可见世家成员见识过不少的梨园子弟，所以清楚知道不只是自己家里会出现"拿腔作势，辖众恃能"的优伶，其他人家也有类似的情况，于是脂砚斋表示"余历梨园子弟广矣，各（个）各（个）皆然"。

可想而知，龄官属于一个典型化的代表人物，是浓缩了这类梨园弟子形象的佼佼者，他们性格中可爱又可恨的特质都在龄官身上展现得淋漓尽致。再看龄官拒绝表演《游园》《惊梦》这两出戏时，脂砚斋又对此批曰：

> 今阅石头记至"原非本角之戏，执意不作"二语，便见其特能压众，乔酸娇妒，淋漓满纸矣。复至"情悟梨香院"一回，更将和盘托出，与余三十年前目睹身亲之人，现形于纸上。使言石头记之为书，情之至极，言之至恰，然非领略过乃事，迷陷过乃情，即观此茫然嚼蜡，亦不知其神妙也。

他从龄官"原非本角之戏，执意不作"的抗命上看出那些才华特出之戏子惯于"特能压众，乔酸娇妒"的习性。所谓"特能压众"就是恃才傲物，因为自负有才，所以不自觉地瞧不起别人，甚至藐视权威。而"乔酸娇妒"则是指得失心很重，一旦别人在才艺表现或受宠程度上超越自己，便会觉得技不如人而产生失败感，所以这类名角非常敏感、容易嫉妒。由此进一步导致他们更加依赖"特能压众"的骄傲表现，来维护自己的尊严。

从"技业稍优出众"这一点来看，龄官的确当之无愧，但即便她具备令人赞赏的不俗才华，客观地看，也同时有"拿腔作势，辖众恃能"的习气，那恃才傲物的任性一面也颇让人不敢恭维。不过最有趣的是，贵为皇妃的元春竟然非常喜欢龄官，对于她"恃能压众，乔酸姣妒"的性格能够百般纵容，这在讲究尊卑礼仪的传统社会里，更是难得之至。据此可以合理推断，元春应该也会欣赏与龄官性情类似的林黛玉，毕竟她连身份低下的戏子都能够给予赏识，则林黛玉作为纯粹的千金小姐，个性高傲些岂不是很合乎人之常情么？这一点，实际上就和第十八回王夫人所说的"他（按：妙玉）既是官宦小姐，自然骄傲些"相符合。

当时王夫人得知妙玉拒绝了贾府的邀请，不但没有为此而火冒三丈，反倒认为出身官宦世家的妙玉性格骄傲是很合理的，所以愿意改用"下帖子"的高规格礼遇方式来迎接她。以传统社会的礼俗而言，王夫人下帖子给妙玉，便等同于她代表贾府亲自上门邀请，可以说是隆重其事，最终才成功请动了高傲的妙玉进驻大观园。这便清楚说明了贾家是个富而好礼的家族，他们并没有被权力腐化而变得目空一切，以贵势压人，反而待人谦虚有礼，宽厚大度。

据此而言，元春对龄官的包容，显然体现了自幼在王夫人的教导下所养成的宽广胸怀，则同样身为官宦小姐的黛玉表现得高傲些，在她们看来也必定是理所当然的正常现象。这么一来，元春当然不可能为此而不喜欢黛玉。所以，对于元春"以薛易林"的抉择，我们必须综观其性格特质以及她在家族中所得到的整体教育，才能够做出精准的推论，否则又会陷入狭隘的成见旋涡里，流于市俗。

我们已经看到元春的聪慧睿智，使她懂得赏识性格迥异之人各式各样的优点，而她的成熟稳重，则让她极为包容龄官和黛玉的缺点，不加以计较。另外，对于两位女孩偏向自我中心、孤高自许的性格，她甚至带有一种知己般的了解和肯定。我之所以做出这般推论，根据之一是元春特别欣赏龄官，再结合其身为皇妃的处境，显示她之所以打心底接受这种个性的人应该是出于一种替代性的补偿心理——既然我得不到自己想要的，那么我便让你们去追寻、去拥有。元春身处宫规森严的皇家禁地，注定无法实践纯粹的自我，而龄官和黛玉所展现出来的率性，正是她所渴望体验的。难能可贵的是，元春自己虽然无法达成这个愿望，但她并不希望别人也和自己一样不幸，所以出于替代性的补偿心理，便运用至高无上的皇权去庇护这种她本身不可能发展的个性，让自己那饱受压抑的自由与性灵通过此一心理机制转移到龄官和黛玉身上，并从中得到间接的满足。如果以这个角度来看，元春的性格就会更加深刻，更有积极性。

宝二奶奶的人选考虑

那么问题来了，既然元春十分喜欢黛玉的个性，为何她又会选择宝钗，而非黛玉作为宝二奶奶呢？答案便在于：人不应该顺任自己的个人好恶进行重大决策，毕竟"宝二奶奶"关系者众，并非仅仅涉及元妃自己一人而已。元春可以了解和珍惜黛玉这般孤高不驯的鲜明性格，可是她也知道，"自我"只不过是人性组成的一部分，虽然至关重要，但却过于简单而狭窄，何况人类终究是生活在群体中的生命，为了完善群体的运作，必须适时地超越自我，顾及大局，绝对不宜片面地着重个人的自我发展，这就是黛玉落选的关键。

身为世家大族之继承人的妻子，这名女性不应该执着于强烈的自我，因为她必须兼顾每一位家族成员。贾府作为一个庞大的家族，其中存在着各式各样的利益纠葛，为了让家族的日常运作得以和谐平稳、长远持久，如何平衡各方利益，便是当家人必须优先考虑的，所以她绝对不能够以自我的好恶和价值判断为首要之务。从这个角度来看，最佳的胜任者无疑是宝钗。而关于这一点，其实与自我性格的真假、真诚与否无关。

我们要知道，所谓的"自我"其实是一个抽象的、不确定的概念，会因不同的社会而异。西方纯粹以单一自我为核心所发展出来的心理学，在中国面临了儒学影响而本土化之后，便产生"华人心理学"此一分支，其中的代表学者为杨国枢。他认为，如果要真正了解华人的心理，就一定要抱持"华人的自我是一种多元自我（multiple self）"的先决认知，亦即在华人的自我系统中，不仅有强调独立、自主的个人取向的自我，同时也存在着追求群体和谐的社会取向的自我，它们都一样的真诚。

这两种自我在华人的人格结构里是相互并存的，也就是说，自小深受儒家传统文化影响的中国人，无论是政教理念，还是家族关系，都以和谐、团结为最高标准，整个社会、群体的运作都是在追求协调、平衡，因为这才是他们发动人格力量的最高目标，也是他们的行为举止所遵循的原则。所以，华人的潜意识中本来便包含了如何与家族、团体或他人互动配合的意识取向，所谓的"自我"绝对不是一般人所认为的，乃天生自然、又与别人截然不同的特定内涵。虽然"多元自我"是学术界以近世华人社会为基础所提出的新概念，可是它所讨论的问题恐怕更符合清末以前中国人的人格样态。

因此，在儒家文化的社会背景之下，元春选择宝钗作为宝二奶奶可以说是顺理成章的结果。试看第六十七回中，宝钗的哥哥薛蟠从江南贩货归来，顺道带回一些土仪作为礼物，而素来处事面面俱到的宝钗"将那些玩意儿一件一件的过了目，除了自己留用之外，一分一分配合妥当，也有送笔墨纸砚的，也有送香袋扇子香坠的，也有送脂粉头油的，有单送顽意儿的。只有黛玉的比别人不同，且又加厚一倍。一一打点完毕，使莺儿同着一个老婆子，跟着送往各处"。不仅如此，最重要的是，宝钗送礼时考虑周全，并无遗漏，除了彼此相熟、感情亲密的姊妹诸人，她也送了贾环一些东西，因此赵姨娘心中想道：

> 怨不得别人都说那宝丫头好，会做人，很大方，如今看起来果然不错。他哥哥能带了多少东西来，他挨门儿送到，**并不遗漏一处，也不露出谁薄谁厚**，连我们这样没时运的，他都想到了。若是那林丫头，他把我们娘儿们正眼也不瞧，那里还肯送我们东西？

由此可见，宝钗不分厚薄的送礼方式，显露出其周详全备的思考模式与处事风格，让每一个人都感受到一视同仁的尊重，这才是齐家之道。她甚至还体谅到与哥哥薛蟠一同赴江南经商的伙计们路途艰辛，风尘仆仆，故提醒母亲道：

> 自从哥哥打江南回来了一二十日，贩了来的货物，想来也

该发完了。那同伴去的伙计们辛辛苦苦的，回来几个月了，妈妈和哥哥商议商议，也该请一请，酬谢酬谢才是。别叫人家看着无理似的。

这段话证明了宝钗虽然出身于钟鸣鼎食之家，但却完全没有染上任何骄奢任性的习气，对于和哥哥一起行远经商的伙计都体贴入微，并认为理应酬谢他们的辛劳付出。细察《红楼梦》里，为人这般细致妥当的女子堪称屈指可数，其中一个就是宝钗，而她做事恰如其分、周延圆满的能力和人格特质，正是一个当家者必须具备的。因为唯有能够超越个人主观情感并具有大我关怀的理家者，才足以在处理家务时做出最好的安排调度，并激发每一个人的潜能，使彼此相互协调，运作顺畅，所以宝二奶奶的人选确实非薛宝钗莫属。

由此可见，元春具备了一种公私分明、情理兼备的珍贵性格。在无关大局的情况下，她可以顺任主观情感，对那些性情寡合的优秀女子加倍爱护，可是一旦涉及家族的利害关系，攸关全体的生活福祉，便会客观理性地做出裁决，这便导致她在选择宝二奶奶时，必然以"谁的性格最能够胜任贾家继承人的配偶"作为考量的准则。

简而言之，元春在欣赏黛玉的同时却又"舍黛取钗"，这一点都不矛盾，而是基于着重点不同的缘故，虽然她主观上可能更喜欢林黛玉，但黛玉是否能够胜任贾府继承人配偶的这个角色，则是另一回事。当元春在省亲初见黛玉之际，所见所感的就是黛玉"安心今夜大展奇才，将众人压倒"的"恃能压众"性格。对于元妃当时命令一人只需题一匾一咏，黛玉认为限制了她的才能，所以"只胡乱作一首五言律应景罢了"，这些表现以元春"二十年来辨是非"的眼光自然是洞若观火。其实，黛玉这时的性格还处于比较不成熟的前期阶段，而元春除了这一次的归宁省亲之外，并没有更多的机会看到她性格上逐渐回归正统的成熟转变，以至于到了第二十八回的端午节赐礼时，元春只能够根据初见黛玉的第一印象来进行取舍，所以最终才选择了宝钗。

关于黛玉性格变化的分水岭，发生于第四十二回"蘅芜君兰言解疑癖"至第四十五回"金兰契互剖金兰语"的连续一段情节。从之后的故事可以看出，黛玉的性格已经大幅向宝钗趋近、靠拢，变化得非常明显，倘若元春得知黛玉性格的这一成长状况，也许便会对宝二奶奶的人选产生不同的考虑。

取钗舍黛的另一原因

不过，即便元春看到了黛玉为人处事的成熟化，恐怕她依然会选择宝钗，因为有一个明显且令人感到不舍的理由，那就是黛玉体弱多病。作者于第三回描写道：

> 黛玉年貌虽小，其举止言谈不俗，身体面庞虽怯弱不胜，却有一段自然的风流态度，便知他有不足之症。因问："常服何药，如何不急为疗治？"黛玉道："我自来是如此，从会吃饮食时便吃药，到今日未断，请了多少名医修方配药，皆不见效。……如今还是吃人参养荣丸。"

由此可见，贾家众人初见黛玉的身体面貌便立刻看出她自幼即有不足之症，药物早已成为其维系生命的必需品，如同第五十二回黛玉所自言："我一日药吊子不离火，我竟是药培着呢。"并且随着年龄渐长，她的身子不仅没有恢复健康，反倒每况愈下，在第四十五回时，甚至到了"说话之间，已咳嗽了两三次"的地步。既然贾府上下都能够一眼看出黛玉的柔弱多病，更何况是洞察力极高的元春呢？因此，元春不得不把这一点也纳入宝二奶奶人选的考量范围内，毕竟虚弱的体质难以负荷繁重的家务，此所以第五十五回凤姐在斟酌理家人选时，便说"林丫头和宝姑娘他两个倒好"，可惜黛玉"是美人灯儿，风吹吹就坏了"，不可能协理家务。因此正确地说，黛玉的悲剧并非来自她遇到了不喜欢自己的人，而是纵然她备受疼爱，还是无法打败病魔的纠缠，最终走向早夭病逝的结局。作者想要借此传达出来的道理是，人世间的奥妙就在于它的复杂和无奈，我们实在不应该只用单一的逻辑来进行粗浅的推论。

总括而言，元春考虑到未来的宝二奶奶要负责的是整个家族的庞杂事务，而不是任意挥洒个人的自我实践，以至于她必须选出能够承担这项工作，并处理得妥当完善的人选。在第十八回元春初见宝钗和黛玉时，虽则赞叹两人的品貌气度"亦发比别姊妹不同，真是姣花软玉一般"，双方不相上下，可是再三权衡，确认只有宝钗最为适合，所以她才做出"舍黛取钗"的裁决。

由此可见，元春是一个宜公宜私、不以私害公的人，她既可以在主观上了解某一种性格的可爱可贵，又能够在需要客观地去裁量事务时，把自我的好恶放在一边，顾全大局。由她是"因贤孝才德，选入宫中作女史"，随后又"晋封为凤藻宫尚书，加封贤德妃"来看，元春绝对不迂腐，无论是"富贵不能淫"的君子境界，抑或是"二十年来辨是非"的判断力，在在展露出卓越的人格高度，这些林林总总的表现都证明了元春确实是"三春"所不及的杰出女性。

石榴花的文化寓意

大观园不仅是宝玉和一众青春女儿绽放灿烂光芒的主要舞台，性质上更是与元春直接相关的一座皇家园林，根本地说，如果没有元春，大观园就不复存在；同样地，如果没有她，宝玉和金钗们也失去了入住大观园的机会。在论及大观园的辟建与意义之前，我先说明一下石榴花的文化寓意，以便让大家深刻了解到元春的代表花如何与大观园产生联系。

唐朝韩愈有一歌咏石榴花的经典诗句"五月榴花照眼明"（《题张十一旅舍三咏·榴花》），综合涉及石榴花最重要的两个特征，除了提到灿烂逼人的特点，还明确表示它盛开的时间，而这一点同样至关紧要。按照古代采用的年历，五月属于仲夏季节，石榴花绽放于此时，所以农历五月也被称为"榴月"。石榴花盛开于炎热的夏天，本来即是端午常见的季节产物，而且最有意思的是，曹雪芹把元春决定宝二奶奶人选的谕旨，也安排在端午节的背景下进行裁示。

由此可见，元春与端午这个节庆关联甚大，那么，五月尤其是端午，究竟又有什么可以进一步延伸出去的含义呢？首先，石榴花在大观园里绽放，而大观园则是元春归宁省亲，与家人阖府团聚的地方，等同于女儿的闺房，而在当代的社会风俗中，石榴花恰恰与女儿相联系。明末《帝京景物略》一书记载："五月一日至五日，家家妍饰小闺女，簪以榴花，曰女儿节。"意即家家户户在这个时节都要为小女孩精心打扮，并采用五月盛开的石榴花作为装饰，以起到"花面交相映"（温庭筠《菩萨蛮·小山重叠金明灭》）的效果，所以"榴花"又与"小女儿"结合在一起，而端午又被称作"女儿节"。再看明朝诗人余有丁的《帝京午日歌》歌咏道：

都人重五女儿节，酒蒲角黍榴花辰。金锁当胸符当髻，衫裙簪朵盈盈新。

诗中起始的"都人重五女儿节，酒蒲角黍榴花辰"就是指京都人，说明北京人非常重视五月五日的女儿节，所以在那一天，作为当令应景的石榴花便应运而出，和菖蒲酒、角黍粽构成了与端午相关的节日意象。后半首的"金锁当胸符当髻，衫裙簪朵盈盈新"则反映出少女们装扮得新鲜、漂亮的喜悦，簪着的石榴花也灿烂地在她们的鬓边与衣衫上绽放。由此可见，这类文献中"女儿节"的女儿和《红楼梦》的用法近似，主要是少女的意思，当然她们往往同时也是父母的女儿。

明代把端午称为"女儿节"的风俗，到了清朝仍然保留，但又加以扩大，增加了更多的内容，如潘荣陛《帝京岁时纪胜》写道："饰小女尽态极妍，已嫁之女亦各归宁，呼是日为女儿节。"可见此时的"女儿节"庆典具有两层含义：其一，延续之前的习俗，为尚未出嫁的小女孩盛妆打扮，让她们尽情展现自己的美丽；其二，已经出嫁的女性，则在这一天以女儿的身份回娘家与父母共聚天伦，享受当女儿的快乐。就后者而言，道光十五年（1835）时，有一位进士名为彭蕴章，他所写的《幽州风土吟·女儿节》即云：

> 女儿节，女儿归，要青去，送青回。球场纷纷插杨柳，去看击鞠牵裾走。红杏单衫花满头，彩扇香囊不离手。谁家采艾装絮衣，女儿娇痴知不知？

题目里的"幽州"，在古代是指北京、河北一带。诗中的"女儿娇痴"正是形容端午归宁的女儿们，回到娘家后得以享受母亲怀抱的温暖，可以无拘无束，像小女孩一样尽情玩耍的欢乐情态。至于"球场纷纷插杨柳"一句则承袭了自古以来柳树最常见的象征，表示离别之意，暗喻女子在与娘亲共度了女儿节之后，必须离去回返夫家，而"红杏单衫花满头"的"花"便是指在五月盛开的石榴花。

石榴花几乎成了五月里最具代表性的花卉，它所隐含的这些女性指涉，也是曹雪芹之所以设计此花作为元春代表花的重要原因之一，亦即虽然它一枝独秀，具有万绿丛中一点红的气势，却可以说是既绽放得灿烂炫目，也开放得寂然落寞，五月的石榴花总是环绕着一股美丽辉煌又孤独寂寞的氛围，而这些意象都与元春联结为一。试看一首河南歌谣不仅直接把石榴花和女儿节相互联系，更将此花作为出嫁女子因思亲而触景生情的起兴物象，所谓：

> 石榴花，溜墙托。……井台高，望见娘家柳树梢。闺女想娘谁知道？娘想闺女哥来叫。

这篇歌词明白表露出母女分离而彼此相思的悲伤，也同样出现了代表离别的柳树。由此可见，石榴花不仅寓托了归宁省亲的女儿所享受到的亲情，甚至还蕴含着出嫁女子思亲的苦涩情怀，这两点显然都反映出封妃之后必须长居后宫，而难以陪伴家人共享天伦的元春所经历的处境和心境。加上此花的寓意也与当时的民间习俗、季节风物的特性息息相关，足证作者安排石榴花作为元春的代表花之独具匠心。

如此一来，带有嫁女思亲之意的石榴花被种植在大观园内，就显得非常顺理成章。因为大观园正是元春回到贾府与亲人团聚的重要场所，她在与贾母、贾政和王夫人相见时，既有女儿与家人重聚的欢喜，也包含了久别重逢之后"满心里皆有许多话，只是俱说不出，只管呜咽对泣"（第十八回）的心酸无奈。

从石榴花所蕴含的节庆寓意，可以看出《红楼梦》确实是一部文化百科全书，曹雪芹把过去两千多年来悠久深厚的思想传统，以及明清时期的各种民俗风习，都化为他的创作素材，然后将这些浩瀚的资料以形形色色的方式融入小说里，进而建构出"石榴花—端午节—女儿节—嫁女思亲归宁—大观园—元春"的意义脉络，并借由大观园的中介作用，使得元春和石榴花的关系越发紧密并向外延伸扩展，形成非常丰富的文本含义。

大观园：皇权的产物

再深一层来看，对于元春而言，大观园已经不只是一个可以回家省亲的"感性家园"，更是一座"精神家园"。畅广元主编的《文学文化学》一书中指出，"感性家园"即一般意义上的住家，具备令人身心愉悦放松的感性功能，而"精神家园"则是出于对沉沦的抗拒、对自由的诉求，而希望引领自我回归本体时，所找到的一个绝对的存在领域，其中实际上蕴含着一份对存在的诗意化沉思。上述学者为"精神家园"所做的诠释，不仅能够帮助我们理解大观园对于元春的重大意义，同时也让读者得以知晓她之所以下谕开放大观园给众金钗居住，此一决策实乃出自一种替代性的心理补偿。

在第二十三回里，作者清楚描写道：

> 贾元春自那日幸大观园回宫去后，便命将那日所有的题咏，命探春依次抄录妥协，自己编次，叙其优劣，又命在大观园勒石，为千古风流雅事。

元春省亲回宫之后，便开始整理编次众人在大观园中所作的诗篇，显然这些笔墨对她而言意义重大。其实客观来看，当时姊妹们的题咏都只是应制之作，因此很难表现出个性和深意，那么为何元春还如此喜爱，甚至想要铭刻下来以传承不朽，而"命在大观园勒石，为千古风流雅事"呢？原来关键在于那是她的亲人们的作品，也是她与自家血脉的共同创作，堪称意义非凡的回忆见证。

接着，元春又想到贾政在她省亲之后，必定会把大观园"敬谨封锁，不敢使人进去骚扰"，因为那是为贵妃省亲所打造的皇家禁地，所以身为臣子的贾政必须封锁大观园，以维护其神圣性，避免他人随意入内糟蹋。元春却认为此举将会白白辜负大观园的美景，更何况"家中现有几个能诗会赋的姊妹"，如果不让她们在这样美好的地方施展才华，也是一种遗憾，所以元春便决定"命他们进去居住，也不使佳人落魄，花柳无颜"。元春的决策堪称是"诗意化的沉思"，把大观园从庄严肃穆的皇家禁地转化成一片诗意盎然的女儿乐土，众姊妹得以在大观园内尽情发展她们的个性才华，而对于元春来说，这恰恰补偿了她所得不到的、失去的自由诉求。

我之所以特别强调这个重点，在于许多读者都认为大观园是属于宝玉和众金钗的乐园净土，但是大家不应该忽略此一基本事实：只有元春以其至高无上的皇权下令开放大观园，金钗们才得以进去居住。换句话说，倘若不是元春善用自己所掌握的权力，大观园根本就不可能成为宝玉和女儿们的青春乐园。

众所周知，大观园是太虚幻境的人间投影，如脂砚斋在第十六回夹批所说："大观园系玉兄与十二钗太虚玄境，岂不（可）草索（率）。"时至民国初年，属于"索隐派"的王梦阮也提出了类似的说法，他认为："太虚幻境，与大观园是一是二，本难分晰。""索隐派"这支红学派别最大的特点，就是将《红楼梦》视为历史文献，把书中的人物、故事与历史事件相互比较、进行对照，并处处附会出政治隐喻，而完全抹杀了《红楼梦》作为一部小说的虚构性和艺术上的独立自主性。虽然王梦阮于解读《红楼梦》的方法上存在不少问题，但不可否认的是，这番话却证明了他也有一些精准而深刻的见解。

从盛清时期的脂砚斋到民国初年的王梦阮，都已经看出大观园与太虚幻境的紧密关联，然而，大观园毕竟不是真正的仙境，在现实世界里，如何才能够合理并郑重其事地给予大观园一种神圣性呢？答案便是皇权。大观园除了作为人间乐土以及太虚幻境的镜像投射，它背后所隐含的重要意识形态，实际上是脱离了过去之传统价值体系、讲

究个人主义的现代读者很容易忽视的。但正如脂砚斋于第二十三回的
眉批所提醒：

> 大观园原系十二钗栖止之所，然工程浩大，故借元春之名
> 而起，再用元春之命以安诸艳，不见一丝扭捻。

所谓"元春之名""元春之命"，都一再指出元春所拥有的至高无上
的皇权便是建造大观园的契机，同时这也赋予她"安诸艳"的权力，
元春以其身为皇妃的尊贵身份，借由省亲而成为大观园的催生者。
虽然元春只在第十八回昙花一现，但她也是整个故事背后的骨架，
更是大观园之神圣性的来源，"安诸艳"之举正是皇权的施展，若非
如此，"诸艳"根本无法在大观园里安栖，因此元春才是一切动人青
春故事的源头。有见于此，清末评点家野鹤《读红楼札记》亦云：
"《红楼梦》无形中一重要人物手造许多风流艳话。或问为谁？曰
元妃。"

　　总括而言，曹雪芹透过元春及其掌握的皇权，让宝玉和女儿们能
够住进大观园，主要是为了展现出那个时代在政治、社会、为人处事
上最完美的层次就是王道，即权力与道德的结合。身份地位极为尊贵
的集权者也可以是一个具有效率、富而好礼、体贴百姓的仁君、圣
君，而他安顿各方百姓的仁政便是王道的体现。处于当时的政治制度
以及森严的皇家礼制之下，君主能够体恤妃嫔们因为长居后宫而无法
尽孝道的遗憾，并为此创造出一个让她们归宁省亲的机会，此心此举
简直是罕见难有。这也证明了曹雪芹安排元妃省亲的情节不仅是出于
小说本身的需要，同时也借以展现王道的最高境界。

同样的道理，元春利用自己的皇权，让少女们可以住进一个充满快乐、美丽而相对自由的地方，贵妃以合理的权力运用令更多人受益，其实也是一种王道的实践，所以曹雪芹自始至终想要表达的，是他生活在一个至善至美、旷古未有的王道时代，这与如今许多人所认为的，《红楼梦》乃采取反传统的思想价值形成了鲜明的对比。必须说，《红楼梦》正面宣扬皇权的态度是现代崇尚个人主义的读者所难以体会的，可是这部小说之所以成为经典，正因为它合乎那个时代、却又在创作中得出了超乎那个时代的具体成果。

整体而言，大观园在转化成为女儿们的净土时经历了两个过程。首先，大观园属于帝王开恩的产物，其辟建的目的便是"抒下情"，即抒发那些下位者内心所蕴含的各种喜怒哀乐，也就是泄导人情之意。"抒下情"之说源自东汉班固的《两都赋·序》：

> 或以抒下情而通讽谕，或以宣上德而尽忠孝，雍容揄扬，
> 著于后嗣，抑亦雅颂之亚也。

在文学史上，赋体因为全景图式的铺陈叙写而成为颂圣的绝佳文类，尤其"京都赋"此一书写题材，更是以"宣上德"和颂扬君权为创作的主要内涵。我们要知道，这是一个源远流长的政治文化传统，即便出生于盛清时期的曹雪芹上距汉朝有千年之远，也不可能置身于这样的传统之外，因为那是传统高雅文化的核心之一，为历代之精英分子所必备，所以他才会在《红楼梦》里特别安排君主为了"抒下情"，而尽量去安顿没有权力的人，满足他们内心以及生活上的各种需要，由此也同时达到"宣上德"的目的。

妃嫔们能够有机会回家与亲人团聚的情节，见于第十六回中，贾琏长篇大论地说道：

如今当今贴体万人之心，世上至大莫如"孝"字，想来父母儿女之性，皆是一理，不是贵贱上分别的。当今自为日夜侍奉太上皇、皇太后，尚不能略尽孝意，因见宫里嫔妃才人等皆是入宫多年，抛离父母音容，岂有不思想之理？在儿女思想父母，是分所应当。想父母在家，若只管思念儿女，竟不能见，倘因此成疾致病，甚至死亡，皆由朕躬禁锢，不能使其遂天伦之愿，亦大伤天和之事。故启奏太上皇、皇太后，每月逢二六日期，准其椒房眷属入宫请候看视。于是太上皇、皇太后大喜，深赞当今至孝纯仁，体天格物。因此二位老圣人又下旨意，说椒房眷属入宫，未免有国体仪制，母女尚不能惬怀。竟大开方便之恩，特降谕诸椒房贵戚，除二六日入宫之恩外，凡有重宇别院之家，可以驻跸关防之处，不妨启请内廷銮舆入其私第，庶可略尽骨肉私情、天伦中之至性。此旨一下，谁不踊跃感戴？

这段话的重点，在于颂扬当今皇上是位"至孝纯仁，体天格物"的仁君，因此才会有让妃嫔省亲的法外开恩，而帝王"贴体万人之心，世上至大莫如'孝'字，想来父母儿女之性，皆是一理，不是贵贱上分别的"，这般的推己及人正是"抒下情"的最佳体现，皇帝意识到无论身份阶级如何贵贱差异，大家都同样有孺慕之情，实践孝道的天性根本是天经地义的。既然不分贵贱都有类似的需求，何不为众妃嫔创造回家省亲的机会，以慰藉她们思亲的心灵呢？值得注意的是，皇上还进一步想到，妃嫔的父母可能会因为过于思念女儿而"成疾致病，甚至死亡"，岂非令人万般不忍？在反求诸己之下，皇帝深感这般的悲剧"皆由朕躬禁锢，不能使其遂天伦之愿，亦大伤天和之事"，因此"启奏太上皇、皇太后，每月逢二六日期，准其椒房眷属入宫请候看视"。

"椒房"是从汉代就出现的名词，原本用来代指皇后，因为皇后居处墙壁上涂抹的泥里混合了花椒粉，故以"椒房"称之，一是取其芬芳、温暖之意，二则取花椒多子的象征，而《红楼梦》里的"椒房"则是泛指皇帝的妃嫔。从皇帝亲自提出"准其椒房眷属入宫请候看视"的仁厚表现，可以看出他绝对不是唯我独尊的霸道君王，反而善以一种平等的心理、人性的本然去设想问题，所以太上皇、皇太后在听闻皇上的决策后才会大喜，并"深赞当今至孝纯仁，体天格物"。

大家必须细心留意的是，在《红楼梦》内，被称为"圣人"的不仅有皇上，还有太上皇、皇太后两位，这便反映出小说中确实蕴含着对皇权由衷尊崇的思想内涵。由于后宫禁地戒备森严、繁文缛节，两位老圣人考虑到妃嫔们在这样的环境下与母亲相聚，必然无法尽情诉说思念之情，因此"竟大开方便之恩，特降谕诸椒房贵戚，除二六日入宫之恩外，凡有重宇别院之家，可以驻跸关防之处，不妨启请内廷銮舆入其私第，庶可略尽骨肉私情、天伦中之至性"。虽然皇权的开恩是有限度的，然而皇上、太上皇和皇太后都在不违背国体礼制的情况下，适当地调节了既有的规定以成全孝道人情，显示出作者于小说里处处展露以君权为中心的王道，正是为了说明如果没有皇帝的恩泽，元妃即无法省亲，大观园也就不会出现了。

元妃给予的"母性空间"

大观园这座温柔乡与女儿乐园的兴建完全在于君权的施展，而元妃省亲之后的大开方便之恩，则是众金钗得以入住园内的第二个关键。作者在第二十三回描写道：

> 如今且说贾元春，因在宫中自编大观园题咏之后，忽想起那大观园中景致，自己幸过之后，贾政必定敬谨封锁，不敢使人进去骚扰，岂不寥落。况家中现有几个能诗会赋的姊妹，何不命他们进去居住，也不使佳人落魄，花柳无颜。却又想到宝玉自幼在姊妹丛中长大，不比别的兄弟，若不命他进去，只怕他冷清了，一时不大畅快，未免贾母王夫人愁虑，须得也命他进园居住方妙。

最有意思的是，元妃优先考虑可以进驻大观园的名单是"能诗会赋的姊妹"，为了"不使佳人落魄，花柳无颜"，她才下令让钟灵毓秀的少女们居住在园内。也就是说，金钗们通过诗词所展现的灵秀气质，正是由元妃所发掘、助长出来的，因为这些姐妹虽然都能诗会赋，可是处于荣、宁二府以伦理为取向的生活空间中，必然无法全力施展诗才，而元妃的决策无疑让少女们的文艺才华得到充分的发展。这便说明了在元春的判断里，如果没有大观园与能诗会赋的姊妹们相得益彰，佳人也会落魄失色，无法焕发光彩。

至于宝玉，他虽然是元春最为疼爱、挂念的弟弟，却并未成为进驻大观园的优先人选，反而是附带的跟班，只因元春顾虑到宝玉"自幼在姊妹丛中长大，不比别的兄弟，若不命他进去，只怕他冷清了，一时不大畅快，未免贾母王夫人愁虑，须得也命他进园居住方妙"。思虑周全的元春深刻了解到，喜欢与姊妹们一同玩乐的宝玉如果不一起入住大观园，必然会心生郁闷难过，如此一来，也会让贾母、王夫人担忧不已，基于孝道的原则，因此"命太监夏守忠到荣国府来下一道谕，命宝钗等只管在园中居住，不可禁约封锢，命宝玉仍随进去读书"。

可以说，元妃身处宫规森严的后宫禁地，个人的自我性灵自然饱受压抑，所以非常了解失去自由必定会让天赋受限。她对黛玉、龄官这类性格孤高自许的女孩处处包容，甚至给予她们知己般的了解与肯定，如此百般保护少女的行为，恰恰印证了其中确实存在着一种替代性的心理补偿，而元妃开放大观园给能诗会赋的姊妹们入住，也是借由转嫁的心理机制获得满足。

试想，黛玉在大观园里创作了多少优美的抒情诗词，包括《葬花吟》《秋窗风雨夕》《桃花行》等等，假如没有这些作品，她多愁善感的动人形象势必也会减色几分。所以无论是黛玉的形象，还是宝钗的性格，以及其他姊妹能够拥有一个安栖的避风港，绝对都是元春赐予的大观园才可以助成的。

再看第四十八回里，薛蟠出门贩卖货物后，香菱因为不必侍候薛蟠而多出了不少闲暇时间，洞悉香菱渴望进入大观园的宝钗，便主动对薛姨妈提议道："妈既有这些人作伴，不如叫菱姐姐和我作伴去。我们园里又空，夜长了，我每夜作活，越多一个人岂不越好。"于是，在得到了薛姨妈的同意后，香菱被接进蘅芜苑与宝钗同住，终于满足了内心秘密的愿望，而她进园以后的第一个要求就是学习作诗，第一位指导老师便是黛玉。在不被现实繁琐的杂务所耽误的情况下，香菱学诗可谓进步神速，一旦写出不错的习作之后，宝玉还高兴地说道：

> 这正是"地灵人杰"，老天生人再不虚赋情性的。我们成日叹说可惜他这么个人竟俗了，谁知到底有今日。可见天地至公。

仔细推敲宝玉的这番话，主要有两个重点：第一，原来大家认为香菱固然是如此美丽超凡的一个人，可惜"竟俗了"，而她之所以被判断为"俗"，显然是因为缺乏作诗的才能与文学审美的情趣；而在经过钗、黛两人的指点和自身的不懈努力之后，香菱成功学会了作诗，此即"老天生人再不虚赋情性"的表现，香菱并没有浪费天赋，通过不断地读诗、学诗，使其性灵得到飞跃性的升华，终于由此而不俗。第二，香菱之所以能够"不虚赋情性"，除了具有"能诗"的优秀资质之外，最大的关键在于大观园乃"地灵人杰"之处，是一个能够让少女们尽情吟诗作赋的神圣地方，正因为有了大观园的"地灵"，香菱才能成为"人杰"，换句话说，倘若没有大观园的辟建，即使香菱天赋异禀，她灵魂深处的性灵之美也无法焕发出来。由此可见，生活环境对于个人的精神、心灵的提升起着举足轻重的作用。

总括而言，这些红粉佳人可以通过诗词展现出天地日月精华的清淑之气，正是由元妃所充分开显出来的，假若没有元妃，这些少女们岂能够完全展现出天地灵秀的天赋？归根结底，元妃给予这些青春女儿们更灿烂的生命光辉，正因为有了元春，大观园才得以从皇室禁地转化成为一种母性空间。所谓"母性空间"是指那些给予个人充分自由及温暖的环境，而大观园就像母亲的怀抱一样，让金钗们卸下人世间的烦恼、压力、计较，能够更多地伸展自我，可见元妃通过大观园这一母性空间，为宝玉和少女们营造了一段充满宁静呵护和丰饶富足的乐园生活。

"大观"一词来自《易经》

元妃有限度地开放大观园，此举正是一种王道的表现，她在拥有了至高无上的权力之后，愿意把它转化为一种维护及助成别人的正面力量，这种仁德之心极为难能可贵。可以说，元妃开恩的慈惠之举展现了传统社会中老百姓所期望掌权者应该达到的人格境界。

虽然宝玉在大观园落成之后，曾经跟随贾政众人入园题撰各处的匾额，但是大观园的命名者绝非宝玉，而是元妃，除了"大观"的园名外，潇湘馆、蘅芜苑、怡红院、稻香村、缀锦阁等建筑都是元妃赐题的。以潇湘馆为例，虽然此一院落起初是由宝玉拟称为"有凤来仪"，以切合元妃的身份而满足颂圣的功能，可是如果仔细品味，这个名字其实与将来住进屋舍中的黛玉之性情特质、审美情趣都不甚符合，反而是元妃修改的名字更加贴切，后来也果然成为黛玉的别称。在第三十七回发起诗社之际，探春为黛玉想了一个极当的美号，即"潇湘妃子"，其取名的典故依据就是：

当日娥皇女英洒泪在竹上成斑，故今斑竹又名湘妃竹。如今他住的是潇湘馆，他又爱哭，将来他想林姐夫，那些竹子也是要变成斑竹的。以后都叫他作"潇湘妃子"就完了。

由此可见，娥皇、女英洒泪成斑的故事恰恰与黛玉多愁善感的性格相互呼应，所以探春才会帮黛玉取了"潇湘妃子"的别号，而这一雅称乃源自元春所命名的"潇湘馆"，据之便说明了比起宝玉的最初题称，元妃的赐名更加契合黛玉的人格情调。

必须说，曹雪芹安排元妃赐名的这段情节绝非无关紧要的泛泛之笔，元春之所以为这座"皇家园林"取名为"大观园"，其中实际上包含了以王道为中心的传统政治思维架构。首先，我们必须正确了解"大观"究竟是何等含义。虽然在学术界里，确实有一两位学者注意到"大观"一词来自《易经》的观卦，但是并没有据此进行详细解释，反而依然围绕着"大观"即洋洋大观、景物丰饶的观点来发挥，尤其因为到了明清时代，私家园林的建造大盛，"大观园"这个词汇越发被人频繁地运用，加上各种冠以大观之名的书籍纷纷出版，例如"笔记小说大观"等，以至于"大观"变成了一个世俗化的流行词语。

比如，著名学者王利器虽然留意到"大观"一词最初是来自《易经》，不过他依旧判定《红楼梦》的"大观"是源出范仲淹的《岳阳楼记》，而忽略了源远流长的王道系统和儒家文化渊源，因此也没有掌握到《岳阳楼记》的"大观"依然还是儒家所奠定的王道之义。要知道，明清时期若干被通俗化使用的"大观"，其意并不切合《红楼梦》的内涵，尤其贾家属于皇亲国戚，与皇权关系紧密，其中的"大观"绝对不是形容一般的私家园林，或是普通知识分子在编撰书籍时，为了呈现品物或知识之浩瀚而使用的"洋洋大观"，曹雪芹所采用的必定是《易经》里蕴含圣君实行仁政的"大观"思想。

关于这一点，往往有人会反问，如何确认曹雪芹读过《易经》呢？这个问题其实根本不成立，原因有两点：第一，对传统的世家子弟来说，《易经》和其他并称为"十三经"的儒家经典一样，都是他们自幼学习过程中必要的知识储备，根本不用确认，需要确认的是我们现代的学者，即使是大学内的中文系教授，也有很多根本没有读过《易经》，何况欠缺古典文化背景的一般人。第二，《红楼梦》文本里也有清楚的证据表明曹雪芹必定熟悉《易经》，在第五十二回中，当宝钗提议由她邀集诗社时，开玩笑地说：

> 下次我邀一社，四个诗题，四个词题。每人四首诗，四阕词。头一个诗题《咏〈太极图〉》，限一先的韵，五言律，要把一先的韵都用尽了，一个不许剩。

其实早在六朝时期，这种限题、限韵、限体而集体共作的写诗现象便已经出现，到了宋代以后更加频繁，文人之间想要在诗才上一较高下，便共同拟定题目、设定种种限制，当场即席挥毫，最后再评比优劣，而《红楼梦》显然是继承了这项传统。所谓"下次我邀一社"是指宝钗出面做东道主，邀请大家来结社集会，并定下"四个诗题，四个词题。每人四首诗，四阕词"的规范。有趣的是，宝钗提出的第一个诗题就是《咏〈太极图〉》，且"限一先的韵"，即以"先"这个韵部作诗，该韵部里所有的字都可以拿来押韵。

要判断这样的做法是否具有刁难的成分，必须根据几个条件。第一，在明朝平水韵的一百零八韵里，每一个韵部所包含的用字在数量上相差悬殊。有的韵部包含很多的用字可以拿来押韵，如此一来，写作时受到的限制相对减少很多，选择性很大，当然就比较自由；而有的韵部被称为窄韵或险韵，即诗韵中的字很少，常用的更是少之又少，在写诗时很难找到适合的字来押韵，因此极难发挥。两者的悬殊程度已经达到宽韵最多可达四百多字，除去不常用的，可能还剩两三百字，而险韵可供选择的统共几十个字，再扣掉不常用的便所剩无几，很容易落入"巧妇难为无米之炊"的窘境，所以诗人在创作时通常都会避开险韵，而此处宝钗所说的"一先的韵"则属于宽韵。第二，她所提议的"五言律"乃自六朝以来，文人集体创作时最常用的文体形式，容易操作，看似没有设下障碍，但关键在于，她却把诗题限定为《咏〈太极图〉》，而且必须"要把一先的韵都用尽了"，这样一来，便如宝琴所说的"分明难人"了。

值得注意的是，宝琴在提出抗议之后又说道："若论起来，也强扭的出来，不过颠来倒去弄些《易经》上的话生填，究竟有何趣味。"以少女们的八斗高才，要按照宝钗的提议来作诗也未尝不可，但那就会变成翻来覆去地运用《易经》的内容来生搬硬凑，最终沦为敷衍的应酬，而并非真正在享受写诗的乐趣了。

至此可知，这段情节实际上蕴含了两个信息：其一，宝钗也有淘气、顽皮的一面，当然这绝对不是在讽刺她平常个性虚伪，如同第七十回中，黛玉也曾经撂下硬话，说："大家就要桃花诗一百韵。"此时反倒是宝钗反对道："使不得。"可见这是曹雪芹要呈现人物之多面性的一种常用方式，以至于他们每个人都有自相矛盾的地方，而彼此之间也可能相反却互通。宝钗亦然，只因平常处于正式的场合，她必须成为一个中规中矩的大家闺秀，处理事务轻重得宜、分寸明晰，绝不轻言妄动，然而这与她私下和姐妹们拌嘴笑闹的行为并不相悖，甚至还可以借此促进彼此的情谊。由之便证明了《红楼梦》里每个人都是立体的，具有各式各样的面相，不乏自相矛盾、前后不一的情况，所以我们真的不应该片面地看待书中人物的形象与人格内涵。

其二，诗题《咏〈太极图〉》中的"太极图"概念思想与《易经》有关，因此宝琴才会说"不过颠来倒去弄些《易经》上的话生填"。六朝东晋永嘉时的玄言诗便有类似的情况，通过运用《易经》和老、庄的内容典故来表达抽象的哲理，只不过是以押韵的诗歌呈现出来，因而钟嵘《诗品·序》批评道："于时篇什，理过其辞，淡乎寡味。"正是宝琴所谓的"究竟有何趣味"。足见这些姊妹们显然都读过《易经》，既然连闺中少女都熟读该书，更何况是曹雪芹这般的世家子弟呢？由此便再度印证了《红楼梦》的"大观"确实是源自《易经》的基本文化背景。

大观：皇权与道德的完美结合

在《易经》中，"大观"是一个与王者政业密切相关的语词，正如《易经·观卦》的彖辞云：

> 彖曰：大观在上，顺而巽，中正以观天下。观，盥而不荐，有孚颙若，下观而化也。观天之神道，而四时不忒。圣人以神道设教，而天下服矣。

卦辞里的"中正"概念显然与皇权、王道相互关联，而大观园内省亲别墅建于"园之正中"（第十七回批语）的设计，便完全是"中正以观天下"的皇权体现，至于"下观而化也"是指王者高高在上，必须要俯视社会、体察民情，通过不断地观察和了解百姓们的需求，对他们进行教化，以塑造"化民成俗"（《礼记·学记》）的良好风尚。身为一国之明圣君王，不仅要"中正以观天下""下观而化也"，还得"观天之神道"，即观察天地万物运作的奥妙，因为古人非常讲究天人合一，帝王更必须顺天应人，始能成就伟大的仁政。

　　因此，所谓的"大观"，学者赵宗来《<周易·观卦>与"神道设教"》一文认为应该具有两层意思：一是人间的"王道"，二是天地间的"神道"，而《周易》的"大观在上"意指神道显现，并应用在现实之中的"王道"，也就是说，君王修德实践神道，让自己变成一个完美的圣人以供百姓瞻仰、模仿、学习、顺从。倘若君王的品格都合乎仁德，那么他的统治便会使政治清明、天下晏然，四时也会有条不紊地运转，不会出现炎夏飞霜、冬日变暖这种反复无常的气候变化，百姓因此能够丰衣足食，免受饥荒。古人认为，如果世界要达到秩序井然、风调雨顺，王者势必要超越个人，让自己能够"参天地，赞化育"，正所谓"圣人以神道设教，而天下服矣"，其中的"圣人"就是指德位兼隆的君主，他在"观天之神道"之后，把它融合在王权中，并设教施展王道，以达到天下百姓顺服的太平境界。再者，"天下服矣"的"天下"，在相关文献的引申下，不单单指君王所统治的地区，还包含外族四夷，换言之，当君主修习王道之后，边疆异族也会被感化、顺服而近悦远来，这正是古代王道最佳的体现。

　　简单来说，大观是权力与道德的完美结合，如果一个人掌握至高无上的权力，就同时必须兼具最高尚的道德，此乃古代对君王的最高期望。唯有这样的君王才会顺应自然之理以教化人民，最终达到"天下服矣"的太平境界。

事实上，这是传统文人一贯支持与推崇的政治理想，即使被视为魏晋时期"越名教，任自然"的礼教叛逆者阮籍（210—263），其《通易论》亦云：

> 大人得位，明圣又兴，故先王作乐荐上帝，昭明其道以答天贶。于是万物服从，随而事之，子遵其父，臣承其君，临驭统一，大观天下，是以先王以省方观民、设教，仪之以度也。包而有之，合而含之。

文中的"大观天下"还特别说明是建立在儒家"子遵其父，臣承其君，临驭统一"的伦理基础上，可见为人如此叛逆的阮籍所论述的"大观"含义，依旧是沿用了《易经》的本意。既然连阮籍都植根于此，那么其他文人士子的思想概念也就可想而知了。

其实，儒家的思想价值观根本是深深烙印并彻底渗透于传统中国文人的骨血里，即便是表面上偶尔反对儒家的阮籍、李白、苏东坡也不例外，甚至杜甫在极度激愤之下写出"儒术于我何有哉，孔丘盗跖俱尘埃"（《醉时歌》），以宣泄心中澎湃的不平之气，但却不能够仅仅凭借这些诗句便否认他是一个纯粹的儒家信徒。同样地，李白在《庐山谣寄卢侍御虚舟》中所写的"我本楚狂人，凤歌笑孔丘"流露出因政治失意而产生的愤世之情，但是我们仍然不可以忽略他的整个人生态度是以积极入世为主的，李白甚至还在很多地方表明了要效法孔子的远大抱负，所以他才会于《古风·大雅久不作》一诗中强调"希圣如有立，绝笔于获麟"，即达到孔子之圣人境界的愿望，如同孔子作《春秋》一样的作诗，这简直是以诗歌界的孔子自许！

要知道，在传统文人的人格结构里，无论是源于时代的局限，还是其他外在因素所导致的失败，道家思想往往是他们怀才不遇，或者不能够实现自己的理想时，用来安顿自我的一种出路，所以它是在"道不行"（《论语·公冶长》），即自我无法在世间得到儒家式的价值实践时才会采用的。这才是理解中国传统文人士子所不可或缺的基本前提，所以我们不能只专注于他们"越名教"的一面，而忽视了他们骨子里的儒家文人传统。

因此，即便阮籍后期有《达庄论》一文，其中提出了"越名教"的说法，恐怕都不应该忽略这是他在"途穷痛哭而返"的处境下所发展出来的一种思想武器，是他"儒道不能行"的无奈结果。再看阮籍《通易论》里的"大人得位，明圣又兴"，"大人"一词就是指圣人，显然属于儒家的价值系统，而"于是万物服从，随而事之"更恰恰与《易经·观卦》的象传"圣人以神道设教，而天下服矣"相符合，也就是说，天下服从王道而受到教化，社会便会随着王道顺畅运作。尤其阮籍把抽象化、理想化的"王道"具体描述为"子遵其父，臣承其君，临驭统一，大观天下"的君臣父子之礼，这便说明了纵使是主张"越名教"的阮籍，也认为只要社会按照这一套儒家的伦理价值制度去运行，就会"大观天下"，而"大观"正是王道的完美体现。由此可见，阮籍这段话堪称是对《易经·象传·观》的进一步回应，不仅合乎《易经》的思想体系，还阐述了中国古代文人价值观最核心的主轴。

《岳阳楼记》"大观"新解

由此值得省思的是，有许多读者总是把《红楼梦》视为一个真空式的产物，架空其历史环境和文化背景，甚至还站在现代人的角度去理解、思考，因之难免会误解或歪曲作品所要表达的真正价值观念，而主张"大观园"的"大观"出自北宋范仲淹（989—1052）的《岳阳楼记》，便是在尚未全面了解此词的文化脉络之下所产生的错误认知。他们认为，《岳阳楼记》的"大观"仅仅意指丰富而盛大的山水胜景，则既然大观园展现了"天上人间诸景备"（第十八回元春题诗）的特点，就是反映了"洋洋大观"之义。

但这样的主张根本是建立在一连串的误解上。首先，综观《岳阳楼记》全文的整体脉络，便可以发现其中的"大观"并非单纯地针对山水的景致万千而言，实际上它最核心的主旨仍然还是在展示《易经》之"大观天下"的王道范畴，其开篇曰：

> 庆历四年春，滕子京谪守巴陵郡。越明年，政通人和，百废具兴，乃重修岳阳楼。……予观夫巴陵胜状，在洞庭一湖。衔远山，吞长江，浩浩汤汤，横无际涯，朝晖夕阴，气象万千。此则岳阳楼之大观也。

范仲淹一开始便说明宋仁宗庆历四年的春天，滕子京被贬谪到巴陵郡去担任太守，而"贬谪"通常是指被贬官至偏远的边陲地带，在那里民风相对自由，因欠缺正统教化而文明比较落后。巴陵郡位于今天的湖南岳阳一带，在宋代一般被视为偏离中央的蛮荒之地，固然山环水绕、景色优美，可是对中土地区的正统文人来说，这种地方无异于瘴疠之乡。

但值得叹服的是，滕子京却并未因此而怨天尤人，反倒在一两年的短暂时日内，便把落后的巴陵郡治理得"政通人和，百废具兴"，所以范仲淹才会写下《岳阳楼记》来赞美滕子京的王道实践。更必须注意到，如果没有"政通人和，百废具兴"的前提，就不会出现重修岳阳楼的契机，也就没有登楼观览的机会，换言之，唯有人文政治都提升到最高境界，才足以看到气象万千的巴陵盛景，所以岳阳楼本身便是王道的体现。这也说明了只有在王道的基础上才能够"大观天下"，因此若是把《岳阳楼记》的"大观"误以为只是对"巴陵胜状"的赞叹，恐怕是只知其一，而不知其二，过于表面与片面以致造成错误。

再看此文的宗旨，"大观"的意义即更加显而易见，篇终所谓：

> 嗟夫！予尝求古仁人之心，或异二者之为，何哉？不以物喜，不以己悲。居庙堂之高，则忧其民；处江湖之远，则忧其君。是进亦忧，退亦忧。然则何时而乐耶？其必曰"先天下之忧而忧，后天下之乐而乐"乎！

作者在文末强调"居庙堂之高，则忧其民；处江湖之远，则忧其君"属于"古仁人之心"的表现，最后还以"先天下之忧而忧，后天下之乐而乐"作为整篇文章的结穴，这便呈现出传统知识分子最高的自我期许，完全体现了经世济民的政治理想。

整体来看，范仲淹自一开始观洞庭湖的气象万千，再进一步扩展到观天下百姓的忧乐，其中的"大观"始终没有脱离政治美善的王道范畴，更何况此篇并非纯粹描写山明水秀的风景，而是通过山水之美来反映政治美善达到极致的程度时，整体社会所会呈现的盛世景况。据此来说，"此则岳阳楼之大观也"仍然是取自《易经》观卦的最初含义。

《红楼梦》中出现的"大观"

从以上的种种论据可以看出，《红楼梦》里的大观园必然是与皇权的王道体现息息相关。由此值得注意的是，第十七回中宝玉跟随贾政众人游园时，他曾就稻香村批评道：

> 此处置一田庄，分明见得人力穿凿扭捏而成。远无邻村，近不负郭，背山山无脉，临水水无源，高无隐寺之塔，下无通市之桥，峭然孤出，似非大观。争似先处有自然之理，得自然之气，虽种竹引泉，亦不伤于穿凿。古人云"天然图画"四字，正畏非其地而强为地，非其山而强为山，虽百般精而终不相宜。

一般都认为这段话表现出宝玉代言了曹雪芹的反礼教思想，所以批判稻香村对寡妇的围困与钳制，他认为朴素无华甚至有点简陋的稻香村出现于大观园这种富丽堂皇的地方，乃"人力穿凿扭捏"的"非大观"。而在主角视角的指引乃至诱导之下，不少读者都会站在宝玉的立场来批评或定义何谓"大观"，可是在此我要特别郑重地指出，其实这段话真正的意义是在反映出宝玉对人性与世理的狭隘成见，如果因为宝玉称赞潇湘馆"有自然之理，得自然之气，虽种竹引泉，亦不伤于穿凿"，而断定潇湘馆这一院落才是"大观"的表征，恐怕便大错特错了。

大家切勿忘记，宝玉的一己之见并不等同于曹雪芹和《红楼梦》所主张的人文价值，甚且恐怕有时还与小说所想表达的背道而驰，因为从小说文本尤其是脂批的信息来看，唯一被评为"原非大观者"的人正是宝玉（第十九回批语）。由此说来，他对稻香村"非大观"的批评反而成为其"原非大观者"的一大证据，意即这种以自我为中心的人格特质，也导致他难以了解和企及"大观"的丰富完满，原来真正的情况恰恰相反，稻香村的存在才是"大观"的证明，换言之，正因为有了稻香村才让"大观"的意义更加完善，这一点堪称是最耐人寻味的奥妙之处。

除此之外，纵观整部小说，大观园内除了元妃省亲驻跸的正楼名为"大观楼"之外，唯一被作者赋予"大观"之名的，则是探春房中摆设的"大观窑"。第四十回说道：

> 探春素喜阔朗，这三间屋子并不曾隔断。当地放着一张花梨大理石大案，案上磊着各种名人法帖，并数十方宝砚，各色笔筒，笔海内插的笔如树林一般。那一边设着斗大的一个汝窑花囊，插着满满的一囊水晶球儿的白菊。西墙上当中挂着一大幅米襄阳"烟雨图"……案上设着大鼎。左边紫檀架上放着一

个大观窑的大盘，盘内盛着数十个娇黄玲珑大佛手。右边洋漆
架上悬着一个白玉比目磬，旁边挂着小锤。

根据考证，清代文献中所提及的"大观窑"就是指宋代的官窑，足见
在清人的认知里，宋代官窑往往被直接联系到宋徽宗的"大观"年
号，而凡传统君王的年号都带有儒道之政治理想，则可想而知，这个
"大观"也是以《易经》中的政治美善作为核心意义。既然秋爽斋里
的窑名与园名、楼名一致，显然除了元妃之外，作者还希望借由探春
来彰显大观精神。

大观园之正楼"大观楼"

在《红楼梦》里，只要提及"今上""当今"，即当时的帝王，
都是展现以仁善的圣君形象，而大观园的辟建以及其中所蕴含的伦理
性质更是与皇权息息相关。大观园的建筑规画有一个最重要的中轴核
心，那就是正殿，其正楼也被元春赐名为"大观楼"。"大观楼"的旁
边还有东、西两个配殿，分别名为"缀锦阁"和"含芳阁"，三座楼
阁共同组合成一个庞大的正殿。

这样的设计源于元春身为皇妃，她不仅是以女儿的身份归宁省
亲，还是代表着皇帝莅临的皇室成员，因此，作为她执行君权之处的
正殿当然是回应了《易经》"中正以观天下"的原初用法，而第十八
回中她为正殿所题的一副对联，更清楚指出正殿之所以存在的根本原
因。该对联写道：

　　　天地启宏慈，赤子苍头同感戴；

　　　古今垂旷典，九州万国被恩荣。

这副对联所呈现的，是皇权运作时一定会采用的典正风格与颂圣语词，与抒情诗的优美截然不同。其中，"天地启宏慈，赤子苍头同感戴"两句里的"赤子""苍头"分别比喻了小孩和老人，意指平民百姓从老到少都感戴王道的恩泽，它让每个人一同受到宏大恩慈的抚慰；而元妃得以归宁省亲，便是"古今垂旷典"的最佳事迹证明，即古今难得一见的伟大恩典，无疑都是在歌颂当今之仁政所体现的王道。末句"九州万国被恩荣"则充分呼应了《易经》的"圣人以神道设教，而天下服矣"之意。

　　再看第十六回，作者还借由贾琏之口表示了对王道实践的赞美和感恩，即"当今至孝纯仁，体天格物。……谁不踊跃感戴"。据此而言，大观园绝对是王道范畴之具体化的产物，即使它的设计理念吸收了明清私家园林的若干特点，以至于在一些地方呈现出优雅的园林景观，但以整体规画来说，大观园的核心区域基本上便是一个缩小版的皇城。

　　位于大观园正中心的正殿，其正楼"大观楼"就是元妃省亲时用以执行皇权的伦理场所。基于皇权凌驾于父权之上的地位，纵然元妃温厚可亲、体贴尊长，但她还是必须先以皇室的身份在正殿升座受礼。第十八回里，作者便描写道：先是"礼仪太监二人引贾赦、贾政等于月台下排班"，"又有太监引荣国太君及女眷等自东阶升月台上排班"，清楚说明了贾家的长辈都得列队上来觐见皇妃，在此之后，元妃才出园到贾母的房间施行家礼。

由此可见，大观园中体现的礼制非常森严，不可违错，居中的正殿实际上就是礼教伦常的表征。那么，正殿的居中究竟具有什么意义？答案是其背后隐含了两千多年的文化传统，而在进入详细解说之前，我们必须先了解正殿的建筑规模。第十七回中，贾政带着宝玉与众清客一路游园，一处一处地检视、题撰，以便为皇妃的省亲做好准备，当众人行至正殿时，只见：

> 崇阁巍峨，层楼高起，面面琳宫合抱，迢迢复道萦纡，青松拂檐，玉栏绕砌，金辉兽面，彩焕螭头。……只见正面现出一座玉石牌坊来，上面龙蟠螭护，玲珑凿就。

这段关于正殿的描述，对于了解皇宫建筑可谓非常重要。"面面琳宫合抱"即指正殿量体庞大，四面都是层层叠叠的华丽楼阁，其中还有上下两层的"复道"相通，这种通道类似于现在的天桥，不仅设计成架空的走廊，甚至可以有两层，侧边还设有墙面以起到保护隐私的作用，以唐玄宗和杨贵妃的相处为例，当他们想要避开人群，私下到长安的曲江等风景区去游赏行乐时，就会选择走复道。而正殿中"迢迢复道萦纡"的设计，则反映出正殿具有很多独立空间，里面连通各处的复道绕来绕去，四处延伸。

而建筑周围"青松拂檐，玉栏绕砌，金辉兽面，彩焕螭头"则展现了正殿的金碧辉煌、气派非凡，所谓"兽面""螭头"都是皇室的标志，因为皇家建筑的屋檐都要以神兽做点缀，那与某种强大的超现实、超自然力量相联结，发挥震慑的作用，而玉石牌坊上的"龙"和

"螭"更是皇帝的象征。由此可见，正殿作为元妃省亲的驻跸之处，简直达到富丽堂皇的极致境界，但读者千万别因此便判断贾家或元妃喜好奢靡浪费，个中的真正原因，其实是清客们所说的"今日之尊，礼仪如此，不为过也"。

根据第十七回的脂砚斋批语，正殿的位置确实是"在园之正中"，其中蕴含着源远流长的文化传统，乃古代"尚中"思想的实践。"尚"是注重之意，而古代之所以注重"中"这个地理方位，是因为"中"具有神圣的象征，西方的远古时代也是如此，罗马尼亚裔学者伊利亚德（Mircea Eliade，1907—1986）即指出："中"是整个世界体系的核心，人类通过对"中心"的发现与投射，以建构宇宙的秩序，在中心和正中央那里，空间便成了神圣的，因而也成了最真实的，以中国统治地区的首都为例，它就位于世界的中心。伊利亚德此言是完全正确的观察与诠释，不过要注意的是，伊利亚德所说的并非客观地理上由科学方法丈量出来的"中"，而是观念上的"中"，即哪里最重要，哪里便是"中"，是天下之大本。

这也说明了"中"的观念背后有一套完整的宇宙论、政治论。早在先秦典籍《尚书·召诰》中已经提到"自服于土中"，"土中"即指天下的中心，加上《易经》记载的"中正以观天下"，无不彰显出古人强烈的尚中思想。根据学者唐晓峰的研究，在中国先秦时代，"从空间秩序的角度来看，'地中'思想最终成为一种至高的价值观，一种思想权威（power），它赋予人文社会中占有'地中'者以天然的具有高峰权力的合理性"，换言之，占有地中者即代表着君权神授，只要占有这个地方，便反映了老天注定要赋予此人最高的权力，以合理化其统治权。而古代之所以有"入关中者王"一说，实际上都隐含着这种宇宙论和政治论的思想概念。

因此，《孟子·尽心》中有"中天下而立，定四海之民"的说法，这就是王道、君权与"中"的观念结合以后所产生的结果。不止如此，《荀子·大略》亦云："欲近四旁，莫如中央，故王者必居天下之中，礼也。"可见"居天下之中"以象征王者执掌中央、统领四方，乃是礼的精神体现，同时王者身处的中央都城便拥有枢纽的意义和统御天下的权力。

也因此，在中国古代，迁都都属于朝廷大事，不只因为其中必定牵动某些人的既得利益，譬如从长安迁都到洛阳势必会导致既得利益者的权力有所消长，所以往往引发很多的争论，毕竟每个人都希望可以凭借着"近水楼台"的地利之便去接近权力中心；此外，迁都更会涉及"新都究竟是不是天下之中"的问题，如果新都可以担当"天下之中"的意义，那便是合乎礼制、合乎王道、合乎君权神授，足以平息争议而顺利迁都，其中所牵涉的问题就包含了"尚中思想"的考量。衡诸大观园内的正殿，显然完全符合并继承了这种严肃的方位象征，它以至中的地位体现了"王者必居天下之中"的思想，可以说是整个大观园各处用来辨识方位的中位所在，为全园区之轴心。

根据此一政治意涵来说，正殿坐落于大观园的正中央位置，实际上与贾府乃至京城的规画是一致的，只是同一个原则在不同层面的落实，换言之，正殿在园之正中的设计对应了京城在天下之至中、宁荣二府的正房在府宅之至中的概念。例如第十三回里宁国府为秦可卿筹办丧礼，僧道在宣坛榜文上写着"四大部州至中之地、奉天承运太平之国"一句，而脂砚斋就此批曰：

日至中之地，不待言可知是光天化日，仁风德雨之下矣。不亡（云）国名更妙，可知是尧街舜巷衣冠礼义之乡矣。直与第一回呼应相接。

由此可见，这又是在颂扬王道，所谓"光天化日"即指没有黑暗、污秽的太平盛世，人民都沐浴在仁风德雨之中，而位居"至中之地"的贾府正是受到了至高无上的天恩君德的泽被，所以脂批才会说"不亡（云）国名更妙"，因为小说里的社会已是超越了具体历史的最高境界，成为"尧街舜巷衣冠礼义之乡"，这正好与第一回所称的"昌明隆盛之邦"相互呼应。由此可证《红楼梦》既不反对皇权，也不反对封建礼教，它其实在不断地告诉读者，书中人物所处的是王道实践的社会，沐浴的是"仁风德雨"，居住的是"尧街舜巷"，其中擘画出的是一个最完善的乌托邦。如此身处于衣冠礼义之乡，享受着仁政、王道所带来的荟萃繁盛、富贵荣华，又岂会对神圣的皇权心存不满？

正殿东西配楼

回来看大观园的正殿，除了作为正楼的"大观楼"之外，还有东、西两处配殿，分别为东面飞楼"缀锦阁"和西面斜楼"含芳阁"，而缀锦阁曾经出现于第四十回史太君两宴大观园的情节中，乃用以储藏物品。当时李纨让刘姥姥跟着登梯上去，瞧瞧阁里收藏着的珍贵物品，作者描述道：

李氏站在大观楼下往上看，命人上去开了缀锦阁，一张一张往下抬。小厮老婆子丫头一齐动手，抬了二十多张下来。李纨道："好生着，别慌慌张张鬼赶来似的，仔细碰了牙子。"又回头向刘姥姥笑道："姥姥，你也上去瞧瞧。"刘姥姥听说，巴不得一声儿，便拉了板儿登梯上去。进里面，只见乌压压的堆着些围屏、桌椅、大小花灯之类，虽不大认得，只见五彩炫耀，各有奇妙。念了几声佛，便下来了。然后锁上门，一齐才下来。李纨道："恐怕老太太高兴，越性把舡上划子、篙桨、遮阳幔子都搬了下来预备着。"

为了方便在大观园中登山览景、行舟访胜，李纨先吩咐仆婢们把缀锦阁里的二十多张高几抬了下来，又再搬出"舡上划子、篙桨、遮阳幔子"，预备给贾母众人游园时使用。这些"围屏、桌椅、大小花灯之类"的物品令身为贫苦农民的刘姥姥眼睛一亮，感到"五彩炫耀，各有奇妙"，以至于忍不住"念了几声佛"，流露出由衷的惊叹之情。

有趣的是，游逛园子的大队人马随后到了宝钗的居所蘅芜苑，贾母进去一看，认为此处的布置过于素净，而且摆设用品又太少，对年轻女孩子来说有点不吉利，便打算拿自己的梯己收藏来帮宝钗布置，所以吩咐鸳鸯道：

你把那石头盆景儿和那架纱桌屏，还有个墨烟冻石鼎，这三样摆在这案上就够了。再把那水墨字画白绫帐子拿来，把这帐子也换了。

鸳鸯笑着答应道：

这些东西都搁在东楼上的不知那个箱子里，还得慢慢找去，明儿再拿去也罢了。

这段话中的"东楼"，也是指正殿的东面飞楼缀锦阁。则通过第四十回的相关描述，可以大概勾勒出缀锦阁的空间十分宽阔庞大，能够容纳不少物品，其中不只有许多家具，还包括贾母的梯己收藏，诸如石头盆景儿、纱桌屏、墨烟冻石鼎和水墨字画白绫帐子等极为珍稀昂贵的宝物。由此看来，缀锦阁里的收藏各式各样、林林总总，正与元春所题的"天上人间诸景备"相符合，整个缀锦阁恰恰是"洋洋大观"的展现。最重要的是，作者所描写到的只是其中的一小部分，并且还未涉及西面斜楼"含芳阁"，单从相关情节所涉及的点点滴滴即推想得出，正殿是一座多么令人叹为观止的宏伟建筑！

大观园中轴线

进一步来说，正殿除了居中的坐落布局体现了"中正以观天下"的皇权概念之外，还包含了坐北朝南的座向。正殿的大门朝南而开，门外必然还有一条平坦宽阔的康庄大道，一路通向大观园的南边正门，在整座园子中间形成南北走向的中央大道，成为大观园的中轴线。

虽然此一贯通南北的中央大道只是一条线状的道路，不过它位于中轴而线性开展的特点，实际上也体现了一种中心的概念，与居中的正殿、正房，甚至整座皇城一样，都具有中心的意义，属于同一本质的延伸，即将单一的中心点持续拉长，形成了居中的南北轴线，可谓"线性中心"。根据第十七回贾政率领宝玉和众清客游园至最后一站，从怡红院的后院出来之后，"直由山脚边忽一转，便是平坦宽阔大路，豁然大门前见"，可见众人绕过山脚所看到的大道显然是从正殿延伸出来，通过怡红院附近，然后直达大观园的正门口。关于这一点，脂砚斋也清楚提到：

> 想其通路大道，自是堂堂冠冕气象，无庸细写者也。后于省亲之则，已得知矣。

从中可以得知，所谓的"平坦宽阔大路"并非一般的道路，更不是园中到处穿梭的羊肠小径，其"堂堂冠冕气象"是庄严、壮丽的，能够充分展现出君临天下的恢宏气象。尤其在元妃省亲之际，其仪制的端庄肃穆更是展露无遗，这条大路的一端连着正殿，另一端连着大观园的正门，而作为入口的正门规模一定也是相当宏伟。

在第十七回贾政初入园时，首先映入眼帘的就是：

> 只见正门五间，上面桶瓦泥鳅脊；那门栏窗槅，皆是细雕新鲜花样，并无朱粉涂饰；一色水磨群墙，下面白石台矶，凿成西番草花样。左右一望，皆雪白粉墙，下面虎皮石，随势砌去，果然不落富丽俗套，自是欢喜。

"正门五间"的"间"是古代的一个基本建筑单位，用来指称顶梁和立柱围起来的空间，它不一定封闭、独立，而可以是通透、开敞的，"正门五间"便意谓着正门有六根柱子、五扇门板，远远大于一般家户的规模。"桶瓦泥鳅脊"则是一种特殊的屋脊样式，平民百姓不能够随便采用，因为这是限定于皇家建筑专用的一种规格。此外，无论是园中门栏窗槅的"细雕新鲜花样"，抑或"一色水磨群墙，下面白石台矶，凿成西番草花样"等，都反映了大观园富丽堂皇的皇家气象。这些建筑设计不仅与元妃的身份相称，也符合贾家世代簪缨的书香风范，如贾政所赞赏的不落俗套，乃小说家全方位考虑之后的成果。

应该说，"堂堂冠冕气象"的通路大道从正门开始延伸，向北直达正殿，此一设计确实体现了中国古代建筑布局的"尚中"特色。学者唐晓峰指出，这种空间结构的特点为皇权所利用，皇权与中轴线结合，形成最高权力的几何空间形象，所以正殿居中和中央大道都是通过建筑设计来彰显皇帝唯我独尊之地位的必要元素。

这些处处展露君臣尊卑的伦理痕迹不止存在于大观园内，如果将大观园以同心圆的结构向外延伸拓展，还可以发现大观园是以至中的位置坐落在荣、宁二府之间。作为世家大族所居住的府宅，荣、宁二府的居宅空间绝对带有伦理尊卑的性质，其建筑规画必然坐北朝南，无论其中包含多少个集合式的三合院、四合院形式，都要讲究中轴对称。

以荣国府为例，在第三回林黛玉刚刚来到贾府时，作者特别通过她的眼睛，把荣府的宏伟气象呈现了出来，所谓：

一时黛玉进了荣府，下了车。众嬷嬷引着，便往东转弯，穿过一个东西的穿堂，向南大厅之后，仪门内大院落，上面五间大正房，两边厢房鹿顶耳房钻山，四通八达，轩昂壮丽，比贾母处不同。黛玉便知这方是正经正内室，**一条大甬路，直接出大门的**。进入堂屋中，抬头迎面先看见一个赤金九龙青地大匾，匾上写着斗大的三个大字，是"荣禧堂"，后有一行小字："某年月日，书赐荣国公贾源"，又有"万几宸翰之宝"。大紫檀雕螭案上，设着三尺来高青绿古铜鼎，悬着待漏随朝墨龙大画，一边是金蜼彝，一边是玻璃盆。地下两溜十六张楠木交椅，又有一副对联，乃乌木联牌，镶着錾银的字迹。

林黛玉所目睹的荣国府正房——荣禧堂，是一座类似正殿的建筑，乃整个家族的中心，最关键的是，"荣禧堂"三个字还是御笔所题，显示了这座正房是非常重要的权力核心。所谓的"向南大厅"则表示其整体形制为坐北朝南，除了具有"五间大正房"之外，还有"两边厢房鹿顶耳房钻山，四通八达"，由此组合成一个壮丽的建筑群。要知道，正房旁边的东厢房是贾政和王夫人居住的，因为他们是正在当家的大家长，而贾母则退居幕后，有如太上皇的身份，她并不住在正房，而是住在旁边另一个很大的院落里。由此可见，通过贾家成员的屋舍安排，便可以知道身为世家大族的他们极为讲究尊卑伦理。

再看所谓"正经正内室，一条大甬路，直接出大门的"，即荣禧堂南边的出口有一条大路直接通到荣国府的大门，很明显地，这与大观园"平坦宽阔大路，豁然大门前见"的中轴线概念如出一辙。其实，在历代皇城的主要干道上都可以看到同样本质的设计，无论是六朝建康城的"御道"，或是隋唐长安的皇城直接贯穿到南边的"朱雀大街"，以及明清时期北京城的中央大道，都印证了京都的中轴线乃京城规画上不可或缺的主要元素之一。

这条中轴线是以中心的空间秩序来彰显君臣伦理的，因此大观园的正殿，加上一条中央大道，正是皇权在建筑基本格局中的具体展示。所以，当我们在歌咏大观园的自由、浪漫、平等时，其实已经严重忽略大观园在设计上先天的基本元素，即正殿和中央大道才是整个大观园的核心，是为皇权的体现。

勿将大观园等同于桃花源

大观园的"乐园"属性为读者所津津乐道，其中又住着美丽大方且才华洋溢的少女们，所以多数读者只把大观园认定为少女们尽情舒放个性、发展自我的自由生活空间，偏执地坚持其中的浪漫元素，从而故意忽视整个园区最重要的骨架，即与皇权相关的伦理秩序象征——正殿。但事实上，如果没有这副骨架的支撑，其他活泼、多元化的建筑群也无从坐落，毕竟一切建筑都环绕着此一中心散布在各处。同理，园内的居住者只被允许拥有相对的自由，绝非可以肆无忌惮、罔顾人伦礼法。

表面上，固然以乐园的构想而言，大观园甚至比陶渊明笔下的桃花源更为迷人，毕竟桃花源是被构设在山谷田园内，其中只有农夫、村野点染着化外之地的素朴，而大观园却是个充盈着青春少女的华丽温柔乡，还发生了一些浪漫的爱情。但实际上，北宋王安石在《桃源行》一诗里提醒道，桃花源"虽有父子无君臣"，即那个地方只有父子血浓于水的天伦之乐，至于君臣之礼这种外在强加的人际关系束缚则是缺席的，因此源中人多少抱有"帝力于我何有哉"（《击壤歌》）的心态，也正因为如此，他们可以充分享受击壤而歌的乐趣。简而言之，桃花源作为只向特定、偶然的忘机者开放的一个化外空间，与大观园相比，无疑更加自由得多。

相较之下，大观园本质上则是君臣之道的产物，从"大观"一词的来源以及历代的使用情况可以看出，它显然蕴含了王道的意义，君臣之间彼此相辅相成，才是大观园根本的立基点。如此一来，大观园"有君臣又有父子"，其实与"虽有父子无君臣"的桃花源截然不同。就这一点而言，把大观园等同于桃花源的比喻并不是那么切合。

读者之所以只认知到大观园的乐园属性，毋宁说，是受到现今这个时代偏执眼光的影响所产生的片面耽溺，他们单单喜欢其中自由的、浪漫的、个性化的一面，而完全忽略了宝玉和众金钗之所以能够在园内较大地伸展自我的个人世界，前提是君权王道的实践，否则大观园便绝不可能存在。无论是正殿，还是连接着正殿与大观园入口的平坦康庄大道，在在证明了没有皇权就不可能有大观园的辟建，更不可能出现与大观园相关的动人故事，所以追踪蹑迹、探本溯源，以王道的方式来呈现的皇权，不能不与"大观"的命意联系起来一体而观。

我们可以完全合情合理地推测，二百多年前，沐浴在乾隆盛世恩泽之下的曹雪芹，必然对这一点心领神会，也如实地给予了刻画描绘。所以现代读者在诠释《红楼梦》时，切勿脱离这个历史文化背景去进行天马行空的附会想象。

命名者元妃

"大观"的王道境界，不仅体现在大观园内位居正中的正殿和中央大道，实际上还展示于建筑的命名上。

前面已经提到过，大观园的命名背后蕴含着许多深意，首要者即权力的象征，换言之，掌握了命名权的人便是一个家族或国家中的权力最高者。表面上，潇湘馆、蘅芜苑、怡红院等地方都先由宝玉取名，读者也往往据此而认为，那些尽显各个屋主迷人特质的屋舍是大观园中最重要的所在，但按照传统的伦理事实而言，宝玉绝对必须回避的"正殿"才是园内至关重要的核心建筑。外眷以及无职之男，譬如仍然是少年的宝玉以及黛玉等姊妹，他们之所以拥有暂时命名的机会，正因为所题撰的都属于园内次要的建筑。在第十八回里，元妃于游园的过程中来到了正殿，却发现此处并没有匾额，因而发出疑问，随侍太监便跪启道：

> 此系正殿，外臣未敢擅拟。

由此可证，倘若不是皇家成员，就不可以为正殿题撰，而从元妃为正殿题了"大观楼"之名，正可以看出身为皇妃的她才是真正具有命名权的人。读者必须谨记：现代所崇尚或偏好的事物，在一部写实性小说的历史时空中未必是被视为具有举足轻重的价值，作者依照叙事需要而给予浓墨重彩、大加发挥的重点，于作品的整体背景框架而言却可能只是次要的，潇湘馆、蘅芜苑、怡红院等地即属此类。最有趣的是，那些可以由宝玉暂时题称的次要建筑也被元妃更改了名字，结果反而更体现出元妃所施展的王道，着实令人大为意外。

潇湘馆、蘅芜苑、怡红院、稻香村都是我们耳熟能详的院落，毕竟大观园中最动人的故事都是在这些屋舍里发生的，它们的造型各有特色、大异其趣，不仅与所属之屋主相得益彰，甚至还展露出屋主独特的精神品格。例如，潇湘馆正名符其实，被千百竿的翠竹所围绕，有如一座竹林精舍，屋内的"书架上磊着满满的书"更是形同一间上等书房，四周透露着幽静、优雅的氛围。蘅芜苑则是遍植芳草，散发出馥郁宜人的香气，其中便隐喻着屈原《楚辞》的香草美人传统，带有高洁人格的含义，加上屋内"雪洞一般，一色玩器全无，案上只有一个土定瓶中供着数枝菊花，并两部书，茶奁茶杯而已"的简约摆设，完全与宝钗淡雅的气质互相辉映。此外，无论是秋爽斋以"三间屋子并不曾隔断"体现出探春的阔朗气度和弘大胸襟，还是怡红院如同小姐的绣房般富丽精致的设计风格，抑或是稻香村一洗富贵气息的田园风味，都是屋主自我心灵的延伸，以及内在精神气韵的具体化。

必须注意的是，除了院落本身的设计规画之外，屋舍的名称实际上也足以彰显屋主的精神品格。简单而言，房屋即等于屋主，屋主又等同于屋名，这三者之间是可以画上等号的。以林黛玉为例，于第三十七回起诗社的时候，探春便根据黛玉爱哭的个性以及其住处潇湘馆被竹林围绕的环境特征，结合娥皇、女英洒泪成斑的典故，为她取了"潇湘妃子"的别号，果然也让黛玉欣然接受。也就是说，潇湘馆的整体设计简直是林黛玉之精神内涵和心灵特质的具体化，而她的人格特质又等于"潇湘"这个名称，如此连结相通的关系非常意味深长。

然而我们切莫忽略，无论是潇湘馆、蘅芜苑还是怡红院，都不是屋主自己所取的名字，也并非出于宝玉的手笔，从第十七回贾政众人的游园过程以及第十八回的元妃改题可以得知，那些都是来自元妃的巧思。而这个现象又到底意味着什么？

综观大观园命名的整个过程和最终结果，必须说，元妃才是小说中主要人物们真正的"灵魂赐予者"，因为她为屋舍所赐名竟然与屋主的性格特质、审美偏好完全吻合！这便说明了元春的品味和屋主们的灵魂特质是完全一致的。

例如，元妃为"有凤来仪"改题潇湘馆，正是结合了美丽与哀愁的双重意象，然后又根据蘅芜苑的特点，采取了屈原所盛称的、具有高洁象征的香草名称，可见即使每座院落的风格显得那般地悬殊迥异，但元妃却可以做到多元兼具、各方妥帖，足以证明她的品味范畴确实相当丰富，所欣赏和挖掘的审美内涵具有非常宽广的光谱，不比林黛玉单单只独钟一种萧瑟凄凉的残缺美，未免过于狭窄。当然，每一个人都有各自的局限，即便宝钗、宝玉也是如此，但把这些有限的人全部加起来，却构成了元妃包罗万象的丰富品位。因此，元妃虽然很少登场，可是在许多地方都展现出她远远高于这些各有所成，同时各有偏执、各有所毁的重要角色们的"集大成"特质，堪称一位完美的女性。

命名第一步：初拟草案

必须留意的是，整个大观园命名的过程并非由某一个特定的人物直接拍板定案，它实际上分成两个阶段，首先是拟写草案，而从草案到最后的定名又间隔了好几个月。作为第一阶段的初拟，发生于第十七回大观园刚刚落成之际，贾政带领众人进去游园品题，当时处处可以看到落花的踪影，可见贾政初入大观园的季候背景应该是暮春时节。在这个阶段，作者以非常合情合理的父子之道，让贾政利用父权给予宝玉暂拟匾联的权力，而最应该注意的是，宝玉的命名也谨守伦理分寸，始终不脱离礼制，即君臣之道的诉求。作者描写道：

> 说着，进入石洞来。只见佳木茏葱，奇花焖灼，一带清流，从花木深处曲折泻于石隙之下。再进数步，渐向北边，平坦宽豁，两边飞楼插空，雕甍绣槛，皆隐于山坳树杪之间。俯而视之，则清溪泻雪，石磴穿云，白石为栏，环抱池沿，石桥三港，兽面衔吐。桥上有亭。贾政与诸人上了亭子，倚栏坐了，因问："诸公以何题此？"诸人都道："当日欧阳公《醉翁亭记》有云：'有亭翼然'，就名'翼然'。"贾政笑道："'翼然'虽佳，但此亭压水而成，还须偏于水题方称。依我拙裁，欧阳公之'泻出于两峰之间'，竟用他这一个'泻'字。"有一客道："是极，是极。竟是'泻玉'二字妙。"贾政拈髯寻思，因抬头见宝玉侍侧，便笑命他也拟一个来。宝玉听说，连忙回道："老爷方才所议已是。但是如今追究了去，

似乎当日欧阳公题酿泉用一'泻'字则妥，今日此泉若亦用'泻'字，则觉不妥。况此处虽云省亲驻跸别墅，亦当入于应制之例，用此等字眼，亦觉粗陋不雅。求再拟较此蕴藉含蓄者。"贾政笑道："诸公听此论若何？方才众人编新，你又说不如述古；如今我们述古，你又说粗陋不妥。你且说你的来我听。"宝玉道："有用'泻玉'二字，则莫若'沁芳'二字，岂不新雅？"

在这一回里，众人于游园途中登上了压水而建的石亭时，贾政当下想到的是，可以引用欧阳修《醉翁亭记》所谓"泻出于两峰之间"的"泻"字为名，以突显亭子所在的地理环境以及周遭景观，如此一来，既符合水流从山坳倾泻而下的状态，又可以兼涉欧阳修这一名篇的典故，具有写实应景同时反映学问的双重优点。一旁的宝玉听了，不敢直接表示反对，毕竟他身为晚辈，不可逾越上下尊卑的伦理位阶，唯有等到贾政笑着"命"他拟题，然后才提出自己的想法。

原来宝玉考虑得更深远，他认为单单从用典的角度追本溯源，当初欧阳修以"泻"字形容滁州偏远山区中的酿泉，那当然毫无问题，但是将该字作为大观园中的亭子之名，则很不妥当，因为这等字眼容易令人联想到腹泻的"泻"，显得粗陋不雅，而大大不宜于贵族风范，加上大观园"虽云省亲驻跸别墅"，即虽然并非真正的宫殿，而只是贵妃省亲时暂时驻跸的别墅，却仍然相当于行宫般的所在，所以他主张"亦当入于应制之例"。"应制"在古代是指承应皇帝的命令，换句话说，宝玉认为，即便他们只是在大观园内为各处不同的建筑景点私下拟题，也必须按照君权礼制的要求来进行。

在此很有趣的地方是，贾政身为朝官，是个饱读诗书的传统知识分子，尚且没有想得如此周全，反倒是经常被现代读者标榜为反封建礼教的宝玉，却细心考量到了"应制"的最高要求！则可想而知，宝玉这一号人物绝对不能够以"性灵主义者"给予简单的概括，事实上，他甚至比同行的清客更在乎、更维护皇权的尊荣，所以才会"求再拟较此蕴藉含蓄者"，而"求"字也展露出宝玉身为晚辈，向长辈请示意见时所该有的礼貌。宝玉这般轻重得宜、考量大局的表现，当然令贾政感到高兴，因此带笑要他进一步发挥。

在"当入于应制之例"的主张之下，宝玉便建议以"新雅"的"沁芳"二字替代"泻玉"，把这座压水而成的亭子取名为"沁芳亭"。要知道，"雅"是古代最正统的美学原则，在文学史上，只要符合正统诗学价值观的形容词，其中多会含有"雅"字，比如雅正、大雅、清雅、高雅，宝玉所谓的"新雅"则兼顾了"创新"与"雅致"两大元素，并没有偏废一端，更不曾背离正统要求。宝玉这种两全其美的做法，进一步受到了贾政"拈髯点头不语"的赞许，可见贾政在很多地方还是肯定宝玉的，绝非一般人所误会的视子如寇雠。

除此之外，当众人接着抵达未来的潇湘馆以后，宝玉在题名上依然奉行"应制"的原则，他说道：

> 这是第一处行幸之处，必须颂圣方可。……莫若"有凤来仪"四字。

"幸"字是一个与皇权紧密相关的关键词，"行幸之处"意指皇帝后妃莅临停留的地方，所以宝玉才会强调"必须颂圣方可"，即颂扬皇权圣明，这同样是"入于应制之例"的表现。而古代素来把皇帝和后妃分别比喻为"龙"与"凤"，元春身为皇上身边的后妃，与至尊相伴，因此宝玉便提议用"有凤来仪"四字为名，以推尊元春的贵妃身份。这些点点滴滴的细节，在在证明了宝玉自始至终都非常了解并严格遵守"应制颂圣"的题撰标准，甚至比具有朝官历练的传统知识分子还有过之而无不及。

再者，当宝玉与众人来到一处石港时，有人提议用"秦人旧舍"四字。然而必须考虑的是，"秦人旧舍"出自晋朝陶渊明《桃花源记》里的避乱典故，本身即隐含了乱世暴政的背景，因此宝玉立刻以"这越发过露了"来表示强烈的反对，毕竟其中带有不祥的意味，用来为大观园里的景点题名可万万使不得，所以宝玉建议将石港称为"蓼汀花溆"。

从以上三种题撰的情况可以清楚得知，"颂圣"的原则就是只能够说颂扬褒美的好听话。但虽然如此，大家也别先入为主地认为这一定是虚伪的表现，其实人们在交往互动的过程中本来便应该照顾他人的需求，无论是对方的内心感受还是外在处境，这是真正文明的表现。而身为初拟者的宝玉确实在题撰上面面俱到，比在场所有的人包括其父亲贾政，都更谨守颂圣的终极诉求。

命名第二步：元妃裁定

命名的第二步即"裁定"。纵然宝玉是园内几处主要景点的初拟者，但也只不过是昙花一现，一旦元妃回来省亲，他暂拟的名字便全部都被替换，譬如"有凤来仪"赐名为"潇湘馆"，"红香绿玉"改作"怡红快绿"，再简称"怡红院"，"蘅芷清芬"则换称为"蘅芜苑"等等。而删改定案者正是元妃，由此显示出大观园第二阶段的命名最为关键。

第十八回已经清楚地呈现了这个过程。当元妃到府游园之后，便"命传笔砚伺候，亲搦湘管，择其几处最喜者赐名"，其中包括了"顾恩思义"的四字匾额、"天地启宏慈"和"古今垂旷典"的那一副对联，以及"大观园"的赐名等等，都反映出元春乃大观园的真正主宰者。

不过很特别的是，元妃虽然以至高无上的皇权执行删改，但在定名之后，却又命令"旧有匾联俱不必摘去"，即宝玉原先所拟的"有凤来仪""杏帘在望"等，还是全部保留下来，因此每个屋舍既有宝玉所撰的旧题，也有元妃赐予的正式名称，而两者的并存正是王道的体现。虽然宝玉的命名不够好，元妃却并未以自己的权力来压抑、取代或抹杀之，其中固然带有元妃作为姐姐疼爱弟弟的亲情成分，但以她皇妃的身份从君臣关系的角度来说，这确确实实是一种王道的实践。

从某个意义而言，施展王道的元妃实际上就是所谓的"大母神"，而我之所以如此比喻，是因为"命名"的行为本身便包含了神的主体性质，犹如《圣经·创世记》中所描述的："上帝命令：要有光。光就出现。"上帝通过命名开创了世界的光明和秩序，可见命名本身便是一种创造，延伸来看，"说话"也不只是一个表情达意的普通行为，真正的话语权背后其实隐藏着强大的力量，足以改变整个世界，甚至是生命的本质。

同样地，在中国的文化传统里也有类似的观念，《尚书·吕刑》所说的"禹平水土，主名山川"就是借大禹来展现命名的创造性。大禹不仅"平水土"，让世界免于遭受洪水的摧毁，人民得以恢复安居乐业的生活，他还拥有"主名山川"即为山川命名的功绩，这背后实际上隐含着大禹本身乃神一般之存在的意义，因为"命名"即象征一种秩序的建构，它让这个世界各得其所、各安其位。有了名字就有了身份，有了身份就有了归属，便会在世界里找到自己的定位，生命才能够展开，所以命名是一件具有深刻象征意义的行为，无论在神话传说里，或是皇权的执行过程中，都是如此。

学者叶舒宪经过考察以后发现，《尚书》所说的"禹平水土，主名山川"这段话还反映了古人对命名的认知，他们认为命名者通常具有超常的知识，甚至包括占卜、预知的能力，例如祭司长或巫师便能够未卜先知，并且拥有超越一般人的广博知识，所以大禹能够"主名山川"，从某种意义来说，他也被赋予了类似的身份，已经超越常人，成为一个拥有命名权和神格的人。由此看来，通过命名的创造，元妃实际上获得了类似于神的主体性，也合乎皇权至高无上的地位，因为根据古代君权神授的观念，皇权即是天神所赐予的。当然，我们如今并不需要再接受这种观念，可是如果要真正了解传统，就必须以传统的思维去认识它们。

进一步来说，元妃赐名的积极意义更在于，她的命名完全契合于众女儿的内在心灵，以及整个屋舍的规划设计所焕发出来的精神气韵，有如女儿们的自我命名，因此，元妃堪称是金钗们的灵魂赐予者。德国学者卡西尔（Ernst Cassirer，1874—1945）论及姓名与人的本质关系时，曾说道：

　　在神话思维中，甚至一个人的自我，即他的自身和人格，也是与其名称不可分割地联系着的。这里，名称从来就不单单是一个符号，而是名称负载者个人属性的一部分；……名称，当它被视为一种真正的实体存在，视为构成其负载者整体的一部分时，它的地位甚至多多少少要高于附属性私人财产。这样，名称本身便与灵魂、肉体同属一列了。

简言之，一个人的自我与其名字实际上是相连为一的，当"名字"被视为拥有此名者的一部分时，就等同于此人的分身，触犯这个名字即是在伤害这个人。

　　古代"避讳"的礼法要求正是出于这种思维考量。第二回贾雨村提到黛玉读书的状况时，说她"凡书中有'敏'字，皆念作'密'字，每每如是；写字遇着'敏'字，又减一二笔"，正表示出人们把名字当成一个实体来对待的观念，也就是卡西尔所说的"一种真正的实体存在""负载者整体的一部分"。正如卡西尔所言，一个人的名字比他的财产更加重要，甚至"名称本身便与灵魂、肉体同属一列"，所以潇湘馆、蘅芜苑、怡红院等名称正是屋主们灵魂和肉体的表征。

　　不止如此，人类学家弗雷泽（James G. Frazer，1854—1941）于他的经典著作《金枝》里，详细考察了全世界从古到今、各式各样的原始部族文化或神话传说，其中便涉及一些我们理解人文现象时的重要本质，包括：

　　根据原始人的哲学原理，一个人的名字，即使不等于人的灵魂的话，也是人的生命的一部分。

以上，是从原始神话的角度阐述名字的重要性，而我们当然可以追问：到了清代乾隆时期，中国传统文化的发展已经登峰造极，原始人的逻辑是否依旧适用呢？答案是：当然适用。荷兰学者高延（Jan Jakob Maria. de Groot，1854—1921）指出，中国人"有一种把名字与其拥有者等同起来的倾向"，而事实正是如此，否则就不会出现诸如黛玉这种避开母亲名讳的书写方式。

何况，即使到了科技发达的现代社会，把名字视为神秘的、带有决定性影响的、与自我等同的思维方式依然存在。现代不少人用姓名来算命，正是认为其中隐藏着命运的密码，希望可以参透相关奥秘而及早趋吉避凶，所以总有人希望通过改名来改变命运。由此可知，很多的思维概念都是人类经过长久的历史累积而形成的文化信息，无形中已成为我们灵魂里潜在的"基因符码"，只是我们对此一无所知，反倒误以为我们比古人进步，却忽略了其实我们还是活在古人所留下的文化遗产中，彼此十分接近甚至根本一体，相近的程度远大于相异之处。

最值得注意的是，比起宝玉的初拟，元妃为屋舍所赐之名更加接近这几处住屋的"场所精神"，后来入住的金钗们乃是根据自己的性格和屋舍特质自行选择，却能够一一完全契合。因此，这些屋名也都成为屋主们的别号，等于是她们的另外一个名字，形同她们自身的绝佳象征。由此显示出元春的品味更贴近少女们的心灵，还体现了掌权者以百姓之心为心，与子民合而为一的王道精神。

"似非大观"稻香村

元春这位无私的"大母神",无论是为金钗们的屋舍赐名,还是开放大观园这座皇家禁地让她们入住,都显示出仁君王道海纳百川的胸怀,不过园内却有一处竟被宝玉评为"似非大观"(第十七回),那就是稻香村。在整部《红楼梦》里,除了大观园、大观楼和探春屋内摆设的大观窑大盘之外,"大观"二字唯一涉及褒贬评价的正是此处,当时宝玉阐释道:

> 此处置一田庄,分明见得人力穿凿扭捏而成。远无邻村,近不负郭,背山山无脉,临水水无源,高无隐寺之塔,下无通市之桥,峭然孤出,似非大观。

宝玉之所以认为稻香村是一处"非大观"的所在,是因为他觉得这里属于"人力穿凿扭捏而成",乃扼杀人性、戕害青春寡妇的礼教牢笼,比不上未来的潇湘馆"有自然之理,得自然之气,虽种竹引泉,亦不伤于穿凿"。据此便说明了宝玉对"大观"的定义即"自然"。但问题在于,稻香村真的如他所说的,乃"非大观"的地方吗?答案是:非也。大家务必谨记复调小说的一个原则,即宝玉只不过是《红楼梦》的众多人物之一,虽然他是叙事的主轴,可是整部小说采取了复调式的多旋律同轨并行,铺展出各式各样甚至更高的思想价值观。

综观全书所呈现的思想基调,仔细辨析之后便可以发现,宝玉

"似非大观"的论断其实是源自他个人的局限与偏见，把"自然"当作"大观"的定义，纯粹属于他自己的偏执，加上话中还用了"似"一字，可见宝玉也有所保留，不敢妄下定论，其中实在大有讨论的空间。从元妃为大观园所题"天地启宏慈，赤子苍头同感戴"的对联来看，显示出大观园必须包含稻香村才能算是真正的"大观"，因为连在礼教之下被迫槁木死灰的寡妇，都在此得到一个可以相对弥补甚至满足其人生缺憾的大好世界，那便说明大观园正是晚唐诗僧齐己（863—937）《煌煌京洛行》所说"大观无遗物，四夷来率服"的神圣之地，稻香村不仅未被摒弃或遗落，反而受到了王道的灌溉和滋养。

试想：如果李纨没有随同少女们一起居住在大观园，她的"槁木死灰"只会变本加厉，被无尽的孤独、寂寞所包围，天天过着单调乏味的日子；可是当她入住大观园以后，却成了诗社的社长，与少女们共度充满诗意的自由生活。从这个角度来说，"大观天下"的王道正如天雨一般滋润着每一棵小草，世间众生都受到了王道的化育。

所以，从整体的视野而言，宝玉对"大观"的定义反倒暴露出他"非大观"的性格缺失，才会局限于个人偏好而看不到更宏大的整体，正如脂砚斋在第一回里点明宝玉为"玉有病"，即具有瑕疵的玉，也是第十九回所谓的"原非大观者"。由脂批来推翻宝玉的定论，无疑更能够展现出"大观"的全面性和完美性。但更值得注意的是，宝玉的质疑针对的其实并不是稻香村本身，而是它"峭然孤出"的突兀安排，倘若稻香村的设计可以与大观园内的周遭环境达到更好地协调，也不至于受到宝玉"远无邻村，近不负郭，背山山无脉，临水水无源"的批评。换句话说，宝玉此处的着眼点在于稻香村"峭然孤出"的景观设计，而非把稻香村放在大观园里并不适宜，如此一来，宝玉的反对其实也没有违背大观的本义。据之更证明了稻香村的问题仅仅在于它与周围不能协调的突兀性，但就整个大观园的构设来说，稻香村是不可或缺甚至更足以强化或者扩延"大观"精神的所在。

关于宝玉对稻香村的批评，一般读者都忽略了其中蕴含的两个重点：其一即"人力穿凿扭捏而成"并非针对建物本身，而是来自"远无邻村，近不负郭，背山山无脉，临水水无源"，导致稻香村失去了与周围环境的协调性，所以宝玉才会认为这所院落"似非大观"；其二则是"争似先处有自然之理，得自然之气，虽种竹引泉，亦不伤于穿凿"的"先处"，即在此之前先已览视过的未来的潇湘馆，虽然潇湘馆"种竹引泉"的规建也有人力经营的痕迹，然而它达到了天然与人为的和谐相融，所以并不构成"非大观"的问题。

接下来宝玉对"天然图画"四字的诠释，更清楚反映出他之所以批评稻香村的关键，原因在于：

> 古人云"天然图画"四字，正畏非其地而强为地，非其山而强为山，虽百般精而终不相宜……

"天然图画"意指一张图画虽然是人为绘制出来的，但却不失浑然天成之感，而宝玉认为稻香村仿佛一个刻意被安置于大观园的孤立院落，显得非常突兀、不自然。至此必须注意的是，所谓的"自然""天然"未必等于完全摒弃人工雕琢，毕竟在人类的世界里可没有纯粹顺乎自然的东西，一旦要达到艺术化的境界更必须经过人为的塑造，故而大观园内的一草一木也都是人工设计、安排种植的，所以宝玉所谓的"天然"并非指绝对的纯任性灵、率性恣情，而是与周围的景观相互协调，稻香村之所以显得人力穿凿，关键是在这里。不过即使如此，实际上从整个园区的设计意义来看，稻香村本身仍属于大观园不可或缺的一环，正如元春于第十八回所题的"天上人间诸景备"，既然是"诸景"皆备，那么当然必定要囊括稻香村方可。

其实，"自然"这个语词的含义非常丰富甚至复杂，其中便包括了让人感受到存在的和谐与人情的温暖，也是因此才不应该过分地要求寡妇极端守节。然而十分微妙的是，在同样的情况下，从另一个角度来看，李纨能够进驻元妃所极爱的"四大处"之一，某种程度上抚慰了她的丧夫之痛与寡居的孤寂，更多地满足了李纨渴望友伴且得以抒发性灵的人性需求，这难道不也是一种顺应自然之理的结果吗？换句话说，元妃下令让宝玉和众金钗入住大观园，其中还包括了已婚但守寡的李纨，正是一种"大观无遗物"的全面展现。因此，宝玉批评稻香村"似非大观"的看法确实属于一己偏见。

"大观无遗物"这一句诗出自晚唐诗僧齐己所作的《煌煌京洛行》，意指在"大观"精神之下，宏大的王道实践可以让任何一个存在物都不会被忽略、被戕害、被驱逐，每位子民皆能够受到照顾与呵护，在个人的特定处境下也得以实现生命的提升与圆满。当然，世事不可能尽如人意，并非每一个人都能够得到圆满，但相对而言，他们的心灵和生活处境必然会有所进步和改善。这种引领大众走向康庄大道的"大观"仁政，就是一种王道的实践，由此可见，稻香村的设计确实是体现"大观"精神不可或缺的一环。

我之所以要进一步仔细厘清宝玉的观念，原因在于：无论读者是片面地以宝玉对于稻香村"似非大观"的评价为绝对真理，抑或批评那是偏泥一端的个人成见，恐怕都忽略了他的看法其实并没有那么简单。虽然宝玉确实一方面认为潇湘馆的整体规画是"有自然之理，得自然之气，虽种竹引泉，亦不伤于穿凿"，可是，倘若据此即判断宝玉对于潇湘馆的高度推崇只限于"自然"的话，则是扭曲或忽略了宝玉看法中的其他层次。

任自然与遵礼教

前文讲到过，在第十七回众人抵达未来的潇湘馆时，从宝玉所说的"这是第一处行幸之处，必须颂圣方可"可以看出，他比一同游园的尊长更加严守"颂圣应制"的皇权规范，所以他的初拟便以合乎皇妃身份的"凤凰"为题眼，经由传统文化中相应的典故去寻找合宜的表达，而取名为"有凤来仪"。"凤"即凤凰，在皇权体制之下，这种祥瑞的神鸟仙禽被视为皇妃的象征，清楚地说明了贾家所要迎接的贵宾是皇妃，亦即元春是以皇室成员的身份莅临大观园，而并非单单作为宝玉的姊姊、贾家的女儿。由此可见，宝玉是以臣子的身份去为大观园的建筑题名。所以，当宝玉说潇湘馆是"有自然之理，得自然之气"的时候，实际上还包含了他对人伦礼教的关切和严守，他既欣赏潇湘馆的"天然"，但在为该处命名之际又完全兼顾对皇权的尊重。

乍看之下，宝玉本身好像一个矛盾体，他一方面崇尚性灵，一方面又不能够摆脱封建的"糟粕"，显得自相冲突，以致很多人素朴地主张：那些伦理行为只是个人在面对社会时不得不然的伪装，当下的宝玉是为了生存而只好表里不一。但是，事情真的如此简单吗？我们可以试着更进一步设想：有没有一种既不矛盾，又能够合理地把这两类截然不同的性格熔于一炉的解释？如果有，其整体的思维形态和价值系统又是什么？这正是我们需要深入探讨的问题。假若只是直接判定宝玉个性矛盾，未免过于粗略、流于表面，所以我们必须回归到传统的文化脉络中去找寻答案。

其实，若从王道大观的层次来理解，宝玉既崇尚性灵自然，同时又符合礼制仪典的思维模式，便说明了礼法与性灵实际上是可以相融共生的！换言之，根据传统的思想理念，个人并非一定要和群体对抗才称得上"自然"，这正是现代人往往难以理解的重大关键。

自启蒙运动以来，"个人"与"社会"的二分法被当作认识和发展"个人"时至高无上的原则。这种二元概念认为：只要个人增加一分，社会就必然得减少一分；只要社会的力量多增加一分，个人的自我便会被消减一分。然而事实上，犹如人类学家鲁思·本尼迪克特（Ruth Benedict，1887—1948）所提醒的，任何人都必须在社会中实践自我，没有一个个体可以完全脱离社会而存在，一个人之所以有今天这样的自我，其实大部分是源于社会的形塑。因此，唯有从中汲取更多的能量才能够建构更完整的自我，而社会的进步也不外乎个人的成就所给予的反馈，也就是说，个人与社会之间的关系是相辅相成的。简而言之，我们不应该把个人和社会，即"自我"与"伦理"视为势不两立的敌对方，倘若坚持这种过于粗略的简单预设，最终只会得到错误的结论，并严重地耽误自我的成长。

同样的道理，"自然"与"礼教"的关系也是如此。"大观"精神对于王道的期许，以及它所塑造的内涵，正如东汉班固《两都赋·序》中所言：

> 或以抒下情而通讽谕，或以宣上德而尽忠孝，雍容揄扬，
> 著于后嗣，抑亦雅颂之亚也。

这段话意指有权力的上位者必须具有"抒下情"的仁德。仁德是指能够从内心设身处地去了解别人的需求，不滥用权力为非作歹或自我满足，而是加以善用来造福弱势者，并弥补下位者的缺憾，所以"抒下情"和"宣上德"都是"王道"的体现。

就此而言，我们实在不应该强求古人一定要觉醒出民主精神才叫进步，因为那完全是在强人所难，古人没有义务为后世之人而存活，他们所要面对的，是在身处的时代中努力寻找如何于既有的重重限制之下，让皇权提升到最高境界的方法。对于曹雪芹或大多数的传统知识分子来说，他们奋斗的方向并不是用革命来改变世界，而是苦思如何于既有的历史时空中、由各种因素所造就的复杂体制内，进行弥补或提升社会的景态，在无法打破环境限制的情况下让它变得更加美好。而"王道"便成了自我与群体的协调、自然与礼教的完美结合，是人伦精神最完善的实现。由此可见，礼教不一定就是压抑或剥夺生命幸福的制度，人们在礼制内依然可以满足自我，也就是说，内在的自我性灵以及外在的社会规范是可以并存的。所以，宝玉那看似矛盾的行为，实际上可以从传统对于"王道"或"大观"的认识，及其背后所蕴含的共同思想根源得到很合理的解释。

《红楼梦》的大观园正是结合了诗意的性灵与庄重的皇权礼制所缔造的，而活在此一机制中的宝玉，也并非如读者所以为的，只一味追求自然性灵，因为事实上，他在追求自我的同时也由衷地遵从礼

教的规范，这两个要素的相融并存显示出"自然"与"礼教"并不冲突。

无论如何，宝玉确实是用"似非大观"来评论稻香村，不过他依然有所保留，一个"似"字即说明他也不敢妄下断言，只是觉得或许还可以有更好的建筑规建。既然宝玉所发出的批评，其重点在于它失去了与园内环境的协调性，以至于显得突兀，因此可以进一步推测，一旦稻香村的设计是让周围有缓冲的余地，而非突然间在山的阻隔之外出现了截然不同的田园风光，宝玉很可能就不会否定稻香村属于大观精神的一环，从而收起"似非大观"的不以为然了。

虽说如此，宝玉确实也有他的个人局限，所以在脂批里，唯一遭到"非大观"之负面批评的恰恰只有宝玉一人，并且脂批并未采取带有不确定成分的"似"字，而是用百分之百、极为肯定的词汇指出宝玉"非大观"的本质。在第十九回宝玉偷偷出门探望回家省亲的袭人一段，脂砚斋便评道：

> 行文至此固好看之极，且勿论。按此言固是袭人得意之语，盖言你等所希罕不得一见之宝，我却常守常见，视为平物。然余今窥其用意之旨，则是作者借此正为贬玉原非大观者也。

袭人身为宝玉的贴身大丫鬟，彼此朝夕相处，对她而言，一般人眼中的稀罕物品当然已经是司空见惯、不足为奇了，就这个意义来说，也传达出她与宝玉很亲近的关系与心态。但有趣的是，脂砚斋却脱离了小说的特定场景以及人物本身的心理感受，点出了作者隐藏在其中的真正用意，即"余今窥其用意之旨，则是作者借此正为贬玉原非大观者也"。如果站在作者的角度来看"再瞧什么希罕物儿，也不过是这么个东西"这句话，便可以发现，他是借由袭人之口蓄意贬低通灵宝玉实"非大观"的缺失。

据此而言，宝玉的"似非大观"恐怕要从"负负得正"的角度来理解，换句话说，既然稻香村存在于大观园才是"大观"精神的完整体现，那么批评这处院落的宝玉反而成了"非大观"的有限者。此外，所谓的"玉原非大观者"又呼应了第一回的评语，即：

> □"瑕"字本注："玉小赤也，又玉有病也。"以此命名恰极。

可见宝玉之所以被批评为"原非大观者"，正是因为"玉有病"所导致的性格缺失。早在第一回里，作者便提及宝玉的前世是神瑛侍者，隶属于赤瑕宫，而"赤"即红色，带有女性的寓意，隐喻宝玉爱红的个性，最重要的则是"瑕"字，意指瑕疵。也就是说，脂砚斋点明这块作为宝玉前身而幻形入世的玉石本身具有瑕疵，其中掺杂了一股邪气，由此造就了宝玉这种不被正统文化所推崇的"正邪两赋"病态人格，所以脂砚斋认为，用"赤瑕宫"来称呼宝玉前身的所在之处，实在是太恰当了。

犹如前文所提醒的，一个人真正的自我也必须置身于社会的大环境里才能够得到实践，因此无论是"玉原非大观者"，抑或"玉有病"，都清楚揭示了自我中心所导致的个人主义性格会面临巨大的限制，也因此它只能是一种人格特质而非人格价值。拥有这类性格的人无法真正企及"大观"的层次，更不可能达到宇宙世界的丰富完满。

必须说，《红楼梦》最发人深省的地方，在于它让我们认识到个人是有限的、应该提升的。唯有去了解自身的渺小，以及与丰富、宏大的世界之间的距离是多么遥远，才能够不断地超越自己，这实在比宣扬自我更加可贵，也更加困难重重。令人扼腕叹息的是，以自我为中心已经成为一种世界性的思潮，大家甚至视之为理所当然，因而永远无法认识乃至达到"大观"的境界。作者在《红楼梦》里塑造了形形色色的人物，以众多各异的思维共构一个宏大的世界观，就是为了让读者们知道，其中并没有哪一环能够凌驾于别人之上，成为整部小说的主要声音或唯一价值，只有全部的人并存才足以构成一个最完美、最丰富的世界。

探春：大观精神的接班人

于此应该进一步厘清的是，固然稻香村的存在使"大观"精神得到更完善的体现，但却并不代表其屋主本身也是抱有"大观"精神的人，两者是不同层次的范畴。在我看来，除了元妃之外，真正能够实践"大观"精神的人其实是探春。主要的根据在第四十回刘姥姥逛大观园的过程中，一行人来到了秋爽斋，房内有着一系列以"大"字作为共通符号的摆设，其中一个即"大观窑"，作者描述道：

> 当地放着一张花梨**大理石大案**，案上磊着各种名人法帖，并数十方宝砚，各色笔筒，笔海内插的笔如树林一般。那一边

设着斗大的一个**汝窑花囊**，插着满满的一囊水晶球儿的白菊。西墙上当中挂着**一大幅米襄阳"烟雨图"**，左右挂着一副对联，乃是颜鲁公墨迹，其词云：

烟霞闲骨格　泉石野生涯

案上设着**大鼎**。左边紫檀架上放着一个**大观窑**的**大盘**，盘内盛着数十个娇黄玲珑**大佛手**。右边洋漆架上悬着一个白玉比目磬，旁边挂着小锤。

必须特别注意的是，在这里出现了"大观窑"之名绝非偶然，试想：以贾家的荣华富贵，要购置知名而昂贵的官窑制品作为摆设，简直是易如反掌，所以其他的屋舍内就有汝窑、成窑、宣窑、定窑等出品的贵重物件，但为何单单只有秋爽斋中的瓷器采取了"大观窑"之名？以作者精密的构思来看，它必定与屋主的性格息息相关。换句话说，整部《红楼梦》中除了大观园以及元妃省亲驻跸的大观楼之外，真正被作者用"大观"来安排的，唯独秋爽斋一处，而贾探春则是这所院落的主人。从种种细节可以看出，曹雪芹希望借此告诉读者，探春正是"大观"精神的继承人！

当然，探春是一位未出阁的小姐，因此还受限于未婚的身份，无法真正把"大观"精神全面地施展出来。这可就变得非常有趣了，毕竟一直怀着少女崇拜心理的宝玉经常宣称婚姻是败坏女性的罪魁祸首，是让女性彻底腐化毁灭的一种外在力量，如此一来，岂非又产生了矛盾？在第五十九回里，丫鬟春燕所说的一段话中转述了宝玉的主张，他认为：

　　女孩儿未出嫁，是颗无价之宝珠；出了嫁，不知怎么就变出许多的不好的毛病来，虽是颗珠子，却没有光彩宝色，是颗死珠了；再老了，更变的不是珠子，竟是鱼眼睛了。分明一个人，怎么变出三样来？

　　这段著名的"女性价值毁灭三部曲"很具有高度的概括性，现实中也的确处处可以得到印证，许多中老年的已婚大婶真是无法让人设想她们少女时期的青春形貌，前后之别简直有如两个截然不同的人。不过话虽如此，宝玉这番过于偏激的意见纯然是想要维护女性的价值，导致凡是关于女性的负面描述，甚至女性身上的一切坏毛病，都一概归咎于婚姻所带来的摧残，而不要求女性本身也应该为自己的人格负上责任，所以未免流于武断。对他来说，女性只要进入婚姻，便会完全丧失她的"天然"以及光彩闪耀之处。

　　然而值得深思的是，元春如果不出嫁，她是否还能够拥有"大观"的权力呢？答案当然是否定的。即便王熙凤这个"言谈又爽利，心机又极深细，竟是个男人万不及一"（第二回）的杰出女子，也是因为她身为贾琏之妻，才被王夫人赋予荣国府当家舵手的权力，而得以一展长才。至于没有结婚的少女，便只能够在闺房里吟诗作赋、感春伤秋，她们不仅无法改变这个世界，并且连一般程度的自我实现也受到极大的围限。最典型的案例是，因为王熙凤生病，于是王夫人派任探春、李纨、宝钗三人协理大观园，基于李纨这位"大奶奶是个佛爷，也不中用"，而宝钗身为亲戚，也"不好管咱家务事"（第五十五回），所以理家的重担几乎都落在了探春的身上。即便探春办事面面俱到，但到了第六十四回中，王熙凤即道出未出阁的姑娘在治理家务时，必定会遇到的困境：

> 老太太、太太不在家，这些大娘们，嗳，那一个是安分
> 的，每日不是打架，就拌嘴，连赌博偷盗的事情，都闹出来了
> 两三件了。虽说有三姑娘帮着办理，他又是个没出阁的姑娘。
> 也有叫他知道得的，也有往他说不得的事，也只好强扎挣着
> 罢了。

从凤姐的这番话可以得知，府中的婆子大娘们因为贾母、王夫人不在家而多番滋事，虽然幸得"三姑娘"探春帮忙处理，可是她属于未出阁的姑娘，即未婚的小姐，有些事务是绝对不能触碰的，比如男女之间的风月私情。也因此，生病休养中的王熙凤始终无法完全卸下重担，只好一直强撑病体勉力费神，以致难以痊愈。

由此便清楚显示出一般读者最常忽略的，便是《红楼梦》的婚恋概念大大有别于现代价值观，贾家作为诗礼簪缨之族，情欲、恋爱等所有的男女私情，都是少女不可以触碰的禁忌，一旦有所涉及，就等同于失贞！再举例来看，于第五十七回"慧紫鹃情辞试忙玉"这段情节里，紫鹃诬骗宝玉说黛玉要回苏州去，瞬间把宝玉给吓昏了，整个人顿失魂魄般浑浑噩噩，连李嬷嬷用力掐他的人中也不觉得疼痛，简直是一只脚踏进了鬼门关，立刻引起众人的惊慌错乱。当这场纷扰得到平息之后，贾母开始有余心追究宝玉反常的原因，于是责怪紫鹃何以无故谎骗？这正是很可能暴露出实情的时刻，而在一旁的薛姨妈连忙劝道：

宝玉本来心实，可巧林姑娘又是从小儿来的，他姊妹两个一处长了这么大，比别的姊妹更不同。这会子热刺刺的说一个去，别说他是个实心的傻孩子，便是冷心肠的大人也要伤心。这并不是什么大病。

必须特别注意到，薛姨妈把宝玉过分强烈的反应诠释为一般人面临至亲好友要离开时，都会出现的正常现象。毕竟黛玉和他是自小"一处长了这么大""日则同行同坐，夜则同息同止"（第五回）的姑表兄妹，所以必然会为分别感到万分不舍，以致痛彻心扉、举止失常，由此便偏离并掩饰了男女私情的可能性，去除了负面的联想。这番话证明了薛姨妈其实是在保护宝、黛二人，为了避免大家对宝玉惊天动地的反应产生不必要的猜疑，便将之定位于两人具有深厚的友情，而不是因为私情、爱情，否则他们会被认为涉于淫滥而身败名裂。当然也应该了解，虽说薛姨妈很可能是在刻意保护宝、黛二人，但进一步来说，由于身为世家大族所接受的礼法教养，潜意识里自然会回避男女私情这类的禁忌，这也使得她不大可能用"私情"来理解他们的关系。

既然如此，那么黛玉自己又是作何想法呢？作者这般描述她的心境：

幸喜众人都知宝玉原有些呆气，自幼是他二人亲密，如今紫鹃之戏语亦是常情，宝玉之病亦非罕事，因不疑到别事去。

在此要郑重地提醒，所谓"不疑到别事去"就是指众人没有怀疑到涉及"淫滥"层面的男女私情！而从黛玉的庆幸、欣喜可以得知，那的确是少女们务必回避的重大禁忌，当然不可以成为谈论的话题，由此也必然成了探春理家的局限。我之所以特别补充说明《红楼梦》把婚姻之前的男女私情视为"淫滥"的价值观念，正是想借此让大家更清楚地了解到，身为未出阁少女的探春在治理家务时所会遇到的限制。

要知道，贾家共有上千的人口，如第五回宝玉梦游太虚幻境时所说的"如今单我家里，上上下下，就有几百女孩子呢"，加上众多的小厮，待他们都成长至知晓风月情事的年龄，难免不会发生男女苟且之事，所以一旦这种事情闹出来，只好由身为已婚妇女的王熙凤亲自解决，毕竟她属于已经出阁的女子，男女情事并非禁忌了。而探春却因为"未婚"的身份，在治家之际绝对不能够处理与"情欲""私情"相关的事务，这个致命的缺陷也使得她的理家才干无法得到充分的施展。

由此值得注意的是，作者以大观窑的"大观"来暗示探春是具有"大观"精神的人，但只因尚未出阁之故，她的才能施展就相对受限，这便说明了在传统的社会中，女性人生价值的全面开展恐怕还是得通过婚姻的促成。如此一来，宝玉视婚姻为摧毁女性价值的刽子手，恐怕是必须仔细商榷的论调。

不过令人赞叹的是，即使探春处于未婚的状况，她都能尽量让群体与自我两全其美，这种"大观"精神恰恰体现在唯独秋爽斋附设了一处独立的、拥有公共用途的"晓翠堂"。

第四十回"史太君两宴大观园"的情节里，贾母让凤姐众人"在晓翠堂上调开桌案"设宴用餐，最重要的是，"晓翠堂"独立而建，并不会对屋主的个人生活领域造成干扰和侵犯，因此公私两全，不以公害私，也不以私舍公。非但如此，后来的一番对话更透露出探春大器恢宏的领袖风范：

> 贾母向薛姨妈笑道："咱们走罢。他们姊妹们都不大喜欢人来坐着，怕脏了屋子。咱们别没眼色，正经坐一回子船喝酒去。"说着大家起身便走。探春笑道："这是那里的话，求着老太太姨太太来坐坐还不能呢。"贾母笑道："我的这三丫头却好，只有两个玉儿可恶。回来吃醉了，咱们偏往他们屋里闹去。"

由此显示出，除了晓翠堂是个可供群聚的公共场所，秋爽斋作为探春个人的起居之处，也是"三间屋子并不曾隔断"的开阔空间，可见她敞开胸怀欢迎他人的到来，所以当贾母笑言"他们姊妹们都不大喜欢人来坐着，怕脏了屋子"的时候，探春便紧接着说："这是那里的话，求着老太太姨太太来坐坐还不能呢。"证明了在众多姊妹中，除宝钗之外，唯有探春可以平衡群体与自我，兼顾伦理与性灵，于未婚的状态下开展"大观"精神。而深知这点的贾母听了以后，便开玩笑地埋怨说："我的这三丫头却好，只有两个玉儿可恶。"则可想而知，探春不仅具有"烟霞闲骨格，泉石野生涯"的潇洒恬淡，以及一个人自得其乐、独善其身的生活雅兴，还可以与别人和谐相处。她既可以在深夜月色如洗时，徘徊在桐树之下欣赏美好的夜色；于理家之际，又可以精明细致到任何人都别妄想在她面前耍心眼，其"大观"精神确实达到了超越凤姐的层次。

此外，第六十三回中，作者通过探春所抽到的花笺诗"日边红杏倚云栽"暗示她将来会嫁作王妃，而这句笺诗下面还注明了："得此签者，必得贵婿，大家恭贺一杯，共同饮一杯。"当时众人便笑道："我们家已有了个王妃，难道你也是王妃不成。大喜，大喜。"由此可见，元春作为贾家第一位嫁入皇室的女性，她把自己良好高洁的品德与至高无上的皇权相互结合，展露出"大观"精神，而探春则是另一位类似的体现者。可惜的是，随着故事的发展，贾家败落了，相关的情节却都遗失不见，我们也无从得知探春未来的人生变化，但是从前八十回作者的设计来看，可以意识到探春的确是"大观"精神的接班人，堪称为有如元春般辉煌出色的"大母神"候选人。

石榴花最大的哀愁

石榴楼子花最大的哀愁，便在于娘家末世的加剧与加速。贾府处于爵位随代降等承袭制度下即将归零的状态，实际上已经步入末世，只不过"百足之虫，死而不僵"，目前还可以勉强维持，正所谓"挖东墙补西墙"，既然东墙尚在，就可以填补西墙的缺损，因此整个架子的外观看起来仍然有模有样。但是，元春封妃所带来的影响非常吊诡，一方面固然把贾家的声势引领至如日中天的地步，不过却也附带了庞大的经济压力，致使单薄残破的东墙坍塌得更快，以至于最终一败涂地。

虽然元春的代表花——石榴花是"接连四五枝，真是楼子上起楼子"（第三十一回），开得硕大灿烂、红艳动人，但同时也为孕育出楼子花的母株造成了沉重的负担。有一位唐朝诗人皮日休于《病后春思》诗中提到"石榴红重堕阶闻"，他在卧病的清寂时分忽然听到外面的阶梯传来一阵巨响，一看才知道，是因为石榴花的重量让它折断而坠落到地面上，发出了让人震撼的撞击声。由此可见，花朵开得越茂盛、越不遗余力，当它凋零的时候便越是怵目惊心，这正是曹雪芹虚构出石榴花"接连四五枝"的用意，即通过盛衰的极端反差来隐喻元春封妃为贾府家境所带来的创伤。

若问元春的封妃究竟给贾府带来了哪些压力？答案就是额外再增加天价的钱财流失，导致原本即陷入末世的贾家更快速、更剧烈地走向灭亡。固然元春的封妃一直被视为"烈火烹油、鲜花着锦"（第十三回）的破天荒大事，毕竟与家族中肇创基业的荣国公相比，元春的封妃还要更上一层楼，属于登峰造极，但她的代表花乃是错失春天佳期的石榴花，纵使开得再璀璨茂盛，却注定只有面对着四顾无花的寂寞。在万芳透支了所有的春意和生机之后，迟开晚花的石榴虽然有如赤血一般地红艳，然而那并非青春之际生机勃发的绽现，反倒更接近于临死之前奋力一搏的回光返照。

曹雪芹之所以安排这般情节，正是要用来与元春的娘家贾府关联互喻。贾家仿佛一个长期卧病在床的重症患者，病体内酝酿着不安的骚动和躁乱，虽然在某个时段会恢复红润的脸色、清晰的思路以及良好的精神状态，但那只是临终之际短暂的美好片刻，来自身体的全部细胞把维持生命的微弱能量一次性释放出来所引起的错觉，然后便进入彻底黑暗的死亡。

其实，唐朝韩愈《题张十一旅舍三咏·榴花》一诗中"五月榴花照眼明"所描写的灿烂夺目，即是一种类似回光返照的病态红晕，石榴花宛如昙花一现的漫天烟火，在炫目的烟花绽开之后，整个世界转瞬间便陷入万绿的单调失色。作者在小说起始就不断地敲响末世的警钟、哀悼的丧音，反映出当时的荣、宁二府于历经百年之后，已经落入"金玉其外，败絮其中"的状态，正如第二回冷子兴所说的"如今外面的架子虽未甚倒，内囊却也尽上来了"。"内囊"意指贴身的体己钱袋或私房钱，是个人或家族最后的经济依靠，"内囊却也尽上来了"便说明贾府已经深陷窘境，非但不复以往的盛况，甚至连体己钱也不得不拿出来帮补开销。

值得注意的是，《红楼梦》里鲜少出现重复的笔墨，但是曹雪芹却不惜反复提到"百足之虫，死而不僵"这个成语，除了第二回"冷子兴演说荣国府"之外，另一次则是第七十四回凤姐等人抄检大观园时，探春从中体察到的贾家所呈现出来的发展状态，可见作者对此感受痛切，始终念兹在兹，因之情不自禁地一再流露笔端。其实，小说家正是通过各种暗示，不断强调贾府实质上早已不如往昔兴盛，甚至正步上衰颓败灭的下坡路，故而处处传达出一种莫可压抑的感伤和悲叹，形成了鲁迅所比喻的"悲凉之雾，遍被华林"。

试看第七十七回中，王熙凤因为生病而需要二两人参来调配药剂，但没想到府中已经一无所存，到处遍寻不着，虽然最后从贾母那边找出一大包"有手指头粗细"的上好人参，却又被太医给退了回来，要求另换新鲜一点的，因为那些人参"年代太陈"了，"虽未成灰，然已成了朽糟烂木，也无性力的了"，正恰恰与贾府呈现出的败絮其内相符合。作者在这里运用了百年人参作为一个意象化的象征和比喻，反映出历经百年的贾府虽然拥有光鲜亮丽的外表，实际上内部却已经空虚无力，不堪重负了。而元春在此际封妃，非但无法转祸为福，反倒更加重其祸。

封妃之喜：贾府不能承受之重

在讨论元春封妃对贾家带来的负面影响之前，我必须先澄清一个经常被误会的地方，即贾府之所以面临财务困境，原因并不是他们挥霍无度，或是源于只有贾政一人在朝为官，所领取的俸禄难以支撑。倘若大家仔细阅读文本，并且多充实相关的知识，便会发现这些说法都完全不符合历史与文本的事实：第一，贾政俸禄微薄，本来就不是贾府的主要经济来源。根据清史学者赖惠敏的研究，以奉恩辅国公毓照为例，"估计他的庄园地租、俸禄、随爵差甲、蓝甲等项收入，发现地租所得占 70%；俸禄只有 3.59%"，由此可以证明，贾府若仅仅依靠贾政的薪水必然无法维持家计，这是早在他入朝当官任职之前就已经注定的，不必等到此刻才出现问题。何况贾府在贾政的上两代更没有他的这份薪资可用，却丝毫无损于家族的繁华富贵，甚至还比他这一代更加荣盛，显然贾政的俸禄根本无关紧要。

第二，不少读者认为，只要家里出个得宠的皇妃，有了裙带关系，则皇宫银库内的钱财便可以予取予求、需索无度。然而，清代皇室有见于前朝之鉴，祖宗家法严格禁止后宫干政，所以元春在成为皇妃以后，并不能够为贾府带来任何经济上的帮助。当然，慈禧太后是个例外，她垂帘听政、大权在握，直接干预财政，还挪用了军费去修建园林，但可别忘记，她把持朝政之时已经到了清朝末年，纲纪松动甚至败坏，有别于创作出《红楼梦》的乾隆盛世。因此，在这般的历史背景之下，元春不大可能干涉朝廷的运作，更何况她总以大局为重的正派个性，又怎么会做出把国家的银两搬进自家的荒唐事呢？这类徇私枉法、以私害公的行为可不符合元春的为人品格。

根据上述的相关研究成果，不仅反映出元春封妃对贾家完全没有实质的经济挹注，还说明了贾家的大宗收入实际上是庄田地租，最重要的是，小说本身也通过第五十三回庄头乌进孝送租的这一段情节，清楚透露出贾家的主要经济来源正是庄田地租，并且澄清了一般读者的误解。

当时，贾珍提到荣国府近一二年来"赔了许多"银子，乌进孝便笑道："那府里如今虽添了事，有去有来，娘娘和万岁爷岂不赏的！"这真是脂砚斋所嘲讽的"庄农进京"式的想法，贾珍听了以后简直哭笑不得，还厌烦到懒得回答。很显然，一般平民百姓对于元春封妃为贾家经济所带来的影响只能雾里看花、不甚了了，总是想当然耳地以为，贾家虽然因女儿封妃而增加了不少支出，可是"有去有来"，皇上和皇妃必然也会有所赏赐，如此一来，便相当于弥补了贾府的财务缺口，甚至还有许多盈余。因此，曹雪芹借由贾蓉之口解释道：

> 你们山坳海沿子上的人，那里知道这道理。娘娘难道把皇上的库给了我们不成！他心里纵有这心，他也不能作主。岂有不赏之理，按时到节不过是些彩缎古董顽意儿。纵赏银子，不过一百两金子，才值了一千两银子，够一年的什么？这二年那一年不多赔出几千银子来！头一年省亲连盖花园子，你算算那一注共花了多少，就知道了。再两年再一回省亲，只怕就精穷了。

由此便可以看出，纵然元春贵为皇妃，她也不可能凭借这一身份肆意给予贾家经济上的资助，正如贾蓉所说的"娘娘难道把皇上的库给了我们不成"，所以即使元春深爱着娘家，但根本也是有心无力、爱莫能助。再者，在当时的历史背景下，皇妃上面还有掌握最高权力的皇帝以及森严的祖宗家法，因此"他心里纵有这心，他也不能作主"。

至于贾蓉接下来补充说明的"岂有不赏之理"，那最是重点所在。相信不只是庄头乌进孝，包括现代的读者都会理所当然地认为，元妃给贾府的赏赐必定属于一项非常可观的收入。可是，元春究竟赏了什么给娘家？难道是成堆的金子银两吗？非也，她按时到节赐予的不过是"彩缎古董顽意儿"。再以第七十一回贾母八十大寿为例，不仅身为孙女的元春"命太监送出金寿星一尊，沉香拐一只，伽南珠一串，福寿香一盒，金锭一对，银锭四对，彩缎十二匹，玉杯四只"，礼部也奉旨"钦赐金玉如意一柄，彩缎四端，金玉环四个，帑银五百两"，可谓富盛一时，证明在元妃承宠之际，贾家也获得了不少赏赐。只不过，这类珍贵的宝物固然值钱，却当然不可以拿去变卖，只能郑重地收藏起来或小心地摆设，否则就是对皇权的大不敬。于是对面临财务困难的贾家来说，那些赐礼都属于中看不中用的物件，于事无补。

当然，确实也还有一些赏金的情况，例如第二十八回提到，过端午节庆时，元春"打发夏太监出来，送了一百二十两银子"，但这并不是给贾家的经济支援，而是专款用来打平安醮和唱戏献供的。虽然同时另有数十样应节的赐礼，按照等级从贾母、王夫人到众姊妹逐渐递减，可是如前所言，那些香如意、玛瑙枕、上等宫扇等最多都只能够作为装饰，慎重地使用于某些特定的场合，完全无法填补贾家的财务缺口。

此外，即便偶尔赏赐了非专款专用的银钱，也"不过一百两金子"，以《红楼梦》所提供的兑换比率，"一百两金子，才值了一千两银子"，虽则这对一般百姓而言乃是巨额的数字，却根本无法支撑贾家一年的开销用度。第七十二回贾琏便向鸳鸯提到财务困难的情况："这两日因老太太的千秋，所有的几千两银子都使了。……明儿又要送南安府里的礼，又要预备娘娘的重阳节礼，还有几家红白大礼，至少还得三二千两银子用，一时难去支借。"可见才几天之间，就多出了数千甚至近万两银子的应酬花费，元妃所赠的那一千两银子，果真是"够一年的什么"！由此可见，元春额外分润贾家的经济挹注根本是杯水车薪，完全派不上用场，证明了贾蓉所言非虚。

再看所谓的"这二年那一年不多赔出几千银子来"，更进一步道出了元春封妃所带来的经济压力是多么沉重，"这二年"恰恰即元春封妃之后的两年，贾蓉特别提到这个时段，就是为了强调封妃背后那令人无法设想的庞大支出。譬如头一年为了省亲而辟建的大观园，无论是"堆山凿池，起楼竖阁，种竹栽花"，抑或"置办花烛彩灯并各色帘栊帐幔"（第十六回）等都需要耗费不少钱财，所以他接着才会表示"再两年再一回省亲，只怕就精穷了"。所谓"精穷"意指穷困得彻底，不仅外面的架子倒下了，甚至连内囊也都消耗殆尽，没有东墙可挖了。据此可以说，元妃的封妃固然风光气派，却是压垮贾家的最大一根稻草！

贾府开销"如淌海水"

然而，在此必须郑重提醒，一般读者往往忽略了贾家的内部开销非常庞大，以至于财务困境已然摇摇欲坠，那却不是贵族自身的奢靡浪费所致，而是因为日常必须支应上千人的吃穿用度。关于这一点，事实上小说家已经多所表明，第五十二回麝月替晴雯解围而责骂一个婆子的时候，便明确地交代了贾府的人口总数高达"上千的人"，这个数目包括"三四百丁"（第六回）以及上下"几百女孩子"（第五回）。仅仅男丁和女孩子（其中尚未包含成年妇女）便已经不止五百人，而只算上千人的一日三餐便已所费不赀，何况还有其他包括衣饰、医疗等许多项目？加上他们不但不会克扣下人的衣食，甚且上上下下几乎都还有月钱可以领取，这样一来，众人的各种消费聚沙成塔，绝对是如今的四口之家难以想象的。可见贾府表面上虽然排场惊人，但实际上却是有苦说不出，只能够"胳膊折了往袖子里藏"——这句俗语在书中一共出现三次，见诸第七回、第六十八回、第七十四回，显然也是作者最痛切的体验之一。

尤其第六十一回中有一段关于鸡蛋价格的情节，虽然看似微不足道，实则蕴含着不少讯息，最足以呈现出贾府主要的财务压力。当时，迎春的大丫鬟司棋派了小丫头莲花儿去厨房要一碗炖蛋，厨娘柳家的直接加以拒绝，说道：

> 不知怎的，今年这鸡蛋短的很，十个钱一个还找不出来。昨儿上头给亲戚家送粥米去，四五个买办出去，好容易才凑了二千个来。我那里找去？你说给他，改日吃罢。

这段话虽带有推托之意，却清楚印证了贾家上千人的一日三餐所费不赀，以最寻常的鸡蛋来计算，"二千个"鸡蛋就相当于两万钱、二十两银子，那也只是数日之内的使用而已，再加上其他各式各样的食材，短短几天的餐饮成本便堪称是数不胜数。因此，清代评点家周春在《阅红楼梦随笔》中感叹道："柳家的鸡蛋开销十个钱一个，即此一端，宜十年而花百万也。"

正因为如此，第七十二回里，身为管家的林之孝便向贾琏提议道：

> 人口太重了。不如拣个空日回明老太太老爷，把这些出过力的老家人用不着的，开恩放几家出去。一则他们各有营运，二则家里一年也省些口粮月钱。再者里头的姑娘也太多。俗语说，"一时比不得一时"，如今说不得先时的例了，少不得大家委屈些，该使八个的使六个，该使四个的便使两个。若各房算起来，一年也可以省得许多月米月钱。况且里头的女孩子们一半都太大了，也该配人的配人。成了房，岂不又孳生出人来。

从中可以确知，贾府人员众多，单单基本所需的月米月钱便十分可观，按照目前的经济能力，实在难以继续负荷日常产生的各项开支，所以不如找个借口，把一些用不着的老家人开恩放出去，既可让他们回家团聚、颐养天年，同时也能够省下不少的口粮和月钱。由此可见，贾府纵使在努力减轻自家的负担，依然同时还不忘兼顾奴仆的人权，显示贾家确实是非常宽厚、仁慈的贵族，即使到了入不敷出的境地，也绝对不会把他们卖掉以换钱取利。所以可千万别想当然耳地以为，贾家是因为穷奢极侈才会导致财务赤字，只可叹那却是极为普遍的错误认知，遮蔽了曹雪芹的真正本意，而让贾家沉冤难雪。

何况，在基本的吃穿用度之外，生活中总难免会产生意外的花费，清末评点家姚燮在《读红楼梦纲领》里，便精细地罗列出贾家的各种费用：

> 两府中上下内外出纳之财数，见于明文者，如芹儿管沙弥道士每月供给银一百两；芸儿派种树领银二百两；给张材家的绣匠工价银一百二十两；贵妃送醮银一百二十两；金钏死，王夫人赏银五十两；王夫人与刘老老二百两；凤姐生日凑公分一百五十两有馀；鲍二家死，琏以二百两与之，入流年账上；诗社之始，凤姐先放银五十两；贾赦以八百两买妾；度岁之时，以碎金二百五十三两六钱七分，倾压岁锞二百二十个；乌庄头常例物外缴银二千五百两，东西折银二三千两；袭人母死，太君赏银四十两；园中出息，每年添四百两；贾敬丧时，棚杠、孝布等共使银一千一百十两；尤二姐新房，每月供给银十五两；张华讼事，凤姐打点银三百两，贾珍二百两，凤又讹尤氏银五百两；金自鸣钟卖去银五百六十两；夏太监向凤姐借银二百两；金项圈押银四百两；薛蟠命案，薛家费数千两；查抄后欲为监中使费，押地亩数千两；至凤姐铁槛寺所得银三千两；贾母分派与赦、珍等银万馀两；贾母之死，礼部赏银一千两。无论出纳，真书中所云如淌海水者。宜乎六亲同运，至一败而不可收也。

根据姚燮的统计，宁、荣二府上下内外"见于明文"的出纳钱财不在少数，例如贾芹"管沙弥道士"每个月就得花费一百两银子；而贾芸奉承王熙凤之后所包揽的种树差使，也得以"领银二百两"，当然那并非全部都用于栽植上，其中一部分是拿去孝敬了别人。另外，再看贾家内部之事，王夫人在金钏死的时候赏银五十两，后来还给了刘姥姥二百两（按：根据第四十二回平儿所说"这两包每包里头五十两，共是一百两，是太太给的"，应为一百两，姚燮所言有误），以便让她回家之后"作个小本买卖，或者置几亩地"，可以自给自足，不必再求亲靠友，这才是真正救穷脱贫的治本之道，王夫人由衷表现出来的慈善慷慨确实令人动容。

再看第六十五回贾琏偷娶尤二姐之后，也并未亏待她，每个月"出五两银子做天天的供给"（按：姚燮所说的"每月供给银十五两"有误），如此一来，一年又增加至少六十两的花费；第四十四回凤姐生日时，鲍二家的因为与贾琏偷情被发现，后来上吊死了，贾琏为此既感到愧疚，又想要堵住她娘家亲戚的嘴，便给了他们二百两，并命令管家林之孝把这笔额外的支出"入在流年账上，分别添补开销过去"，这就消耗了足以让刘姥姥一家至少十年衣食无忧的银两。先前在第三十九回里，刘姥姥看到丰盛的螃蟹宴时曾经计算过："这样螃蟹，今年就值五分一斤。十斤五钱，五五二两五，三五一十五，再搭上酒菜，一共倒有二十多两银子。阿弥陀佛！这一顿的钱够我们庄家人过一年了。"据此可以推算出贾琏给鲍二媳妇娘家的二百两银子，相当于庄稼人一家十年的开销，而这只是凭空出现的意外一笔账款，可见贾府的经济负担确实非比寻常。

如此一来，当家的王熙凤最是首当其冲，于是往往得自掏腰包倒贴。第七十二回中，她提到为什么要放贷收利钱的原因：

　　　　我真个的还等钱作什么，不过为的是日用出的多，进的少。这屋里有的没的，我和你姑爷一月的月钱，再连上四个丫头的月钱，通共一二十两银子，还不够三五天的使用呢。……我是你们知道的，那一个金自鸣钟卖了五百六十两银子，没有半个月，大事小事倒有十来件，白填在里头。

很显然，为了支应贾家的用度，王熙凤不只把她自己的月钱捐了出来，竟然连同贾琏再加上四个丫头的部分也都一并奉献，通共一二十两银子，却还不够三五天的使用。另外得卖掉珍贵的进口洋货金自鸣钟，但换来的五百六十两银子则是"没有半个月，大事小事倒有十来件，白填在里头"。"白填"是指意外的开销，这笔钱形同打水漂般地白白用掉了，根本没有减轻他们日常固定的必需开销，可见漏洞百出。

　　更有甚者，除了基本的吃穿用度，贵族的日常生活都有一定的排场，很多是礼仪制度上免不了的规模，正如第二回冷子兴所说"日用排场费用，又不能将就省俭"。例如，府内成员的婚丧喜庆虽然并非日常性质的支出，奈何一次性的消耗却非常庞大，譬如前面提到贾母过生日，便支出了几千两银子，而第六十四回为贾敬举办丧礼，单单"所用棚杠孝布并请杠人青衣，共使银一千一百十两"，这还只是千头万绪中的一项而已。难怪第五十五回凤姐推算未来几项婚丧的大支出，即包括：

　　　　宝玉和林妹妹他两个一娶一嫁，可以使不着官中的钱，老太太自有梯己拿出来。二姑娘是大老爷那边的，也不算。剩了三四个，满破着每人花上一万银子。环哥娶亲有限，花上三千两银子，不拘那里省一抿子也就够了。老太太事出来，一应都是全了的，不过零星杂项，便费也满破三五千两。

据此统计一下，可知仅仅筹办年轻辈四五个人接踵而来的几桩婚事，便至少得要四万两！

不止如此，世家贵族彼此往来的礼数也产生惊人的花费。纵观整部小说，我们可以发现贾府与同阶级家族之间的酬赠很不在少数，例如第五十六回甄家进京的时候，先派遣下人送礼给贾府，其中包括了"上用的妆缎蟒缎十二匹，上用杂色缎十二匹，上用各色纱十二匹，上用宫绸十二匹，官用各色缎纱绸绫二十四匹"，"上用"意指皇帝御用的物品等级，其价值之贵重自是不言而喻。对于甄家的厚礼，贾家自然不可怠慢，所谓礼尚往来，日后的馈赠费用只能不断垫高，于是便如贾琏所提到的，近日之内"几家红白大礼，至少还得三二千两银子用"。

所以，姚燮所谓的"（贾府）无论出纳，真书中所云如淌海水者"并非夸大其词，因为事实的确如此。这一评价正好与第十六回赵嬷嬷和贾琏、凤姐谈及太祖皇帝南巡的时候，贾府"只预备接驾一次，把银子都花的淌海水似的"相符合。由此可见，贾家的各种支出实在不胜枚举，因此姚燮也不禁感慨"宜乎六亲同运，至一败而不可收也"，虽然整个家族共存共荣，可是一旦一败涂地，后果真的不堪设想。

最值得注意的是，贾家还多出一些因为元春封妃才产生的特定花销，除了省亲之外，那更是让贾家的经济困境雪上加霜的致命伤。在

第五十三回里，贾珍曾经提及：

> 比不得那府里，这几年添了许多花钱的事，一定不可免是
> 要花的，却又不添些银子产业。这一二年倒赔了许多。

其中的"那府里"即荣国府，而所谓的"这几年""这一二年"都意
指元春封妃之后迄今的时段，呼应了前面提到的"这二年"，在此期
间不仅"添了许多花钱的事"，并且还属于"一定不可免"的高度强
制性花费，显然不比一般。仔细分析，可知原因之一，是荣府身为元
妃的娘家，必然回避不了种种与皇族有关的应酬往来或婚丧喜庆活
动。既然层级更高，当然手笔也更大，其开销之规模恐怕与皇室上流
阶层不相伯仲。

此外，令人意外又无可奈何的是，贾府碍于元春的门面、地位和
处境，避免与宫中太监的关系闹僵，因此不敢有所得罪，以至于面对
他们的打抽丰、揩油水，在投鼠忌器的顾虑之下，依然不得不有求必
应，简直是有苦说不出。根据第七十二回的描写，单单一个夏太监一
年就索取了至少一千四百两，即使王熙凤心知肚明，借给夏太监的银
子都是"肉包子打狗——有去无回"，却也只能咬紧牙根典当了自己
的金项圈，押银四百两，其中的二百两给了夏守忠，剩下的则"命人
与了旺儿媳妇，命他拿去办八月中秋的节"。更夸张的是另一个周太
监，他昨天一来便"张口一千两"，简直是狮子大开口，难怪贾琏会
皱眉感叹"一年他们也搬够了""这一起外祟何日是了"，凤姐更是因
此还做了恶梦，连潜意识都摆脱不了他们的纠缠。这些都正好呼应贾
蓉所谓"这二年那一年不多赔出几千银子来"的说法，一再证明"这

一二年倒赔了许多"必定与宫廷相关。

总括而言，贾家的开支可以分为三个层次：其一，贾府上千人口的吃穿用度，每天聚沙成塔、点滴成河，便形成一笔巨大的数目；其二，上流阶层的应酬往来，无论是节庆礼物还是丧葬祭银，都不能够小气、吝啬，所以也是贾家的一笔庞大花费；其三，即由元春封妃之后所引发出来的各种费用，包括营建园林、太监勒索。前两项巨额的支出已经是几乎压得贾家喘不过气，而第三项则无疑加速了贾家走向败落的结局。

果然在第七十二回里，贾琏因为府中应收的房租地税接不上，各种开销又接连不断，最终不得不求助于贾母的贴身大丫鬟鸳鸯，他万般客气地陪笑说道：

> 这两日因老太太的千秋，所有的几千两银子都使了。几处房租地税通在九月才得，这会子竟接不上。明儿又要送南安府里的礼，又要预备娘娘的重阳节礼，还有几家红白大礼，至少还得三二千两银子用，一时难去支借。俗语说，"求人不如求己"。说不得，姐姐担个不是，暂且把老太太查不着的金银家伙偷着运出一箱子来，暂押千数两银子支腾过去。不上半年的光景，银子来了，我就赎了交还，断不能叫姐姐落不是。

由此可见，贾家到了小说后期已经落入青黄不接的地步，贾琏唯有央求鸳鸯，悄悄地把贾母暂时用不着的昂贵物品偷出来典当应急，以便渡过难关，等到家族的产业房租地税收来了以后，再把抵押品赎回来，放还贾母的私库里。

如前文所言，贾琏所提到的"南安府"可是比贾家等级更高的郡王府，既然与贾府同一级别的"甄家送来打祭银五百两"（第六十四回），那么按照等级标准，他们"送南安府里的礼"肯定不可少于这个数字，则恐怕得花费上千银两。不只如此，贾家"又要预备娘娘的重阳节礼"，原来逢年过节时并非只有元妃单方面的赏赐，贾府也得要回送娘娘礼品，加上元春不仅是贾家的女儿，还是身份尊贵无比的皇妃，所以无论是礼物还是银两，贾府都得出手大方，回礼务必比元妃赏赐的更多。这样一来，单单几天的婚丧喜庆、红白大礼，总共至少再需要两三千两银子才应付得了。但由于贾母的八十大寿而把"所有的几千两银子都使了"，贾琏只好向具有胆识且值得尊敬与信赖的鸳鸯提出如此大胆的请求，堪称是匪夷所思。

当然，贾府本来即面临财务赤字的问题，其经济窘迫乃"冰冻三尺，非一日之寒"，只是没想到元春的封妃竟然导致这个财务缺口越来越大，最终变成一个无法被完全填补的无底洞，诚然大大出乎意料！

宫里太监予取予求

我们可以进一步探究，为什么五体不全、身分低下的太监，却居然能够对贾家进行如此巨大的剥削，甚至导致负责掌管财务的凤姐"日有所思，夜有所梦"，即使在睡梦中也饱受遭到强取豪夺的困扰。第七十二回中，她便描述了因此所产生的噩梦，说道：

　　不是我说没了能奈的话，要像这样，我竟不能了。昨晚上忽然作了一个梦，说来也可笑，梦见一个人，虽然面善，却又不知名姓，找我。问他作什么，他说娘娘打发他来要一百匹锦。我问他是那一位娘娘，他说的又不是咱们家的娘娘。我就不肯给他，他就上来夺。正夺着，就醒了。

旺儿家的听了便笑着安慰"这是奶奶的日间操心，常应候宫里的事"，所谓"应候宫里的事"即应付、侍候、处理与身为娘娘的元春有关之事务，那可不是普通的平民百姓所能想象的庞大负担。而作者紧接着安排了一段"说曹操，曹操就到"的太监打秋风情节：

　　一语未了，人回："夏太府打发了一个小内监来说话。"贾琏听了，忙皱眉道："又是什么话，一年他们也搬够了。"凤姐道："你藏起来，等我见他，若是小事罢了，若是大事，我自有话回他。"贾琏便躲入内套间去。这里凤姐命人带进小太监来，让他椅子上坐了吃茶，因问何事。那小太监便说："夏爷爷因今儿偶见一所房子，如今竟短二百两银子，打发我来问舅奶奶家里，有现成的银子暂借一二百，过一两日就送过来。"

由此可见，原来"宫里的事"竟然还包括了太监需索无度的揩油水，这对于当时经济窘迫的贾府来说，无疑是雪上加霜的沉重包袱，难怪凤姐会为此操心烦恼到了夜梦纠缠的地步。同样地，贾琏也立刻猜中了他们到访的目的便是要来搬银子，虽说是"暂借一二百，过一两日就送过来"，但事实真是如此吗？非也，那些太监实际上是以"暂借"的名义进行勒索，每一笔被借去的银子都是有去无回。但纵然洞悉他们真正的目的，凤姐为了不得罪对方，也只能够有求必应，于是笑说："什么是送过来，有的是银子，只管先兑了去。改日等我们短了，再借去也是一样。"小太监接着道："夏爷爷还说了，上两回还有一千二百两银子没送来，等今年年底下，自然一齐都送过来。"换句话说，夏太监在已经借去一千二百两银子而尚未归还的情况下，又派人来借二百两，总共一千四百两，如此一来，他所借去的银两只会有增无减。

当然，凤姐并非软弱甘于挨打的人，为了让对方明白贾府并不是好欺负的，便故意说道：

> 你夏爷爷好小气，这也值得提在心上。我说一句话，不怕他多心，若都这样记清了还我们，不知还了多少了。只怕没有；若有，只管拿去。

这番话说得非常巧妙精准，所谓"我说一句话，不怕他多心，若都这样记清了还我们，不知还了多少了"实际上是绵里藏针，意指如果夏太监真的有心要归还，早就把银子还清了，不必一并等到年底，还假惺惺地记了账，反倒显得虚伪又小气。可是，太监毕竟属于贾府得罪不起的对象，根本不可能向他们直接索讨银两或当面抱怨批评，所以凤姐只可采用隐约委婉的方式，让其意识到贾府也并不是任人随意欺压的傻瓜，要多少有多少，被占了便宜还懵然不知。这样既暗示了对方应该要适可而止，又可以避免人家难堪的回应，确实只有王熙凤才能够做到。不过话虽如此，表面上凤姐还是得展现出慷慨大方的姿态，表示"只怕没有；若有，只管拿去"，反正银两要不回来，干脆说大方话也不会有任何损失，反而在太监面前留下好印象，显得气度恢宏。

值得注意的是，凤姐与小太监不仅有言语上的交锋，她还让对方亲眼见证贾家是如何努力地应付他们如同吸血鬼一般的需索无度。接下来，凤姐便吩咐旺儿媳妇"出去不管那里先支二百两来"，以明示贾家根本没这笔钱，但是既然你已经开了口，我又得罪不起你，所以我唯有想尽办法来满足你的要求，贾家现在可是非常努力地解决你们所给出的难题！精明的旺儿媳妇也立刻会意到，王熙凤是要在小太监面前演一出戏，因此当下便配合演出，笑道："我才因别处支不动，才来和奶奶支的。"虽说如此，当然也得要知道的是，虽然她们是在演戏，可实际上贾府的确是这般光景，并无欺瞒作假，如此之做法只是希望让太监们知道，贾家在经济窘迫的情况下，依旧很努力地让对方满意的配合态度。

接着，凤姐继续发挥演技，故意也如实地表明道：

"你们只会里头来要钱，叫你们外头算去就不能了。"说着叫平儿，"把我那两个金项圈拿出去，暂且押四百两银子。"平儿答应了，去半日，果然拿了一个锦盒子来，里面两个锦袱包着。打开时，一个金累丝攒珠的，那珍珠都有莲子大小；一个点翠嵌宝石的。两个都与官中之物不离上下。一时拿去，果然拿了四百两银子来。凤姐命与小太监打叠起一半，那一半命人与了旺儿媳妇，命他拿去办八月中秋的节。那小太监便告辞了，凤姐命人替他拿着银子，送出大门去了。

等小太监告辞离开以后，贾琏才出来笑说："这一起外祟何日是了！""外祟"即外来作祟的鬼魅，可想而知，贾家显然把小太监背后所代表的太监势力当作纠缠不休的邪祟，然而只要皇妃尚在宫中，外祟就永远不会停止，可以说是永无止尽的梦魇，不知何时得以了结。

对于此一景况，如果单从一般平民的想法来看，必然会感到奇怪，堂堂的皇亲国戚怎么会惧怕太监呢？何况这位夏太监乃六宫都太监夏守忠，常常为元妃跑腿办事，例如第十六回元春晋封为凤藻宫尚书，加封贤德妃的时候，便是夏太监出来向贾家道喜的；第二十三回省亲过后，元妃"命宝钗等只管在园中居住，不可禁约封锢，命宝玉仍随进去读书"，同样是派遣他到荣国府来下谕宣达旨令；至于第二十八回端午节的前夕，贵妃也是"打发夏太监出来，送了一百二十两银子，叫在清虚观初一到初三打三天平安醮，唱戏献供，叫珍大爷领着众位爷们跪香拜佛呢"。显然他是元妃的下属，算是关系比较密切的亲信。但即使如此，夏太监仍然在私底下向贵妃的娘家敲竹杠，而贾府不仅要对他毕恭毕敬、有求必应，还得陪着笑脸避免得罪对方。这究竟是怎么回事？

原来，世间的道理真的非常幽微奥妙，人际关系中的权力其实是流动而不固定的，属于相对而非绝对的产物。尤其皇宫是一个非常特殊的地方，皇妃固然得宠，在很多方面上都拥有极高的权力地位，然而后宫佳丽三千人，日理万机的皇帝不可能记住所有的妃子，也不容易钟情专注于一人，为了获得皇帝的青睐，每位嫔妃不得不处心积虑并使用各种激烈的手段进行竞争，以求得到皇帝的宠幸，所以随侍在皇帝身边的太监便成为她们首先要打通的对象。

以清代比较风流的康熙皇帝为例，他单单儿子就有二三十个，最关键的是，皇帝除了指定特别喜欢的妃嫔侍寝之外，一般都是通过翻牌子的方式来决定临幸的人选，可是当皇帝遇到这个不认识、那个不了解，也没有比较属意的状况下，此时又会怎么办？那自然是询问身旁伺候的太监，以获得具体的建议。因此，太监虽然身份低下，但是基于近水楼台的特殊位置，却成为联系皇帝与妃嫔之间的一道重要桥梁。

只不过，水能载舟亦能覆舟，虽然太监可以帮助妃嫔创造与皇帝相处的机会，增加她们飞上枝头的可能性，但同样也能够让妃嫔陷入万劫不复的深渊！因为身在波谲云诡的宫闱内廷，妃嫔之受人陷害实在是易如反掌，加上皇帝与她们一年可能都见不上几次面，只要旁人添油加醋地说上几句闲话，众口铄金、三人成虎，她们很可能便会就此葬送一生。假设某天皇帝问起贤德妃的情况，一旦太监与之交恶，他故意说几句关于贤德妃不好的传闻，只须轻描淡写，长久以往即足以滴水穿石，导致皇帝逐渐疏远并讨厌她。

难怪在一些优秀的历史剧里，后宫嫔妃甚至得变卖各种自己仅有的首饰，为的正是要贿赂太监，毕竟太监对皇帝与妃嫔之间的承幸关系起着关键性的作用，甚至可以对她们的宠辱生死产生重大的影响。这便是贾家之所以忌惮，甚至要巴结太监的原因，更何况他们无法得知太监会在皇帝面前说些什么，而只要看似三言两语的闲话，很可能便因此埋下祸端，让贤德妃不知不觉得罪了皇帝。类似的情况可谓史不绝书，前车之鉴更是让人怵目惊心，其实即使到了现在也比比皆是，尤其现代社会讲究开放性和流动性，人与人之间的接触或者很少，或者蜻蜓点水，要陷害别人更是容易得多，因为人性本能总是倾向于人云亦云，没有谁会费心去追究真相。

简而言之，因为元春在宫中的命运是牵动于太监之手，而她的处境又直接影响到贾家的命运，所以纵使贾家再如何地困难窘迫，王熙凤面对太监的打秋风、揩油水，也不得不打落牙齿和血吞，想尽办法来满足对方仿佛无底洞般的胃口。所谓"这一起外祟何日是了"，便根本地说明了那是一个无从解脱的困局，终元妃之一生，贾府都必须要忍受这种可怕而且不公平的予取予求。

至于王熙凤要贾琏躲起来，由她自己亲身出马的缘故则很微妙，因为让一个当家作主的男人去拒绝对方，或者演一出东挪西凑的蹇涩戏码，未免有失颜面：一则有损他身为男主人的尊严，二则有伤贾家的体面。所以如果是由贾琏出面，他恐怕推托不动，也演不好那样一出为难的戏码，而一般人大都认为女性比较小气，如果由凤姐来诉苦表示不愿意借钱，或者显出勉强的窘态，对方通常也比较容易接受。

当王熙凤应付完眼前的这一场难关以后，贾琏便出来笑说："这一起外祟何日是了。"凤姐也笑道："刚说着，就来了一股子。"简直印证了"一说曹操，曹操就到"的俗语，才谈及因为"常应候宫里的事"而操心烦恼到夜有所梦的地步，转眼间便立刻应验了。最重要的是，贾琏又接着说：

> 昨儿周太监来，张口一千两。我略应慢了些，他就不自在。将来得罪人之处不少。这会子再发个三二百万的财就好了。

由此可见，原来皇宫里并非只有夏太监一人会来揩油水，此外还有周太监，也许再有张太监、刘太监、李太监等等，恐怕是族繁不及备载，而且这位周太监的贪狠比起夏太监更是有过之而无不及，一张口便是一千两，贾琏当然感到为难，毕竟才二百两就已经让凤姐得去典当金项圈才能勉强支应，多至五倍的一千两岂是马上可以轻易拿出来的！

然而，只因为贾琏感到犹豫而回应得慢了一点，周太监便开始不自在了，显然他觉得贾琏的态度如此不够爽快，是不是心有不甘？倘若处于贾母那个时代，贾家当然可以豪爽地拿出一千两来广结人脉，帮助元春做好人际关系的投资，以便让贾家如虎添翼。可惜的是，元春之封妃偏偏错过了最佳的时期，对于处在末世、已经青黄不接的贾家来说，这种一张嘴即数百、上千两的狮子大开口，根本是难如登天的要求，难免会有无法顺利应付的时刻，如此一来，他们便注定早晚都会得罪那些人，因而贾琏那句"将来得罪人之处不少"的感叹便不幸一语成谶，为贾府未来的厄运埋下伏笔。

凤姐之所以会做噩梦，正是因为皇妃必须终身待在宫中，如此一来，贾家的支出只会有增无减，不断扩大。虽然贾琏认为"这会子再发个三二百万的财就好了"即可以化解这场困局，但那又是谈何容易！何况贾家的爵位是随代降等承袭的，三代之后便必然归零，他们的田庄收入和各种重要的经济来源乃一代代不断地缩减，然而元春皇妃的身份却又为贾家添加了额外的庞大支出，所以"得罪人"是贾家在末世困境之下必然的结果。

鉴于皇妃处于深宫之中必须仰赖太监的扶持，因此贾家得罪的那些人，最后会凝聚成一股强大的力量，对他们造成致命的伤害，并归报于身处高位、首当其冲的元春身上，既然元春作为和贾府相互照应的命运共同体，所以他们都务必要打点关系、疏通人脉，否则随着得罪人的程度不断加深，贾家便会面临毁灭的下场。在这种投鼠忌器的情况下，他们唯有任由太监们予取予求，不能拒绝。再者，因为贾家已经缺乏足够的财力去帮助元春，而以她的个性也不可能再去争取更多的资源，一旦宫中事变，欠缺奥援的元春在暗潮汹涌的斗争中势必会更艰辛、更坎坷，并陷入孤立无援的处境，终究面临"虎兕相逢大梦归"（第五回元春的人物判词）的不幸结局。

所以说，元春之封妃为贾家带来的显然只是一个锦上添花的虚幻表象，并没有发挥出以殷实的财力来广结人脉、拉抬家业的帮衬效果，相反地，一如沉重的重台花难免"敧红婑婿力难任"（皮日休《木兰后池三咏·重台莲花》），石榴花接连四五枝楼子上起楼子的沉坠难持，对于寅吃卯粮、入不敷出的贾家而言，元春封妃只是加剧了贾家走向败落的速度。

宫廷斗争波谲云诡

据此，又可以推论出元春与石榴人花一体的另一层象征意义。根据生灭循环的自然常轨，盛夏一过随即要迎接萧瑟摇落的秋日，红艳逼人的石榴花盛放之后便是满目残伤的凋零枯萎，也就是说，重台石榴花隐含着物极必反的道理。作者通过个人／元春和家族／贾府的关联一体，展现出宇宙万物都必然会从鼎盛走向败灭的命运，而其中的高度反差便体现于元春身上，并且更加怵目惊心。早在第十三回秦可卿之魂灵托梦给王熙凤的时候，她便不断地引用"月满则亏，水满则溢""登高必跌重""盛筵必散"等俗语来强化此一认知，令人感慨万千。

关于石榴花的陨落，作者借由许许多多的巧妙设计以及反复的皴染来给予强调，下面将前述所涉及的相关文献整理列表以观之：

判词	灯谜诗	榴花意涵
二十年来辨是非	能使妖魔胆尽摧	恐合栽金阙
榴花开处照宫闱	身如束帛气如雷	封作百花王
三春争及初春景	一声震得人方恐	榴花更胜一春红
虎兕相逢大梦归	回首相看已化灰	石榴红重堕阶闱

从中可见，与元春相关的第五回判词、第二十二回灯谜诗以及石榴花之文化象征意涵，彼此之间存在着相应一贯的平行结构，于"由盛而衰"上有着类通之处。

首先，人物判词内的"二十年来辨是非"一句指的是元春在皇宫中生活了二十年，日日夜夜都必须眼观六路、耳听八方，一旦面临各种陷阱时得立刻做出准确的判断和取舍以便自保。但同时元春是位享有很大权力的皇妃，所以灯谜诗里就有"能使妖魔胆尽摧"一句，判词的第二句"榴花开处照宫闱"也说明元春的炙手可热和艳丽逼人，与灯谜诗的"身如束帛气如雷"相互对应，因此可以"一声震得人方恐"，恰好印证了"三春争及初春景"所蕴含的意义，即元妃具有所向无敌的威力。只是纵然再如何地灿烂夺目，最终她都会落入"虎兕相逢大梦归"与"回首相看已化灰"的惨烈结局，着实令人悲痛惋惜。

再从石榴花的文化象征意涵对照来看，判词的"榴花开处照宫闱"即与"恐合栽金阙"（白居易《山石榴花十二韵》）的意涵相对应，正是石榴花那"封作百花王"的超凡脱俗之姿，让文人都不禁把它提升到等同于皇室帝王的尊贵地位。"榴花更胜一春红"是指石榴花虽然在夏天盛开，然而它的灿烂却胜过任何一朵春花，这也大致对应于判词的"三春争及初春景"。这些诗句都是对石榴花的正向赞美，但很不幸的是，那楼子上起楼子的硕大石榴花，其坠落的速度和撞击地面的震耳声响自然也比其他花朵来得更加强烈，进而出现"石榴红重堕阶闻"（皮日休《病后春思》）的惨痛情景。原本美艳炫目的石榴花就此陨落，正如元春的悲剧一般，所以曹雪芹选取石榴花作为元春的代表花实在是无比地精妙、贴切，而且其中所运用到的石榴花的任何一项生物特性都能够与她的处境贴合。

最后，从判词所谓的"二十年来辨是非，榴花开处照宫闱。三春争及初春景，虎兕相逢大梦归"，可以推出以下重点：首先，元春应该是十三岁的时候入宫，属于青春年少的年纪，经过二十年的孤独奋斗，则其死亡时大概年仅三十三岁；其次，导致元春"大梦归"的致命原因便是"虎兕相逢"。"虎兕相逢大梦归"一般在市面上流传的程甲本、程乙本写成了"虎兔相逢大梦归"，并把这句判词解释为：元妃将于虎年与兔年相交的年终时刻死去。虽然此种说法流行已久，但如果从版本学以及文化传统来说，"虎兕相逢"才是正确的，庚辰本写的便是"虎兕"二字。根据学者林冠夫的考察，从先秦时代开始，"虎兕"作为两种大型野兽，到了人文世界中被赋予野蛮残暴的象征，在传统的史书文献里往往连称成为一个词汇，用以代指政治恶势力，则"虎兕相逢"就是暗喻宫廷中的恶斗，其中所牵涉的不只是一人的生死祸福，甚至还可能会导致抄家灭族。

虽然元妃本人生性恬淡寡欲，随遇而安，但是身处权力场内便不可能避免竞争，我无伤人之心，人有害我之意，所以非常需要自我保护，那与个人的人格道德无关。其实何止皇宫朝廷，此乃人群团体的必然本质，所以，固然现代社会力求保障每一个人的权利与尊严，尽量实践公平与正义，但仍然没有杜绝众口铄金、三人成虎的现象，而几百年前在宫廷权力竞争的激烈状况下，其中的奥妙与残酷就更加令人悚动。为了获得皇上的宠幸和巩固自身的地位，妃嫔之间当然免不了有许多的明争暗斗，而《战国策》里关于楚怀王与他的宠妃郑袖的记载，便是最有意思但又最为残酷的案例。

这个故事讲述了魏王送给楚怀王一位美人，而郑袖是如何运用高妙的手段来达到陷害竞争者的目的，其手段之高明，对于人性掌握之透彻，简直令人惊悚至极！《战国策·楚策四》记载：

　　魏王遗楚王美人，楚王说之。夫人郑袖知王之说新人也，甚爱新人。衣服玩好，择其所喜而为之；宫室卧具，择其所善而为之。爱之甚于王。王曰："妇人所以事夫者，色也；而妒者，其情也。今郑袖知寡人之说新人也，其爱之甚于寡人，此孝子之所以事亲，忠臣之所以事君也。"郑袖知王以己为不妒也，因谓新人曰："王爱子美矣。虽然，恶子之鼻。子为见王，则必掩子鼻。"新人见王，因掩其鼻。王谓郑袖曰："夫新人见寡人，则掩其鼻，何也？"郑袖曰："妾知也。"王曰："虽恶必言之。"郑袖曰："其似恶闻君王之臭也。"王曰："悍哉！"令劓之，无使逆命。

郑袖知道楚王十分喜爱这位新来的魏美人，于是便投其所好，"衣服玩好，择其所喜而为之；宫室卧具，择其所善而为之。爱之甚于王"，意即现在楚王最爱魏美人，郑袖便依顺着他的心意，一切都以新人的好恶作为标准，简而言之，郑袖对新人的照顾甚至超过楚王的喜爱。倘若单单只是看事情的表面，我们便会因此赞叹郑袖胸襟广阔、贤淑大方，但其实那只是一种做给楚王看的手段，所以凡事都必须看得全面而仔细才能够做出正确的定论。

楚王见夫人郑袖如此贤惠，就越发敬重、信任她，当郑袖达到第一阶段的目标之后，她知道楚王以为自己并未对新人心怀妒忌，但实际上其内心早已经被名为"妒忌"的毒蛇啃噬得夜不能眠了，所以接下来她便把毒计付诸实践。于是，郑袖对当下新受宠的美人说道："王爱子美矣。虽然，恶子之鼻。子为见王，则必掩子鼻。"她诱骗魏美人说，虽然楚王很喜欢你的美丽，但是他却觉得你的鼻子长得不够好看，这是你唯一的缺点，所以我建议你以后去见楚王时，一定要掩盖住鼻子。不疑有他的美人信以为真，在面见楚王的场合都掩住鼻子，以为更能够讨楚王之欢心，没想到适得其反，对美人的举止感到奇怪的楚王私底下询问郑袖："夫新人见寡人，则掩其鼻，何也？"必须注意的是，与人相处之际，掩鼻是一个很不尊重的做法，而这正是郑袖处心积虑所创造出来的机会，所以楚王的问话恰好正中其下怀，她立刻只回应了一句"妾知也"便不再细说缘故，欲擒故纵，吊足楚王的胃口，果然楚王说"虽恶必言之"，催促她即使是不好的理由都一定要说出口，如此一来，郑袖再顺理成章地解释缘故，便不会被怀疑为蓄意中伤或说坏话。郑袖说道："其似恶闻君王之臭也。"楚王听了顿时勃然大怒，立即下令把美人的鼻子割掉，被打入冷宫的美人不仅因此而毁容，恐怕连性命都难保。由此可见，在波谲云诡的宫廷斗争中，要陷害某个人实在易如反掌，一旦识人不清就会把自己陷入无尽的地狱深渊。

人心的算计竟然可以如此之毒辣无情，郑袖甚至不必自己动手，仅凭一两句简单的闲话便达到借刀杀人的结果，不禁令人毛骨悚然！而这则故事所蕴含的教训，在于楚王之类拥有权力的人，一定要锻炼自己的智慧与判断力，绝对不要被别人的说法所左右，否则在三人成虎的情况下，逐渐开始动摇的内心就会轻易被偏见或情绪所蒙蔽。唯有经常训练自己，不断地在各种场合锻炼自己的认识力、判断力以及意志力，最终才能够超越人性。正如我们经常感慨尼采的一本著作，书名为《人性的，太人性的》，既然那是一种普遍的常态，则我们应该如何才不会沦陷于自己为恶或者被操纵为恶的人性中，乃是个人必须面对的重大课题。

在近几年里，我几乎日夜与《红楼梦》相伴，揣摩书中人物的口吻，了解他们为什么这样说话、行动，并尽量与他们合而为一，以便更加精准地掌握到他们前后流动、连续一贯的生活状态。从而发现，在"人性的，太人性的"之情况下，一般读者只喜欢挑选自己感兴趣的情节片段来阅读，并刻意忽略自己讨厌的或不感兴趣的段落，如此一来，他们与《红楼梦》接触的时间不仅短暂，而且还是片段性的，因此要真正进入《红楼梦》的整体氛围及其情境就变得十分困难，于是往往断章取义，出现了很多误解以及过度诠释，这里刚好可以借此澄清，并提供更严谨的分辨认识。

举例言之：前面我们已经看到，身处宫内的妃嫔因为皇上对她们的不熟悉而极容易被人陷害，而一旦换作贾府这种人家，情况又会如何呢？一般读者都会立刻以之类推，断定贾府中个人的处境也是一样凶险，并将黛玉、晴雯等人的处境套进这个框架内，继而抨击贾家的黑暗与对清白少女的欺侮。但其实，真正的情况却是恰恰相反，要在贾府里告密或设计陷害别人，可比现代社会还困难得多！因为贾府属于男女有别的大户人家，女眷基本上大门不出、二门不迈，长时间处于一个宽阔但却固定、有限的空间里，人与人之间是二十四小时日夜互动的，大家各有各的牵动关联，却又互相重叠交织，更往往具有亲戚故旧的关系，这一点构成了与宫廷中的人际关系并不相同的最大关键。以至于如果 A 想要去陷害 B，她逼迫或利用 C 去向别人讲 B 的坏话，刚开始可能会有效果，但是绝对很快就会被揭露并获得澄清，因为有其他更多的人看到另外的面相，一对便能够真相大白，陷害者反倒自召其祸。

在这样的情况之下，以一般所认为的袭人"告密说"而言，此一论点根本难以成立，毕竟贾府众人活动的闺阁空间与现代社会极为不同，她们彼此紧密地生活在一起，人际关系上的互动十分频繁，所以陷害别人的难度比如今更大得多！包括宝钗能够洞悉怡红院中三等丫头红玉的个性是"素昔眼空心大，是个头等刁钻古怪东西"（第二十七回），显然其心思为人无所遁形；尤其是在玫瑰露、茯苓霜失窃案中，因各种机缘巧合而百口莫辩的柳五儿也都很快地获得昭雪（第六十一回），足证府中其实难有造假的空间。而握有隐私可以告密之人更是所在多有，书中所言甚详，根本与袭人无关。相比之下，在开放性和流动性极高的现代社会状态里，人与人之间的接触几乎都是蜻蜓点水，难以深交，以至于只要有一些利害关联的思维统合起某个群体，便会很容易产生党同伐异的情况，而被讨伐之异类几乎毫无说明的余地，因为大家很少碰在一起，缺乏自我澄清的机会，于是就只能含冤莫白，甚至蒙受终身的误解了。

对于此一不正义的现象，我想到一段宝贵的箴言。康拉德·劳伦兹（Konrad Zacharias Lorenz）是第一个通过动物行为学获诺贝尔奖的奥地利动物学家，他曾经撰写了一部好看又专业而非常普及的动物行为学书籍：《所罗门王的指环》。这本书的每一章节都会有一两句卷首语，往往都是出自莎士比亚或者布朗宁等大作家、大诗人之手，其中有一章的卷首语便引述了莎士比亚所写的"有才者虚怀若谷，有力者耻于伤人"，意即当一个人拥有才能与权力之际，仍然保有谦卑诚恳的态度以及清晰冷静的思考，便不会流于黛玉所批评的"差不多的人就早作起威福来了"（第六十二回）；同样地，当一个人拥有力量的时候，就应该更加戒慎恐惧，切莫因为权力而腐化，因为人往往会在享受权力所带来的快感时，不知不觉地滥用权力去伤害别人，这正是我们身而为人应该要感到非常羞愧的。

最重要的是，凡事绝对不要偏听偏信，而是要先冷静下来，接着在多了解、多思考以后再做判断，所以我们务必谨记"有力者耻于伤人"，千万别让自己轻易地被愤怒或偏见所支配。

总括而言，从郑袖的故事我们可以了解到，心狠手辣的宫内嫔妃如何利用人性的弱点来杀人于无形，而元春很不幸地就活在一个到处都是"郑袖"的后宫中，那么要怎样才能够在既不伤人，又保护自己免于被伤害的状况下，安然地活下去，便是一种大智慧的体现。只要读者通晓人情世故，并熟悉《红楼梦》的情节，便可以更好地掌握元春这位人物。

虎兕相逢大梦归

回到"虎兕相逢大梦归"一句来看，显然作者对元春之结局的安排并非自然疾病所导致的寿终正寝，而应该是源于宫廷斗争下的意外猝死，如此一来，其中所牵涉的就不仅是元春个人的生死，甚至还会连累贾府以至于被抄家灭族。第五回《红楼梦曲·恨无常》里曾经提及："故向爹娘梦里相寻告：儿命已入黄泉，天伦呵，须要退步抽身早！"这一段曲文即暗示贾政等人倘若不趁早脱身，恐怕整个家族都会被葬送。但是之所以没有阻止悲剧的发生，原因并非贾家愚昧无知、耽溺于富贵，也不是他们对危险毫无概念和警觉之心，而是身陷政治斗争之后便形同踏上了不归路，难以从那万丈旋涡中抽离，贾府应该是在无计可施之下，最终只能被迫沉沦于这无可奈何的宿命。

实际上，元春意外猝死的凶讯，在前八十回里已经有了似曾相识的暗示，作者于第十六回中描述道：

> 一日正是贾政的生辰，宁荣二处人丁都齐集庆贺，闹热非常。忽有门吏忙忙进来，至席前报说："有六宫都太监夏老爷来降旨。"唬的贾赦贾政等一干人不知是何消息，忙止了戏文，撤去酒席，摆了香案，启中门跪接，只见六宫都太监夏守忠乘马而至，前后左右又有许多内监跟从。那夏守忠也并不曾负诏捧敕，至檐前下马，满面笑容，走至厅上，南面而立，口内说："特旨：立刻宣贾政入朝，在临敬殿陛见。"说毕，也不及吃茶，便乘马去了。贾赦等不知是何兆头。只得急忙更衣入朝。

贾母等合家人等心中皆惶惶不定，不住的使人飞马来往报信。有两个时辰工夫，忽见赖大等三四个管家喘吁吁跑进仪门报喜，又说"奉老爷命，速请老太太带领太太等进朝谢恩"等语。那时贾母正心神不定，在大堂廊下伫立，那邢夫人、王夫人、尤氏、李纨、凤姐、迎春姊妹以及薛姨妈等皆在一处，听如此信至，贾母便唤进赖大来细问端的。

由此可见，虽然贾家为元春封妃一事感到欢欣鼓舞、雀跃不已，不过在该消息被确切证实之前，实际上阖府一直都处于忐忑不安的状态。当得知皇上要宣贾政入宫去，贾母便担心得直接到外面的廊下等待，因为他们完全不知道被叫进宫的事由究竟是福是祸。即便太监已经前来报喜，但因为并未言明到底是什么"喜事"，所以贾母依旧不放心。值得注意的是，贾府这种世家大族在面对宫中太监来颁布谕旨并被叫进宫去的时候，举家上下都会"惶惶不定""心神不定"，纵然随同贾政进宫的管家也回报要女眷入朝谢恩，大家仍然抱持着将信将疑的心态，还要把跟随入宫的管家赖大唤进来仔细问个清楚，才转忧为喜。由此便显示出凡是与皇室有关的事，都是祸福不定的，所谓天威难测，有时候"谢恩"即等同于"谢罪"，皇上可能是以谢恩的名义叫你进去接受惩罚，因此贾母等人才会不敢确信要谢的到底是哪一种"恩"。

正所谓"祸兮福之所倚，福兮祸之所伏"，当时传来的是封妃的喜讯，然而在元妃"二十年来辨是非"之后，传到贾家的很有可能就是贵妃薨逝的凶讯，如今已经很难再考察其中的真相。不过可以确定的是，元春所代表的是只有在贾家这种世家大族、在一个很特殊的贵族阶层、在古代的封建政治制度等背景之下，才会形成的一种女性悲剧类型。

这种悲剧类型现在已经很罕见了，但是《红楼梦》让我们清楚地看到形形色色的女性，每一个女性的悲剧都是独一无二而不可互相取代的。我们必须通过贾府和元妃之间独特的关系来了解传统世界所产生的经典，并回到当代的时空环境——考察，如实地探究，绝对不要想当然耳。

此外，元妃和贾府作为一个命运共同体的象征，还包括了第十八回元妃省亲所点的戏曲，分别是：第一出《豪宴》，第二出《乞巧》，第三出《仙缘》，第四出《离魂》。单数的《豪宴》与《仙缘》全系老生之戏码，用以预言贾家必将由盛而衰，前者展现了"满汉全席"般的豪华排场，后者则是以出家讲述了世间皆空尽幻，而这正是贾家的命运；双数的《乞巧》和《离魂》则都是以小旦为主的题材，前者搬演了唐玄宗和杨贵妃的恩爱，后者触及女性的死亡，所以两出戏前后连贯成为一组，用以预示元妃由受宠到夭亡的人生历程。四出戏的交织穿插便体现了个人与家族的命运是相互交融的，因此元春的死亡必然注定了贾家要被抄没。当然因为作者的心酸或者一些忌讳，后四十回的书稿已经遗失，我们再也不能看到具体的情节，不过从前面的种种描述中可以勾勒出大概的发展和结局，而那是一种特别的悲剧形态。

第一章

迎春

《红楼梦》人物众多，却又个个鲜明突出，相信喜欢《红楼梦》的读者都是被书中个性丰富的人物吸引而来的，譬如王熙凤和贾探春二人皆是惊才绝艳的人物，在理家方面均展现了卓越的能力。可惜凤姐因为完全没有受过教育，识字不多，所以她的精明干练只能停留在非常实务的市俗层面上；相对地，探春具备同样高度的才能，再加上她知书识字，故而可以成为末世中才志兼备、扭转乾坤的栋梁。也由于探春这个人物实在太精彩，不免导致她的两位姊妹相形失色，其中一位正是现在要谈的四春之一——贾迎春。

创造型人格

对一般只关心宝钗黛三角之恋的读者，希望他们可以注意到《红楼梦》里另外不同的景观，虽然爱情是极令人注目之处，却并非最重要的核心。其实书中很多有趣的人物都在字里行间以各式各样的方式展现自身，倘若忽略了他们，自然就无法看到种种犹如小宇宙的精彩，而限缩了这部伟大小说的价值，所以下一章我将会花费很多篇幅为探春做充分的说明，可以作为迎春与惜春两姊妹的绝佳参照，而接下来我为探春所提供的补充恐怕也会对她们俩形成"重大的心理压力"。

首先，探春在第五十五回开始理家以后，其显目而突出的表现让她成为引领《红楼梦》后半部整个叙事主轴的关键角色，此妹的重要性可谓比林黛玉、薛宝钗有过之而无不及，这里将借重西方心理学家弗洛姆（Erich Fromm）的理论，而有助于更深入了解探春人格价值的正面性、积极性以及其魅力之来源。

其实，人格内涵是可以透过个人意志决定的，我们应该尽其所能去创造自己喜欢的人生，不该只被先天或某些无法决定的后天因素所摆布，而这个人生当然也就取决于个人的人格形态。对弗洛姆而言，最完美、成熟的人格形态是"创造型人格"（The productive character），具备这类人格特征的人充满了生产性质，即会运用自身的力量去推动世界，并非只是停留在自我封闭的样态而已。那么，创造型人格究竟有什么特点呢？

第一，具有道德感，即真正能够自爱及爱人。所谓的"自爱"并不是指只爱自己而不顾他人的"自私"，而是了解、尊重并去发展自己，但同时又能够兼爱并尊重别人有其自身的地狱和困境；第二，具有创造型人格的人是积极的，而这种"积极"表现于潜能的发挥，也就是创造力的发挥，并非在现实世界中积极地追名逐利，所以"积极"之意绝对不是向外攫取，反倒是要向内去寻找自己所拥有的特殊力量并把它发挥出来。因此，一个人越有深刻的内涵，就越能够创造；越能够创造，便对这个世界越有贡献。这是所谓"积极"的意义。

请注意，除了以上种种特质之外，具备创造型人格的人又是客观、实在的，即不会总是用自己的主观成见来批评别人或判断是非。常常以个人的情绪或主观好恶为基础的任意评论不仅没有创造性，而且还带有破坏性，毕竟这种随意指摘他人的情绪宣泄并不会为世界带来任何贡献，只会引起诸多争执纠纷，造成伤害。之所以希望大家务力塑造出创造型人格，就在于这样的人能够把握人生的真正意义，所谓"人生的真正意义"即好好地扪心自问，自己最爱的是什么，并为此竭尽所能地付出努力，而不是照着别人的标准去争取成功，让流俗牵制自己的人生。

那么，我们应该怎样把握人生的真正意义呢？答案即借由理性和爱来了解外在的世界，而这两点正是华人文化里极为欠缺的。试看我们在待人处事上不仅存在着严重的双重标准，甚至还经常自以为是，总觉得只要自己问心无愧即可，但是却忽略了自己的心如果被蒙蔽了、偏失了，这个时候还宣称问心无愧，那便是所谓的自欺欺人了。因此，做人一定要客观理性，避免盲目肯定，而爱则是真正看到美的、善的那一面，然后愿意把这些美好的特质加以展现出来，并非像那种粗浅的道德家、宗教家只会空泛地说人总有善的一面，却无法解释那善的一面何以总是幽微不彰，很少发挥力量。总括而言，爱必须与理性同时存在，这样的爱才不会是偏私、盲目的。

接下来则是我们一般人可能无法企及，但却应该抱持着"虽不能至，心向往之"的精神去提升自己，以便能够达到的人格层面，那就是充分去感知宇宙的和谐，因为人不只是活在人类的世界里而已，真正具有创造型人格的人会去感受宇宙万物的平等共存。不幸的是我们华人社会过于强调人本主义，往往只把人当作唯一的生命来看待，所以难免画地自限而不能够真正地进行齐物境界的大提升。

最重要的是，弗洛姆认为具有创造型人格的人能够认识自己在整个时空中的位列，并客观理性地看待自身在世间的处境和定位，不会妄自尊大或妄自菲薄，所以便能够实实在在地了解自己的局限，同时把自己的一丁点力量努力贡献出来。确实，一个人唯有接受自我的客观限制，同时又肯定个人的价值与尊严，实现自己真正的责任所在，才能够达到最高的创造境界。

可以说，探春的为人正与弗洛姆所提到的创造型人格相符合，她不仅有明确的认知、高度的理性与智慧的清明，还具备了奋进的精神与行动力，令她在面对复杂变动的局面时，能够做出英明精准的决策。从创造型人格角度来看，显然探春这样的人格特质比林黛玉和薛宝钗更胜一筹，虽然钗、黛二人都各有长处，但她们的优点尚未达到创造型人格的层面。最有意思的是，在《红楼梦》的诸金钗里，探春也是唯一拥有两种代表花的角色，就此而言，曹雪芹对于探春的欣赏实际上不亚于钗、黛二人。

没有代表花的金钗们

花与女性的比配关涉是中国传统文化中常见的表现手法，而《红楼梦》在运用这类操作方式上可谓登峰造极，曹雪芹不但用花来衬托少女的美，同时以具体的代表花与相应的人物互相定义，使人物的性格与命运具象化。于此一情况下，大部分的金钗都会有一种代表花，但少数人却没有，譬如王熙凤，有读者通过自己的想象力而以罂粟花象征其漂亮但又狠毒的特点，这实在未免太委屈她，因为美丽与狠毒都不足以涵盖王熙凤丰富的性格特征，所以作者大概也很为难，便没有赋予她任何代表花。同样地，秦可卿也没有明显的代表花，最大的可能是海棠，她卧房中所挂的那一幅《海棠春睡图》便暗喻其情欲出轨的一面。如此看来，金钗中没有代表花的情况也不少见。

　　然而，众金钗中只有探春明确具备两种代表花，一种是红杏，一种是玫瑰。红杏出现在第六十三回，当时大家在怡红院为宝玉庆生，抽花签助兴，每一支花签上都绘有一种花卉，附带一句签词，都和签主的命运互相呼应，探春抽到的是红杏，签词写的是"日边红杏倚云栽"，这一句来自唐代诗人高蟾的《下第后上永崇高侍郎》。由此可见，作者取这句签诗是为了暗示探春将来会嫁作王妃的命运，因为"日边""倚云"都是象征皇室高高在上之地位的空间性比喻。但是探春还有另外一种代表花，即第六十五回中兴儿向尤二姐介绍贾家的太太小姐们时提到的："三姑娘的诨名是'玫瑰花'。"

　　玫瑰花"又红又香，无人不爱"，用来代表探春长得漂亮是毋庸置疑的，但它最重要的特征在于有刺戳手，这一点明显是偏重于阐述探春的性格。不过必须特别注意，探春虽然有刺却绝不会主动伤人，她只是勇于自我防卫，即"人不犯我，我不犯人"，可以说是一个很理性客观、很有分寸的人。可是这项特质却是贾迎春所完全欠缺的，她性格懦弱得毫无个人基本的自我防卫意识，相当于邀请并纵容身边的恶势力来践踏自己的人生，这种几乎完全没有个性的悲剧类型少女，本就不容易找到与之相配的花卉，所以迎春在书中也没有代表花。

　　固然作者对这些金钗们抱有一样的同情和包容，因为他深深了解到每一个人都有她要开拓的人生道路以及必须面对的苦恼，但倘若把迎春与探春做个比较，其实作者对于前者还是带有遗憾以及些许批评的，因为她的悲剧几乎一大半是由自己所造成。所以，我觉得作者似乎要告诉我们，可怜之人必有可恨之处，即一个人之所以会这么可怜，一定是因为有其可恨的地方，例如懒惰、自私、贪婪之类，而迎春性格中的可恨之处便是过分懦弱，同理可推，我们也都应该反躬自省，为自己的人格所导致的人生负上责任。话说回来，纵然我们可以感到作者曹雪芹在小说中隐含了如此的春秋大义，但我坚信他还是真心怜惜那些少女们的，包括迎春在内。

关于美人与名花相连的做法实际上可追溯至六朝，而自清代后期以来，《红楼梦》的评点家也开始热衷于金钗与花卉的类比，如诸联《红楼评梦》云：

> 园中诸女，皆有如花之貌。即以花论：黛玉如兰，宝钗如牡丹，李纨如古梅，熙凤如海棠，湘云如水仙，迎春如梨，探春如杏，惜春如菊。

其中，"宝钗如牡丹""李纨如古梅""探春如杏"的说法有第六十三回掣花名签的情节作为根据，但"黛玉如兰""熙凤如海棠，湘云如水仙，迎春如梨""惜春如菊"等则都是诸联自己的主观意见，只能算是他个人的一家之言。再进一步回归到《红楼梦》的文本中来看，"宝钗如牡丹""李纨如古梅""探春如杏"这三个说法虽然是成立的，但倘若仔细思考，就会发现所谓的"探春如杏"实际上不太精准，因为探春的签词"日边红杏倚云栽"主要是暗示探春的命运，而非指涉她的美貌或性格。

由此可见，红学真的非常棘手，大家都可以提出各式各样的见解，彼此似乎难论对错，但终归还是必有一个客观的标准，那个标准就是文本。唯有回归到《红楼梦》这一文本中，我们才有办法论断各种看法是否有意义，能不能具有生产性，并累积成为红学的知识。据此而言，诸联的说法并不完全准确，大家只可引以为参考。

另外，在道光十二年（1832）刊行的著名《红楼梦》版本，即"王希廉本"，于卷首画出六十四个女性的肖像并附带各自相应的花卉，无形之中也表达了王希廉对这些少女们与花卉之关系的看法，其中包括：

> 警幻仙姑（凌霄）、贾宝玉（紫薇）、林黛玉（灵芝）、薛宝钗（玉兰）、秦可卿（海棠）、元春（牡丹）、迎春（女儿花）、探春（荷花）、惜春（曼陀罗）

依据文本的陈述，迎春和惜春根本属于没有代表花的人物，可是王希廉却为她们安排了对应的花卉，甚至身处仙界的女仙，即超凡脱俗的警幻仙姑，照理应该不适合以任何人间花品进行参照，王希廉却以凌霄花与她相比配，显然"凌霄"一词为其发想之所在，同样缺乏文本的证据。而以紫薇作为贾宝玉的代表花也不大合适，除了无可稽考之外，更因为唐朝时紫薇是种植在中书省官署里的花卉，玄宗开元元年（713）时，将中书省改为紫薇省，中书令为紫薇令，而成为一种雅称，所以担任中书舍人的白居易有一句诗说"紫薇花对紫薇郎"，其中便带有高官厚禄而沾沾自喜的意味。当然，紫薇尚有文人赋予的其他丰富意涵，并不仅限于此一诠释，但把紫薇用在宝玉身上仍然颇为奇怪，最关键的是缺乏根据。

再者，王希廉说黛玉如灵芝、宝钗为玉兰、探春配荷花等，都与文本内容明显不符，属于脱离文本的自行揣摩。首先，灵芝并不算是花卉，怎么可以把它视为黛玉的代表花呢？另外，虽然玉兰是白色的，宛如薛宝钗那像"雪洞一般"（第四十回）皎洁的居处蘅芜苑，而其品性也是冰清玉洁，但此外则并无相似之处，所以玉兰花与宝钗也不大相称。遑论第六十三回中清楚确认黛玉、宝钗的花签分别是芙蓉与牡丹，而已被作者赋予红杏与玫瑰两种代表花的探春，王希廉以荷花加以比配亦属无稽之谈。同样的道理，以牡丹作为元春的代表花也是毫无根据的说法，虽然牡丹为"百花之王"，貌似与元春封妃的身份相符合，可是依据第五回其判词中的"榴花开处照宫闱"，早已经清楚表明石榴花才是元春的代表花。四春中年龄最小的惜春，最终以出家了结其一生，王希廉可能据此便选择来源于佛教的曼陀罗作为惜春的代表花，以象征其出世的性格特质，但实际上这一人花比配也缺乏确凿的文本证据。

我之所以举出这些例子，就是为了让大家观摩一下把少女之美与形形色色的花卉相连起来的轻率做法，但归根究底，如果我们忽略文本中的细节并经常以想当然耳的心态分析小说，最终得出的结论必定与作者所要传达的讯息南辕北辙甚至背道而驰。倘若依据《红楼梦》的文本来看，王希廉所谓"迎春是女儿花"的说法是完全无法成立的，正如前文所言，迎春根本就没有代表花。

诨名"二木头"

那么为何迎春没有代表花呢？现在可以言归正传，正式进入关于迎春人格特质的主题了，即"二木头以及依顺型人格"。在第六十五回里，兴儿向尤二姐介绍迎春时说"二姑娘的诨名是'二木头'"，所谓"二木头"的"二"表示迎春在"元、迎、探、惜"四春中位列第二，而这个顺序是超越各房的界限，并按照她们的年龄，以贾母众孙女的身份进行的大排行，所以迎春也被称为"二姑娘"。但是何以她在下人们的口中却被冠上"二木头"的绰号？因为正如兴儿所说，她的性格与木头无异，甚至已经达到"戳一针也不知道嗳哟一声"的境地。

从常情来说，任何人被戳一针时必然会有所反应，至少会痛呼一声，并看看是何人施暴作恶，但令人非常意外的是，迎春竟然被戳一针也不知嗳哟一声，这种毫无痛觉的表现，岂不表示她的自卫和反击本能都已经丧失殆尽，而与活死人无异吗？由此，我推敲迎春之所以被称为"二木头"，是因为她的性格就像丧失生机的植物遗体，因之毫无反应，对一个活生生的人来说，这当然是极为不寻常的状态。而花必须借由植物的茎叶枝干所吸收的养分才能够绽放其风华，则在毫无养分滋润的木头上又怎么可能有花朵盛开呢？由此可见，迎春之所以没有代表花是与其"二木头"的性格特质息息相关。

可世间的常态是，由于家境优渥富裕，一般权贵家庭的子女很容易变成纨绔子弟或骄纵的千金，譬如父母双亡但出身上层精英家庭的妙玉就极为高傲，在第四十一回里，黛玉只是询问她用来泡茶的水是否为旧年蠲的雨水，她便长篇大论地以"你这么个人，竟是大俗人，连水也尝不出来"讽刺了黛玉一顿；同样地，身为贾母宠儿的林黛玉，其性子更是恣意率性；虽然她们都因为受过深厚的文明教养而不至于腐化为仗势欺人的刁蛮小姐，但个性却非常鲜明突出，如第十八回王夫人针对妙玉之性格所说的"他既是官宦小姐，自然骄傲些"。据此令人费解的是，迎春也是在贾、史、王、薛四大钟鸣鼎食之家的贾府中成长，其个性却如木头一般毫无生命迹象，不仅没有一般官宦小姐的骄纵高傲，反倒压抑自我到了丧失个性的地步，这又是怎么回事呢？就此，我们除了考察迎春的成长环境之外，更应该尝试了解她是如何思考问题的，毕竟迎春始终属于具有思维能力的人类的一员，所以必须把小说中关于迎春的点点滴滴结合起来，以便解释其卑屈性格的来龙去脉。

什么是人格特质

在进入涉及迎春部分的文本描写之前，我们必须先了解"人格特质"的意义，因为之后会根据这个标准来看待小说中所呈现出来的各种不同人物特质。"人格"（personality）一词来自拉丁文的 persona，是个人存在与整体的统称。这个词汇在拉丁文里的本来含义是指面具，当它逐步衍生成社会学、心理学等各种学科里的专业术语后，便被用来形容所谓的人格特质，它不仅指涉个人的内在品质，也包含了外显的形象，而这两者的结合便构成了一个人存在的整体。也就是说，人格是由需要、动机、兴趣、价值观、信念，还有个人的能力、气质以及其他性格成分所组成的。比方说，有的人需要爱，有的人希望得到尊重，有的人看重安全感，这些各异的需要便构成了人格特质的范畴之一，当我们把这些相关的标准因素综合起来就能够判断一个人的人格特质。

具备上述的基本认识后，便可尝试以此衡量《红楼梦》里形形色色的人物，譬如薛宝钗所持的是儒家式的价值观，她以安顿身边所有的人为目标，希望达到人我和谐的境界，而她的关怀也比较偏向世俗人文主义；探春所追求的则是超越血缘以及人情压力的理性世界，而这方面的特质也展现在她协理大观园时，勇于打破旧有的窠臼并开创新道路的领袖风范；至于林黛玉，虽然她可能也具备这样的能力，可惜体弱多病，加上志趣不在于治家理事，所以她把自己的天赋施展在写诗作词等文艺方面，这便构成了她的诗人气质。同样地，即便是毫无个性的迎春，只要认真探究小说里的种种细节，我们也能够掌握这类次要角色的人格特质，可以说，书中每位人物都具有其独特性，他们的重要性实际上并不亚于我们所关注的主要角色。

一抹淡淡的影子

试看第三回黛玉初入荣国府与三春依礼相见时，通过黛玉的视角，我们便能捕捉到她们的形神风采，包括了外显形象与内在品质。映入黛玉眼帘的三春形貌是：

> 第一个肌肤微丰，合中身材，腮凝新荔，鼻腻鹅脂，温柔沉默，观之可亲。第二个削肩细腰，长挑身材，鸭蛋脸面，俊眼修眉，顾盼神飞，文彩精华，见之忘俗。第三个身量未足，形容尚小。其钗环裙袄，三人皆是一样的妆饰。

迎春便是那个"肌肤微丰，合中身材，腮凝新荔，鼻腻鹅脂，温柔沉默，观之可亲"的少女。为何她是黛玉第一个看到的对象呢？原来，作为世家贵族的贾府格外讲究长幼有序的礼仪，即使在居家日常的场合也必须遵守长幼之分的伦理关系，这已经是他们的内在信仰或生活习惯的一部分了，何况于贵客莅临的大场面，迎春身为同辈排行下的"二姐姐"，自然便成为首先被介绍的人物。另外可以参考第二十三回里，有一段关于宝玉进王夫人房中见贾政的描述更体现了三春年龄的排序：

> （宝玉）只见贾政和王夫人对面坐在炕上说话，地下一溜椅子，迎春、探春、惜春、贾环四个人都坐在那里。一见他进来，惟有探春和惜春、贾环站了起来。

其中清楚描述宝玉进入房中后，与他同辈的探春、惜春和贾环都站起来施礼，只有迎春仍然是坐着的，这段细节正好传达了迎春比宝玉年长的讯息，所以她才被称为"二姐姐"，而另外三位均为年纪比宝玉小的弟弟妹妹，故云"三妹妹""四妹妹"等。由此可见，这种长幼有序的规范标准已经融入他们的人生运作里，于日常的礼仪秩序及信仰价值观上处处得到展现。

从黛玉的观察中，我们不但可以得知迎春是三春中最为年长的，同时也了解到迎春的外显形象。从面貌来看，她是一位皮肤晶莹剔透、面容如荔枝般白里透红的健康少女，这可说是标准贵族女性的长相。至于"肌肤微丰"之说，可见迎春与柔弱苗条的黛玉不同，两者相比之下，其身材显得较为丰润。

在此要作个补充，迎春之所以体态丰润却并未失控沦为发胖型的身材，是因为贵族世家的少爷小姐们的饮食摄取量并不多，第四十回提到刘姥姥逛大观园时，她看着李纨、王熙凤、鸳鸯等人用餐的状况，便忍不住表示："我看你们这些人都只吃这一点儿就完了，亏你们也不饿，怪只道风儿都吹的倒。"刘姥姥身为必须依靠庄稼农耕维生的底层百姓，对她而言，多吃饭以累积充足的体力干活是理所当然也必须如此之事，所以看到贾府这种贵族人家少量饮食的情形难免感到惊奇，并发出难怪贾府小姐们看起来风一吹便会倒的感叹。因此，这就成为金钗们呈现纤细身段的一个直接因素，而黛玉的身量柔弱纤细也并非唯一的特例。更重要的是，贵族阶层的审美趋向在于讲究五官精致的美感，他们欣赏的并不是现今强调肌肉曲线紧实的健美型身材，所以迎春"肌肤微丰，合中身材"虽不及林黛玉的风流袅娜，但依然合乎贵族少女的体态。

由此可见迎春也是个美丽可爱的少女，否则她也无法跻身于十二金钗的行列，而相由心生，"温柔沉默"也反映了她的缺乏个性，这已经是一种内在品格的透显了。至于"观之可亲"一句，虽则字面上是说迎春善良无害，给人一种不必加以提防的亲切感，但纵观整部小说便可发现，"观之可亲"的"亲"字实际上可以谐音的"侵"字替代通用，因为根据其他人物对她的评价，我们可了解到迎春是个极易被侵犯的人，并且没有人会因为侵犯她而觉得有道德压力，别人对她的毫无忌惮也注定了迎春以后的人生悲剧，而这种种情况在小说后半部的情节里得到了全面的展现。

必须说，作为初次相见的陌生人，林黛玉对迎春"观之可亲"的评价带着良善可亲的意味，但若是居心叵测者，一旦发现迎春是个老实软弱、毫无主见的人，便会试图侵犯她的领地，所以"观之可亲"的性格就可能为迎春带来伤害。迎春以此等容易被忽略的性情，站在

"顾盼神飞，文彩精华"、令人"见之忘俗"的探春身旁时，便会黯然失色，仿佛一抹淡淡的影子。

迎春这种人格特质表现还延续到另一次的三姊妹并写，且前后呼应。第四十六回中，贾母因为贾赦欲纳鸳鸯为姜而迁怒于王夫人时，作者如此描写道：

> 探春有心的人，想王夫人虽有委屈，如何敢辩；薛姨妈也是亲姊妹，自然也不好辩的；宝钗也不便为姨母辩；李纨、凤姐、宝玉一概不敢辩；这正用着女孩儿之时，迎春老实，惜春小，因此窗外听了一听，便走进来陪笑向贾母道："这事与太太什么相干？老太太想一想，也有大伯子要收屋里的人，小婶子如何知道？便知道，也推不知道。"犹未说完，贾母笑道："可是我老糊涂了！……可是委屈了他。"

可见迎春与探春二人虽然同是由姨娘所生，如邢夫人所说的"你是大老爷跟前人养的，这里探丫头也是二老爷跟前人养的，出身一样"（第七十三回），但两者的资质才能却有天渊之别。探春心思玲珑剔透，在贾母盛怒而大家都不敢贸然挺身劝解的情况下，她不仅以聪慧的头脑和伶俐的口齿为王夫人澄清了冤屈，甚至还化解了一场尴尬，让贾母平息了怒气并诚意道歉，迎春却只能因为性格"老实"而沦为无用，完全派不上用场，可谓高下立见。至于"身量未足，形容尚小"的惜春，天赋能力尚未成长并发展出来，所以在这件事况中无法起到任何关键性的作用。由此可见，探春是三春中唯一大有担当，可以改变现状、承担责任，同时做出创造性贡献的优秀女子。

比较之下，迎春是三个人里年龄最长的，时间已经给了她机会，并非惜春那般因为年龄小而没有足够的时间发展能力，所以她软弱的性情必须由自己负责。虽然作者安排"老实"这种正面的词汇作为迎春人格特质的表述，但如果在面对重大、关键的问题时还是如此老实的话，就某个意义而言可谓相当于无能了。温柔沉默的迎春在遇到大问题之际只会烦恼、担心，却不知道该怎么处理并化解眼前的危机，最终只能老老实实地接受现况，但在这个过程中即有可能因恶势力的压迫而受到严重伤害，从她嫁给粗暴好色的孙绍祖之后被对方折磨致死的结局来看，便足以印证迎春无法应付危机的软弱性格导致她走向悲剧的深渊。

众人眼中的"懦小姐"

针对迎春这种老实无能、温柔沉默的性格核心，作者给予"懦"字作为她的一字定评，见第七十三回回目上的"懦小姐不问累金凤"，在这一回中，迎春那种极力避免争吵与批评他人的样态清楚可见。

在分析相关情节之前，希望大家牢记作者早在第三回所做的说明，当场来迎接黛玉的迎、探、惜三春乃"钗环裙袄，三人皆是一样的妆饰"，在世家大族里，无论是庆祝节日或是接待贵客都非常注重着装的礼节，所以当黛玉以贵客的身份来到贾府时，迎春三姊妹都换上统一的服饰出场相见，而这点也与迎春后来遗失"累金凤"的事件相互呼应。

试看第七十三回里，迎春的丫鬟绣桔向她回报，预备中秋节要佩戴的攒珠累丝金凤竟然不翼而飞，"回了姑娘，姑娘竟不问一声儿"。实际上大家都知道，迎春的累金凤是被她的奶娘给偷去典当了，用于赌博，但碍于其乳娘的身份不便揭发，而形成了默许，可见迎春早已知道却不加追究，其一味姑息的态度实在是直接导致此次风波的主因。累金凤的遗失令丫鬟几乎急哭了，毕竟在节庆上三春的着装必定要一致，其中即包括累金凤，倘若贾母或王夫人发现迎春没有戴上累金凤并加以问责，届时受罪的便是其身边伺候的丫鬟，正如绣桔所说的：

> 姑娘虽不怕，我们是作什么的，把姑娘的东西丢了。他倒赖说姑娘使了他们的钱，这如今竟要准折起来，倘或太太问姑娘为什么使了这些钱，敢是我们就中取势了？这还了得！

面对"脸软怕人恼"的迎春，无计可施的绣桔只好准备向凤姐报告此事，让具有权力的理家者出面施压以解决问题。值得注意的是，这件事到了如此境地，迎春仍然选择息事宁人并对绣桔加以阻拦，可见其退让已经毫无底线；只不过这一次事关重大，绣桔坚持要去请出凤姐，而绣桔的坚持让原本心意不坚的迎春也只能够由着她。由此可见，固然绣桔的行为是仗义护主的善举，但迎春凡事退让及无力阻止的表现，实则反映出她是个虚有其表的主子小姐，不仅在处事上无法适当地拿捏分寸与原则，甚至还软弱至不能做主、丧失自我的地步，无论事情是对是错、旁人对她是好是坏，都任人摆布。

迎春的懦弱不仅令她自己难以解决问题、改善处境，甚至连累身边的人也因为她的沉默无为而遭受欺压，此人就是邢夫人娘家的晚辈侄女——邢岫烟。岫烟来到贾府后，被安排住在迎春的住处紫菱洲，而这点便涉及人情世故的复杂考虑，因为迎春的嫡母是邢夫人，邢岫烟既然是邢夫人的娘家亲戚，她们便是一家人，所以把邢岫烟安排在迎春的居所，最主要是可以避免她在贾府出了任何问题后怪罪于贾家。可是，邢夫人为人本来就苛刻、吝啬、爱计较，对女儿迎春尚且不大关爱照顾，遑论只是亲戚之女的邢岫烟，因此住在秩序混乱、丫鬟和奶娘都能骑到迎春头上的紫菱洲，岫烟也只有被欺负的份儿。

幸而王熙凤因为欣赏邢岫烟的人品，所以对这位家贫命苦甚至连自家姑母邢夫人都毫不照应的弱女子伸出援手，仍然按照迎春的分例给她月银，亦即她也有二两银子的零用钱使用，但大家可别忘记邢岫烟正住在迎春房中，一向任由丫鬟婆子横加欺侮的迎春所得到的月钱都被她们克扣了，更何况只是寄居的邢岫烟呢？据第五十七回所述，邢岫烟虽有二两月钱，实则其中的一两已经被邢夫人要求送去给自己的父母，所以经济上也颇为拮据，无可奈何之下，邢岫烟只好典当自己的冬衣换取银钱，以应付那些下人们吸血鬼般的勒索。而此事恰好被细心的宝钗发现了，便问道：

> "这天还冷的很，你怎么倒全换了夹的？"岫烟见问，低头不答。宝钗便知道又有了原故，因又笑问道："必定是这个月的月钱又没得。凤丫头如今也这样没心没计了。"岫烟道："他倒想着不错日子给，因姑妈打发人和我说，一个月用不了二两银子，叫我省一两给爹妈送出去，要使什么，横竖有二姐姐的东西，能着些儿搭着就使了。姐姐想，**二姐姐也是个老**

实人，也不大留心，我使他的东西，他虽不说什么，他那些妈
妈丫头，那一个是省事的，那一个是嘴里不尖的？我虽在那屋
里，却不敢很使他们，过三天五天，我倒得拿出钱来给他们打
酒买点心吃才好。因一月二两银子还不够使，如今又去了一
两。前儿我悄悄的把绵衣服叫人当了几吊钱盘缠。"

对于岫烟可怜无奈的处境，宝钗当然也很担心，于是便私底下接济
她，还教她应付下人之道以避免那些吸血鬼们持续压榨。最值得注意
的是，宝钗心里评价"岫烟为人雅重"，甚至连王熙凤都对她另眼相
看并格外关照，然而岫烟还是被奴仆欺负，那全都因为"迎春是个
有气的死人，连他自己尚未照管齐全，如何能照管到他身上"。所以
说，"有气的死人"这句话实与"二木头"的诨号相互呼应，宝钗对
迎春的评价正点出她懦弱至无法自保，甚至连寄住者邢岫烟也一同受
累的窘况。

重点在于，岫烟也认为"二姐姐也是个老实人，也不大留心"，
作为迎春人格特质表述的"老实"二字又出现了。从岫烟被下人剥
削、压榨以致被迫典当冬衣的情况来看，此处的"老实"在某个意义
上就是指迎春不够精明，未能留心到岫烟的难处，导致身为客人的她
也都被仆人毫无底线地侵犯进逼。

迎春老实至姑息养奸的无能，还通过小说中其他人物之口更进一
步地点明，譬如第五十五回里，王熙凤为了凸显探春理家能力之非比
寻常，便以家中的女眷们作比较："大奶奶是个佛爷，也不中用。二
姑娘更不中用。"足见王熙凤的心目中，在挽救家业并振兴家族一事
上，李纨温和仁慈的个性基本上是派不上用场的，而迎春则比"尚德

不尚才"的李纨"更不中用"，那岂不说明迎春的资质性格已经到了无人寄望的地步吗？要知道，出身于贵族世家的迎春将来一定会嫁给大户人家做正室，身为正室夫人就必须掌管家务，仅仅依靠老实、温柔的性情不可能应付得了大家庭的复杂纠葛，所以就更无法期待迎春成为一名精明干练的主妇了。

同样地，邢夫人也清楚看出迎春很容易受人摆布，而料中其乳母以借贷之名、实则骗取钱财的恶行都是迎春"心活面软"的性格所招致的，所以才会责骂迎春道："你这心活面软，未必不周接他些。若被他骗去，我是一个钱没有的，看你明日怎么过节。"其中"心活面软"四个字说明了迎春拿不定主意、无法坚守原则，又搁不住人家说好话或央求的人情压力，以至于到后来便失了底线，导致事情一团混乱。而这正与第二十二回迎春所拟的灯谜诗云"因何镇日纷纷乱"以及其谜底算盘的打动乱如麻，情况恰相呼应。

最后，不得不提迎春的贴身大丫鬟司棋因为"偷渡"绣春囊而被撵逐之事。第七十七回中，司棋明知自己犯了大错，罪无可逭，主观意愿上仍然期望主子迎春能够把她留下来，然而同时心里却也知道："迎春语言迟慢，耳软心活，是不能作主的。"由此可见，迎春不仅脑筋不灵光、不大会讲话，而且意志不坚、心意不决，这就导致她无法对事情立刻做出反应，以及清楚明晰地表达自己的意见，最终往往只能成为任人摆布、主宰的傀儡。这也是迎春"老实"兼"温柔沉默"的实质意义。

但是追根究底，一个没有个性的人其实还是有个性的，只是她没有个性的个性又靠着某些价值观、信念、需要和动机来加以强化，于是更没有个性。而迎春为何会让自己变成如此软弱可欺的女孩子，背后是否还包含了哪些外在因素，将在下文见分晓。

"鸠拙之资"成因

清代评点家青山山农在《红楼梦广义》里称迎春为"鸠拙之资"，其实是对她似温柔实软弱、似宽大实无能的性格缺陷所给予的批评。综观整部《红楼梦》对迎春之性格特质所做的描述，诸如"不中用""有气的死人""二姐姐也是个老实人，也不大留心""二木头""心活面软""语言迟慢，耳软心活，是不能作主的"等等，这些形容不仅鲜活地描绘出迎春的肖像画，也将有助于我们深入了解她何以致此的缘故。尤其"心活面软"四字说明了迎春缺乏主张、没有坚强意志和明确判断力的性格特征，只要人家说好话或苦苦央求，"面软"的迎春可能就会改变主意并选择抛弃自己的立场和原则。当然必须强调的是，迎春绝非小人，只是她的过分善良导致自己沦落至失去自我的处境，接下来便要探讨迎春怯懦性格之成因。

关于这个问题，必须从迎春性格塑造的后天影响来考察。儿童教育心理学已经指出，家庭因素对于儿童的人格养成是非常重要的，例如幼儿的任性、骄横、霸道、自我中心等，根源多半是他们在家庭中处于特殊地位，家长过分溺爱、迁就所造成的。以林黛玉为例，她在贾府中是个受尽宠溺的少女，虽然并非骄横跋扈至惹人讨厌，但不可否认她确实是比较自我中心，所以黛玉的个性表现还是颇为符合这个说法的。相反，如果家长对幼儿限制过多、对待方式简单粗暴，也会压抑幼儿的主动性，使他不敢去表现自我，因此便造成墨守陈规、怯懦等消极性格，迎春即属于这一种。

迎春是庶出的女儿，在男女有别而男主外、女主内的世家大族里诞生，因为亲生母亲已经去世，自始就不存在于小说场景里，所以其原生家庭的嫡母邢夫人便是她成长过程中频繁接触到的家长，堪称为对迎春性格之形塑起着干预作用的关键性人物。不幸的是，身为嫡母的邢夫人并不是一个成熟的人，其性格之差劲离谱主要体现在她对迎春简单粗暴的养育方式上，而导致悲剧一代一代地复制下去。关于邢夫人的性格，第四十六回中详细说明道：

> 邢夫人禀性愚強，只知承顺贾赦以自保，次则婪取财货为自得，家下一应大小事务，俱由贾赦摆布。凡出入银钱事务，一经他手，便克啬异常，以贾赦浪费为名，"须得我就中俭省，方可偿补"，儿女奴仆，一人不靠，一言不听的。

这段描述中的"禀性愚強"意指邢夫人不仅愚昧笨拙，还是个顽固不通的人，如果她生性仁慈聪慧，尚可择善而执，可惜并非如此，邢夫人"只知承顺贾赦以自保"的自私个性无异于助纣为虐。她了解丈夫贾赦之所以要强娶贾母的贴身丫鬟鸳鸯为妾，就是打着开通贾母库房以侵夺财产的如意算盘，在这种情况下，她不但不加以劝阻并对丈夫晓之以理，反而一味热心促成，难怪对贾赦之不轨企图早已心知肚明的贾母忍不住对邢夫人讽刺道："你倒也三从四德，只是这贤慧也太过了！"（第四十七回）固然身为正妻的邢夫人必须因"夫为妻纲"的指导原则而臣服于贾赦的夫权之下，但她对丈夫的承顺已经到了完全失去拿捏是非分寸的地步，那其实也不符合妇道的要求。当然，邢夫人之所以如此支持贾赦强娶鸳鸯的决定，主要就是为了迎合贾赦以保住自己的地位，因此"家下一应大小事务，俱由贾赦摆布"，这般作为等同于放弃了身为一家之母应该履行的责任。

邢夫人不仅缺乏一家之母的贤惠稳重，甚至不具备处理贾府复杂人际关系和家务工作的智慧与能力，对此她非但不反求诸己，反而致力于"婪取财货为自得"，已然非常失格。身为贾府里的大太太，在吃穿用度上绝不匮乏，甚至享有仅次于贾母的最高等级之待遇，但她却经常通过贪婪的手段取得各种钱财物质上的好处，"凡出入银钱事务，一经他手，便克啬异常"，为了占更多的便宜，她甚至不惜利用贾赦浪费财物的借口，以合理化她"须得我就中俭省，方可偿补"的牟利行为。不只如此，邢夫人又害怕别人来分润利益，对她而言，她的家恐怕也充满许多阴暗与危险，因此对所有的人处处防范，"儿女奴仆，一人不靠，一言不听"，而活得宛如与人群疏离的孤岛一样，反正一切就是以她的自我为中心拼命地敛聚，不容别人染指。要知道的是，邢夫人一直活在这种无止境的金钱追求里，但又不懂得分享，这样的人其实过得非常辛苦，因为常常处于匮乏不安的状态，所以更会变本加厉地通过敛聚财物以增加心理的安全感。

因此，王熙凤内心在评估是否应该劝阻贾赦纳娶鸳鸯之际，"弄左性"便是她脑海中浮现出来对于邢夫人的形容词，意指一个人的性格偏执顽固，以致与人相左，所以凤姐才认为自己最好不要插手这件事，以免因邢夫人不悦而遭受池鱼之殃。由于邢夫人生性多疑，即使其他人讲得更有道理，但是她会把别人的说辞作负面的诠释，这么一来，反而制造许多无谓的纷争和对自我的伤害，基于以上的种种考量，王熙凤唯有放弃劝阻的念头。最值得注意的是，既然邢夫人已经顽固多疑至"一人不靠，一言不听"的程度，那么她又怎么会去相信别人，并真正地爱别人呢？由此可见，邢夫人根本是个不懂得爱的

人，身为晚辈兼闺阁少女的迎春在其过度苛敛和强力钳制之下，实在
难以感受到母爱的温暖和亲情的支持。

如此一来，在这等家庭环境中成长的迎春又怎么会幸福快乐呢？
这也必然会对其性格的形塑造成一定的影响和冲击。迎春身为晚辈、
女儿，于注重亲子孝道的社会背景之下可谓完全处于弱势，加上她是
个年纪尚轻、天性温和的少女，更是难以对长辈作出反抗，所以在面
对苛刻的邢夫人时只能一味地退缩、顺从。于是迎春在如此强力的权
威之下，无论是非对错，她都只会选择努力缩小自己的存在，避免造
成对长辈的侵犯，但这种自我牺牲的方式实际上令她更加深陷于牢笼
之中而不可逃脱。

第八十回迎春因遭受婚姻不幸，对王夫人哭诉道："我不信我的
命就这么不好！从小儿没了娘，幸而过婶子这边过了几年心净日子，
如今偏又是这么个结果！"这清楚显示出她因为惨嫁卑劣好色的孙绍
祖而受尽痛苦的折磨，于是这个凡事一直都沉默无声的少女终于忍不
住发出了微弱的抗议。最重要的是，迎春这番话传达了两个讯息：

其一，迎春并不喜欢自己的成长背景。她清楚地了解到自己是不
幸的，而这个不幸的根源就是"从小儿没了娘"，正所谓"有娘的孩
子是个宝，没娘的孩子像棵草"，迎春在亲娘早逝的情况下只能与苛
啬自私的嫡母一起生活，而生性多疑的邢夫人自然对迎春备加冷落忽
略，导致她完全无法感受到母爱的温暖。幸运的是命运仍然对迎春绽
放出一抹微笑并给予了些许补偿，贾母因为疼爱孙女，便让王夫人把
她们接过来贴身照养，所以迎春连同探春、惜春都离开各自的原生家
庭，一同来到王夫人的身边。其二，迎春之所以能够"过了几年心净
日子"，实际上便是在王夫人羽翼的呵护眷顾之下，才真正获得没有

烦扰的安宁生活。由此也证明了王夫人是位慈爱伟大的母亲，她赋予这些与自己没有血缘关系的少女们"第二次出生"的机会，得以暂时拥有幸福的人生，而在整部《红楼梦》中，迎春与王夫人之间的互动虽然只出现这一次，却是非常令人动容的场景。

迎春在归宁回到贾家后，便直接到王夫人房中倾诉她在婚姻中遭受的种种委屈，可见她的内心是把王夫人当作真正的母亲看待，所以才会压抑不住自己悲伤的情绪而投入王夫人的怀抱里寻求慰藉，也得到王夫人真心疼惜的眼泪。令人感到不可思议的是，在这段过程中，身为嫡母的邢夫人却对其婚姻生活毫不在意，"也不问其夫妻和睦，家务烦难，只面情塞责而已"，根本未尽到嫡母的责任。可见自幼在邢夫人简单粗暴、冷落忽视下"心不净"的成长经历，确实对迎春这个柔弱少女造成了严重的心理创伤，可说是养成她压抑自我主动性，以致性格怯懦消极的重要原因。因此相形之下，迎春对于王夫人的关怀体贴更是由衷地感激，因为她清楚感受到自己从小在邢夫人身边过着不断忍耐退让、自我压抑的生活，反而身为婶子的王夫人却给予她一个被安全、温暖、和平所包围的庇护所。

病态的依顺

迎春怯懦消极几近"有气的死人"之极端状态，已非一般正常的人格类型所能范围，可谓病态的、不正常的个性，借由德裔美国心理学者荷妮（Karen Horney，1885—1952）不同意弗洛伊德的本能说而另外发展的整体人性论（The theory of whole man），可以进一步为迎春的性格内涵提供更深入的理解。根据荷妮的研究，个人与社会文化的冲突或适应不良，往往会导致病态人格。其实在我们的身边也可以看到一些精神病患者，他们并不一定是坏人，应该说他们绝对不是坏人，但因为无法适应这个社会，其内心的认知机制已经与外在的社会产生不协调，以至于他们的所行所为不符合社会规范，我们唯有将这些破坏秩序的人进行隔离，可是久而久之就会导致他们人格上的某种扭曲变形。

为什么个人与社会文化之间会有冲突或适应不良呢？荷妮认为这肇因于基本焦虑（basic anxiety），其潜因在儿童期即已形成，而基本焦虑作为在儿童时期所形成的一种心理感受必然是负面的，否则也不会造成病态人格。具有基本焦虑的人，往往会觉得自己渺小、无能、无足轻重、无助无依，并生存于一个充满荒谬、下贱、欺骗、嫉妒与暴力的世界，这种感觉主要源于童年时期父母没有给予他们真诚的温暖与关怀，而这又往往是由父母本身的病态人格或心理缺陷所导致。果然邢夫人的性格正是不健全的，鄙吝自私的她未曾给予迎春任何关爱，所以让迎春失去了"被需要的感觉"并引起了她的基本焦虑。

归根究底，父母对于孩子无条件的爱是儿童正常成长的最基本动因，双亲必须让孩子了解到自己的存在是合理的、应该的、值得期待的。以弗洛姆在《爱的艺术》一书中的说法来看，母亲应该给予孩子两个层次的爱：其一为孩子在生存上绝对需要的照顾与保护，其二则是为人父母特别应该做的，那就是让孩子觉得自己被生下来是很好的，他的存在是幸福的，若以《圣经》中的"乳与蜜"加以类比，"乳"就是第一个层次的爱的象征，代表照顾和肯定；"蜜"则比喻生命的甜美与幸福，是为第二个层次的爱的象征。可叹的是，邢夫人在迎春的成长过程中完全没有给予这两个层次的爱，迎春只有在来到王夫人这边后才获得一些"乳汁"与"蜂蜜"的补偿。

那些未能得到这种爱心的儿童，即会觉得这个世界、周围环境皆是可怕、不可靠、无情、不公平的，这种怀疑倾向使他觉得个人被湮灭，自由被剥夺，于是便丧失了快乐而趋向不安，而这种心态又可与之前提及的"基本焦虑"相互补充。同时也必须了解，儿童因为年纪尚小，虽然对父母的爱心存疑，但却不敢表露，因为脆弱的他害怕因此而受到惩罚甚至是遗弃，于是更加自我压抑，而这种情绪便会导致更深的焦虑，结果形成恶性循环。如此一来，在这种充满基本焦虑的环境中，儿童的正常发展受阻，自尊心、自主性丧失；而基于人性的本能，儿童为了逃避焦虑感以保护自我，于是就形成了病态人格倾向。由此可以解释为什么迎春会产生"木头"或是"有气的死人"这样的一种病态人格，原因可以追踪到她的家庭结构以及亲子之间的关系。

而荷妮主张每个人都有他自己的自主空间，倘若想要自主，首先便应该了解自己，才能够知道自身的问题所在并对症下药，所以荷妮的"整体人性论"为各种人格区分出几个类型，一方面便于把握这些人格特质的外显现象，了解这些现象背后的原因，一方面也让更多人了解到，当面对这样的人格形态时，其实可以采取合适的方式去了解他并尽量帮助他。

根据荷妮所区分的几种病态人格倾向，迎春可算是"病态的依顺"（Neurotic Submissiveness）这一类型，在此必须申明，"病态"二字乃病理学上的判断，属于中性的语词，只是用以指涉非健全的人格。我之所以推断迎春属于"病态的依顺"类型，是因为迎春对于他人过分顺从以致毫无主见的性格已经沦为病态的程度。固然我们在日常的生活交际中多少都要配合别人，尤其是主管、老师的吩咐，即使有时心里不服，表面上依然要服从对方的指令，这都属于合理范围之内，可迎春却已经是过度服从到一个完全没有自我的极端，所以我才把她归入"病态的依顺"类型。

病态依顺之人的性格特征是承认软弱、贬低自己，这就和一般人在面对自身的软弱时都会虚张声势的行为背道而驰；同时他们趋向于接受强壮有力的人之意见或传统世俗、权威的观念，正因如此，他们会压抑所有的内在能力，使自己变得渺小，即便本身具有才能，也拒绝去培养发展。而这种人也会避免批评他人，躲避争吵与竞争，表现得对任何人均"有益"，他们希望以此传达这样的讯息：我的存在并不会对你们造成威胁，因为我很渺小，对输赢也不在乎，所以你们不要把我视为对手，让我安安稳稳地躲在后方即可。

其实，这种人的内在动机是：如果我放弃自己，顺从别人并帮助他，我就可以避免被伤害。因为自己的力量实在太渺小，而外在的世界不仅强大还充满了谎言和欺骗，所以无力抗衡的自己只能凡事都以追求安全为目标，这便是构成迎春消极怯懦的深层心理所在。

"只有他说我的，没有我说他的"

接下来，我们将以《红楼梦》里的事件进行一一对照，以便更深刻地理解荷妮所说的病态依顺型人格在迎春身上有着怎样的表现。其中，关于趋向接受强壮有力之人的意见或传统世俗、权威的观念这一点，以迎春对奶娘的态度最为典型。在第七十三回中，当迎春的乳母担任大头家开局聚赌之事爆发，遭贾母震怒而给予重罚后，邢夫人与迎春之间有以下的对话：

> 邢夫人因说道："你这么大了，你那奶妈子行此事，你也不说说他。如今别人都好好的，偏咱们的人做出这事来，什么意思。"迎春低着头弄衣带，半晌答道："我说他两次，他不听也无法。况且他是妈妈，只有他说我的，没有我说他的。"邢夫人道："胡说！你不好了他原该说，如今他犯了法，你就该拿出小姐的身分来。他敢不从，你就回我去才是。如今直等外人共知，是什么意思。再者，只他去放头儿，还恐怕他巧言花语的和你借贷些簪环衣履作本钱，你这心活面软，未必不周接他些。若被他骗去，我是一个钱没有的，看你明日怎么过节。"迎春不语，只低头弄衣带。

乳母，顾名思义是提供乳汁喂养主家之少爷、小姐长大的女仆。古人认为乳汁是由血化成的，所以是非常珍贵的生命之源，而乳母以生命之源来哺育滋养这些幼主，可说是形同实质的母亲，这功劳可不小，因此她们在所有底层的奴仆中是最尊贵的。当然，乳母作为"婢之贵者"，其待遇也取决于主家的教养，如果主家是具有道德责任感且以宽柔温厚为门风的贵族，便会非常尊重乳母，乳母相应地就会得到很多特权。贾家正是这种对家下人非常宽厚的贵族世家，因此乳母在贾家的地位很高，例如第四十三回中，贾母带领众人商议凑份子为王熙凤庆生时，当场挤了一屋子的人，除了主子坐在炕椅上之外，接下来的描述便证明了这类仆妇身份之特殊：

> 地下满满的站了一地。贾母忙命拿几个小机子来，给**赖大母亲等几个高年有体面的妈妈**坐了。**贾府风俗，年高伏侍过父母的家人，比年轻的主子还有体面**，所以尤氏凤姐儿等只管地下站着，那赖大的母亲等三四个老妈妈告个罪，都坐在小机子上了。

这就是贵族世家的微妙之处，古代的封建等级之间绝对不是纯粹的二元对立，即只有上对下的剥削、压榨，事实上体现优良贵族精神的世家对于仆人，尤其是年老、对家族有贡献的人都是非常礼遇的。

因此，在历史中乳母一直都是滑移于主仆之暧昧地带的间性人物，她们的地位正如宝玉批评其奶娘李嬷嬷时所说的："不过是仗着我小时候吃过他几日奶罢了。如今逞的他比祖宗还大了。"（第八回）在宝玉长大后，李嬷嬷本应功成身退，可她还三不五时到宝玉的居处作威作福，一看到桌子上有好吃的、珍贵的食物便直接吃掉或拿回家给自己的孙子吃，她之所以如此嚣张霸道就是仗着贾家对乳母礼遇有加，所以恃宠而骄。再看第二十回，李嬷嬷因生病的袭人没有及时搭理她而闹得不可开交，当家的王熙凤为了化解这一场纷争，即拉着李嬷嬷笑道：

> 好妈妈，别生气。大节下，老太太才喜欢了一日，你是个老人家，别人高声，你还要管他们呢；难道你反不知道规矩，在这里嚷起来，叫老太太生气不成？你只说谁不好，我替你打他。我家里烧的滚热的野鸡，快来跟我吃酒去。

由此可见，纵使是李嬷嬷在无理取闹，但王熙凤对她的态度依旧是非常尊重，话语间也半哄半劝，毫无指责之意，可见贾家对下人之宽厚。另外，乳母特权之高也体现于她们所生的子女可因主家而攀龙附凤这一点，以贾琏的乳母赵嬷嬷为例，第十六回元妃确定要归宁省亲，为此贾家必须大兴土木营筑大观园，倘若获得管理建造工程的任务，必定可以从中捞到不少油水，于是赵嬷嬷便抓紧这个机会前来拜托王熙凤安排职务给她的两个儿子，即赵天梁和赵天栋。赵嬷嬷在与贾琏夫妇的对话中甚至还不断强调"幸亏我从小儿奶了你这么大"，"你就另眼照看他们些，别人也不敢呲牙儿的"，可见乳母养育幼主的功劳之大成为她们从主子手中获取好处的最佳筹码，果然后来赵嬷嬷的儿子都被分派到好工作，便足以证明乳母确实为"婢之贵者"。

　　说明至此，我们已经清楚了解到乳母有这样的地位，那么迎春又是如何面对自己的乳母呢？她的乳母不仅人品不端，还仗恃着身份的特殊，滥用权力开设赌局。当此事东窗事发后，贾母非常震怒，因为在大观园里开设赌局必然会牵涉到很多的安全问题，贾母唯恐大家轻忽其严重性，所以便仔细说明其中潜藏的危险：

　　　　你姑娘家，如何知道这里头的利害。你自为耍钱常事，不过怕起争端。殊不知夜间既耍钱，就保不住不吃酒；既吃酒，就免不得门户任意开锁。或买东西，寻张觅李，其中夜静人稀，**趁便藏贼引奸引盗**，何等事作不出来。况且**园内的姊妹们起居所伴者皆系丫头媳妇们，贤愚混杂，贼盗事小，再有别事，倘略沾带些，关系不小。**这事岂可轻恕。

由此可见，由于大观园里人来人往、关系复杂，倘若在大观园内开设赌局，必定会引发一连串奸盗相连的事件，而且比偷盗更为严重的，是园中住着一群少女，闲杂人等一混进里面便难以保证不会发生男女苟且之事，如果等到木已成舟或造成风声才来思考解决方案便为时已晚，因为这已经毁了贾府千金们的清誉。为了杜绝后患，所以贾母就杀鸡儆猴，重罚了所有涉事者。

迎春乳母身为赌局的大头家，与其相关的人等当然都连带受辱，尤其是迎春的嫡母邢夫人更感颜面无光，于是便迁怒到迎春身上，指责她为何不管束乳母无法无天的行径。那么，身为主子小姐的迎春真的是对仆人完全不作为吗？非也，迎春表示"我说他两次，他不听也无法。况且他是妈妈，只有他说我的，没有我说他的"，由此可知迎春还是有是非观念的，可惜她不如探春那样强硬有力、坚持原则，以至于虽然微弱地指出了对方的不是，可是当对方不予理会时她就束手无策。在此必须特别注意，所谓"况且他是妈妈，只有他说我的，没有我说他的"的"况且"，便反映出在迎春心里，"妈妈"（乳娘）的身份地位比较高，所以她才无法有效地劝阻对方。

乍看起来，这似乎符合前述对乳母地位的说明，但其实迎春这番话是荒谬不通的，因为正如邢夫人所责备："胡说！你不好了他原该说，如今他犯了法，你就该拿出小姐的身分来。他敢不从，你就回我去才是。"在此，邢夫人难得说了一次正确的道理，因为贾家非常尊重年长、服侍过长辈以及曾经乳养少主的仆人，他们的地位确实比少主们还高，当然可通过长辈的身份来教训并矫正犯错的少主们。不过重点是，仆人年高却不代表德劭，如果他们犯了错，少主们还是必须拿出主子的身份加以阻止，倘若对方胆敢不从，便应该向辈分更高的长辈主子反映，适时给予惩戒。邢夫人这番话清楚揭示了乳母可尊可卑的身份双重性，以及对年轻主子既有权威又得服从的矛盾关系，并指出迎春应该拿捏的分寸与处置原则。这就一再说明了贵族世家里的主仆关系并非如我们想象般，乃主人对仆人单方面之欺压剥削，实际上一些高级的仆人如乳母有时是凌驾于少主之上的，其中多元复杂的人情考虑，包含了阶级、年龄各种不同的因素，我们绝对不能轻易以阶级压迫来一概而论。

可是，迎春这个女孩子却只选择性地片面采取"只有他说我的，没有我说他的"的服从性，完全放弃自己身为主子的权力与权利，而纵任乳母集团坐大并成为反过来对她予取予求的绝对权威，从迎春选择放弃自身的主动性便可看出其依顺是病态且消极的。

再者，还可以注意到，当邢夫人责骂迎春时，她只是低头弄衣带而不敢说一句解释或抗辩，这种娇弱无害的表现正是其怯懦性格之外显。因为人与人之间的关系平衡，有时候是在一种彼稍强则我略弱，或是我进一步你就退一步的互动之下形成的动态模式，无论双方的地位权力如何悬殊，都会存在着这种微妙的互动性，但迎春却宁愿完全取消自己的主体意志，而只是一味顺从他人。

取消自我存在感

病态依顺型人格的人还会压抑所有的内在能力，使自己变得渺小，迎春这种表现在小说里的各相关之处亦斑斑可见。其中最明显的是迎春欠缺诗词才华，但关键并不在于她的天赋低弱，而在于她的认知与努力微薄，也正是后者才显示出迎春高度的自我放弃。打个比方：一个人承认自己在数学这方面的天赋比较弱，但并不妨碍他以勤能补拙的方式努力考取理想的成绩，两者并不冲突、互斥，重点在于他怎样看待并要求自己。而迎春却是直接选择放弃自我，几乎对任何事物都毫无追求的欲望，遑论争取的行动。

例如第二十二回里，元妃从宫中差人送出一个灯谜儿，命阖家去猜，宝钗、黛玉、宝玉、湘云、探春、贾兰俱已猜着，因为他们冰雪聪明、玲珑剔透，加上诗词并非元春所擅长，所以她做的灯谜就被一眼看穿，可是唯独迎春和贾环都猜错，因此颁赐之物也只有迎春、贾环二人未得。迎春居然与贾环并列，她也实在太可怜了，毕竟贾环在贾政眼中可是"人物委琐，举止荒疏"（第二十三回）的少年。有意思的是，对此一技不如人的结果"迎春自为顽笑小事，并不介意，贾环便觉得没趣"，其中差异明显可见：迎春对于输赢对错毫不在意而一笑置之，贾环却不肯接受，他不但不反求诸己，反倒还要强出头，所以猜不中灯谜后便觉得没趣了。确实在这次事例上印证了迎春的"鸠拙之资"，不过值得庆幸的是，善良的天性让她避免了像贾环一样愤懑地走向人格败坏的歧途。

再者，还可以参照第四十回刘姥姥逛大观园时，大家奉承着贾母在宴席上一起行酒令的一段情节，依据行令的规定是"无论诗词歌赋，成语俗话，比上一句，都要叶韵"，叶韵即押韵。从贾母开始，随之薛姨妈、湘云、宝钗、黛玉都依序答令之后，迎春是第一个因为错韵受罚的，因为她对"左边'四五'成花九"一句答以"桃花带雨浓"。为什么说迎春错韵了呢？根据鸳鸯当时所出的一副牌，乃上四下五共九点，点色为上红下绿，故牌名叫"花九"，迎春作为答令的人要找出一句诗词或成语，其中的最后一个字必须和"九"押韵。但"九"和"浓"并不押韵，所以众人便立刻说道："该罚！错了韵，而且又不像。"其中的"又不像"是何意呢？那就是指迎春所说"桃花带雨浓"的画面与"左边'四五'成花九"那一副牌的点数及颜色所呈现出来的形象并不吻合。由此可见，行酒令这项娱乐游戏非常考验临场的急智、个人的诗词素养以及丰沛的联想力，稍有不逮便会立刻败下阵来。

就这点来说，迎春的表现事实上还不如身为乡下老妪的刘姥姥，刘姥姥无论是以"大火烧了毛毛虫"回应"中间'三四'绿配红"，还是用"一个萝卜一头蒜"答对"右边'么四'真好看"，虽然两句的用词都很不文雅，根本是粗俗的大白话，但却至少押韵，并且在形象的联想上也颇为贴切："中间'三四'绿配红"的点色为上绿下红，她分别以"火"和"毛毛虫"比喻红色的四点及绿色斜排的三点；而"右边'么四'真好看"的点色皆为红色，所以刘姥姥就以"一个萝卜"代指"么"这个红色的一点，并用紫皮多瓣的"蒜"形容红色的四点。从中即显示出刘姥姥的聪明机智，纵使她无法像黛玉等人那般运用典雅的诗词来答令，但却能够在短时间内掌握到该酒令原则中的精髓，并且操作得八九不离十，则与之相比，迎春不免显得格外逊色。再看迎春错韵受罚时只是笑着饮了一口的反应，可谓与第二十二回的猜灯谜如出一辙，对此一简直比初学者还逊色的严重疏失，她也是毫不介意的样子。

当然，我们也可以为迎春做一点辩护。先前凤姐和鸳鸯为了看刘姥姥的笑话，故意给她一双很重的筷子让她用来夹鸽子蛋吃，因此导致了刘姥姥夹不住鸽子蛋并满碗乱闹的搞笑模样，同样是为了要听刘姥姥的笑话，所谓"原是凤姐儿和鸳鸯都要听刘姥姥的笑话，故意都令说错，都罚了"，迎春之所以错韵或许是出于此因。但即使如此，在场的诸钗中并没有人愿意配合，因为谁都不想当众出丑，唯独迎春顺应这个要看刘姥姥笑话的氛围而故意说错，单就这点而言，无论迎春是否有意，她这种让自己当场出丑丢脸的方式即属于极度取消自我的表现。倘若她是无意的，那便证明了她在诗词方面的逊色，甚至连最基本的押韵都做不到；如果她是故意的，则说明了迎春确实缺乏自尊心，她不仅没有与人争强的欲望，还失去了维护自我尊严的人性追求，才会愿意做出如此的牺牲。

再看第三十七回大观园中首度成立诗社时，李纨自己承认："我和二姑娘四姑娘都不会作诗，须得让出我们三个人去。我们三个各分一件事。"而当大家纷纷取别号之际，对于李纨提出"二姑娘四姑娘起个什么号"的询问，迎春的回答亦是："我们又不大会诗，白起个号作什么？"因此，当李纨建议迎春、惜春担任负责行政工作的副社长之职时，两人都乐于接受："迎春惜春本性懒于诗词，又有薛林在前，听了这话便深合己意，二人皆说'极是'。"由此可见，这个诗社的成立是有竞赛性质的，每个人的诗作都会被其他成员评比高下，对于不擅长诗词创作的迎春而言堪称是难事，而李纨的建议恰好正中其无意作诗的心怀。

从这段情节可以看出迎春确实没有诗词方面的天赋，然而这并不是重点，关键在于后天的认知与努力何在，可是迎春尚未尝试便直接承认自己没有才能，然后也顺理成章地放弃努力。在整部小说中，除第二十二回的灯谜诗之外，迎春唯一的作品仅见于第十八回元妃回府省亲时，受皇妃御令"妹辈亦各题一匾一诗"而作的匾额"旷性怡情"以及相配合的一首绝句。皇妃的命令是不能违抗的，所以众姊妹都必须根据大观园的重要景点和特定建筑题匾额并写诗，而迎春所写的诗实在是"其貌不扬"，诗中竟然明白坦言"奉命羞题额旷怡"，"羞题"一词不仅是过于谦逊，甚至可说是把自己贬低至毫无尊严的地步。

对此，与其说迎春的自尊已经超越了输赢荣辱，倒不如说她严重缺乏自我肯定与个人实践的自尊心，因为她的性格还未成熟到超越人世间的计较，那得要更高的心智锻炼，所以她才会以取消自我存在感的方式让自己隐形于众人之间，化入环境的模糊背景中消失不见。而这也相对导致别人对她的忽视，如第四十九回李纨提议凑社，既赏雪作诗又为远道而来的宝琴等姊妹们接风，结果在估算诗社的花费分摊时，迎春便因"非战之罪"的"二丫头病了不算"而被直接跳过，不用出钱。最令人惊奇的是，素来把女儿视为"水作的骨肉"并珍而重之的宝玉，在探春惋惜迎春生病致使诗社成员不全时，竟然毫不在乎地说："二姐姐又不大作诗，没有他又何妨。"迎春简直是可有可无。

还有，第七十一回当南安太妃前来祝贺贾母生日时，特别问及贾家小姐们，贾母便回头命凤姐把史湘云、薛宝钗和林黛玉带来，接着吩咐"再只叫你三妹妹陪着来罢"，可见除了被贾母认证为出类拔萃的钗黛二人，以及豪迈直爽的史湘云，被叫上的只有敏智过人的探春，这说明了探春协理大观园的出色表现已让贾母刮目相看，所以她便具备与钗黛处于同一核心阵容的资格。这样的结果看在邢夫人眼里当然不是滋味，因为迎春与探春同为庶出，而探春的亲生母亲还是为人卑劣的赵姨娘，却只有探春获取了到南安太妃前露脸的机会，以邢夫人的眼光来看就是一种对迎春的否定："前日南安太妃来了，要见他姊妹，贾母又只令探春出来，迎春竟似有如无。"因而心生不满。可见迎春这种无关紧要、无足轻重的存在感更从特定的诗词领域扩及整个生存范围，形同全面抹杀。

"脸软怕人恼"

迎春如此之自贬自轻，这样的病态人格也会产生避免批评他人，躲避争吵与竞争，表现得对任何人都有益的情况，最鲜明突出的例子便是第七十三回"懦小姐不问累金凤"这段情节。当时迎春的丫鬟绣桔向她提及预备中秋节要戴的攒珠累丝金凤不翼而飞，"回了姑娘，姑娘竟不问一声儿"，可见迎春为了避免争吵而一味姑息养奸的做法，已经导致了房内出现偷盗之事。绣桔为此气急败坏，因为她担心小姐身边饰物的遗失一旦被贾母、王夫人发现，会怪罪于她们丫鬟保管不当，所以她非常着急要查个水落石出，并一针见血地指出迎春的纵容姑息是出于"脸软怕人恼"。

对于绣桔执意将此事上呈至王熙凤的仗义行为，迎春反倒连忙拦住说："罢，罢，罢，省些事罢。宁可没有了，又何必生事。"迎春毫无底线的退让终于令绣桔也忍不住生气地说："姑娘怎么这样软弱。都要省起事来，将来连姑娘还骗了去呢。我竟去的是。"而此话可谓一语成谶，因为迎春最终的结局确实是被贾赦安排嫁给好色残暴的孙绍祖并惨遭对方折磨吞噬，真是可悲可叹！大家必须铭记这位悲剧人物所提供的惨烈教训：凡事纵容退让，只会让别人对你越发得寸进尺，你的损失和悲痛并不会有人在乎，在他人永无止境的索取之下，到最后只会白白葬送了自我。

在这段情节里最值得注意的是，迎春乳母的子媳王住儿媳妇想要逼迫迎春为其因聚赌而被罚的婆婆讨情，便捏造假账，以平日为主子赔垫钱财这一点向绣桔威胁道：

> 姑娘，你别太仗势了。你满家子算一算，谁的妈妈奶子不仗着主子哥儿多得些益，偏咱们就这样丁是丁卯是卯的，只许你们偷偷摸摸的哄骗了去。自从邢姑娘来了，太太吩咐一个月俭省出一两银子来与舅太太去，这里饶添了邢姑娘的使费，反少了一两银子。常时短了这个，少了那个，那不是我们供给？谁又要去？不过大家将就些罢了。算到今日，少说些也有三十两了。我们这一向的钱，岂不白填了限呢。

当迎春听见王住儿媳妇"发邢夫人之私意"便止之曰："罢，罢，罢。你不能拿了金凤来，不必牵三扯四乱嚷。我也不要那凤了。便是太太们问时，我只说丢了，也妨碍不着你什么的，出去歇息歇息倒好。"而所谓的"发邢夫人之私意"究竟是什么意思呢？原来，固然乳娘和她的媳妇这一家人占尽了迎春的便宜，但另一方面她们也的确受到了邢夫人的克扣，所以就把这笔账转移到迎春身上了。

王住儿媳妇的这番话即表示，她们并非为了占迎春便宜才去偷累金凤，实际上她们也有一些损失，因此需要依靠这些来赔补。身为局中者的迎春立刻就知道事情的关键又涉及邢夫人不可告人的隐私，她作为晚辈，认为自己不应该把长辈卷入是非的旋涡中，使之成为被大家主持正义时议论甚至讨伐的对象，所以她连忙止住绣桔与王住儿媳妇之间的争辩，并吩咐绣桔倒茶来。迎春这般作为已经不完全是她不想与人争吵、一味取消自我而已，其真正的目的是为了维护嫡母邢夫人的尊严，可见即使邢夫人不爱她、冷落她，她依旧真心孝顺这位嫡母，这正是其善良性格之所在。最有意思的是，当决心向凤姐报告累金凤遗失的绣桔以及坚持维护自身不当权利的王住儿媳妇两人闹得不可开交，甚至连生病的司棋也忍不住起身前来帮绣桔问责王住儿媳妇之际，迎春的反应是"劝止不住，自拿了一本《太上感应篇》来看"，又是一副无能为力便放弃不管的消极态度，而此处出现的《太上感应篇》堪称是理解迎春的信念与价值观的关键书籍。

在这场吵吵嚷嚷的闹剧中，探春与几位姊妹因为担心迎春会为了乳母被罚而难过，便相约前来安慰她，刚好目睹了仆人凌驾于主子之上的不堪场面，于是探春挺身而出替迎春主持公道，要把王住儿媳妇叫进来盘问，但迎春却阻止道："你们又无沾碍，何得带累于他。"其息事宁人及尽力回护的态度跃然可见，后来纷扰扩大到已经回护不得，便索性自我取消不加闻问，当下"只和宝钗阅《感应篇》故事，究竟连探春之语亦不曾闻得"。由此可见，迎春对于绣桔、司棋与王住儿媳妇三个人的争吵，以及探春的主持公道都是一副置身事外、与我无关的状态，直到也被这场纷扰惊动而来的平儿询问她究竟应该如何收场时，迎春终于表态道：

> 问我，我也没什么法子。他们的不是，自作自受，我也不能讨情，我也不去苛责就是了。至于私自拿去的东西，送来我收下，不送来我也不要了。太太们要问，我可以隐瞒遮饰过去，是他的造化，若瞒不住，我也没法，没有个为他们反欺枉

太太们的理，少不得直说。你们若说我好性儿，没个决断，竟有好主意可以八面周全，不使太太们生气，任凭你们处治，我总不知道。

这简直是以"不作为"为"作为"，以"没决断"为"决断"，哪里是处事之道！对于迎春这种委曲求全，只要能让长辈们不生气，连自己的切身权益都可抛弃的性格，大家也是感到不可思议，所以在场的林黛玉忍不住嘲笑她是"虎狼屯于阶陛尚谈因果"，当老虎、豺狼聚集在家门口的大难临头之际，却还在谈论人世间自有因果报应的道理，可见迎春的反应完全不知轻重、不切实际！

我们可以进一步注意到，于这一场"累金凤"事件中，从作者与其他相关人等的描述，诸如"竟不问一声儿""劝止不住""不能辖治""若有不闻之状""不曾闻得"，到迎春自己的用语，包括"他不听也无法""宁可没有了，又何必生事""没个决断""我也没什么法子""我也不能讨情，我也不去苛责就是了""至于私自拿去的东西，送来我收下，不送来我也不要了""若瞒不住，我也没法""任凭你们处治，我总不知道"，每一个句子都带有一个否定词。否定词在语法修辞学上是一种情感抑制和生存极限的标志，而在迎春的惯用语里频繁出现的否定词，全都是用以否定自身的主体意志、能力与权益，并导致个人存在的架空，尤其是她前后两度一连说出的"罢，罢，罢"三字更堪称是其中之最。

从心理学的角度来看，迎春这种"消极的自我概念"还可以通过"低自尊与欺负"的关系获得清楚的解释。伊安（S. K. Egan）和佩里（D. G. Perry）两位西方研究者表明，自尊心较低的儿童反倒会常常受

到别人的欺负，因为这类型的人对于别人的侵犯不加反击，所以无形
中便会传达出一种邀请别人欺负自己的讯息；受欺负会严重削弱儿童
的自尊心，也降低儿童的自我评价或自我价值感，而吊诡的是，这种
消极的自我概念又使儿童陷入了受欺负的恶性循环中。所以迎春之不
幸在于：虽然她努力地缩小自己的存在，但仍然未能达成置身事外的
卑微心愿，因为她会陷入另一个受欺负的恶性循环里，导致她最终唯
有以死来作为这个恶性循环的了结。

卑弱的女性意识

这就是可怜的迎春的悲剧。何以她会一直陷在恶性循环中不可自
拔呢？她对世界的认知和思想根据又是什么？我认为迎春在面对纷扰
时，下意识会去阅读的《太上感应篇》是一个值得好好研究的课题，
相关的红学论著却鲜少针对此书去探讨迎春的思想，而我经过一番分
析后发现，支持迎春如此极端善良背后的思想根据之一就是《太上感
应篇》。

迎春的病态依顺型人格，使她做出一般人都实在难以接受的自我
否定行为，其实并非天生自然的表现，而是有两种思想根据在背后给
予支持。那么迎春于意识层面上自觉地加以依循，并用以合理化此一
依顺性格的价值观究竟是什么呢？我认为迎春的思想根据，主要就是
卑弱的女性意识以及被曲解的善书功过观。

先以卑弱的女性意识来说，自汉代以来阳尊阴卑的世界观里，由
阴阳、乾坤、男女彼此互相协调所形成的整体系统中，女性本来即处

在比较弱势的地位，再加上置身于女性以卑弱为美之性规范、性地位的环境中成长，也导致她们很容易因耳濡目染而养成了比较柔弱、卑微、低下的性别气质。

迎春弱化的女性意识主要体现于第七十三回"懦小姐不问累金凤"这一段情节里。当时紫菱洲已经陷入刁奴胡作非为、欺压主子的混乱情况，迎春身为在场目睹一切的当事者，却依然是一副局外人不问世事的态度，于是林黛玉不禁嘲笑道：

真是"虎狼屯于阶陛尚谈因果"。若使二姐姐是个男人，这一家上下若许人，又如何裁治他们。

"虎狼屯于阶陛尚谈因果"这个典故来自南朝梁武帝萧衍，他在朝廷发生叛乱之际仍然沉迷于谈经论佛的故事，意指不切实际的行为。虽然佛教能够为我们带来因果轮回、善恶报应的信仰支持，但是在现实世界里遇到紧急、重大的危机时，根本不可能仅仅依靠因果报应的信念去化解，毕竟善恶果报是一种需要用整个生命或个人的一生来呈现的因缘际遇。因此，林黛玉才会以梁武帝不切实际的荒谬行径来比喻迎春在面对刁奴争闹时，却选择消极退缩的匪夷所思之举。

接着，黛玉所说的"若使二姐姐是个男人，这一家上下若许人，又如何裁治他们"，其中涉及明确的性别区划。男性在"男主外、女主内"的性别分工之下，被赋予了齐家治国的责任，即所谓的"裁治""这一家上下若许人"，假设迎春是个男人，其懦弱无能的表现一定会导致家族混乱不堪，因为她根本无法拿出权威来规范家内上下，也欠缺治理繁杂家务的才能。实际上，黛玉这番嘲笑说得比较曲折含蓄，因为迎春的"无能裁治"还可以通过她是身为弱女子的性别角色加以合理化，但如果她真是个男人，则必然会造成重大的家族问题，所以黛玉的言外之意也等于承认所谓的"裁治一家上下"是属于男性的职责。

在此必须做个补充，一般都误以为王熙凤于贾家大权在握，其实这是一个不正确的判断，严格来说，王熙凤只是贾府里男性家长的家内代理人，他们基于"男主外"的社会原则而分身乏术，于是把家务交给长年日夜居住在闺阁内的女眷。如果男性家长不予追究，身为代理人并掌握家务权的女性家长当然可以呼风唤雨，但这不表示她是真正的权力根源，在遇到重要决策或重大事件乃至非常状况之际，她仍然必须向男主人报告并取得同意，而不能擅自主张。譬如第二十二回中，王熙凤特地探问如何为宝钗庆祝十五岁生日，贾琏回应以"往年怎么给林妹妹过的，如今也照依给薛妹妹过就是了"，凤姐便解释说这个生日不比平常，又有贾母出资以示隆重，所以必须异于常规，此时就得向贾琏禀报了。可见"裁治家务"仍是男性家长的职能所在，而与黛玉间接承认男人才是真正裁治一家上下之权力者的说辞相互呼应。

同样地，迎春对于黛玉的话也欣然同意道：

> 正是。多少男人尚如此，何况我哉。

其中显示迎春不仅认同男人确实是有权裁治家务者的观念，同时还以女性在性别气质、性别地位和性别角色上的弱势属性来合理化自己的无能裁治，所以才会这般自我辩护。不过，迎春认定自己是女流之辈，而理所当然地置身于家务事之外的想法是不正确的，因为即便是女性，在家里也必须承担一些治理的责任，以紫菱洲这一处来说，迎春就是唯一的主人，理应负起裁治之责，但她却片面地用女性身份来合理化自己的无能，而导致严重的混乱，所以在场的人听了都忍不住感到好笑，包括平儿，毕竟以她的主子王熙凤来对比，便清楚反衬出迎春的荒谬透顶，王熙凤也是个女人，却把家务料理得井井有条，让男人都倒退一射之地，足见性别本身并不是理由。由此可知，迎春的这番回应虽然简短，却直接透露出她的价值观和某些信仰。

其实，迎春的怯懦柔弱不仅在此处得到印证，再看第二十二回里，众人于元宵节制灯谜取乐，迎春所作的谜面也已经预示其一生纷乱的遭际。固然读者对于这些灯谜所暗喻的人物命运比较感兴趣，但我更为好奇的是，究竟是怎样的性格特质会造成这样的悲剧命运。诚所谓"性格决定命运"，我们应该好好研究导致这些人物命运背后的性格特质，而迎春所作的灯谜诗便是发掘其中奥妙的关键。她的谜面文字是：

> 天运人功理不穷，有功无运也难逢。因何镇日纷纷乱，只为阴阳数不同。

这一首灯谜诗的谜底是算盘。当时贾政看了那些灯谜诗后，为其内容而感到"小小之人作此词句，更觉不祥，皆非永远福寿之辈"，以致"愈觉烦闷，大有悲戚之状，因而将适才的精神减去十分之八九，只垂头沉思。……回至房中只是思索，翻来覆去竟难成寐，不由伤悲感慨，不在话下"，由此可见，迎春的谜底"算盘"亦属于不祥之物。

因为算盘的"打动乱如麻"暗喻着两个最悲哀的特质：其一，个人的命运不由自主，完全被别人拨弄主宰；其二，不仅自己的人生被他人所操控，生活还充满了各式各样的纷扰动乱。所以，算盘的这两个特征便是对迎春之命运的象喻化写照，她毫无底线地顺从权威或社会主流，将自己的命运交给别人来决定的性格即宛如算盘一般，这么一来，除了在王夫人身边的日子以外，她诚然只能活在"心不净"的生活环境里。

不仅如此，这段情节的安排还另有玄机，从脂砚斋对这首灯谜诗的批语："此迎春一生遭际，惜不得其夫何。"便再度印证了算盘的"打动乱如麻"乃其"一生遭际"，遇人不淑不过是她最终也是最严重的致命一击，恰恰与黛玉的"虎狼屯于阶陛尚谈因果"共同概括了迎春整体纷扰的人生。台湾有句民间俗语说"女人是油麻菜籽命"，以油麻菜籽被风吹到哪里就落脚在哪里的特征作喻，倘若掉入池塘里，便会淹死；如果落在泥泞里，大概一辈子都被污染。当一名女子不幸嫁给无法善待和爱护自己的丈夫，则她的命运基本上就注定要被对方所操控。即使贾府这种贵族世家，在不平等的性别结构之下，他们对于女儿婚姻的悲哀命运也同样无能为力，可说是令人感慨万千。当然，迎春在写这一首灯谜诗时并不知道自己将来的命运如何，只是源于其性格倾向才自然地选了一个相应的物件作为谜底，而这个物件的存在特质确实和她的生活遭遇有所共鸣。

最重要的是，这首灯谜诗里的"因何镇日纷纷乱，只为阴阳数不同"也透露出迎春的另一套人生信念，因而甘于接受这种"镇日纷纷乱"的受欺现状，并以"阴阳数不同"作为一切纷扰的开脱之由。其中，"阴阳"二字并不单单只是指算盘上不同栏位的珠子，作为迎春人生之双关暗喻，显然"阴阳"对应的是男女性别，"阴阳数不同"意指男女具有不同的命数。由此可见，迎春的意识层面上带有一种男女本来就应该拥有不同命运的信念，男性必须承担"齐家、治国、平天下"的重责大任，也拥有主导的权力，身为女性的她只要扮演好柔弱无能的角色即可，可见她是用性别的差异来合理化其"镇日纷纷乱"的处境。

于是，这便顺理成章地与第七十三回紫菱洲被侵门踏户，导致伦理秩序颠倒混乱的情节相互呼应，既然在迎春的思想认知里，基于自己女性的身份所导致的纷扰人生再也没有改变的可能，所以一旦面对无法解决的争执时，她索性选择放弃裁治下人的权力。总括而言，这两段情节都提供了迎春思想价值观的一个原则所在，即卑弱的女性意识，只不过从当时的性别差异观念来看，迎春此一思想价值观并不特别，甚至可以说是相当普遍，无论是林黛玉还是曾表示"女子无才便是德"的薛宝钗（俱可见第六十四回），也都同样接受男尊女卑的性别规范。

善书《太上感应篇》

更必须了解的是，迎春的极端性格除了由卑弱的女性意识所支持，此外还包括了曲解的善书功过观。要知道，贾府这等诗礼簪缨之族非常重视教育，子孙都是饱读诗书的，虽然迎春的文艺才能不高，但并不代表她完全没有读书的习惯，而作者在整部小说中则只提到迎春所读的是《太上感应篇》。这当然不是迎春唯一所读的书，却属于小说中迎春唯一仅见的读物，显然这本书对迎春意义重大，也是理解迎春价值观最关键的线索。

在第七十三回里，迎春的首饰累丝金凤被奶娘一家偷盗而遗失，丫鬟绣桔和病中的司棋为此与王住儿媳妇对质以讨回公道，三人便争吵不休：

> 迎春劝止不住，自拿了一本《太上感应篇》来看。三人正没开交，可巧宝钗、黛玉、宝琴、探春等因恐迎春今日不自在，都约来安慰他。走至院中，听得两三个人较口。探春从纱窗内一看，只见迎春倚在床上看书，若有不闻之状。探春也笑了。小丫鬟们忙打起帘子，报道："姑娘们来了。"迎春方放下书起身。……当下迎春只和宝钗阅《感应篇》故事，究竟连探春之语亦不曾闻得。

从中可见迎春选择以逃避的方式，即"倚在床上看书"来"处理"她无法解决的纷争，而根据她一伸手便拿到《太上感应篇》的举动，可以推知此书确实是她居家日常翻阅的读物，这就符合了功过格体系鼓励士民将其放置于床边，以便每天睡前不忘记录善举恶行的精神。试观迎春在纷扰中依然淡定看书，对身边事物一概无见无闻的状态，即说明了《太上感应篇》是她面对难题茫然无措之际唯一依赖的心灵支柱。相较之下，迎春所喜好的"善书"明显迥异于其他金钗如黛玉之《西厢记》《乐府杂稿》，宝钗《历代文选》《不自弃文》和《寄生草》曲文，也与李纨的《女四书》《列女传》《贤媛集》有别。

在了解《太上感应篇》这部书究竟是怎么回事之前，我们首先必须懂得何谓"功过格"。所谓"功过格",是善书的一类,内容上包含了儒家的伦理思想、佛教的因果报应,以及道教的积功累德,属于一种非儒非道非佛、亦儒亦道亦佛的世俗化杂糅思想。之所以称其为"世俗化",理由在于儒、释、道三家本来都属于高妙、精微的思想,唯有头脑聪慧之人才能够辨析其中的真理,那些想要借由这三家思想以满足提升自我修养、获得心灵解救等各种需要的一般人,就只能将之世俗化,以便用比较浅易的方式去理解它们。功过格截取一些儒释道相通的地方,然后把它们杂糅在一起,而形成各种清单和准则,教导读者如何以一种格式化的方式计算其行善犯错所累积的得失。美国汉学家包筠雅(Cynthia J. Brokaw)认为,这类书籍是明清社会之道德秩序的支持与反映。

最著名、风行的功过格善书就是《太上感应篇》,又称为《太上老君感应篇》,简称《感应篇》,作者不详,最早大概出版于南宋1164年,内容主要抄自《抱朴子》《易内戒》《赤松子经》等道教经书。整篇大约一千两百字,以"祸福无门,惟人自召;善恶之报,如影随形"这十六字箴言为总纲,意思是一个人要为自己的行为负责,因为命运完全是由自己决定的,而所做的任何事情都会伴随着因果报应。这个纲领告诫人们,想要追求长生多福就必须行善积德,并具体列举了二十多条善举、一百多条恶行作为标准。比如做了某种善事便能得到几分,而出现恶行则会被扣分,以此类推,这么一来,信徒便有很明确可以依循的项目和数字,每晚就寝前把功过格拿出来一一比对,根据所得分数即可轻易地判断出自己未来的福祸遭遇。最有趣的是,显然其中列举的恶行比善举来得更多,这也说明了比起行善,人性确实更容易为恶。

从南宋初年以来，《太上感应篇》乃是所有关于道德教训的善书中最受推崇的一部，则它会成为迎春的必读之书也是有迹可循的。这类书之所以被称为"劝善书"是取自该书宣称的"诸恶莫作，众善奉行"，而传布这本书亦被视为一种宗教责任，也就是说，作为一个信徒不仅要好好地遵循、实践书中的教导，还得尽力去推广此书，这和基督徒热衷于传教有些许异曲同工之妙。因此，始于16世纪的善书运动在17至18世纪达到了高潮，恰恰18世纪就是曹雪芹所生活的时代，以《太上感应篇》为首的善书多不胜数，其流通以明末清初为顶点，在当时形成一个极盛状态。根据20世纪早期所做的一项估计，《太上感应篇》的版本可能比《圣经》或莎士比亚剧作的版本更多。

从各种现象来看，《太上感应篇》绝非在《红楼梦》中偶然出现的一部名不见经传的小书。它以通俗的方式确立了功德积累体系的基本原则，在其问世不到十年便出现的姊妹篇《太微仙君功过格》，则为功德积累的确切实行提供了精确的指南，使用者可以按照它所提供的善恶标准为自己的日常行为打分数，从而计算出功德分。总的来说，《太上感应篇》和《太微仙君功过格》会如此风行的一个原因就在于：这类书籍为那些因命途多舛或生活不顺而感到茫然无措的人们提供了具体的生活指标，使他们相信，一个人能够通过控制功过体系而在更大程度上掌握自己的命运，如此一来，原本抽象玄妙、遥不可及的"命运"就变得具象、明确且伸手可及，就像现今的宗教信徒坚信积极为善便可在辞世后到达天堂或极乐净土一样。

因此，我们便不难理解为何在明朝灭亡以后，《太上感应篇》《太微仙君功过格》《文昌帝君阴骘文》等典籍往往成为知识分子心灵救赎的读物，而《太上感应篇》甚至在清代重印了无数次。最值得注意的是，根据郭立诚的研究，该书是帝制时代晚期对妇女最具影响力的书籍，则迎春会成为这类善书的信徒也就不足为奇了。

功过格

进一步言之，迎春之所以深受该类善书的影响，应是被功过积累思想的几个主要特质所吸引：其一，它的因果报应于很大程度上是在家庭制度的环境下运作的，诸如孝顺家长、友爱兄弟等，尤其对于那些大门不出、二门不迈的女性而言，家庭就是她们的全世界，迎春当然也不例外，更何况她是个彻底接受弱化女性意识形态的女子；再者，功过的积累不只是为了建立未来的幸福人生，事实上还可追溯至过往，即个人实际上也继承了祖先积累的功过。而大家可别忘记，在那场遗失累金凤的纷争中，迎春真正想要维护的对象是那位造成她痛苦人生的尊长——邢夫人，迎春的善良导致她依然愿意去保护一个冷落忽视自己的嫡母，而功过格便为她的思想依据提供了极为重要的支持力量，让她深信她的一切努力不仅可以为自己积德，甚至能够福荫长辈，减轻其所累积的罪愆。

其二，一个信仰者必须遵循传统美德如忠、孝、仁、爱等，而这些美德与其作为儿子、丈夫、妻子、官员等的社会角色是息息相关的。这是因为传统美德本来就是建立在"君臣有义、父子有亲、夫妇有别、长幼有序、朋友有信"的五伦基础上，所以每个人在扮演不同的伦理角色时，即应该具备与身份相应的德行，譬如作为儿子便该孝顺父母长辈，身为人臣则须忠君爱国等。迎春身为邢夫人的晚辈，其极力维护嫡母之不堪的举动在旁人眼中看来实属愚孝，但在迎春的心中却是相当于实践了孝顺长辈这一传统美德。

最重要的是，为什么善书会那么吸引人，甚至这种风潮还演变成一个大规模的善书运动呢？这就与其第三点特质"控制和改善命运"密切相关，因为乍看之下，它确实为人们提供了控制和改善命运的超乎寻常的办法，即通过功过格计算功德分的法则，人们便能够将命运掌握于手中，而不必做出太多辛苦的道德努力，只要在行为上达到想要的效果即可。但是问题在于它并没有涉及一些根源的道德问题，纯粹只是向信仰者许诺，只要按照这个尺度去执行，便可以控制和改善自己的命运，因此倘若信仰者最终的命运不仅未能改善甚至变得更加糟糕，反而会导致他们的精神崩溃。

总括来说，"功过格"为终其一生安顿于家庭中的迎春提供了安身立命的具体方向和理由，按前述所言，她毫无底线的依顺、退让可以借此被视为行善积功的方法，以维持家族的和谐稳定。再从《周易》所言"积善之家，必有余庆；积不善之家，必有余殃"此一广为后世功过格书籍所引用的现象可知，其中确实蕴含着一种以宗族、亲族为单位的"承负观"。"承负"二字即承受、背负，意指行善或做恶的人，他本人这辈子或其子孙都要承受和负担所行善恶的报应，而这是在传统儒释道思想中都可以找到的概念。此外，明朝袁了凡写给儿子的《了凡四训》作为中国历史上第一本具名的善书，其中所提出的"积善之方"，即包括"与人为善""成人之美""敬重尊长"等符合传统美德的项目，具体做法则含括"见争者，皆匿其过而不谈""见人过失，且涵容而掩覆之"，这种避免与人争吵以及为他人隐匿过错的行为，都清楚体现在迎春的行为模式上。

尤其是，迎春这种病态顺从到了自我贬抑的极端表现，其本质颇为接近道教"涂炭斋"的悔罪仪式，该仪式以黄泥涂抹于额头并反手捆绑自己，跪拜在室外忏悔，颇有贬低自己的意味。从南朝刘宋时期一位道士陆修静撰写的《洞玄灵宝五感文》所说的"积学自济，能及有益，先报我亲"，可见信仰者日常积累学问知识不仅是为了自己，最重要的是为了无数还健在的父母、兄弟、表亲以及已经逝去的祖先，这才是"涂炭斋"背后真正诉求的对象。因而在"涂炭斋"里，他们所面对的问题已经不是西方基督新教意义上那种个人的自我忏悔，反而是个人促使自己成为宗亲家族的代表，将家族成员的集体罪愆引为己任，然后向他们提供自己的功德善业，作为回馈。

如此说来，或许可以意识到道教"涂炭斋"背后的意义，其实与功过格非常相似？而在迎春身上也有类似的诉求。固然王住儿媳妇所捏造的欠款三十两，乃是栽赃于迎春的假账，但迎春之所以愿意承担，而不惜以累金凤作为牺牲品，正是出于维护邢夫人所致：

> 迎春听见这媳妇发邢夫人之私意，忙止道："罢，罢，罢。你不能拿了金凤来，不必牵三扯四乱嚷。我也不要那凤了。便是太太们问时，我只说丢了，也妨碍不着你什么的，出去歇息歇息倒好。"

迎春选择息事宁人的作为相当于把嫡母邢夫人的罪愆当作自己的责任，所以她才不与王住儿媳妇争辩，避免邢夫人的不堪被揭露出来，并希望通过自己的辛苦退让所获得的功德积分，最终能够回馈给家人。其中的心态已经不只是一般的孝道而已，更带有以宗亲家族为单位的承负观，也就是说，既然父母贾赦与邢夫人都属不堪之人，迎春唯有牺牲自己来背负家族的罪过祸福，以便最终能够达到解罪的目标。倘若迎春未能够及时阻止王住儿媳妇揭发邢夫人的不堪之事，按照功过格的概念，她的功德积分不仅会被扣除，而且无法消除其嫡母的罪愆，这也一定程度上合理解释了为何迎春的依顺会达到如此病态之程度。

就善书的第三个特质"控制和改善命运"而言，迎春所读《太上感应篇》之"祸福无门，惟人自召"，以及《太微仙君功过格》之"自知罪福，不必问乎休咎"、《了凡四训·立命之学》之"命由我作，福自己求"，都提供了命运自主的保证，如此诱人的说法自然吸引不少信徒，让他们对自己未来的幸福产生期待而充满信心，但这却容易导致他们"进退有命，迟速有时，澹然无求矣"，即落入不问世事的宿命格局，这一点同样也清楚地反映在迎春的理念中。这类人以澹然无求的心态面对世界，既不求改造，也不要革命，更不会去抗议任何事物，他们认为现在的幸与不幸都是祖先功过的影响，因此对凡事只有接受而不反抗。

从这种种现象来看，迎春从《太上感应篇》里所得到的精神力量、一种信仰的保证，乃至于变成她所信赖、依从的处事原则，我们都必须要回归到功过格的思想来理解。既然善书在明清之际备受推崇，那么这一类的功过格到底又存在着什么问题呢？美国汉学家包筠雅指出，虽然功过体系表面上是肯定命由自主，个人可以控制和改善自己的命运，但吊诡的是，其复杂的规则以及组织和运作上的漏洞，最终居然暗示了个人对其命运的掌握实际上存在着一些严重的、不完全可知的局限，而导致如下结论：个人行为绝对不是命运的唯一尺度。由此看来，功过格的本质可说是自我矛盾的。

令人十分惊异的是，就这一点而言，虽然迎春毫无个性才能，但并非一般无知盲从的愚夫愚妇，她实际上已经清楚意识到其中的问题。上文提到第二十二回迎春所作的灯谜诗，谜面是：

> 天运人功理不穷，有功无运也难逢。因何镇日纷纷乱，只为阴阳数不同。

此诗的后半段为迎春以卑弱的女性意识来合理化自己的无能提供了说明，而前半首则反映出迎春对于命运问题的诠释。所谓"天运人功理不穷，有功无运也难逢"分别显示了"天运"与"人功"之间复杂多端的关系，以及"人功"的有限，因此超越现实力量的天道运行与人为的努力之间是"理不穷"的，并非简单的一句"人定胜天"就能解决。人定未必能胜天，所谓"有功无运也难逢"便指出即使付出巨大的人为努力，也不保证可以改变命运。这首灯谜诗证明了迎春清楚知道"个人行为绝对不是命运的唯一尺度"，她并非对《太上感应篇》所隐含的理念缺陷和漏洞毫无所知。

足见迎春虽然平庸懦弱却并不愚蠢，当她在进行功过实践时，其实也了解命运的掌握除了个人的作为之外，还包含了天运以及各种复杂的因素。可是最微妙之处即在于：纵使她明白"有功无运也难逢"的道理，却依旧选择了尽人事、听天命，而所尽的人事又是采取抹杀自我来积攒功德的方式，结果便会沦为浅薄的、骗人的且最终是"毁灭性"的"善"。而迎春的"善"也果然让她断送了自我，最终失去了最宝贵的生命，由此证明了功过格的危害之大。

另外一个更大的问题是什么呢？根据包筠雅的研究，明清时期在善书大行其道的社会状态下，也出现了许多功过格的反对者，他们担忧的是功过格那种诉诸外在行为的算术式道德实践，把个人的行为肢解成可以计算的项目，无法从根本的内在德性提升来解决个人的问题，导致所鼓励的只是一种不完整的、零碎的、对枝节的改良，而回避了真正严肃的自我修养问题。例如，与长辈说话时语气温和，即使生气也不直接表达出来，当然属于正面的做法，可这只是枝节的、表面的呈现，最重要的应该是从内心去体认某个道理，于更深层的地方改善自己的人格特质或是对人际关系的认知，然后再达到反应方式的调整改正，而不是仅仅用外在的行为表现逐个去解决。

因此，功过格的算术式道德实践导致肤浅的、骗人的且最终是"毁灭性"的"善"，这才是功过格真正的致命之处。包筠雅的总结恰恰印证了迎春悲惨的命运，虽然她为人善良，也为此做出许多努力，但遗憾的是她不仅没有达到真正的"善"，反而走向自我毁灭的结局。换句话说，无论迎春再怎么努力去控制和改善命运，她都不能够消解家族成员的罪愆，这么一来，我们真正该深思的人生议题其实是如何要求自己以实践道德自主，而不是去担负别人的道德责任。

懦小姐不问累金凤

迎春的善良所带给她的毁灭，首次便出现在她尚未出嫁之前，因为"累金凤"事件而陷入纷乱不堪、争闹不休的局面。刁奴恶仆之所以会得寸进尺地犯上欺主，皆因他们都"试准了姑娘的性格"，"因素日迎春懦弱，他们都不放在心上"，"明欺迎春素日好性儿"，从中可见迎春的善良不但没有为她带来安宁的生活，反而成了刁奴恶仆拿捏、要挟、伤害她的把柄。迎春这类由着人家欺负她的病态依顺性格，除了有心理学所提出的可能肇因之外，《太上感应篇》背后的一整套思想体系也对她的一生影响深远。

随着大观园生活逐步走向后期，伦理秩序的瓦解开启了大观园自我毁灭的序幕。以怡红院为例，第六十回写赵姨娘忿忿闯入怡红院，对芳官施以言语羞辱再加两个耳刮子，致使不甘受辱的芳官也撒泼哭闹起来，当时场面乱成一团，晴雯道出了一句心声："如今乱为王了，什么你也来打，我也来打，都这样起来还了得呢！"而因主仆之间失去了应有的分际并形成"乱为王"的现象，最严重的地方莫过于迎春所住的紫菱洲。

在第七十三回里，王住儿媳妇为了求迎春帮忙她婆婆（也就是迎春的乳母）讨情，便直接登堂入室，走进迎春房里捏造假账以威逼身为主子小姐的迎春，并对两个捍卫主子正义的丫鬟司棋、绣桔大嚷大叫；中途介入的探春招来平儿仲裁惩治时，自知理亏的王住儿媳妇为了先发制人，竟然赶上来抢先发言，完全视迎春、探春等主子小姐如无物，平儿便正色斥责道：

> 姑娘这里说话，也有你我混插口的礼！你但凡知礼，只该在外头伺候。不叫你进不来的地方，几曾有外头的媳妇子们无故到姑娘们房里来的例。

身为王熙凤之得力助手的平儿尚且得对这些少主们客气有礼，遑论只不过是最下层之仆役的王住儿媳妇？贾家婢仆众多，因此订立了一整套规矩以保证日常生活得以顺畅地运作，而这套规矩通过主从贵贱等级也反映在空间的区隔上，即身份越低，诸如无名无姓的老妈妈、小丫鬟、打杂的都只能待在屋外的檐廊下或是台阶旁，以便随时等候差遣。大丫鬟则因为贴身侍候主子小姐，所以能够进入房屋内部核心，其活动领域与主子小姐一样，但是像王住儿媳妇这种等级的仆人就只能在屋外活动，是不得越区的。

不幸的是紫菱洲一地的秩序荡然无存，所以出现王住儿媳妇任意逾越分际、破坏伦理秩序的行为，导致迎春的丫鬟绣桔也忍不住向平儿抱怨道："你不知我们这屋里是没礼的，谁爱来就来。"平儿便教训绣桔说："都是你们的不是。姑娘好性儿，你们就该打出去，然后再回太太去才是。"意指紫菱洲之所以陷入无序状态，身为丫鬟的绣桔也难辞其咎，应该负上一些责任，但平儿并未纯粹指责丫鬟们的不是，她还进一步指出了丫鬟们应有的自觉和实际该有的作为——"姑娘好性儿，你们就该打出去，然后再回太太去才是"。

其实，平儿这番话与之前邢夫人对迎春所说的"如今他犯了法，你就该拿出小姐的身分来。他敢不从，你就回我去才是"如出一辙。换言之，当主子小姐不能够施展权威时，服侍、辅佐她的丫鬟就要代其施行，之后还必须回报太太，以表示对更高权威的负责，这么一来，岂不就可以有效地平息"这屋里是没礼的，谁爱来就来"的混乱局面了吗？由此可见，绣桔还是不够能干，她并未在真正的关键之处发挥应有的作用，虽然她的观念端正清晰，却没有成为最好的辅佐人才，而平儿则展现了思虑周全的能力，难怪她会被精明厉害的王熙凤视为左右手。因此，当王住儿媳妇见平儿说出了如此中肯、犀利的话后，便红了脸退出去。

从这一事件的种种迹象，我们可以了解到迎春的一切思想、作为，甚至她背后的生存哲学，实际上就是通过卑弱的女性意识来实践其所信仰的功过格。

子系中山狼，得志便猖狂

迎春这种"病态之依顺"的性格，因为在原生家庭中尚有长辈的护佑和姊妹如探春的支援，还不至于出现毁灭性的后果，一旦她离开贾府嫁为人妇后，孤立无援的处境便会导致这个毁灭的趋势再也无法抵挡。

试看第五回的太虚幻境中，关于迎春的那幅人物图谶是"画着个恶狼，追扑一美女，欲啖之意"，其书云：

子系中山狼，得志便猖狂。金闺花柳质，一载赴黄粱。

配合《红楼梦曲》的曲文，我们便能更加形象地看到残害迎春的罪魁祸首"中山狼"，其恶形恶状是多么不堪：

〔喜冤家〕中山狼，无情兽，全不念当日根由。一味的骄奢淫荡贪还构。觑着那，侯门艳质同蒲柳；作践的，公府千金似下流。叹芳魂艳魄，一载荡悠悠。

判词和曲文里的"中山狼"典故出自明朝马中锡的《东田集》，书中根据古代传说，描写东郭先生救了中山国的一只狼，事后反而几乎被狼所吞吃，表达坏人恩将仇报的凉薄恶质，此处则是对迎春的丈夫孙绍祖形象化的暗示，并且还清楚地预告了迎春会在短短一年内被他折磨至香消玉殒的悲剧。

"孙绍祖"这个名字里的"绍祖"二字原有克绍箕裘之意，是古人注重家业传承的一种反映，但讽刺的是，孙绍祖此人却是个忘恩负义的"中山狼"。这一桩毁灭迎春一生的婚姻，是她不堪的亲生父亲贾赦所带来的灾难，在第七十九回中，作者描述道：

> 原来贾赦已将迎春许与孙家了。这孙家乃是大同府人氏，祖上系军官出身，乃当日宁荣府中之门生，算来亦系世交。如今孙家只有一人在京，现袭指挥之职，此人名唤孙绍祖，生得相貌魁梧，体格健壮，弓马娴熟，应酬权变，年纪未满三十，且又家资饶富，现在兵部候缺题升。因未有室，贾赦见是世交之孙，且人品家当都相称合，遂青目择为东床娇婿。亦曾回明贾母。**贾母心中却不十分称意**，想来拦阻亦恐不听，儿女之事自有天意前因，况且他是亲父主张，何必出头多事，为此只说"知道了"三字，馀不多及。**贾政又深恶孙家，虽是世交，当年不过是彼祖希慕荣宁之势，有不能了结之事才拜在门下的，并非诗礼名族之裔，因此倒劝谏过两次**，无奈贾赦不听，也只得罢了。

贾母并不喜欢迎春这门婚事，理由和贾政一样，而贾政之所以深恶孙家，原因并非出自贵族的傲慢成见，真正的关键在于对方虽然是世交，但却属于"家资饶富"的暴发户，他们和贾府建立关系的动机只是为了攀附贾家的势力，所谓的"彼祖希慕荣宁之势，有不能了结之事才拜在门下的"，与甄府那般"富而好礼"的"诗礼名族之裔"可谓天差地别。暴发户因为缺乏深厚的文化底蕴，所培养出来的子弟很容易不像深受诗书礼仪熏陶的贵族一样宽厚，如孙绍祖就是个骄奢荒淫又残忍霸道的人，正如迎春的判词和曲文所说的"得志便猖狂""一味的骄奢淫荡贪还构"。

只不过，既然贾母对于贾赦把迎春嫁给孙绍祖一事"心中却不十分称意"，为何她又不行使母权加以拦阻呢？如果我们仔细阅读便会发现，其实作者已经把贾母背后的思虑都交代得清清楚楚、一目了然，包括"儿女之事自有天意前因"的命定观，所以不刻意加以扭转，这一点是符合传统观念的。而更重要的是，贾母认为即使她去拦阻，恐怕大儿子贾赦也未必愿意听从她的劝告，毕竟这对母子之间是有心结的，在第七十五回阖家于中秋夜到大观园赏月之际，贾赦竟公然以"天下父母心偏的多呢"这种笑话影射贾母对他的冷落。

但在此必须申明的是，贾母的偏心并非来自不辨是非、盲目偏私，而是因为对贾赦的性格缺失确实洞若烛火，如第四十六回贾赦动念想要纳鸳鸯为妾，王熙凤对婆婆邢夫人转述道："平日说起闲话来，老太太常说，老爷如今上了年纪，作什么左一个小老婆右一个小老婆放在屋里，没的耽误了人家。放着身子不保养，官儿也不好生作去，成日家和小老婆喝酒。太太听这话，很喜欢老爷呢？"果然贾母听说以后，气得浑身乱战，犀利地指出贾赦的阴谋盘算是："外头孝敬，暗地里盘算。我有好东西也来要，有好人也要，剩了这么个毛丫头，见我待他好了，你们自然气不过，弄开了他，好摆弄我！"由此可见，深具识人之明的贾母不仅早已洞悉贾赦的为人，而且还敏感察觉到贾赦对她有所不满，所以在迎春的婚事上她也不便伸张母权，以免加深与贾赦之间的母子嫌隙。

再者，还有最关键的一个原因即古代婚姻讲究"父母之命、媒妁之言"，因此父母才是子女婚姻中最重要的主导者，而贾母正是顾虑到迎春的婚事乃"亲父主张"，合乎伦理，隔代的自己不宜越俎代庖，所以也采取退让的立场。基于这些原因，她对贾赦的报备唯有表示"知道了"，并不出手干预。身为迎春叔叔的贾政为这一桩婚事"倒劝谏过两次"，但贾赦还是固执己见，贾政无奈之余也只能就此作罢。

不幸的是后续情况都被贾政料中，第八十回迎春在惨嫁中山狼孙绍祖之后，一旦归宁贾府散心时，便忍不住在王夫人房中哭诉婚后的委屈与夫婿的不堪：

> 那时迎春已来家好半日，孙家的婆娘媳妇等人已待过晚饭，打发回家去了。迎春方哭哭啼啼的在王夫人房中诉委曲，说孙绍祖"一味好色，好赌酗酒，家中所有的媳妇丫头将及淫遍。略劝过两三次，便骂我是'醋汁子老婆拧出来的'。又说老爷曾收着他五千银子，不该使了他的。如今他来要了两三次不得，他便指着我的脸说道：'你别和我充夫人娘子，你老子使了我五千银子，把你准折卖给我的。好不好，打一顿撵在下房里睡去。当日有你爷爷在时，希图上我们的富贵，赶着相与的。论理我和你父亲是一辈，如今强压我的头，卖了一辈。又不该作了这门亲，倒没的叫人看着赶势利似的。'"一行说，一行哭的呜呜咽咽，连王夫人并众姊妹无不落泪。王夫人只得

用言语解劝说："已是遇见了这不晓事的人，可怎么样呢。想当日你叔叔也曾劝过大老爷，不叫作这门亲的。大老爷执意不听，一心情愿，到底作不好了。我的儿，这也是你的命。"迎春哭道："我不信我的命就这么不好！从小儿没了娘，幸而过婶子这边过了几年心净日子，如今偏又是这么个结果！"

从这段情节我们便能感受到迎春的痛苦，纵使归宁回到贾家，也必须等到孙家的婆娘媳妇们离开了，她才敢尽情向王夫人倾诉心中无限的悲哀。最值得注意的是，迎春说孙绍祖"一味好色，好赌酗酒，家中所有的媳妇丫头将及淫遍"，相较之下，即便贾府中最为好色的贾蓉，甚至是贾琏、贾珍都没有淫滥到这种程度，这更印证了暴发户与贵族子弟之间从教养上便确实存在着根本的差别。

迎春身为孙绍祖的妻子，为了尽到人妻的责任，故对于丈夫这种过度纵欲的行为好意地"略劝过两三次"，可是却因此受到丈夫的一顿痛骂羞辱，孙绍祖不仅颠倒是非黑白，还多次糟蹋、蹂躏好言相劝的妻子，把迎春当作抵押品般摧残，她的待遇甚至比粗使的丫鬟还不如。身为贵族世家的千金小姐，迎春在娘家贾府几曾受过那么恶劣的待遇！再者，孙绍祖话中的"好不好，打一顿撵在下房里睡去"恐怕也并非一时的口头威吓，从"一载赴黄粱""一载荡悠悠"等谶语可知，迎春这位柔弱的女子最终必然无法承受身心上的双重折磨，短短一年即殒命夭亡。

可叹的是，即使显贵如贾府，对于出嫁女儿的婚姻不幸也只能坐视而无能为力，所以面对迎春的哭诉，王夫人只能无奈地劝慰："我的儿，这也是你的命。"可这就等于否定了迎春对于福德合一的努力与期待，连带摧毁了其赖以为生的功过格信仰，这便是迎春立刻抗议"我不信我的命就这么不好"的原因。在婚后不幸并受到折磨的这样一个极端处境中，迎春似乎才第一次对自己的命运产生隐隐然的觉醒，并对过去耽溺于阅读《太上感应篇》的顺任心理发出质疑。

然而，当一个人意识到他从小到大这么多年来所付出的努力、所忍受的委屈都白费时，当下必然会带来莫大的心理冲击，其冲击之强大足以动摇其信仰基础，甚至可能导致信仰瓦解或破灭，毕竟没有人能接受徒劳无功的结果，更严重的是，迎春的努力可不是一般的付出，她以"病态的依顺"极端地放弃自己、顺从他人，本即根源于"我就可以避免被伤害"的内在意识动机，并进而乞灵于精神上的信仰。她耽读的《太上感应篇》中所宣扬的功过体系许诺给她应得的回报，令她相信自己的委屈牺牲是值得的，然而最终却落得被严重伤害的惨烈下场，这形同于信仰的崩溃，瓦解了她长期以来的精神支柱，让她在被欺负的时候更加彷徨无助，由此又造成另一个严重的心理创伤。

正如法国名著《风沙星辰》所告诉我们的道理：要毁灭一个人，就是先摧毁他的信仰。如此说来，迎春在生存信念被摧毁的情况下，对世事的茫然、质疑、无解的叩问，这些沉重、负面的心理因素无疑都造成她精神的严重消耗，加上她懦弱消极的个性早已经养成，纵然最终产生了些许觉醒、抗议的意识，但终究只能屈服并接受这种受欺遭虐的命运，在没有任何奋战的状况之下香消玉殒。可以说，迎春夭逝的悲剧应该包含这样的心理因素。

总而言之，迎春确实属于白白牺牲之类型的可怜女孩，在越了解她的点点滴滴后，便越是为之感慨万千。

恋恋紫菱洲

以我的观点来看，与其说迎春是块"木头"，不如说是"青苔"，生长在阴暗的角落、人们所忽略的地方，安安静静地活着，只要一点淡淡的阳光、几滴湿润的雨水，就可以自给自足、生机盎然。另一方面，如此微弱渺小的生命，并无法承受这个世界严酷、暴烈的对待，一旦阳光稍微炽烈，便会被晒干，渐渐枯萎；只要有人行经这个角落，即会被践踏踩平。

然而，难道迎春这种有如青苔一样的生命个体，就注定只能过着被冷落、摧毁的生活吗？不是的。虽然我们都知道，迎春一味退让至"戳一针也不知嗳哟一声"的性格几乎与活死人无异，但绝对不能否认的是，她当然是个具有思想情绪的活人，只不过其人生追求不如黛玉、宝钗、探春等人来得强烈，而是活得极度卑微，因此令人难以察觉。倘若我们仔细阅读，便能够发现整部小说中唯有两处明确地展现出迎春的喜好和心愿，那是证明她的生命曾经焕发出美丽光彩的幸福片刻。

第一段是大家都比较熟悉的情节，即第八十回迎春惨嫁孙绍祖后归宁回门，向给予了她"几年心净日子"的王夫人哭诉婚姻中所遭遇的痛楚。当王夫人一面解劝，一面问她随意要在何处安歇时，迎春便说出了她生命里最终的心愿：

> 乍乍的离了姊妹们，只是眠思梦想。二则还记挂着我的屋子，还得在园里旧房子里住得三五天，死也甘心了。不知下次还可能得住不得住了呢！

要知道，迎春身为已经出嫁的少妇，回到娘家后，她的身份、地位实际上与其他姊妹是不一样的，即便如此，迎春最为心心念念、朝思暮想的，仍然是她少女时期住在大观园内的居所——紫菱洲。这句"乍乍的离了姊妹们，只是眠思梦想"便证明了迎春与在贾家一起长大的姊妹之间感情深厚、关系亲密和谐，一旦婚姻把她连根拔起并丢掷到一个陌生的环境中，她当然渴望再度和这些心念所在、血缘所系的姊妹们团聚，否则又怎么会在嫁为人妇后依旧对姊妹们"眠思梦想"呢？因此，如果仅凭探春所说的"咱们倒是一家子亲骨肉呢，一个个不像乌眼鸡，恨不得你吃了我，我吃了你"（第七十五回），便认定贾府内部的人际关系都是暗潮汹涌，而贵族世家的伦常之道全属虚伪不堪，那实在未免过于以偏概全。其实，探春之所以会在抄检大观园后发出这样的感慨，乃有其特定的原因和针对性，我们不能将其扩大解释，视之为整部小说想要不遗余力揭发的主要现象，毕竟书中也有不少地方展现了金钗们真诚孝顺、友爱互助的一面，连男性成员亦然，这是我们绝对不可忽略的。

接下来，迎春又说出"二则还记挂着我的屋子，还得在园里旧房子里住得三五天，死也甘心了"的心愿，显示她是多么地卑微无助啊，只要可以在出阁前的居所紫菱洲住个几天，便死也甘心了。可见迎春对自己未来的人生已经有了不祥的预感，并且这个预感应该是有根据的，因此她所说的"不知下次还可能得住不得住了呢"果然一语成谶，从她几天后再度踏出贾府的那一刻起，确实是再也无法回到这个温暖的庇护所了。而面对迎春悲哀的感慨，王夫人在疼惜之余唯有尽力劝慰并满足她小小的心愿，便劝道：

　　"快休乱说。不过年轻的夫妻们，闲牙斗齿，亦是万万人之常事，何必说这丧话。"仍命人忙忙的收拾紫菱洲房屋，命姊妹们陪伴着解释。

王夫人以年轻夫妻常常争吵只是一般常态，来淡化事况的严重性，以劝勉迎春不要绝望，并赶忙打扫整理紫菱洲，让她尽快如愿，此外还命姊妹们陪伴宽慰，在在显示出用心良苦。要注意的是，"命姊妹们陪伴着解释"的"解释"二字并非指说明某件事的原因，根据文言文的用法，其实为解开、释放之意，所以此话的意思是：于迎春住在紫菱洲的这几天内，王夫人让姊妹们无论如何都要陪着这位二姐姐，好好地开导她、安慰她，以便减轻她的痛苦，使其心灵舒坦，可见王夫人是真心疼爱这个侄女的。

　　在此可以做个补充，即《红楼梦》里的房子蕴含了很多深刻的喻意，尤其是生死交关时最具代表性的象征。例如第二十五回，宝玉和王熙凤同时受到马道婆的魔法作祟而中邪，虽然有赖于一僧一道所施展的超自然神力得以起死回生，但最关键的是，现实世界还提供了一个让两人可以完全复活苏醒的重要场域，不可或缺，即王夫人的房间，也就是所谓的"母性空间"。试看一僧一道及时驾临贾府，和尚将通灵宝玉持颂一番后，特别对贾政叮咛道：

　　此物已灵，不可亵渎，悬于卧室上槛，将他二人安在一室之内，**除亲身妻母外，不可使阴人冲犯**。三十三日之后，包管身安病退，复旧如初。

其中说可以接近两个病患的人只能是"亲身妻母"，即妻子与母亲，但大家都知道，这时宝玉还没有娶妻，因此他最亲近的女性就是母亲，而凤姐又是王夫人的亲侄女，所以二者都被安放在王夫人的卧室内，并由王夫人亲身守护。这说明了"房子"实际上就是母亲意象的一个具体化身，搬到母亲的卧室便有如回到最初孕生的子宫里，重新汲取生机，以获得再生。

有趣的是，备受现代人所歌颂的二玉生死之恋，身为宝玉最眷爱者的林黛玉却在他命悬一线的时刻毫无用武之地，而真正发挥了起死回生的关键作用的则是母爱亲情，这岂不是证明了《红楼梦》并非一部爱情至上的反礼教小说吗？其实，第二十八回中，宝玉向黛玉表明心迹之际所说的"除了老太太、老爷、太太这三个人，第四个就是妹妹了"便一再强调了亲情凌驾于爱情之上的地位。

同样的道理，大观园也是一个被安全、温暖所包覆的母性空间，其中的居所有如提供安慰和凝聚私密感的柔情共同体，使居住者可以安顿于她们在现实世界所得不到的美好生活体验里，而为迎春提供了情感依恋的居所即是紫菱洲。根据精神分析理论，房子的意象在人类的许多艺术创作中，诸如诗歌、小说、戏曲等等，经常传达出一种内心潜意识的渴望。就迎春而言，作为一个出嫁的少妇重返大观园的紫菱洲，即形同再度栖身于过去美好的时光，重温已经失去的幸福，这说明了家屋不仅是居住的地方和心灵、生活的根据地，也是一种母性的体现，当人们回到房屋内时，便好像回到母亲的肚腹、子宫和怀抱里，彼处只有安详、平静、温暖，没有尔虞我诈、生离死别。这便印证了法国思想家加斯东·巴什拉（Gaston Bachelard，1884—1962）于《空间的诗学》一书中，通过家屋来讨论母性时所指出的，"这儿的意象并非来自童年的乡愁，而来自它实际所发生的保护作用"，以至于呈现出"母亲意象"和"家屋意象"的结合为一。换句话说，对人类而言，房屋是一个非常重要的庇护所，它不但可以隔绝外界的狂风暴雨、烈日骄阳，也为我们提供了安身立命之处。

据此可见，迎春离家远嫁后在归宁时所做的一番表白，完全符合精神分析理论所说的"母亲意象"和"家屋意象"的重叠。当然此处所指的"母亲意象"乃是对应于王夫人，毕竟比起冷漠无情的嫡母邢夫人，这位婶娘才是真正疼惜迎春的至亲长辈。

女子有行，远兄弟父母

最值得注意的是，迎春所说的"乍乍的离了姊妹们，只是眠思梦想"堪称中国文学里非常罕见的新嫁娘心理描述，清楚说明了一位少女从自幼熟悉、关系亲密的环境，突然初为人妇而进入一个完全陌生复杂的家庭时，那种孤独寂寞的空虚之感。《红楼梦》作为一部以描写青春少女步入婚姻之前的各种故事为主的小说，此处涉及少女出嫁后的心理状况与处境变化的情节，堪称文学史上少见的笔触，毕竟传统文学的作者基本上都是男性，相较于家国大事及社会责任，他们难以体会到女性生命中这种重大转折所带来的心理冲击，所以在书写过程中难免忽略不提。以王熙凤为例，于曹雪芹的笔下，我们只能看到她在贾家如鱼得水的情况，却无法从她的身上了解到突如其来的婚姻究竟对女性的心理造成怎样的影响。

从一般的常情常理来推测，文人之所以笔下极少对新嫁娘的心理变化有所着墨，其原因也应该包括了女性嫁入夫家后，时日一久便可能逐渐习惯和适应陌生的环境，甚至培养出自己的一套应对之道，最终接受了生活的转变，把夫家视为自己的归宿。可是她们在这段从大感陌生至逐渐接受的过程中，心理上究竟经历了怎样的曲折与巨大的冲击，传统文学作品既没有去涉及，也不会去分析，当然也就不想去改善。既然这是在当时性别不平等的社会结构之下难以避免的问题，必然是长期且普遍地存在，可惜却被严重忽略，迎春则是我所观察到的少数例子里，首位女性以新嫁娘的身份，于归宁后向读者透露出婚姻对她的内心所带来的怆痛。

犹如《诗经·国风·竹竿》所说的"女子有行，远兄弟父母"，离乡在外的游子尚且有一家团聚的可能，但出嫁的少女却从此终身远别故园，永生以另一个不同血缘、没有情感基础的家庭为归宿，其中的辛酸苦楚自不待言。因为所谓的"归宿"实际上是"陌生人集团"，一个十几岁的少女初来乍到，尚未调整好自己离家远别的恐慌不安，就必须开始应对夫家的亲族，其中种种的利害纠葛必定令她焦心劳瘁。这是文人笔下很少关注和刻画的面向，而在唐诗里则罕见地有所触及，敦煌出土的《崔氏夫人训女文》中便提到，母亲在女儿出嫁前所谆谆叮咛的处事原则是：

> 好事恶事如不见，莫作本意在家时。在家作女惯娇怜，今作他妇信前缘。

也就是说，一旦嫁为人妇之后要尽量把自己当成夫家的局外人，无论发生任何事情都视若无睹，这么一来便能够避免介入复杂的人际纠葛而受到伤害。最关键的是，成为别人家的媳妇可与在家当女儿不一样，身为女儿，即使稍微任性骄纵家人也会包容宠爱，但夫家的亲族可不会如同娘家人般接纳新嫁娘的个性缺点或行为疏失，所以此时的新嫁娘就必须尽量调整自己的习惯和行为，以融入夫家的家庭环境。

但试想，一个十几岁的女孩，基本上还处于成长的阶段，不仅没有任何治家的经验，也缺乏圆融处世的智慧知识，几乎没有承受过各种的人生考验，她又如何能在突如其来的婚姻里迅速调适自己的心理，从原本的娇憨率真瞬间变得三从四德呢？可想而知，这些女孩实际上都在承受分离所造成的心理创伤，或许大多数的新嫁娘会把它埋藏于内心深处忽视不管，也可能选择想办法慢慢加以化解，但如果无法好好地处理这种心态上的巨变和伤害，最终就会沦为个人的精神压力而导致悲剧。古时的文献很少触及传统妇女面临身份转变时的心理状态，所以很值得我们去分析探究。

既然明知出嫁以后会面对这一类的困境，当时的女性又会用什么说法来合理化婚姻所造成的心理创伤呢？崔氏夫人以"今作他妇信前缘"，即命中注定的前世因缘，让女儿唯有接受婚姻所带来的一切改变。这种以母亲的立场来教导女儿，告诉她在出嫁后该具备什么教养、遵守哪些妇德，以避免在夫家有所失礼而导致娘家蒙羞的训诲，其实早已出现于东汉时期班昭所写的《女诫》，可见古代女性的人生是多么悲哀，而这也是我们一百多年来努力追求男女平等的原因。

不过我还是希望大家谨记一点，我们并不能以现在的价值观去评价过去的文学作品的价值，即使其中所反映的是传统价值观，也依然无损于伟大著作的内涵，《红楼梦》便是如此。我之所以举这个案例，是为了让大家了解到传统社会的女性所面对的是怎样的生命形态，以便更能客观全面、设身处地去看待她们的人生，也更加体验到人性的丰富深刻，倘若有人据此而推论曹雪芹反对传统婚姻观以及性别观，那就是现代人的自我投射，并非小说的原意。换句话说，小说家的目标是深刻而丰富地展现种种人情事态，无论是酸甜苦辣，也不分传统或现代。

除了《崔氏夫人训女文》之外，中唐诗人元稹的《乐府古题序·忆远曲》更说道：

一家尽是郎腹心，妾似生来无两耳。

从诗题的"忆远"二字来看，该作品的内容是关于回忆远方的娘亲、娘家，那可说是失落的乐园。确实，女孩一出嫁便算得上天涯海角，大家可别忘记探春的《分骨肉》曲文所言："一帆风雨路三千，把骨肉家园齐来抛闪。"其中就反映了女子远嫁的悲痛情状。而小说中反复以断线的风筝作为与探春连结的意象，说明了被割断的风筝形同饱受骨肉分离之痛的亲子双方，风筝越飘越远的情景暗示着女孩自幼生活成长的娘家最终将变得遥不可及。

倘若《崔氏夫人训女文》是母亲谆谆劝诫女儿，嫁到夫家后必须学会"好事恶事如不见"，则元稹的《忆远曲》就是以新嫁娘的立场，对丈夫说明她必须如此这般的缘故。因为"一家尽是郎腹心"，公公婆婆是丈夫的亲生父母，理所当然与他这个儿子更为亲近，而其他亲族诸如叔伯婶姨、小叔子、姑奶奶等，也是与丈夫血脉相连的一家人，全都属于丈夫的心腹，而身为妻子的她不但与他们毫无血缘关系，并且还是不同姓氏的"外人"，出于对异姓外人的排斥心理，整个家族甚至还会对她有所防范。

根据我所读过的相关研究，不少关于传统家训的文献中提及千万不要让媳妇介入家务的决策，因为她与"我们"并没有血缘关系，可能不会从家族的整体利益来考量，尤其妇道人家又很容易偏私及感情用事，更难以从公设想。必须承认的是，虽然这些家训中存在着许多偏见，可是我们也不能完全否定其看法，因为以当时的社会结构和婚姻体系而言，最终会产生这样的训勉、警诫可说是人性之常理。

既然新嫁娘确实感受到"一家尽是郎腹心"，那么她该如何处理这种孤立无援的状态呢？她只能"妾似生来无两耳"，假装自己是个天生的聋哑人士，无论夫家成员明里暗里怎样地羞辱或是不满于她，一概都听而不闻、视而不见，以便明哲保身、远离纠纷，正与《崔氏夫人训女文》的"好事恶事如不见"相互呼应。然而，在所谓的"归宿"中过着装聋作哑的日子，岂不是很悲惨的情况吗？就这点来说，相信有传统模式婚姻经验的人，应该都会对那些诗句感到心有戚戚焉。

而迎春嫁到孙家之后做了什么事呢？面对丈夫孙绍祖"一味好色，好赌酗酒，家中所有的媳妇丫头将及淫遍"的恶行，她并没有完全装聋作哑，反倒"略劝过两三次"，却遭受到被辱骂威吓的恶劣待遇，真是令人为之心酸。所以说，迎春真的是"二木头"吗？显然不完全是，其实她还是一个懂得明辨是非、有所作为的活人，因此我宁可用"青苔"来比喻她。无论如何，迎春毕竟已经不幸地踏入孙家的无底深渊，从"迎春是夕仍在旧馆安歇。众姊妹等更加亲热异常"可以看出，此时的归宁就是她人生最后的一段幸福光阴。当然，迎春在紫菱洲住了三天后，还是得到对她毫不关心的邢夫人那里住上两日，以表示对嫡母的尊重。

可叹的是，纵然迎春对娘家贾府有着万般不舍，她最终还是必须跟随孙家人回去，而作者关于这段情节的描写也就此结束，没有多作发挥。然而，在简简单单带过的一笔中，必然隐含着迎春再度被撕裂的巨大创痛，是否可以有更动人的展现？在此，我想分享小说文字所无法传达和呈现的一幅精彩画面，即台湾华视版的《红楼梦》连续剧为迎春离开贾府时所设计的那一幕：孙家人已经抵达贾府准备把她接回，对贾家万般依依不舍的迎春只能独自走向大门，在她跨出门槛的当下，摄影镜头面对着迎春孤寂的背影，接着便看到她回首以一种悲哀凄切、泫然欲泣的眼神凝视着镜头，镜头的这一端便是贾家之所在，也是观众之所在，因而那一刻她的绝望仿佛也穿透荧幕直达观众的内心，令人禁不住动容落泪。随着身后两扇门缓缓地阖上，整个荧幕逐渐陷入完全的黑暗，便象征着迎春被永远隔绝在外，从此只能一个人在狂风暴雨里深受折磨至香消玉殒，而贾府即便与迎春之间只是一门之隔，却也无能为力、无可奈何，迎春那无尽悲哀的回眸一眼，便是她留在人间的最后定格。

唯一的诗意瞬间

从第八十回关于迎春归宁的叙述，我们深刻了解到迎春对紫菱洲以及贾府亲人姊妹的眷恋，而除此之外，小说中还有哪一处提到她生活中的美好片刻呢？

实际上，迎春这卑微弱小的生命也曾经绽放出光辉，除了作为她思想信仰的《太上感应篇》之外，迎春在全书中唯一的审美情境就出现于第三十八回螃蟹宴众人竞作菊花诗之际。当时可说是林黛玉、史湘云、薛宝钗她们的天下，而迎春一样是不忮不求，不自我实现、自我彰显，只独自安处于不被人注意的角落。试看现场众金钗各有活动，诸如：

> 林黛玉因不大吃酒，又不吃螃蟹，自令人掇了一个绣墩倚栏杆坐着，拿着钓竿钓鱼。宝钗手里拿着一枝桂花玩了一回，俯在窗槛上掐了桂蕊掷向水面，引的游鱼浮上来唼喋。湘云出一回神，又让一回袭人等，又招呼山坡下的众人只管放量吃。探春和李纨惜春立在垂柳阴中看鸥鹭。迎春又独在花阴下拿着花针穿茉莉花。宝玉又看了一回黛玉钓鱼，一回又俯在宝钗旁边说笑两句，一回又看袭人等吃螃蟹，自己也陪他饮两口酒。袭人又剥一壳肉给他吃。

在这段诸艳行乐的情节中，宝玉以绛洞花主的姿态穿梭于众金钗之间，所以每一位少女都分到一个景致，迎春也不例外。值得注意的是，其他人在这一幕场景之外还有许多的审美镜头，如黛玉、宝钗、探春都充分展现了她们日常的品位情趣，迎春则不然，相比于黛玉等金钗丰富多姿的生活样态，"独在花阴下拿着花针穿茉莉花"可以说是整部小说中唯一对她身为青春少女的美好描写，再加上只有一句话的篇幅，更显得格外不起眼。而且和作诗不同，"拿着花针穿茉莉花"是个就地取材的简单小游戏，只需顺手摘取几朵茉莉花用一根花针串起来即可，不仅不需要花费任何金钱，也完全不需要很高的艺术涵养或技巧。可见迎春虽然身为伦理辈分上的二姐姐，心理上却有如一个小女孩，在大家都忽略她的情况下，默默地一个人在角落里自得其乐。

而这般的画面可以让读者产生怎样的触动呢？刘心武在《红楼梦》研究上经常把外缘的甚至虚拟的历史材料和文本混为一谈，所以我对于他的分析和所得出的许多结论都有所保留，但关于迎春仅由一句话所呈现的此一画面，他却敏锐地指出：

> 历来的《红楼梦》仕女图，似乎都没有来画迎春这个行为的，如今画家们画迎春，多是画一只恶狼扑她。但是，曹雪芹那样认真地写了这一句，你闭眼想想，该是怎样的一个娇弱的生命，在那个时空的那个瞬间，显现出了她全部的尊严，而宇宙因她的这个瞬间行为，不也显现出其存在的深刻理由了吗？最好的文学作品，总是饱含哲思，并且总是把读者的精神境界朝宗教的高度提升。迎春在《红楼梦》里，绝不是一个大龙套。曹雪芹通过她的悲剧，依然是重重地扣击着我们的心扉。他让我们深思，该怎样一点一滴地，从尊重弱势生命做起，来使大地上人们的生活更合理，更具有诗意。

确实，图谶只是个人命运的预告，并非涵盖其一生的反映，所以现在的画家如果要画迎春，就应该从她的生命里去发掘其他面向，而不该仅仅被恶狼扑啖的一幕所限制，"独在花阴下拿着花针穿茉莉花"便可以说是更好的取材。尤其必须注意的是，这一幕聚焦于单一的景观，以摄影学而言，它是进行镜头格放，即把特定画面加以定格放大，因此形成了迎春的个人特写，刘心武以深厚的人道精神给予诗意的阐释，是相当动人且极富感染力的一段说明。

最重要的是，其中也触及曹雪芹的悲悯心胸，因为他的笔下竟然可以塑造出这么一个小人物，只是安顿于小小的角落里宁静地存在着，她既娇弱又卑微，却凡事自足，那与世无争的性格不禁令人怜惜悲悯，也让读者耳目一新，因而刘心武此说为迎春的形象做了最佳的补充。我之所以在此分享这段说法，不仅在于其精彩独到的阐释，更希望借此让大家体会到，其实我们对于包括迎春在内的弱小生命，都应该以一种宗教家的悲悯去爱惜、尊重，让他们可以免受可怕的折磨以及不合理的待遇，并享有生命中的诗意，进而领略到存在的美好。

徒善不足以为政

只不过，我还是要从另一个层次加以提醒，以上说法对于读者的心灵提升与期望当然是非常好的，但是回过头来看，就当事者的角度而言，每一个人也都必须明白，不能因为弱势便一味仰赖他人的悲悯和帮助，真正的幸福必须依靠自己的努力奋斗得来；何况人生不可能永远定格在某一个美好的瞬间，毕竟世界是不停变化着的，而人性中也同时存在着天使与魔鬼，对方究竟是羊还是狼都得看彼此的交情互动，并不能绝对化，所以又怎么可能毕生都得到他人的帮助呢？

因此，迎春应该和每一个人一样，了解到"徒善不足以为政"（《孟子·离娄》）的道理，委屈并不能求全，单单只有善良是不足以解决人与人之间的问题的，除了善良之外，还必须拥有知识、智慧、能力、意志，才能够福德合一，而这其实也是迎春信仰的功过格所追求的最终目标。从反求诸己的角度来看，值得我们深思警惕的是，即使微小单纯如同迎春独自一人默默在角落里穿茉莉花，这一类的机会都不能够单靠别人的良善和尊重来给予，合理而诗意的生活有待于当事人自觉的追求与经营创造，否则就会沦为缘木求鱼。正所谓"靠山山会倒，靠人人会跑"，最重要的是必须靠自己的奋斗努力才能创造向前迈进的机会，毕竟天助自助者，自助则人恒助之，倘若凡事裹足不前、自我放弃，那么即便别人想要伸出援手，也不知从何着手。

反观探春，堪称是体现此一道理的绝佳代表，她通过杰出的才能、理性的认知、坚决的意志和不懈的奋斗才获得了贾母的肯定，与原本的宠儿即宝玉、黛玉、宝钗等并驾齐驱，这完全是探春凭着自己的品格、努力所挣来的地位，假若探春像迎春那般软弱，任由自己的生母赵姨娘需索无度，下场恐怕会比迎春更为悲惨。参考后四十回的叙述中，当探春远嫁时，身为其生母的赵姨娘竟然巴不得亲生女儿也像迎春一样遭受悲惨的命运，好让她"称称愿"（第一百回），其凉薄狠心的程度委实令人毛骨悚然，可想而知，赵姨娘对这个不愿意同流合污的亲生女儿已经到了怨恨如仇的地步，而这确实仍然合乎人性的描写。西方学者早已指出，在人类的记忆中本就有"恐怖女性"（Terrible Female）的类型，所以不只有仁慈的"好"母亲，也有"坏"母亲的意象，而这一类"坏母亲"便与恐怖、危险和死亡有关，赵姨娘则明显属于这一种。相较之下，邢夫人虽然对迎春万般漠视甚至苛扣，但好歹没有像赵姨娘那般，竟然拿着血缘关系不断勒索或逼迫亲生女儿去做犯法违理的事。就这一点而言，探春的处境恐怕比迎春更为艰难，却无碍于活得光芒万丈。相关内容，请见下一章的说明。

　　我之所以举探春为例，是为了说明一个道理：一个人的人生必须依靠自己去奋斗，不能只是等待别人的救赎或帮助，如果把人生过得如迎春那样"打动乱如麻"，实际上自己也得要负上大半的责任。可惜的是，迎春的性格已经塑造成型，后天又有《太上感应篇》所代表的功过格在支撑她的思想观念，因此即便最后有所觉醒抗议，也为时已晚。

　　虽然性格的养成并非一朝一夕的事，迎春的悲剧也已经注定，然而这并不妨碍我们去设想：假若迎春能够在嫁给孙绍祖之后脱胎换骨，变成像探春一样具有自觉性进取的性格，那么她还会沦落到"一载赴黄梁"的地步，死得默默无闻而轻如鸿毛吗？虽然无法断言其最终的遭遇变化，但如果迎春不是一味懦弱退缩，则即便无法把残暴好色的孙绍祖调理成一位好丈夫，至少还可以挣得一些属于正配夫人所应有的尊严和权力空间，而不至于白白被孙绍祖折磨致死。我相信，倘若迎春具有明确的认知、强烈的情感和持续的目的性行为，就能够汇合成一股力量并产生出剑及履及的奋进精神，进而形成一股积极进取的意志，如此一来她便可以做出生命的真正抉择，而不是如傀儡一般持续被他人所操控、摆弄。即使这条道路依然充满荆棘，迎春最终都可以走得不那么卑屈、惨淡。

　　迎春就如青苔一样，在阴暗的小角落里安安静静地活着，坚持不去伤害别人，偶尔有一点美好的小事物便令她感到莫大的满足，可是只要一遇到外界的践踏蹂躏，这微弱的小生命便会遭受摧毁。本来应当青春焕发的迎春，年仅十七八岁即无声无息地消失于人世间，如此美丽善良的少女竟然沦落于斯，诚然令人感慨万千。

　　这正是《红楼梦》的过人之处，曹雪芹想要借此告诉读者，即便是小说里的配角，他们的生命也可以如主角那般完整而独一无二，没有任何其他的人能够取而代之。这就是一位最伟大的小说家所展示出来的对人性的洞察，以及最精彩的塑造呈现。

第三章

探春

唯一的理性主义者

虽然华人社会以"情、理、法"共同构成人际互动原则的三种基本要素，但是"情"往往被放在最优先的位置，而严峻如铁、循规按矩的"法"乃居末殿后。显而易见，中国传统文化更加注重"情"这一取向，并且对"法"敬而远之，甚至出现"法律不外乎人情"的观念。或许，探春的人物形象经常受到扭曲或忽略，便是基于这种文化因素的影响，多数读者很不习惯讲究法理的理性主义者，而她所展现出来的风格又完全不同于温暖有弹性的、出自人心本能的感觉反应，如此一来，势必会觉得这位少女的距离比较遥远，而难以接近和理解。

只不过事实上，在中国传统精英文化的脉络中，原即还有处于人格最上层境界的"君子"一类，其特点之一正是追求客观公正，也就是从超越个人的全局视角来思考问题，并从客观层面着眼以剖析公正的道理。对于持有这类准则的人来说，他们日常的处世态度是"帮理不帮亲，对事不对人"，虽然这两句话浅显易懂，在我们周遭的俗常环境里却罕见实践，可幸曹雪芹竟能够准确地以之谱写探春在整部小说中至属核心的人格特质。比较来看，在情榜上，作者以"情情"二字作为黛玉的评论，据此反映出她只对少部分可回应其感受的人给予真情相待，而这是非常狭隘有限的；宝钗的"雅俗共赏"则是倾向于维系现存世界的圆满运转，对各方人等的需求都面面俱到，但是她却未曾想要去改造这个世界，简而言之，力求事事周到稳妥的她未必把客观公正的原理摆在优先考量的位置。而探春的独特之处，即在于不同于黛玉的个人主义、宝钗的人文主义、王熙凤的现实主义，她所代表的是另外一类人格特质，那就是以"法理"为首的理性主义。

探春的此一特质不但在《红楼梦》中绝无仅有，即便是一般的现实世界，包括当下的时空中，优先考虑"法理"的情况基本上还是极为罕见。我们总是有太多的人情顾虑，往往造成了客观公正之理的偏斜和破坏，以至于经常难以做出合乎公道的抉择，而社会的传统包袱以及每一个个体的偏私都是读者认识探春之独特性的严重阻碍。那么，所谓的"法理"究竟应该客观公正到何等的程度呢？在此可以参考汉文帝时担任廷尉的张释之所说的一番话：

> 法者天子所与天下公共也。……廷尉，天下之平也，一倾而天下用法皆为轻重，民安所措其手足？（《史记·张释之冯唐列传》）

从司马迁的描述可以看出，张释之身为一名执法人员，坚持对事不对人、法律之前人人平等的原则，无论是至高无上的天子或位高权重的权贵，还是普通平凡的老百姓，都得遵守国家所订定的法律，因为"法"是所有人皆须共同依循的，所以廷尉执行的客观之法便相当于天下的一架天平。事实上，早在先秦时代的孟子就已经提出"徒善不足以为政，徒法不足以自行"的洞见，即使"法"设置得足够客观而全备，一旦缺乏公正客观之心去执行，那般的"法"也是形同虚设，常常难以对社会发挥正面的作用。倘若张释之无法秉持公正的态度执法，导致天平有所倾斜，那么全天下的法将会一并松动，包括徇私舞弊、凌弱暴寡的各种问题随之蜂起丛生，届时整个社会必然陷入我们最不乐见的混乱局面。因此"法"的重要性就在于协调人群各方面的合理运作，只有当每个人都遵照"法"的基本规范行事，整体环境才会变得井然有序、有条不紊，否则便会出现各自为王的乱象。

至于"理"则不比"法"那般严峻，在概念范畴上完全没有任何的弹性空间，它是一种"放诸四海而皆准"的道理，不仅存在于人们一体遵守的默契中，可以设身处地变换角度以促进一致的认识，甚至还形诸彼此的互相体谅里，共同遵循对彼此都适用的诸般标准。所以，"理"其实与"法"一样也需要客观公正，通过寻找人与人之间的共通点，进而形塑成大家都依循的行为法则。

就此来说，"法"和"理"都属于超越人性偏私的社会准绳，而世界之所以充满纷纷扰扰乃至分崩离析，皆是源于人性的偏私。倘若人们都只执着于追求个人的幸福，而忽略了在人群中安顿的必要——那必然也需要自我的节制——则每个个体终究无法免于混乱的反扑，断没有独善其身的可能；即便是隐遁到山林中，也不是没有遇到盗贼的机会，所以我们必须依靠法理的力量来维系个人身家性命的安全，可见"法理"在人类的生活里是不可或缺的重要根柢。

据此而言，推敲太史公司马迁在《史记》中为张释之撰写一篇传记时，之所以特别聚焦于执法的一幕加以刻画，必然是希望借由史书的风雨名山之业，将注重"法理"的价值观给记录下来并传承下去，则探春便如同《史记》中的张释之，为人处事始终依理守法，只不过相比之下她的层次又更加复杂，因为她的身份并非一个由国家授权以执行公共任务的官员，而是一位待字闺中的普通少女。碍于性别的局限，她如何在贾府的家族运作层面上展现对法理的追求，乃是一个非常有趣且值得探讨的课题。

探春置身于极端重视人情的中华文化世界里，其追求理性的性格不但很容易被忽略，甚至还会遭到各种莫名其妙的谩骂、批评，毕竟她直接抵触了社群主流的某一种基本信念。例如清末的《红楼梦》评点家涂瀛，在其《红楼梦问答》中便提到了一个非常契合绝大多数《红楼梦》读者心态的观点，他认为：

> 《红楼梦》只可言情，不可言法。若言法，则《红楼梦》可不作矣。

对涂瀛而言，《红楼梦》对"情"的追求、对"情"的刻画无不彰显出它是一部"情书"，我们只可以从"情"的角度去赞叹、歌咏，而不应该涉及"法"此一超越人情的客观世界，否则作者没有必要苦心书写这部小说。想必不少读者都会对此一说法深表同感，毕竟比起研究贾府复杂、繁冗的家族运作情况，纯粹沉溺于宝、黛之间的浪漫情谊显得更为轻松简单，最容易得到感性的满足。但不可否认的是，人口庞大的贾府在日常的运作中肯定存在着若干法理的原则，否则无须几天的时间便会混乱到一塌糊涂，种种浪漫的情怀也势必会失去发展的空间，而那些法理恰好是讲究个人主义、人人平等的现代社会所不熟悉的，为了更加精确地掌握探春的为人性格，我们诚然必须先打理好相应的知识装备。

以事言，此书探春最要

涂瀛所谓《红楼梦》乃"大旨言情"的观点代表了多数读者的心理，几乎成为定论，但实际上那只是属于常识层面的固有成见。幸而让人欣慰的是，晚清民初有一部名为《古今小说评林》的杂谈书籍，从整体结构上对探春的重要性提出了一针见血的真知灼见。此书的作者署名为"冥飞等"，显然"冥飞"是个笔名，而且整部书籍是由一群人合力写作或者搜集民间杂谈而成的，其中涉及探春的部分颇为精彩：

> 探春心灵手敏，作者写来恰是一个极有作为之人，然全书女子皆不及也。

此番说法并非过誉之论，虽然在某种程度上已经抹杀了被公认为构成《红楼梦》叙事主轴的林黛玉、薛宝钗两位角色之重要性，但是，任何极端的主张固然都有值得商榷的空间，其中却不乏有识之处，我们应该做的，乃尽力理解这段评议究竟是以何种层次或重点去强调"全书女子皆不及也"，而不是抓住一句话便断章取义、刻舟求剑，由之产生的批评不仅误失了关键之处，也毫无价值可言。其实，冥飞等评论者意在强调探春于"极有作为"方面是全书中最重要的角色，单就这点来说，小说里的其他女子确实都难以企及。

除此之外，评点家西园主人从整部小说的叙事结构来评述探春的地位，我对于他的观点也深感赞同，其《红楼梦论辨》一书说道：

　　探春者，《红楼》书中与黛玉并列者也。《红楼》一书，分
　情事、合家国而作。

西园主人把探春提升到与第一要角林黛玉同等并列的地位，可谓别具
慧眼。他认为《红楼梦》这部小说所涉及的内容范围很广泛，可以分
为"情"和"事"两个不同的范畴：谈"情"的话，自是宝黛之恋最
为动人；论"事"而言，则整个贾府事务的运作又全然是另外一个世
界，甚至还可以把"家""国"合而为一来看待，譬如作者于第十三
回回末诗所发出的感慨与赞叹：

　　金紫万千谁治国，裙钗一二可齐家。

在此，"齐家"和"治国"被作者等同视之，换句话说，《红楼梦》所
涉及的群体世界是家国合一的，因而读者只观察到人物之间的小小情
谊是远远不足的，一旦把《红楼梦》限缩为"只可言情，不可言法"
的"情书"，必然严重损害了它的庞大与丰富。许多读者都忽略了，
作者开宗明义便再三指出宝玉乃无材补天之辈，随即第三回里更清楚
以"于国于家无望"感慨宝玉的"无用"，也就是说，宝玉人生价值
的失落不仅体现在身为贾府继承人却无法让家族起死回生、留下一线
希望的严重失职，对于国家而言他也是无用之徒。在古代的传统社会
中，"国"与"家"绝对是传统文人用来界定自我人生价值、确立人
生位序时的优先考量。或许现代人难以理解，但务必牢记在分析文学
作品之际，我们一定要回到传统的时空脉络去了解家国合一的观念对

于他们的重要性。

接下来，西园主人还进一步论述道：

> 以情言，此书黛玉为重；以事言，此书探春最要。

从中我们可以看到，不同的范畴会有不同的女性人物来承担重要的角色，《红楼梦》关乎"情"的部分自然是以宝、黛两人的爱情为主，那么与"事"相关的要角又是谁呢？此即从小说后半部分开始在处理贾府事务上崭露锋芒的探春，正如西园主人所言：

> 以一家言，此书专为黛玉；以家喻国言，此书首在探春。何也？……此作书者于贾氏大厦将倾之时，而特书一旁观叹息之庶孽，以见其徒唤奈何也。吾故曰：探春者，《红楼》书中与黛玉并列者也。

意指如果把贾家类比为一个国家，则"此书首在探春"。诚然，在贾府末世大厦将倾的时刻，作者描写了一位眼看家族面临败落而伤痛不已的庶出"孤臣"，因为囿于性别界限、将来一定会出嫁为他人之妇的身份，却只能徒劳扼腕，悲叹心有余而力不足的无奈。整部小说除了畸零顽石的自责自悔，更通过探春徒唤奈何的悲愤，展现出贾府逐渐步入衰亡的悲剧景象，所以西园主人认为探春是"《红楼》书中与黛玉并列者"，这的确以客观中肯的角度强调了她在书中的重要性。

无论是"此书探春最要"，抑或赞美探春为"全书女子皆不及"的佼佼者，诸说都清楚指出了《红楼梦》的"法理"相对于"情"非但毫不逊色，甚至更有过之。以"法理"建构并维系其生存运作的贾府，一旦进入秩序紊乱、众人不由衷遵守规范而落入"假体面""假礼"的情况时，其中原本用于维系生存与运作体系的丰厚内在精神性必然已经受到强烈的冲击，以至于形成"百足之虫，死而不僵"的局面，如此一来，距离贾家的覆灭也仅剩一步之遥。因此从法理的重要性来说，它相当于整个庞大家族的生命线。

总的来说，探春身为努力撑持着家族生息的"裙钗"之一，宛如末世的光辉照耀着残棋败局，她所经历的辛酸与痛苦并非无关痛痒的局外人所可以妄加评断，尤其牵涉到嫡庶的出身问题，更是现代读者必须抛开偏颇之见并认真体会和看待的。如果坚持把血缘视为神圣不可侵犯的存在，而对探春抗拒赵姨娘的血缘勒索心生不悦以至于贬低其人格，实为现代读者很不正确甚至颠倒的错误投射。

自觉性的进取的意志

其实，作者在第五回的人物判词中已经非常精要地表明，探春是一位"才自精明志自高"的巾帼女子，没有"才"就不可能有所作为，缺乏"志"则会流于市俗，是故才志兼备者始足以引领世界前进。而探春由于先天禀性特出，加上后天教育所给予的雕琢与熏陶，以至于她所培养出来的"志"是非常崇高的，其视野绝非仅限于个人一己的狭隘天地，而是扩及整个家族和未来，此乃一心一意耽溺于温柔乡的贾宝玉所望尘莫及者。并且探春的"才"并不只是泛泛的处世之才，而是经过长年累月的韬光养晦和自我淬炼，达到了精明干练甚至可以力挽狂澜、扭转乾坤的境界。惟可惜的是，她因为囿于女儿之身，所以其才志兼备终竟无法对本家真正发挥出现实上的作用——这就是曹雪芹对于女性身份之不幸，尤其是对探春此等女中英雄之不幸的深切感慨。假若探春是个男性，贾家恐怕就不会沦落至白茫茫一片真干净的结局，她的未来也不是为人作嫁，把才能贡献给夫家，如此一来，探春心中的纠葛和悲哀便不会成为她一生中最深切的痛苦所在。

　　无论如何，探春"才自精明志自高"的"才"不仅体现于处理人情世故的聪明细致上，还呈现为管理家务的治事干才，这在她出嫁之前已经有很多的案例给予显发；固然王熙凤身上也具备同样的"才"，然而探春犹有过之，甚至把它提升到了"志"的更高境界。"志"是指志向，属于一种对人格、生命的期望或对未来的向往。我们也可以用"理想"二字为"志"做一个简单的训诂解释。当然，"理想"具有很多层次，会因为人格的高下、胸襟视野的广狭而产生不同的意涵，有的理想可能过分美化，有的理想可能会变成幻想，也就是说，"志"并非只有唯一一种解释，故而我认为可以把"志"字诠释为"意志"，但此一"意志"不是指发自个人的判断或坚持，而是一种"自觉性的进取的意志"。

　　学者乐蘅军在《意志与命运——中国古典小说世界观综论》一书里分析唐传奇与宋话本小说所蕴含的不同世界观，并归纳出一个看法，她认为有一种所谓的"自觉性的进取的意志"，该意志不是一种盲目的冲动，绝非从与生俱来、顺着情绪或某种无名的本能所生发的，譬如所谓的"只要我喜欢，有什么不可以"，其中的"喜欢"便属于盲目意志的展现，因此还需要增添一些限定的语词给予精确描述，以便让我们对"意志"尤其是"有意义的意志"能够具有更富于建设性的理解和认识，故谓之"自觉性的进取的意志"。此处的"自觉"意指一个人对自己所喜欢的、想要获取的事物已然经过了深思熟虑的判断，在此基础上再对世界展开更多的探索，然后找到对于个体或世界的存在样态更好的认知，并且在这个过程中保持着进取精神加以实践，由此所形成的意志才足以称为"自觉性的进取的意志"。如此一来，一个人甚至会因为希望自我能够提升，而在此等意志的驱使之下去改变原始的自我。

根据乐蘅军的研究，唐传奇小说里的人物所展现的正是"自觉性的进取的意志"。他们在高度的自觉下对自己身处的生存环境有着清晰的认知，因此在这种情况中所做出的人生选择往往带有高度的自主性；相形之下宋话本小说却截然相反，其中的人物大部分都体现出比较盲目而被动的人生发展轨道，他们所拥有的意志或认知往往并不强烈或彻底，这就导致他们的人生通常也不是自主的，而是被命运或社会所左右。以一些重要的文本譬如《莺莺传》《霍小玉传》来印证这个说法，确实可发现此一结论大体上是可以成立的。很有趣的是，在众多唐传奇小说中少有不符合上述定义者，例外的一篇乃是《定婚店》，民间耳熟能详的月下老人便是典出于此，其中描写韦固派人刺杀卖菜老妪的年幼女儿，以破坏月下老人的婚姻预言，但这个小女孩依然在十余年后因缘际会成为他的妻子，作者借由姻缘天定的故事表达出人力无可回天的宿命主旨。

除此之外，唐传奇小说或多或少都具备高度自主性的成分，哪怕结局是以悲剧收场，我们在故事的发展过程里仍然能够看到一个人在人生旅途中自我决定、自我承担时所展现的意志光辉。就这一点来说，故事的发展与悲剧的结局事实上可以分开来看待：无论结局如何，人都应该活得像个人，而不是顺应本能、茫昧不清、人云亦云，被时代环境所决定，并且清楚地知道自己到底希望做什么样的人，究竟想要什么样的人生，对一切深思熟虑之后选择自己所爱的、爱自己所选择的，这才是成熟的、真正的自觉性的意志。

依据常理，一个好的学者理应恪遵定义而恰当地使用某个语词，然后再去衡量和分析合乎这个词义的相关人、事、物，而乐蘅军在《唐传奇的意志世界》一文中为"自觉性的进取的意志"定下了几个重要的构成要素，对于我们更好地了解探春也相当有帮助：第一，此种"意志"必然结合了明确的认知。这一点至关重要，因为世间绝大多数的人都活得茫茫昧昧、随波逐流，对自己的生活和未来缺乏明确的认知，倘若要脱离此种行尸走肉般随俗浮沉的人生，便必须具备高度的自觉，才足以不被环境所影响，同时还得充实自己的知识，提升判断力和分辨能力，这可是值得每个人花费一辈子的精力去追求的目标；第二，该等"意志"还需要具备强烈的感情，一个麻木不仁的人对待任何事物的态度都是"无可无不可"，自然谈不上有任何意志可言，除非达到孔子"吾十有五而志于学，三十而立，四十而不惑，五十而知天命，六十而耳顺，七十而从心所欲不逾矩"的境界，否则情感淡薄、对人世敷衍而不认真的人不可能拥有积极进取的精神；第三，这类"意志"须落实为持续的目的性行为，即我们务必要有所作为，同时不屈不挠地坚持下去。倘若徒有明确的认知、强烈的情感，实际上却没有付诸任何行动，那也不可能实现真正的进取。而最关键的是，此处有两个重点：一是行为要持之以恒、坚持到底，不可以抱着"三天打鱼，两天晒网"的敷衍心态，因为短短的一两次行动并无法产生累积，而缺乏累积就不能够发挥影响力；二是持续的行为必须集中在一个有目的的方向上，如此才得以汇合成一股力量，凝聚出剑及履及的奋进精神，并形成强大的行动力场。倘若行动持续但却三心两意或是多头马车，"东一榔头，西一棒子"，这样一来，即使行为再怎么持续，结果都是一事无成。

乐蘅军的定义非常精彩扼要，在此基础上我再补充一项以让这个概念更加周延完善，即世间万物乃是变动不居且复杂矛盾的，我们在执行持续的目的性行为时也不能不知变通，一意孤行。因为不仅世界是瞬息万变的，当事人同样也在不断地改变，十年前于清楚的认知之下所决策的持续的目的性行为，可能十年后就失去了它原本所聚焦的意义，因此在执行的过程中，我们的意志必须进一步召唤理性和智慧，如此才能够随着成长变化而不断地做出对自己最有意义的生命抉择。毋庸置疑，理性与智慧在人生道路上乃是攸关重大的关键因素，可以帮助我们时时刻刻校正当前可能已经涣散、失焦或是落入习惯性、形式化的现状，让我们把意志永远保持在最鲜明且最饱满的状态。

借由上述的定义来看，《红楼梦》里唯独探春一人具备了"自觉性的进取的意志"，其他的人物则都各有所缺。例如王熙凤虽然也具有高度的"明确的认知"，但却错失了让贾府未来得以起死回生的关键措施，证明了她还是只局限在眼前的世界内，显然她的认知并不彻底；而林黛玉非常了解自己所处的环境，很多时候却只选择努力地自我设限，困居在自己的个人世界里感伤自怜；至于薛宝钗，则是在认识到某些事情有着"知其不可为"之处以后，决定与其冲破桎梏，不如就守住当前既有的局面，让当下的人际运作得到圆满。由此可见，当"明确的认知"落实于不同的人物身上时，会因为性格特质或是价值观的差异而产生迥然不同的层次。

再看"强烈的感情"此一条件，多愁善感的林黛玉自不待言，宝玉亦不遑多让，虽然彼此的形态根本有别，但情感都不失强烈。除了这两人以外，尤三姐为柳湘莲引剑自刎的行为确实彰显出强烈的情感，令人印象极为深刻，不过从另一个角度而言，其悲剧的下场也充分说明了缺乏"明确认知"的强烈感情只会导致崩坏和毁灭。只不过，这些人的强烈感情都属于个人范畴，不比探春乃是出于对家族的深爱，所以特别显示出他人未见的奋斗与悲愤，第七十四回抄检大观园时，探春便当着众人凛然道：

> "你们别忙，自然连你们抄的日子有呢！你们今日早起不曾议论甄家，自己家里好好的抄家，果然今日真抄了。咱们也渐渐的来了。可知这样大族人家，若从外头杀来，一时是杀不死的，这是古人曾说的'百足之虫，死而不僵'，必须先从家里自杀自灭起来，才能一败涂地！"说着，不觉流下泪来。

泪水非强烈的感情不足以产生，又是洞悉家族弊病之深、之重所致，实为结合了明确认知与强烈感情的集中呈现。

可以说，在构成"自觉性的进取的意志"之众多因素里，至关重要的是"持续的目的性行为"，而王熙凤、贾宝玉、林黛玉和薛宝钗分别有着各自的限制，有的甚至还谈不上行动，所以能够针对一个目的和方向持续奋进，将理想真正付诸实践者确实唯有探春一人。作者在第五十六回中描写了探春新官上任，刚刚接手理家任务时便立刻针对各种积弊进行改革，对于王熙凤因为碍于情面有所顾忌而不敢开展的措施，她都一力承担，这也是王熙凤在贾府末世的补天事业中比较缺乏的一面。

综上所述，探春是《红楼梦》里唯一兼具"明确的认知""强烈的感情"以及"持续的目的性行为"三个要素的角色，她身上所汇集起来的强大力量，体现出一种剑及履及的奋进精神，以及十分庞大的行动力场，我们可以从她的身上感受到非常显著又清明的理性特质。探春这位人物所展露的远远超过他人的珍贵理性，可以让我们作为人生的提点和启发，随时随地反思自省，自己是否在某些强烈的主观情感驱使之下丧失了客观理性。

莺莺并非反礼教

参照唐传奇的才子佳人故事，女主角们几乎压倒性地成为整篇小说的主轴，带动整个事件的发展并且直接决定了结果。相反，那些男主角们都没有什么魄力，格外软弱，在作出人生抉择之际也相当被动，因此总的来说，那些爱情小说恐怕都是以女性的光芒作为引导和压轴的。

不过更必须注意的是，真相也并非那么简单。从现今的角度来看，我们会理所当然地认为这些女性是果敢地争取爱情，勇于打破礼教禁忌，与社会反其道而行——人们很习惯用此种"革命"的概念来断定她们的抉择和行为属于自我个性的觉醒，但那纯粹只是现代人的自我投射。倘若我们要摆脱这种形式主义的思考方式，就必须深入掌握唐传奇故事的内涵和寓意。

先以唐传奇里最为闻名的故事——《莺莺传》为例，它在后世逐渐演变成了《西厢记》，荣登戏曲界的经典之列，而很多人基于宝、黛二人共读西厢的情节，便误以为该书对《红楼梦》的情爱观念影响甚大，实则不然。首先，虽然这篇传奇中的女主崔莺莺因为具有才学，能够抚琴写诗，而被不少学者视为才子佳人叙事模式中佳人角色最早的开端，加上她不愿被压制的自我伸张精神也符合现今普世所宣扬的自由自主观念，所以读者便理所当然地认定其所作所为都是正确的，并且把阻碍她的人全部归类为对立的敌人。但事实真是如此吗？根据我对《莺莺传》这篇作品的思考，则认为崔莺莺所表现的情欲自主意识以及不顾一切与张生共效于飞的追爱执念，只不过是一般意义上的"自觉"，而并非"自觉性的进取的意志"层次上的"自觉"。

试看张生初见莺莺的当下便为她的美貌惊艳不已，从此魂牵梦萦，随即无所不用其极地想要接近对方。而莺莺作为一位具有智慧的女性，非常了解张生究竟对自己抱持着何种企图，所以便严词拒绝这个贪图美色的登徒子，她大义凛然地指控道：

> 兄之恩，活我之家，厚矣。是以慈母以弱子幼女见托。奈何因不令之婢，致淫逸之词；始以护人之乱为义，而终掠乱以求之。是以乱易乱，其去几何？诚欲寝其词，则保人之奸，不义；明之于母，则背人之惠，不祥；将寄于婢仆，又惧不得发其真诚；是用托短章，愿自陈启，犹惧兄之见难；是用鄙靡之词，以求其必至。非礼之动，能不愧心，特愿以礼自持，无及

于乱。(元稹《莺莺传》)

这段话的意思是，固然莺莺对张生拯救其全家于祸乱之中心怀感激，但是张生却想要以违反礼教的方式陷她于不义，漏夜攀墙至其闺房企图越轨，则又落入悖德之乱，形同"以乱易乱"。此一邪派行径无疑是在摧毁莺莺的清誉、侵害她的贞洁，让她丧失理性与尊严。由此可见，莺莺并不是一个盲目愚昧、冲动无知的女性，她对于张生的不良目的有着明确的认知。更何况，张生在面见莺莺之前，便私下找了她的贴身丫鬟红娘来帮忙打通密道，意图尽快一亲芳泽，当时红娘对他的请求则发出了一个疑问：既然张生是崔氏一家的救命恩人，对崔家恩重如山，而且两家又有亲戚关系，一旦他开口求婚必然会得到应允，为何还要以如此迂回的方式去接近莺莺呢？张生听了居然这般回答：

> 若因媒氏而娶，纳采问名，则三数月间，索我于枯鱼之肆矣。而其谓我何？

从中可见，张生此人之动机极不纯正，他只想赶早满足自己的欲望，从未打算通过礼教明媒正娶的方式与莺莺结为夫妻，对他而言，求婚那种必须历经数月繁文缛节的漫长过程无疑是煎熬难耐的，可是如此一来，岂非正说明了张生只是企图与莺莺发生不正当的关系吗？那算是真正的爱情吗？换言之，张生初见莺莺之际"几不自持"的神魂颠倒实际上也并非多数读者所称道的"一见钟情"，因为其所作所为归根究底与"情"毫无关联，只是源于他贪恋莺莺的美色。

令人意想不到的是，红娘身为莺莺的贴身丫鬟，竟然接受了张生的委托，并泄漏机密，告知张生可以用诗词来打动莺莺的芳心，以此激发莺莺的感性，让她失去理智。就这一点来说，红娘的行径堪称与卧底之奸细无异，身为形同姊妹的侍女却把主子莺莺的隐私向一个心怀不轨的陌生男人和盘托出，将如何攻破其心防的最佳秘诀都轻易告知对方，岂非等同于把莺莺推入淫乱的深渊？试问红娘之所以这般作为，究竟是源于懵懂无知，还是纯粹别有一番盘算？根据荷兰汉学家伊维德（Wilt L. Idema，1944—）的研究，他认为红娘在崔、张关系中并非事不关己的局外人，而是一个积极主动的参与者和支持者。因为对红娘来说，促成两人的关系只有百利而无一害，假设莺莺日后幸运地被张生迎娶为正式的嫡妻，她也可以跟着陪嫁过去，就此获得另外一种更高的身份保障，犹如《红楼梦》中王夫人的陪房般沾光得权，而不必终身做一个地位卑贱的丫鬟，一旦又得到张生的喜爱，或许她还能够被纳为妾室，那最好不过。这么说来，红娘在此事中恐怕也有图谋个人之切身利益的心理，所以才会不惜让女主人陷入难堪的局面，假如她确实是一个借势牟利的"不令之婢"，"不令"即"不善"之意，则众多读者一味歌颂其对崔、张关系的推波助澜乃热心助人的侠义行为，并把她形塑为一个热血而忠诚的可爱丫鬟，未免过于天真愚昧且想当然耳。

无论如何，张生依计而行，写了一首诗给莺莺，不久终于得遂所愿，两人双宿双飞。但微妙的是，从此之后莺莺的姿态就变得非常卑微，与二人发生关系之前，她对张生的倨傲、严厉截然不同，甚至带有一种"我祈求你的怜悯，请你不要抛弃我"的乞怜意味。后来，张生要去京城考进士，因为那攸关他未来一辈子的宦途，是任何人都无法阻止的人生关键，而莺莺在张生"文调及期，又当西去"之前，于信中所说的"始乱之，终弃之，固其宜矣"，正是成语"始乱终弃"的来源。由此看来，莺莺对于自己与张生之间的关系始终保持着清醒和确切的认知，她并没有怨天尤人，而是从人性的逻辑以及对张生的认识，表示情郎的始乱终弃"固其宜矣"，意指事情应该依照这个方式发生，她早已有了心理准备。足见莺莺对于自己终被抛弃的下场心知肚明，只不过尚且保留一线希望，所以才恳求张生"必也君乱之，君终之，君之惠也"，即她的幸福就在对方的一念之间，显然莺莺绝对不是一个无知冲动的女性。至于她何以明知这一段不伦关系本质上无法开花结果，却依旧决定与张生发展出违反礼教的男女私情，则是另外一个问题，此处暂且不论。

总而言之，崔莺莺绝对不是为了要追寻自我而选择反礼教、反传统，那并不合乎事实，她真正值得赞美之处在于始终清清楚楚地知道自己的处境，了解社会规范的界限，以及她必须为自己的所作所为付出何种代价。莺莺拥有清明的理性和客观的认知，完全明白张生并没有真正关心她的终身幸福，因此对于张生"始乱之"的色欲动机了若指掌，甚至还准确预告了张生"终弃之"的薄幸。尤其在莺莺回复张生的信件中所写的："岂期既见君子，而不能[以礼]定情，致有自献之羞，不复明侍巾帻。没身永恨，含叹何言！"意谓可惜我一遇到你，却无法用礼教把自己的爱情限定在合法的范围之内，以至于蒙上"自献之羞"，因为莺莺向张生自荐枕席，就等于破坏了礼教而成为一个悖德的女性，如此一来，她注定"不复明侍巾帻"，即不能够明公正道地成为张生的妻子，这便是她放弃礼教保障之后所要付出的代价。

必须注意的是，莺莺所言的这段话至关重要，因为它清楚证明了莺莺根本不是现代读者所以为的，为了爱情而不顾一切的女性。我之所以把"不能 [以礼] 定情"的"以礼"二字用方括号标注起来，原因是现在一般所看到的版本并没有"以礼"二字，但首屈一指的唐史专家陈寅恪对于这一段文本存有疑问，他认为既然已经见到君子，怎么会不能定情呢？再结合后两句"致有自献之羞，不复明侍巾帻"的悔恨之辞来推测，莺莺所谓"不能定情"之说应该要补上"以礼"二字，由此便明确表示出她由于未能够坚持以礼守身的意志，而导致自己沦为悖德女性的悲惨下场。

因此，我们实在不应该把崔莺莺的"自觉性的进取的意志"解释为反传统或冲破礼教，事实上恰恰相反，崔莺莺非常清楚自己在做什么，对于自己未能自我控制而导致的下场也是心知肚明，只不过内心尚存有一线希望，冀求能够侥幸。莺莺之所以在与张生发生了性关系之后忽然判若二人，乃源于传统的社会中，身为女子的莺莺本来就属于弱势者，失身之后又陷入更加软弱的地位，所以违背了礼教规范的她只能够依靠张生的怜悯与忠诚度日，并承担被抛弃的巨大风险，显然在失去了礼教的庇护之后，她的人生将变得毫无保障。一般读者往往忽略了，整个传统社会对于男女双方的处境是持着格外严重的双重标准的，以《红楼梦》里乱伦之尤的爬灰事件为例，女方的秦可卿最后得去自杀，但其公公贾珍却自始至终都不需要付出任何代价，这就是他们的现实处境。则正如伊维德所说，在崔、张那一段非礼教的爱情关系里，莺莺是唯一可能的受害者。

反观男方，张生在这段关系中非但不会受到伤害，甚至还有很多人赞美他的风流，以及悬崖勒马的果断。当他抛弃莺莺的时候，振振有词地说出一番冠冕堂皇的道理：

> 　大凡天之所命尤物也，不妖其身，必妖于人。使崔氏子遇合富贵，乘宠娇，不为云，不为雨，为蛟，为螭，吾不知其所变化矣。昔殷之辛，周之幽，据百万之国，其势甚厚，然而一女子败之。溃其众，屠其身，至今为天下僇笑。予之德不足以胜妖孽，是用忍情。

这段话引得"于时坐者皆为深叹"，他们惊叹于张生在面对崔莺莺此等尤物之际竟然能够控制自己的心神，不让自己继续耽溺堕落于温柔乡，反倒可以幡然醒悟、回头是岸，此之谓"忍情"，表现出一种坚忍不拔的非凡克制力。但如果了解崔、张二人相识的来龙去脉，便会发现事实并非如此，莺莺根本未曾如他口中所说的"妖孽"那般诱惑他，完全是他对莺莺见色起意，百般调弄，莺莺只是一时动心才会付出惨痛的代价。可惜的是，碍于身份性别的缘故，莺莺无法像张生一样为自己的决定和立场提出辩驳，加上"红颜祸水"的观念在传统社会中根深蒂固，所以"于时坐者"必然更加倾向于支持张生，由此可见，与女性相比，男性在社会中的待遇确实更胜一筹。

当然，莺莺在这段关系里也并非全然的被动者，毕竟她自己也有冲动鲁莽的时刻，否则不会一开始分明不假辞色地拒绝了张生，当面厉声责令他要"以礼自持，无及于乱"，然而事后却在对方已经完全退缩并且不再骚扰她的情况下，她又主动去自荐枕席，让张生如同做梦般又惊又喜。不过，这并不是我们关注的重点，此处所要强调的关键在于：莺莺对张生怀有强烈的感情，所以才会在极为理性的心智状态中，终究还是决定走上一条自己明确知道必须付出何等代价的不归路，我们并不应该因为莺莺最后误入歧途就否认她预先的明确认知。尤其值得留意的是后续还有一段发展，"后岁余，崔已委身于人，张亦有所娶"，两人已经各自男婚女嫁，但张生竟然还企图要再占莺莺的便宜，作者描写道：

> 适经所居，乃因其夫言于崔，求以外兄见，夫语之，而崔终不为出。张怨念之诚，动于颜色；崔知之，潜赋一章，词曰："自从消瘦减容光，万转千回懒下床。不为旁人羞不起，为郎憔悴却羞郎。"竟不之见。后数日，张生将行，又赋一章以谢绝云："弃置今何道，当时且自亲。还将旧时意，怜取眼前人。"

在此，莺莺的表现真是可圈可点，她写了一封绝交书，坚定表示只会允许自己犯下一次错误，而这个错误已经让她付出沉重的代价，因此没有必要重蹈覆辙。虽然她在信中客气地感谢张生对自己仍然存有旧时的情谊，但同时也非常彻底地拒绝了与张生的会面，并希望对方"还将旧时意，怜取眼前人"，劝告张生把往昔的情感用来怜惜身边的妻子，而不是还分心于已经不复存在的旧情。

从故事里的蛛丝马迹可以发现，崔莺莺是一位颇为理性的女子，如果我们仅仅因为她做过一件违反礼教的事情，就武断地判定她是一个冲动的人，那实在是太大的误解；倘若再把她在严格理性之下出现了某一奇特的非理性行为解释为超越时代的自我觉醒，恐怕更是缘木求鱼的穿凿之说。换言之，莺莺从来没有忽视自己真正的处境，也没有刻意美化人性的真实，她对此有着彻底的洞察，这一点正是我之所以愿意赞美她的原因。

霍小玉的"爱情自觉"

接下来再看由蒋防所撰的《霍小玉传》，这篇传奇里的女主人公霍小玉乃霍王之女，后来流落为娼，成为一位既漂亮又有才华的倾城名妓。作为历史上特殊文化的开端，唐代名妓常常与进士发展出风流韵事，二者借此互抬身价，属于当代社会的一个突出现象，名妓霍小玉也希望能够找到一名风流才子，共同发展出一段美好的爱情。她认为自己年方十八，正是青春焕发的时刻，加上娼妓之流并不处于社会正统的伦理规范之下，因此至少可以不受"父母之命，媒妁之言"的束缚去寻找自己喜欢的对象。当老鸨穿针引线让霍小玉与男主角李益见面的时候，霍小玉忍不住失笑说"才子岂能无貌"，即才子不是都应该要俊美丰朗吗？而李益听了便为自己辩解道："小娘子爱才，鄙夫重色。两好相映，才貌相兼。"霍小玉觉得李益说得很有道理，于是两个人就在一起了。只是我总不免感到疑惑，这般各有所取、明确定下客观条件的爱情，彼此互相交换，真能算是爱情吗？

值得注意的是，当晚中宵的洞房之夜，霍小玉却突然对李益哭诉道：

> 妾本倡家，自知非匹。今以色爱，托其仁贤。但虑一旦色衰，恩移情替，使女萝无托，秋扇见捐。极欢之际，不觉悲至。

霍小玉坦白表示，她深知以自己的身份绝对不是李益门当户对的婚配对象，这便反映出她并没有妄想以姿色才貌嫁入豪门。相反，她非常清楚地知道自己的社会限制，那就是"今以色爱，托其仁贤"，意指李益纯粹是因为霍小玉的美貌才会爱上她，一旦她年老色衰、风韵不存，李益给予的恩情恐怕就会生变。由此可见，霍小玉未曾因为成功与李益在一起便迷失了自我，而是清楚地意识到自己未来必然会面临美色不再而被抛弃的结局，所以她不禁在极欢之际油然悲从中来。李益听了这番话不免也很感慨，但是正当浓情蜜意的时刻，再怎样动人的诺言都可以轻易端出来，他说道：

> 平生志愿，今日获从，粉骨碎身，誓不相舍。夫人何发此言。请以素缣，著之盟约。

其中最引人注目的，是李益称呼霍小玉为"夫人"，这是否意味着李益相当重视且深爱着霍小玉，而把她视为自己明媒正娶的妻子呢？当然，我们并不应该就此立刻作出判断，因为李益说出这番话之际是在浓情蜜意的第一天晚上，而三五个月之后是否依旧如此则难以确定了。不过必须承认，李益此人确实颇为深情，他与霍小玉两人"如此二岁，日夜相从"，接下来度过两年日夜伴随的幸福生活，这至少肯定了李益比起张生还是真情得多。只不过问题在于李益身为年轻人，与张生一样必须为了自己和家族的未来去奋斗，不能永远沉溺于温柔乡之中，所以当"其后年春，生以书判拔萃登科，授郑县主簿"时，霍小玉在设宴饯别的离别场面上便对李益说道：

以君才地名声，人多景慕，愿结婚媾，固亦众矣。况堂有严亲，室无冢妇，君之此去，必就佳姻。盟约之言，徒虚语耳。然妾有短愿，欲辄指陈。永委君心，复能听否？

她指出，一则以李益的"才地名声"必然会得到许多人的仰慕，并且想把女儿嫁给他的人家也肯定络绎不绝，这是来自外界的诱惑；二则李益的母亲是一位严母，既然家里没有正配夫人，所以他此去必定会缔结其他的高门婚姻，而过去对霍小玉的盟约之言也将沦为"徒虚语耳"，毕竟以前的海誓山盟只不过是出于当下浪漫时刻的激情。有趣的是，霍小玉接下来提出了一个要求：

妾年始十八，君才二十有二，迨君壮室之秋，犹有八岁。一生欢爱，愿毕此期。然后妙选高门，以谐秦晋，亦未为晚。妾便舍弃人事，剪发披缁，夙昔之愿，于此足矣。

既然此时的霍小玉芳龄十八，那便说明了两年前与李益初次相见时她才十六岁，相当于如今的高中生，可是她却已经历尽沧桑，对自己、对社会、对她所遇到的人都有着非常清楚的认识。而李益"才二十有二"，距离三十而立还剩下八年，所以霍小玉希望李益在接受正式的婚姻之前，能够与她共度这八年的黄金岁月，"一生欢爱，愿毕此期"，届时霍小玉二十六岁，既然已经与情郎过完了堪比一辈子的幸福，她便会心甘情愿地"剪发披缁"，出家为尼，毕竟"夙昔之愿，于此足矣"。简言之，霍小玉仅仅希望可以得到八年的纯粹爱情，再加上之前的两年，总共十年，即足以一生无憾。由此可见，她对于自己在社会上的身份定位，以及在此条件下所得以拥有的幸福限度，显然是心知肚明的。但是她并不强求也不贪心，该退则退，而对于她有权利去追求的，也勇敢地尽己所能去争取，这种进退有度的分寸感正是霍小玉最令人欣赏的主要原因。

综上所述，无论崔莺莺还是霍小玉，她们都绝非冲动盲目之人，也并未一意孤行地感情用事，这就是我对所谓的"自觉性的进取的意志"所做的补充，也提醒一下一般阅读分析这两篇唐人传奇小说时容易忽略的重点。

可惜的是，虽然霍小玉怀有八年欢爱的合理心愿，但是后来仍然不可避免地发生了悲剧，因为李益返家以后，他的母亲逼迫他一定要迎娶表妹卢氏，但是聘财高达百万，他们全家只好大江南北到处借贷，终于在用尽各种办法之后成功娶得那位高门女子。可叹的是，即便李益深爱着霍小玉，但是他并不敢反抗个性严酷的母亲，随着时间的流逝不断地迁延回程，苦苦等待着李益归来的霍小玉也越发担心，所以便到处打听对方的消息，而为人软弱的李益又不敢直接向霍小玉道出实情，甚至连亲口对霍小玉说一声"对不起，我要辜负你了"的勇气都没有。这让霍小玉怨愤不已，因为她并非强人所难，迫使李益一定要遵守诺言，只是完全想不通，何以李益就不能像个男子汉大丈夫那般，当面向她确切地表达出未能履行诺言的歉意。

何止当事人霍小玉，旁人对这种情况也都看不下去，"风流之士，共感玉之多情；豪侠之伦，皆怒生之薄行"，有一位豪士便设了局诱骗李益过来，再把他送到霍小玉面前，逼令李益必须清偿自己的孽债，也了却霍小玉的心愿，然后飘然远去，真是路见不平拔刀相助的义侠。不幸此刻的霍小玉已经病势沉重，命在旦夕，加上为了寻找李益而倾家荡产，生活艰难，因此当这位薄幸郎终于再次出现于眼前时，她凝视了他好久之后，咬牙切齿地发出一个毒誓："我死之后，必为厉鬼，使君妻妾，终日不安！"随后即香消玉殒。果然李益后来的发展虽则平步青云，看似人生的一切都已经圆满，但是他却总是怀疑妻子卢氏红杏出墙，因此夫妻之间猜忌万端，导致全家鸡犬不宁，毫无幸福可言。

现实中的李益是一位知名的诗人，《全唐诗》里收录了不少他所创作的诗歌，有几首还是脍炙人口的杰作，可见他在当时便名闻遐迩，然而他的性格猜忌多疑，尤其对妻子非常不信任，甚至出现暴虐的行为，于是蒋防就根据他的性格编排出《霍小玉》这篇小说以解释他荒诞失常的行径，将之归因于被他无情辜负的女子幻化而成的鬼魂作祟。不过，倘若纯粹以文本来看，这则故事传达出一个很值得我们参考的道理：一个人千万不要轻易地随意允诺自己做不到的事情！因为个体的能力和性格都是有限的，也会遇到当初设想不到的困难与限制，务必要深思熟虑之后再给出承诺；一旦遇到那些难题出现之际，则要勇于面对并尽力弥补，而不是消极软弱地逃避，否则就会让事况逐渐失控，最终导致不可挽回的惨剧。《霍小玉》中的李益便是一个绝佳例证，虽然他对霍小玉深怀强烈的感情，可是却没有明确的认知，他并不了解或盲目忽视自己将来会遇到的社会压力，反倒霍小玉还比他更能够洞悉当前的局面。而最关键的地方在于，李益实际上也未曾着手去实践承诺，更缺乏所谓的持续的目的性行为，他把自己所有的力量全部都用来逃避现实，岂知这般作为不但没有消减任何困难，甚至还带来了更大的不幸。

风筝与凤凰

必须注意到，对于贾探春的性格塑造，作者实在花费了不少心血去拣选与之关联的意象，让我们得以更具体地领略这位金钗的重要特质，并了解到她究竟如何从前期的韬光养晦瞬间转变成家族中引领风骚的关键人物。

首先，第五回太虚幻境内属于探春的人物图谶，乃是"画着两人放风筝，一片大海，一只大船，船中有一女子掩面泣涕之状"，由此反映出"风筝"即为与探春的性格、命运密切相关的重要意象之一。顺着同一安排，作者不仅于第二十二回安排探春的灯谜诗以风筝为谜底，更在第七十回特别着重描写了探春的风筝与其他风筝绞缠纠结的一幕：

> 探春正要剪自己的凤凰，见天上也有一个凤凰，因道："这也不知是谁家的。"众人皆笑说："且别剪你的，看他倒像要来绞的样儿。"说着，只见那凤凰渐逼近来，遂与这凤凰绞在一处。众人方要往下收线，那一家也要收线，正不开交，又见一个门扇大的玲珑喜字带响鞭，在半天如钟鸣一般，也逼近来。众人笑道："这一个也来绞了。且别收，让他三个绞在一处倒有趣呢。"说着，那喜字果然与这两个凤凰绞在一处。三下齐收乱顿，谁知线都断了，那三个风筝飘飘飖飖都去了。

由此可见，风筝与凤凰这两个意象蕴含了探春的命运与性格的双重隐喻。饶具意义的是，与一个"玲珑喜字带响鞭"造型的风筝绞在一起，便带有了婚姻关系的强烈象征，暗示探春这只"凤凰"将会与另外一只凤凰共结连理，而清楚呼应了第六十三回探春所抽到的花签"日边红杏倚云栽"，因为该签注云"得此签者，必得贵婿"。所谓"贵婿"不仅指男方与探春门当户对，他的身份地位也极其尊贵，据此便意味着未来探春应该会嫁为王妃，所以接下来众人看了以后才会笑道："我们家已有了个王妃，难道你也是王妃不成。大喜，大喜。"简而言之，就命运暗示的这一点来说，风筝凌空遥翔的形象正与探春远嫁的婚谶密切相关。

除此之外，风筝意象更代表了探春人品崇高、性格清朗的特点。如同第五回人物判词所说的"才自精明志自高"，其中的"高"字便反映出探春卓尔不群的胸襟与气度，使得她有别于一般的闺阁女性，具有超越时代的高远志向与不凡见识，这一点也是多数读者非常容易忽略的关键。著名的英国民俗学家文林士（C. A. S. Williams）提到过中国风筝的相关环境因素，即包含了超拔的高度和清新的秋天微风（a high elevation, and a fresh autumn breeze），秋日既没有夏天的炎热难耐，也不比冬季的寒风凛冽，天高气爽的宜人天气最适合大家呼朋引伴出外郊游放风筝，可以说是一个舒适清朗、明净剔透的季节，这岂非与探春的居处名称——"秋爽斋"完全符合？

尤其值得玩味的是，唯有微风这种并非狂风似的横扫一切，但又不至于濒临死寂、停滞的空气流动，才能够让风筝仿佛鸟儿翱翔于蓝天般乘风高飞，毕竟强横野蛮、令人难以消受的暴风非但无法令风筝飞起来，甚至还会整个加以摧毁。也就是说，与风筝有关的环境因素必须包括微风的存在。由此可见，作者绝对不是泛泛地使用风筝这个意象，他充分利用了此一闲暇娱乐活动的基本条件进行精心的设计，致使探春的形象更加传神写照，她不仅是个志存高远的女性，还是一位拥有纯净透明的灵魂，不肯被任何人情的污点所玷染的君子。因此，以清新的秋天微风以及超拔的高度而言，探春绝不能够忍受阴微鄙贱的低下人格，所以她努力抗拒着以血缘勒索的方式中伤其品格的生母赵姨娘，这也成为她人生中最大的一个挑战。

此外，探春的风筝造型是凤凰，这恰恰对应于第六十五回中，兴儿向尤二姐描述探春的性格时所说的"老鸹窝里出凤凰"，显然凤凰意象经由作者的巧妙安排，更通过第七十回的风筝造型产生了联结，并直接合而为一。事实上，探春是《红楼梦》里的五大凤凰之一，另外的四位分别为元春、黛玉、宝玉和凤姐。首先，元春的皇妃身份无疑与作为百鸟之王的凤凰地位相应，而黛玉则是通过庄子的寓言典故，以潇湘馆的竹子与鹓雏（凤凰之属）产生关联，见下文的引述，两人都属于"有凤来仪"所指涉的凤。至于宝玉之所以是凤凰之一，不仅体现在家族宠儿的地位上，也清楚表达于第四十三回中，当时他私自离府出外祭奠先前因他而死的金钏儿，不料大家因为找不到他而焦急万分，正要天翻地覆之际，玉钏儿一看到他返家后，便收泪说道："凤凰来了，快进去罢。再一会子不来，都反了。"凤凰之喻名副其实。最后，王熙凤无论是从名字的"熙凤"，还是第五回的图谶"一片冰山，上面有一只雌凤"来看，都显示出她与凤凰的等同性。由此可见，作者对于这五个人物都给予一定程度的肯定和高度的评价。

上文谈及凤凰的类比，根据其尊贵地位的象征而喻示探春嫁为王妃的命运，与此同时，我们也不可忽略高贵的凤凰实际上也代表了高洁的人格。在中国传统文化的语境里，以凤凰象征高洁人格的典故早已见诸《庄子·秋水》，其中描写道：

　　夫鹓雏（案：凤凰之属），发于南海而飞于北海，非梧桐
不止，非练实（案：即竹实）不食，非醴泉不饮。

凤凰"非梧桐不止""非练实不食"，即使在攸关生死的状况下，它的
饮食歇宿也都宁缺毋滥，由此可见其习性高蹈远远超过一般的飞禽走
兽，无怪乎成为品格崇高者的代表意象。值得注意的是，梧桐作为凤
凰的栖息驻足之处也展现了遗世独立的脱俗品格，因此才能够在万木
丛中脱颖而出，获得凤凰的青睐，而探春的住处秋爽斋恰恰正栽种着
梧桐树。在第四十回中，贾母领着刘姥姥一行人逛大观园，当众人莅
临秋爽斋略坐之际，贾母隔着纱窗往后院内看了一回，赞美道："后
廊檐下的梧桐也好了，就只细些。"梧桐在秋爽斋里生长，便呼应了
探春这位"凤凰"确实怀有"非梧桐不止"的择善固执的精神。根据
同一个典故，事实上除了梧桐之外，大观园还有一处院落的植物也和
凤凰相关，那就是潇湘馆的"有千百竿翠竹遮映"（第十七回），这些
竹子也突显了屋主黛玉隐逸世外的高洁性格，只是探春的高洁并不会
流于鄙视世俗的孤高倨傲，而与黛玉有所区别。

　　探春确实具有人格上的洁癖，但是她既没有黛玉"孤高自许，目
无下尘"（第五回）的骄慢姿态，也并未如同惜春般发展成极端病态
的程度，而她开阔豁朗、光明磊落的君子型人格，透过其住处秋爽斋
的布置和摆设得到了更充分、明确的体现，第四十回描述道：

　　探春素喜阔朗，这三间屋子并不曾隔断。当地放着一张花
梨大理石大案，案上磊着各种名人法帖，并数十方宝砚，各色

笔筒，笔海内插的笔如树林一般。那一边设着斗大的一个汝窑花囊，插着满满的一囊水晶球儿的白菊。西墙上当中挂着一大幅米襄阳"烟雨图"，左右挂着一副对联，乃是颜鲁公墨迹，其词云：

　　烟霞闲骨格　　泉石野生涯

　　案上设着大鼎。左边紫檀架上放着一个大观窑的大盘，盘内盛着数十个娇黄玲珑大佛手。右边洋漆架上悬着一个白玉比目磬，旁边挂着小锤。……东边便设着卧榻，拔步床上悬着葱绿双绣花卉草虫的纱帐。

许多学术理论都已经证明，房舍就是屋主精神空间的延展和人格特质的具体化呈示。秋爽斋内部的整体结构摆设，即表露出一种开阔明朗的气度，其屋宇有别于其他金钗的住处，属于"三间屋子并不曾隔断"的恢宏格局。在传统建筑的概念里，"间"指的是两根柱子加上屋顶横梁所组成的空间，通常可以在柱梁之间加装槅扇而区别于另间，虽然无法彻底阻绝一切声音或视线的流通，但仍然具有相对的封闭性，所以隔断之后的空间不免会显得狭仄窄小，譬如"小小两三间房舍，一明两暗"（第十七回）的潇湘馆便给人一种"这屋里窄"（第四十回）的感觉。想来这般的空间设计对探春的灵魂造成了压迫，于是她把屋子全部打通成为一间，从视觉上来看便可以一览无遗，也符合畸笏叟所赞美的"'事无不可对人言'芳性"的澄明心志和坦荡胸襟。

　　据之可见，秋爽斋的宽敞通透实际上也是探春"素喜阔朗"的人格体现，令人难以想象如此敞开心扉、坦荡磊落的女子会藏匿任何不足为外人道的阴暗部分，所以与其抱着想当然耳的成见去看待探春，不如客观理性地从她的生活细节中了解其真正的为人品性。

秋爽斋内部之"大"

首先，我们不难发现，作者一连以八个"大"字作为秋爽斋内各种摆设的描述关键字，分别是"大理石大案""斗大的一个汝窑花囊""一大幅米襄阳'烟雨图'""大鼎""一个大观窑的大盘""娇黄玲珑大佛手"等各式用品。除了能够客观计量的形容词之外，作者还特别选择了"大理石""大观"这种本身无论面积大小都带有"大"字的专有术语，则可想而知，其中必然涉及一种意象上的特定联想。尤其"大观窑"的名称，更直接呼应了第十八回元妃省亲时所题的"天上人间诸景备，芳园应锡大观名"，意即各式各样的丰富景色都已经汇集在这座园子里了，从而它就是一个独立自足的圆满世界，所以便为此一美好的花园御赐"大观"之名，不过实际上，"大观"不仅是指"大观无遗物"（齐己《煌煌京洛行》）的盈满无缺、万物皆备，其最主要的深层意义更包含了"四夷来率服"的王道内涵。读者切莫忽略了元春是以贵妃的身份回到贾府省亲，身为皇族的最高级成员即代表着至高无上的皇权，因此作者以"大观"二字延续了传统政治上最完美的至高境界，即王道理想的实践，是再合乎逻辑不过的情况。

值得注意的是，纵观小说中直接带有"大观"词汇的各种名物，除了大观园以及元妃省亲时驻跸的正楼"大观楼"之外，唯一使用了"大观"为称者就是探春房内摆设的大盘所从出的"大观窑"，显而易见，这绝非偶然的巧合。根据学者的考证，清朝所谓的"大观窑"事实上便是古籍中一贯提说的宋代官窑，官窑与柴窑、汝窑、哥窑、定窑合称为宋代五大名窑，所出产的瓷器非常精美，历代交誉，如今在拍卖市场上属于天价型的古董珍宝，而清人之所以把官窑称为"大观窑"，是因为"大观"乃宋徽宗的年号，与皇帝直接相关并承继了传统政治的王道意涵。换言之，"大观"二字只出现于探春的房中，这一特殊安排必然与她的人格特质及生命事业有所关联，由此可以合理推论曹雪芹正是通过窑名与楼名、园名的一致，借以彰显出探春是一位秉具大观精神的巾帼女性。

如前所言，仔细验看这一段所提及的各式品物，其相关的描述词汇中采用的"大"字统共有八个，"大"简直可以说是房内各式各样的存在物及其存在样态的一个共通的关键字，并且很明显地，"大"字与主屋格局上不曾隔断而整一宽敞的状态完全出于同一本质。除此之外，秋爽斋里还有一个作者并未运用"大"字来形容，体量却甚为巨大的家具，即探春日常起居寝卧的拔步床。作为一种有着立柱、桁架、槅窗、顶棚、平台的大型卧榻，拔步床从正面立柱至床边的前方空间不但可以设置梳妆台与坐椅，后部的床底下还能够摆放箱笼便器，甚至形成两三进的规模，可以说是五脏俱全，终日待在拔步床内，日常活动都不成问题，其空间之大可见一斑，因此，也唯有秋爽斋将三开间都打通的格局才能够将拔步床容纳得恰如其分，而不显壅塞窘迫。在《金瓶梅》里，描写到孟玉楼的嫁妆清单时，不仅罗列了各种贵重的金饰银件、绫罗绸缎，还包括了两张南京拔步床，这便反映出拔步床确属一种非常珍贵的家具。当然，不同于纯粹用来炫耀丰厚资产的孟玉楼，拔步床固然也与贾家的身份地位相称，但对探春而言，重点根本无关乎它的市场价值，而在于其本身所呈现的恢宏大器。

此外必须注意的是，探春房中的器物之"大"并非单单为了在视觉上展示一种矗立非凡的压迫性气势，那未免显得大而无当或虚张声势，探春之"大"主要是体现出破除个人的局限性，让自己超越世俗的框架而仔细品尝人生的每一个际遇，并从中感受到存在的乐趣与价值，事实上这也才是一个人真正的成功，如同圣埃克苏佩里所说的，能够懂得把握生活各个层面所遇到的真、善、美，当下可以欣赏一朵花的芬芳，可以体悟一本书的智慧，可以领略到一首音乐的美妙，绝非执着地追求到一个社会所定义的价值才足以称为"成功"。

用之则行，舍之则藏

再者，试看秋爽斋西墙上挂着的一大幅米襄阳的"烟雨图"和一副"烟霞闲骨格，泉石野生涯"的对联，"烟雨"实际上便代表着出世离尘的情操，展现了不在红尘中遭受搅扰的心志追求，加上对联里的"烟霞""泉石"更是反映出隐逸者在山林泉石之间遨游自得的洒脱。可见探春具有超逸自在、不求闻达的淡泊品性，对她而言，即使没有得到世界的认识与重用，也能够独善其身，安然享受自己所主宰和经营的生活乐趣，让灵魂处于平衡稳定、宠辱不惊的状态。作者甚至还运用具有高度象征意义的花卉，即汝窑花囊中插着的"水晶球儿的白菊"，进一步揭示探春人淡如菊的高洁品格，犹如"采菊东篱下"的陶渊明，尤其白色的菊花更隐喻着她并不在乎这个世界的缤纷色彩，因为其内心非常清楚自己真正的理想和追求，所以不会被任何的征逐纷纷所蛊惑，以至于迷失了方向。

一般来看，倘若回顾探春于第五十五回受命理家之前的存在样态，比起宝黛之恋的故事主轴，这位三姑娘相对显得若有似无的叙事份量，可能会令人感到此一人物无关紧要。实则大大不然，探春在小说前半部的不显眼乃是作者的刻意安排，他要让前期的探春处于韬光养晦的沉潜阶段，因此只展现其性格中甘于恬淡、不强行出头的一面，怡然自得地安顿自我的生命。一旦等到这个世界察觉其万丈光芒，并赋予实践才干的机会，她也会当仁不让地承担起重任，为家族进行大刀阔斧的积极改革，堪称一鸣惊人，则可想而知，探春确实是个动静皆宜、进退自如的卓越女性，诚如《论语·述而》中孔子对颜渊所说的"用之则行，舍之则藏"。她这种既不强求世界配合自己，也不愿意委屈自己俯就于世界的精神，非常值得学习。人与世界的关系原本即错综复杂，因此我们究竟要如何达到平衡，其中肯定需要深厚的智慧，而这份智慧必须来自淡泊的心态，否则便难以超脱尘俗以看清楚自己的所在与世界的样貌，最终无法作出一个最合适的选择。

此外，从"案上磊着各种名人法帖，并数十方宝砚，各色笔筒，笔海内插的笔如树林一般"可知，探春在日常生活中常常临摹往昔书法名家的法帖，"法"是要让人取法的一种范式，而这些名人法帖指的当然是书法，是学习者临摹的典范，旁边还有数十方宝砚，以及各色笔筒，笔海里插的毛笔如树林一般，大大小小、形形色色，各种粗细长短的都有，可让她把各种名人法帖中不同层次的典范更为精确、传神地表达出来，这便展现出探春勤于摹效的敬谨向学之心。显然探春非常勤快地使用这些文房四宝，那当然不是出于偶然，试想：除了探春的秋爽斋之外，其他金钗的房内可有摆放如此齐备的文房四宝？根据第四十回刘姥姥逛大观园的全景视角，黛玉的潇湘馆里最引人注目的是"案上设着笔砚，又见书架上磊着满满的书"，让刘姥姥不禁感叹"竟比那上等的书房还好"；而宝钗的蘅芜苑则是"案上只有一个土定瓶中供着数枝菊花，并两部书"；至于迎春、惜春都没有相关日常的具体描写，足见唯独探春把临摹法帖当作生活的常态。很值得注意的是，这一类兴趣需要非常专注的意志——因是之故，现在有很多家长希望借由让孩子练习书法以锻炼他们读书做事的专注力，而探春当然不需要通过临帖的方式来培养这方面的能力，她是作高一层，有意借书法以让自己维持住专心致志、心无旁骛的状态，这不仅是她的自觉选择，也是其人格塑造的具体表征。

而探春投入在书法上的专注意志也表现于为人处事的各个方面，例如第七十六回中，当贾府阖家赏月庆中秋的时候，因为贾母兴致高昂，一直玩到四更天，即半夜一点至三点，众位姐妹都熬不过，纷纷离席先去就寝了，在夜深露浓而稀稀落落的现场，只有探春一位孙女陪着贾母撑到最后一刻，由此可见，探春不但身体康健，也具有坚韧不拔的毅力。换言之，临帖所要训练的意志力同样体现于此，那也是在探春身上特别被凸显出来的性格特点，这一坚韧的意志力让她择善固执，不肯妥协，坚持到底，可以说是环环相扣、一以贯之的人格主轴。最重要的是，探春并不专断于一家，也不独钟于一位，而是追效各式各样的名家典范，那岂不正是杜甫在《戏为六绝句》之六所说"转益多师是汝师"的体现吗？

再看"数十个娇黄玲珑大佛手"，蕴含着富贵之意，毕竟物以稀为贵，南果子到了北方便价值不斐，可以衬托贾家的品位与财势，此外，再根据第四十一回脂砚斋的批语所言："小儿常情，遂成千里伏线。……佛手者，正指迷津者也。"可见此物还兼具了命运预告的作用，通过佛手在巧姐与板儿之间的辗转联系而暗示将来两人会结为姻缘。不过值得深思的是，单单从字面上望文生义来看，佛手代表了佛祖救赎众生的慈悲为怀，而它又何以会出现在探春房内？基于小说后四十回已经散佚，我们无法在具体细节上找到明确的原因，但可以合理推论，佛手除了用来熏香、作为摆饰之外，它之所以雀屏中选被放在秋爽斋里，无形中也是要呈现出探春慈善温柔的一面，虽然她既非黛玉那样的孤傲，也不比宝钗那般的圆融，而是带着法理的刚强，但却不失探入人情的温暖心怀。她的温暖是平衡公正、面面俱到的，并不会以私害公，这可以说是一种更崇高的人格境界，即能够平衡法、理、情，一无偏颇，探春确实达到了此等的境界，只不过作者在她身上相对特别凸显的是法理，而很不同于一般的人情取向，以至于读者往往感到不习惯，甚至对她产生很大的误解。

　　何以这么说呢？试看探春房内一系列以"大"为形容关键字的器物里，唯独带有"小"字者即是白玉比目磬旁边所挂着的"小锤"。中国传统文化里的"磬"，一则作为寺庙报时的法器，乃宣告全部和尚集合诵经禅修、用餐作息的客观依据；二则又是度曲的乐器，以精准的敲击节拍与其他的乐器共同演奏出美妙的音声。而两者的共同性都是展现一种客观公正的权威，乃群体活动时的共同依归，所有的人都必须严格遵守，给予适当的配合，否则便会荒腔走板、秩序大乱，就此来说，磬本身便代表了律令、法度、法统、规范、分寸等行为准则。作者之所以安排探春房中摆放了磬这一物件，就是为了呈现出她追求客观公正、知法守理的性格。不过，固然探春为人处事往往以

"法理"为优先，不讲情面，但也并未铁血严苛至枉顾人性的地步，所谓的"白玉比目磬"即是用玉来制作的，白玉温润柔和的色泽质地可以调和、软化磬的刚硬和严峻，小锤又一定程度地自我节制，显示探春在以法理为重的同时又能够适度地有所缓冲，因此中庸合度。

关键在于：一旦要让磬发出声音，行使法律的功能，锤便是不可或缺的重要工具，既然是"小锤"而非"大锤"，便说明了探春在掌握号令权力的情况下，依然能够谨守分寸，不会滥用权威、挟势弄权，犹如第六十二回黛玉所评价的："虽然叫他管些事，倒也一步儿不肯多走。差不多的人就早作起威福来了。"由此足以证明，作者正是从器物的细节处建构出探春秉正不阿的性格特质，从而她也不会失于王熙凤那般的"逸才逾蹈"（第五十六回脂批）。以此推测，倘若王熙凤的房中要置放磬与锤的话，那锤必定是大铁锤，敲起来震耳欲聋！就某个意义而言，可见探春和王熙凤的个性呈现出明显的对比。

总而言之，作者对于探春住居的名称以及房内各种摆设的安排，无不彰显出探春性格中的宽朗开阔以及宰相肚里能撑船的胸襟气度，而她那"用之则行，舍之则藏"的进退皆宜，也让她自己的灵魂保持在一个超拔的高度上，自然而然地便形成一种超脱的清新气质。

生于农历三月三日

对于小说家而言，虚构本来就是他的特权，因此他可以运用各式各样的文化象征给予其笔下的角色相得益彰的设计。既然我们认为曹雪芹是一位伟大的作家，会为每个情节进行字斟句酌的精心安排，则也应该认真推敲：小说人物的生日设定究竟隐喻了哪些含义？从第七十回的描写可知，探春生于农历三月三日：

> 说起诗社，大家议定：明日乃三月初二日，就起社，便改"海棠社"为"桃花社"，林黛玉就为社主。明日饭后，齐集潇湘馆。因又大家拟题。……次日乃是探春的寿日，元春早打发了两个小太监送了几件顽器。合家皆有寿仪，自不必说。饭后，探春换了礼服，各处行礼。

三月初二的次日就是三月初三，即为探春的寿诞，而她的名字里与春天结合的动词是"探"，意指探访、探寻，显然不同于诞生在大年初一的元春，无论名字或生日都带有大地回春、一元复始的开创意涵，到了三月初三的时节，春天已经开始进入盛极而衰的阶段，因此只能够费心去探访春花的踪影了。从三月初三再往后推衍至三月底、四月初，那时候百花凋谢，就得要"惜春"了，因此脂砚斋早已批示，《红楼梦》中元、迎、探、惜的名字组合乃是谐音"原应叹息"，以这四位贾府嫡系女性的命运来表达众芳的集体悲剧命运，扩而言之，其实也就是当时所有女性的共同遭遇。

值得注意的是，何以作者会将"探春"这个名字赋予三姑娘？推究其故，除了因应元、迎、探、惜四姐妹的排序之外，最主要的原因是在中国传统文化里，三月初三属于大规模的民俗节日，汉代以前定为三月的第一个巳日，称为"上巳日"，百姓在这一天要到水边进行"祓禊"仪式，亦即通过沐浴洗涤，借由水的净化力量去除身上的秽气和厄运，以达到趋吉避凶、祈福攘灾的目的。到了魏晋时期，上巳日的祓禊仪式已经由单纯的风俗信仰逐渐演变成文人展示其才艺情趣的雅集，即一群风雅之士会聚于水边，当场并非只是纯粹的即席赋诗，而更添加了"曲水流觞"的精彩活动。所谓"曲水流觞"，是指文人们选择一处曲折蜿蜒且水流平缓的河溪，然后众人分列于两侧岸边，再从上游把空酒杯浮漂于水面上顺流而下，如果酒杯在某个转弯处搁浅，那么坐在该位置的人便得罚饮一杯并作诗一首，所以颇有一种由命运来决定赋诗人选的意味。当然，他们不可能选择黄河边或者水流湍急的地方，否则"君不见黄河之水天上来，奔流到海不复回"，酒杯一路飞奔至海角尽头，最终每个人都作不成诗了，又有何趣味可言！早在晋穆帝永和九年（353），王羲之等人的上巳祓禊便催生出著名的《兰亭集序》："暮春之初，会于会稽山阴之兰亭，修禊事也。……又有清流激湍，映带左右，引以为流觞曲水。"如同《红楼梦》中宝玉等人的生日聚会并非只是一味地喝酒，因为那般滥饮未免过于单调乏味，所以他们才会决定要行酒令以增添更多乐趣，同样地，王羲之等辈也是赋诗作文，而留下了千古美谈。由此可见，三月初三上巳日确实是个具有深厚人文意涵的重要节日。

简而言之，就探春的寿诞来说，我们可以提取出两个重点：第一，它是一个具有净化作用的节日，不仅代表着对命运的祈福禳灾，同时蕴含了心灵在缤纷的春景之后，也可以开始沉淀而重新获得明净的寓意，而探春正是在面对恶势力的纠缠之际，依然能够出淤泥而不染，通过不断的努力抗争和坚毅奋斗让自己豁免于污秽的沾玷，使内心迎向一个更光明坦荡的境界。第二，就中国传统的知识分子来说，此日属于文人雅集的节庆，既然书中只有在探春身上才很清楚地刻画如何去和恶势力战斗，甚至展现出此一对抗过程中进行肉搏战的惨烈，则对比之下，其恬淡高雅的逸趣便越发意味深长。

客观来说，在贾府的众金钗里，探春是最富有文人气息的，固然薛宝钗在诗社的三次竞比活动中两次夺魁，足见其作诗能力之高，但秉持着妇德女教的她往往不以此为重，通常只是在雅俗共赏的情况之下才陪着诗兴大发的姊妹一起参与创作；而林黛玉的个人吟咏虽则频繁而优美，可她前期的性格争强好胜，将写诗视为一种自我肯定的方式，后期则依然陷溺于个人的感伤情怀，其强烈的竞争意识与主观感受还是有别于文人之清雅，至于其他姐妹如迎春、惜春、李纨根本不善此道，所以在文人的雅趣上，除诗歌之外更擅长书法、欣赏字画与新巧玩物的探春才是真正最被凸显也最具代表性的一位。

试看第二十七回探春与宝玉聊天的时候，她说道：

"这几个月，我又攒下有十来吊钱了。你还拿了去，明儿出门逛去的时候，或是好字画，好轻巧顽意儿，替我带些来。"宝玉道："我这么城里城外、大廊大庙的逛，也没见个新奇精致东西，左不过是那些金玉铜磁没处撂的古董，再就是绸缎吃食衣服了。"探春道："谁要这些。怎么像你上回买的那柳枝儿编的小篮子，整竹子根抠的香盒儿，胶泥垛的风炉儿，这就好了。我喜欢的什么似的，谁知他们都爱上了，都当宝贝似的抢了去了。"宝玉笑道："原来要这个。这不值什么，拿五百钱出去给小子们，管拉一车来。"探春道："小厮们知道什么。你拣那朴而不俗、直而不拙者，这些东西，你多多的替我带了来。我还像上回的鞋作一双你穿，比那一双还加工夫，如何呢？"

由于古代闺阁女子行动处处受到限制，可谓"大门不出，二门不迈"，所以探春才特别拜托宝玉出去的时候帮忙多带些"朴而不俗、直而不拙"的精致玩意儿回来，也就是说，她所喜爱的东西既要朴素天然，避免过多的人为装饰，但是也不能够流于庸俗粗糙。由此可见，探春的喜好并非仅仅局限于体现人文气韵的好字画，她甚至还将审美意趣延伸到成本低廉却又充满巧思创意的自然之物上，诸如"柳枝儿编的小篮子，整竹子根抠的香盒儿，胶泥垛的风炉儿"等等，可谓极具清新自然、优雅脱俗的文人情致，毕竟太多的繁缛装饰会导致失真而与心灵相距越远，但是如果过于诉求本心，也很容易流于粗率拙笨，究竟应该如何拿捏其间的分寸，便有赖于当事人的品位程度与审美实践。

再者，第三十七回述及袭人回到怡红院准备取碟子盛装东西，却发现碟槽空着，便问道：

> "这一个缠丝白玛瑙碟子那去了？"众人见问，都你看我我看你，都想不起来。半日，晴雯笑道："给三姑娘送荔枝去的，还没送来呢。"袭人道："家常送东西的家伙也多，巴巴的拿这个去。"晴雯道："我何尝不也这样说。他说这个碟子配上鲜荔枝才好看。我送去，三姑娘见了也说好看，叫连碟子放着，就没带来。"

鲜荔枝是红艳饱满的，如果放在缠丝白玛瑙碟子上，那红白相映的鲜明色彩就会显得极为赏心悦目，所以宝玉才会指令晴雯必须用这个碟子送鲜荔枝去给探春，显然平民出身的袭人、晴雯并不能领略其中的美感，而同为贵族成员的探春则眼光不凡，与宝玉的审美情趣完全一致，于是看到送来的荔枝以后"叫连碟子放着"，以便细心赏玩。这反映出受过诗书教养之辈确实具有非比寻常的艺术修养，探春与宝玉这对同父异母的兄妹心有灵犀，比起贾环，他们反倒更像是同胞所出，在心灵层面事实上是更亲近、更契合的手足。

诗社发起人

无怪乎，探春会成为诗社的第一个发起人，她发出花笺建议宝玉邀集众人，登高一呼，便让姊妹们集体参与到富有文人情趣的绝佳盛宴，使得她们的生活更加艺术化，可以说，大观园里的艺术升华完全是借由探春的号召才得以完成，她堪称功不可没，因此以"文艺推手"来赞美探春的创举绝不为过。试看探春号召姊妹们的那一篇书信，其中不仅包含了典雅的古文，还几乎全篇采用了传统文学中最精致华丽的骈文，她在这副花笺上写道：

> 娣探谨奉
> 二兄文几：前夕新霁，月色如洗，因惜清景难逢，讵忍就卧。时漏已三转，犹徘徊于桐槛之下，未防风露所欺，致获采薪之患。昨蒙亲劳抚嘱，复又数遣侍儿问切，兼以鲜荔并真卿墨迹见赐，何痌瘝惠爱之深哉！今因伏几凭床处默之时，因思及历来古人中处名攻利敌之场，犹置一些山滴水之区，远招近揖，投辖攀辕，务结二三同志盘桓于其中，或竖词坛，或开吟

社，虽一时之偶兴，遂成千古之佳谈。娣虽不才，窃同叨栖处
于泉石之间，而兼慕薛林之技。风庭月榭，惜未宴集诗人；帘
杏溪桃，或可醉飞吟盏。孰谓莲社之雄才，独许须眉；直以
东山之雅会，让余脂粉。若蒙棹雪而来，娣则扫花以待。此
谨奉。

首句的"娣探谨奉"，意指探春以妹妹的晚辈身份敬谨地写这封信
笺，呈奉给哥哥宝玉。其中所提到的"前夕新霁，月色如洗，因惜清
景难逢，讵忍就卧。时漏已三转，犹徘徊于桐槛之下"，正展露出探
春对自然风光的喜爱与珍惜，为了欣赏月色如洗此一绝美景致而不忍
心就寝，在桐树依依的门槛前徘徊流连至深夜。当她在欣赏明月清
辉、梧桐风姿的时候，不禁联想到文人月下夜游的风雅，从而感叹
"风庭月榭，惜未宴集诗人；帘杏溪桃，或可醉飞吟盏"，即美好的大
自然风光一旦没有诗人宴集赋诗，未免辜负了眼前的良辰美景。毕竟
诗人是天地的精华，而诗歌是宇宙的灵魂，所以她认为眼前的桃杏风
致可以让众姊妹"醉飞吟盏"，大家一边喝酒一边吟诗，故曰"孰谓
莲社之雄才，独许须眉；直以东山之雅会，让余脂粉"，其中的"莲
社"是指东晋名僧慧远所集结的文社，然而探春认为吟咏作诗并非男
性独有的专利，乃运用谢安"东山之雅会"的典故，主张即使女性也
能够发挥雄才滔滔的一面，带有不令男性专美于前的巾帼不让须眉之
气概。探春这种"有为者亦若是"的魄力，是促使大观园诗社得以集
结成立的关键，她写这张花笺的主要目的，就是希望能够召唤起姊妹
们的诗词雅兴，通过集会的形式让大家共襄写诗之盛举。

　　下面接着说"若蒙棹雪而来，娣则扫花以待"，意指如果承蒙宝

玉冒雪划船来到秋爽斋这里，一起商讨集会作诗的议案，则妹妹我就会扫花以待，郑重等候，前一句源自东晋王徽之雪夜荡舟去拜访戴逵的故事，后一句典出杜甫《客至》一诗中的名句"花径不曾缘客扫"。当然，对这两句话仔细一想就会疑惑，下雪的同时怎么还会有落花？何况秋爽斋的庭院内，作者只提到梧桐和芭蕉，并没有杏、桃，可花笺上却说"帘杏溪桃，或可醉飞吟盏"，由此可见，整篇骈文所使用的若干辞汇其实是虚的，主要是用典铺陈，不仅意象如画，句式也都是由整齐的四六组成，而且互相对仗，基本上就是在经营一篇非常精致华丽的文章。

总而言之，我们必须注意两个重点：一则此信沉博绝丽、文辞华美，证明了探春文采斐然，具有高度的诗书涵养，其实并不亚于黛玉、宝钗，所略逊者只是诗词一道而已；二则探春赏爱自然景物的生活情韵，充满了脱俗不羁的名士风范，毫无一般脂粉闺秀的扭捏拘谨，也大大有别于黛玉垂泪到三更、宝钗做女红至深夜的情况，确实令人为之眼前一亮。试想：体弱多病的黛玉怎么可能撑着"风吹吹就坏了"（第五十五回）的身体夜半出外赏竹？而性格务实的宝钗即便完成了女红针黹，恐怕极大的概率会决定提早入睡。因此，探春事实上更为接近中国传统社会中的风雅文人，这也正与其生日所隐含的象征意义相呼应。

其实，相较于那些喜欢簪花插叶的庸脂俗粉，探春更加欣赏大自然清新但又不流于拙笨的风姿，在这篇花笺里，提到了"时漏已三转，犹徘徊于桐槛之下"，显见秋爽斋种植着梧桐，但庭院中并不只此树，实际上还有芭蕉，那也是探春亲口坦言自己最喜欢的植物。而一个人的性格特质当然与其最喜爱的东西直接相关，因此若欲深入了解探春，便必须掌握到芭蕉的文化意涵。只是在进入深度的诠释之前，大家务必谨记一点：由于中国文化历史悠久，植物意象往往累积了许许多多的人文寓托和心境投射，甚至可以天差地别，即使同一种植物都可能会产生正面与负面的对反含义，因此我们不能纯粹只以某一首诗或某一篇作品为根据，便开始囫囵吞枣地断定作者取材时所赋予的意义，一定要仔细分析整篇文章的脉络来推敲它究竟比较着重于哪一类的意涵，否则就会以偏概全、望文生义，作出无谓的穿凿附会，导致最终的解释沦为无稽之谈。

譬如以袭人为例，其代表花为桃花，不少读者刻意选取具有负面意义的诗句进行发挥，即杜甫《绝句漫兴九首》之五的"颠狂柳絮随风舞，轻薄桃花逐水流"来嘲讽袭人的两段姻缘，并胡乱断定曹雪芹就是以此批判袭人的薄幸无情。可这种人物解析的方向不但与脂砚斋的看法背道而驰，此一诗例也选用不当，殊不知，当时的杜甫只是因为自己年老体衰，而对灿烂明媚的春光感到忿忿不平——自己已经力不从心，走都走不动了，赶不及追访处处盈漫的春景，但那些柳絮却尽情地满天飞舞，桃花飘落之后纷纷随水流去，是多么地恣意挥霍啊！诗人在相形见绌之下不免感到愤激，于是很不公平地指控柳絮颠狂、桃花轻薄，没有定性，这当然是文人内心极度失衡的一种表示。既然他是处于内心不平的极端状态之下写出此诗，我们又岂能单单用一句诗来涵盖杜甫的全部立场？事实上这首诗是杜甫所有作品中唯一的特例，杜甫其他诗篇里所描写的桃花都很美、很动人，何况即使在同一组《绝句漫兴九首》内的其他诗作，桃花也立刻回到优美可爱的形象，更显示出"轻薄桃花逐水流"乃是一种罕见的反用，不宜孤证引义。所以说，读者实在应该抛开一切成见，以更为客观全面的视角去理解各种意象所隐喻的含义。

　　同样地，因为文人通常"诗穷而后工"，遇到窘况的时候反倒更能够发挥诗才，所以很容易会对自己触目所见的各类植物进行境遇投射，而在后代文人的咏物诗里，芭蕉也不免被寄托了怀才不遇的感受，至于芭蕉在探春身上是否也隐含了怀才不遇的意味，我们还得仔细加以检验之后才能正确判断。首先，探春的秋爽斋已经展现出阔朗大器的风范，因此她的性格中绝对没有丝毫怨天尤人的穷酸气，即使世界尚未给予一展长才的机会，她也不会自暴自弃，反而同样认真地经营个人怡然自得的生活，如此豁达洒脱的女性，又岂会到处诉苦，抒发自己怀才不遇的愤懑？最重要的是，以第五十五回受命理家作为分界线，探春于小说前期都未曾表露过任何有志难伸的不满，由此更加印证了曹雪芹之所以选用芭蕉作为探春之人格特质及生命情境的展现，必然是与怀才不遇有别的另一种含义。再说，写到芭蕉的诗主要是从中晚唐时期开始出现，在此一时代环境下，他们所写的芭蕉也很少涉及怀才不遇，而更符合探春的人格特质与生命情境。

　　第三十七回里，当众人起诗社，宝玉建议探春就其院内种植的梧桐、芭蕉来取别号时，探春便笑说："有了，我最喜芭蕉，就称'蕉下客'罢。"据此可知芭蕉确实乃探春之至爱。固然大观园中栽种着芭蕉的院落并非仅有秋爽斋一处，另外至少还有怡红院和潇湘馆两地，不过倘若仔细考察，便会发现芭蕉的人文意涵唯独在探春身上才被充分凸显出来。

蕉叶题诗

芭蕉并非以花为重的植属，整株植物长着宽阔翠绿、光滑如蜡的叶片，其新叶卷曲如书札，展开则平坦如纸面，所以经常被文人用来题诗作词，传达一份浓郁的文心。例如清代蒋坦于《秋灯琐忆》一书中，记述了他与妻子关秋芙以蕉叶代替纸张进行笔谈的过程，令人莞尔也教人神往：

> 秋芙所种芭蕉，已叶大成阴，荫蔽帘幕，秋来雨风滴沥，枕上闻之，心与俱碎。一日，余戏题断句叶上云："是谁多事种芭蕉？早也潇潇，晚也潇潇。"明日，见叶上续书数行云："是君心绪太无聊！种了芭蕉，又怨芭蕉。"字画柔媚，此秋芙戏笔也，然余于此，悟入正复不浅。

这真是极富性灵的一对恩爱夫妻啊，固然身家贫穷，然而却拥有广为布施的宽朗心性，尽量让生活变得很美好、很有意义，那都不是可以用钱堆砌出来的。首先，关秋芙非常善良，善良到遭遇一阵风雨之际，会担心他们家后院里树上的幼雏可能有生命的安危，于是在风雨过后赶紧去检视一番，把被吹落的小鸟送回巢里。此外，她还深具文人的雅兴、逸趣，包括这般以蕉叶题诗来应对交流的聪慧，身为丈夫的蒋坦看在眼里，真是爱入心底，爱她性灵的美好，两个人便共同经营这般充满了诗情画意的生活。不幸的是关秋芙早逝，蒋坦在妻子过世之后，于穷愁潦倒中便靠着那些温馨的记忆活下去，后来也不幸地在战乱中饥馑而死。而他所记录的这段夫妻之间的无声对话，不仅展露了两人神仙眷侣的知己之情，还反映出一种文人的风雅逸韵。尤其是极具蕙质兰心的秋芙，当看到蒋坦因为窗外雨打芭蕉而心绪寂寥，并迁怒于种植芭蕉之人时，她以"是君心绪太无聊！种了芭蕉，又怨芭蕉"的题字回应了丈夫的无端抱怨，提醒他，一个人本来就应该承担自身行为所造成的后果，而不是一味怨天尤人。最终，蒋坦见此手笔也忍不住哑然失笑，并为自身不反求诸己的态度感到惭愧，对于妻子自然更是赏爱入骨。

当然，"蕉叶题诗"的风雅之举并非由清代的这一对夫妻所首创，倘若以唐诗为考察范围，便不难发现早在唐代文人之间已经形成普遍的现象，其中涉及芭蕉之类的作品，诸如：

· 尽日高斋无一事，**芭蕉叶上独题诗**。（韦应物《闲居寄诸弟》）

· 江鸟飞入帘，山云来到床。**题诗芭蕉滑**，对酒棕花香。（岑参《东归留题太常徐卿草堂》）

· 篱外涓涓涧水流，槿花半点夕阳收。**欲题名字知相访，又恐芭蕉不奈秋**。（窦巩《寻道者所隐不遇》，一作于鹄《访隐者不遇》）

· 无事将心寄柳条，**等闲书字满芭蕉**。（李益《逢归信偶寄》）

· **雨洗芭蕉叶上诗**，独来凭槛晚晴时。故园虽恨风荷腻，新句闲题亦满池。（司空图《狂题十八首》之十）

· 来时虽恨失青毡，**自见芭蕉几十篇**。（司空图《狂题

十八首》之十二）

·青山时问路，红叶自知门。首藩穷诗味，**芭蕉醉墨痕**。（唐彦谦《闻应德茂先离棠溪》）

·常爱林西寺，池中月出时。**芭蕉一片叶，书取寄吾师**。（皎然《赠融上人》）

·**试裂芭蕉片，题诗**问竺卿。（齐己《秋兴寄胤》）

无论是韦应物的"芭蕉叶上独题诗"、李益的"等闲书字满芭蕉"，抑或唐彦谦的"芭蕉醉墨痕"等等，都反映了中晚唐诗人经常在芭蕉叶上写字题诗的状况，而为何他们会选择以芭蕉叶代替平整的纸张来作诗？原来这也与他们的生活环境密切相关。

首先，从盛唐诗人岑参《东归留题太常徐卿草堂》一诗题目中的"草堂"二字可知，他闲居在"江鸟飞入帘，山云来到床"的草堂一隅，过着脱俗离尘的山斋生活；同样地，中唐诗人韦应物也是高卧于与世隔绝的隐居之处"尽日高斋无一事"，享受着从容自得的悠哉岁月，在这般悠闲的心境之下，他便以戏谑风雅的方式抒发情思，把脑海中涌现出来的诗句题写于芭蕉叶上。此外，窦巩《寻道者所隐不遇》一开始提到的"篱外涓涓涧水流，槿花半点夕阳收"也是描述隐居山林里的山光水色，无不说明唐代文人之所以经常蕉叶题诗，乃源于他们生活在远离城市喧嚣的山野林郊，容易从周遭环境中就地取材，而芭蕉叶片宽阔平展，有如铺开的纸张，更是主要原因。

窦巩接着又说"欲题名字知相访，又恐芭蕉不奈秋"，他原本想要在芭蕉叶上留下姓名，告诉隐者有一位朋友前来拜访，无奈遗憾地错过一面，却不免担心在蕉叶上题了名字之后，依然会让传达信息的

期望落空，因为"又恐芭蕉不耐秋"，当秋天的时令一到，蕉叶便会
枯黄凋落，上面的文字势必一并湮灭，言外之意是担心隐者这一去乃
"云深不知处"，什么时候回来都不一定，而届时蕉叶可能已经残破不
存了，则隐者还是浑然不知有人曾经来拜访过，终究枉费了远客的一
番心意。这是"蕉叶题诗"非常有趣的另一个类型。

再者，从晚唐诗僧齐己的"试裂芭蕉片，题诗问竺卿"以及皎然
的"芭蕉一片叶，书取寄吾师"可知，他们这些僧侣除了摘取芭蕉叶
来题诗之外，还会写上智慧的箴言或是日常的嘘寒问暖寄给老师，其
中之逸趣也不亚于文人的美感情韵。此外如司空图的组诗《狂题十八
首》之十二，其中书云"来时虽恨失青毡，自见芭蕉几十篇"，请注
意他说的不是"几十片"，而是"几十篇"，意指每一片芭蕉都是一
篇文章，可见上面应该也题有诗句。复看晚唐的唐彦谦写道："苜蓿
穷诗味，芭蕉醉墨痕。"芭蕉叶上布满了飞舞的笔迹，留下他大醉以
后的一些狂想。

雨打芭蕉

生活于山明水秀的大自然里，听觉在寂静的环境和心境中会格外
灵敏，而芭蕉因为叶面宽阔，阵雨落在叶片上所发出的声响尤为清晰
入耳，所以最容易与文人的易感多情相互触发，唐诗中写到这种听觉
之美的诗句也有不少，譬如：

·早蛩啼复歇，残灯灭又明。隔窗知夜雨，芭蕉先有声。
（白居易《夜雨》）

·浮生不定若蓬飘，林下真僧偶见招。觉后始知身是梦，
更闻寒雨滴芭蕉。（徐凝《宿冽上人房》）

·万事销沉向一杯，竹门哑轧为风开。秋宵睡足芭蕉雨，
又是江湖入梦来。（汪遵《咏酒二首》之二）

从白居易的"隔窗知夜雨，芭蕉先有声"便可以谛听到静默的夜晚中淅淅沥沥的雨打芭蕉之声，纵然诗人隔着窗户，依旧清晰可闻。徐凝的《宿冽上人房》更是置身于"上人房"，即高僧的寝室这种脱俗的环境，借由芭蕉遗世独立可又充盈自足的幽雅，以"觉后始知身是梦，更闻寒雨滴芭蕉"表达出人生之本质实为空幻如梦的体悟。通过这首诗，我们能够感受到芭蕉让人明心见性的那一面，就宗教意义来说，它帮助我们从嘈杂纷扰的浮世中回归人类存在的本质，不至于走向浮浮沉沉、汲汲营营的虚妄追求。而汪遵的"秋宵睡足芭蕉雨，又是江湖入梦来"则以江湖荡波的梦境和雨打芭蕉的声音相结合，展现诗人在得到充足的睡眠之后，更有饱满的精神来体会存在的意趣。

推敲芭蕉之所以被文人雅士赋予这般意涵，应该与它最宜于表现下雨时的潇潇之声密切相关。确实，人只有在心灵与环境都很宁静的情况下，才会感受到雨打芭蕉的情韵，而该等情致在清幽的环境中更让人体会到此生若梦，诸般浮浮沉沉的得失、汲汲营营的追求，真是无比喧嚣，也无比虚妄。因此，我们也不难理解探春何以会最喜欢芭蕉，因为它不仅是探春个人的情志投射，衬显出她体认到生命最真实

的一面，与当下自足而无须追求外在世俗价值肯定的心灵素质也是密不可分。

到了晚唐时期，还可以举出下列诗篇为例：

· 烟浓共拂芭蕉雨，浪细双游菡苕风。（皮日休《鸳鸯二首》之二）

· 展转敧孤枕，风帏信寂寥。涨江垂蟪蛛，骤雨闹芭蕉。（郑谷《蜀中寓止夏日自贻》）

· 更闻帘外雨潇潇，滴芭蕉。（顾敻《杨柳枝》）

皮日休的《鸳鸯》这首咏物诗以及顾敻的《杨柳枝》，也和前述的诗歌一样提及"雨打芭蕉"的情景，而郑谷的"展转敧孤枕，风帏信寂寥"则又展现了一个人独眠醒觉的孤清状态，由于周围没有任何喧嚣的干扰，心情不再浮躁而逐渐变得沉静，所以狂风骤雨击打芭蕉叶所发出的淅淅沥沥之声并未让人郁闷烦搅，反倒犹如聆听大自然演奏了一曲交响乐般，内心感到清畅通透。顾敻是一位很有名的诗人，或者更应该算是词人，尤其以"换我心，为你心，始知相忆深"这几句最为知名，那是对情感的本质体贴得最深刻的箴言。在《杨柳枝》这一首半诗半词的作品里，顾敻也提到了"更闻帘外雨潇潇，滴芭蕉"，显示出雨打芭蕉确然是中唐以后开始普遍与文人雅趣、隐逸风范相衬的自然意境。

总括而言，"蕉叶题诗"的文人雅兴和"雨打芭蕉"的生活意境基本上都关联于一种淡定自得、幽雅清静的心灵素质，一般在夜雨潇潇的情境下不免寂寞萧索，然而芭蕉并未因此透露出丝毫怀才不遇的穷酸之气，反倒自有一种疏朗高华的情致和清新优美的意蕴。就这点来说，"蕉叶题诗"确实属于一种文人雅士的精神纯度以及才学的高度表现，因为要具有才学，方能够在蕉叶上题诗或者写下佛教的偈句，又必须没有俗世的搅扰、污染，芭蕉的自然清雅才得以体现出来。

所以说，探春身上的芭蕉意涵主要在于表现风雅的美感情韵，而不带有沉重的道德指涉以及对抗现实的张力，毕竟只要带有对抗的张力便往往会产生一种高傲倔强之气，暗透一副意欲嘲讽或者抨击现实的傲骨，这一点在芭蕉身上也不容易看得出来。因此芭蕉与冬梅、夏莲、秋菊、松竹、香草之类已经被赋予高度道德意涵的植物截然不同，其实与梧桐的气质较为接近，诚如唐代诗人路德延在《芭蕉》一诗中写道：

> 一种灵苗异，天然体性虚。叶如斜界纸，心似倒抽书。

很显然，芭蕉是一种在萌生伊始便自带灵秀之气的特殊植物，它"天然体性虚"，并不追求现实世界以实质量化为重的价值，而禀赋着远离世俗庸常的脱俗虚妙，使得其心灵弘阔超然，所以才能够容纳一些抽象而非现实的审美意趣，并以学识涵养和高雅情志为要。所谓"叶如斜界纸，心似倒抽书"，即新生的芭蕉经过大自然的锻炼之后，便宛如文人雅士被萃取出了精神的纯度，而它的心灵则有如"倒抽书"，意即饱读诗书，带有一种知识的涵养。以上便是我对于芭蕉意涵的总结。

蕉下客

由此，芭蕉便成为探春的自我化身，特别是第三十七回中当诸钗结了诗社以后，李纨对黛玉的提议大表赞同，进一步建议大家都各自取个外号，这样彼此称呼起来才比较雅致，此时宝玉建议三妹妹："这里梧桐芭蕉尽有，或指梧桐芭蕉起个倒好。"探春从善如流，立刻笑说："有了，我最喜芭蕉，就称'蕉下客'罢。"此处很明确地告诉我们，在梧桐、芭蕉之中，探春事实上更喜欢芭蕉，这便十分有趣了，因为梧桐还与凤凰连结在一起，更具备高洁的象征，然而探春却对芭蕉情有独钟，其中的缘故究竟安在？那必然也是深入了解探春的奥妙之处。

原来，梧桐和凤凰联结的典故出自庄子，见诸前文已经引述的"鹓雏，发于南海而飞于北海，非梧桐不止"，固然也展现出高洁的人格，但实际上带有一种强烈的高傲气息，也就是对俗世的贬低甚至嘲讽。然而探春并不是这种个性，她虽然人品高洁，却从不流于高傲，与妙玉、黛玉之辈截然不同。如此一来，她之所以会最喜欢芭蕉便极为合理，因为芭蕉并不存在梧桐所象征的那般过分的个人洁癖。

此外，回顾前文针对唐诗里的芭蕉所作的考察，可以进一步发觉一个现象，即其相关情境与秋爽斋内的摆设风格最为一致。在出现芭蕉的唐诗中，以文人雅士"蕉叶题诗"的类型最多，也都表露着隐逸、闲静的环境状态，心思绝对不是汲汲营营，而是恬然自得，所以才能够充分领受周遭景物所呈现的那一份清幽美感，同时也和身边的所见所闻产生一种艺术的交流，因之可以把主人公的生活完全艺术化了。这一点，岂非与探春十分接近吗？她以"烟霞闲骨格，泉石野生涯"来自我安顿，本身就可以充分地领略生活中每一个片刻的美感和价值，而不必由外界来给予肯定，所以此姝怎么可能会有怀才不遇的穷酸气，或者对人高傲不屑的骄慢之态？另外，诸家诗人都深具文人雅趣，透过他们深厚的知识学养凝萃出精美的诗句，直接题写于蕉叶上，则可想而知，这些作品里都呈现出一种知识分子才能够拥有的灵秀才性，那并不同于一般的感春伤秋、风花雪月。在此也必须强调，关于芭蕉叶在唐诗中所被赋予的文人意涵，乃出于具有高度文化气息的文人雅士而非一般诗家，此所以作者特别以蕉叶题诗来衬托探春身上同样具备的知识才学、脱俗心性。

整体来看，在居处栽种着芭蕉的贾宝玉、林黛玉以及贾探春三人之中，最亲近、最欣赏芭蕉者确实应推探春，也唯独探春最能够充分展现出芭蕉的独特气质，即中国文人传统里文人雅士的知识才学与超逸心性，那和黛玉偏向于高傲，甚至鄙视世俗的生命姿态是截然不同的。事实上，隐士未必带有一副与世俗对立甚至敌对的紧张，相反地，他只是觉得不想再待在这个世界里，于是自己另外去开创一个世界，在那个世界内安然自得，因此把自己的才智学养以及脱俗心志都寄托于此一别有天地的生活情境中，充盈而圆满。

更值得思考的是，探春也很喜欢临摹法帖。由此显示出一个人事实上可以毫无矛盾地将法和美结合在一起，探春一方面中规中矩，依法行事，具有高度规范的自我要求，同时又完全可以在书法里欣赏到线条的张力和美感。对我而言，这真是一名比起林黛玉更要迷人得多的女子，林黛玉失之于任性而自我局限，虽然很有性灵的美，但是狭窄而单薄，无法呈现出探春那更复杂深沉也比较超越性的一面。

总而言之，探春房中的摆设样样都具有高度的象征，无论是"烟霞闲骨格，泉石野生涯"的《烟雨图》，或者是宰相识器般大气的品物，乃至白玉比目磬所具备的如张释之执法的律令意义，无不显示探春所焕发而出者实属儒家所推崇的君子风范，那就是"用之则行，舍之则藏"（《论语·述而》），简化而言便是"用行舍藏"，面对仕隐出处都能够进退自如，既可以潇洒地寄托于山林的隐逸，又能够积极入世来改革这个世界。

坦言之，我认为与《红楼梦》中其他的人物相比，探春是最具有现代意义的一位女性，甚至是所有人的人格典范。我们无法一直站在舞台聚光灯的中心，如同日月一般号令全世界，毕竟人生总有退出舞台的时候，可是并不需要为此而感到沮丧失落。最重要的是，当我们在面对一代新人换旧人的交替之际，能够优雅地转身并从容地退场，而究竟应该如何漂亮而体面地完成人生的谢幕，则完全得依靠自身的高度修为，必须能够心怀大气、云淡风轻，从一个超拔的高度看待人间，最终才可以拥有把自我缩小的坦荡，并成功创造出优雅的风度。

出走意识

其实，上文以颇多的篇幅说明芭蕉的文化意涵，都是为了突显探春这个人物的性格根柢及其文化背景，接下来将会进入具体的情节来讨论她究竟还有哪些独特之处。首先，前述第三十七回中，探春在送与宝玉的花笺上所写的"孰谓莲社之雄才，独许须眉；直以东山之雅会，让余脂粉"便透显出一种巾帼不让须眉的性别意识，意思是指女性并不比男性逊色，两性于才能、灵魂、眼界的高度上可以是旗鼓相当的，据此便清楚可见探春颇有"一夫当关，万夫莫敌"的气势。只不过，虽然她自诩能够与男性平起平坐，但那绝非不自量力的傲慢，而是宏伟灵魂与开阔胸襟的自然展现，探春的骄傲并不是践踏别人的自我膨胀与炫耀，而是清楚了解到自己存有庞大的心理能量，并借之在既有的社会环境中走出独特的人生路途。

我之所以用"出走意识"作为本小节的标题，就是为了反映出在《红楼梦》里，探春那独一无二、超时代的性别突破意识。从古至今，无论男女都会在性别教育之下被灌输自己所应该符合的理想形象，譬如男性就被激发、被鼓励、被要求去承担社会的责任，并且必须具有心怀家国的栋梁意识；而古代女子出生之后都会接受各种妇德教育，以成为三从四德的贤妻良母为终极价值，无论是出嫁之前与之后，终身都一直依附于男性而生活，毫无自主性可言。虽然到了这个世代已经鲜少出现"女人本来就应该要牺牲"的言论，但是传统思想的遗毒犹存，每当听闻此说都不免感到十分刺耳，因为天下并没有用生理性别来规定一个人凡事就该如何的道理，何况是强迫牺牲！

可想而知，《红楼梦》中的女孩们自幼便受到妇德教育的环境熏陶，长久的耳濡目染之下，大多数也都会认定女性不如男子是天经地义的事实。但是只要细读文本便可以发现，小说里"你／我要是个男人"此一句式被反复使用过数次，实际上其本身已经隐含了性别差异的认知，而说出此言的金钗又是如何去面对或看待这个差别所带来的个性限制与精神压抑，则是最值得注意的关键，因为每一个人的反应并不完全相同，所以我们能够借由对相关细节的辨识而更加深刻地掌握到小说人物的性格。

　　"你／我要是个男人"这类句法在小说中一共出现了三次：第一例见诸第五十七回，当时邢岫烟暂住于紫菱洲，却惨遭迎春手下的丫鬟婆子们欺负，以至于连王熙凤依照一般公子小姐每个月的分例而特别给她的"二两银子还不够使"，在无可奈何的情况之下，她不得不典当衣服来应付那些吸血鬼。获悉此事的林黛玉不禁感叹起"兔死狐悲，物伤其类"，毕竟岫烟也是小姐身份，却只因为寄居在他人篱下，那些跳梁小丑竟然就可以骑到她的头上得寸进尺，而同样孤身一人处于贾府的黛玉纵然备受宠爱，也因为心理的不安全感而经常自我感伤为一无依无靠的孤女，所以当她得知岫烟受欺于下人的可悲遭遇时，便不免引发出内心的感慨和担忧。不过，此处的重点在于黛玉只是感叹而已，并没有作出反对或是任何不平的表示，史湘云却动了气，义愤填膺地说："等我问着二姐姐去！我骂那起老婆子丫头一顿，给你们出气何如？"接着立刻付诸行动。

　　由此可见，湘云确实颇有荆轲气概，属于路见不平就拔刀相助的侠义之辈，更难得的是固然她自己也常常被欺负，但却从不抱怨自己的遭遇，反倒积极为受到欺压的岫烟出头，所以她话才说完便往外走，要去二姐姐迎春那儿兴师问罪，毕竟归根究底，作为屋主的迎春让借住的客人承受这般的委屈，实在是太有愧于主人的道义了。这时宝钗连忙拉住了湘云，阻止她鲁莽行事，倘若真的让她到紫菱洲把下人大骂一顿，只会突显出迎春的辖治无能，让她脸面无光，也会导致岫烟的惨况雪上加霜，而此刻黛玉的反应非常有趣，她笑着对湘云说：

　　　　你要是个男人，出去打一个报不平儿。你又充什么荆轲聂政，真真好笑。

这段话说明了黛玉并不认可湘云挺身而出打抱不平的做法，更重要的是，其中反映出黛玉的性别意识乃是接受既有的性别规划，并且认为必须严守两性的界限不加以逾越，所以对于湘云竟然要逾越分际，去担当社会正义这种属于男人的性别职责，她认为是非常好笑而不可思议的行为。

至于第二个例子是出现在第七十三回"懦小姐不问累金凤"，迎春的过分软弱更导致她自己沦为最大的受害者，甚至奶娘还胆敢擅自把她的累丝金凤拿去典当换钱，开庄聚赌，这可急坏了丫鬟绣桔，因为累丝金凤不仅是一件非常珍贵的首饰，重点更在于"如今竟怕无着，明儿要都戴时，独咱们不戴，是何意思呢"。这是因为贾府的成员在重要的节日与场合里都有相应的服装规范，少女们也是一样。比如第三回黛玉初到荣国府之际，通过其视角我们便可以注意到，作为贾家嫡系女儿的迎春、探春、惜春三位姐妹，在这种接见贵宾外客的正式场合上，"其钗环裙袄，三人皆是一样的妆饰"，更何况是八月十五日阖家庆中秋的重大节日，如果被上面的主子发现累金凤不见了并怪罪起来，下人们都难辞其咎，负责掌管小姐衣饰的贴身丫鬟当然更是首当其冲，所以绣桔才会着急得快要哭了。然而迎春却还是一副听天由命随人处置、顺任事态发展的态度，当下黛玉便忍不住对软弱无能、毫无决断力的迎春嘲笑道：

> 若使二姐姐是个男人，这一家上下若许人，又如何裁治他们。

必须注意到，对于迎春无法将紫菱洲整顿清明，令上下各安其位的失责，黛玉固然颇有微词，却并不认为是多么严重的事，因为迎春不是男人，所以眼前混乱的局面不算是过于失格。一旦仔细琢磨这番话便会发现，黛玉的言外之意是指如果迎春是个男人，则紫菱洲的纷扰喧嚷就代表着她无能——那是男性必须引咎自责的罪过，尤其一旦面对的并非个人一房而是整个大家族，那么这样的无能更会造成非常严重的后果。从这个例子可见，黛玉显然是接受男强女弱的不平等要求的。最有趣的是，此时迎春竟然也对黛玉的话欣然表示同意，道：

正是。多少男人尚如此，何况我哉。

迎春的回应显示她坦然接受女性才干不如男人的性别定位，并以"多少男人尚如此，何况我哉"来合理化自己的无能，清楚反映出黛玉与迎春两人都属于缺乏女性主义意识的传统少女。同时也应该注意的是，虽然湘云为岫烟伸张正义的侠客行为带有些许性别逾越的意味，但那只是基于她本身性格豪爽，因此很自然地表现出对男性风格的趋近，包括她有女扮男装的癖好，这并不等于是有意突破男外女内的既有性别结构。由此可见，其实《红楼梦》里大部分的金钗对于性别差异都抱着理所当然的接受态度，譬如李纨从小就被灌输"女子无才便有德"的观念，而宝钗更是传统妇德的彻底信奉者，她们安于男强女弱、男外女内的职能分工，也毫无"我但凡是个男人"便可以干一番事业的越界想法。所以，综合种种细节和线索以观之，真正充分意识到既有的性别差异对个人才性带来了局限，并尝试突破这座固有壁垒的女性，唯独探春一人。由此便反映出她超时代的性别意识，可以借用现代的女性主义来阐发探春的非凡视野。

女性主义在西方发展了数十年，相关研究者表示，不仅我们自己应该要有性别意识，还必须启发所有的女性都能够意识到她所受到的不公平，然后才可以汇集成一股力量来促进社会制度各方面的公正平等。从这个角度来说，真正意识到自我实践时所遭遇的很多限制是来自性别因素，因此在心态上努力进行突破，甚至以剑及履及的行动力实践此一目标的，事实上整部《红楼梦》里就只有探春一个，第五十五回便记述了探春公开表示的悲愤：

> 我但凡是个男人，可以出得去，我必早走了，立一番事业，那时自有我一番道理。偏我是女孩儿家，一句多话也没有我乱说的。

这段话正显露出探春不甘为性别所囿限的志气与才能，她清醒地意识到自己身为女性，在社会群体中乃是从属于男性的次级成员，甚至许多的人生追求与理想都会因为性别角色的缘故而遭到否定。单就这点来说，探春可要比宝玉之主张"女儿是水作的骨肉"（第二回）更具备先进的性别意识，也达到了女性主义所认为的，在意识层面上拥有真正带动革命力量的自觉。毋庸置疑，探春是位出色卓越的少女，不仅心灵格外敏锐透彻，而且还具有超越时代的刚强心智。

出走之后怎么办

最重要的是，即便探春清楚知道自己因为既有的社会规范而不得逾越性别的界限，以至于受困在闺阁之内，无法实践生命的更大价值，可是她并未因此就贸然出走，显示出一种清明的理性能力。一般而言，当一个人意识到自己的人生具有重大的价值，但加以实践的种种可能性却被莫名其妙的性别理由所限制时，通常会非常愤慨和痛苦，此刻往往会有一股热血涌出来，凌驾了理性，促使其不顾一切地打破全部的外在规范。然而，采用极端抗争的做法事实上注定会落得悲惨的下场。探春的强大理性正体现在她的内心虽然也有类似的渴望或冲动，可是她却能够以高度的自我控制来约束自己，而不是在愤懑之下贸然出走。我之所以采用"出走意识"来形容探春这种超越时代的胸襟眼界，乃因为她的"出走"是含有清晰的认知所形成的高瞻远瞩，并非意气用事之下所产生的草率行动。

试想，假若探春真正出走的话会遇到怎样的情况？后果显然是不堪设想。许多人误以为只要女性能与男性做相同的事情就代表平等，可是这种抽象而笼统的思维背后却隐含不少谬误，最大的问题是它会对女性本身造成严重的伤害。接下来，我将举出两个贸然出走的案例以供省思。第一个例子源自英国小说家伍尔芙（Virginia Woolf，1882—1941）撰写的《一间自己的房间》，而这部作品也被奉为最早的一部女性主义经典。其实，这本书是伍尔芙受邀于剑桥大学担任讲座而写出的一篇演讲稿，在一百年前，身为一名女性能够受到高等学府的邀请是非常难得的，所以她想先去图书馆做一些准备，可是当她走在校园的草坪上构思演讲内容时，突然迫近的一阵非常严厉的呵斥声把她从沉静的思绪中惊醒，原来是一位拿着警棍挥舞的人要把她赶下草坪，他说按照规定，女性只能走在地面，男性才有资格走上草坪。伍尔芙受到了莫名其妙的惊吓，然而她必须接受现实的规范，于是就沿着一般的道路走到了图书馆。最不可思议的是，当她要迈步进去的时候，门口的警卫很温和地阻止道："女士不好意思，图书馆属于女性不能进来的区域，除非有男教授的陪同！"就在这样的机缘之下，伍尔芙深深体会到生活中女性所受到的各种不合理的限制，而借此灵感构思出她的演讲稿。

伍尔芙通过抽丝剥茧的方式，为我们呈现了女性在现实处境里所遇到的问题，从而主张女性如果要进行创作，必须先具备两个条件：一年 500 英镑的收入，以及一间自己的房间。所谓的"一年 500 英镑"意指女人务必要有自己的经济来源，因为这样才得以保障自己的独立，否则便只好依靠父家或是丈夫。重点在于，依靠别人可不是把自己托付给对方保护即可，相应地更是要付出各式各样的劳务，那属于很自然的交换，也形成了传统的性别分工。然而一旦依附于丈夫，就得待在家里煮饭、打扫、洗衣服、带小孩，如此一来，又怎么可能静下心来专注于创作？那些无穷无尽、循环不断的繁杂琐事便足以消耗掉一个人全部的时间、精力和创作热情。

因为创作并非一蹴而就的心灵活动，必须长期持续地集中心力，甚至无所事事地发呆，进入一种离开现实世界的出神状态，以便让自己的灵感、思绪以及过去所累积的各种资源可以汇整起来并产生化学效应，如此才能诞生一部作品，那也是创作所特有的奥妙。倘若只能够零零星星地趁着煮饭过程抽出三分钟的空隙时间来写作，然后又赶快跑回去扇一扇火、掀一掀锅盖，在这般匆忙焦急的状态下岂能写出严密细致的佳作？

根据女性主义学者对文学史的分析，英国女作家所创作的文类多数以小说为主，而并非篇幅相对短小的诗。因为实际上诗是要非常集中精神才能产生的灵光乍现，而篇幅长、人物情节众多的小说则可以不断地随时修改，只要构思到任何细部就能够写下来，再慢慢加以组织、润饰，花个几年才完成整体都不成问题，比如《呼啸山庄》《傲慢与偏见》《理智与情感》等便是如此创作出来的。那时候的女作家不仅被限制在家务里，只好利用零零碎碎的时间拿起笔来，而且还没有专属于自己的房间，只能够在客厅这种经常有人频繁进进出出的公共领域偷偷写作，其中的过程很容易被打断，造成文思涣散。所以伍尔芙才会提出一年 500 英镑的收入以及一间自己的房间，以此保持女性在写作上的独立与专注。当然这个道理也适用于任何创作者，并非仅限于女性，只是女性更欠缺那两种客观条件，特别需要争取以便改善困境。

以上是女性在家内的状况，一旦转向外界，那就更加没有创作的希望了，因为整个社会是建立于男外女内的结构模式上，假如这一点没有改变，女性根本缺乏走向屋外、到外面的广大天地去寻求自我实践的机会。伍尔芙在《一间自己的房间》里虚拟了一则"莎士比亚的妹妹"的故事，简言之，设若莎士比亚有位妹妹茱蒂斯，她与莎士比亚一样具有高度的创作才能和浓厚的写作兴趣，也很渴望借之以实现自我，然而由于性别的差异，从一出生开始，她的学习形态、书写练习和相关事业处处都受到干扰，因此无法在同等的天赋条件下成为一个女莎士比亚。虽然并非真有其事，这个故事却深刻反映了女性在传统父权社会中缺乏出路的悲哀，在真实的世界里，女性如果要达到与男性平起平坐的地位，那么整个社会结构势必先得有所调整，否则贸然出走只会带来伤害与毁灭。关于这一点，这则虚拟故事生动而一针见血地呈现了家庭之外的社会公共空间对于女性的高度隔绝性、排除性甚至危险性，如此一来，女性出走之后便会面临如何自处的问题，也就是鲁迅所谓"娜拉出走之后该怎么办"的深刻提问。

这句箴言源于挪威大戏剧家易卜生（Henrik Johan Ibsen，1828—1906）所作的戏剧《玩偶之家》（*A Doll's House*），在最初的版本里，剧中的结尾是娜拉推开了大门离家出走，她再也不要回到家庭内，继续默默忍受父权社会施压在她身上的条条框框，但是这般的结尾太前卫、太挑衅男权世界了，因此引起卫道人士和社会舆论的严厉抨击，而易卜生基于排山倒海的压力，唯有修改结尾成为第二个版本，也缓和了前一剧本的尖锐性。这部著名的戏剧也传播到了中国，然而鲁迅在看到之后却想得更远，产生了一种忧虑：虽然鼓动出走对于社会大众去认识性别差异具有一定的启发性，但如果有一些无知的女性并不了解出走意识与真正的出走是两个层次的问题，而盲目、轻率地模仿的话，反倒会更伤害了她们自己，所以鲁迅才会提出"娜拉出走之后该怎么办"的疑问。

在女性的现实处境上，我们可以尝试合理地推测，娜拉出走之后必然只有两种结局，不是堕落，就是回来！正如同鲁迅的解答一样，在整体社会结构都未曾改变的情况之下，她确实只有这两条路可以选择。所以娜拉出走之后绝不是海阔天空，从此与男性享有同等的权利，事实绝对没有那么简单，更大的可能是她出走以后反倒堕入另外一处暗无天日的深渊，沦落至更为悲惨的下场，毕竟一个女性找不到正当工作，也缺乏安全的栖身之所，又能怎么平安地活下去？因此必须提醒的是，无论是莎士比亚妹妹茱蒂斯的故事，还是娜拉出走之后会怎么样的问题，从中都可发现一个很深刻的道理，即妇女的解放与平等是不能离开整个社会的制度、观念、人际结构的调整而单独存在的，如果社会不提供女性求学、工作的机会，事实上女性是无从出走的，否则等待她的就是毁灭！所以探春即便察觉到了其生活的社会环境存在着性别不平等的情况，但是并没有决定贸然出走，因为她清明的理性洞察到不应该以一种虚幻的平等来思考或解决问题。

单单"出走"本身显然并非伸张女性主体的良好方式，正如福克斯—简诺维希（Elizabeth Fox-Genovese）在《女性主义不需要幻想》一书中所警示的，妇女问题必须放在社会现实中来考虑，女性必须先得到保护才能最终和男人平等，因为女性本来便是一个弱势群体，突然之间让女性以一种假平等的方式享有与男性同样的权利，在没有配套措施的情况下，这必定会让她遭受伤害，所以必须摒除抽象化的自由独立目标和以男人为本这两种幻想。也就是说，女性不需要模仿男人，而是应该先保护自己，然后再来谈论实质的平等问题。可叹如今的社会对于男女平等却存有一种迷思，即认为既然男人可以，女人当然也可以，然而那只不过是一种抽象化的自由独立，最大的重点在于女人会受害，但男人不会！以贾珍与秦可卿的情况为例，虽然他们两人都参与了违禁犯忌的乱伦，共同承担了爬灰的罪恶，但是最终死去的只有秦可卿，还背负了罪孽的十字架，而贾珍却毫发无伤。从种种的事件和现象来看，单纯以性解放的方式来取得男女平等，实际上是女性在自我毁灭而不自知。足见福克斯—简诺维希的说法是非常深刻而中肯的，女性一定要以保护自己为第一优先，绝对不要盲信抽象的独立平等的概念，那是只会导致毁灭的一种错误想法。

总括而言，探春之所以没有沦落到莎士比亚的妹妹茱蒂斯的悲惨下场，就是因为她拥有充分且透彻的理性，甚至可以说，她比很多现代女性更清楚明白地洞视到性别的限制，所以并没有以实质的出走来反抗既有的社会不平等，而是在闺阁的世界里以特殊的方式表达出自己对于女性屈居于男性的不甘，以精神的层面实践"出走"意识。

"不许带出闺阁字样来"

　　关于探春很犀利地觉察到，她的怀才不遇是来自一种外在的并且不平等的社会性别建构，除上文所述之外，还可以见诸第三十七回。当时探春遣派丫鬟翠墨将一副花笺送与宝玉，其中以"孰谓莲社之雄才，独许须眉；直以东山之雅会，让余脂粉"道出了她创建诗社的目标，而在成功结集众姐妹成立海棠诗社之后，紧接着第三十八回便借由举办美味的螃蟹宴之际，再次进行了大规模的菊花诗创作。

　　确实，诗词是《红楼梦》非常重要的一个艺术成就，作者前所未见地把诗歌的创作与小说的叙事非常完美地结合在一起，并非之前的长篇章回小说所能够望其项背。譬如《三国演义》《西游记》也引入了很多的诗词，甚至有高达几百首的情况，但是其中穿插的作品却显得颇为生硬刻意，即说书人虽然援引了一些具有权威感的唐宋诗词来作为故事的额外评论，但是并没有把诗词深切融入小说的人物塑造与情节编排上，呈现出一种外加的口吻，因此纵使把诗词从行文中去除，也丝毫不影响内容的铺排发展。所以那些诗歌基本上是割裂的、拼凑的，并未与小说的叙事融为一体，与《红楼梦》的做法截然不同。

　　《红楼梦》的做法是让人物自己去作诗，合乎各自的性格特质与整体的情节需要，因此浑然为一，相辅相成。对此必须注意的是，"作诗"事实上始终都处于一种设限的状态，亦即它带有很多的限制，尤其当诗歌被用来进行集体活动而产生了竞争性质，由此形成的文人传统便带有更多的限制。例如大观园内第二社的菊花诗会，首先发端于第三十七回卷末，起初的拟题、排序、限体便是由宝钗与湘云两人共同商议拟定的。湘云一开始就提议以"菊花"为第二社的统一诗题，却顾虑到"只是前人太多"而未免会陷入"落套"的窘境，导致陈腔滥调或难以发挥，宝钗听后想了一想，即说道：

> 有了，如今以菊花为宾，以人为主，竟拟出几个题目来，都是两个字：一个虚字，一个实字，实字便用"菊"字，虚字就用通用门的。如此又是咏菊，又是赋事，前人也没作过，也不能落套。赋景咏物两关着，又新鲜，又大方。

这段话中的"实字"是指具体的实物——菊花，然后再添加一个"虚字"，比如"忆""访""种""对""供""咏""画""问""簪"等等，虚实相互关合并组成同中有异的诗题。虽则宝钗与湘云此举尚不能称之为翻案，但是堪称超越了既有的一般俗套，而湘云又提出"越性凑成十二个便全了，也如人家的字画册页一样"，更加精美，再加上宝钗补充的"既这样，越性编出他个次序先后来"，如宝钗所言：

> 起首是《忆菊》；忆之不得，故访，第二是《访菊》；访之既得，便种，第三是《种菊》；种既盛开，故相对而赏，第四是《对菊》；相对而兴有余，故折来供瓶为玩，第五是《供菊》；既供而不吟，亦觉菊无彩色，第六便是《咏菊》；既入词章，不可不供笔墨，第七便是《画菊》；既为菊如是碌碌，究竟不知菊有何妙处，不禁有所问，第八便是《问菊》；菊如解语，使人狂喜不禁，第九便是《簪菊》；如此人事虽尽，犹

有菊之可咏者,《菊影》《菊梦》二首续在第十第十一;末卷
便以《残菊》总收前题之盛。这便是三秋的妙景妙事都有了。

这么一来,便形成了一种别出心裁而环环相扣的联篇序列,可谓妙趣
横生。除此之外,两人还把诗歌体裁限定为"七言律",此即所谓的
"限体",她们之所以如此为之,是因为在具有竞技意味的诗社场合
上往往要"因难见巧",这是宋代时期产生的一个特殊用语,意指既
然是比试,则势必得用一些难度较高的挑战来判别高下,例如以最难
的七律来写作,便更加突显出诗人技巧之精妙,而实际上除了体裁的
囿限之外,通常还包含了韵部的限定,诸钗创社时第一次的咏白海棠
花便是其例。不过,这一场菊花诗宝钗却主张不要限韵,因为限韵更
会束缚灵感和压抑真实的感受,既然能够写出一首好诗最是重要,那
又何必被非必要的形式所羁绊呢?所以此次的菊花诗会"只出题不拘
韵",如此种种,都是在众人集会之前便已经规定下来的书写条件。

但有趣的是,直到第三十八回活动正式展开的现场,作者还进一
步安排由探春当众宣布了"戒字"的要求。正当众人纷纷提笔认领各
自属意的菊花诗时,探春特别指着宝玉笑道:

才宣过总不许带出闺阁字样来,你可要留神。

这个设计可以说是非常匠心独运,因为从小说的叙事脉络来看,读者
并不能确定它同样是先前由宝钗、湘云所规划的,还是在活动开始之
初大家所补充的,抑或是探春个人不由分说的自作主张,无论如何,
所谓"才宣过"三个字说明了"总不许带出闺阁字样"的规定,已经

在正式展开竞赛时连同宝钗和湘云所拟定的限体等原则宣告过一次。并且值得注意的是，探春这句话固然同时适用于创作现场的所有金钗，但着重的对象则是宝玉，所以一旦到了提笔创作之际，便特别对他作出额外的强调，给予第二次提醒，显然探春认为宝玉是众人之中最容易破坏规则的，尤其宝玉又深具女性化的性情，他不仅一直生活在女儿国里，甚至其"调脂弄粉""吃人嘴上擦的胭脂"（第十九回）之类的行为，对于贾府上下而言都是司空见惯的常事，因此他是最可能在作品里表露出女性化倾向的人，于是探春才会针对宝玉再次提醒诗句中"不许带出闺阁字样来"。不可否认，探春确实具有一种号令天下的威严，以至于她当场表示必须"戒字"的时候，并没有任何人提出异议，身为哥哥的宝玉亦然，大家在构思的过程中都不约而同地默默执行这个规定。

其实，探春的"戒字"要求使得这一次的诗社活动更加严格谨束，而以其性格特质来看，也更意义重大，因为她在纯艺术活动的范畴之外又增加了性别意识的深层意涵。须知"不许带出某些字样来"的做法实际上属于一种源远流长的诗歌创作传统，于宋代文人群聚活动时所形成，欧阳修在《六一诗话》里便记载了一则故事：

> 国朝浮图，以诗名于世者九人，故时有集号《九僧诗》。……当时有进士许洞者，善为词章，俊逸之士也。因会诸诗僧分题，出一纸，约曰："不得犯此一字。"其字乃山、水、风、云、竹、石、花、草、雪、霜、星、月、禽、鸟之类，于是诸僧皆阁笔。

这种禁戒用字的作法称为"白战体"，即探春所宣达"不许带出闺阁字样"的渊源。此一传统文人在诗歌竞技游戏中的"戒字"做法，欧阳修自己也曾经效法过，他于《雪》一诗的序中提及："时在颍州作。玉、月、梨、梅、练、絮、白、舞、鹅、鹤、银等字，皆请勿用。"显然此举流行于一时。不过，文人们在下雪天聚在一起咏物赋诗，本来便极易就近取材来描写冬天的景色，虽然他们为了避免诗作落入陈腔滥调的俗套而选择禁除某些常用字，但一旦强制规避周遭俯拾即是的相关意象，无疑会让作诗的过程难上加难，而进士许洞更要求善诗之诸僧不得犯山、水、风、云、竹、石、花、草、雪、霜、星、月、禽、鸟之类的字眼，那些更是诗歌在情景交融时所必须使用的基本材料，难怪大家都搁笔作不出诗来了，堪称为最极端的案例。也就是说，实际上创作的背后蕴含着许多潜意识或者从日常生活中所累积的不自觉的烂熟思维与习惯用字，因此在"戒字"的规范之下，积极的一面是能够促使文人在创作上不断地开拓创新，属于"因难见巧"的一种方式。

特别的地方在于，探春把这般源远流长的"戒字"传统转化为一种带有性别突破意味的行为。虽然她在菊花诗会上并没有具体说明要戒用哪些字，比方说不能出现雪、月、冰之类的，但是她却采取了原则性的范畴，宣布诗篇里不许带出具有女性化脂粉气息的闺阁字样。此处的"戒字"事实上属于很独特的现象，因为根据传统的诗学脉络，那基本上都是男性文人集体创作时的竞技游戏，而《红楼梦》里所呈现的乃是才媛活动，"才媛"即指有才学的闺秀女性，但矛盾的是，她们竟然要在创作中刻意解除或是超越从小耳濡目染而深深烙印在自己身上的环境特征，岂非意味着这是一种非比寻常的状况？最关键的是，作者特别安排探春来宣示此一戒字原则，也绝对不是偶然，如果把她换作其他的少女，显然便会产生人物性格的错位，但是由探春来表达则非常合理，因为她本身就是一个具有双性气质的人，不断努力地超越女性的身心条件所带来的束缚即是其人生的一大追求。

其实，在明清的社会环境之下，才媛进行文学创作是受到鼓励的。不少学者指出，明清时代的男性文人广泛地崇尚女性诗歌，他们意识到男性的创作过于正统化，以致容易流于陈腐，远不如没有接受正统诗书训练的女性诗作来得清新自然，更加具有一种性灵之美，犹如宝玉所坚信的"凡山川日月之精秀，只钟于女儿"（第二十回）。可以说，从明朝开始，这便是文人之间普遍的认知，崇尚女性的文化风气并非由宝玉所独创。有趣的是，根据学者孙康宜的研究，女诗人本身却刚好与之相反，纷纷表现出一种文人化的趋势，无论在生活的行为取向还是写作的方式上都极力模仿文人雅士，并风雅地进行曾经专属于男性的文艺活动，如集结诗社、彼此唱和，企图从太过于女性化的环境中挣脱出来，希望得到男性文人的认同，这是明清才媛文化所呈现出来的一个整体趋向。

孙康宜还指出，此一特殊现象在明清之前是闻所未闻的，所以她把这种男女的互相认同称为"文化上的男女双性"（cultural androgyny），必须注意的是，其中所谓的"双性"并非生理性别上的双性，而是文化意义上的双性。这个双性现象与西方的文学表现截然不同，西方的女性作家并不是用模仿男性的方式来创作的，而是另有独特的表达方式，但明清女诗人的女性声音却是通过从书写到行动上对于男性文人的模仿才得以释放出来，当然就这一点来说，有整个明清的文化背景、文坛风气作为前提。相较于《红楼梦》，其中虽然描写了闺阁女性各式各样的行止见识与生存风貌，但是探春那种通过对文人传统的挪用去超越女性风格的现象，却是小说里绝无仅有的个人特质，其意义也不仅止于"男女双性"的文化意义，毋宁说，她并不是模仿男性而是超越女性，以前往一个更宏大的文明世界。

就此而言，乾隆时期有一位史学家章学诚注意到，自唐宋以后便有一些女性创作者从文学史的地表浮现出来，对于她们所显发出来的妇才，即妇女的创作才华，他在《文史通义》中归纳道：

> 唐宋以还，妇才之可见者，不过春闺秋怨，花草荣凋，短什小篇，传其高秀。

这番话说明了虽然女性作家也很有才能，不过她们受限于周遭目之所见、耳之所闻都离不开生活上的琐碎，所接触到的不外乎春秋更替的花草荣枯，偶尔与困居闺阁所累积的愁闷相结合，触发起她们对于季节的感怀，因此之故，女性作者书写的都是短小的篇章，所以她们高秀的才能其实是非常有限的。那么这番言论是否合理而切实呢？试想：著名女词人李清照的笔墨也无非是"只恐双溪舴艋舟，载不动许多愁"（《武陵春·风住尘香花已尽》）、"帘卷西风，人比黄花瘦"（《醉花阴》）之类的春闺秋怨、花草荣凋，固然诗句典雅清秀，情思缠绵动人，但从整体来说，诚然完全缺乏了如杜甫所写"落日照大旗，马鸣风萧萧"（《后出塞五首》其二）的波澜壮阔，这便证明了章学诚所言并非一己之偏见，而是客观的洞察。当然，我们并非要责怪女性诗人在创作上的不足，只是据实说明此一普遍的现象，毕竟当时的女子确实因为囿于性别，从小到大的闺阁教养和环境的束缚使得她们的创作从本质上就带着严重的局限。

　　进一步来看，即使明清的若干才女因受到了男性文人的奖掖而很积极地从事创作，但是她们仍然清楚意识到自己与男性文人实际上是不能相比的，毕竟她们不仅得面对先天的闺阁限制，还缺乏后天由整个社会来培养的才学教育和才性涵容，正如明末才女梁孟昭所说：

> 　　我辈闺阁诗，较风人墨客为难。诗人肆意山水，阅历既多，指斥事情，诵言无忌，故其发之声歌，多奇杰浩博之气。至闺阁则不然：足不逾阃阈，见不出乡邦，纵有所得，亦须有体，辞章放达，则伤大雅。未免以此蒙讥，况下此者乎？即讽咏性情，亦不得恣意直言，必以绵缓蕴藉出之，然此又易流于弱。诗家以李、杜为极，李之轻脱奔放，杜之奇郁悲壮，是岂闺阁所宜耶？

她指出自古以来，女性诗人的学习处境相较于文人墨客更为困乏艰难，因为一般的男性诗人能够肆意于山水之间，在各式各样宽阔视野的熏陶之下容易产生一种浩然博大之气，而“闺阁则不然”，基于她们“大门不出，二门不迈”的空间限制，其见识必然也离不开小小的乡里。最重要的是，女诗人“纵有所得，亦须有体”，所以即使“讽咏性情，亦不得恣意直言”，否则别人便会认为这位女子的性格并不安分，因此不得不把诗词写得清丽委婉、温柔敦厚，但这么一来“又易流于弱”，无法与李白的“轻脱奔放”以及杜甫的“奇郁悲壮”相提并论。由此可见，女诗人纵有妙笔生花之才，却碍于社会环境对女性教养的规范和囿限，在文辞的表达上就必须有所收敛，因而间接地削弱了作品里的"奇杰浩博之气"，到最后仅仅剩下闺阁的柔弱婉约。再看与袁枚关系密切的女弟子骆绮兰，她在《听秋馆闺中同人集·序》中也坦承：

> 女子之诗，其工也，难于男子。闺秀之名，其传也，亦难于才士。何也？身在深闺，见闻绝少，既无朋友讲习，以瀹其性灵；又无山川登览，以发其才藻。非有贤父兄为之溯源流，分正伪，不能卒其业也。

这番说法与前者一样，都点出了女子"身在深闺，见闻绝少"的性别局限。她们平常既不能够如同男性文人般到处与朋友讲习赋诗来提升性灵，又不可以迈出大门去登览山川，借由万物风光来扩大眼界、发其才藻，可想而知，女子之诗如果要追求精工、超越男子根本就是难上加难的艰巨任务，因为她们不但不被鼓励创作，也欠缺任何凭借以增加自己的写作资源。除非有开明的父亲、哥哥，父兄至亲在家里教导她诗歌的源流，让她学会辨明诗歌的正伪，去芜存菁，否则实在无以完成诗歌事业。换言之，女性唯一的依靠即"贤父兄"，可是倘若父兄秉持着"女子无才便是德"的传统信念而拒绝给予正统的诗书教育，那么这位女诗人也根本不可能自学成才。

由此看来，明清女性的性别意识已经比过去来得更为清晰，而在阴盛阳衰的《红楼梦》世界里，唯独探春以"不许带出闺阁字样"的宣言展现出想要改变女子写作以阴柔为主调的尝试。由此我们更不难理解，为何她会说出"我但凡是个男人，可以出得去，我必早走了，立一番事业"这番话。因为探春对于自身的性别局限有着非常深刻而悲愤的认知，但是并未因此便贸然出走，她知道一走了之的结果不仅于事无补更只会反遭其害，所以决定理性地守住闺阁的界限，同时透过创作中的戒字做法来展现性别的超越。

以玫瑰之名

清末民初有一位《红楼梦》的评点家姜祺，他对小说里各式各样的人物都题写了诗赞，给予概括咏叹，而其中尤以探春的诗赞最具眼力，他如此赞美道：

> 一帆风雨海天来，爽气秋高远俗埃。脂粉本饶男子气，锡名排玉合玫瑰。

所谓"一帆风雨海天来"即是探春远嫁图谶的具象展现；"爽气秋高远俗埃"则是指探春的性格宛如秋风般爽朗开阔，远离世俗尘埃，不屑于人性的卑弱、污秽、扭曲、私弊；接下来的"脂粉本饶男子气，锡名排玉合玫瑰"二句才是深具启发性的精彩诠释，他发现虽然探春是一位脂粉女性，但作者却赋予她高度的男子气概，最值得注意的是，她本芳名"探春"，何以姜祺却说"锡名排玉"？锡即赐也，这一句是说：小说家赐给她的名字是采取"玉"的排行，这应该就是她会被称为玫瑰的原因。再参照姜祺在这首诗的后面附注道：

　　贾氏孙男俱从玉旁，玫瑰之名，恰有深意，不独色香刺也。此独具着眼处。

　　意指贾氏的男孙——那些第四代的男性取名时"俱从玉旁"，例如贾珠、贾宝玉、贾珍、贾琏、贾环、贾瑞等，而玫瑰作为探春的代表花也恰好是玉字旁，这是否别有深意？以曹雪芹的惊才绝艳，必然是匠心安排的结果。诚然，探春具有双性气质且不甘为女性身份所囿，在众金钗中也唯有她的心志才性能够担当力挽狂澜的重任，否则她也不会被王夫人赋予治理家务的权力。也就是说，探春之所以具有"玫瑰花"此一外号，并不单单只是取其"又红又香，无人不爱的，只是刺戳手"（第六十五回）的性格特征，还包括通过玫瑰二字的"玉"字部首，暗示着探春事实上具备了进入男性子裔之行列的资格，在家族面临存亡绝续的紧要关头，能够与男性子孙一样承担起扭转乾坤、起死回生的任务。我认为姜祺这个说法颇具慧眼，而且其切入点也是一般读者意想不到的，所以很值得参考。

　　更应该注意的是，作者选择以玫瑰作为探春的代表花，当然并不完全只是在赞赏她的貌美，兴儿向尤二姐介绍这位贾府三姑娘的时候可还包含了"只是刺戳手"的表述，显然探春在贾府上下的眼中是个美丽却带刺的少女。不难想象，读者对于"刺"此一字眼必然抱有一种先天的恐惧，并产生本能的防卫心理，毕竟尖刺能够伤人，所以自然而然地对探春这朵带刺的玫瑰也心生抗拒与偏见。但如果我们客观理性地去思考，便会意识到玫瑰的刺从来都不会主动去伤害任何人，尖刺只是它对于狎玩攀折、辣手摧花之徒的反击，从某个意义来说，玫瑰以尖刺自卫的方式其实隐喻着护卫自己性格的健全完整，而不愿意被外来的恶势力所伤害的含义。既然玫瑰花在大自然中倚风自笑、自开自放，我们又何必把它折断下来、禁锢在自己的桌案上？虽然此举美化了我们的窗台，但是却损害了它的生命，也斫伤了它的风华，因此就这一点而言，我们必须尊重甚至尊敬玫瑰的尖刺！

而探春的刺最主要是体现于她和生母赵姨娘之间的拉锯战，换言之，她把尖刺化为宗法世界中的法理，并对企图利用血缘关系勒索利益的生母进行抗衡。总而言之，玫瑰的种种特征都反映了探春既有女性化的花之美丽，又有男性化的刺之刚强，这种兼具双性气质的独特设计无不说明了作者对探春青睐有加，毕竟她确实是唯一可以突破性别界限，并能够踏出闺阁开创另外一番天地的卓绝女性，所以其补天事业绝对比王熙凤更加恢宏壮丽。可惜这番才华唯有在她远嫁而去的藩王家族里展现了，正如王熙凤所说，"不知那个有造化的，不挑庶正的得了去"（第五十五回），只可叹贾家没有造化，终究空余"落了片白茫茫大地真干净"的无奈。

最难得的是，即便探春清楚意识到在她所生存的社会环境里存在着各种对闺阁女子的束缚，但是她仍然选择以合理的方式去努力地超越既有的世界，而非用非理性的手段去强行改造，这一点也是我们现代人需要省思的，否则凡事不合理就诉诸极端的暴力，岂不是成了疯狂的以暴易暴吗？如此一来，世界只会变得越发混乱不堪。很多人都忽略了，一个人的动机并不能够合理化他的手段，只要手段是错误的，纵使动机再真诚、再伟大——何况不一定真诚，也不一定伟大，人又总是善于自欺——那都是应该谴责的，然而一般人常常不具有足够的理性，加上东方文化鲜少有这般的要求与训练，使得许多人始终停滞在一些非理性的搅扰之中。所以相较之下，探春秋高气爽的人格着实让人耳目一新，而我在她身上也见证了其他地方所看不到的清朗明晰，因此她便成为我深深喜爱的角色。

中国人的血缘迷思

无论是古代还是现今社会，中国人都深信着血缘乃人与人之间与生俱来、神圣不可侵犯的本质关联，然而曹雪芹却通过探春的案例告诉读者，此一血缘迷思并不可取，实际上血缘也可以是一种罪恶的约束。而探春用以破除血缘绑架的做法，又是否意味着被现代读者所厌恶、鄙弃的宗法制度，也未必只有违背人情、违反天性的消极面，反倒可以为那些被血缘迷思所裹挟的人提供了保护？《红楼梦》固然通过探春的理性主义凸显出宗法制那鲜明又强而有力的存在，但吊诡的是，作者却绝不抨击作为该制度核心的父权中心，或者男权优位所导致的不平等性别结构。当然，其中的关系错综复杂，这里暂且不论，在此所要关注的主题在于，探春所遭遇的血缘勒索恰好是其他金钗并没有面对的困境，她又是如何以宗法制解决及处理这个问题。

宗法制是由父系氏族社会所产生的一种制度，在传统的婚姻家庭里，由妾与姨娘所生的庶出子女都必须以尊父与嫡母作为认同对象，以至于他们很容易面临一个两难局面，即在宗法上必须认同嫡母才是自己的母亲，但是与生母之间的血缘联结又会使得他们对生母有所眷恋。因此，在嫡母认同的规范之下，庶出子女往往不由得对生母产生心理亏欠，并陷入宛如自我分裂的痛苦心理挣扎中。但很特别的是，探春所呈现出来的却是相反的类型，她并没有因为宗法制而感到左右为难，反倒通过宗法制成功抵挡了血缘关系上无法用理性去抗拒的钳制。

在中国的神话故事里，哪吒的"剔骨还肉"恰好可以用来阐释这件微妙特殊的个案。哪吒与其父亲李靖的关系可谓"无仇不成父子"的典型，因为哪吒生性刚烈且经常到处闯祸，所以李靖很讨厌这个儿子，对他的管教更是不假辞色。这就导致桀骜不驯的哪吒更加不服气，认为父亲凭什么如此严厉地管束他，甚至还限制他的自由！为了断绝与父亲的从属制约，他决定把身上的骨骸、经脉、血肉通通还给父亲，即所谓的"剔骨还肉"，自此以后两不相欠，再无任何父子的血缘连结。不过，虽然哪吒通过剔骨还肉成为完全独立的个体，却还是需要依靠具体存在的载体才能活下去，于是师傅太乙真人便用了荷叶、莲花为哪吒重建形躯，就此为哪吒打造出崭新的身体。

这个神话显示出在传统社会里，确实有不少人子深受血缘之苦，而当然，探春并非神话人物，无法通过抽骨割肉这种超现实的玄奇方式来断绝她与生母赵姨娘的血缘关系，但是她却在礼教森严的世家府邸中，借助宗法制度来对抗赵姨娘的血缘勒索与基因钳制，以立基于现实人间的方式完成了哪吒式的"剔骨还肉"。值得深入追究的是，为何探春想要超越血缘所带来的无形牵连呢？在中国的传统社会里不是普遍存在着母子连心的说法吗？滴血认亲的民间故事更是屡见不鲜，足见血缘在中国人眼中是亲子之间神圣到不可以亵渎的先天联系。可是对探春而言，她与赵姨娘的血缘连结却成了禁锢其身心灵魂的可怕魔咒，据此我们是否应该反思：血缘真的是不可超越的神圣存在吗？所谓"天下无不是的父母""虎毒不食子"真的是放诸四海而皆准的真理吗？如果大家客观并仔细地去了解探春与赵姨娘这对母女的例子，便会领悟到平常认为天经地义的信念，其实恐怕经不起任何严密的检验。

首先，大家肯定对以下的说法并不陌生：天下的母亲都是伟大无私的，她们愿意为了孩子而不惜牺牲奉献自己的一切，因此"母亲"这个词汇变成了一个神圣的图腾。但必须注意的是，那是在女性甚至还没有成为母亲之前，整个社会就已经使她们耳濡目染的一种意识形态，所以导致她们身为人母之后，母性便自然而然地被激发出来。当然，这并不表示所有的人都没有母性，而是指大部分的情况下，母性的生发极有可能是在人与人之间各式各样复杂的运作中形成的。简而言之，母性绝对不是天性，只要失去了后天社会的各种资源的强化、讯息的刺激，母性便很容易会荡然无存。有趣的是，连儿女如何看待父母实际上也是由社会文化所引导的，他们对待父母的态度与后天成长环境里所接受到的观念密切相关，因此我们不应该轻易以所谓的骨肉相连来证明孩子天生就会对父母抱有孺慕之情。

几多罪恶，假人情之名以行之

既然对"血缘迷思"已经有了初步的认识，便希望读者不要再从母子天性的角度来批评探春，切莫只站在常识的通俗层次，想当然耳地指责探春为人势利凉薄才会不认自己的生母，却忽略了这种推论不仅不符合学理，也不符合探春的真实处境——我们务必要回到探春的生命史去厘清她与赵姨娘之间的纠葛纷争。

在第二十七回里，探春首次展现出她厌弃生母赵姨娘性格上阴微鄙贱的一面，彼时她忍不住当着宝玉的面前坦率说道：

> 我只管认得老爷、太太两个人，别人我一概不管。就是姊妹弟兄跟前，谁和我好，我就和谁好，什么偏的庶的，我也不知道。

至于探春与赵姨娘的第二次冲突则发生于第五十五回，她刚刚受到王夫人的委任开始当家理事的时候，赵姨娘便立刻前来强行索取特权，却遭到探春的断然拒绝：

> 赵姨娘气的问道："谁叫你拉扯别人去了？你不当家我也不来问你。你如今现说一是一，说二是二。如今你舅舅死了，你多给了二三十两银子，难道太太就不依你？分明太太是好太太，都是你们尖酸刻薄，可惜太太有恩无处使。姑娘放心，这也使不着你的银子。明儿等出了阁，我还想你额外照看赵家呢。如今没有长羽毛，就忘了根本，只拣高枝儿飞去了！"探春没听完，已气的脸白气噎，抽抽咽咽的一面哭，一面问道："谁是我舅舅？我舅舅年下才升了九省检点，那里又跑出一个舅舅来？我倒素习按理尊敬，越发敬出这些亲戚来了。既这么说，环儿出去为什么赵国基又站起来，又跟他上学？为什么不拿出舅舅的款来？何苦来，谁不知道我是姨娘养的，必要过两三个月寻出由头来，彻底来翻腾一阵，生怕人不知道，故意的表白表白。也不知谁给谁没脸？幸亏我还明白，但凡糊涂不知理的，早急了。"

这段对话便清楚展现出赵姨娘的为人极其是非不分，她把身为奴才的赵国基定位成探春的"舅舅"，甚至还以"都是你们尖酸刻薄""如今没有长羽毛，就忘了根本，只拣高枝儿飞去了"这种颠倒黑白的说辞来谩骂探春，企图把对方塑造成一个趋炎附势、攀龙附凤的势利鬼。可是关键在于探春并非如赵姨娘所说的那般不堪，甚且恰恰相反，导致争执的原因完全是赵姨娘的贪婪自私以至于逾越分际，因此她才会一听便气得脸色发白，一边哽咽一边反问道："谁是我舅舅？我舅舅年下才升了九省检点，那里又跑出一个舅舅来？"

对于把血缘奉若神明，并视之为比上帝更加伟大圣洁的人而言，一看到这番反问往往会想当然耳地断定，探春否认赵国基为舅舅的做法属于十恶不赦、凉薄势利的表现，进而大肆批判她是个残酷无情的少女。殊不知事实绝非如此简单，我们必须回到探春的处境，设身处地去了解她究竟在面对何种困难，而她又是以怎样的方式进行抵抗，抵抗的目的到底是什么？然后才能够更真实地把握到探春的性格。试想，以探春如秋爽斋般恢宏开阔的气度，仿佛凌风高飞的风筝一般清新俊朗的禀赋，她怎么可能会是趋炎附势、残酷凉薄之人？这明显不合人性情理的内在逻辑。既然如此，何以探春会不认赵姨娘口中的"你舅舅"？关于这个问题，倘若我们客观并仔细地去检验小说里的诸多细节，便能够感受到这位女孩的心酸。

简而言之，探春的"剔骨还肉"是把中国传统文化讲究"情、理、法"的人情优先取向顺序加以颠倒，改成"法、理、情"，将一般人所注重的"情"放在殿后的位置。对探春来说，唯有通过宗法阶级上的"法"才能够杜绝其生母无穷无尽的血缘勒索，避免自己也被拉扯进黑暗的旋涡里往下沉沦，和小人集团沆瀣一气。

要知道，中国人是一个非常注重血缘的民族，所谓的"滴血认亲"即源于中国人相信血缘乃无上神圣、不得质疑的神秘联结，这种不假思索地以血缘凌驾一切的本能反应，却成为作者留给探春的独一无二的难题，从而迫使她在传统根深蒂固的血缘崇拜之下，以宗法制度破除赵姨娘所设下的血缘枷锁。由此可见，曹雪芹最伟大的地方并非在于反封建礼教，而是在于向我们传达了封建礼教既有非理性层面，同时也有理性部分的讯息，血缘亦然。对于宗法制度，他并未用一种主观的抽象概念给予全盘赞美或一概否定，而我们从探春这个人物身上便可以清楚地看到宗法如何发挥正面的作用，让她在努力成为君子的道路上无所畏惧。

有别于探春先法后理，"情"则压尾殿后的思考原则，中国人因为秉持着以和为贵的心态，在面临人与人之间的交往时，于包括父子、师生、朋友等人际关系中，通常都会以"情"为优先，而具有强制性质及处罚意义的"法"则被放在最后的位置。至于探春何以这般与众不同的原因，一则与她的性格禀赋有关，探春乃是个具有双性人格特质的女子，巾帼不让须眉的她不仅拒绝被个人私情所囿限，甚至还超时代地洞察到性别的不平等而努力突破闺阁的束缚，凡事皆以全局为优先来客观思考问题；二则关乎其后天的成长背景，即前文中再三所述，为了应对赵姨娘总是颠倒是非的血缘勒索，探春不得不精密地厘清何谓"情"的内涵与价值，以免被阴微鄙贱的生母猛力拉扯而落入徇私不公的难堪境地。

我们首先应该仔细分辨的是，这个"情"究竟是来自人与人之间相互取暖、相濡以沫的"温情"，还是那种团体成员之间结党徇私牟利、沆瀣一气的"私情"？一旦混淆不清，就会毫不自觉地在"狸猫换太子"的运作之中，把由私心所形成的私情当作所谓的"情"，"血缘"也往往成为一种巩固关系的助力。其实，这种现象在华人文化里可谓处处可见，譬如有些人因为臭味相投便结拜为兄弟或姐妹，或是眼见某位年轻人与自己十分投契，就认作干儿子等，一旦好处当前，可以一起分享资源时，这些人往往自然而然地变成一个利益共同体而不自知，甚至还自我合理化，坚称彼此乃志同道合的伙伴，几曾想到他们的关系早已在不知不觉中变质了。作为一个利益共同体，一旦面临问题，相较于选择反躬自省、彼此检讨，他们恐怕更宁愿相互包庇护短，以至于越来越小人化。参照法国大革命时期的罗兰夫人（Madame Roland，1754—1793）曾说过的："自由，自由，天下古今几多罪恶，假汝之名以行之？"同样地，倘若把其中的"自由"替换为"人情"，即"人情，人情，天下古今几多罪恶，假汝之名以行之"，这个说法也可以成立。

当然，此处对于"情"的一番剖析并非旨在蓄意唱反调，抑或质疑"情"的价值，而是为了提醒读者，在面对许多神圣不可侵犯且至高无上的价值概念之际，务必时刻保持戒慎恐惧的态度，仔细分辨、审慎判别，以免在不自知的情况之下，被私利与私心蒙蔽了双眼，导致无法深切观察所遇到的问题。必须注意的是，在冠冕堂皇的名号之下，我们更容易顺从自己某些不好的部分而不自知，以至于逐渐堕落腐化，所以儒家才会告诫我们必须每日三省吾身，以免最后劣化到面目全非、无可救药的地步。

母爱并非与生俱来

言归正传，在进一步探讨血缘与宗法的辩证关系之前，可以先参考续书的第九十一回中，当宝玉与黛玉互打禅机时，他所说出的一番情人絮语：

> **我虽丈六金身，还借你一茎所化。**

所谓"丈六金身"就是佛的三身之一，而"一茎所化"即指佛由莲花所生，宝玉对黛玉所说的两句话意指：我完全是从你那边脱化出来的，这岂非比"任凭弱水三千，我只取一瓢饮"更为缠绵动人吗？如果把"丈六金身，还借你一茎所化"运用在母子关系上，事实上更能够表达对血缘之神圣伟大的赞美，可叹的是，偏偏在探春身上，血缘却成为她生命中不可承受之重。毋庸置疑，赵姨娘可说不出"你的丈六金身，还借我一茎所化"那么动听的话，在与探春的母女纠葛上，她只会高喊"我肠子爬出来的，我再怕不成！"（第六十回）这种粗俗的宣言。

然而，探春乃是一位不甘为闺阁所限的女中英雄，性别都不足以捆绑她，何况血缘？于是这种"我肠子爬出来的"血缘关系竟然成为她终生不可祛除的梦魇，确实令人为之扼腕叹息。但是她并未因此而封闭自我、自甘堕落，反倒勇于对抗神圣的血缘迷思，把赵姨娘强加于她身上的血缘魔咒转化为人格向上高升的反作用力。

在此，可以分享一个颇有意思的社会观察，即对血缘神圣性的崇拜确然以华人社会尤为严重，邻国日本也很重视血缘，只是有些地方并不像华人这般过分强调，而呈现出值得省思的对照。例如，当某些日本大公司里的领导人发现儿子的才能无法胜任并拓展整个企业时，他便会决定让女儿继承，如果女儿也不行，便可能会交付予女婿；假若再别无选择，就从公司内部或别的地方发掘人才，让企业生命得以延续下去并持续壮大。最重要的是，此处"继承"的意思是指把企业当作公共财产来发扬光大，并非把企业视为家产来看待。由此可以见出，在日本文化里，血缘的魔咒仍然有被祛除的希望，反观华人社会中，一般做家长的即便知道儿孙乃庸碌之辈，却因为对血缘的强烈执着，而坚持把公司传给他们，最终导致家族企业的败灭。

　　从本质来说，血缘并非如我们想象中那般神圣美好，同样的道理，单单血缘本身也并不足以创造出最无私、最伟大的母爱。必须注意的是，母性并不是天性，母爱更不是本能，而血缘关系本身更只是一种生物性的连接，它绝对无法形成后天所建构出来的人际关系的核心。大部分的人都忽略了，即便母女关系也并不是单纯由一位母亲与一个女儿所组成，而是由社会性、历史性以及家庭因素共同塑造而成的，所以母女关系绝非用"天性"就能够解释殆尽，而每一个家庭的情况又各不相同，恰似俄国小说家托尔斯泰（Lev N. Tolstoy，1828—1910）在《安娜·卡列尼娜》这部名著里开宗明义所说的："幸福的家庭都是相似的；不幸的家庭各有各的不幸。"幸福的家庭一定包括了父慈子孝、兄友弟恭，但是这样的家庭屈指可数，除此之外，大部分可能都是不幸的家庭，而且各自的不幸有着形形色色的差异，母亲虐待孩子的社会新闻更是时有所闻。如此一来，我们还能够理所当然地断定母亲爱护子女乃天生的本能吗？

关于这一点，学术界也提出了非常重要的研究成果，美国人类学家莎拉·布莱弗·赫迪（Sarah Blaffer Hrdy）对母性（mother nature）进行了各方面扎实的研究之后，于《母性》一书中指出：

> 其实女性爱自己的孩子并不是一种本能，不是生了孩子就自动全心爱护他，其他哺乳动物也不是凭本能就爱护照顾后代，虽然，在这里很难用"本能"以外的理由解释她们的行为。换言之，也许哺乳动物的母爱都是逐步产生的，而且是接受外界讯号的刺激。爱护子女的这种行为是必须发掘、强化、维持才有的，是需要后天培养的。

如此便合理地说明了何以赵姨娘身为探春的生母，却根本不疼爱这个亲生女儿，因为从目前我们能够掌握到的各方面学理来看，不仅是女性，甚至包括其他哺乳动物的雌性，都并非单凭自然本能去照顾自己的孩子，爱护后代的行为是通过"接受外界讯号的刺激"，于后天的环境中逐步发掘、培养、强化、维持而来的。确实，有一些动物纪录片便展现出亲辈的母爱行为事实上是源自外界讯号的刺激，包括新生儿的气味，或者动物在大自然的演化机制里所形成的奥妙造化。譬如，当刚出生的幼雏感到饥饿时，它便会拼命张大嘴喙、亮出咽喉深处向母鸟索讨食物，而母鸟正是因为被雏鸟开口之后咽喉底部的色斑所刺激，才会不断寻找食物来喂饱那些如同无底洞般的小嘴。有趣的是，科学家发现假若幼雏没有张大嘴巴去索讨的话，母鸟并不会主动喂食，结果往往导致幼雏的衰弱乃至死亡，这再次证明了母性的确不是一种与生俱来的本能。再者，动物通常都以气味来传递不同的讯息，包括彼此关系的确认，因此一旦我们遇到落巢的雏鸟或是走失落单的幼猫时，千万不可以直接用双手去接触它们，否则染上了人类的气味，很可能会导致它们的母亲即便找到了孩子，也无法辨认出来，或感到陌生人的威胁，最终决定将它们抛弃，反而制造出悲剧。

既然母爱此一上对下的感情并非与生俱来，同样地，孩子与母亲的下对上关系更必然受到后天社会文化的影响和建构，而他们看待母亲的方式则会影响到他们对性别、对自我的认同。因此，我大胆揣测探春之所以努力抗拒生母赵姨娘，一方面固然是源于其守正不阿的君子人格特质，致使她不希望被母亲的血缘勒索而做出徇私舞弊的勾当，另一方面则是她通过母亲的性格觉察到女性身上狭隘的特质，使得她更加不愿意成为那样的女性。换言之，探春的双性特质既是天赋使然，也有可能是后天的环境所促成的。

"素日赵姨娘每生诽谤"

其实，《红楼梦》第五十五回的回目"辱亲女愚妾争闲气"便明确指出，赵姨娘对待亲生女儿的态度就是羞辱、侮辱，这不仅是对探春人格的侵犯，也是对她的幸福的剥夺与伤害。而赵姨娘为何会采取如此残酷的方式来对待探春呢？归根究底，都是来自血缘本位的私心私利。既然赵姨娘对探春毫无关爱疼惜之情，身为其亲生女儿的探春又是何种感受呢？答案就在第五十五回的理家过程里，当时探春一直在蠲免各种重重叠叠的支出以节省开销，同时按照宗法制度对于奴才的份例规定，只拨付二十两银子作为赵国基的丧葬费，她不愿意因为血缘的缘故给予赵家特权，结果却引发了赵姨娘前来厮闹一番的纷扰。

可想而知，赵姨娘这般无理取闹的行为令探春感到格外难堪，她虽然是贾家三小姐，但作为新上任的理家者，凡事都必须秉公处理，绝不能仗着身份地位任意破例，否则只会在持家的道路上难以服众而寸步难行。可是，赵姨娘却从来没有站在探春的立场替她着想，只一味地把女儿视为谋取财货利益的摇钱树，这又怎能不让探春感到寒心？相较之下，值得注意的是到了第五十六回，平儿身为前任当家理事者王熙凤的得力助手，在与探春展开一番家务改革的对谈过程中，所流露出来的赞美肯定与温暖体贴：

> 平儿道："这件事须得姑娘说出来。我们奶奶虽有此心，也未必好出口。此刻姑娘们在园里住着，不能多弄些玩意儿去陪衬，反叫人去监管修理，图省钱，这话断不好出口。"宝钗忙走过来，摸着他的脸笑道："你张开嘴，我瞧瞧你的牙齿舌头是什么作的。从早起来到这会子，你说这些话，一套一个样子，也不奉承三姑娘，也没见你说奶奶才短想不到，也并没有三姑娘说一句，你就说一句是；横竖三姑娘一套话出，你就有一套话进去；总是三姑娘想的到的，你奶奶也想到了，只是必有个不可办的原故。这会子又是因姑娘住的园子，不好因省钱令人去监管。你们想想这话，若果真交与人弄钱去的，那人自然是一枝花也不许掐，一个果子也不许动了，姑娘们分中自然不敢，天天与小姑娘们就吵不清。他这远愁近虑，不亢不卑。他奶奶便不是和咱们好，听他这一番话，也必要

自愧的变好了，不和也变和了。"探春笑道："我早起一肚子气，听他来了，忽然想起他主子来，素日当家使出来的好撒野的人，我见了他便生了气。谁知他来了，避猫鼠儿似的站了半日，怪可怜的。接着又说了那么些话，不说他主子待我好，倒说'**不枉姑娘待我们奶奶素日的情意了。**'这一句，不但没了气，我倒愧了，又伤起心来。**我细想，我一个女孩儿家，自己还闹得没人疼没人顾的，我那里还有好处去待人。**"口内说到这里，不免又流下泪来。**李纨等见他说的恳切，又想他素日赵姨娘每生诽谤，在王夫人跟前亦为赵姨娘所累，亦都不免流下泪来。**

从这段描写可以看出，平儿对探春的改革方案做出不卑不亢的精准回应，她不仅称赞探春的持家之道，还巧妙地补充说明自己的主子王熙凤其实也曾虑及这一类开源节流的方法，只是碍于某些客观限制而未能采取行动。如此一来，平儿便成功保住了双方的尊严与威信，进而获得新上任者的谅解。也就是说，平儿通过不断肯定探春的改革方案，传达出此举是把前任持家者未能够尽善之处做得更加完备的信息，也等于是对上一任主管的好心体贴，这么一来，探春便能够在理家上大展身手，并且改革得越多即越是"不枉姑娘待我们奶奶素日的情意"，因为她做得越多、越好，就相当于越是弥补了王熙凤受限于各种现实条件而做不到的遗憾。而探春一听到平儿所说的"情意"便伤起心来，因为这令她不禁联想到自己从生母那里所受到的羞辱，导致身为女孩儿家却"自己还闹得没人疼没人顾的，我那里还有好处去待人"的难堪处境。

当然有的时候，个人的主观感觉与客观事实可能会大相径庭，但以探春与生母赵姨娘的关系来说，探春诚然如实地表达出自己的处境。赵姨娘的确是从来没有疼顾过探春，她丝毫不曾考虑到探春的感受和立场，只是一味地以"肠子爬出来"的血缘关系向探春提出许多无理甚至非法的要求，使得探春难以做人，甚至难以立足。

再看其他人对于探春感伤流泪的反应，"李纨等见他说的恳切，又想他素日赵姨娘每生诽谤，在王夫人跟前亦为赵姨娘所累，亦都不免流下泪来"。很显然，赵姨娘常常在背后说探春的坏话或扯她的后腿，以至于明明实际上探春非常优秀，王夫人也很疼爱她，但是由于赵姨娘总是从中作梗、流言中伤，不免让探春有志难伸而蒙受很多的委屈与不平，周边的众姊妹也都看在眼里，所以当探春触及这方面的话题时，李纨等人也都替她心疼不舍，忍不住为之伤心落泪。可想而知，纵使小说中并没有对赵姨娘的日常作风多加着墨，但"素日每生诽谤"显然是一种常态，她宛如附骨之蛆般时时刻刻在探春的身边出没，兴风作浪，为这位亲生女儿带来无穷无尽的困扰和羞辱，再加上赵姨娘还会在王夫人面前搬弄是非，让王夫人心生顾忌而不敢重用探春，那怎能不让探春感到压抑呢？换言之，赵姨娘之所以不能够出头，实际上只能归咎于她不受人待见的鄙贱性格，根本与旁人无关。

曹雪芹的厉害之处就在于，他并没有对某个场景做过多的描写，反而只用三言两语便为读者提供不少值得思考的信息，令人玩味。果不其然，当第五十五回探春开始理家，而拥有不少的决策权之后，赵姨娘是不是又开始觉得：我现在有机会了，可以趁此得到更多的好处？我生出来的女儿当然一定要听我的，何况她现在把握权力，刚好可以建立一种裙带关系，把贾家的财富尽量输送给赵家，以至于将母女之间的矛盾公开化、激烈化。

并且，赵姨娘的不良企图并没有因为这一次的受挫而放弃，后来到了第五十八回里，作者还写道：

> 探春因家务冗杂，且不时有赵姨娘与贾环来嘈聒，甚不方便。

试想，管理贾府"上千的人"（第五十二回）绝非什么轻松惬意的美差，冗杂的家务已经让探春忙得不可开交了，凤姐便是前例，但赵姨娘和贾环这两个与她有着血缘关系的亲人非仅没有表示任何关心，反而三不五时跑来吵闹聒噪，令探春耳根不得清净，甚至不得不为了应付他们而雪上加霜，更加烦心费事。很显然，在探春掌权理家之际，这个小人集团认为机不可失，必须趁此紧紧抓住血缘条件建立裙带关系，以取得额外的好处，因此无时无刻不想着要她徇私舞弊、大开方便之门，并给予他们各种特权，这般的多番骚扰又叫探春怎么做事？

而有趣的是，对于这个恶劣的小人集团，续书者竟然也掌握到此一特点，并把它发展到极端。虽然续书者的笔墨通常都太过于直白刻露，不如前八十回来得含蓄蕴藉，但是不可否认，有些人物描写确实延续了前八十回的线索。试看第一百回探春开始议婚而即将远嫁的一段情节，赵姨娘听闻相关消息时，不仅没有感到不舍，反倒欢喜起来，心里说道：

> 我这个丫头在家忒瞧不起我，我何从还是个娘？比他的丫头还不济！况且泼上水护着别人。他挡在头里，连环儿也不得

出头。如今老爷接了去，我倒干净！想要他孝敬我，不能够了。**只愿意他像迎丫头似的，我也称称愿。**

这种幸灾乐祸的心理是何等凉薄，冷酷到了令人匪夷所思的地步！从第八十回的描述可知，迎春嫁给孙绍祖之后遭受了不少折磨，比三等丫头还不如，然而续书中的赵姨娘只因为亲生女儿不听她的话，不肯额外拉扯他们赵家，就狠心诅咒探春也步上迎春的后尘，最好是跌入万丈深渊。这简直已经违反了人性，更谈不上母性。以常理来说，当父母面对女儿要出嫁的时候，必然会依依不舍，毕竟以后可能天南地北，罕有共聚天伦之乐的机会，即便是在交通及通信设备发达的现代，女儿可以随时回娘家探望，彼此常常联络，但父母在女儿出嫁时也不免会心酸难过，何况古代？然而在听闻探春要进行亲事的时候，赵姨娘却完全没有这一类亲生父母该有的反应，反倒巴不得探春赶紧离去，最好是前往地狱！其心之狠毒，证明了虎毒也会食子，岂不令人背脊发凉。

清末评点家周春也注意到了续书的这段情节，他在《阅红楼梦随笔》里写道：

> 赵姨娘听见探春将送之任上联姻，反欢喜起来……且后来探春出嫁，亦并无持踵而泣情形。

"持踵而泣"一词源自女儿即将远嫁他乡之际，在辞别的一刻母亲够不到女儿的手，又不能跟着一起上车，只能哭着握住女儿的脚后跟而万般不忍分离的典故，其中母亲对女儿的恋恋不舍溢于言表。然而，赵姨娘于探春出嫁时非但没有"持踵而泣"的情形，反倒在得知探春要被送到一个遥远的地方，赴女婿的任上去成亲的时候，竟然欢喜起来，这再度证明了赵姨娘确实并不爱她的女儿，探春根本无法从先天的血缘联结中获取亲情的温暖。也恰恰印证了赫迪所说的"女性爱自己的孩子并不是一种本能"，她们需要接受各种讯号的刺激，通过后天的挖掘与维持才会产生母爱，而赵姨娘并没有这个机会，因为探春出生之后便交由王夫人照顾，或许这也是赵姨娘会对探春更加冷漠的原因。

值得注意的是，探春并非特殊的个案，其他的姐妹如迎春、惜春等嫡系孙女也是交给王夫人就近照料，"因史老夫人极爱孙女，都跟在祖母这边一处读书"（第二回），但是试想：贾母本身已经是年逾古稀的老人，怎么可能会亲自照顾孙女？所以这几位贾府千金当然是委由颇得贾母信赖的王夫人来照顾。后来第七回说：贾母"只留宝玉黛玉二人这边解闷，却将迎、探、惜三人移到王夫人这边房后三间小抱厦内居住，令李纨陪伴照管"，可见三春已经是直接住在王夫人那里。再根据第八十回的描述，迎春出嫁以后不久，归宁回来时向王夫人哭诉道："从小儿没了娘，幸而过婶子这边过了几年心净日子。"便证明了实际照顾她长大的就是王夫人，而同时形成强烈对比的是，其嫡母邢夫人反倒未曾对她的日常生活和婚姻状况表示过任何关切。此外，在第六十五回里，当兴儿向尤二姐转述贾家重要人员的状况时，也提到"四姑娘小，他正经是珍大爷亲妹子，因自幼无母，老太太命太太抱过来养这么大"，此处的"太太"即王夫人。由书中的种种迹象可见，三春都从王夫人这位"大母神"身上得到了自己的原生家庭所未曾提供的亲情，而在她温暖的羽翼保护之下得以过上心净的日子。

尤其是，王夫人并未像赵姨娘那般，只一味偏爱自己的亲生儿子宝玉，而是对贾家的儿女们一视同仁。试看第三回黛玉初到荣国府与众人相见，在拜见各处的长辈之后，王夫人便与她谈及家里的兄弟姐妹：

> 只是有一句话嘱咐你：**你三个姊妹倒都极好**，以后一处念书认字学针线，或是偶一顽笑，都有尽让的。但我不放心的最是一件：我有一个孽根祸胎，是家里的"混世魔王"，今日因庙里还愿去了，尚未回来，晚间你看见便知了。你只以后不要睬他，你这些姊妹都不敢沾惹他的。

其中，王夫人就极为赞赏迎春、探春和惜春，而这三位小姐都不是她的亲生孩子。迎春乃荣国府的大房贾赦所生，惜春则是宁国府贾敬的女儿，而探春虽为贾政的妾室所出，但归根结底也并非王夫人本身的血脉。即便如此，王夫人给予她们的疼爱并不少于宝玉，否则迎春也不会这般地高度认同她。

至于王夫人对探春的态度，我们还可以从王熙凤对众人的才能论述中得知一二，在第五十五回里，她向平儿笑道：

> 倒只剩了三姑娘一个，心里嘴里都也来的，又是咱家的正人，**太太又疼他**，虽然面上淡淡的，皆因是赵姨娘那老东西闹的，心里却是和宝玉一样呢。……还有一件，我虽知你极明白，恐怕你心里挽不过来，如今嘱咐你：**他虽是姑娘家，心里却事事明白，不过是言语谨慎；他又比我知书识字，更厉害**

一层了。如今俗语"擒贼必先擒王"，他如今要作法开端，一定是先拿我开端。倘或他要驳我的事，你可别分辩，你只越恭敬，越说驳的是才好。千万别想着怕我没脸，和他一篳，就不好了。

关于探春这位新任的理家者，凤姐对她的处事能力简直是赞誉有加，并且以其穿心透肺的观察力也看出了王夫人是很疼探春的，否则又怎么会把持家的重任交付给这位隔肚皮的庶女？其实，在同一回中还显示出探春自己也清楚知晓"太太满心疼我"，并且"太太满心里都知道"她被闺阁女性身份所围限的才能志向，所以她才会更加珍惜这次理家的机会。

总而言之，王夫人不只是给予了探春亲情的滋润，还赋予她一个自我实践的机会，让她得以通过处理家务一展长才，所以对探春来说，相当于知己的王夫人更是意义重大。何况王夫人又是探春在宗法制度里所认同的嫡母，则无论是从个人情感还是客观法理上而言，探春对王夫人的认同都是顺理成章的，因此我们不能只因为王夫人的正室身份，便胡乱断定庶出的探春之所以亲近她只是趋炎附势的表现。

母爱：流乳与蜜的地方

从上文中所谈到的王夫人与探春之母女关系，更涉及了母爱真正的重点：古人对父母的"孝"并非止于口体奉养而已，同样地，真正的母爱也不仅是母亲对孩子衣食住行上的生活照顾，或是把她自己所拥有的一切资源都给予子女。如果我们不及时纠正这种错误的粗浅观念，让它以讹传讹、代代相传，恐怕就会造成更多不幸的下一代。

以此来说，美国心理学家埃里希·弗洛姆在《爱的艺术》里对母爱的分析，堪称颇具启发性，他指出：母亲的爱是对儿童的生命和需要的无条件的肯定，而其肯定有两个层次：其一为提供"儿童生命的保持与生长所绝对需要的照顾与责任"，这乃是爱护孩子最基本的条件，倘若一个母亲连最基本的层次都无法做到，甚至还有意无意地把孩子饿得不成人形，那么这个母亲必然是有问题的，遑论给予孩子更多的母爱了。其二是要能"使孩子觉得：被生下来很好；它在儿童心中灌注了对生命的爱，而不只是活下去的愿望"，也即是说，真正的母爱不仅能够让孩子为自己的存在感到喜悦，同时还可以引导他去感受人间的美好，并对这个世界充满爱。就此，弗洛姆还运用了《圣经》中的典故，以"流乳与蜜的地方"来诠释母爱，乳汁便是让儿童可以活下去的凭借，象征着照顾和肯定，是为第一层次的爱；而香醇浓郁、精粹丰盈的蜂蜜极为难得，如同母亲对孩子的精心呵护与谆谆教导，所以它象征着生命的甜美与幸福，属于母爱的第二个层次。

由此可见，母爱在孩子的生命中具有举足轻重的影响，可叹不少女性因为缺乏这些认知而成为失败的母亲，最终损害了下一代的幸福。最大的关键在于，不幸福的孩子将来长大之后是否又会步上母亲的后尘，成为下一个不幸福的母亲，继而制造出不幸福的孩子？如此一来便会形成一种恶性循环，譬如一个被虐待的儿童长大后却变成了虐待自己孩子的父亲或母亲，导致更多的家庭悲剧。当然，如果一个人在成长的过程中经由不断学习，努力让自己成为很好的父母，那就是万幸，可若没有这种自觉的话又该怎么办？所以我们必须通过一代又一代的努力来改善我们的文化与社会。虽然改变的过程必然会因为各种问题的存在而显得曲折缓慢，但只要我们具有明确的认知、强烈的感情和持续的目的性行为，就能够逐步迈向更加美好的未来。

那么，王夫人是否给了探春乳与蜜的双重母爱呢？答案是肯定的，王夫人对探春的照顾不只是赋予她活下去的凭借与愿望，同时还让她领略到一种积极的、有意义的、美好的存在信念。相比之下，虽然赵姨娘是探春的生母，但那只不过是一种生物性的关联，她从未对探春尽过养育的责任，甚至还企图借着血缘关系对女儿予取予求，以这样的所作所为而言，根本没资格被称为探春的母亲。

古代的乳母现象

此外还应该了解到，虽然贾家嫡系的春字辈女孩都由王夫人照顾，然而她身为贾府的女性大家长必定家务缠身，诸如各种红白大礼、送往迎来都需要她亲自张罗安排，如第五十五回便说道："连日有王公侯伯世袭官员十几处，皆系荣、宁非亲即友或世交之家，或有升迁，或有黜降，或有婚丧红白等事，王夫人贺吊迎送，应酬不暇。"则真正负责照顾年幼小姐们用餐洗漱等日常生活杂务的又是谁呢？主要就是乳母奶娘，然而这与王夫人疼爱孩子们的事实并不相悖。作者在第四十回里描写到刘姥姥做出搞怪逗趣的举动引得众人捧腹大笑，当时的情况即包括"惜春离了坐位，拉着他奶母叫揉一揉肠子"，为何惜春的身边会有乳娘？因为对这种富贵人家而言，雇用乳娘喂哺婴儿和照顾孩子有助于减轻女主人的负担，使女主人有更多的时间处理家务，这是上流社会家庭的常态。

中国自六朝时期开始便有乳母的相关记载，而欧洲传统文化里也同样有奶妈制度。则问题来了：明明母亲亲自哺乳属于伟大母爱的表现，而且更能够促进母子亲情，何以中西传统社会却宁愿选择雇用奶妈？赫迪在《母性》一书中指出，富贵人家之所以雇用奶母，原因在于这是一种兼顾高生育率与高存活率的做法。世家贵族的乳娘非但得经过严格的精挑细选，甚至必须住在主人家中受到严密的监督，而根据一位欧洲很有身份的爵士所做的相关研究，从他所收集的 18 世纪法国样本中可以发现，奶妈负责哺乳的婴儿以及少数由母亲自己哺乳的孩子，其存活率都是 80%，既然如此，女主人何不把哺乳的任务交给奶妈？

深入究之，造成奶妈现象的具体原因有二：第一，专职的奶妈比起家务繁杂的女主人更能够专心照顾幼儿；第二，这样一来，女主人不仅可以腾出更多时间精力来应付家务，同时还能够立刻准备再次怀孕。试想，如果一位母亲在生了第一胎不久之后便再次怀孕，第二胎不到一年之内又随之出生，那她岂不是更加手忙脚乱、顾此失彼，进而影响到对孩子的照顾吗？然而一旦把大孩子交给奶妈照顾，那么母亲就可以专心地照顾新生儿了，这岂非两全其美？由此可以得出结论：富贵人家雇用奶妈不但不会增加婴儿的死亡率，相反，婴儿的存活率与生母亲自哺乳时是一样的，而且母亲还可以免除在哺乳期所受到的束缚，并减轻负担。这应该就是乳母制度之所以形成并且盛行的原因。

总而言之，贵妇凭着征用他人的奶水，既能够迅速再次怀孕，又躲过育儿事务上质与量的取舍与抉择，可以更好地执行其他的各种妇职，对夫家而言确实是有利的。值得注意的是，有些婴儿在交给乳母照料之后，其断奶的时间甚至比母亲自己哺乳还要来得晚。何以会如此？原来母亲必须为孕育下一胎作出准备，先行调理好身体，尤其当第一胎为女婴时，更是不得不提早断奶，以便赶紧怀孕并生下儿子，如此一来，交由乳母哺育的那一胎极有可能会得到更多的养分，毕竟乳母可以专门无微不至地照顾这个孩子，无形之中也提高了女婴的存活率。

对大户人家来说，多子多孙无疑是他们维持家族生命很重要的客观条件，所以聘雇乳母就具有促进整个家族兴旺存续的实际功能。不过同时也应该了解的是，虽然女主人在哺育和照料孩子的日常生活上必须依靠乳母的协助，但在精神和文化教养上则理应亲力亲为，迎春、探春和惜春三人既受到乳母的照顾，又因为自幼待在王夫人的身边而接受了正规的教导，所以成长得极好。幸亏探春并非与赵姨娘一起生活，否则以探春那坦荡的君子天性，肯定会被时常利用血缘关系来要求她做出违背法理之事的赵姨娘逼得精神分裂。对于探春来说，那将会是极为可怕的悲剧性灾难，毕竟如果有一个人老是用血缘来逼迫自己做出不合性格的事情，由此受到的精神折磨实在不亚于身体伤害所带来的痛苦。

子宫家庭

对传统社会的女性而言，她们生命中最重要的阶段是出嫁至夫家之后才展开的，即从原生家庭的女儿，变成他人的儿媳或妻子，后来则成为母亲或婆婆，所以女性与家庭的关系几乎都围绕在异姓的归宿上。处于以父权为主的族群里，女性的地位并不高，再加上"一妻多妾"这一被当时社会所共同接受的观念以及具体的实践，如此一来，当妇女在与别的女性共有同一个丈夫的时候，她们和整个家族的关系又呈现出怎样的概念与结构呢？

人类学家卢蕙馨（Margery Wolf）以华人社会的家庭形态为依据，对中国妇女与家庭的关系展开研究，她打破了仅存在"父系家庭"的一般认知，即以单一的父权为核心的家庭模式，发现实际上其内部还有一种以母亲为主体的家庭认同，也就是在父系制度的整体架构之下，还存在着以母亲为中心、以其所生的子女为成员而组成的一个个小团体。由于这个小团体本身并没有权力，所以只能够依靠血缘和情感上的互动关系来凝聚彼此的忠诚，于是卢蕙馨根据此一观察而提出一个新颖的概念——"子宫家庭"（uterine family）。简而言之，世家大族的男子拥有一妻多妾，如果毫无意外的话，每一个妻妾都会有自己的子女，这些母亲与其子女便会在父系家族内形成各自的"子宫家庭"。

为什么会出现这类现象呢？因为在中国传统社会里，血缘本来就是一种非常神圣且难以超越的联结，一旦该观念不断被社会所加强，更会激发出强烈的情感认同。最关键的是，在一妻多妾的父系家庭中，那些子嗣未必会因为同父而相亲相爱，因为彼此的母亲存在着竞争关系，所以相较于父亲，他们往往更倾向于以自己的母亲为情感认同的对象，于是在一个大家庭中便会形成不同的母子集团，而这些母子集团即是彼此情感认同以及利益结合的小单位。由此可见，这种属于亚结构的家庭关系之所以会产生，实际上与传统社会对血缘根深蒂固的执着与信仰息息相关。

纵使时至今日，不少人的头脑中还是充满了对血缘的迷思，譬如每当母亲节到来，便随处可见"母爱是全世界最无私的感情"之类的标语，可是请恕我难以赞同此说。只要根本地思考就会发现，母爱虽然伟大，但并不无私，因为母亲所爱的子女乃是她的骨、她的血、她的未来、她的生命延续，亦即她爱的是她自己以及自己所无法参与的未来。这种爱怎么能称之为"无私"？如果根据弗洛姆在《爱的艺术》里对母爱的分析，这根本是等而下之的爱，因为它极有可能变成"两人份的自私"。当然，我并不轻视那样的母爱，也没有要否定它的意思，只是认为没有必要过分夸大其伟大的神圣性。不可否认，母爱确实可以让大部分的母亲通过自己的孩子感受到爱别人胜于爱自己的体验，只不过这种体验固然可贵，却非常有限，实际上人应该要努力超越对自己的爱，不仅可以去爱一个与自己没有血缘关系的人，还要能够去爱护这个世界、怜爱天地万物，这才是真正的无私。

倘若一个父系家庭里另外形成了以母系为中心的"子宫家庭"，并且这些母子集团各自都强而有力的话，就会与以父权为核心的宗法制度产生一种内部张力，试想，不同的母子集团之间彼此明争暗斗、钩心斗角，必定会对整个家族造成巨大的耗损，久而久之，这个家族便会分崩离析。那么，中国传统的父系家庭又是如何面对这种隐忧的？根据《礼记·内则》所记载的"聘则为妻，奔则为妾"可以得知，在宗法制度里唯有被明媒正娶的女性才是"妻"，其他没有经过三媒六聘的只可称为"妾"，而妾死后并不能够进入夫家的宗祠受祭，因为她们的身份本质上就是奴婢。有意思的是，一位华裔社会学家杨懋春在研究山东台头这座村庄的婚姻习俗时发现，有些妇女一旦在夫家受了委屈或遭遇不公平的对待，她们申诉的说辞往往是："你想怎么样，你要知道我不是自己走到你们家的，我是你们用轿子抬来的。"而所谓"八人大轿抬进来"即指女子是经过三媒六聘的合法仪式嫁入夫家，表示她不仅得到了男女双方家族的认可，最重要的是通过祭宗祠、拜天地，得到祖宗与神明的同意，而且借由迎娶过程中八人大轿的公开游街，有如向整个坊里的正式宣告，皆表明该女子的"妻子"身份受到了全世界的认同。而一个家庭里只能有一位妻子，当有了孩子之后，这位"嫡母"稳居最关键、最核心的地位，因此，如果宗法制度要消弭"子宫家庭"所带来的家族瓦解危机，便必须强调子女对嫡母的认同。

以赵姨娘为主的"子宫家庭"成员，原则上包含了贾环与探春，然而此一"子宫家庭"却有三个奇怪之处：第一是探春完全不认同"子宫家庭"，并且以嫡母王夫人作为其认同的对象。第二则是赵姨娘在经营自己的子宫家庭时，显然把情感认同和利益结合等同为一，并且事实上是以利益结合为主。首先，赵姨娘对探春并没有感情，否则她就不会在探春理家之际处处为难，增添女儿的困扰；再者，赵姨娘对贾环怀有感情吗？这确实是个必须仔细分辨的问题，如果把她为了儿子才选择下咒杀人称为"爱"的话，那可是大错特错了，试想：一个人爱到让自己堕落腐朽，爱到让对方是非不分，爱到让彼此都失去道德，这真的是一种"爱"吗？第三，与一般的情况不同，赵姨娘的子宫家庭不只是以母子为核心，她甚至把情感认同与利益结合的范围扩大到自己的娘家——赵氏集团，比如把兄弟赵国基也纳入她的团体成员里，就这点来说，无疑更是对父系家族的严重挑战，而且还根本地破坏了宗法制度。

　　尤其是贵族世家更加讲究礼法，嫡庶的区分可谓至关紧要，两者不但在地位与待遇上高下悬殊，连家族之间的亲属关系也是截然不同，瞿同祖《中国法律与中国社会：家族范围与父权》一书中已经指出这一点，现在参考李楯在《性与法》里的说法：

> 　　妾在家庭中以夫为家长，以妻为女主，她不是家长的家庭中亲属的一员，她与家长的亲属根本不发生关系，与他们之间没有亲属的称谓，也没有亲属的服制；她自己的亲属与家长的亲属之间更不发生姻亲的关系。

由此可见，赵姨娘事实上属于"半主半奴"的身份，而她之所以成为"半主"，乃是因为家人尊重她是贾政的妾室，但其"以夫为家长，以妻为女主"的奴才本质依然是不变的事实，所以她并不能够算作贾家的亲属，也和家长的亲属根本不发生姻亲关系。换言之，探春不认赵国基为舅舅是正确的做法，因为作为妾室的赵姨娘，其亲属与身为贾家千金的探春毫无家族上的伦理关系，所以与她之间"没有亲属的称谓"，反倒嫡母王夫人的兄弟王子腾才是探春在宗法制度上应该认同的舅舅，这也会反映于丧礼的服制上。

　　在古代的礼法中，服制是指死者的亲属按照自己与死者关系的尊卑亲疏而穿戴不同等差的丧服的制度，其中非常讲究严格的区分，可是到魏晋时代却出现了问题，譬如孩子的母亲是庶母，彼此关系亲密，孩子因为生母的逝去而感到非常难过，所以希望能够以最高的亲属等级来服丧，以求尽心。但宗法并不允许这种情况，于是他们便会诉诸法律，希望透过诉讼的方式来讨论是否可以逾越等级，对去世的生母多做一点表示。这是历史上出现过的争议，一直到清代都还存在着，那就是当"子宫家庭"形成很紧密的情感关系之后，为人子者便不忍心母亲因为奴妾的身份而一辈子没有受到真正的尊重，所以希望通过丧礼服制上的抗争来争取回馈母亲的机会。

不过，上述所说的都是特殊的极少数案例，在宗法制度里，身为主子的子女实际上与属于奴才的妾室并没有亲属的服制，哪怕该妾室是自己的生母也不能够逾越分际，遑论其娘家之人。在极讲究伦理的清代王府中更是如此，溥杰在《醇王府内的生活》里指出：

> 我的祖母固然是我们的亲生祖母，不过，她的娘家人，则仍然是王府的"奴才"，我们当"主人"的是不能和"奴才"分庭抗礼的。

对于注重儒家孝道的家庭而言，祖母理所当然是家中地位最高且最受敬重的人，但是"她的娘家人，则仍然是王府的'奴才'"，显然溥杰的亲生祖母原来的出身为妾，后来可能因为她的儿子成了醇亲王，或是家族里只剩下她这个长辈，所以才会母凭子贵，变成这个家庭中地位最崇高的人物。不过，即使是溥杰的亲生祖母，归根究底其娘家人还是王府的奴才，所以溥杰身为"主人"绝不能够与他们分庭抗礼，一旦彼此平起平坐，不仅主子会因为违反了规矩而失格失礼，还会导致一些奴才肆意地逾越分际，最终为家族的混乱败落埋下祸根。因此，以当时的礼制标准来看，赵姨娘的企图实在是为探春造成了不少困扰，她不但努力经营自己"子宫家庭"的利益，而且还妄想把利益扩展到赵家。

对于只是把亲生骨肉视为摇钱树的赵姨娘而言，既然自己所生的子女是贾家的成员，则顺理成章，可以让他们成为帮助自己谋夺贾府财产的一道桥梁，尤其是只要家产落在贾环手里，岂不相当于是赵家所拥有的吗？这也说明了赵姨娘并不爱贾环这个孩子，她只是把他当作争取利益的筹码，因为他是"我肠子爬出来"（第六十回）的儿子。但荒谬的是，按宗法制度来说，贾家才是探春和贾环的根本，而赵家虽然是生母赵姨娘的娘家，他们的身份依旧属于贾府的奴才。

表面上，贾环自小就由赵姨娘养育照料，且相较于一直阻碍她从贾家得到更多好处和利益的女儿探春，赵姨娘看似更为疼爱贾环，积极地为这个儿子扫除一切绊脚石，但只要仔细分析其背后所蕴含的思想动机，便能够发现，赵姨娘只是不想肥水落入外人田，毕竟贾家在她眼中只是一座提供庞大财产的金矿。一旦能够从贾家获得好处的机会被别人扼杀在摇篮里时，她便开始无理取闹，比如第五十五回中，她就为了赵国基之死的赏银多寡而责骂探春道：

> 谁叫你拉扯别人去了？你不当家我也不来问你。你如今现说一是一，说二是二。如今你舅舅死了，你多给了二三十两银子，难道太太就不依你？……姑娘放心，这也使不着你的银子。**明儿等出了阁，我还想你额外照看赵家呢。如今没有长羽毛，就忘了根本，只拣高枝儿飞去了！**

显而易见，赵姨娘企图以"舅舅"这种亲属称谓对探春进行血缘勒索，以便借此获得更多的丧葬费用。其实，即使姑且放下文化观念上的伦理认定，单单客观论起血缘的联系，贾环与探春身上的血脉至少也有一半是来自贾家，可是赵姨娘却视而不见，擅自认定赵家才是这对姐弟的"根本"。这实在已经到了罔顾常识、极端自私的程度，令人匪夷所思。

"唯女子与小人为难养也"新解

最为可笑的是，明明赵姨娘对探春的控诉在情、理、法各个层面上都站不住脚，可她反倒骂得理直气壮，令人不禁联想起孔子所说的"唯女子与小人为难养也"。

大家千万先别急着断定孔子这句话为性别歧视的言论，我们唯有深刻了解孔子所处的时代，以及当时的环境对人性的影响，才能够明白他口出此言的真正缘故。"小人"是指道德低下的男子，而"女子"为全称命题，即全部的女性都与男人中最低下等级的小人一样的"难养"。但试想，两千多年前的女子有被给予教育的权利吗？当然很少，既然女子无法借由教育获得心智启发和精神提升的机会，她们又怎么可能容易变成君子呢？即便是从小得到各种正规教育并被赋予许多社会资源的男人，也未必人人都可以成为君子，所以要一个既没有受过正规教育，又缺乏社会资源的女性变成君子，堪称是缘木求鱼。由此可见，孔子所谓的"唯女子与小人为难养也，近之则不孙，远之则怨"（《论语·阳货》）应该说是一个相对客观的事实的反映。

不过，虽然女性之"难养"实属"非战之罪"，但毕竟她们被剥夺高等教育的权利，又受限于闺阁之内，每天接触的无非是柴米油盐酱醋茶等琐碎无聊的层次，自然而然地心智就会逐渐变得低下愚顽，所以宝玉才会感叹道："女孩儿未出嫁，是颗无价之宝珠；出了嫁，不知怎么就变出许多的不好的毛病来，虽是颗珠子，却没有光彩宝色，是颗死珠了；再老了，更变的不是珠子，竟是鱼眼睛了。"（第五十九回）很显然，造成"女性价值毁灭三部曲"的关键就是婚姻，何况那些女性又很少受到教育，有什么精神力量能够支撑她们不平庸下去呢？其结果便是孔子所观察到的事实。相比之下，小人之难养就只能够归咎为他们本身的过错了，在被社会赋予了自我提升的较多机会之后，人品依旧平庸甚至卑下，那当然只能怪他们自己不思进取。

值得注意的是，"唯女子与小人为难养也"的"难养"究竟是指什么？根据孔子的完整表述，从上下文的意脉来推敲，那就是"近之则不孙，远之则怨"，"孙"同"逊"，"不孙"意即不礼貌，而孔子观察到，女子、小人在和他人关系亲近之后便失去了尊重，所谓"亲则生狎"，以至于他们的态度会令人感觉不适甚或受到侵犯；可是一旦与之保持距离，他们又会抱怨对方故意疏远，完全不懂得自我反省。

所以说，如果一个人不时时刻刻地反省自我、要求自我，不知不觉就会变成小人而不自知，因为人们要合理化自己的行为或为自己的过错寻找借口，这实在是太容易了。在抛开成见与个人好恶的情况之下，实际上可以看到，前期的林黛玉便表现出"难养也"的性格，虽然宝玉对她百般讨好，可是她偏偏要找宝玉麻烦，冤枉歪派甚至不惜作践人家，然而一旦宝玉对她保持距离，却又哀怨自怜只是寄人篱下的孤女，所以受到冷落。连身为饱读诗书的贵族少女林黛玉也不免呈现这般的状态，更何况是性格阴微鄙贱的赵姨娘？实际上赵姨娘就是个兼具女子与小人的综合体。

有意思的是，曾经有读者为赵姨娘辩护，声称她应该也是有优点的，不能一概抹杀，但是这就如同说每个人都有缺点一样，属于没有意义的解释，因为其概念内容太过泛泛而抽象，无法提供具体的例证给予有力量的阐发。最关键的重点在于小说是一种虚构的作品，作者在叙事的需要下会把所有的讯息呈现出来，如果其中并没有相关描写，我们即不应增字解经，另外添加许多文字去延伸某个人物的品格行为，否则就会有失客观严谨，譬如林黛玉在林如海去世之后成了孤女，而其家族中别无至亲之辈，于是不少人怀疑贾府霸占了林家的财产。倘若只根据一般抽象的原则来说，这似乎也不无合理之处，但如此一来，我们便相当于采用一般性的常识来套在具体问题上，忽略了个案背后的诸多差异性，以及作者所要表达的意旨，最后的结果便极有可能会出错。

这正是人文学科研究常犯的错误，虽然大胆假设并无不可，但更必须要小心求证，既然作者根本没有在小说文本里提供任何相关的线索或明确的讯息，我们便不能够妄下定论。也正因为如此，我们才必须仔细分析小说中的各种细枝末节、蛛丝马迹，从而借此建构出对人物性格的正确认知。

赵姨娘之阴微鄙贱

从第二十五回里，赵姨娘与马道婆合谋施展妖术以魔害王熙凤和宝玉的这一点可以看出，她根本就是一个心术不正的小人，贾家并没有亏待她一分一毫，可是她仍然要把贾家视为赵家的敌人，认定只要贾家多一分，赵家就少一分，彼此势不两立。而赵姨娘之所以企图谋害凤姐和宝玉，完全是以利益为最终目的，试看她与马道婆之间的对话：

> **那赵姨娘素日虽然常怀嫉妒之心，不忿凤姐宝玉两个，也不敢露出来；**……马道婆听说，鼻子里一笑，半晌说道："不是我说句造孽的话，你们没有本事！——也难怪别人。明不敢怎样，暗里也就算计了，还等到如今！"赵姨娘闻听这话里有道理，心内暗暗的欢喜，便说道："**怎么暗里算计？我倒有这个意思，只是没这样的能干人。**你若教给我这法子，我大大的谢你。"马道婆听说这话打拢了一处，便又故意说道："阿弥陀佛！你快休问我，我那里知道这些事。罪过，罪过。"赵姨娘道："你又来了。你是最肯济困扶危的人，难道就眼睁睁的看人家来摆布死了我们娘儿两个不成？难道还怕我不谢你？"马道婆听说如此，便笑道："若说我不忍叫你娘儿们受人委屈还犹可，若说谢我的这两个字，可是你错打算盘了。就便是我希图你谢，靠你有些什么东西能打动我？"

从这番对话便可以得知，赵姨娘和马道婆各有图谋，前者想要除去眼中钉，而后者则想趁机谋财，共同的目标都是金钱利益。因此，当双方已经互相趋近而达到了一致以后：

> 赵姨娘听这口气松动了，便说道："**你这么个明白人，怎么糊涂起来了。**你若果然法子灵验，把他两个绝了，明日这家

私不怕不是我环儿的。那时你要什么不得？"

所谓"把他两个绝了，明日这家私不怕不是我环儿的"，这显然是谋财害命的盘算了，然而杀人是何等严重的罪行啊，连起心动念都是不应该的，赵姨娘却不惜为了自己的利益将其付诸实践，甚至内心还对这种伤天害理之事毫无一丝不安和愧疚，所以最终目标一致的两人便沆瀣一气，共同下咒谋害凤姐和宝玉。

最令人不寒而栗的是，赵姨娘一直都对宝玉和凤姐这两人包藏祸心，所谓"怎么暗里算计？我倒有这个意思，只是没这样的能干人"，试想，如果家里有人对自己心存杀意，简直是防不胜防，岂不是非常可怕吗？再者，当宝玉快要撑不住而奄奄一息的时候，赵姨娘还对贾母说："老太太也不必过于悲痛。哥儿已是不中用了，不如把哥儿的衣服穿好，让他早些回去，也免些苦；只管舍不得他，这口气不断，他在那世里也受罪不安生。"显然是恨不得宝玉立刻归西，到了毫不掩饰的地步，其中的冷酷无情简直是表露无遗，难怪贾母忍不住啐了她一口唾沫，并骂她为"烂了舌头的混账老婆"。简而言之，赵姨娘常常嫉妒别人的命比她好，别人永远比她过得幸福，而主观认定自己在贾府中是个被人欺负的、不受待见的姨娘，所以为了满足自己的私欲，她费尽心思谋夺贾家的家私，不惜杀人害命。

上文提到，探春刚开始理家的时候，赵姨娘便因为她秉公处事，不肯额外给赵家更多的赏银而大闹了一番，令人意想不到的是，到了第六十回赵姨娘又开始借故生事。她借的是何故呢？即芳官为了顾念姊妹情谊，因此不想把蕊官所赠送的蔷薇硝分一半给贾环，而打算将自己使用的找来替代，谁知一打开奁盒却发现已经空无所剩了，迫不得已只能以茉莉粉混充。没想到拿回来以后，当时王夫人的丫鬟彩云正在赵姨娘处闲谈，一看便知芳官所给的并不是蔷薇硝，赵姨娘获悉之后怒心陡生，认为这是芳官那些戏子们故意耍弄贾环才搪塞的，于是她生气地调唆道：

> 有好的给你！**谁叫你要去了，怎怨他们要你！**依我，拿了去照脸摔给他去，趁着这回子撞尸的撞尸去了，挺床的便挺床，吵一出子，大家别心净，也算是报仇。莫不是两个月之后，还找出这个碴儿来问你不成？便问你，你也有话说。宝玉是哥哥，不敢冲撞他罢了。难道他屋里的猫儿狗儿，也不敢去问问不成！

其实贾环自己并不以为意，根本无心借此多生事端，但母亲却不断地破口大骂，咄咄逼人，于是便忍不住搬出姐姐探春来回击道：

> 你这么会说，你又不敢去，指使了我去闹。倘或往学里告去捱了打，你敢自不疼呢？遭遭儿调唆了我闹去，闹出了事来，我捱了打骂，你一般也低了头。这会子又调唆我和毛丫头们去闹。**你不怕三姐姐，你敢去，我就伏你。**

这番话简直戳痛了赵姨娘的心肺，贾环口中的"你不怕三姐姐，你敢去，我就伏你"，言外之意不正是指赵姨娘畏惧探春吗？这又让一心自恃为生母的赵姨娘有何脸面，简直是尊严尽失！所以大受刺激的赵姨娘便喊道："我肠子爬出来的，我再怕不成！"以此宣示她可不怕探春，何况既然亲生女儿都成为新任当家的了，身为生母的她当然母凭女贵，可以趁机多索要一些特权，于是她便奔往大观园，又做出一些荒腔走板、不合规矩的撒泼举动，小说中描写道：

> 赵姨娘也不答话，走上来便将粉照着芳官脸上撒来，指着芳官骂道："小淫妇！你是我银子钱买来学戏的，不过娼妇粉头之流！我家里下三等奴才也比你高贵些的，你都会看人下菜碟儿。宝玉要给东西，你拦在头里，莫不是要了你的了？拿这个哄他，你只当他不认得呢！好不好，他们是手足，都是一样的主子，那里有你小看他的！"芳官那里禁得住这话，一行哭，一行说："没了硝我才把这个给他的。若说没了，又恐他不信，难道这不是好的？我便学戏，也没往外头去唱。我一个女孩儿家，知道什么是粉头面头的！姨奶奶犯不着来骂我，我只不是姨奶奶家买的。'梅香拜把子——都是奴几'呢！"

赵姨娘不仅仗着自己的姨娘身份欺负人，甚至还把自己抬高为贾家的主子，僭越地说"你是我银子钱买来学戏的"，而加以百般羞辱，芳官当然不能接受，随即挑明"我只不是姨奶奶家买的"，对方的本质根本和自己一样，属于"梅香拜把子——都是奴几"，"梅香"是个丫鬟常用的名字，这句歇后语的意思是指，和梅香一同结拜为姐妹的人当然都是同一个等级的"奴几"，既然赵姨娘和自己的身份都同是奴才，对方又有何资格在她面前嚣张！但赵姨娘听了以后怎么可能咽得下这口气，便上来打了芳官两个耳刮子，接着与前来应援的戏子们厮打起来。这般闹腾的场面惊动了探春等人前来察看，可是当一问起缘故，"赵姨娘便气的瞪着眼粗了筋，一五一十说个不清"，探春实在忍不住气恼，便半劝告、半责备地说道：

> 那些小丫头子们原是些顽意儿，喜欢呢，和他说说笑笑；不喜欢便可以不理他。便他不好了，也如同猫儿狗儿抓咬了一下子，可恕就恕，不恕时也只该叫了管家媳妇们去说给他去责罚，**何苦自己不尊重，大吆小喝失了体统**。你瞧周姨娘，怎不见人欺他，他也不寻人去。我劝姨娘且回房去煞煞性儿，别听那些混账人的调唆，没的惹人笑话，自己呆白给人作粗活。心里有二十分的气，也忍耐这几天，等太太回来自然料理。

值得注意的是，探春对赵姨娘的判定是她"自己不尊重"，也就是说，赵姨娘在这次事件中并没有拿捏好分寸，过分膨胀自己的权利，又根本不懂得控制情绪，以至于斯文扫地，虽然她本质上是个奴才，但好歹是位姨娘，本来就应该自尊自重，可是她却和芳官等戏子大吆小喝，完全失去体统。这又怎么能责怪人家不尊重她呢？所以接下来探春立刻举了一个非常恰当的例子，她说："你瞧周姨娘，怎不见人欺他，他也不寻人去。"周姨娘也是贾政的妾室，为人则安分守己，从来没有因为一些不顺心就去大肆撒泼。而赵姨娘则相反，常常宛如泼妇一般无理取闹，此举只会让别人更加看不起她，遑论要获得贾家上下的尊重了。天下的至理便在于：即使一个人确实是被剥夺与被损害者，也都得要值得别人帮助才行，岂能因为自己吃亏受苦就认为全世界都亏欠自己，并因此去为非作歹，哪有这种道理？必须说，一个人唯有自尊自重，不到处惹是生非，别人才会真心地尊重他、帮助他。

当然，聪慧的探春也洞察到这次闹剧的发生不仅是赵姨娘的人品所致，其中亦少不了"那些混账人的调唆"，于是劝说赵姨娘先冷静下来，控制自己的脾气，否则被那些管家娘子利用拿来当炮灰，反而惹人笑话。其实，这也反映出赵姨娘确实是一个完全没有判断力和分辨能力的人，只要旁人对她说一些吹捧的好话，就迫不及待地逞威风大闹一番，殊不知是"自己呆白给人作粗活"，成了下人们眼中很好操控的跳梁小丑。如此一来，探春之所以和赵姨娘不相亲近，也在情理之中，毕竟谁会喜欢一个到处撒泼惹事的母亲呢？何况双方从本质上的巨大差异，更注定了彼此格格不入，诚如第六十五回中，兴儿引用俗语所做出的一个比喻，说"老鸹窝里出凤凰"，老鸹即乌鸦，赵氏的一窝子乌鸦里竟然出了探春这么一只凤凰，也实在真的是基因突变！

总而言之，探春不能够忍受与自己有血缘关系的至亲之人竟是这副模样，所以气得向尤氏、李纨说道：

> 这么大年纪，行出来的事总不叫人敬伏。这是什么意思，值得吵一吵，并不留体统，耳朵又软，心里又没有计算。这又是那起没脸面的奴才们的调停，作弄出个呆人替他们出气。

在此，不妨揣摩一下赵姨娘究竟是多大"年纪"。以第三十三回宝玉挨打时，王夫人提到"我如今已将五十岁的人"，据此可以合理推测，赵姨娘这时约在四十岁上下，毕竟纳妾必定是选择年轻貌美的，因此赵姨娘或许比王夫人年轻个十岁或更多。可是，赵姨娘人到中年，却还是"行出来的事总不叫人敬伏"，那又怎么能够怪人家不尊重她！所以探春才会生气地说："这是什么意思，值得吵一吵，并不留体统，耳朵又软，心里又没有计算。"对于探春的这番批评，大家应该要了解到，无论我们是谁，并不是因为身为父母，所以子女天生就会心存尊敬，同样地，老师也不能够以其职业身份便要求学生必须尊敬他。因为"尊敬"是一种心理上的真实反应，如果一个人确实无法让人产生尊敬之情，那是不能强迫的，因此一个人是否值得别人的尊敬，首先得反求诸己。而赵姨娘不懂得辨别是非轻重，遇事便一股脑地去找人出气，这种完全"不留体统"的失控行为，当然无法获得其他人包括探春这个女儿的尊敬。但在此也必须特别留意，仔细厘清"尊敬"并不同于"尊重"，我们确实应该尊重每个人，不论其身份贵贱、地位高下，即使是对清道夫和乞丐都必须给予尊重，因为那是一种文明的态度，是有教养的人都会表现出来的礼度。

探春不愧为凤姐所欣赏且高度认可的理家者，聪明细致的她即便不清楚这出闹剧的来龙去脉，但稍加观察与略为推测便知道"这又是那起没脸面的奴才们的调停，作弄出个呆人替他们出气"，而事实也的确如此，那个撺掇赵姨娘"你老把威风抖一抖"的混账人就是藕官的干娘夏婆子。

再看第六十七回，宝钗的哥哥薛蟠从江南贩货回来，于是宝钗打点了一些礼物，分成非常均衡的小份礼品送给贾家上上下下的人，其中也包括了赵姨娘与贾环，所以赵姨娘"心中甚是喜欢"，毕竟"连我们这样没时运的，他都想到了"。而接下来的这段情节，大家可要仔细分辨，所谓：

（赵姨娘）忽然想到宝钗系王夫人的亲戚，为何不到王夫人跟前卖个好儿呢。自己便蝎蝎螫螫的拿着东西，走至王夫人房中，站在旁边，陪笑说道："这是宝姑娘才刚给环哥儿的。难为宝姑娘这么年轻的人，想的这么周到，真是大户人家的姑娘，又展样，又大方，怎么叫人不敬服呢。怪不得老太太和太太成日家都夸他疼他。**我也不敢自专就收起来，特拿来给太太瞧瞧，太太也喜欢喜欢。**"

宝钗之处事周到细致的确是个客观事实，但是赵姨娘拿着宝钗所送的礼物去王夫人面前献宝，却实在是不伦不类的做法。原来，赵姨娘内心打着的如意算盘就是：王夫人与宝钗的母亲薛姨妈乃同胞亲姊妹，宝钗即为王夫人的外甥女，倘若以后宝玉和宝钗共结连理，必然亲上加亲，在爱屋及乌的心理作用之下，她称赞薛宝钗可以说是等于讨好了王夫人。但是关键在于，这种"子宫家庭"的偏私想法是备受忌讳的，因为它会冲击父系制度而带来瓦解的危机，所以应该尽量避而不谈。即便对此心知肚明，也不能在大庭广众之下公开表露，否则就是一种对父权制度的严重挑战。

但赵姨娘根本搞不清楚其中的微妙之处，还不分轻重地去和王夫人说："难为宝姑娘这么年轻的人，想的这么周到……怪不得老太太和太太成日家都夸他疼他。我也不敢自专就收起来，特拿来给太太瞧瞧，太太也喜欢喜欢。"王夫人一听便知道她的真正来意，但是并不揭破，因为王夫人身为嫡母及贾府的家务代理人，必须以贾家的立场来看待任何局面，不宜有所偏倚，而赵姨娘的献宝无疑是诉诸私情，企图把王夫人牵扯进私情私心的小圈子，所以在王夫人眼中便成了"不伦不类"的行为。因此，王夫人并不回答是非可否，如果她回答说"对"，那等于承认自己有私心，也就等同于赵姨娘的为人；但如果说"不对"，便是拒绝了赵姨娘的好意，甚至抵触到贾母，那更会无端生事，故而王夫人唯有淡淡说道："你自管收了去给环哥顽罢。"当然，赵姨娘也意识到自己的这一番表态已经是弄巧成拙，所以"满心生气"地讪讪离去，回房后还把东西丢在一边，咕哝说"这个又算了个什么儿呢"，足见这个女子无论怎么看都不是一个值得尊敬的人。

总而言之，赵姨娘诚为一个女子与小人的综合体。再看作者在第七十一回提到"赵姨娘原是好察听这些事的"，即喜欢打听人家的八卦、隐私，甚至还包括别人暗地里说长道短等各式各样的小道消息。这就难怪明清时期的一些家训曾明确规定，务必禁止三姑六婆登堂入室与闺阁妇女密切接触，因为她们不仅喜欢窃听别人的私密，时而还传播一些错误的观念，甚至会挑拨良家女子去私奔，那可是不得了的灾难！于是出现了一个成语——"听篱察壁"，意指躲在篱笆、墙壁后面窥视、偷听人家的私事，被用来比喻小门小户里低等妇女的卑下人品，而赵姨娘的"好察听"简直与三姑六婆无异。

参照《金瓶梅》里的潘金莲，就是经常通过"听篱察壁"的方式掌握了许多私密讯息，然后以此做为她斗争谋略的一环，那岂不是标准的小人吗？所以大家千万得心存警惕，如果平常与朋友、姐妹吃饭闲聊的内容都是在说人家的长短，那么彼此的交情恐怕是有问题的，毕竟经常背后论人是非可算不上良好的人品表现。再看赵姨娘此人不但是平时"好察听"，而且"素日又与管事的女人们扳厚，互相连络，好作首尾"，也就是说，她私底下热心经营着各种人脉，并通过那些管家娘子获得更多的内幕消息以便制造事端。同样在第七十一回中，便发生了一件宁府尤氏遭到荣府守门婆子无礼对待的纷扰，本来已经"大事化小，小事化无"，竟然因为赵姨娘的口舌搬弄又被传播出去，扩大成一个暴风圈，最后导致王熙凤受到更大的伤害。

贾环其人

综观赵姨娘的所作所为，大家便会明白，这样的母亲根本无法培育出一个品性良好的孩子，值得庆幸的是探春并非由她亲自抚养，而是从小就被王夫人抱过去照顾，否则探春也可能会变为第二个贾环，或者会因为拒绝变成贾环而饱受痛苦。试看第二十五回贾环在王夫人的炕上抄写《金刚咒》一段情节，当时刚从王子腾夫人寿诞回来的宝玉进入王夫人的房间请安，之后便一直和彩霞说笑，而与彩霞有情的贾环有何反应呢？作者描写道：

> 二人正闹着，原来贾环听的见，素日原恨宝玉，如今又见他和彩霞闹，心中越发按不下这口毒气。虽不敢明言，却每每暗中算计，只是不得下手，今见相离甚近，便要用热油烫瞎他的眼睛。因而故意装作失手，把那一盏油汪汪的蜡灯向宝玉脸上只一推。只听宝玉"嗳哟"了一声，满屋里众人都唬了一跳。

可以注意到，贾环一旦起心动念都是些害人的主意，而宝玉只是与素日跟他要好的彩霞说笑，他便使黑心推倒滚热的蜡烛油，意欲烫瞎宝玉的眼睛，这和下毒咒置人于死地的赵姨娘又有何区别？宝玉的左脸就此被烫出一溜燎泡，即使没有伤及双眼，那也属于很严重的烫伤。最重要的是，身为母亲的王夫人不仅心疼，还要担心倘若贾母追问起来大家必定都要挨骂，所以她才会气急败坏，叫过赵姨娘来骂道：

养出这样黑心不知道理下流种子来，也不管管！几番几次我都不理论，你们得了意了，越发上来了！

王夫人这番话的确都是事实，赵姨娘自己就经常惹是生非，所谓"几番几次我都不理论"应该是指类似的情况已经发生过很多次，只是王夫人都不计较、不追究而已，可是贾环这次所犯下的错实在太过分了，作为生母又负责照管的赵姨娘当然要被叫来斥责，正如王熙凤在调停过程中提醒说："老三还是这么慌脚鸡似的，我说你上不得高台盘。赵姨娘时常也该教导教导他。""慌脚鸡"意指行为不稳重，乱跑乱跳造成一大堆意外，而"上不得高台盘"则是指一个人得到了一点好处或地位，便开始得意忘形，做出各种贻笑大方之事，所以上不了"高台盘"。换言之，贾环太欠缺教养，本来身为母亲的赵姨娘与儿子生活在一起就应该时常好好地教导他，把他引导至正路，而不是让他变成一个坏胚子，于是被这句话提醒的王夫人便把赵姨娘叫来训斥一顿。必须注意到，本来王夫人也给予了贾环无私的照顾，所以才会让贾环坐到自己的炕上平起平坐，和宝玉一样，并且让他抄写《金刚咒》以祈福消灾，确实是不分嫡庶一视同仁，但是很显然，这母子俩却不值得她对他们好。王夫人越是不与他们计较，他们反倒越是得寸进尺、逾越分际，也难怪王夫人会骂贾环为"黑心不知道理下流种子"。

贾环的人品低劣猥琐，甚至从第七十二回彩霞不愿意嫁给另外的说亲对象，而贾环却没有挺身而出替她争取的这一点，也可以看出他是个极无情无义的人。彩霞素日和贾环甚为要好，为了爱他、配合他，可做出许多不正当的事情，包括应赵姨娘的要求偷窃了王夫人房中的东西（见第六十一回），结果他却完全不顾情分，对于彩霞被父母另择对象表现得毫不在乎，竟然还说"不过是个丫头，他去了，将来自然还有"，如此之毫无情义，令人不禁感叹贾环和赵姨娘果然是一对母子。

再看第二十回，贾环与莺儿一起玩掷骰子，明明是他输了却偏偏不认，故意把骰子弄乱并坚称自己赢了，然后侵吞对方的赌金。当时也在旁边的宝钗眼见贾环急了，便让丫鬟莺儿赶快放下钱来，毕竟以尊卑伦理而言，纵然主子是故意抵赖也只能够认了。心不甘、情不愿的莺儿便忍不住嘟嘟囔囔地抱怨几句："一个作爷的，还赖我们这几个钱，连我也不放在眼里。前儿我和宝二爷顽，他输了那些，也没着急。下剩的钱，还是几个小丫头子们一抢，他一笑就罢了。"贾环身为一个作爷的，还讹占她们这些丫鬟的钱，即使换作任何人，肯定也都不会乐意的，再加上与为人大方的宝玉相互比较，贾环更显得既没有风范气度又小气赖皮。

而贾环听了莺儿的抱怨，便不开心地说道："我拿什么比宝玉呢。你们怕他，都和他好，都欺负我不是太太养的。"接着竟然哭了，一副受到天大委屈的模样，可实际上并没有人只因为他不是王夫人所生的就欺负他，他之所以被丫鬟莺儿等人瞧不起，完全是源于自身人品不好，根本与庶出的身份无关。值得注意的是，贾环这番话其实是在转移范畴以合理化自己的错误，显示他从不认为自己有错，所发生的一切争执都是别人在欺负他，那就是标准的小人心态。

最有意思的是，当赵姨娘一见到贾环回来以后垂头丧气的模样，竟然不假思索地问他："又是那里垫了蹐窝来了？"这句话的意思是，为什么他会一副不开心的样子，一定是在某个地方被人家当作沙包欺负了，可明明真相是并没有任何人欺负贾环，赵姨娘却不分青红皂白，在不了解事情的来龙去脉、谁是谁非的情况下，便先认定自家人的不愉快都是出于被别人欺压的缘故。由此可见，赵姨娘的思考逻辑显然是把所有的状况全部解释为"如果我输了，就是你欺负我"，完全用个人立场来定义和衡量人与人之间的关系，以及事情的是非对错。

值得注意的是，贾环在赵姨娘的追问之下也没有透露出实话，反而捏造说："同宝姐姐顽的，莺儿欺负我，赖我的钱，宝玉哥哥撵我来了。"但事实是这样吗？根本完全相反，宝玉并没有撵走贾环的意思，只是觉得既然他在此处玩得不开心，那不如到别的地方玩耍会更快乐，而且分明是他赖了莺儿的钱，却颠倒是非抹黑对方，显然王夫人责骂贾环为"黑心不知道理下流种子"并未冤枉了他。这对母子确如第六十五回兴儿所比喻的"老鸹一窝子"，想法之阴微卑劣都如出一辙，果不其然，赵姨娘听了贾环的话之后，并未仔细探查真实的状况即直接啐道："谁叫你上高台盘去了？下流没脸的东西！那里顽不得？谁叫你跑了去讨没意思！"她非但没有教导儿子应该如何改进，做一个更好的人，甚至还故意制造对立、挑拨离间，长久以往，必然在贾环心里埋下仇恨的种子，导致他以后为人处事上都是以敌对的态度去面对别人。试想，一位母亲不仅不好好引导自己的儿子走向正道，反倒还以"下流没脸的东西"如此粗俗的言语来贬低他，这真的能够称之为"爱"吗？

恰好凤姐从窗外经过，把这些话都听在耳内，于是便忍不住隔着窗户说了一顿：

> 大正月又怎么了？环兄弟小孩子家，一半点儿错了，你只教导他，说这些淡话作什么！凭他怎么去，还有太太老爷管他呢，就大口啐他！他现是主子，不好了，横竖有教导他的人，与你什么相干！环兄弟，出来，跟我顽去。

"淡话"即不好的闲言闲语，身为孩子家的贾环犯了错，赵姨娘理应教导他，而不是说一些淡话使得他的观念、性格更加扭曲，或者按照宗法制度而言，根本轮不到她来教导，如此至少还能消极地避免让孩子误入歧途，这才是真正合理的正道。可叹的是，现在还有不少读者依旧抱持着今人的价值观去看待古人，见不得传统社会以尊卑或者宗法来作出身份的区隔，譬如凤姐此举往往被诠释为贾家爱欺负身份卑下的人，所以剥夺赵姨娘的教育权，却完全忽略了实际上是赵姨娘的鄙贱思维反而让贾环的人品往下流发展，单单从这一点来看，也确实不应该由她来职掌教育之责，凤姐的做法不但合情合理，更堪称为大义凛然。必须注意的是，即使贾环是庶出，但他也还是贾家未来的继承人之一，如果被教坏了，岂非成为不肖子孙？王熙凤之所以说："凭他怎么去，还有太太老爷管他呢，就大口啐他！他现是主子，不好了，横竖有教导他的人，与你什么相干！"这是为了阻止赵姨娘对贾环的品格进行荼毒，因此拿出宗法制度，以"他是主子，你是奴才"的尊卑之别警告赵姨娘不应该逾越分际，把贾家未来的继承人给败坏了。

这世间最吊诡的地方就在于，有的时候身份平等也会制造灾难，有的时候身份不平等反倒会产生正义，所以读者千万别太急着用阶级剥削、人权不平等来思考世家大族里的问题，应该对于每件个案都要仔细检验，不能一概而论。既然心术不正的赵姨娘教导出如此人品歪斜的贾环，当然就得依靠贾家的正统力量把他矫正过来，因此王熙凤接着便训斥贾环道：

> 你也是个没气性的！时常说给你：要吃，要喝，要顽，要笑，只爱同那一个姐姐妹妹哥哥嫂子顽，就同那个顽。你不听我的话，反叫这些人教的歪心邪意，狐媚子霸道的。自己不尊重，要往下流走，安着坏心，还只管怨人家偏心。

这番话都是出于火眼金睛而切中肯綮的春秋定论，贾环之所以"人物委琐，举止荒疏"（第二十三回），事实上可以说都是受到了赵姨娘的影响，以至于不懂得自尊自重，要往下流走，并且只会一味埋怨人家偏心，认定一切都是别人不好，存心欺负他们。

"善恶生死，父子不能有所勖助"

这样经营出来的母子集团是非常可怕的，但不少文章在讨论赵姨娘或探春的时候，通常都是对赵姨娘抱持同情的态度，并以环境决定论来替她的行为开脱。比方说，一些学者主张，因为赵姨娘身份卑下，常常被欺压，所以她的性格才会变成这般恶毒，而他们所常举出的一个例子，是第二十五回马道婆到了赵姨娘房里，看见炕上堆着一些零零碎碎的绸缎布料，她正用来粘鞋子，于是马道婆开口向她要一双鞋面，赵姨娘听了便叹道："你瞧瞧那里头，还有那一块是成样的？成了样的东西，也不能到我手里来！有的没的都在这里，你不嫌，就挑两块子去。"这段话被不少对赵姨娘心怀同情的读者用来证明她在贾家受尽委屈和侮辱，并据以宽容她的为非作歹。

表面上，这类推论有一定的道理，毕竟姨娘本质上就是奴才，不可能与主子享有同等的待遇，加上贾府人口众多，有的时候或许对姨娘的照顾确实并不周全。然而事情的真相是否如此，却是有待商榷，要知道，姨娘每个月都能够领取二两月银，贾环这个爷的月例也是二两，加上身边两三个丫头"人各五百钱"（第三十六回），如此一来，他们一个月总共就有五两多的钱财可供花费，此外再看第二十七回探春所指出的："环儿难道没有分例的，没有人的？一般的衣裳是衣裳，鞋袜是鞋袜，丫头老婆一屋子。"可见日常服侍帮佣的婢女也不少，那又怎么能够算是被苛待呢？只要赵姨娘不要太贪得无厌，实际上每个月的银钱是很够用的。所以，如果一味扩张欲望，把那些不愿满足自己的人都视为敌人，便未免过于不知分寸、得寸进尺了。

以一般的多数人来说，环境确实会很直接地影响到其性格，可是倘若就此把赵姨娘为人不端和"阴微鄙贱"的人品心态都归咎于外在的封建奴妾制度，诚属过于想当然耳。大家应该深入思考这一种外归因式的推论，即把所有的原因都推到外在因素上，其问题在于完全忽略了人是能为自己负责的道德主体，我们究竟要做怎样的人，是自己该想、该争取、该去铸造的，而并非把生命过程中所遇到的任何问题都归咎于外在的环境，否则我们会连动物都不如，毕竟动物都得努力了解环境、克服障碍，才能够生存下去，可没有一只会去抱怨环境、归咎于他者。所以，那些以外归因式的推理来宽宥赵姨娘的读者并不是在同情她，其实反倒是在作践她，因为他们彻底不认为赵姨娘本身是具有主体能动性的人。

也就是说，一个主体在与外界互动的过程中，他所采取的方式是自己可以决定的。当我们际遇不佳的时候，究竟是要选择怨天尤人、仇恨一切，还是秉持着孟子所说的"天将降大任于是人也，必先苦其心志，劳其筋骨，饿其体肤"的态度去看待，都全凭自己的意志和信念，而这正是作为人的存在最重要的一点。何以我们不能够给自己一些期许，努力让自己向崇高的人格境界迈进？第七十四回中惜春引述的一句名言："善恶生死，父子不能有所勖助。"便说明了一个人究竟是要为善为恶，都得由自己决定和承担，即便是血脉相连、至亲至爱的父子之间也不能够提供帮助，这岂不就和闽南话里的一句俗语"生得了儿身，生不了儿心"一样吗？相信已经为人父母者必定对此有所感慨，即便赋予孩子一副骨肉形骸，可是对于孩子的心智灵魂，父母却根本管控不了，而那些脾性顽劣、不服管教的尤甚。所以说，作为一个道德主体，我们都应该为自己的人品德性负责。当然贾环还是个孩子，所以母亲的教育更显得尤其重要，但不幸的是，赵姨娘根本不配当一个教育者，因为她不仅不在善恶的道德抉择上反求诸己，还只会在遇到问题时一味怪罪别人。

大家必须明白，一个人会从根本上放弃人格的自主权，这才是对自己最大的否定，因为他不认为自己可以变成一个更好的存在，反而放任环境来决定自己。如此一来，岂不是让自己成了环境的奴隶吗？为何我们要把这种对自己的人格侮辱当作自我开脱的借口呢？其实，"善恶生死，父子不能有所勖助"即深刻揭示了生死天定、人格自决的事实，环境的压力绝不必然会带来人格的扭曲，同为贾政妾室的周姨娘便是例证之一，所以赵姨娘的"自己不尊重"必须由她自身承担，更何况，封建制度并非只有欺压奴妾的负面作用，《红楼梦》里便有不少的例子证明了这一点。

主仆关系既非民主，又异于不民主

传统封建宗法制度下的主仆伦理关系，事实上并不是只存在单向的剥削与片面的压抑。学者居蜜在《安徽方志、谱牒及其他地方资料的研究》这篇文章中指出：主仆伦理关系属于一种伦常差序，即有差别、有等级地依照各种伦理关系进行安顿，而伦常差序正是传统文化的精髓，乃为安定社会的力量，诚如费孝通所言，此一家长制教化性的权力（paternalism）是既非民主但又异于不民主的专制。这种权力亦非剥削性的，因为主仆关系形同父子，各有其义务与报答。

倘若从现今社会的角度来看，主仆关系无疑是专制的，但它又不是那种大权在握、生杀予夺的专制，因为身份地位较高的主子也要受到其他权力者，乃至于社会舆论的监督和抵制，这就是他们所要负担的义务。它确实不是民主，但它也并非不民主，所以我们不应该再以简单的二分法来看待各种人文现象，或者随意把负面的批评加诸过去的制度上。试看小说第三十三回中，当贾环添油加醋地密告金钏跳井而死的时候，贾政之所以非常生气，乃是因为：

> 好端端的，谁去跳井？我家从无这样事情，自祖宗以来，皆是宽柔以待下人。——大约我近年于家务疏懒，自然执事人操克夺之权，致使生出这暴殄轻生的祸患。若外人知道，祖宗颜面何在！

这番话说明了虽然丫鬟属于没有法律地位的奴才，但贾家百年以来都是秉持着宽柔待下的原则，从未欺压或践踏过任何一个仆婢，所以当贾政误会是宝玉害得丫鬟金钏儿跳井自尽时，才会那般怒不可遏，以至于痛下鞭笞。所谓的"异于不民主"就是如此，主仆之间形同母女父子，双方"各有其义务与报答"，属于互惠互利的关系，譬如凤姐和平儿的感情便亲密得宛如亲生姐妹一般，她们相互照顾、互补不足，则可想而知，主子与仆人的关系并非只有单方面的压榨与剥削，甚至有些奴才的地位可能比年轻的主子还要来得高，其中一个例子就是奶妈。

奶妈以自己的血所化成的乳汁养大了年轻主子，这份哺育的恩情使得奶妈的地位抬得很高，所以第十六回中写到，"一时贾琏的乳母赵嬷嬷走来，贾琏、凤姐忙让吃酒，令其上炕去"，显然是十分礼遇，并以最高等级的炕来给予尊荣。扩大来看，再从第四十三回里一段涉及主仆座次的描写，更可以显示出贾府非常优待资深仆人之一二：

> 只薛姨妈和贾母对坐，邢夫人王夫人只坐在房门前两张椅子上，宝钗姊妹等五六个人坐在炕上，宝玉坐在贾母怀前，地下满满的站了一地。贾母忙命拿几个小杌子来，给赖大母亲等几个高年有体面的妈妈坐了。贾府风俗，年高伏侍过父母的家人，比年轻的主子还有体面，所以尤氏凤姐儿等只管地下站着，那赖大的母亲等三四个老妈妈告个罪，都坐在小杌子上了。

要知道，世家大族的座位席次是按照"炕/榻—椅子—小杌—脚踏—站立"的尊卑等差序列来安顿的，一个房间里以炕或榻为最尊位，而身为贾府大长辈的贾母当然是坐在榻上，所以宝玉坐在贾母怀前也就象征着他乃贾母心肝宝贝的地位。最有意思的是，何以贾母会另外命人拿几个小杌子给赖大之母等三四个有体面的老妈妈坐呢？因为她们属于"年高伏侍过父母的家人，比年轻的主子还有体面"，所以作为年轻主子的尤氏、凤姐儿等都低上一级，只能在地下站着。由此可见，贾府对待资深仆人相当礼遇有加，这也反映出主仆关系中的尊卑地位实际上是流动性的，因此我们必须要抛开成见，重新以客观公正的态度来审视传统社会的奴妾制度。其实不应该再用封建奴妾制来合理化赵姨娘的不正当行为，说她是因为可怜才可恨，也所以她的可恨变成可怜，这种很吊诡的、奇怪的逻辑忽略了她身为一个人，就必须负责自我人格上的一切罪恶。

总括而言，我们实在不能够纯粹以环境决定论来合理化赵姨娘的不正当行为，虽然姨娘的身份让她只能受奴妾制度的左右，可是贾府在其应得的份上从来都没有亏待过她，甚至很多时候还视同"半主"。因此归根究底，赵姨娘之所以沦为现在这等不受人待见的样态，也只能怪她本身太过贪婪和经常觊觎非分的心性作风。

"娶妻在贤，纳妾在色"

既然我们从小说中所了解到的赵姨娘都不外乎是恶劣低下的为人品行，那么这是否就意味着她毫无长处可言？答案是：非也，她很显然拥有一个优点，即长得美丽，否则又怎么会被贾政收纳为妾室？所谓"娶妻在贤，纳妾在色"，这种富贵人家的男子纳妾，必然不会选择一个丑女人来膈应自己。第四十回贾琏偷腥、凤姐泼醋的事件中，作者就引述"妻不如妾，妾不如偷"的心理，妻子毕竟是在门当户对的情况下娶进来行使家长之权力的，是要为整个家族设想的，但是妾则可以按照男主人的喜好来选择，当然美丽是基本条件，如果还能够一起吟诗、作画、写书法，让他怡情悦性便更为加分。

同样地，第七十八回中王夫人向贾母报告晴雯生病，也被开恩放出去的情况时，她便点出了大家族纳妾的标准，说道：

> 老太太挑中的人原不错。只怕他命里没造化，所以得了这个病。俗语又说，"女大十八变"，况且有本事的人，未免就

有些调歪。老太太还有什么不曾经验过的。三年前我也就留心
这件事。先只取中了他，我便留心。**冷眼看去，他色色虽比人
强，只是不大沉重。**若说沉重知大礼，莫若袭人第一。虽说贤
妻美妾，然也要性情和顺举止沉重的更好些。就是袭人模样虽
比晴雯略次一等，然放在房里，也算得一二等的人。

从"贤妻美妾"四字可知，娶妻最重要的条件即贤良淑惠的品德，而
纳妾的关键则在于容貌美丽，如果按照这个原则来说，晴雯确实百分
之百合乎条件，不过王夫人认为，即便是妾室也要"性情和顺举止
沉重的更好些"，毕竟妾室若是德容兼备而非徒具美貌，显然更加完
美。袭人便合乎此一最高标准，固然她的模样比起晴雯是略次一等，
但那也只是略差一点点，放在房里仍然是一二等的美人，再加上"性
情和顺举止沉重"，就反过来超出晴雯一等了。根据"贤妻美妾"的
原则可以合理推论出赵姨娘应该是个美人，否则也无法把探春生得
"削肩细腰，长挑身材，鸭蛋脸面，俊眼修眉"（第三回）如此之高华
脱俗。

　　只是在这样的情况之下，不少读者难免产生一个疑问：纵使赵姨
娘生得貌美如花，可她的性格却十分的阴微鄙贱，而贾政竟然纳其为
妾，是否也证明了贾政的人品欠佳？经过一番严谨的思考和研究，可
证贾政绝非与赵姨娘沆瀣一气的小人，也不是一般人所以为的平庸糊
涂之辈，则为何他可以容纳赵姨娘呢？

　　关键就在于，贾政、探春这对父女各自与赵姨娘之间的关系状况
是截然不同的。贾政既是一家之长，又是工部员外郎，公务繁忙，被
朝廷派往各省处理事务也是家常便饭，譬如在第三十七回提到，贾政

一被"点了学差"，就必须择日前往外地数月；到了第七十回又说，近海一带发生海啸，他还得奉旨"顺路查看赈济"。如此一来，贾政待在家中的日子屈指可数，所以当他回京之后，便格外珍惜与"母子夫妻共叙天伦庭闱之乐"（第七十一回）的时光，名利之心也逐渐淡薄了。可想而知，在此之前的贾政不仅公事繁忙，并长年累月离家在外，一旦居家时还得处理很多家务，不比其兄长贾赦"官儿也不好生作去，成日家和小老婆喝酒"（第四十六回），所以他与赵姨娘的个人相处应该也只有几个晚上，并且届时赵姨娘必定会拿出温柔体贴的一面，恐怕不见得可以从那么短暂而片面的接触中深入了解对方的灵魂层面。在这种情况之下，如果要蒙混一位君子实在是易如反掌，更何况纳妾是只选貌美，未求贤德，因此贾政可能并没有注意到赵姨娘人品的问题，加上二人的相处主要是在半夜发生的男女关系，贾政根本就无法通过日常生活的互动交流去觉察赵姨娘的真正为人。而探春和赵姨娘则是整天生活在一起，在同一个屋檐底下不断受到她的毁谤以及血缘勒索，长久以往，当然是难以忍受赵姨娘鄙贱的性格，以至于发生冲突，所以我们并不能只因贾政纳赵姨娘为妾，便推论据此可以反映出其人品不好。

抗拒血缘勒索

探春与生母赵姨娘的关系纠葛，因读者的"血缘迷思"之故，以致她历来都遭受许多误解，而赵姨娘那"我肠子爬出来的"（第六十回）的"子宫家庭"思维及其性格特质，实际上都是在血缘天赋的神圣概念之下衍生出来的具体结果。但是，就因为这种血缘本位思考，而造成探春生命中无法承受之重，并直接反映在两人的相处上。因为探春从小并非由赵姨娘抚养，她们之间与母女喁喁私语、相濡以沫的温馨画面相去甚远，加上赵姨娘的一个错误认知，她总是把贾家的财富视为己有，因此把占有财富的贾家当成赵氏的敌对集团，是一个对赵氏利益的剥夺者和阻碍者。对她而言，凡是影响这条利益通道的人就会被视为敌人。如果能靠着血缘关系去谋夺那一份她认为应该属于赵家的贾家财产，她便会以血缘的天赋神圣性作为枷锁去勒索亲人，而探春即是深受其害的一员。

身为贾家女儿的探春，她当然要抗拒赵姨娘的血缘勒索，不过我们先别急着批评她对生母的抗拒与疏离，而是以客观全面的角度去分析探春的处境和心态。其实，即便在现今比较平等的社会，父母双方都是赋予子女生命的重要来源，既然你爱你的母亲，是不是也应该爱你的父亲？我们的法律在某些立法上是平等的，而本地现在的法律规定，若一个孩子到了一定的法定年龄，具有独立的判断能力，心智也比较成熟的时候，便可以自己选择要冠父姓还是冠母姓。现在这法律当然是公平的，只是仔细观察，实际上主动改姓的人是不是很少？而且虽然法律赋予孩子这样一个认同上的权利，但是在孩子刚出生的时候，却未给予这项权利，亦即身为母亲者也无法让孩子冠以自己的姓，除非丈夫同意。

纵使现在的法律已经允许孩子冠以母姓，可是真正实践的应该还是很少，很多人有了孩子之后，依旧天经地义地让孩子随父姓。即便在能够接受男女平等的现代社会，我们还是必须顾虑到，自己不仅是母亲的孩子，也是父亲的孩子，所以应该顾及双方的感情和利益。既然连我们现今都不能偏废一方，更何况是在古代？试想，在传统社会里，从宗法制度、社会风俗至个人观念各方面都是以父权为中心，其中并没有女性方面的权利。则对探春而言，在当时的社会环境下，赵姨娘却罔顾理法，仗着母系的血缘要求女儿进行一些非法且背理的作为，以探春那般守正不阿的性格，在情、理、法上都是不能接受的。

做鞋事件

探春为人聪颖风雅，甘于恬淡，是位不强出头的女君子。在第五十五回之前，我们很少看到关于探春的大篇幅演出，而第二十七回却出现了探春在理家之前唯一一次的长篇言论，这是在一个特别的契机之下，通过她和生母之间的间接冲突演绎出来。虽然多数读者在看小说时读得津津有味，却无暇照顾很多细节，所以更应该在这个地方谨慎地推敲琢磨。这一段情节即使学者也都会不以为然，认为探春过于不近人情，然而相关说法是不对的，因为这不仅忽略她的时空脉络，也忽视她所处的具体情境，以一个时空完全错置的外人去做一种是非道德的判断，事实上是非常不公道的，所以接下来我将逐一澄清几个重点。

首先，我们得了解探春因受限于女儿身，而囿于闺阁之门，倘若想要获取外界一些新奇精致的东西，唯有拜托宝玉帮忙。因为宝玉是可以出门的，所以探春就请他多带一些"朴而不俗，直而不拙"，亦即朴素却很有意趣，不流于低俗平庸的小玩意儿给她。既然是请人家帮忙，则礼尚往来，理应有所回馈。因此，探春为表达谢意，便对宝玉说："我还像上回的鞋作一双你穿，比那一双还加工夫，如何呢？"那么这双鞋到底是她的义务还是谢礼呢？

仔细推敲，那双鞋毫无疑问就是谢礼，而且是一种基于真情互惠之下的酬赠，这正是探春知礼又重情的表现。只是当提及这双鞋时，宝玉又笑道：

> 你提起鞋来，我想起个故事：那一回我穿着，可巧遇见了老爷，老爷就不受用，问是谁作的。我那里敢提"三妹妹"三个字，我就回说是前儿我生日，是舅母给的。老爷听了是舅母给的，才不好说什么，半日还说："何苦来！虚耗人力，作践绫罗，作这样的东西。"我回来告诉了袭人，袭人说这还罢了，赵姨娘气的抱怨的了不得："正经兄弟，鞋搭拉袜搭拉的没人看的见，且作这些东西！"

贾政作为传统的儒家正统君子，不免会认为大费周折地做一双精致的鞋子是在作践绫罗，毕竟穿在脚上的东西容易弄脏，很快就会损坏、发臭，所以只要实用即可，对于那么精致的鞋子便相当不以为然，觉得何必如此的浪费人力和物力。因此，当贾政问宝玉鞋子是谁做的，为了避免被严厉责骂，宝玉便不敢直言来自妹妹探春，而说是舅母给的，毕竟是长辈赠予的鞋子，贾政也就不便过分责怪了。

但值得我们注意的是，当宝玉逃过一劫回来的时候，向袭人提及此事，袭人说这还算是小事，毕竟只是长辈以比较正统的观念来指责一下而已，赵姨娘却因此背地里抱怨得了不得，控诉探春没把鞋子给

"正经兄弟"贾环，那就很不堪了。这番话不但不伦不类，而且问题就出在"正经兄弟"上，什么叫"正经兄弟"？

赵姨娘话中的"正经"二字，正是纯粹以赵氏血缘为标准，她认为探春和宝玉是异母兄妹，而贾环才是真正与探春同一母胎所生，血缘关系更紧密，探春更该予以关照。可见赵姨娘无论思考什么问题，都是基于赵氏血缘本位主义。而探春听了当然生气，因为赵姨娘的话里至少有两个层次都很荒谬：首先，赵姨娘凡事都以赵氏血缘为唯一的思考根据，一味斤斤计较自家的利益得失，不把贾氏亲人当成一家人看待。暂且不论亲人之间的情感，在宗法上，贱民出身的她根本就没有地位，所以对探春而言也没有赵氏血缘的问题，而贾氏血缘才是真正的宗法依据和亲属关系，赵姨娘所谓的"正经兄弟"根本是颠倒的说法。

值得我们深思的是，即使以如今人人平等的社会观念来说，赵姨娘总是抓住"血缘"不放，不能以宽广的视野和开阔的心胸看待事情，也未免过于偏私鄙吝。这就完全抵触于探春那种三间屋子不曾隔断，有如风筝一般翱翔于高空，甚至她的住所还命名为"秋爽斋"的开阔恢宏气度。因此，探春非常不能忍受赵姨娘偏于一家甚至一个肚子之私的狭隘思维，此即第一个层次的问题。

其次，赵姨娘理所当然地把做鞋袜当成探春该做的工作，所以探春听了宝玉的转述后登时便沉下脸说：

> 这话糊涂到什么田地！怎么我是该作鞋的人么？环儿难道
> 没有分例的，没有人的？一般的衣裳是衣裳，鞋袜是鞋袜，丫
> 头老婆一屋子，怎么抱怨这些话！给谁听呢！我不过是闲着没

事儿，作一双半双，爱给那个哥哥兄弟，随我的心。谁敢管我不成！这也是白气。

探春的意思是说，当赵姨娘知道她送给宝玉一双鞋，就觉得肥水落了外人田，却没有仔细分辨这双鞋其实是一番真心回馈的谢礼，而不是探春分内的工作。赵姨娘的血缘本位思考反映出她的目光如豆，身为姨娘，她的房中本就配备相关伺候的人员，如果贾环有所谓的"鞋搭拉袜搭拉"的情况，赵姨娘就该要求丫鬟婆子负责，而并非抱怨探春不关照同母兄弟。所以，赵姨娘对探春的责怪完全是逾越分际。

探春接着便说得很清楚，指出"环儿难道没有分例的"，"分例"就是贾府分配给家族人员日常所需的供应，每人皆有。因此，贾环身边不可能没有负责运作相关物资的人，所以探春才会生气地表示："一般的衣裳是衣裳，鞋袜是鞋袜，丫头老婆一屋子，怎么抱怨这些话！给谁听呢！"毕竟衣服鞋袜这些都是基本配备，赵姨娘该问责的是丫鬟婆子，而不是怪罪到探春头上。

再者，探春也挑明了她是千金小姐，本来就不该做这种事情，即使她自己的鞋袜也都是分配给其他下人缝制，而这是宗法制度里清楚规范的，所以她才说："我不过是闲着没事儿，作一双半双，爱给那个哥哥兄弟，随我的心。谁敢管我不成！这也是白气。"从这番话可看出探春多么无奈，她没道理为这种小事去配合赵姨娘的自私计较，让自己沦为做鞋的女工，所以赵姨娘也只是白气。

除此之外，在上述的段落里，其实暗示了探春具有高超的女工手艺。试想，她做的那双鞋，贾政一看就感到引人注目，所以这表示探春和黛玉在这一点上很相似，事实上她们都在女红方面有很好的才能，只是两人的个性导致她们都不想将精力花费在这个地方。仔细回想，黛玉是不是懒于女工针黹？去年一整年只做个香袋儿，而今年已经过了大半年，连针线都还没动呢。那是因为黛玉并不想做，探春也一样，探春把她的才华心力都用在临摹法帖、欣赏芭蕉梧桐这些"朴而不俗，直而不拙"的事物上。她具有如文人雅士般的高度审美情趣，针黹女红只是她闲暇时偶尔为之的消遣，所以她才把针黹作品当作珍贵的礼物，送给对她好并帮助她的人。这一点很值得注意。

宝玉深谙"疏不间亲"之理

接下来要看一个非常有趣的现象，其实探春所说的这番话颇为表面而含蓄，只是表达了她对赵姨娘不辨是非、糊涂透顶的不满，但并未挑明个中很隐私的部分。而宝玉听了，却点头笑道：

你不知道，他心里自然又有个想头了。

宝玉是何许人也，他说探春"不知道"，难道真是指探春不明白赵姨娘心中的算盘吗？非也，非也，宝玉的"你不知道"也是一种含蓄的表达方式，他看出赵姨娘之所以在鞋袜上大做文章，正是因为她心里有个想头，也就是自私自利，可见宝玉当然知道赵姨娘的阴微鄙贱，但是却不可以对探春直言不讳，毕竟无论如何，这对母女都有很近的血缘关系，必须顾及"疏不间亲"的道理，而有的版本是作"亲不间疏"，其实意思一样，都是指关系比较疏远的人不要去介入关系比较亲近的人彼此之间的是非。

而在此要提醒大家注意这一点，是因为自己有过亲身的遭遇，所以清楚地知道，这是祖宗传下来的一个对于人类的幽微心理的绝佳认知。因此，如果在生活中听到有朋友或同学，他为了某些事情而怒骂他的好友甚至家人，此时就得仔细衡量回应的方式。如果他所批评或抱怨的好友，和他的关系比我们更为亲近，此刻便只可以表示很了解这样的感受，但千万别去助阵，同仇敌忾地随着对方的话语一同痛骂他的好友。

这样的做法不仅天真无知，结果还适得其反，因为无论是当下或是过了一段时间以后，对方反而会更讨厌帮腔的我们。为什么呢？因为他只会记住我们曾经说过他好朋友的坏话，却忘了他自己是起头的人，而我们就因此被他记恨，并影响到彼此之间的关系。这是只有不懂人性、愚昧无知的人才会犯的错误，他们不了解人类心灵的奥妙复杂，天真地以为只要与朋友站在同一阵线谩骂他当下生气的对象，就可以拉近彼此的关系，殊不知事实并非如此。这得涉及另外一个对象的亲疏程度，所以才会有"疏不间亲"或"亲不间疏"的道理，而这个道理是连宝玉都心知肚明的。

让人感到惊讶的是，有些人甚至年过花甲还不明白这番道理，而我是因为亲身经历才完全了解这种微妙的人际相处之道。微妙在于：他之所以会抱怨、批评那个人，实际上是因为双方的关系比较特别，彼此抱怨并不影响他们之间的感情。倘若忽略这一点，只关注到他生气的一面，就等于本末倒置，结果便会适得其反。

从而读者应该了解到，宝玉对于人性的认识以及恰如其分的表达，其实比现在很多人都要世故，所以宝玉为人绝不纯真懵懂。如果一直把他当成具有赤子之心，只追求性灵，甚至视之为反对封建礼教的前卫者，那真是把他看得太简单了。宝玉的妙处在于：虽然在探春面前提及对赵姨娘个性的了解，但他也只是点到即止，绝不说重一句话。即使他非常了解对方，他们之间也有很深的纠葛，但是，毕竟赵姨娘与探春更有密切的血缘关系，所以无论赵姨娘是探春的桎梏枷锁，还是她感恩戴德的伟大母亲，不管哪一种，宝玉作为一个关系比较疏远的人，就不应该介入。从这一点来看，宝玉真的有非常世故的一面，此外还有很多其他的例证，以后有机会再做补充。

但既然宝玉都提到这点了，就不免触及探春深埋于心的苦楚，所以她益发动了气，说道："连你也糊涂了！他那想头自然是有的，不过是那阴微鄙贱的见识。"她作为与赵姨娘血缘较为亲近的人，当然可以直言对方的不是，但外人却是不便置喙的。所谓"阴微鄙贱的见识"，就是指赵姨娘以赵氏血缘为核心的一种利益思考。无论是她想要借由魔法杀人还是平日的各种需索，基本上都是以利益为根源或目的，而这个利益又是以血缘作为核心，素来机敏的探春当然也晓得，因此感到厌恶不屑，直称"他只管这么想"。

"我只管认得老爷、太太两个人"

说到此处，就不得不澄清探春这段常常被很多粗心的读者断章取义的话语，同样在第二十七回，请注意其中特别标示粗体的几句：

探春听说，益发动了气，将头一扭，说道："连你也糊涂了！他那想头自然是有的，不过是那阴微鄙贱的见识。**他只管这么想，我只管认得老爷、太太两个人，别人我一概不管。就是姊妹弟兄跟前，谁和我好，我就和谁好，什么偏的庶的，我也不知道。论理我不该说他，但忒昏愦的不像了！**还有笑话呢：就是上回我给你那钱，替我带那顽的东西。过了两天，他见了我，也是说没钱使，怎么难，我也不理论。谁知后来丫头们出去了，**他就抱怨起来，说我攒的钱为什么给你使，倒不给环儿使呢**。我听见这话，又好笑又好气，我就出来往太太跟前去了。"

可叹许多读者不仅没有尝试进入探春的生命史，而且往往忽略探春话语的前后脉络，仅仅因为觉得她有几句话很刺耳，便肆意批评探春的为人，这就是一般人常有的直觉反应。但是直觉反应并不能带来智慧以及深刻的思考，所以，之前的层层论述剖析，就是希望大家要注意这是一个整体的脉络，这位人物是个活生生的有机体，她承受的挣扎和痛苦不是局外人所能胡乱断言的。先看她说："他只管这么想，我只管认得老爷、太太两个人，别人我一概不管。"单以这点而言，那些认为母子亲情是天生的、温情脉脉的读者当然就看不进去了，认为探春趋炎附势，否则怎么会对自己的生母表现出这么绝情的姿态？这个人违背天性，冷酷无情，罔顾生母的恩惠，只管认得老爷、太太，不是非常凉薄吗？这就是很多有关探春的文章所表示的一种看法。但是这类看法真的是太过偏颇，而且隔靴搔痒。

事实上，这里所谓的"只管认得老爷、太太两个人"其实是完全合乎宗法规范的，之前讲过，依据宗法制度，贾政和王夫人才是探春的父母，庶子女与生母之间只剩下情感关系。如果赵姨娘不能赢得这位女儿的感情认同，她就必须反求诸己，毕竟感情少不了良好的经营和用心的维持。赵姨娘并不能因为她生下了探春，便强求孩子凡事都得以她为优先，如此未免过于自私自利。身为读者，我们务必要谨慎思考探春话语所表达的意思，千万别被成见所局限。很多人根据探春所说的"就是姊妹弟兄跟前，谁和我好，我就和谁好，什么偏的庶的，我也不知道"，便推测探春基于庶出的身份，而产生自卑心理，所以才认同当权者。但是，这样下结论未免过于粗略，接下来我将提供一些分析，让大家参考。

值得读者深思的是，探春后续所说的"论理我不该说他"又是指什么道理呢？为什么按照道理而言，探春并不应该批评赵姨娘？这是因为无论赵姨娘有任何不是，她毕竟是长辈。虽然姨娘的本质是奴婢，但她毕竟是姨娘，她和贾政的关系也让她分沾了一些威势。其实，赵姨娘平常是受到尊重的，如果读者误以为她在贾家备受欺侮，可就大错特错了，她只是因为太不自重，导致别人不想对她的姨娘身份给予尊重，所以便用奴才的本质看待她，这可说是她咎由自取的结果。

读者切莫忘记，贾府对家中长辈即使是资深奴才也很尊重，论理赵姨娘不仅是家中长辈，又是姨娘，何况探春是她的亲生女儿，所以这位懂事识礼的女孩才表示自己不该批评她，但是赵姨娘的所作所为实在逾越分际，导致一向恬淡温和的探春也忍不住动怒。试想，如果一个人从来都不尊重别人，那便是他自己的错，因为他不仅失去了文明教养，甚至不懂得为人处世的基本礼貌，因此，倘若一个人无法得到他人的尊重，就必须自我反省、自我改善。这个道理一定要区分清楚，所以赵姨娘不受敬重的处境是她该反求诸己的。

因此之故，探春才说："论理我不该说他，但忒昏愦的不像了。"其中的"忒"就是过度，"昏愦"即昏庸而没有任何理性、常识。这种人唯利是图，盲目到这种程度，以致在为人处世上完全不能让人信服。至于为什么探春会说赵姨娘"忒昏愦的不像了"？难道赵姨娘还做了什么令人愤慨的事情吗？事实上，除了做鞋这件事，下面探春又举了另一个例子，即之前已经提过的，探春给宝玉几吊银钱，托他帮忙买些小巧物品。

从人情世故而言，如果有事情拜托别人帮忙，本来就不该让对方垫钱，所以探春才会先将价款给了宝玉，结果这件事情又被赵姨娘知道了。这实在令人非常好奇，为什么无论何事赵姨娘都能快速知晓？只要仔细分析，我们便会发现，其实种种事迹都在印证她好察听的个性，可谓名副其实的"包打听"。果然过了两天后，赵姨娘一见探春便"说没钱使，怎么难"，探春当然不理会，因为贾府每个人都有各自的分例，贾家绝不可能刻意亏待某个家族成员，而即使赵姨娘真的没钱使，也不是探春该负责的，所以探春就不予理会。

谁知赵姨娘趁着丫头们出去了，就直接抱怨探春为何把积攒的钱给了宝玉，却不给亲兄弟贾环？而赵姨娘向女儿要钱，也实在不成体统，探春听了这番话当然既好气又好笑，干脆不理赵姨娘，径自往王夫人屋里去了。这件事情多么可笑啊，赵姨娘只关注探春没把钱财分给亲生兄弟使用，就和得知探春只为宝玉做鞋子的不悦反应如出一辙，反映出赵姨娘脑中永远只充斥着赵氏血缘本位的利益思考，却不能从更客观无私的角度看待探春合情合理的作为，探春当然忍受不了。

尤其值得注意的是，探春是一开始便批评赵姨娘吗？是一开始批评就说重话吗？都不是，她的话语是逐层递进的，如果不是赵姨娘昏愦糊涂、不明事理，探春也不至于忍不住要和赵姨娘划清界限。而划清界限就是以宗法制度来杜绝赵姨娘的血缘勒索，所谓"我只管认得老爷、太太两个人，别人我一概不管"便是探春在宗法制度下提出的合法理由。探春因为实在忍无可忍才出言批评赵姨娘，据此而言，探春的表现已经非常厚道了，在忍耐赵姨娘鄙吝狭隘的言行时，依旧没有口出恶言。所以，如果有人要和你划清界限，恐怕你必须反省自己是不是已经逾越分际到令人退无可退的地步，才逼使对方断然分割，以免被拉扯下去。

"生之恩"再思考

下面我所要谈一些颠覆性的看法，将会挑战原本被认为天经地义的观念，希望大家能先做好心理建设。我从学生时代开始，多年以来看了一些电影、小说和报纸上的社会新闻，发现不少受苦的儿女，在父母是伟大的生命创造者的认知之下，做出了令人发指的不人道牺牲。这些子女不惜葬送他们一生的幸福也要做出这样的牺牲，不禁让我疑惑丛生。

为何他们非得以极端自我牺牲的方式去回报父母，而不是一家人同心协力地解决家庭问题呢？为此我思考多年，最终得出一个心得，其中牵涉到许多案例以及一些复杂的学理思辨，在此无法表述得非常周全完善，所以下面只挑几个重点和大家分享。

首先，我们回归到血缘问题上。对华人世界来说，儿女的生命就是父母给予的，既然父母是赋予孩子生命的人，那么儿女的生命就是属于他们的，因此儿女的人生也应该由他们来支配。这样的想法是否合理？或许多数人认为有道理，可是并不妨碍我们思考别的可能性。举个例子，当我还是个学生时，看了一部名为《看海的日子》的改编电影。虽然这部电影的艺术性及思想性并不高，但是它使我领会了至少两件事情：第一，只要到公共交通运输工具上，一定只选靠近走道的位置。在此之前，我一向喜欢坐在窗边，因为能够欣赏沿途的风景，尤其在搭飞机时，靠窗的位置还能看到无比壮观的画面，但是，何以在看了电影后，决定不再坐靠窗的座位呢？这是因为电影的女主角搭火车时远眺窗外的田畴绿野，暂且忘却自己悲惨的命运，却惨遭性骚扰。可是，因为她坐在靠窗的位置，无论是在正常离开座位的状况下，还是她已经受到骚扰而要避开身旁乘客的禄山之爪，都会遇到很大的困扰，因为她出来时必须经过邻座的人，如果对方蓄意为难，她不仅无法离开座位，还会被对方趁机再骚扰。虽然这只是电影几秒钟的一幕，却犹如暮鼓晨钟，使我从此之后只选走道边的位置，以便随时可以离开。

第二个教训则比较深远，属于并非轻易就可解决的问题。剧中的女主角因为家境贫苦，被父母卖为雏妓，终生之悲惨自不待言，尤其是其中一幕让我十分震撼，即虽然女主角为她的原生家庭惨烈牺牲，一辈子没有办法翻身，注定只能活在地狱里，她仍然深爱这个家。然而有次过年祭祖，本来她要回家尽孝，与家人共享团圆和乐的氛围，没想到却遭受全家人的排挤——她的哥哥嫂嫂，甚至娘亲都排斥她，列队跪拜时刻意离她很远！想想看，女主角的家境得以改善，哥哥能够完成学业，家人得以享受科技产品带来的便利，都是她出卖自己的幸福换来的，如今家人居然因为她的身份而鄙弃、厌恶她，不屑与她为伍，这让牺牲了美好一生的女主角情何以堪？

我当时觉得非常难受，为什么当父母活不下去了，哥哥没有钱完成学业了，就可以卖女儿、卖妹妹来达到自己生活的改善和事业的完成，凭什么有这种道理？更何况，受了人家恩惠的人，又怎么可以不仅不懂得感恩，甚至还作践施恩者呢？凭什么父母生了孩子后就可以这样对待她？难道父母真的拥有一个天赋的权力，使他们可以对孩子为所欲为？我认为我们不能就此屈从于所谓的主流道理，理应从本质上去思考：是否我们的观念本身就存在着问题？

我想传达的想法是，华人社会对生身父母的盲目推崇，是否导致了某些罪恶的发生，可是我们却无法意识到？所以下面要提及的第一个重点便是"生之恩？"的问题。

我把"生之恩"标上问号，是希望特别提醒这是一个大问题。试想，如果某人生了一个孩子，便代表对他有恩惠吗？这个生命就是他创造的吗？在欧洲则有许多不同的解答。其中有两种：一个和东方人的思维模式比较接近，他们觉得父母其实还是儿女生命的创造者；另一派的想法则与前者截然不同，而这也是我思考多年以来得到的一种认知，所以我接受的是这一派的说法。我认为父母并不是生命的创造者，只不过是演化过程中的一个过渡者。

此话何意呢？其实，真正生命的创造者是造物主，只有造物主才能够创造出这么奥妙的生命，这么复杂的有机体，能够这么微妙地整体协调，做出种种神奇的反应，因而构成一个丰富和欣欣向荣的世界。但是，造物主伟大的创造力及其神迹是通过世界上每个生命体的原始本能来展现，所以我主张任何父母都只是演化过程中，代替造物主去展现神迹的一个媒介而已。

仔细想想，人类有可能去创造一个细胞吗？不可能！既然父母连一个细胞都无法创造出来，又凭什么可以说他们创造了一个生命呢？按照这点而言，不知是否能让为人父母或长辈者变得更为谦卑？倘若以后成了长辈，更应该时刻警惕自己，其实并不可能创造或改变任何人，无论你我，都只是一个非常渺小的生命，大家都在造物主的伟大神迹之下进行各式各样对生命的认识与探索。所以，不要把生育当成一个多么了不起的、犹如造物主一样的功绩。这就是另一派看待生育的想法，或许在华人社会里这是个谬论，但是在西方社会里，却可以找到志同道合的人，因为对这一派而言，生孩子不仅是为了自己，甚至更主要是为了这个世界，生育孩子基本上是要培养他成为一个良好的公民。

好的公民是以整个国家为思考中心，不是为了要延续个人的血脉，让个人必死的生命能够得到延伸，也不只是为了家族的绵延。他们觉得孩子是独立的个体，为了成就一个完整、成熟的人，他们会努力教育孩子，让孩子在未来能对世界有所贡献。因此，在这样的教育过程中，蹒跚学步的小孩如果在地板上跌倒，他们会带着笑容鼓励孩子自己站起来，即使孩子放声大哭也不会把他扶起来，除非孩子受伤。他们并非不心疼孩子，只是要让孩子体会到跌倒是很平常的事，不必为轻微的疼痛感到难过气馁，也必须学会依靠自己爬起站好，而带着笑容则是要鼓励孩子以坦然的方式接受生命中本来就会遇到的小挫折。所以，他们如此教育孩子，就是期望孩子成长为顶天立地，对人类文明、世界发展有所贡献的成人。

可叹这样的基本教育观念和我们的天差地别，我们的教育方式是父母一看到小孩跌倒，便赶快冲上前去抱起来，还拍打地板，说"地板坏坏"，以避免孩子因经受挫折而哭泣。可是，根本是孩子自己不小心跌倒，却怪罪于地板的不是，真是岂有此理！多次目睹此类场景的我都感到万分诧异甚至担忧，因为在这种环境下成长的小孩，将会不自觉地养成凡事怪罪他人的思维，认为只要有人让自己感到不悦，都一定是对方的过错，如此一来，岂不很容易变成自私自利的人？大家可曾想过，"地板会犯错"的概念本身实在毫无逻辑可言？

再举个例子，有些青年想去听演唱会，为此理应自己打工赚钱，但他却让妈妈帮忙熬夜排队买票，如此肆意牺牲亲人的精力时间，只为满足一己私欲的行为，实在荒谬。同样地，父母如此宠溺孩子，其实并不会赢得他们的孝心和敬重，反而腐化和败坏孩子的品行。生而为人，切勿私心过重，私心也包含私情，唯有超越私心和私情，才能从整体的角度思考世间的情感和事物。

以上种种说明，并非要否定生育的伟大，而是从本质上来思考原理性的问题，请读者切莫死于句下。我当然了解生育是个冒着生命危险去繁衍后代的过程，也从未忽略母亲在生育过程中所遭受的苦难，只是希望提醒大家，从本质而言，生育这个行为并不能当成生命的创造者和给予者，以致身为父母的人认为他们对儿女有生杀予夺的权利。

王充的"跌荡放言"

针对这问题，我发现古代也有两位特立独行的思想异端，早在两千年前已经提出过类似的见解了，其中之一就是东汉的王充，他最重要的作品即《论衡》。

王充在《论衡》里的某个论述，直接道出我花费多年才认识的道理，虽然为此发现而高兴，但也感到挫败，因为不得不感叹古人其实比今人更具先见之明和学问智慧。他在《论衡·物势篇》里提到反儒的观点，从根本上抵触了儒家所重视的以血缘为本位的差序格局，他说：

> 儒者论曰："天地故生人。"此言妄也。夫天地合气，人偶自生也；犹夫妇合气，子则自生也。夫妇合气，非当时欲得生子，情欲动而合，合而生子矣。且夫妇不故生子，以知天地不故生人也。

王充直接挑明批判的对象为儒家，他说儒者的信念就是人本主义、血缘本位，他们的论证有两个重点：一个是这个世界以人为中心，人属万物之灵，人是支配这个世界的权威者，所以人类便因此被提升到比其他生命更高的地位，似乎整个世界完全是为人类而创造的，这是第一个想法。第二个想法认为孩子是父母所创造的，所以父母当然凌驾于子女之上，就好比人类凌驾于大自然、凌驾于万物之上。这是儒家所主张的两个重点，王充的《论衡》即一一加以批判，可见他是从本质来思考问题的人，非常少见，他的想法也并没有在中国的文化传统中受到重视和发扬，以致我们还是处于很传统的影响之下。

首先，王充的论证指出，儒者认为"天地故生人"，即天地是有意要来创造人的，无论地球上的物种如何演化，仿佛其最终目的就是要创造人类这个最伟大的物种，一切的存在物都是为了人类而准备的。对此，王充并不以为然，他认为"天地故生人"是妄言乱语。其次，对于父母是孩子生命之根源与创造者的说法，王充也加以否认。他接下来所说的"天地合气"，属汉代气化宇宙论的一个应用，但是，他的结论很特别，他说天地的阴阳之气是一种生命的元质，这个元质通过聚合的关系便创造出各式各样的生命，所谓的动静飞潜——无论是动物还是不会活动的植物，是在高空飞翔的或是在水里潜游的——都是由气所化生。王充也是在这样的观念之下，但是他的结论不一样，他说人类并非天地在一个目的论的情况下所要达到的最优势、最有权力的物种，而认为人类这种存在是"人偶自生"，即在"天地合气"，由各式各样的阴阳之气组合凝聚的情况下，偶然产生的物种之一而已。

王充这个说法，也呼应了一百多年前美国的印第安酋长西雅图（Chief Seattle，or Seathl，1786—1866）在 1850 年写给美国政府的一封信，信中提及："人类并不自己编织生命之网，人类只是碰巧搁浅在生命之网内。"他们的逻辑是完全一致的。而美国西海岸那座城市之所以被称为西雅图，经过求证，正是为了纪念这位印第安酋长，他所写的那篇文章后来更被视为生态文学的先锋之作。

西雅图认为"人类并不拥有大地，人类是属于大地"，因此身为大地其中一员的人类也只不过是沧海一粟，又怎么能够狂妄地认为人类就该凌驾于万物之上，并拥有大地的种种奥妙呢？原文的阐述非常优美，意指生命是一个非常复杂的网络，人类的产生只不过是偶然碰触到生命之网中，所以我们只是网中的一条丝线，与别的生命构成牵一发而动全身的关系。但人类却自以为是，觉得我们拥有大地，有权主宰一切，于是忽略了人对自然万物的责任，以致肆意污染、掠夺、砍伐、屠杀，西雅图在信中便充分提出这样的质疑。虽然那封信并没有挽救印第安族群所拥有的那片原始大地，但是这篇文章却留了下来，还在持续启发后来的人重新去思考这个问题。

其实，王充的论点与西雅图一样，他认为人并不是万物之灵，也不是演化的目的，所以人不要太过骄傲自大。王充说"天地合气，人偶自生"犹如"夫妇合气，子则自生"，在"夫妇合气"的情况下孩子便自然生出来了。古代本来就是如此，有谁能够通过试管授精，用各种的医疗技术帮忙生孩子，或者为孕妇剖腹生产呢？当然没有，所以古人那种自然受孕的状况确实是"夫妇合气"。他还进一步说，"夫妇合气"并不是当时在意识之下有目的地去创造孩子，只是因为"情欲动而合"，也就是两人在生物本能欲望的驱使之下，才"合而生子"，足见王充以一个很本质的道理说明了这个现象。

说实在的，赋予孩子生命的这两个人，恐怕本来也没有要生孩子的意愿，更何况他们根本不可能创造出 DNA、创造出如此微妙的生命体。所以，王充说"夫妇不故生子，以知天地不故生人也"，他表示夫妇双方并不是有意要去生一个孩子，只不过是"情欲动而合"，然后受孕，孩子便诞生了。同样的道理，天地也不是有意要创造出人类，所以不必混淆概念，给自己太多的伟大，给自己太多逾越的权力。我之前读到这段话的时候，真觉得是"于我心有戚戚焉"。

有趣的是，后来的孔融甚至给予进一步的发挥，对祢衡说：

> 父之于子，当有何亲？论其本意，实为情欲发耳。子之于
> 母，亦复奚为？譬如寄物瓶中，出则离矣。

他居然说母亲只不过是个瓶罐一般的容器，把胎儿装在里面，一旦孩子生出来以后就离开了母亲，成为一个独立的个体，并没有从属的关系。这种说法更挑战了大家根深蒂固的信念，难怪当时被舆论视为"跌荡放言"，而备受议论。但从某种角度来说，它恐怕指出了一定程度的真相，难怪黎巴嫩作家纪伯伦（Kahlil Gibran，1883—1931）于《孩子》一文中说道：

> 孩子实际上并不是"你们的"孩子，他们乃是生命本身的企盼。他们只是经你们而生，并非从你们而来，他们虽与你们同在，却不属于你们。你们可以给予他们的，是你们的爱而不是思想，因为他们有自己的思想。你们所能管理的，是他们的身体而不是他们的灵魂，因为他们的灵魂居于明日的世界，那是你们在梦中也无法探访的地方。

如此阐释，很值得我们多加思考。

当然，人间的道理并非只有一种，此处只是在提供一种想法，绝不法西斯地以为只有这样才正确，而别人都是错误，但这个道理确实是任何人都应该要警觉的，所以在此希望提醒大家，无论是欧洲的学者，或者是东汉的儒者王充、孔融，他们对于维护人类或是父母的权

利乃天经地义的这种想法，堪称思考得更为本质。我们未必要推翻既有的观念，只是当我们能够根据本质去思考问题的时候，首先即不会被表象所迷惑；其次是切勿自我膨胀，不要自我感觉良好；再次，我们也可以对别的生命更人道，而不需要把自己变成一个过分的权力拥有者，去剥夺、伤害他人的生命福祉。这就是我非常喜欢这几段话的原因。

所以对于生之恩而言，我认为赵姨娘并不具备这样的恩惠，因为她也不过就是"情欲动而合，合而生子"而已。而只有付出努力，包括刻苦奋斗，真诚奉献，才值得别人感谢，才值得别人对你好，可是赵姨娘并没有为子女付出过任何努力，也从未替探春的处境着想，又怎配得上"生之恩"这三个字呢？

因此，我常常自己或提醒学生反省这个问题，即当你希望别人对你好的时候，请先自问是否值得别人的付出？如果并没有做任何的努力，凭什么别人应该要对你好？所谓"天助自助者""人重自重者"，这是我们应该要反求诸己的一个最根本的信念。但是我们现代的文化出现了问题，每个人都开始"地板坏坏"，凡事不自我反省，转而怪罪他人，然而既然自己都不付出任何努力，又怎能厚颜要求别人对自己好呢？这实在是每个人都应该反复思量的问题。

回到赵姨娘这个人物身上，必须说，她并不值得别人对她好，因为她从未有任何正面的付出，甚至是第二十回所说"自己不尊重，要往下流走，安着坏心，还只管怨人家偏心"的负面教材。而对于"生"是不是一种所谓天赋的、伟大的、神圣到不可挑战的恩惠，探春的抗拒是否即因势利所致，大家可以注意探春的说法，她在"我只管认得老爷、太太两个人，别人我一概不管"此一宗法的表述之后，又立刻说："就是姊妹弟兄跟前，谁和我好，我就和谁好，什么偏的庶的，我也不知道。"

根据这段话来看，更证明了那种判定探春因势利而无情否定生母的俗见，事实上非但不对，并且刚好相反。她不仅不是无情，反倒是由衷的真情。对探春而言，赵姨娘的心态根本不是"情"，如果一定要用"情"来下定义的话，赵姨娘的情应该是加上私心所形成的"私情"或者"情私"，这样的情反而很不纯粹。试想，探春所谓的"就是姊妹弟兄跟前，谁和我好，我就和谁好，什么偏的庶的，我也不知道"，从本质来说，难道不是更证明了她是以真情来面对周围所有的人吗？这不仅是超越了阶级身份，也超越了血缘关系，而唯情是问，身份阶级和血缘亲疏并不能成为影响彼此感情的因素，只要你真心对待我，我便真心看待你，这难道不就是真情吗？

落地为兄弟，何必骨肉亲

在中国传统文化里，不是没有人提出这种对于真情的省思甚至呼吁，可叹华人文化太注重血缘、家庭并以之作为许多思考的根据，以致流于偏私而不自知。其实早在汉乐府古辞里即提出过类似的说法，那便是《箜篌谣》。箜篌是汉代从西域传进来的一种胡人乐器，它有两种形制，分别为横放的和直立的两种。直立的箜篌类似如今的竖琴，乐手必须抱着它弹奏，在当时是一个很独特的乐器，我们现在要关注的是它的歌辞内容，《箜篌谣》里的"结交在相知，骨肉何必亲"便呼应了之前我们对于真情的思考。为什么一定要把所谓的血缘看得这么重要？那只不过是自然演化过程中的一种偶然。又为什么总是要说"人不亲土亲"？这些观念事实上都是受限于一种情私之中，所以"结交在相知"的说法才是正确的，你要拿心出来和别人真诚交往，彼此之间进行灵魂交流，才能真正成为知己。

在人与人的交往里，我们应该看重的是真挚的情感，所以"骨肉何必亲"，不必一定要是亲骨肉才能够建立亲密的关系。正所谓"四海之内皆兄弟"，即使没有血缘的关联，也可以通过真情的交流成为知己好友，唯有如此的爱才是真正的爱，好比弗洛姆在《爱的艺术》里便提过，他认为所有的爱包含男女之爱，都是一种兄弟之爱的延伸。如果能够爱朋友、兄弟，你的爱便不仅不限于某一个特定的对象，而且还能够很理性地与对方达到一种心灵交流，那便和亲骨肉之间的爱是同一个本质。

再举个例子，到东晋末年时，有一位非常伟大的诗人陶渊明，他在《杂诗十二首》之一里也提到这个观念：

> 人生无根蒂，飘如陌上尘。分散逐风转，此已非常身。落地为兄弟，何必骨肉亲！

诗中的"人生无根蒂，飘如陌上尘"即指人其实是无根的，人们以为自己有家，以为有个血缘的依据，事实上它不但是个幻觉，而且也很容易消失。因为人事无常，这不一定是指家庭亲情淡薄，而是人本来就是很脆弱无常的一种存在物，所以说"人生无根蒂，飘如陌上尘。分散逐风转，此已非常身"。因此，不要只当一个天真无邪，待在舒适圈里看不到其他世界的井底之蛙，一旦跨出圈外，便会立刻发现这个世界真的很广大。人必须进行更多的反思才能变得更成熟稳重，陶渊明即深刻认识到这一点，于是他说，在人生这样的本质之下，我们应该珍惜每一个霎那间交会的光亮，不必去执着血缘，而要把内心的爱与真诚都用来面对每一个无常命运拨弄之下的"无根蒂""陌上尘"。因为大家在生命中都会经受许多磨难，所以彼此更应该惺惺相惜、相濡以沫，正如诗里所说的"落地为兄弟，何必骨肉亲"。

事实上，有人认为这首诗是陶渊明用来劝诫他那五个儿子的，他们都很不成材，因此陶渊明十分难过。经过考证，这五个儿子并非同母所生，因为陶渊明曾续弦再娶，他认为兄弟们虽然不全是同胞手足，却都是同一个父亲的血脉，更何况"落地为兄弟"，彼此能够在同一个时空中相遇，成为一家人，总是一种难得的缘分，不一定要依靠骨肉来建立关系，所以接下来的"何必骨肉亲"与前句"落地为兄弟"之间有一个相承的脉络。

中国古典诗歌里提到超越血缘思想的诗句，当然不止这些，它们都是比较浅显易懂的古诗，出现的时间比较早。既然在汉魏六朝时就已经有这样的观念，如果我们还在纠结血缘亲疏的问题，岂不是越活越倒退，反而比不上两千多年前的古人？许多人因为活在这科技先进的时代而自以为是，认为古人的智慧远不如今人，殊不知其实是我们太过无知又傲慢。

就此而言，不也恰当地证明了探春所说的"就是姊妹弟兄跟前，谁和我好，我就和谁好，什么偏的庶的，我也不知道"，实即不由血缘和阶级身份来决定的情感关系吗？如果从这个角度来看那一段话，对于探春的评价恐怕便和以往那些常见的批判刚好截然相反，因为一般都只看到宗法里所谓的正庶之别，但却忽略了在正庶之别以外，这个活生生的人所面对的其他层面。现在把别的层面添加进来，就会发现探春绝对不是以势利来思考问题的浅薄女子，她说的"谁和我好，我就和谁好"正是"结交在相知，骨肉何必亲"的体现。因此，从这个角度来说，以往对探春的一些批评，事实上不但不能成立，而且更是对她的诬蔑，这是身为读者的我们必须仔细斟酌思量的。

养育的恩情

除了"生之恩"之外，还要提醒另外一个重点，即探春是以真情与人结交，并将真情视为关系认同的一个最高标准，则她对于王夫人的认同真的只是因为宗法的合法性而已吗？大家不妨仔细思考，王夫人非常照顾探春，她事实上也有所谓的"养育的恩情"。探春对王夫人的认同，除了王夫人身为嫡母具备宗法的合法性之外，事实上还有很高度的合理性，那就是"养育的恩情"，而早在东晋的时候即牵涉到这个问题了。东晋是一个世家大族的时代，虽然嫡妻、正室只有一个，但毕竟世事无常，每个人都不能保证一定会和伴侣白头偕老，所以难免会出现续弦或再娶的情况，更何况那个时代还有一妻多妾的问题。这么一来，当长辈和子女之间牵涉到这些情况的时候，作为一个有抚养之功而没有生身之恩的母亲，又该怎样定位自己，怎样去界定自己和孩子之间的权利义务，或是双方的关联问题呢？

东晋名士贺乔的妻子便遭遇到这个争议，她辛辛苦苦把孩子抚养长大，但这个孩子并不是她亲生的，后来因为牵涉到家族纷争，不仅惊动到官府，甚至还上表朝廷，事情的严重性不言可喻。对中国人而言，血缘是神圣不可侵犯的一种联结，如果要主张一个超越血缘的价值观，不惜惊动到朝廷以及社会舆论一起关注事件的合理性，可想而知，这个问题必然极不简单。贺乔的妻子于氏在遇到这种地方官府没办法裁断，或一般社会舆论都无法给出定论的状况时，她索性直接上表朝廷，恳请朝廷作为最高权力和最终的裁判者来帮忙处理。于氏一一陈述她含辛茹苦照顾孩子的情形，她这样的付出，在法律制度或者舆论观念中应该如何看待呢？当时的这些女性，尤其是世家子弟所婚娶的名媛，她们实际上都是饱读诗书，具有颇高的思辨能力，所以于氏才能够提出如此深刻的问题。而《世说新语》里的《贤媛篇》，其中记载的事迹不正反映出那些女子都很有才华的事实吗？

于氏提出"生与养其恩相半"的主张，虽然孩子并非养母所生，但是养母养育孩子的劳苦功高并不亚于生母生子的辛苦劳累，而这番言论在那个时代当然引起了一些讨论。可叹在如此重视血缘的文化里，这个主张恐怕被接受的程度并不高，否则长久以来就不会一直出现众多以血缘来勒索和牺牲子女的悲剧。所以，"生与养其恩相半"这个观念真的比较罕见，更令人惊讶的是，在距离现今一千多年的东晋时代，即已经有人思考到这个问题，可见他们都是比较理性的人，并不会一股脑儿不加以思辨，便觉得某些想法是天经地义的。

我之所以提到这些主张，包含之前王充的说法，并非要故作惊人之论，而是希望借此提醒读者，对于不同层次和范畴的事情，不加以审慎而精细的思辨，就想当然耳地用常识性的概念去理解，这不仅耽误了自己，还暴露了自己缺乏认知能力，也没有深刻判断力的缺点。如果不及时纠正，长此以往，便会让我们的心智低落。

除了东晋贺乔的妻子于氏提出"生与养其恩相半"的主张之外，

闽南话里还有一个谚语，即"生的请一边，养的大过天"，懂得闽南语的人便会知道，这些谚语都有押韵。这个谚语很有意思，显然也表达了一些人在面对"生"和"养"的恩惠或者其价值问题时，他们也考虑到养育是更为辛苦也更加重要的，毕竟怀胎不过十月，当母亲顺利诞下孩子后，还可能照常过自己的生活，但是养育一个孩子却得付出更大的努力和牺牲。许多母亲为了把孩子照养好，唯有辞掉工作，可想而知那是多么重大的牺牲。

再说，我听过很多父母抱怨，这些小孩子有时是天使，有时根本是恶魔，因为他们不仅吵闹，而且没有理性，也不懂得守规矩，只是让他们安静地待在一处就已经筋疲力竭了。让人不禁感到奇怪，这些孩子怎么都像装了劲量电池似的，四处蹦蹦跳跳，永不疲累，因此有人开玩笑说，如果要训练奥运会选手，给他带孩子就是最好的锻炼方式，孩子做什么就跟着做什么，整天下来便能够得到充分的训练，比系统性的锻炼更有效。虽然这纯属玩笑，但从中即可知养育孩子的不易，不仅要确保孩子三餐温饱、身体健康，身为父母还必须肩负教育孩子心灵的重任，如果我们要真诚地养育孩子，确实必须付出莫大的牺牲，可谓用心血去哺育一个生命。所以我比较赞同台湾谚语所说的"生的请一边，养的大过天"，因为它已经超过了于氏所主张的"生与养其恩相半"，实际上已经把养育的恩情提升至更高的层次。

我之所以在剖析时旁征博引，就是希望大家仔细思考探春对王夫人和赵姨娘的不同态度，背后究竟蕴含了何种深刻的道理。王夫人当然对探春有高度的养育恩情，那是在日常生活中点点滴滴长期累积起来的深厚情感，并非只是生下孩子以后，既不加以呵护，也不给予疼爱的赵姨娘所可以相比。再回想一下，第二回冷子兴说："因史老夫人极爱孙女，都跟在祖母这边一处读书。"可见"三春"都得到真心的疼爱与良好的教育，但贾母因为年事已高，不可能亲自照料这些孩子，因此其实是交给王夫人看顾，到了第七回更提及，贾母"却将迎、探、惜三人移到王夫人这边房后三间小抱厦内居住"，由此证明了探春自小便与王夫人共同生活，自然十分亲近。

通过小说其他的种种描述，我们能够清楚了解探春之所以敬重王夫人，并不只是因为其嫡母的身份，关键更在于王夫人对女儿们的爱护，她们三姐妹根本是王夫人抚养长大的。从第八十回迎春对王夫人说，她"从小儿没了娘，幸而过婶子这边过了几年心净日子"，就可以证明王夫人不只是尽了养育的责任，最重要的是她还让懦弱胆小的迎春在心灵上得到宁静和幸福，这是迎春的原生家庭都没有给她的。而惜春也是如此，通过第六十五回兴儿所言："四姑娘小，他正经是珍大爷亲妹子，因自幼无母，老太太命太太抱过来养这么大。"也证明确实是王夫人照顾她们的。再看探春，在第五十五回中，非但探春自己说"太太满心疼我"，连王熙凤都说"太太又疼她"，更证明了王夫人对探春的疼爱，何况她不仅知道探春的委屈，也了解探春的怀才不遇，所以赋予她理家的机会。可见王夫人既庇护少女们的成长，还让少女们在她的羽翼之下感受到存在的喜悦，所以我才会以"乳与蜜"——也就是弗洛姆所提出的概念，来说明王夫人对这些少女们的照顾。

总括而言，探春对王夫人的认同，不仅具有宗法上的合法性，也包含了养育的恩情。因此，我特别加以分析强调，主要是因为此乃攸关探春生命历程的重大事件，其中不只关乎她和生母之间的纠葛，也涉及她在贾府中理家的依据，种种事迹都印证了探春的为人行事全以正道为准绳，为此也标举宗法制度为原则。

"我不必是我母亲"

其实，探春在血缘关系上之所以表现得决绝断然，赵姨娘需索无度的贪婪徇私实在难辞其咎，为了摆脱生母的血缘勒索，她唯有通过宗法制度来"剔骨还肉"，以合乎情、理、法的方式解除赵姨娘强加于她身上的血缘魔咒。

对探春而言，赵姨娘高喊"我肠子爬出来的"这种骨肉相生的生物性联结，于她却是一种"道不同，不相为谋"的精神相克。探春的身体发肤当然是有赖于赵姨娘的孕育化成，但就她的精神、心灵，以及她对人生价值的追求而言，西方有一句话说："我不必是我母亲。"（I don't have to be my mother）刚好可以用来说明探春的心态。正是这样的信念构成了探春自我重造的契机，她不需要踏上赵姨娘的覆辙，也不需要在赵姨娘的钳制之下变成另外一个阴微鄙贱的人。可是这要如何实践呢？那就不得不提及哪吒"剔骨还肉"的神话式解脱，这在我们的民间传说里可谓惊世骇俗，令人印象非常深刻，而故事的寓意是：虽然你生了我，但是如果你因此觉得可以借此控制我，那么我宁可不要生之恩，并将骨肉归还于你，从此两不相涉！

哪吒的"剔骨还肉"是借用莲花的魂魄与荷茎的肌骨，重新锻造出另外一个不牵连于任何人而完全独立自主的自我，其中隐含的观念虽然极有冲击性，但毕竟它只是一个玄奇的传说，哪吒还可以借用仙法重塑形体，而探春却是一个处在现实逻辑中的小说人物，她不可能用那样的方式摆脱赵姨娘的血缘勒索。那么，她必须通过怎样的现实逻辑才能为自己打造另外一副灵明真身，不必让自己也葬送于小人集团呢？第六十五回中，兴儿对尤二姐介绍家里的女眷时，把探春比喻为"老鸹窝里出凤凰"，而从一群乌鸦里能够诞生凤凰的关键，除了人格的坚持之外，就要依靠当时传统社会的宗法制度所提供的支持，由此才助成了"我不必是我母亲"的超越目标。

根据西方学者莫林·默多克（Maureen Murdock）的研究，在西方的神话传说里，凡是女英雄离家出走，踏上自我追寻的旅程，其背后的动机往往是为了离开母亲，因为她们害怕变成和母亲一样，显而易见的，这是一种集体意识的表露。有些女性正是因为深刻意识到这点，为了避免成为与母亲一样的人，便毅然决然地离家去承受风险，从此走上追寻自我、实践自我、肯定自我以及塑造另一个自我的道路，而最终成果就是她们化身为神话传说中的女英雄。

在"我不必是我母亲"的信念和西方的女英雄神话传说背后都隐含了一种母女之间可怕的张力，可想而知，这恐怕是很多人在现实生活中都会面对到的难题。对于探春的困境而言，哪吒的"剔骨还肉"毕竟是一种神话式的玄奇解脱，在现实人间礼法森严的王府宅邸中，母女血缘的牵连实际上只能通过宗法制度来重新调整。奇特的是，我们可以在不少历史文献中发现，宗法制度确实让很多恪尽孝道的人子对生母产生一种负疚抱愧的心灵之痛，但是对探春这类"我一个女孩儿家，自己还闹得没人疼没人顾"的不幸第二代，宗法却发挥了完全正面的作用，所以我们不必把宗法当作洪水猛兽般一概贬低看待，而应该就事论事，作出客观的判断。

"立公，所以弃私也"

宗法制度所规定的万血归宗，也就是在尊父嫡母的一统之下，赋予了探春"以公御私"的合法性，事实上为探春的奋斗提供了绝佳的力量。那么何谓"以公御私"？"公"又是何意？关于这一点，我们必须再做进一步的补充。

慎子是古代先秦时期的一个思想家，《慎子·威德》里有一段话，指出：

> 权衡，所以立公正也。书契，所以立公信也。……法制礼籍，所以立公义也。凡立公，所以弃私也。

"权衡"现在都作为动词用，实际上它原来是名词，是一种丈量的工具，一公分就是一公分，多一点少一点都不算数，所以慎子才表示"权衡"是要用来"立公正"的，因为那是完全超越个人主观感觉的客观标准。从这个角度看这边比较近，从那个角度看这边比较远，这些都是个人主观所感觉到的偏差，但只要用尺去测量，则无论是远近长短，或是弯曲笔直，都能一见真章了。不论眼睛结构或是心灵主观呈现的现象，那些全属个人的偏见或错觉，而"权衡"是最公正的，测量出来的结果是多少即多少，不必自欺欺人。

"书契"则是大家用以签约的合同，慎子说"所以立公信也"，表示书契是一种公信力的体现。大家按照合约履行承诺、处理事务，并非空口说白话，毕竟依靠人情到最后往往会产生很多问题，这便是我们需要"书契"的原因。接着,"法制礼籍"是指关于法制礼法的典籍,其功能在于"立公义",其中的"义"即"义理",也即是人人都应该遵守的客观道理。

其实,无论"权衡""书契"或是"法制礼籍",它们所展现的"正""信""义"三个字前面都有一个"公"字,组成"公正""公信""公义"的词汇,所以这段话才会以"凡立公,所以弃私也"作为总结。为什么我们要建立公道?因为要摒除私情私心,毕竟私情私心不仅导致个人的行事作为缺乏公正性,也促使不少灾难和悲剧的发生,所以慎子主张"立公弃私"的原理。确实如此,唯有"公"的伸张长存才能够让"私"不至于迫害群体的福祉。但是何谓"公"?何谓"私"?这事实上是个大哉问,在此我要补充一个很有趣的发现,即所谓的"公"与"私",实际上所界定的范围到底是什么?

如今所谓的"公"偏重于国家社会,"公务"指的是有关国家社会的事务,而"私"又是指什么呢?无疑是指个人或一个家庭。但古人是这样定义的吗?对此一问题有个很有意思的回答,由已经逝世的日本汉学家谷川道雄所提出,他对六朝的研究非常精彩,其研究成果证明了在六朝时期,"公"和"私"的观念与现在是不一样的,尤其六朝是所谓的世家大族时代,世家大族拥有高度的文化和经济资本,也具有崇高的社会声望,乃至于他们的社会影响力与身份地位甚至超过皇室。衡诸《红楼梦》,虽然它是一部虚构小说,但因为合乎现实逻辑,而贾府又是一个有上千人的百年大家族,则贾府在阶级特性上也与六朝世家大族相似,我们便可借来作为参照。

六朝的世家大族是怎样绵延数百年,一直到唐代都还存在的呢?其中一定要依靠一些根本的原则来运作。根据谷川道雄的研究,在六朝的历史背景下，他们对于"公"和"私"的概念与我们所认知的迥然不同，对他们而言，所谓的"公"或者"公务"就是指与家族有关的事务，亦称家务。因为他们是世家大族，宗法落实在一个世族之中，这整个家族的事务便叫作"公务"，而"私"则是指与"公务"相对的"私情""私务"，来自"私房"。

如果考察他们所谈到的"公"与"私"，会发现这个"私"往往与"房"有关，可见六朝人认为，每一房的小家庭所关心或追求的事务即属于"私"。基本上，每一房是以一夫一妻及妾和他们的子女所构成的单位，而一个世家大族不都有很多房吗？试看荣国府里，贾母之下便是贾赦和贾政两房，再往下则有贾珠、贾琏两房，人丁尚算少数，如果还加上宁国府、旁系亲族，则贾府的成员就有很多房，包括贾敬、贾珍、贾蓉，以及两府之外的贾代儒、贾璜、贾瑞、贾琼等等。

对家族而言，"房"是构成这个家族的基本单位，但是一旦凡事都以"房"为考量中心，便会破坏"公"，因为如果每一个人都偏袒自己的妻子、儿女，则这个家族势必会分崩离析。所以对六朝人而言，他们的公与私之别实际上要从这个角度去思考。贾府作为"钟鸣鼎食之家，翰墨诗书之族"也是如此，对他们来说，家族的存在延续乃至于壮大，便是他们的"公务"，处事时都必须要用"公"来思考，如果只是顾及某一房的利益，甚至为此而不择手段，就会沦为"以私害公"的小人。

关于这一点，卢蕙馨所提出的"子宫家庭""母子集团"可以相互参照，可见古人早已意识到这种私房的情感认同会对大家族构成隐性的威胁，因此六朝人对"公"与"私"的概念界定就与现在不同。如果我们用这个观念来理解贾府的话，便会发现探春确实是通过宗法上的嫡母认同来"立公弃私"，合法地摒绝了赵姨娘的血缘勒索。我之所以称赵姨娘的行为属于"血缘勒索"而非"亲情勒索"，是因为赵姨娘与探春之间根本没有亲情，所以她也无法通过亲情来勒索探春。

在此，大家务必要了解，因为时代的不同，所以当古人以整个家族作为公共利益、作为大公无私的诉求对象时，我们必须接受他们的看法。如今的观念已经与以往截然不同，但是我们却不应该想当然耳地把自身的意识概念直接套用在《红楼梦》的研究上，必须要采取古人的公私概念来了解《红楼梦》的意识形态和世界观。

另外，我想再补充一项有趣的分析，有位学者研究《列女传》，而此书是汉代时期记叙对女性之思想要求的教育典籍。过去的历史文化中会有《列女传》的存在，对于如今接受性别平等观念的我们而言，未免难以接受，因为书中提及的女性皆是父权社会之下的附属品，她们已经被教育成为家人付出和牺牲，又被要求去做一个支撑父权体制的傀儡，我们当然无法认可。但是，我们只能够用现在的角度去看待以往的人所思考的问题吗？令人吃惊的是，那位研究《列女传》的学者从一个完全不同的角度看待此书产生的原因，他认为："或许因为中国人从不否认私情，甚至太重私情，《列女传》的作者才有意强调公义。"

也就是说，《列女传》的一些规范不完全是为了欺压女性，恐怕还因为华人的社会文化太注重私情，而导致《列女传》里不断诉诸宗法，让女性在宗法之下各安其位地付出，促进群体和谐与繁荣。同样地，在过于注重私情的情况之下，古人希望通过家族的"公"来让大家摆脱对私人利益与情感的汲汲营营，从超越个人的层面来进行思考。虽然对于如此的看法我不能断言正确无误，但不妨借以提供不同的观察面向。

学习"无私"

我举这些例子也是为了阐释"凡立公，所以弃私"的概念，如果以家族整体来考虑，"立公"的"公"就是宗法制度。可是在追求客观公正之前，还必须具备什么先决条件呢？毕竟客观公正并不会凭空产生，它不会自动在人世间实践，因此，同一个环境中的人们必须要有一些心智的训练、观念的调整，才能一起努力追求"立公弃私"的公正世界。而在达到如斯的境界之前，我们必须经由哪些心灵素质的训练，以及观念的调整呢？我认为首先必须学会"无私"。

人难免有"私"，这是无法避免的人性，但是我们不应该就此停留，甚至以此为是。当人所有的知觉和动机都是来自自我的时候，事实上一开始便注定不可能脱离"私"。而"私"的产生并非现在谈论的重点，我们要探讨的，是在动机产生并形成个人思想行为的一个立足点之后，更应该自觉地通过思想、品德各方面的心智训练，让自己不要只停留在这个最原始的阶段，然后才能达到超越自我的境界。因此我们首先要训练的，是让自己懂得何谓无私，也只有无私才能够理性，才能够克服情感的偏颇所带来的成见。当我们具备了理性以后，便能够更客观地看待自己、看待别人，并公正地评估是非对错、权利义务。

多年前，我在报纸上看到一则引人深思的新闻，在此作为例子与大家分享，很可惜的是其中绝佳的理性体现并未在社会上引起重视。当时有一对法国的老夫妻来到台北县（现在的新北市）旅行，老先生走在大马路边的人行道上，还未到达十字路口，他却直接横越马路，此刻恰巧有名年轻学生骑着摩托车经过，并未预料到会有人突然从马路边窜出来，因此来不及刹车便撞上了，导致老先生被送进医院，而且伤势不轻。听完这个故事，相信大家已经开始推测事件的后续发展了吧？尤其是国人素来善良，一般情况之下必然是以"对不起，你伤得这么重，我无论如何都有道义责任"作为事件的最终走向。对此，我不得不感叹，过分的善良有时候已经到了乡愿的程度，许多人经常在没有分辨清楚是非曲直的情况下，就被自己的主观情感所支配，殊不知过分的善良只会沦为乡愿。可想而知，那位年轻学生对老先生感到非常抱歉自责，并希望能够赔偿医药费用。

出乎意料的是，那位法国老先生反而在医院里向年轻的"肇事者"道歉，他说："对不起，是我没有守法。错在于我，你并没有过失。"老先生不仅未曾责怪那位年轻学生，反而为自己违法的行径牵连了对方而感到抱歉，更拒绝了对方的赔偿。这件事情令我非常感动，因为道理上是谁犯法就由谁负责，事情本该如此，即使因此丢掉性命，也怪不了任何人，毕竟是当事人不守法所致。既然有十字路口及红绿灯，为何不遵照规矩过马路呢？为何要贪图一时便利，穿越快速车道，然后被人家撞到？那位年轻学生并没有错，他完全是在马路上守法行驶，为什么反而他要付出代价？由此也显示我们因为太注重人情，以致很多法律的订定并不公正，在交通法规上采用的是所谓的"受害者原则"，即某一方受了伤或遭受损失，他便可以免除比较多的刑责。

然而情况是：有些不小心闯祸的人，其实始终都是守法的，真正不守法的是表面上的受害者，但是因为违规者受了伤，反而要守法的人付出代价。这种不公正的结果正反映了我们有一些法律是出于一种不理性之下的乡愿制作原则。再举一个例子来看，明明气象局已经公告台风将至，并向大众预告了海浪扑来的时间，但依然有人要去观浪或钓鱼，如果这些人被海浪吞噬了，我们是否该营救他呢？当然要救，毕竟人命关天，不能见死不救。但是救了之后，他是否应该要对发动社会资源的庞大支出而负责呢？因为救的是他的命，这些资源耗费又都是因为他的轻率任性，因此他不仅要感谢营救人员，还得要负担救援行动所带来的支出，怎么可以理所当然地动用全民的纳税钱，就只是为了帮助一个不守法的人？

另外，有些人甚至没有申请登山证就去攀爬大霸尖山，最终被困在山里，唯有出动直升机才能救援，其举花费不菲，而为了营救一个不守法的人去花费好几十万，如此的做法根本是错误的。如果用理性公正的原则去思考，实在必须调整法律，让不守法的人为其行为负上责任。固然生命很珍贵，因此我们愿意帮助你，但是你也必须承担因为自己不负责任所浪费的社会成本。毕竟谁不守法谁就得负责，让别人为你的胡作非为、任性轻率而付费，世间岂有此理？从前述各种例子可看出"无私"之重要性，那些奇怪的逻辑唯有通过"无私"才能解决，因为"无私"才能理性。当人偏私的时候，凡事便会唯我独尊，即使是自己犯错才导致自己受了伤，也会认为应该由他人负责。然而一旦守法的人反倒要赔偿，不守法的人还可以得到免费救援，长此以往，还有谁愿意守法？又岂非鼓励大家不用负责任吗？

其实，我的性格非常不适应这样单凭个人感觉的思维方式，而探春的做法则比较符合力求客观公正的原则，因此我也比较能够了解她、接受她，甚至是赞扬她。对于那种只是紧抓住一些非理性的心理本能而不愿意超越出来思考探春之为人的读者，我只能说"道不同，不相为谋"。倘若有人坚持以非理性的主观感觉去批评探春的坚守正道，要那样合理化赵姨娘等人不合法、不合理兼贪婪自私的作风，我万万不能同意。但虽然我不同意你，也不会口出恶言，相互尊重才是一个文明人应该具备的基本修养。

对于探春，前面通过"立公，所以弃私"做一些引申，这个引申是希望郑重提醒，人们应该把自己抽离出来，不要偏私地思考问题。凡事都必须秉持着明辨是非的原则，不推卸责任，也勿枉勿纵，意识到自身的错误就该勇于承认，勇于负责。许多不喜欢探春的读者，大概是因为她所诉求的"立公弃私"对习惯于人情的心态是难以接受的。但实际上，"人情"已经葬送了不少人的前途或一生，而且形成许多沆瀣一气的小人集团，我们真的还要用这样的方式来追求社会的前景吗？这是大家可以认真思考的。总而言之，对于探春的问题，很希望引进一些我们的文化中非常稀有的理性范畴。

细读第五十五回

回到探春来看，在第五十五回里，"立公弃私"的原则在探春的理家上便得到了充分体现，与第二十七回中她和赵姨娘的冲突是不同的。第二十七回是一种间接的、事后追溯的方式，而第五十五回才是母女真正面对面的大冲突，对于不喜欢探春的人来说，她那看似不近人情的表达必然比第二十七回更难以接受，可是她回应赵姨娘的说法其实完全合情合理，并且最主要的是合法。

如果说探春的"剔骨还肉"是第二个步骤，那么第一个步骤又是在哪里呢？其实在第二十七回里，当探春表示"我只管认得老爷、太太两个人，别人我一概不管"，便是她的第一个步骤，而更强烈、更决绝的一次则发生在第五十五回。在这一回里，王熙凤果然撑不住而病倒了，必须要有人协理家务，探春这时终于获得了机会，而这个机会正是王夫人给她的，让她得以实践自我。

此处我先简要地补充说明，王夫人在这里不仅是履行嫡母的责任，实际上也肩负了"父亲的补偿"功能。"父亲的补偿"在神话学里，是英雄历险乃至一个悟道者于过程中一定会遇到的重要一环，即父亲以他的权力，给予已经洗涤了情私而能够担当责任的儿子一个实践自我的机会。所以，在第五十五回里，探春终于获得了王夫人所给予的"母亲的蜜汁"乃至"父亲的补偿"，开始担负治家的责任。当然，作为一名女性，探春注定要被性别所围限，只能够在大观园内进行兴利除弊的小改革，这也是受限于当时的时空环境之下的不得不然。

有趣的是，探春初始在作者笔下只是个轻描淡写的人物，虽然到了中途在她着手处理家务之时，大家开始发现她"精细处不让凤姐"的才干，可是那些事情难免过于琐碎，还不足以凸显探春身上最核心乃至其人生最重大的一个课题。因此，作者接下来便浓墨重彩地描写了探春遭到生母赵姨娘的无理取闹，而发生"辱亲女愚妾争闲气"之重大风波。

虽然大家在这段情节上读得津津有味，但由于这是个庞大的叙事，我们鲜有机会逐字逐句都停下脚步来仔细玩味，因而往往错过了话语中重要的细节讯息，现在便以细读的节奏来仔细推敲。

赵国基之死

在第五十五回里，作者细腻地描写了探春治家的聪明细致：

　　刚吃茶时，只见吴新登的媳妇进来回说："赵姨娘的兄弟赵国基昨日死了。昨日回过太太，太太说知道了，叫回姑娘奶奶来。"说毕，便垂手旁侍，再不言语。彼时来回话者不少，都打听他二人办事如何：**若办得妥当，大家则安个畏惧之心；若少有嫌隙不当之处，不但不畏伏，出二门还要编出许多笑话来取笑。**吴新登的媳妇心中已有主意，若是凤姐前，他便早已献勤说出许多主意，又查出许多旧例来任凤姐儿拣择施行。如今他藐视李纨老实，探春是青年的姑娘，所以只说出这一句话来，试他二人有何主见。探春便问李纨。李纨想了一想，便道："前儿袭人的妈死了，听见说赏银四十两。这也赏他四十两罢了。"吴新登家的听了，忙答应了是，接了对牌就走。**探春道："你且回来。"**吴新登家的只得回来。探春道："你且别支银子。我且问你：那几年老太太屋里的几位老姨奶奶，也有家里的也有外头的这两个分别。家里的若死了人是赏多少，外头的死了人是赏多少，你且说两个我们听听。"一问，吴新登家的便都忘了，忙陪笑回说："这也不是什么大事，赏多少谁还敢争不成？"探春笑道："这话胡闹。依我说，赏一百倒好。若不按例，别说你们笑话，明儿也难见你二奶奶。"吴新登家的笑道："既这么说，我查旧帐去，此时却记不得。"探春笑道："你办事办老了的，还记不得，倒来难我们。你素日回你二奶奶也现查去？若有这道理，凤姐姐还不算厉害，也就是算宽厚了！还不快找了来我瞧。再迟一日，不说你们粗心，反像我们没主意了。"吴新登家的满面通红，忙转身出来。众媳妇们都伸舌头，这里又回别的事。

文中"吴新登的媳妇"是指管家吴新登的妻子，也是府内的资深管家之一，她向李纨和探春回说："赵姨娘的兄弟赵国基昨日死了。昨日回过太太，太太说知道了，叫回姑娘奶奶来。"她这番报告的关键之处究竟在哪里呢？赵姨娘的兄弟赵国基去世了，在此是以赵姨娘和探春的血缘关系来回话，还是以整个贾家的伦理立场来回话？毋庸置疑，答案是贾家。实际上赵姨娘的兄弟赵国基根本只是贾家的奴仆，即使他的姊妹赵姨娘成了贾政的妾，但赵姨娘本身以及他个人的奴才身份仍然不变。

根据古代社会的法律精神，妾在家族中并不属于家庭亲属的一员，和家长的亲属之间也不存在任何姻亲关系，所以赵国基并非探春的舅舅。正如溥杰《醇王府内的生活》一书中所指出：

> 我的祖母固然是我们的亲生祖母，不过，她的娘家人，则仍然是王府的"奴才"，我们当"主人"的是不能和"奴才"分庭抗礼的。

即使亲生祖母是珍贵的亲人，但基于她的出身是妾室而非正妻，所以溥杰祖母的家人也只是王府的奴才，并不能因为血缘关系而破坏宗法阶级的界限。贾家作为侯府贵族，与王府的运作原则可谓毫无二致，因此探春不认赵国基为舅舅是于法有据的，道理上也完全成立。

总而言之，此刻吴新登的媳妇是以整个贾府的立场进行报告，贾府里有个奴才过世了，而他与主子的妾有着血缘关系，因此她先回过太太，毕竟此事也必须让真正的女大家长王夫人知晓。既然王夫人已知道此事，接着就得将事情交给目前打理家务的负责人，即姑娘与奶奶处理。此处的"姑娘"是指探春，而"奶奶"则为李纨，因为现在的家务都由她们负责，自然而然地这些事情便由她们做决策。吴新登的媳妇"说毕，便垂手旁侍"，这是何意呢？貌似她只负责传达讯息即可，然而她身为管家娘子，本来应该还要承担幕僚的义务，提供各种建议，此刻却撒手不管，可见对探春心存藐视。

要注意，吴新登的媳妇"垂手旁侍"后便不再多说，其实此举蕴含了冷眼旁观，看探春如何处事之意，同样地，当时不少来回话的奴仆都在打听李纨、探春二人的办事风格："若办得妥当，大家则安个畏惧之心；若少有嫌隙不当之处，不但不畏伏，出二门还要编出许多笑话来取笑。"从这些奴仆暗藏的鬼胎便可想象新官上任时的戒慎恐惧，唯恐稍有差池，便贻害后来数年的政绩。读者必须了解到，身处此位的人是"如临深渊，如履薄冰"的，毕竟其抉择攸关将来的理事能不能顺利，这真的是一个非常重大的关键时刻。

另外，吴新登的媳妇可谓一个刁奴，其实她心中早有主意，因为她已是办事老练的奴仆，而且在贾家这等的百年家族里，类似的事件以往已经发生过多次，由此形成了一个旧例，只要遵循旧例便可以自然运作。由于凤姐为人精明厉害，如果是在凤姐面前，奴仆为了得到重用或至少不受斥责，唯有竭力展现出自己值得信赖的一面。可见这些人都善于察言观色，做事偏重个人得失，只认真于对自己最有利的事务，这岂不是刁奴的作为吗？倘若目前坐在吴新登媳妇面前的是凤姐，她早就大献殷勤说出许多主意，并自动自发地查出许多旧例让凤姐拣择施行了。因此，书中才会表明"如今他瞧视李纨老实，探春是青年的姑娘，所以只说出这句话来，试他二人有何主见"，提醒读者注意吴新登媳妇这种刁奴的居心叵测。

所以，探春虽贵为主子，可是因为她年纪尚轻，十几岁便协理家务，家族下面的许多人都在等着看她笑话，有些人甚至要扯她后腿，因此她在理家方面更得规行矩步，步步为营。从这种种细节便可看出探春绝非徇私舞弊之人，一方面是因为她本即谨守本分的性格，二方面是她现在身为家务代理人的处境，所以探春首先询问李纨的意见，这是一种礼貌的表现，毕竟李纨不仅是长嫂，也是名义上挂名理家的第一主管。探春客气地询问李纨有何裁决，李纨想到的是："前儿袭人的妈死了，听见说赏银四十两。这也赏他四十两罢了。"其实李纨这番话仅仅是根据赵姨娘的妾室身份所作出的决定，她以同样是妾室的袭人作为参照，既然袭人之母死后的赏银为四十两，因此她便类推赵国基的去世也同样是四十两。吴新登家的听了以后，便答应着接了对牌就走，那对牌又是何物呢？对牌是一种支领钱银的凭据，发放对牌属于当家者才有的权柄，如果没有对牌，银库就不会把钱银支给你。

在此，如果探春和李纨直接按照袭人之例赏赐四十两给赵姨娘，以后这一对姑嫂大概也难以好好持家了，因为这完全违反旧例。因此，探春立刻叫住吴新登家的，此举正是她的精细所在，她并未轻易被蒙混过去，而是仔细追问吴新登媳妇："你且别支银子。我且问你：那几年老太太屋里的几位老姨奶奶，也有家里的也有外头的这两个分别。家里的若死了人是赏多少，外头的死了人是赏多少，你且说两个我们听听。"

由于我们不在宗法世界里，也未曾在一千人的大家庭里生活，所以我们无法分辨清楚原来贾家还有"家里的"与"外头的"之差异，而探春话中的老姨奶奶即是前两代主子所纳的妾，其来源又分为两种：所谓"家里的"是指贾家里原生的奴才，尤其是女仆直接被收为妾，这种便称为"家里的"；而用钱到外面买的则叫"外头的"。例如第四十七回贾赦想要纳鸳鸯做妾，派出邢夫人做说客，说道："满府里要挑一个家生女儿收了，……这些女孩子里头，就只你是个尖儿，模样儿，行事作人，温柔可靠，一概是齐全的。意思要和老太太讨了你去，收在屋里。"倘若成事，鸳鸯就是所谓"家里的"。而因为讨鸳鸯不成，便"费了八百两银子买了一个十七岁的女孩子来，名唤嫣红，收在屋内"，此即属于"外头的"。

由此可见，大家族真的很复杂，有着各式各样的人际关系，持家者的头脑必须非常清楚，才能在家务的料理上井井有条，否则一错了分际便会导致一团混乱。探春从小在贾家长大，所以对于这些奴仆的分类是知悉的，只是不晓得具体赏赐的数额应该要多少，所以她才会有"家里的"和"外头的"若死了至亲各赏多少的疑问。

既然是老太太那一代所形成的旧例，以旧例来办事基本就会合乎常规，所以探春要吴新登家的举出两个例子来作为准则。孰料一问之下，吴新登家的都忘记了，还赶忙陪笑回说："这也不是什么大事，赏多少谁还敢争不成？"但事实真的如吴新登家的所言吗？所谓上梁不正下梁歪，如果探春真的随意赏钱的话，以后便不可能好好当家了，所以她笑道"这话胡闹。依我说，赏一百倒好"，其中隐含着些许讽刺之意，一旦依据吴新登家的说法，无论钱怎么给都没有人敢争闹，那么贾家的钱不就可以胡乱挥霍了吗？长此以往，贾家将难以维持家族秩序，所以探春才会指出吴新登家的"这话胡闹"。探春接下来所说的"若不按例，别说你们笑话，明儿也难见你二奶奶"才是重点，因为她和李纨只是代替二奶奶凤姐理家，如果在处理家务上马虎轻率，不但贻笑大方，她们也无颜面对凤姐。既然探春话已至此，吴新登家的唯有陪笑道："既这么说，我查旧帐去，此时却记不得。"

面对吴新登家的敷衍轻忽，探春便说："你办事办老了的，还记不得，倒来难我们。你素日回你二奶奶也现查去？若有这道理，凤姐姐还不算厉害，也就是算宽厚了！"这段话句句绵里藏针，她的话虽然说得温和，但是每一句都是直指家仆的偷懒弊病，甚至通过"凤姐姐还不算厉害"一句隐含了奴仆故意欺负新任持家者的言外之意，最后坚决下令"还不快找了来我瞧。再迟一日，不说你们粗心，反像我们没主意了"，让吴新登家的难以再找借口搪塞了事。

探春的一番话不仅说得头头是道，而且入理切情，果然让吴新登家的无所遁逃。探春不必说出任何难听的话语，便能够以柔中带刺让对方难堪，所以吴新登家的满脸通红地离开了，因为这其实是个莫大的羞辱，吴新登家的身为资深管家，可是被主子问及家务旧例时却脑袋空空，不就表示她是个办事不力的人吗？那真是颜面扫地了。众媳妇看到这一幕都忍不住"伸舌头"了，才知道探春是个厉害人物，以后休想在她面前偷懒、怠惰，甚至是蒙混过关！

母女面对面大冲突

那么这件事是否直接攸关赵姨娘的"福利"，或者更准确地说，赵姨娘的收入呢？贾府的赏钱是不是可以多给赵家？这些疑惑将在接下来的情节中逐步得到解答。读者可别忘了，赵姨娘是好察听的，任何事情尤其是与她相关的，她立刻就会现身，果然接着"忽见赵姨娘进来，李纨探春忙让坐"。在此处千万得留意，正所谓细节之处见真章，赵姨娘在贾家的处境真如她心中所想的那样，平常都被人家踩着头肆意虐待吗？从李纨和探春让坐的行为便显示出赵姨娘是受到礼遇的，毕竟大家看在贾政的面子上，对待她也很客气有礼。

然而一个人要"自己不尊重"，甚至胡闹到别人也无法给予尊重的境地，却因此怪罪他人，那么这种人可谓毫无反省能力，诚如第二十回凤姐所说的："自己不尊重，要往下流走，安着坏心，还只管怨人家偏心。"可叹赵姨娘却不了解这样的道理，所以她常常扭曲事实，反过来污蔑别人。就在这第五十五回里，当她得知无法得到更多的赏钱后，立刻到探春和李纨面前哭闹，一开口便说道：

"这屋里的人都踩下我的头去还罢了。姑娘你也想一想，该替我出气才是。"一面说，一面眼泪鼻涕哭起来。探春忙道："姨娘这话说谁，我竟不解。谁踩姨娘的头？说出来我替姨娘出气。"赵姨娘道："姑娘现踩我，我告诉谁！"探春听说，忙站起来，说道："我并不敢。"李纨也站起来劝。

在此要注意到探春称呼赵姨娘为"姨娘"，我们必须牢记此时是贾家正式处理家务的场合，对于这种世家贵族而言，在宗法制度之下家务即"公务"，"公"与"私"的界限是泾渭分明的，但这种"公"与"私"的概念却是如今的我们经常会误会的，其实每个时代的"公""私"观念并不相同，所以不能一概而论。既然探春正在处理公务，而公务是必须以贾家的立场来解决，探春之所以称呼赵姨娘为"姨娘"，正是在宗法制度之下公事公办的体现，并且后来她一听到赵姨娘的指控，也立刻站起身来，表达不敢冒犯的谦卑，再次显示她对赵姨娘其实是很尊重的。再看当赵姨娘哭说："这屋里的人都踩下我的头去还罢了。姑娘你也想一想，该替我出气才是。"探春立刻说："姨娘这话说谁，我竟不解。谁踩姨娘的头？说出来我替姨娘出气。"在此可要注意，如果真的有人欺负赵姨娘，探春作为理家的主管，再加上又是赵姨娘血缘上的女儿，按照道理而言，她实际上是必须替赵姨娘出气的。

只是出乎意料的是，赵姨娘居然责怪探春说"姑娘现踩我，我告诉谁"，这个当面的指控堪称严厉不堪，导致探春连忙站起来，因为赵姨娘不仅是长辈，也是生母，所以当她如此指控探春时，探春必须谦卑相待以示尊重。从这些细节便可以看出并未有人不尊重赵姨娘，只因赵姨娘的行为已经处处逾越分际，以致无法得到他人的尊敬，这根本是她咎由自取的结果。探春一听便立刻站起来表示"我并不敢"，而李纨也连忙站起来相劝，原本坐着的两人都已站了起来，因为她们都深深感觉到赵姨娘此刻的愤怒，所以在礼貌上就必须表现出晚辈的谦卑姿态。赵姨娘接着说：

　　你们请坐下，听我说。我这屋里熬油似的熬了这么大年纪，又有你和你兄弟，这会子连袭人都不如了，我还有什么脸？连你也没脸面，别说我了！

　　这番话的逻辑可谓夹缠不清，赵姨娘一方面把自己与袭人相比，为自己比不上袭人而觉得非常丢脸，可是事实并非如此，另一方面还牵扯出探春和她之间的母女血缘关系，推演出如果她丢脸则探春也会随着没面子的连带性。其实，赵姨娘这番说辞不但不合理，话中提及的种种人际关系更是混杂不堪，而她的目的是什么？就是为了壮大己方阵势，以争取更多的利益：既然你与我是同一个阵营，那么我们的得失荣辱便是一体，因此为了你的面子，你也得要给更多的钱！

　　无论赵姨娘是脑子糊涂不清楚，或再加上运用了一种直觉策略，都显示出赵姨娘是通过形塑一个利益共同体来壮大赵氏血缘集团，再企图以血缘勒索的方式让探春给予她特权。而面对赵姨娘逾越分际的要求，探春首先即申言道：

　　　　"原来为这个。我说我并不敢犯法违理。"一面便坐了，拿帐翻与赵姨娘看，又念与他听，又说道："这是祖宗手里旧规矩，人人都依着，偏我改了不成？也不但袭人，将来环儿收了外头的，自然也是同袭人一样。这原不是什么争大争小的事，讲不到有脸没脸的话上。他是太太的奴才，我是按着旧规矩办。说办的好，领祖宗的恩典、太太的恩典；若说办的不均，那是他糊涂不知福，也只好凭他抱怨去。太太连房子赏了人，我有什么有脸之处；一文不赏，我也没什么没脸之处。依我说，太太不在家，姨娘安静些养神罢了，何苦只要操心。太太满心疼我，因姨娘每每生事，几次寒心。我但凡是个男人，可以出得去，我必早走了，立一番事业，那时自有我一番道理。偏我是女孩儿家，一句多话也没有我乱说的。太太满心里都知道。如今因看重我，才叫我照管家务，还没有做一件好事，姨娘倒先来作践我。倘或太太知道了，怕我为难不叫我管，那才正经没脸，连姨娘也真没脸！"一面说，一面不禁滚下泪来。

虽然这段话很长，但如果我们仔细推敲，便会发现其中的几个关键词真正体现出探春是个理性主义者，首先她说"我并不敢犯法违理"，而人与人之间的关系可以分为三种，即"情""理""法"，探春优先提到的就是"法"，其次则是"理"，两者皆是她处事的最高原则，其中并未涉及"情"。因此，赵姨娘所说的"没脸面"的逻辑，探春完全是置之不顾的，她只认同"法理"，而在公务上把"法"放在优先的位置更是理所当然，所以她坐下来拿着账本翻给赵姨娘看，又念给她听，并强调"这是祖宗手里旧规矩"。

此即宗法家庭里运作的最高准则，这个准则"人人都依着"，探春并无任何理由要作出修改，倘若她改了旧规矩，不但犯法违理，也势必导致以后无法继续理家。探春甚至特别挑明说"这原不是什么争大争小的事，讲不到有脸没脸的话上"，只要就事论事即可，不必牵扯任何人情，也不要夹缠个人得失，而所谓"他是太太的奴才，我是按着旧规矩办"，即点出赵国基的奴才身份，摆明了现在就是按照以贾家为中心的宗法制度，以及由此所形成的旧规矩来处事，所以赵姨娘完全没有立场要求探春额外偏重人情。

再者，探春表示持家理事都是祖宗和王夫人交付的重责大任，一切依法按例客观处理，所以"说办的好，领祖宗的恩典、太太的恩典；若说办的不均，那是他糊涂不知福，也只好凭他抱怨去"。可见探春无论是她的性格使然，还是基于理家的位置规范，她都非如此不可，毕竟她不可能让每个人都满意，唯有任凭那些头脑不清楚的人或者存着私心的人抱怨。面对探春秉公处事、刚正不阿的态度，不占理的赵姨娘也没了别话答对，不敢再继续无理强求，于是转而采取人情策略，即所谓的情私，她说：

> "太太疼你，你越发该拉扯拉扯我们。你只顾讨太太的疼，就把我们忘了。"探春道："我怎么忘了？叫我怎么拉扯？这也问你们各人，那一个主子不疼出力得用的人？那一个好人用人拉扯的？"李纨在旁只管劝说："姨娘别生气。也怨不得姑娘，他满心里要拉扯，口里怎么说的出来。"

必须注意到，赵姨娘话中的"拉扯"带有徇私偏袒的意思，她认为探春既然与她具有血缘关系，就应该利用当权者王夫人的疼爱，赋予她与赵家一些特权。可是当探春表示不愿意假公济私时，她却将秉公处理的探春曲解成只为讨好王夫人、不顾自家人的另外一种情私，即"你只顾讨太太的疼，就把我们忘了"，可见身为小人的赵姨娘，在她眼中便只能看到小人，但事实上探春的个性却与赵姨娘所想的天差地别。

赵姨娘将探春不照顾他们这些有血缘关系的亲人冤枉为趋炎附势，其心胸视野之狭隘，真的印证了黑格尔所说"仆从眼中无英雄"

（No man is a hero to his valet-de-chambre）的名言，她根本看不到英雄的素质，只能用自己阴微鄙贱的性格去揣摩别人的心意，正所谓"以小人之心度君子之腹"。赵姨娘把探春说得如此不堪，探春当然生气，所以她便以贾府的伦理定位及个人的品格定位这两个重要原则加以反驳，说："我怎么忘了？叫我怎么拉扯？这也问你们各人，那一个主子不疼出力得用的人？那一个好人用人拉扯的？"事实上，所谓的"拉扯"属于徇私的行为，正是为人公正的探春所不能够接受的，而且赵家无法得到主子的重用也是他们自己所造成，并不能怪罪于上级，因为如果是个好人，自然就会得到主子的重视，而拥有权力和利益，可是如果自己不好的话，凭什么强求别人拉扯呢？为什么不反求诸己？探春话中的弦外之音即是如此。

李纨眼见已经走到这个地步了，母女俩即将起冲突，便在旁边劝说："姨娘别生气。也怨不得姑娘，他满心里要拉扯，口里怎么说的出来。"李纨真是太不了解探春的个性了！虽然她说这番话是为了安抚赵姨娘，但却深深抵触了探春公正无私的性格。她说探春心里是有意要拉扯的，只是现在不便明言，意即探春心里很想徇私，以后也可能偷偷地做，意图由此让赵姨娘满意。但这不就把探春变得与赵姨娘一般无二了吗？因此，探春赶忙替自己澄清说道："这大嫂子也糊涂了。我拉扯谁？谁家姑娘们拉扯奴才了？他们的好歹，你们该知道，与我什么相干。"探春话中的"奴才"清楚把赵国基打回原形，表明他只是贾家的奴仆，如果奴才想要让主子疼爱器重，那就应该依靠自己的品格和实力，而不是靠徇私拉扯。

"如今你舅舅死了"

赵姨娘听了探春的那一番话语，已经摆明了与他们完全撇清血缘关系，而根据宗法制度，他们确实仅仅是主子与奴仆的关系而已，她当然很生气。那么，又应该如何看待主奴之间的权利与义务呢？在此要引述费孝通的说法，他指出在传统社会中，主仆之间是一种互利互惠的关系，我得要照顾你，但你也必须为我们尽忠付出，而从探春所说的"那一个主子不疼出力得用的人？那一个好人用人拉扯的"来推敲，显然赵国基并不是一个出力得用的好人，当然就得不到主子的重用，因此更不能单纯采取主仆之外的血缘来进行徇私。

赵姨娘因为探春撇清血缘关系而感到恼怒，毕竟她唯一的凭借，即唯一无法用人为的力量加以去除的，就是血缘关系，结果连血缘都被探春断然否决，所以她便气愤道："谁叫你拉扯别人去了？"继续坚持双方的血缘关系。这正是赵姨娘的重点所在，她偏执地认定赵国基并非"别人"，即一般的下人，而是与探春有血缘的"舅舅"，所以她说：

> 谁叫你拉扯别人去了？你不当家我也不来问你。你如今现说一是一，说二是二。如今你舅舅死了，你多给了二三十两银子，难道太太就不依你？分明太太是好太太，都是你们尖酸刻薄，可惜太太有恩无处使。姑娘放心，这也使不着你的银子。明儿等出了阁，我还想你额外照看赵家呢。如今没有长羽毛，就忘了根本，只拣高枝儿飞去了！

这段话更清楚显示赵姨娘以赵氏血缘为中心的思维已经到了是非不分的境地，她把赵家强加为探春的"根本"，并把身为奴才的赵国基定位为探春的"舅舅"，完全忽视了从情、理、法各方面而言，探春实为贾家千金而非赵家人，还反过来指控探春势利。因此探春没听完，就气得脸白气噎，抽抽咽咽地一面哭，一面伸张她的道理。

在进一步的分析之前，我想先分享在研究探春的过程中进行文献回顾时的发现。那些谈论探春的文章对于探春大多抱有不公正的指控，往往仅仅抓住赵姨娘的话来发挥，批判探春的为人，可是赵姨娘的话实在毫无道理可言，所以引用这种没有道理的说法来作为申论的前提，事实上后面的论证就成了无稽之谈，相关的批评并不能成立。赵姨娘所谓的"忘了根本，只拣高枝儿飞去"是最常被引述来证明探春是个自私自利、趋炎附势之人的根据，这句话如果以现代社会的角度来看，也许可以成立，但即使如此，也仅是"或许可以"而已，仍然不能百分之百保证可以成立，因为我们也见过一些很不负责任的母亲，对孩子并未尽过养育的责任，可是却对孩子百般索讨，完全自私自利，母家谈不上是子女的"根本"。

例如我曾在报纸上看到一个非常有意思的判决，令人不得不欣慰我们的司法还是有进步的。有位母亲从小就遗弃她的女儿，将之丢到孤儿院，然后自己去逍遥快活了，等到年纪老大又生了病，却因为没有经营人与人之间的真情，于是也没有亲友来往，身边唯有一只狗相依为命。面对贫病交加的窘迫境况，她开始希望找一个人来依附，于是想起了几十年前被她抛弃的女儿，但令人诧异的是，她竟然向法院指控女儿遗弃她！法律上有条文规定，如果子女不孝养父母，那是会形成一条罪责的，所以她就用这一条状告法院，企图让女儿因此而负起奉养的责任，以便晚年孤独贫穷的她有所依傍。

不过，法院最终判决的结果是驳回，可谓大快人心，为什么呢？法院的理由是：既然身为母亲的从小就遗弃女儿，没有善尽作为母亲的照顾责任，则女儿成长之后也没有义务去照顾她。那位女儿当然也非常难过，因为过去的成长过程十分艰辛，要知道，一个孤儿在华人社会里拼搏求生实际上是很辛苦的，好不容易成长到将近三十岁，稍微具备了安顿自己的生活能力，可是日常生活的奔波劳碌也消耗了不少精力。既然想让自己过得正常一点都已经非常辛苦了，如今又有一个天外飞来的、只有血缘关系的母亲要她尽莫名其妙的奉养责任，当然令她措手不及而泪洒法院。女儿在法院里不仅说明了她艰难的成长过程，同时也表示她现在确实没有多余的能力赡养生母，所以法官判决她无罪，而且没有奉养的义务。这样的判决可让每一个人都反求诸己，你付出多少才有资格要求别人回报多少，即使在血缘关系中也是如此，你不能完全不负责任却突然要用抽象的血缘来压迫别人，这真是很不理性的、自私的行为。

可叹即便在我们这个时代，仍然存在着不少血缘勒索的事件，如果我们仔细推敲便能够发现，对于探春或者新闻事件中的女孩子"忘了根本"的指控，是完全不能成立的。仔细思考何谓"根本"？这里的"根本"其实是指一种莫名其妙的血缘，可是千万不要忘记，血缘的建立是所谓的"情欲动而合，合而生子"，它的背后并没有神圣伟大的东西，所以即使在男女平等的现代，我们都不可以随意指控一个女儿对母系家庭是"忘了根本"，何况是在宗法的社会里？

在宗法制度里，赵家本来就不是探春的根本，连嫡母王夫人的娘家都不算，探春完完全全是贾家的血脉，所以这样的指控真的是不合法、不合理，也不合情。赵姨娘那种"只拣高枝儿飞去了"的指控，只不过是用一种奴仆的眼光来设想自己的女儿，显示她不但不爱探春，也不了解其为人品行，即使撇除宗法制度而从人情上来看，赵姨娘对具有血缘关系的探春都不曾给予真正的尊重与了解，可见这样的人在生了孩子之后，仍然还是一个愚昧无知又心智低下的小人。

"谁是我舅舅？"

因此，难怪探春会怒不可遏，且看探春如何回应赵姨娘的血缘勒索，她说：

> 谁是我舅舅？我舅舅年下才升了九省检点，那里又跑出一个舅舅来？我倒素习按理尊敬，越发敬出这些亲戚来了。既这么说，环儿出去为什么赵国基又站起来，又跟他上学？为什么不拿出舅舅的款来？何苦来，谁不知道我是姨娘养的，必要过两三个月寻出由头来，彻底来翻腾一阵，生怕人不知道，故意的表白表白。也不知谁给谁没脸？幸亏我还明白，但凡糊涂不知理的，早急了。

"谁是我舅舅？"这句话乍听之下非常刺耳，相信一般人一看便会感到不舒服，责怪此人为何凉薄到连血缘都不认的地步。犹记得几年前有一出关于《红楼梦》的戏要上演，编剧总监对我说，她不敢把"谁是我舅舅？"这一句放在舞台上去当台词，因为怕观众受不了而引起无谓的纷扰。对此我完全了解，观众确实不见得会去思考这些问题，只要听到一个女儿竟然说"谁是我舅舅"，必然怒上心头，甚至对这个角色产生疏离厌恶的情绪。

可是，我们作为理性的、可以独立思考的读者，却不能任由主观情感影响了客观的分析，探春之所以说"谁是我舅舅"，并非莫名其妙地狠心去否定血缘的关联，而是在赵姨娘步步紧逼的血缘勒索之下，才直接否定唯一而单薄的血缘联系，并严正地强调"我舅舅年下才升了九省检点，那里又跑出一个舅舅来"。读者切记不要断章取义，仅仅看到"升了九省检点"便判断探春为人势利，只认定当高官的人为舅舅。事实上，升了九省检点的王子腾是探春之嫡母王夫人的兄弟，根据宗法制度，王子腾的确才是探春合乎礼法伦常的舅舅——无论是否升了九省检点，在此探春会提到他"升了九省检点"，只是要清楚区隔出正确的对象而已。

大家得仔细分辨的是，所谓"我倒素习按理尊敬，越发敬出这些亲戚来了"，便是指探春长久以来都按理尊敬亲属家人，可结果却换来一些打着血缘关系的旗号强求她徇私的莫名其妙的亲戚。因为赵国基虽然是探春与贾环血缘上的舅舅，但实质上、身份上都是贾家的奴仆，因此他在随身侍候贾环时毫无所谓"舅舅的款"，所作所为都是奴才卑微的样子。只要贾环站起来，赵国基也得站起来并在旁边伺候，并且得要跟随贾环上学，与李贵照顾宝玉去上学的情况如出一辙。因此探春才会反问赵姨娘，为何当时赵国基又不"拿出舅舅的款来"？

显然以整个贾府而言，赵国基既然身为奴才，就不该一味用血缘的关系强迫探春把他当舅舅看待，因为这根本是对宗法的彻底破坏，也没有任何贾家的成员会接受这样的认知。只是对于十分重视血缘关系的华人来说，被亲人指控否定血缘情分的罪名真的会让当事者一时惊慌失措，而一着急头脑便运转不灵，就可能被那番强词夺理的控诉所胁迫了，毕竟那样的罪名太沉重，一般人都承担不起，所以探春表示"幸亏我还明白，但凡糊涂不知理的，早急了"。幸亏面对赵姨娘的无理要求和残酷控诉时，探春依旧保持脑子清醒，并竭力守住一个非常清晰且不容逾越的界限，而这也有力地阻绝了赵姨娘过分的侵犯与逼迫。

最后，读者必须注意到，在整段对话中，包括"我并不敢犯法违理""我倒素习按理尊敬""幸亏我还明白，但凡糊涂不知理的，早急了"这几句，其中的"法"字出现一次，而"理"字则出现了三次，可见探春处处以宗法的"法"以及人与人之间依照身份各安其事的"理"作为处事标准。探春被赵姨娘扣上"忘了根本，只拣高枝儿飞去"的大帽子，换作一般人都难以承受，但是她却努力守住了让贾家的运作能够合乎秩序并绵延不绝的核心原则，那就是宗法。探春处处以法理为基准，与中国传统文化讲究"情、理、法"的人情优位取向迥然不同，而将顺序彻底颠倒为"先法而后理"，其中完全不涉及私情的纠缠，赵姨娘的无理要求可以说是一大刺激。

当我们理清了探春的整个思维层次后，便能够发现赵姨娘为了拉扯外家，即其娘家——赵氏血缘，向探春提出赵国基在血缘上的关系而要求额外的特权，其实不仅破坏宗法秩序，还会让探春从此以后难以理家。幸而机敏的探春从宗法阶级上的"奴才"身份来加以破解，以"谁是我舅舅"反击赵姨娘的非分要求与无理指控，让对方不要仗着血缘关系而利用她来谋取私利，因为还有一个超乎血缘情私、以贾家为中心的宗法制度存在，而这个以宗法制度为基准的"公"之概念，便为探春的剔骨还肉提供了合理、合法的依据。必须说，探春的立场完全没有逾越分际，更谈不上凉薄自私。

确实，只要仔细观察，就会发现探春在日常生活中从未为了撇清血缘关系而莫名其妙地昭告天下"我只管认得老爷、太太两个人，别人我一概不管"或"谁是我舅舅"。根据第二十七回与第五十五回中，一次间接、一次直接的母女冲突，可见探春的庶出身份之所以会构成纷扰，实际上都是因为赵姨娘在兴风作浪，如果不是赵姨娘步步紧逼到了让探春退无可退的地步，探春也不会动怒反击。毕竟无止境的容忍退让只会助长对方的无耻程度，最终不是被对方欺压，就是沦落成大家沆瀣一气的不堪境地，所以探春只好凭借宗法所提供的嫡庶差异来划清界限。

重真情而非情私

从情、理、法三个层面的点点滴滴来看，我们便会了解探春的处境促使她不得不作出坚决斩断血缘枷锁的决定，何以会如此呢？从第二十七回探春对宝玉所说："我只管认得老爷、太太两个人，别人我一概不管。就是姐妹弟兄跟前，谁和我好，我就和谁好，什么偏的庶的，我也不知道。"即反映了探春一直在撇清由血缘所构成的偏私，将这段情节和第五十五回里赵姨娘的胡闹一并加以观察，也许我们可以据此得出一个更为精确的结论，那便是探春重视的是真情而不是情私。

　　探春非常看重人与人之间发自内心并超乎阶级身份的真切感情，所以她对宝玉说"谁和我好，我就和谁好"，这已经足以证明她绝不是冷酷凉薄的人。当然，探春是一位不受感性主导其判断能力的刚正女子，倘若这样的情感被利用在谋夺私利甚至因私害公上，她也会搬出法理来加以铲除，无论对方是谁。再看第七十四回抄检大观园时，王善保家的轻率地向探春身上翻贼赃，脸上便立刻着了探春一巴掌，探春指着她大骂：

> 　　你是什么东西，敢来拉扯我的衣裳！我不过看着太太的面上，你又有年纪，叫你一声妈妈，你就狗仗人势，天天作耗，专管生事。如今越性了不得了。你打谅我是同你们姑娘那样好性儿，由着你们欺负他，就错了主意！你搜检东西我不恼，你不该拿我取笑。

这段话可谓精彩万分，那王善保家的身为资深管家及邢夫人的陪房，在贾家的地位是高于年轻主子的，结果在抄检风波之下，却被探春贬为"狗仗人势"的奴才，这也正解释了探春何以会将血缘上的舅舅赵国基贬为奴才，因为探春清楚感受到这一份人情已经沦为情私，而且都被用来做不正当的事。探春并不能忍受"情"与"私"这两个范畴被混为一谈，她觉得情是一回事，但是如果这个情夹杂着不正当的利益，那么她就会搬出法与理来加以杜绝。

　　特别值得注意的是，在第五十五回和第五十六回探春协理家务之后，为了节省贾府的开支，她首先开刀的对象可是贾府中最受贾母宠爱的宝玉和王熙凤。本来宝玉一房已经正正当当享受了多年的特权，探春一上任就加以蠲免，直接剥夺宝玉的利益，其实带有不讲情面之嫌。大家必定为此感到疑惑，依据第二十七回的情节，她与宝玉的感情不是很要好吗？而且他们俩确实在审美、心胸、人品上像极了一母所生的同胞兄妹。可是在处理公务的时候，探春是不把"情"与"私"看在眼里的，毕竟重复发放零用钱只会增加贾家的开销负担，难道上学是为了享受、吃点心的？既然不是，那就必须免掉。另外，只要细读探春理家的情节便会发现，她是标准的打苍蝇更打老虎，那几只老虎包括了威风凛凛的凤姐，以及探春平常非常要好的兄弟，还有主管之一李纨的独子，而只要一涉及公务，她便会铁面无私、秉公处事。

这就是我所认识的探春，倘若大家依旧坚持她是个"只拣高枝飞去"的趋炎附势之人，那是因为并未放下成见，完全客观地去认识探春的性格。从探春看待人情的方式，我们可以更为精确地领会到探春的个性，因为她重视法理，所以才可以做到无私，而无私才能够理性，理性才能够客观公正，这是我们必须从探春身上体察到的独特光芒。

可惜的是，这种人格特质在华人的文化里实在少见，从我研究过程中所看到的清末以来的评点意见，和现代的学者所做的研究心得，显示出能够把握到探春这种人格特质的人并不多。因此我们必须花费更多的时间分析小说里的蛛丝马迹，以便通过抽丝剥茧的方式还原探春真正的为人品行。

身份认同问题

归根究底，无论是探春和赵姨娘母女之间的争执，或是针对赵国基所做的"谁是我舅舅"的撇清，还是在理家之后首先拿她最亲近的好兄弟贾宝玉开刀，其背后实际上都蕴含着一个非常重要的思考，那就是身份认同的问题。

论及"身份认同"这个概念，一般人都会以为是指自我对嫡庶出身的认同，或对从事何种职业、获得何种社会地位的考量，譬如：希望成为医生，因为医生的社会地位崇高；想要当教授，因为看起来清高儒雅、博学睿智。但这并非真正的身份认同，一位著名西方哲学家查尔斯·泰勒（Charles Taylor）认为，身份认同实际上是一种价值观和生活方式的选择，我比较赞同他的说法。而在引述他的见解之前，我先分享一些自身的阅读心得，即如何通过心理学、哲理思想来认识自己、塑造自己，看待自己作为一个人的生存意义。原来一个人当下的性格模样，绝非全由外在环境所决定，否则人便和变色龙无异，只会成为环境的奴隶而已——在芝兰之室即散发芬芳，于鲍鱼之肆便浑身发臭。在探讨探春的思维性格究竟达到哪个层次之前，让我们先做一般性原则的分享。

主体心理学（subjective psychology）是我很喜欢的一支心理学派别，这个理论从根本上相信人具有主体能动性。何谓"主体能动性"？即每个人都有认识自己的主动权，也能为自己生命的前进方向与形态做出选择，外在环境并不是完全决定人生的唯一因素，而我觉得这正是人的尊严所在。不仅如此，主体心理学还让我们领悟到自己并非被意识不到的"力比多"（libido）所控制，比方说做出弑父娶母之类的荒唐事，故而我们确实能够在清晰的、有意识的状态下，好好地认识自己，对自己的行为做出选择和判断，并因此负起责任。

难道这不就是人的真正尊严之所在吗？倘若人一直被本能中的"力比多"或外在环境所主导，那么人的尊严何在？人真正的尊严在于可以为自己的所作所为负责。主体心理学认为，人类并非只能被动反映客观世界而沦为环境的产物，因为在人的成长发展过程中，有一个影响其内在心理发展的重要因素——主体能动性，当然，能够左右个人心志的不仅是主体能动性，事实上主体能动性与每个人在后天所受到的教育、身处的环境，共同构成个体心理发展的三维结构模式，对心灵产生潜移默化的影响。但是千万不要忘记，我们仍具有一定的能力成为自己的主人，因为主体能动性作为主体与这个世界相互作用的真正主导潜能，才更是探求人格形态的核心关键。

确实每个人都会遇到很多外在因素，但是这些因素如何在人格内涵中产生作用并变成自身人格的一部分，最终还是要诉诸个人的人格形态。一个人会转化他所接受的各种讯息，不同的人会把同样的讯息转化成不同的样态而融为自己人格的一部分，所以归根究底，每个人都得反求诸己。在同样的时代背景和教育环境下，可能会成长出王维这样的人格，也能发展出李白那样的人格——当然，我只是以这两人作个比方，事实上他们遇到的具体情况还是各异的，重点在于，并非看到丑陋的东西就会变成左拉（Émile Édouard Charles Antoine Zola）之类的小说家。即便左拉的作品里也充满了对丑陋人性的悲悯和义愤填膺的情绪，他却将焦点集中于刻画世界的肮脏污秽，但为什么不可以在面对同样的事情时，从悲悯中升华出一种慈善与清静？试看王维身处官场中历经无比丑恶的人性，却依然升华出那般澄澈空明的心灵境界，而"行到水穷处，坐看云起时"。显然这就取决于每个人的人格特质。

孔子的"人"与"民"

同样地，我们是否因为缺乏思想上的训练，而一直用迂腐、落后、保守等等的成见，来理解两千多年前即被尊奉为中国最伟大之思想家的孔子，甚至诽毁他的思想人格？倘若我们能够抛开成见，也许可以通过不一样的心智训练，以更具层次与内涵的眼光看到孔子思想所蕴含的深度与伟大。实际上，孔子的思想并非如一些人所认为的保守古板，反而在告诉我们应该要如何为人处世，并发展个人的主体能动性。

接下来，我们要通过美国汉学家郝大维（David Hall）与安乐哲（Roger T. Ames）来理解孔子的思想，因为他们不仅掌握了精细的训诂，也具有深厚的中西哲学背景，他们研究所得的几个见解颇让人大开眼界，提供了不一样的思考方式让我们去理解儒家积极正面的内涵。

郝大维与安乐哲发现《论语》里常常提到"人""民"二字，他们把与之相关的段落加以整合分析，注意到"人"与"民"的意义其实是不一样的，但是二者的不同却未必只能够用阶级高低来诠释，即"人"是统治者，有权有势，属于贵族阶层；"民"则是被统治、被剥削而且蒙昧无明的人。他们从另外一个角度去看待把人分成两种类别的说法，以及其背后所隐藏的意涵："民"确实是那种未经过教化、蒙昧无知甚至活在心灵没有被开发状态之下的俗众，但"人"却并非如此，"人"不仅具有主体性，而且受过文化教育，因此"人"可以运用自己的知识思考问题。在更进一步的比较里，他们主张"民"与"人"两者之间的区别基本是文化意义上的，而非阶级意义上的。

我觉得这点非常重要，华人在这百年以来的历史进程中遭遇过很多剧烈的政治变动，面对各种意识形态的介入，多数人囫囵吞枣、不求甚解，甚至将这些意识形态投射回古典文献中，因此往往造成对古人思想文化的扭曲。我们一厢情愿地以为儒家之所以重视阶级区隔，只是为了巩固既得利益者的权势，但事实上恐怕并非如我们所想的那么不堪。所以我非常认同这两位学者在《孔子哲学思微》一书中提出的说法：

> "人"与"民"之间的区别基本上是文化意义上的而不是阶级意义上的。也就是说，政治特权和责任只是进入某种文化类型的条件。尽管经济的、社会的地位无疑和一个人的受教育机会有关，但出身并不是差异的决定因素。与其说一个人无资格参与政治是因为他出身于"人"这一阶级以外的阶级，毋宁说其个人的修养和社会化才是使之不同凡响的原因。成为"人"，要靠自身努力，而不是天生的；成为"人"是取得的，而不是给予的。

这段说法浅显易懂，又非常精当扼要，非常清楚地告诉我们，倘若用阶级范畴来划分，我们会把拥有权力、经济特权，以及社会地位较高者称为"人"，但实际上这并不是真正的关键。虽然身处那样的阶级中确实比较容易得到受教育的机会，然而要真正成为一个"人"，基本上还是源于个人的修养，以及经由努力奋斗所取得的成就，并非因为出身环境优渥便自然而然地变成一个"人"。至于这是否为孔子的原意，各人心中可能会有不同的答案，但无论是与否，这个观念本身便非常值得我们省思：要怎样做一个"人"关键在于自己的努力，而不是上天或后天环境所给予，人的尊严要经过努力争取才能获得，而不是等别人来施与。

"你究竟要做什么样的人"

言归正传，"身份认同"绝非意指是否要接受或取得嫡或庶的那种身份所带来的不同待遇，从而基于现实利益去作衡量取舍。如果这般看待探春，不仅轻视了她，也缺乏对此一人物的深入了解，所以我现在采用颇具盛名及影响力的加拿大思想家查尔斯·泰勒的说法来解释身份认同。但他的论述比较艰涩，尤其他是在西方传统的思想框架和文化脉络之下进行铺陈，我们不大容易掌握，所以我将采用经过专业学者含英咀华、浓缩概括的说法，来阐述探春身份认同的问题。

泰勒指出，任何有意识的行为必然源于一种"诠释基准"，就此，《红楼梦》中的对话同理可见。例如，黛玉在第七十九回与宝玉论较《芙蓉女儿诔》以后，她让宝玉"快去干正经事罢"，这句话背后其实隐含了一个价值判断，那也就是所谓的诠释基准。在黛玉的诠释基准下，宝玉为了悼祭一个婢女而花费精力写一篇长篇大论的《芙蓉女儿诔》，这并非"正经事"。显然此话背后的诠释基准非常正统，再看黛玉接着说："才刚太太打发人叫你明儿一早快过大舅母那边去。你二姐姐已有人家求准了，想是明儿那家人来拜允，所以叫你们过去呢。"可见她认为"峨冠礼服贺吊往还"的礼尚往来才是正经事。所以请注意，一部小说能够写得如此深刻伟大，这些对话行为不可能是作家随意为之的，如果我们愿意尊敬伟大作家的心血，那么就应该努力去掌握这些人物的言行举止背后究竟存在怎样的诠释基准，因为每个人的诠释基准都不一样。

诠释基准最终植根于行为主体的认同，亦即行为主体到底为何如此行动？为什么这样取舍、判断？其背后都有一个所谓的身份认同问题。何谓"身份认同"？当然不只是指职业、阶级、伦理身份等外在的归属问题，譬如是嫡是庶，是父亲还是儿子，是老师还是医生，这些都属于粗浅、表面的理解，也并非泰勒所要表达的核心意义。

其实，身份认同是一种"自反己身究何所属"，也就是自我反思自己究竟属于哪一种人的问题。因此，对泰勒而言，"身份认同"不是"自己是谁"，诸如我是老师，我是博士，我是大学教授等等的描述性问题，他所关注的是"自己是什么样的人"的叙事。总而言之，真正的身份认同是：反思自我究竟是一个怎样的人。想要成为英雄或奴仆，决定置身于君子或小人的行列，这都不由别人的眼光来判断，而是自己努力思考与抉择的议题。

至于"自己是什么样的人"之叙事，它是一个选择方向的过程，在这个方向里你做了哪些抉择与奋斗，就决定了你将会成为怎样的人，所以这样的叙事关涉的是个人如何陈述自己的"道德领域"问题，借此乃传达出个人的意义和价值。因此，泰勒在《自我的根源：现代认同的形成》一书里表示，身份认同真正的核心是：假定人类的行动只能趋向于"善"，而自我的认识就是一种让生命有意义的追求，一种将关于自己的叙事和这个"善"的关系具体讲清楚的倾向。也即是说，身份认同对于个人而言，是一种对于"善"的认知，自我的认识便是让生命有意义地寻求"善"并与"善"并构。这可说是哲学家对人性的积极、正面的肯定。简单来说，泰勒认为如何将自己的人生追求与"善"相结合，就是"自反己身究何所属"的一个解答，不过每个人的叙事结果当然各有不同，由此可见，认同是行为主体进行判断时无可逃避的框架。

为了让大家能够更深入地了解"身份认同"这个概念，我再举一个从一般角度来进行探讨的社会学例子。德裔美籍学者艾里克森（Erik Homburger Erikson）主张，"身份认同"是指一个人在成长过程中经历了某种心理或精神危机之后，所获得的一种关于个人和社会关系的健全人格。因此，它是一个人对于某种社会价值观念和生活方式的认同和皈依，而这样的一种认同是深藏于个人的潜意识之中，并具有统一性和持续性。

其实，我们在日常生活中都是顺着潜意识的支配而行动，如同《周易·系辞上》所说的"百姓日用而不知"，表面上我们好像是主宰自己人生的主人，做出许多不同的判断和选择，但是我们常常只停留在生活和意识的浅层。值得庆幸的是，查尔斯·泰勒、艾里克森这些思想家所提出的概念不仅能够帮助我们更深刻地了解事实并非止于如此，也让我们可以更深入地思考人生层面的深度。归根究底，一个人必须自觉地探究自己的内在，并为自己的人生找到一个方向，而这个方向就根植于那具有统一性与持续性的潜意识中的一种身份认同，所以，"你究竟要做什么样的人"是每个人都必须面对的重要课题。也因此身份认同的讨论，往往会指涉自我觉醒、自我形象、自我投射和自我尊重等等心理学的内涵。

这样看来，我们在谈论身份认同时，不该只着重于外在的身份阶级、伦理角色等问题，而是要将眼界提升至如查尔斯·泰勒、艾里克森所触及的高度，而这才是探春身份认同的关键所在，也是真正切中探春与赵姨娘之间母女关系的诠释核心。可以说，探春与赵姨娘之间的冲突与决裂，不在于嫡与庶的利益纠葛，而是由双方的身份认同出现了根本歧义与重大落差所致，此乃问题的关键。

与赵姨娘对立关系的本质

对赵姨娘来说，她安于不自知的小人认同里，所以她处处要求徇私，只要能得到利益特权，人格堕落都没关系。可对探春而言，她的身份认同是要成为一位君子，她的爱好、房间布置以及审美品位无不表露出其高尚的人格特质——这些都是她要成为一个怎样的人之具体展演。其实赵姨娘是抱着"贾家少一分，赵家就多一分"此种利益敌对的鄙吝想法来定义她与贾家的关系，并非只是单纯不服从宗法或对阶级不平等表达抗议。其实就算是不服从宗法或抗议阶级不平等，也都有积极和堕落的两种可能，但很不幸的是，赵姨娘属于堕落的范畴，这便决定了她面对探春的心态，以致只不过把亲生女儿视为摇钱树而已。因为对赵姨娘而言，她与贾家之间的利益消长，可以通过和她具有血缘联结的探春、贾环来达到，所以她不断要求探春给她各种好处，勉强探春去认可宗法制度中的奴才为她血缘上的舅舅，以便靠着这层关系谋夺贾家的利益。

这却是探春完全不能接受的，因此当赵姨娘这样定义她与贾家，以及她与探春之间的关系时，便遭到了探春的反抗。可以说，赵姨娘面对探春的心态根本是取决于其如何定义自己与贾家之间的关系，这种人格基础上的差距更连带决定了探春对赵姨娘的态度和立场。所以，探春不断地把赵姨娘与赵国基打回奴才的原形，并不是为了贬低他们，为的是杜绝赵姨娘卑劣自私的念头与不当的需索。

必须说，探春与赵姨娘之间对立关系的真正本质，并非封建出身背景的嫡／庶、正／偏的势利之争，而是人格心灵上的君子／小人、高贵／卑劣的意志对抗，以及在待人处事上的公／私、义／利的不容妥协。探春无法让自己堕落为小人，也不愿意以卑劣的方式来生活——只靠着血缘的联结形成利益共同体，而不顾法理一味地徇私，形成所谓的"老鸹窝"（第六十五回），所以她真正痛苦的地方正在此处。根据中国文化传统，她有一个在血缘上至高神圣的生母，然而这个生母却利用神圣的血缘关系来逼迫她成为小人，这促使探春不得不搬出宗法来加以抵御。在第四十回里，"探春素喜阔朗，这三间屋子并不曾隔断"的描述便反映了其居处秋爽斋之敞亮，不容一丝阴暗，暗示她的性格必定无法忍受庸俗、琐碎、浅薄、贪婪自私、阴微鄙贱，以至于任何在人际关系上会为她带来堕落和毁灭的，她都会毅然决然地加以断绝，即使对方是血缘上的生身之母。

"事无不可对人言"是探春的人生追求，她以如此高洁的君子标准要求自己，然而血缘上的母亲却企图用"肠子爬出来"的天然关系把她拖向深渊，真是让探春情何以堪！事实上，探春如同一位悲壮的英雄，她并不耻于自己的出身，虽然一般人都会认为庶出是比较卑下的身份，但探春却根本不在乎，只向上看望一片阔朗的天空，只有当赵姨娘三番四次地以血缘关系对她提出无理的要求时，她才生气地表示："何苦来，谁不知道我是姨娘养的，必要过两三个月寻出由头来，彻底来翻腾一阵，生怕人不知道，故意的表白表白。"倘若读者以为探春之所以如此指责赵姨娘是因为对庶出的身份感到自卑，那未免过于小觑了探春的心胸志向，其实她是为赵姨娘经常拿"庶出"来翻搅惹事而感到愤怒。因为赵姨娘总是妄图以血缘达到徇私的目的，所以探春才会正告对方不必一直强调她"庶出"的身份，对此一已经是贾府上下都知道的客观事实，刻意加以强调必然是别有居心。于是，当赵姨娘每每以此来逼迫探春与她一同堕落时，探春才会悲愤不已。

贾家堂堂正正的孙女

现在，我们对探春的价值观和生活方式的选择具有了一定的了解，接下来就得澄清《红楼梦》的文本事实。虽然一般总以为庶子相对卑贱，与嫡子的地位差异非常明显，也确实从六朝世家至清代王府，无论是回忆录或相关历史文献的记载，有很多说法都表示家族中嫡和庶的地位会有很大差别，因为嫡子乃正配夫人所出，而庶子的生母为私下纳取的妾，既然妻与妾本身地位悬殊，所以不免会连带影响她们子女在家族中的地位。但我必须提醒大家，目前这并非定论，因为现象万殊，不能一概而论。

何况千万别忘记，《红楼梦》本身是一个自给自足的艺术世界，固然也反映了诞生这部作品的历史时空里诸多的现实社会要素，但归根结底，它仍旧是一部文学作品，而根据我的研究，《红楼梦》这部文学作品所呈现的嫡／庶状况和一般的历史文献记载有所不同。如果我们要理解的是小说人物，就必须用这篇小说的内在世界作为诠释的基本框架。而从《红楼梦》的描述中可以发现，在贾府这种妻妾成群的大家族里，子女身份上的正庶高低并非如我们想象中那般的云泥之别，倘若坚持以正庶的身份差距来理解探春的人格，最终必然会导向错误的推论。

试看第五十五回中，平儿与王熙凤在探春理家尽显锋芒之后，私下评论探春的治世才干。既然这段评论系两人的私下谈话，便不存在蓄意讨好恭维的可能，所以此处王熙凤此处对探春的赞赏是非常客观的。不过，在分析王熙凤的评论之前，让我们先回顾探春命令吴新登家媳妇去取旧账，以查明家里的与外头的奴仆分别该得到多少丧葬银两的情节：

> 一时，吴家的取了旧帐来。探春看时，两个家里的赏过皆二十两，两个外头的皆赏过四十两。外还有两个外头的，一个赏过一百两，一个赏过六十两。这两笔底下皆注有原故：一个是隔省迁父母之柩，外赏六十两；一个是现买葬地，外赏二十两。

从中可见，丧葬的银两按照奴仆来源的区别而有不同的数额。袭人的母亲死了，之所以能够得到四十两赏银，是因为袭人的身份与赵姨娘不同，袭人是从外面买进来的丫鬟，而赵姨娘则是府里的家生子，所以赵家只能够拿二十两，这便是"家里的"与"外头的"之差别。赵姨娘企图为赵国基多讨一些丧葬银两，可是探春坚持不添，因为按照旧例来办的话，合理的数额的确是二十两。

当赵姨娘与探春起争执之后，平儿赶来传达王熙凤的意思："赵姨奶奶的兄弟没了，恐怕奶奶和姑娘不知有旧例，若照常例，只得二十两。如今请姑娘裁夺着，再添些也使得。"理家经验丰富的王熙凤自然对这些旧例非常熟悉，既然按照旧例确实是该给赵国基二十两，王熙凤却让探春斟酌添加，等于破例逾矩，探春当然反对，毕竟她并无任何打破旧例的合适理由，于是坚持拒绝赵姨娘的无理要求并咬牙承受其尖锐的指控。

我之所以提及这段情节，就是为了说明"帐也清楚，理也公道"（第三十六回）的王熙凤必定不会看错探春的为人，所以事后她也给予非常公道的评论：

> "好，好，好，好个三姑娘！我说他不错。只可惜他命薄，没托生在太太肚里。"平儿笑道："奶奶也说糊涂话了。他便不是太太养的，难道谁敢小看他，不与别的一样看了？"凤姐儿叹道："你那里知道，虽然庶出一样，女儿却比不得男人，将来攀亲时，如今有一种轻狂人，先要打听姑娘是正出庶出，多有为庶出不要的。……将来不知那个没造化的挑庶正误了事呢，也不知那个有造化的不挑庶正的得了去。"

从王熙凤和平儿的对话中便可看出二人对探春杰出才能的肯定，以至于王熙凤忍不住为探春惋惜"没托生在太太肚里"，毕竟这么出类拔萃的人才，却是姨娘所生，实在过于委屈。结果王熙凤的感慨却引起了平儿的疑惑，便问道"他便不是太太养的，难道谁敢小看他，不与别的一样看了？"平儿的反应实际上证明了正庶的身份在贾府里的差异并不大，即使由姨娘所出，也和嫡生的无异。也因为平儿日常在贾家生活所看到的事实正是如此，所以才会对王熙凤话中的嫡庶之分产生疑惑。

那么王熙凤如何回应呢？其实，王熙凤一开始所说的"你那里知道，虽然庶出一样"，便承认了贾家子女正与庶的地位是相同的，可见她与平儿的判断根本一致，之所以作出如此感慨是别有原因。王熙凤指出"虽然庶出一样，女儿却比不得男人，将来攀亲时，如今有一种轻狂人，先要打听姑娘是正出庶出，多有为庶出不要的"，显然在贾家内部，子女的嫡庶身份并不造成待遇上的差别，但论及亲事，庶出的"女儿却比不得男人"，其中的关键便在于性别的不同。足证在议婚时，儿子无论正出或庶出都是一样的，而女儿出嫁则有差别待遇了。

简言之，王熙凤这段话有两个重点：其一，在贾府里，无论男女，嫡庶皆一视同仁；其二，唯有在与外界攀结亲事时，女儿的正庶身份才会造成差别，毕竟有些前来议亲的人因轻狂无知而不要庶出的女儿。既然在贾家中正庶子女的地位都是平等的，那么便不存在探春因为庶出而感到自卑的问题。

此外，平儿所说的"难道谁敢小看他，不与别的一样看了"，也清楚点明贾府晚辈在家族内部的地位上，无论男女正庶，他们的角色和身份其实并没有类型和等级上的差异。所以，当刁奴们刻意要为难初掌理家大权的探春时，平儿便当场指责她们藐视年轻当家主子的离谱行径，媳妇们当然优先为自己开脱，立刻撇清道："我们并不敢欺蔽小姐。如今小姐是娇客，若认真惹恼了，死无葬身之地。"这些媳妇们表示不敢惹怒探春，毕竟她是当权理家的千金小姐，如果真把她惹恼了，她们必定无好果子吃。从中可见，事实上探春具有很高的权力与威势，即便探春是庶出的，也谈不上卑微。

因此，平儿在事后训诫那些为难主子的刁奴们，她直接挑明说：

> 你们太闹的不像了。他是个姑娘家，不肯发威动怒，这是他尊重，你们就藐视欺负他。果然招他动了大气，不过说他个粗糙就完了，你们就现吃不了的亏。他撒个娇儿，太太也得让他一二分，二奶奶也不敢怎样。你们就这么大胆子小看他，可是鸡蛋往石头上碰。

原来真相是平儿所言，探春只要"撒个娇儿，太太也得让他一二分，二奶奶也不敢怎样"，可见身为"娇客"的探春，即便是嫡母王夫人及王熙凤都得让着她，如果想当然耳地认为探春因庶出而自卑，实际上是完全不符合《红楼梦》的文本事实的。

再看凤姐虽然具有卓越的治家能力，可惜她身边只有平儿这位得力助手，两人在操持贾府的繁杂事务上可谓孤军奋战，几乎到了"心有余而力不足"的地步，所以凤姐需要更多的同道来支援。同样在这第五十五回里，她便和平儿说起了心中的人选：

　　这正碰了我的机会，我正愁没个膀臂。虽有个宝玉，他又不是这里头的货，纵收伏了他也不中用。大奶奶是个佛爷，也不中用。二姑娘更不中用，亦且不是这屋里的人。四姑娘小呢。兰小子更小。环儿更是个燎毛的小冻猫子，只等有热灶火炕让他钻去罢。真真一个娘肚子里跑出这个天悬地隔的两个人来，我想到这里就不伏。再者林丫头和宝姑娘他两个倒好，偏又都是亲戚，又不好管咱家务事。况且一个是美人灯儿，风吹吹就坏了；一个是拿定了主意，"不干己事不张口，一问摇头三不知"，也难十分去问他。**倒只剩了三姑娘一个，心里嘴里都也来的，又是咱家的正人，太太又疼他**，虽然面上淡淡的，皆因是赵姨娘那老东西闹的，心里却是和宝玉一样呢。

在凤姐历数家中人才的这一段人物品评里，唯有探春具有"又是咱家的正人"之伦理合法性，与"太太又疼他"的嫡母认同感，以及"心里嘴里都也来的"的聪敏睿智，因而足以担当持家大任，成为凤姐"膀臂"的唯一人选。必须注意到，探春虽然庶出，生母是姨娘，可是千万别忽略了她姓"贾"，也因此王熙凤以"咱家的正人"指称探春，"正"即指正统，根正苗正，探春毫无疑问乃是贾家堂堂正正的子孙，她这位"正人"成为凤姐的"膀臂"，与之共同理家，可谓名正言顺。

　　事实上，贾府的千金小姐中不只探春是庶出，迎春也是同一出身，只是她的生母已经过世。倘若迎春的生母还健在的话，又会对迎春造成怎样的影响呢？相信迎春的生母应该不会像赵姨娘那般无事生非。第七十三回提到，因探春理家之后的卓越表现，王夫人也更受到

贾母的重视，邢夫人满心里不是滋味，因此将怒火发泄在迎春身上，
对她责备道：

> 你是大老爷跟前人养的，这里探丫头也是二老爷跟前人养
> 的，出身一样。如今你娘死了，从前看来你两个的娘，只有你
> 娘比如今赵姨娘强十倍的，你该比探丫头强才是。怎么反不及
> 他一半！谁知竟不然，这可不是异事。

邢夫人心有不甘，迎春的母亲比赵姨娘好上十倍，则按照基因遗传而
言，她生的女儿理应一样出众，结果迎春却远远逊色于赵姨娘所生的
探春，这个反差现象实在违反一般常识。而由此也可以推测，迎春的
生母足以得到大家的肯定，并不会像赵姨娘那样的昏聩鄙吝，至于迎
春的受欺则完全是源于自己的庸懦性格，与庶出的身份无关。这也可
以旁证所谓的庶出并不构成心理上的症结。

《红楼梦》之所以成为伟大的经典，正是因为它展演出人生的复
杂性，其中每个人物都是非常独特的个案，由他们来表现不同的人格
内涵、不同的人生遭遇、不同的生命经验以及不同人生价值的选择与
判断，完全不能一概而论。如果人们坚持以粗浅、外在的身份、职
业、伦理角色来诠释"身份认同"这一概念，不仅流于浅薄的表面，
也不符合探春身上所呈显出来的深沉与宏大，甚至无法揭示对当事人
来说非常痛苦的问题。

因此，希望大家能够通过思考而触及探春真正所要面对的人生本
质，借由她的经历及努力来"反求诸己"——我们到底要成为怎样的
人？这才是我们终其一生要不断地叩问自己，也要不断拼搏追求的最

高人生目标。最重要的是，"反求诸己"的历程必须在自觉的情况下进行，不能单用天赋或潜意识做出反应，所以我才特别强调身份认同会涉及自我觉醒、自我形象、自我投射、自我尊重等范畴，而这也是每个人都要真正面对的根本问题。

探春之"敏"

关于探春"身份认同"的部分至此告一段落，而接下来值得我们进一步深究的问题就是探春理家之后，她如何担任一位优秀的领袖？基于我们要探讨的对象——探春是贾家千金，所以我称之为女性管理学，事实上无论性别，一旦作为主管或长官的时候，如何成为一个亲民、公正、有担当，兼具绝佳统御能力的领导者，便是实践优良管理的关键所在。

在探春身上，我们可以看到她的管理能力非常精彩之表现，这是曹雪芹在塑造探春这个人物时很独特的切入点。除了探春之外，也具备这项特点的人是王熙凤，但王熙凤作为一名领袖人物，相对而言不如探春那般杰出，可以说，探春在第五十五回开始协理家务以后，实际上已经成了《红楼梦》的主角。

在开始这个主题之前，我要先引述清代评点家西园主人《红楼梦论辨·探春辨》里的一段话：

> 探春者，《红楼》书中与黛玉并列者也。《红楼》一书，分情事、合家国而作。以情言，此书黛玉为重；以事言，此书

探春最要。以一家言，此书专为黛玉；以家喻国言，此书首在
探春。

"情"在小说的前半部发挥得淋漓尽致，也给读者留下深刻的印象，
以至于很多人认为宝黛之恋才是整部小说的重心，甚至将《红楼梦》
归类为情书。但是我更认同西园主人的说法，实际上整部小说在第
三四十回以后，宝玉与黛玉已经进入情感稳定期，彼此不再互相试
探，两人的故事张力也大大降低，作者的整个叙事重心已经转向家
族内部的整顿与各式各样复杂的人际纠葛上，而在小说前期鲜少重点
出场的探春到此时才成为真正的主角，宏观之下，正如西园主人所说
的："探春者，《红楼》书中与黛玉并列者也。"再者，从"大我"的
涵盖面以及复杂程度来看，探春其实比黛玉更为重要。黛玉始终局限
在个人感受上，尤以爱情为主，爱情虽然美妙摄魂，也几乎是每个人
毕生渴望追求的目标，然而它毕竟是有限的。

　　所以就这点而言，我们花这么多的篇幅来了解探春是非常值得
的，第五回中探春的人物判词说"才自精明志自高"，这一句不仅为
她塑造出君子雅士的形象，也决定了她具有更胜于王熙凤的杰出才
能，并能够担任一名卓越的领袖。她除了处理事务有条不紊，还保护
平常帮她做事的丫鬟们，这一点是很多主管可能都忽略的，以她"明
白体下"（第六十一回）的个性，换作现代，便是一位出色的总经理
或董事长。

　　第七十四回的抄检大观园可以说是探春最堂皇炫目的一场演出，
她所涉及的纠葛已经从母女矛盾移至处理家务时主仆之间的冲突，并
牵动到一个核心问题："该怎么样整顿？"探春这位女君子平常"用

行舍藏"，不断在涵养自己，甚至连脂砚斋也给出颇高的评价，于第五十六回回末总评道：

> 探春看得透，拏得定，说得出，办得来，是有才干者，故赠以"敏"字。

这个"敏"字出自第五十六回的回目"敏探春兴利除宿弊"，关于"敏"的定义就如脂砚斋所言：不只是敏捷、敏锐、聪明、精明或快速的反应、灵活的行为举止而已，而是"看得透"，以穿心透肺的见识力发掘事件的关键所在，不会被一些表层的、浑沌淆乱的人事人情所蒙蔽；又可以"拏得定"，牢牢谨守一个根本原则，处事就不会被外在的混杂讯息所动摇；还要"说得出"，把语意表达清楚，甚至达到口才一流的程度，这需要天赋或是经过后天训练，一般人即使头脑清楚也未必能一蹴而就；更要"办得来"，即具备绝佳的办事才干，干净利落。毋庸置疑，探春是由里到外都担当得起"敏"这个一字定评的。探春之"敏"非常值得我们学习，这种特质使人不仅能够更为成熟地看待一件事，而且更能懂得拿捏轻重主从，如此对一件事的处理才能够切中要点，守住分际，让伤害减到最低程度。这方面是现在一般人很少被训练到的，正可以借由探春来帮助我们打开这方面的视野，并学会自我要求和自我训练。

而探春之"敏"也在抄检大观园时得到充分的表现。接下来的部分将以第七十四回的抄检大观园为主轴，同时参照第五十五回的"欺幼主刁奴蓄险心"，两者所呈现的面向虽不同，却都让我们见识到探春在处理主仆纠葛上所展现出的领袖风范。

前引脂砚斋在第五十六回回末总评中对探春的评论，乃是对于"敏"这个字更精确的诠释，否则单单一个形容词实在是有点抽象与空泛，而对于探春"看得透，拏得定，说得出，办得来"在整部小说中的体现，我们接着便来回顾一下。

协理大观园

在第三十七回里，探春号召宝玉与众钗一同成立诗社，是为其首次展现领袖风范之始，实际上这种创举不但要具有独到的眼光，还必须具备实践的能力，可以说，通过创立诗社，探春不着痕迹地展现了她果决明快的领袖才干。不过，真正让探春的能力得到充分挥洒和自我实践的，是从第五十五回开始的协理大观园。当时王熙凤身体抱恙，无法料理繁重的家务，所以探春获得了理家的权力，王夫人给予她一个真正可以尽情挥洒的舞台空间，也让我们得以充分看到她整体性格的全面展现。前文中，已经谈到第五十五回里探春与赵姨娘之间的冲突，但除此之外，她如何以一个当家者的立场整顿家务，而整顿的原则又是依照怎样的理想，则是非常值得探讨深究的话题，因为这是东方文化里比较欠缺的，也许我们可以趁此机会学以致用。

探春的人格秉性及所作所为，基本上就是"法制礼籍，所以立公义也。凡立公，所以弃私也"（《慎子·威德》）的绝佳体现。如果"私"是来自血缘之私，探春就会用宗法制度加以抗拒；而如果"私"是来自平常所累积的"何必骨肉亲"（陶渊明《杂诗》）之类，则是由心灵交流所产生的由衷真情，但若此种真情一旦落入到"私"的范畴并导致不公平的情况，甚至造成叠床架屋的不正当支出，探春也会强烈杜绝，不让"情"变成对"公"的干扰。

最值得注意的是第五十五回"欺幼主刁奴蓄险心"，其中一小段情节乃怡红院的大丫头秋纹来找探春询问月钱发放之事，她到达的时候，平儿刚好在外面打外围，所以便把她拦住，悄问：

> "回什么？"秋纹道："问一问宝玉的月银我们的月钱多早晚才领。"平儿道："这什么大事。你快回去告诉袭人，说我的话，凭有什么事今儿都别回。若回一件，管驳一件；回一百件，管驳一百件。"秋纹听了，忙问："这是为什么了？"平儿与众媳妇等都忙告诉他原故，又说："正要找几件厉害事与有体面的人开例作法子，镇压与众人作榜样呢。何苦你们先来碰在这钉子上。你这一去说了，他们若拿你们也作一二件榜样，又碍着老太太、太太；若不拿着你们作一二件，人家又说偏一个向一个，仗着老太太、太太威势的就怕，也不敢动，只拿着软的作鼻子头。你听听罢，二奶奶的事，他还要驳两件，才压的众人口声呢。"秋纹听了，伸舌笑道："幸而平姐姐在这里，没的臊一鼻子灰。我赶早知会他们去。"说着，便起身走了。

为何平儿会说"他们若拿你们也作一二件榜样，又碍着老太太、太太"呢？因为贾母和王夫人毕竟是贾府里最尊贵的长辈，而宝玉可是她们心目中的宠儿，探春倘若因此而投鼠忌器，即所谓"打狗也要看主人"——虽然这个谚语有些贬抑的意味，但道理确实如此，则当事者探春便会落入一种为难。可是，如果探春不拿身为贾母宠儿的宝玉来作个镇压的榜样，府中的仆众又会说"偏一个向一个，仗着老太太、太太威势的就怕，也不敢动，只拿着软的作鼻子头"，"作鼻子头"即做第一个例子的意思，这么一来又会落人口实，可谓左右为难。也就是说，倘若探春铁面无私、秉公处理，可能会得罪了老太太和太太，但是如果她不如此为之，又会难以服众，让她以后的行事滋生许多困扰。平儿正是考虑到探春协理家务的难处，便阻止宝玉的大丫头秋纹前去询问月钱之事，以避免探春陷入两难的境地，所以她说"你听听罢，二奶奶的事，他还要驳两件，才压的众人口声呢"。平儿话中的二奶奶即王熙凤，而凤姐是前任的当权者，所谓"新官上任三把火"，探春当然可以改弦更张，但是上面尚有老太太与太太，那可是泰山之尊，所以说实在话，做事是很难的。

那么探春做了哪些所谓"若回一件，管驳一件"的事情呢？事实上在秋纹到来之前，探春就已经驳过数件事，所以她未必不驳宝玉的这位大丫头。从探春的性格与点点滴滴的事例来推论，即使平儿并未恰好拦住秋纹，而让秋纹进去询问领取月钱的时间，相信探春宁可得罪老太太与太太，也要蠲掉宝玉的特权，至于得罪之后她该付出什么代价，她必定心知肚明并且愿意承受后果，毕竟她是一位有着明确认知，甚至不惜为了"立公弃私"而牺牲自己的君子。最重要的是，这不只是依据探春的性格作出判断，书中确实有迹可循。

在第五十五回里，各房媳妇丫鬟都到李纨和探春面前来回事：

（探春）一面说，一面叫进方才那媳妇来问："环爷和兰哥儿家学里这一年的银子，是做那一项用的？"那媳妇便回说：

"一年学里吃点心或者买纸笔，每位有八两银子的使用。"探春道："凡爷们的使用，都是各屋领了月钱的。环哥的是姨娘领二两，宝玉的是老太太屋里袭人领二两，兰哥儿的是大奶奶屋里领。怎么学里每人又多这八两？原来上学去的是为这八两银子！从今儿起，把这一项蠲了。平儿，回去告诉你奶奶，我的话，把这一条务必免了。"平儿笑道："早就该免。旧年奶奶原说要免的，因年下忙，就忘了。"那个媳妇只得答应着去了。就有大观园中媳妇捧了饭盒来。

媳妇所说的"家学"就是贾府设置给宗族子弟读书学习的私塾，现在家学里要支领贾环与贾兰一年的公费，而这一年的公费究竟是做什么用途，又该不该给呢？这项支出已经行之有年，如果按照旧例，直接核拨便不必伤脑筋，毕竟"萧规曹随"是既省事又不得罪人的做法。可是，探春并不是一个为图省事便沿袭旧规的人，她要问清楚公费的用途，媳妇便回说："一年学里吃点心或者买纸笔，每位有八两银子的使用。"而八两银子可不是一笔小数目，并且这些点心纸笔钱实际上已经含括在月钱的这一项费用里，"八两银子"可说是多给的，相当于额外的补贴或奖励。

因此，探春当然不以为然了，她认为"凡爷们的使用，都是各屋领了月钱的"，本来每个月给予各房的月钱就是为了让他们应付各种日常的杂项支出，"环哥的是姨娘领二两，宝玉的是老太太屋里袭人领二两，兰哥儿的是大奶奶屋里领"，既然"学里每人又多这八两"银子的使用，那么三位少爷每年的开销便一共多出二十四两银子，这可不是一笔小数目啊！足以让刘姥姥一家过一年了。所以探春忍不住讽刺说"原来上学去的是为这八两银子",并决定"从今儿起,把这一项蠲了",还吩咐平儿"回去告诉你奶奶,我的话,把这一条务必免了"。

大家切勿忘记,探春蠲除家学公费的这三位少爷里,贾环是她的亲弟弟,赵姨娘是他们的生母;贾兰的母亲是李纨,是正在和她协理荣国府的当权者;最后遑论深受老太太与太太宠爱的宝玉。探春不顾这种种关系的考量,仍然做出了蠲掉家学点心纸笔开销的抉择,可见探春立公弃私的个性是有前例可循的。而她不惜得罪老太太与太太也要如此为之,难道只是为了镇压众人吗?事实上并非如此简单,镇压众人只是一种政客的策略手段,探春不至于沦落到以这种方式来保障自己将来的行政措施得以有效实行。倘若以这种层面来理解探春,反而是轻视了她,因为她拥有一名杰出政治家的胸襟,便会超越个人得失并树立公共典范——公共典范就是大家不论亲疏都要一起遵循而为的准则,并让这个群体的运作能够更无私、更持久,也更能够保障所有人的幸福与秩序。

那些整天只顾算计自己的政治利益,而不惜损害家族或整个国家的利益的人,只能称为"政客",决不能与探春的"政治家"风骨相提并论。大家可以尝试整合所有的文本线索来思考,不仅之前提过"秋爽斋"和"风筝"都带有人格崇高的意象,再加上探春一体蠲免家学一年公费的做法,无不可见这个人真是铁面无私,而只有无私才能够真正做到客观公正,也才能真正对"大我",即群体的福祉做出实质的贡献。

以"打老虎"为优先

最有意思的是，在第六十二回里，宝玉也意识到探春这位妹妹虽然平常与自己非常要好，可是一旦论起整个家族，他就成为探春不会考虑到的一个"情私"：

> 黛玉和宝玉二人站在花下，遥遥知意。**黛玉便说道："你家三丫头倒是个乖人。虽然叫他管些事，倒也一步儿不肯多走。差不多的人就早作起威福来了。"**宝玉道："你不知道呢。你病着时，他干了好几件事。这园子也分了人管，如今多掐一草也不能了。又蠲了几件事，单拿我和凤姐姐作筏子禁别人。最是心里有算计的人，岂只乖而已。"黛玉道："要这样才好，咱们家里也太花费了。我虽不管事，心里每常闲了，替你们一算计，出的多进的少，如今若不省俭，必致后手不接。"宝玉笑道："凭他怎么后手不接，也短不了咱们两个人的。"黛玉听了，转身就往厅上寻宝钗说笑去了。

黛玉所说的"你家三丫头倒是个乖人"，其中的"乖"字有两个完全相反的意义：一个是乖顺，一个是违逆，即"乖违"。而这里的"乖"是指乖顺，但又不是一般的顺从，因为从黛玉接下来的话语可看出"乖"是指探春掌握原则很有分寸，也可以说偏向"有为有守"里"有守"的这一面。黛玉评价探春的为人是"虽然叫他管些事，倒也一步儿不肯多走。差不多的人就早作起威福来了"，其中所谓"差不多的人"是指品格不够深厚、意志不够坚定、心胸不够无私的一般人，他们只要拥有一点权力便作威作福。

这种现象在我们身边是很常见的，那些"差不多的人"只要一点点利益、权力就可以熏心昏智、得意忘形，而一点点失势便怨天尤人，因为他们把自己看得太过重要，人格又过于单薄，不够厚重，以致少许的外来因素就会让其心其行起伏颠簸。相比之下，探春不但意志坚定，还沉稳持重，她人格的重量与原则的笃定几乎是任何力量都不能撼动的，所以黛玉这句话其实是在赞美探春。对于这点，宝玉却不以为然，他告诉黛玉："你不知道呢。你病着时，他干了好几件事。这园子也分了人管，如今多掐一草也不能了。又蠲了几件事，单拿我和凤姐姐作筏子禁别人。最是心里有算计的人，岂只乖而已。"宝玉并不了解探春这个妹妹为何连他也当作一般人对待，于是心里难免有点不是滋味，由此即呼应第五十五回里，探春蠲免的家学公费里的确包含了宝玉的分例。

试回顾第六回初始，作者描述贾家"人口虽不多，从上至下也有三四百丁；虽事不多，一天也有一二十件，竟如乱麻一般"，此处保守地说贾家"人口虽不多"，但必然比我们现在的三四口之家多了几百倍，所要处理的家务其繁杂可想而知，所以从第五十五回到第六十二回，这期间恐怕都发生过上百件事情了，以至于宝玉发出"单拿我和凤姐姐作筏子"之叹。由此看来，探春这样持之以恒的秉公处置绝对不是政客为了一时利益所作出的战术运用，而其实是为了让贾府可以在客观无私的治理之下稳定不移地运作下去的公共政策。

我们发现，探春的原则始终都是以"打老虎"为优先，因为只要

"老虎"能够服从公共利益，就可以产生风行草偃的效果，使整个家族恢复平衡，并真正实践"上之所好，下必有甚焉"的良好家规。从宝玉的反应来看，这样上行下效的做法是得到证实的，也是"法制礼籍，所以立公义也，凡立公，所以弃私也"在探春这里的具体展演。

探春在处事上充分做到公正清明，无论在判断是非还是在施行策略时，她都六亲不认，包括血缘上亲近的生母赵姨娘，以及情感上要好的贾宝玉，皆然。当然对于我们而言，不必做到如斯地步，我们平常待人处事还是可以更为宽厚、温和，让人如沐春风，只是由于探春的处境很特别，所以她在待人处事上带有肃杀之气，事实上这是合理的，如果她在贾府这种上下关系错综复杂的环境之下不这样做，很容易会导致整个家族陷入混乱，那般代价是不可想象的。

探春具有政治家的风范，所以她优先考虑的一定是超越个人的"大我"，而身为掌权者不但要保卫自己，也要守护所有与她一起奋斗的人，换句话说，毕竟"独木难支大梁"，单凭一个政治家是救不了整个群体的，所以探春身边一定要有一些人愿意为她效劳，而在贾府这种仆人众多的家族中，与探春一起奋斗的当然是以其率领的丫鬟们居多。虽然她们地位低下，却在探春的管辖之下，一起与主子共同推进无论是生活常轨或是探春理家之后的政务。

绣春囊事件

说实在的，经典的意义在于：明明它是某一个特定时空之下的产物，但其中所蕴含的许多道理却是放诸四海而皆准，我们可以感受到在人性里有一种永恒、深刻的生命力，首先我要谈的是第七十四回抄检大观园这一段。在我所读到的相关论文里，多数对抄检大观园都持否定的立场，很多人认为，经历抄检的大观园不仅失去了平静和谐的乐园岁月，也敲响了少女们的厄运警钟，当然最主要的原因是一般读者最喜爱的晴雯被驱逐出去。种种这类的说法都把抄检大观园当成邪恶力量的展现，于是抄检大观园的王夫人等人就被理所当然地视为一股毁灭乐园、破坏整部小说抒情主轴的残酷力量。

事实真的是如此吗？经过对王夫人以及抄检大观园之来龙去脉的细腻考究，可以发现真相完全不是这样。其实连脂砚斋也认为王夫人抄检大观园是势在必行，而且对于全书的结构与叙事的合理性来说，这也是绝对必要的一段情节。他在第七十七回的批语说道：

> 一段神奇鬼讶之文，不知从何想来。王夫人从未理家务，岂不一木偶哉。且前文隐隐约约已有无限口舌，漫（浸）阔（润）之潜（谮）原非一日矣，若无此一番更变，不独终无散场之局，且亦大不近乎想理。

首先，王夫人身为荣国府的女家长，她为什么不可以整顿人事？她的决策又为什么一定要让宝玉等人满意？作为理性的读者，我们必须尊重她的权力，也不应该处处以宝玉为判断标准。其次，从全书的叙事结构来说，抄检大观园是非得发生不可的事件，否则整部《红楼梦》众多的人物故事不就没有终局了吗？因此在《红楼梦》里必须发生一件大事，以让大观园合理地走入终结。何况事实上有生必有死，有创建必然有毁灭，这是人生在世必须要接受的法则，正如《圣经》的《传道书》所说："万物皆有时。生有时，死有时；栽种有时，拔出有时；杀戮有时，医治有时。"任何事物都是有限度的，岂可因为自己喜欢便一味地脱离现实，一厢情愿要求它可以永永远远地持续下去。所以应该牢记脂砚斋的提醒，抄检大观园无论是从王夫人的女家长立场还是整部小说叙事上的情理需要而言，都是必然的结果。

另外试想，王夫人是否一开始就采用抄检的方式彻查绣春囊的来源？当然不是，她根本没有要抄检，第七十四回说得很清楚，王夫人拿到绣春囊后非常紧张悲愤，因为这已经不是面子的问题了，而是攸关贾家少女的清誉乃至性命，所以她直接质问负责掌管家务的王熙凤。当她发现错怪了对象，便开始思考解决方案，毕竟事已至此，唯有设法解决。于是，王熙凤为了顾全大局便向王夫人献策说：

> 太太快别生气。若被众人觉察了，保不定老太太不知道。且平心静气暗暗访察，才得确实；纵然访不着，外人也不能知道。这叫作"胳膊折在袖内"。如今惟有趁着赌钱的因由革了许多的人这空儿，把周瑞媳妇旺儿媳妇等四五个贴近不能走话的人安插在园里，**以查赌为由**。再如今他们的丫头也太多了，保不住人大心大，生事作耗，等闹出事来，反悔之不及。如今若无故裁革，不但姑娘们委屈烦恼，就连太太和我也过不去。不如趁此机会，以后凡年纪大些的，或有些咬牙难缠的，拿个错儿撵出去配了人。一则保得住没有别的事，二则也可省些用度。太太想我这话如何？

这段话思虑周延，面面俱到，绣春囊一事首先不能让贾母知道，因为事关重大，如果贾母知道了将会不可收拾，毕竟之前迎春的奶娘开庄聚赌，容易连带引出相关的嫌疑，贾母便十分震怒并难得给予重罚，何况更不堪的情色事件！在第七十三回中，贾母早已借戒赌一事提及："园内的姊妹们起居所伴者皆系丫头媳妇们，贤愚混杂，贼盗事小，再有别事，倘略沾带些，关系不小。"话中的"别事"正是指风月情事，只要"略沾带些"就远比盗窃更严重。连这样一个间接沾滞的事况，贾母都认为会拖累大观园众小姐们的清白，而施加严惩以绝后患，更何况现在大观园内部竟然直接出现情色物品！假如贾母因此大发雷霆，甚至可能会发生大家无法预测的灾难，所以凤姐才会建议暂且瞒着贾母，她们私底下赶快解决这起事件，可见绣春囊事件的轻重缓急是以这样的方式来考量的。

王熙凤认为此事不宜大肆宣扬，应该"平心静气暗暗访察，才得确实；纵然访不着，外人也不能知道"，因为作为世家大族，他们凡事都得"胳膊折在袖内"。而必须注意的是，这只是迫不得已之下的无奈之举，曹雪芹描写贾府的悲剧、不堪，并非旨在讽刺贵族的腐败之类，而是在表达只有贵族的末世才会发生这种精神堕落的情况，这是其一。其二，当他写贵族末世的不堪时，其意不在讽刺，事实上是在展现贾家为他人所不知的难言之痛。我们现代人一旦跌倒、受冤屈就大声嚷嚷，那是小家小户的人才会培养出来的个性，这样的直抒情绪固然可以让我们尽情发泄痛楚，可是有所不知的是，贾府这种大户人家实在有不少外人并不了解的"打落牙齿和血吞"之苦，而曹雪芹即真切地感受到他们的坚忍。因此王熙凤向王夫人建议，可以借着探察非法聚赌作为掩护的理由，把守口如瓶、知道轻重的周瑞媳妇、旺儿媳妇等四五个女仆安插进大观园里，以暗中查明绣春囊的来源，这么一来既顺理成章，也不会让此事爆发出来，同时又可以进行实际的访查。

总括而言，绣春囊的出现可谓敲响了大观园的警钟，而园里的"丫头也太多了，保不住人大心大，生事作耗，等闹出事来，反悔之不及"，所以王熙凤接下来又提出一个裁革方案，正是为了防范情事于未然，因而借由这次暗中访查的机会，把"凡年纪大些的，或有些咬牙难缠的，拿个错儿撵出去配了人"。为何裁革的对象是集中在"凡年纪大些的"丫头呢？因为她们已经进入性成熟的青春期，开始晓得男女情爱，相对容易引发风月事件。倘若不及时处理，恐怕后患无穷，所以必须趁此时机，在"年纪大些"或"咬牙难缠"的丫头身上找个错处，把她们撵逐婚配，如此"一则保得住没有别的事，二则也可省些用度"，这便是王熙凤一石二鸟的策略。

王夫人不忍裁革丫鬟

务必注意到的地方是，王熙凤在提出策略后并未擅自拍板定案，而是请王夫人裁度，其句末请示的"太太想我这话如何"正是一个谨守分寸之下属的得体表现，毕竟下属越俎代庖代替主权者作出决定，实际上会侵犯到主权者的权威。然而，虽然王熙凤提出了一个很好的策略，但是王夫人并未采用这个做法，因为她觉得裁革小姐们的丫头于心不忍，请看王夫人对凤姐的回应：

　　你说的何尝不是，但从公细想，你这几个姊妹也甚可怜了。**也不用远比，只说如今你林妹妹的母亲，未出阁时，是何等的娇生惯养，是何等的金尊玉贵，那才像个千金小姐的体统。**如今这几个姊妹，不过比人家的丫头略强些罢了。通共每人只有两三个丫头像个人样，馀者纵有四五个小丫头子，竟是庙里的小鬼。如今还要裁革了去，不但于我心不忍，只怕老太太未必就依。虽然艰难，难不至此。**我虽没受过大荣华富贵，比你们是强的。**如今我宁可省些，别委屈了他们。以后要省俭先从我来倒使的。如今且叫人传了周瑞家的等人进来，就吩咐他们快快暗地访拿这事要紧。

　　王夫人话中所谓"是何等的娇生惯养，是何等的金尊玉贵，那才像个千金小姐的体统"，就是指林黛玉的母亲贾敏，王夫人是贾政的正配夫人，而贾政与贾敏是一母所生，所以她们是同一代人。与王夫人同一代的贾敏比下一代的"三春"更有真正的大家闺秀气派，日常生活的排场差异也很大，因此王夫人说"我虽没受过大荣华富贵，比你们是强的"，其中的"你们"不仅是指"三春"，还包含了与之同一辈的王熙凤。文中很一致地告诉读者：高一辈的贾敏、王夫人在荣华富贵上更胜于"三春"这一辈。

　　既然王夫人与"金尊玉贵"的贾敏同一辈，为何还表示"我虽没受过大荣华富贵"呢？其实王夫人在这里是与上一辈的贾母作为对比，此处明显地反映出贾家随代降等的状况。以贾母而言那才是真正的大荣华富贵，至于下一代的贾敏、贾政、王夫人还堪称娇生惯养、金尊玉贵，但是到了"三春"这一代，日常的生活排场已每况愈下，丫头里开始出现很多"庙里的小鬼"，细心能干、值得信赖的可靠丫头已经寥寥无几，几乎都不能派上用场。若再裁革一些，姑娘们就更受委屈了，因此慈爱的贾母和王夫人必然不会同意。

王夫人不愿采用王熙凤提出的裁革方案，于是说"如今我宁可省些，别委屈了他们"，但却同意了暗地访查的做法，为的就是避免惊动贾母。对于不理解人事之复杂烦扰的人，很容易会认为"大事化小、小事化无"的心态和做法很可笑，甚至加以批评，一旦成熟后便终于明白，处于人际关系复杂的环境里，"大事化小、小事化无"确实可能成为防止事情失控的解决对策，毕竟在贾府这种世家大族中，凡事并非断一个是非曲直便能够解决问题，有时候不只不能解决，甚至会把事情变得更糟。因此身处于贾府之中，非但要慢慢学会如何让事情不要失控，更得找到最低代价的方式来解决，虽则这个理念并不公平，但凡事不是只能用公不公平来判断而已，除非像探春理家，否则遇到这一类涉及多方利益的情况，便非得如此不可。由此看来，我们真的要踏出自己的个人主义世界，才能够跨越种种各异的成长背景，而理解不同的家族环境，并深入掌握贾府这种大家族所要关心和必须面对的，究竟是怎样的问题。

王善保家的进谗言

既然王夫人接受了王熙凤的建议，何以中途却忽然发生了变化呢？因为中间杀出了一个程咬金——邢夫人的陪房王善保家的，她是个心怀不轨、人品卑劣的奴仆，贾宝玉《芙蓉女儿诔》中"剖悍妇之心"的"悍妇"大概指的就是她。王善保家的是邢夫人那一房的仆人，邢夫人本来也是个心胸狭窄、唯利是图的人，与赵姨娘一样人品低劣，但她却是正房夫人，具有一定的权力，她的陪房们可谓一丘之貉，都对深得贾母信任和喜爱的王夫人、王熙凤心怀嫉妒，毁谤造谣堪称是她们平常全挂子的武艺，于是王善保家的便趁此机会进了谗言。请看下面这段描述：

> 　　王夫人正嫌人少不能勘察，忽见邢夫人的陪房王善保家的走来，方才正是他送香囊来的。**王夫人向来看视邢夫人之得力心腹人等原无二意**，今见他来打听此事，十分关切，便向他说："你去回了太太，也进园内照管照管，不比别人又强些。"

从"王夫人向来看视邢夫人之得力心腹人等原无二意"一句，可见她不分彼此，对邢夫人的陪房王善保家的一视同仁。其实，如果我们仔细发掘小说中的细节便可发现，王夫人每处日常都在呈现这一特点，她不仅疼爱探春，也爱护属于邢夫人一房的迎春及来自宁国府的惜春，甚至对于"人物委琐，举止荒疏"的贾环也视如己出，所以第二十五回中，便让他坐在自己的炕上位置抄写佛经。

　　总而言之，王夫人误把王善保家的当成自己人，看到她来打听绣春囊事件，便让她一起帮忙到园子里去照管。可是，王善保家的却并非善类，加上"素日进园去那些丫鬟们不大趋奉他，他心里不大自在"，因为她身为邢夫人陪房的地位本来就比丫鬟们高，却不被这些伺候小姐们的丫鬟放在眼里，因此感到权威受到了轻视，而王夫人的安排恰好正中其下怀，让她可以借机报复，找这些丫鬟们的麻烦。可见王善保家的容不得地位比其低下的人小看她，甚至为此而含恨在心，蓄意找对方的把柄，简直是标准的小人作为！现在刚好遇到天上掉下来的机会，所以她便大进谗言。可是有一点必须申明，即王夫人一开始并没有被她的谗言所挑动：

> 这王善保家正因素日进园去那些丫鬟们不大趋奉他，他心里大不自在，要寻他们的故事又寻不着，恰好生出这事来，以为得了把柄。又听王夫人委托，正撞在心坎上，说："这个容易。不是奴才多话，论理这事该早严紧的。太太也不大往园里去，这些女孩子们一个个倒像受了封诰似的，他们就成了千金小姐了。闹下天来，谁敢哼一声儿。不然，就调唆姑娘的丫头们，说欺负了姑娘们了，谁还耽得起。"王夫人道："这也有的常情，跟姑娘的丫头原比别的娇贵些。你们该劝他们。连主子们的姑娘不教导尚且不堪，何况他们。"

王夫人的回答很平和，她认为这些大丫头的娇纵、任性是人之常情，所以不觉得这有何不妥，毕竟这些"姑娘的丫头"贴身侍候小姐们，副小姐、二层主子的地位难免使她们比别人傲慢些，但仍在情理之内。王夫人的回应显示出她对丫头们其实有着一定程度的包容，因此只表示好好教导她们即可。

在此必须特别注意，进谗言时必须得切中对象的痛点，否则就无法挑动这个人的神经并让其情绪失控，而人在失控的情况下往往会发生重大的策略误差。王善保家的此时又指名道姓提出了晴雯，恰好晴雯的若干言行举止确实符合王夫人毕生最讨厌的特征，这才触动了王夫人的痛点。王夫人一生气便难免不理性，于是在这个情况下接受了王善保家的建议，说道："宝玉房里常见我的只有袭人麝月，这两个笨笨的倒好。若有这个，他自不敢来见我的。我一生最嫌这样的人，况且又出来这个事。好好的宝玉，倘或叫这蹄子勾引坏了，那还了得。"晴雯平日总是盛装打扮，还经常凶狠地打骂小丫头，甚至以"我拿针戳给你们两下子"（第七十三回）来威胁她们，这种不留情面的凶悍脾气和任性举止，只要我们不心存偏袒，便不难理解为何晴雯会为王夫人所不喜。

至此，被激起情绪的王夫人也进入猛烈的心理状态，暗地查访的做法于是中途流产，换成了完全不同的抄检大观园。其意义正如探春所说的"先从家里自杀自灭起来，才能一败涂地"，若非王夫人盛怒，恐怕也会意识到此举的本质就是自我瓦解，其所造成的严重伤害是无法弥补的。虽然抄检行动的雷厉风行是为了避免园里人事先做好隐匿的准备工作，但是这番突袭却实实在在地让大观园付出惨烈的代价。

王熙凤在当场目睹整个策略改变的全过程，而她是否同意这个做法呢？从以下描述便可得知一二：

> 凤姐见王夫人盛怒之际，又因王善保家的是邢夫人的耳目，常调唆着邢夫人生事，纵有千百样言词，此刻也不敢说，只低头答应着。

王熙凤无法越界越权去改变王夫人的决断，再则王善保家的又是邢夫人的耳目，平常惯于挑唆生事，倘若出面表示反对，恐怕会节外生枝，所以纵使她不赞同此一抄检方式，也唯有附和她们。

当晚抄检大观园

于是，凤姐当晚便率领众人搜检大观园，第一站是最靠近大观园入口的怡红院。当然她们不一定是从正门进去，也许是从旁边的角门入内，这点在文本中并没有提到，不过还是可以留意她们抄检的顺序，因为《红楼梦》也透过居所的距离来对应园中人彼此之间的情感。

既然怡红院是首先搜查的目标，那么第二站是在哪里呢？要知道，凤姐的大队人马是蓄意杀对方个猛不防，当然必须走最近的路线，所以下一站就是与怡红院临近的潇湘馆。很明显，这也证明了贾府是把林黛玉视为自家人，才会将她与宝玉、三春一体对待。而在这短短的距离中，抄检大队的主脑王熙凤与王善保家的有一番对话：

> "我有一句话，不知是不是。要抄检只抄检咱们家的人，薛大姑娘屋里，断乎检抄不得的。"王善保家的笑道："这个自然。岂有抄起亲戚家来。"凤姐点头道："我也这样说呢。"一头说，一头到了潇湘馆内。

何以王熙凤要征询王善保家的意见，而且讲得如此客气呢？因为王善保家的是邢夫人的陪房，其地位比年轻主子来得高，第四十三回便说明"贾府风俗，年高伏侍过父母的家人，比年轻的主子还有体面"，所以当时她们可以坐着，但身为年轻主子的王熙凤、尤氏等人就得站着。之所以要特别注明此一重点，是因为攸关抄检至秋爽斋时探春的作为，了解到她们之间的地位关系，才更有助于我们剖析探春的性格。

潇湘馆的下一站秋爽斋才是抄检大观园的至关重大且精彩绝伦之处，必须逐步细致地剖析，因此暂且先谈论李纨与惜春的部分。李纨因为生病"吃了药睡着"，但是丫鬟们的房间都被逐个搜了一遍，而年龄最小的惜春因"尚未识事"，更是吓得不知如何是好，于是凤姐少不得安慰她。

实际上抄检大观园等同一个小型的抄家，而那些真正发生在朝廷权贵或是贪官污吏身上的抄家事件，其阵仗是极为令人震撼恐惧的，如今已经很难还原其中的真实场景，也许只有透过电影才足以如实把那种恐怖给呈现出来，文字可能较难叙述。根据历史记载，有一个大家族因为家长的不堪而被朝廷抄家，抄检过程的惊心动魄是我们难以想象的，千百支火炬照耀之下人群杂沓，四处横行劫掠，家中全部的东西被乱翻乱丢，仿佛颠覆了整个世界的疯狂骚动，甚至把一个孩子活活吓死。而这个情况并非危言耸听、夸大其词，大人还可以承受的场景对于小孩子而言恐怕就会成为噩梦，因为这已经超出了他们幼小的心灵所能够承受的范围。由此可见，我们必须根据惜春的年龄和当时的心理状态，才能够真正理解惜春面对抄检大队时"吓的不知当有什么事故"的反应。

关于抄家的可怕，毕竟并非身历其境，恐怕大家也难以体会其中的惊恐心态，在此只能用一个比较贴近现今社会形态的经验来揣摩领会。前几年报纸上刊出一位女作家叙写家中遭窃的文章，因为她是文笔绝佳的散文家，所以将其心理感受描写得丝丝入扣。"家"是一个人最安全的堡垒和心灵的避风港，一切最珍贵的、最不可或缺的东西统统都存放在家里，但突然有一天，当她气定神闲地想要投到家的怀抱内，一打开门却发现其中一片混乱，那一刻惊恐的心情许久都无法平复。当下只会意识到，原来自己最坚固的堡垒也可以被入侵，最秘密的角落都会轻易被外人毫不留情地破坏，这样一来，我们还能够信赖什么地方呢？因此她成了惊弓之鸟，害怕万一回去又再见到那般可怕的场景，甚至有一段时间只能徘徊在外不敢回家，即使克服心理障碍走进屋里继续住下去，生活中却往往疑神疑鬼，因当时某些错乱的景象惊吓万分。那真的是一个很深的心理创伤，而这段阴影不会只停留片刻，恐怕还会遗留一生，不确定能不能复原。

倘若可以把这样的惊吓、这样的畏惧、这样的恐慌放大一千倍去感受，便能够理解抄家的可怕，重点是那种最私密的所有、有秩序的固定世界被打破扰乱之后所带来的冲击，可能会强大到令人从此自我封闭，因为已经不能再次承受同样的伤害，而物质的损失反倒事小，重要的是在心理上留下一道挥之不去的不安阴影，使人丧失对世界的信任。对一个人的存在来说，那可是个非常可怕的重创。

抄检大观园对当事人造成的心理创伤就在于此，我们不能仅仅将其视为一段普通的小说情节，而是应该学会暂且抛开局外人的自我心态，尝试去了解身处其间之当事人的实际感受，所以我才会借由历史中小孩子因抄家过程之惨烈而被吓死的记录，来说明惜春面对抄检时的惊慌失措。当然，王熙凤这队抄检人马比起近乎百名士兵的真正抄家毕竟还是小规模的，她们一群人明火执仗地进行大规模搜检，顶多二三十人，却足以造成令小孩惊怕的效果。

捍卫秋爽斋

《红楼梦》是一部写实小说，大家必须尽量用人情事理，甚至是历史经验来加以理解，而在如此可怕、残酷，甚至会造成心理重创的抄检过程中，唯独一个人成功抵挡了此次的羞辱与伤害，她就是探春。

在前文人物剖析的铺垫之下，探春的领袖风范于此更显得了不起，各屋主弱的弱、病的病、小的小，只能任由抄检行动以一种暴力形式去开展，可是探春却站出来一夫当关，维护整个秋爽斋的秩序与尊严。第七十四回搜检秋爽斋的这段情节，实属抄检过程中最重要的一环，因为其中展现了探春挺身而出亲上火线的英雄本质。

与黛玉等人不同的是，探春这位屋主在抄检人马抵达秋爽斋之前就已经私下得到通报，而素来聪慧的她便推测必有缘故才会引出这等丑态，所以"命众丫鬟秉烛开门而待"。探春一开始所摆出的凛然态势，体现出一个政治家的有为有守，这个"守"不仅是指不逾越分际，还包含着守住一个不容侵犯之界限的尊严与魄力。探春准备对即将到来的恶势力予以迎头痛击，而旁边的丫鬟则秉烛开门，可见秋爽斋全员都处于准备就绪的状态，处处散发着不容欺压的气场，以迎战那些不理性、不正当也不应该的人为伤害。

一时众人来了，探春便故意询问是怎么回事，凤姐并未直接道出实情，因为真正的实情说出来后恐怕就很容易传播出去，那又会造成对家里人的伤害，所以她假造了一个比较轻微的口实："因丢了一件东西，连日访察不出人来，恐怕旁人赖这些女孩子们，所以越性大家搜一搜，使人去疑，倒是洗净他们的好法子。"若由凤姐所说的这段话来推敲，丢了东西是她们进行访查的缘故，那岂不表示把园里的丫头都当作贼，所以才会入园搜检以便捉拿小偷？

这等于变相地羞辱大部分丫头们的品格行为，因而探春冷笑说："我们的丫头自然都是些贼，我就是头一个窝主。既如此，先来搜我的箱柜，他们所有偷了来的都交给我藏着呢。"她以将计就计的方式，顺着凤姐说下的口实来反讽对方，意谓你要搜我的丫头便等同于把她们当贼，而身为她们主子的我岂不成了贼主？探春的言外之意，是指自己作为治下清明的明主，丫头们根本没有徇私舞弊的空间，因此与其搜检丫头们的东西，不如去搜检她的物品，毕竟其手下的众丫头都把所有之物存放在她那里。探春虽然没有直接阻止搜检，但也绝不让别人侵犯到自己的丫头们，此种保护下属免受羞辱的举动堪称是一个完美长官的体现——不仅不会把错误推卸给下位者承担，反而在她们受到不正当的对待时全力维护。公正严明的探春也的确能够承担起这份责任，所以她无所畏惧地命令丫头们把箱柜一起打开，将自己的私人物品尽数展现在众人面前，并请凤姐去抄阅。

明白事理的探春理解王熙凤的抄检权责是王夫人所给予，所以也尊重这样的决策，可是这个决策带来的重大羞辱却是探春不愿意让自己的丫鬟们去承受的，因此身为屋主的她便一肩扛起搜检的屈辱，等于避免了这些丫鬟们遭受不公平的对待。既然搜到小姐身上会成为另外一条犯上之罪，凤姐为了安抚探春，唯有陪笑道："我不过是奉太太的命来，妹妹别错怪我。何必生气。"因命丫鬟们快快关上箱柜，甚至连平儿、丰儿也帮待书等关的关、收的收。

可是探春深知此事不可就此作罢，一定要把话讲得彻底才能不落人口实，即不容许有灰色地带，所以她接着说："我的东西倒许你们搜阅；要想搜我的丫头，这却不能。我原比众人歹毒，凡丫头所有的东西我都知道，都在我这里间收着，一针一线他们也没的收藏，要搜所以只来搜我。你们不依，只管去回太太，只说我违背了太太，该怎么处治，我去自领。"应该注意到，探春这番举动真的只是凭着一股愤怒而不顾一切地冲锋陷阵吗？探春当然不是鲁莽之人，她知道自己的做法忤逆了王夫人的权威，因而也许要为之付出代价，可是她宁愿如此也要保护丫鬟们。

探春口中的"我原比众人歹毒"也是在说反话，因为她御下甚严，不像别房的主子那样宽松随意，惯于放纵的下人当然不好蒙混过关，所以对他们而言，用负面的话来形容探春的管理便是"歹毒"。而这段话背后也隐藏了另外一个讯息：探春不但保护手下的丫鬟们，却也不容她们有任何不正当的隐私、非法的隐蔽行为，这无形之中也在呈现她是一个非常精明的长官。身为主管，探春必须要了解所有下属的一言一行、一举一动，不可能等到丫鬟舞弊藏私，才辩解说没有人告诉她这个丫鬟的人品不好，否则她岂不是变成一个被人蒙蔽的昏君吗？因此，好的主管一定要知人善任，具有识人之明，充分地掌握并了解下属的人品、能力；一旦下属遇到了不合理的对待时，身为主管也必须要保障他们的权利。

然而，除了是一位好主管之外，探春更卓越的地方是能够洞察表象之下的本质，因此她才会那么悲愤地说道："你们别忙，自然连你们抄的日子有呢！你们今日早起不曾议论甄家，自己家里好好的抄家，果然今日真抄了。咱们也渐渐的来了。可知这样大族人家，若从外头杀来，一时是杀不死的，这是古人曾说的'百足之虫，死而不僵'，必须先从家里自杀自灭起来，才能一败涂地！"意思是说，贾府这样的家族因为家业庞大，所以具有足够的生命力维系绵延，可是如果家里的人开始自杀自灭、分崩离析，便会使整个家族彻底瓦解至一无所有。探春正是意识到抄检之举所带来的严重危害性，才会悲愤交加，不知不觉流下泪来，因为这真的不只是一起整顿府中风俗的小事件而已，它对个人心理造成的创伤以及促成人与人之间的猜忌分化是无法挽回的。

当探春落泪后，凤姐接下来的回应也颇为耐人寻味：

> 凤姐就只看着众媳妇们。周瑞家的便道："既是女孩子的东西全在这里，奶奶且请到别处去罢，也让姑娘好安寝。"凤姐便起身告辞。探春道："可细细的搜明白了？若明日再来，我就不依了。"凤姐笑道："既然丫头们的东西都在这里，就不必搜了。"

仔细思量，便会发现凤姐这句话实际上隐含着令人借题发挥的空间，如果读者不了解此事之来龙去脉或者人心之复杂险恶，便无法觉察到其中的微妙之处。探春之所以反问："可细细的搜明白了？"就是为了表明她不容许二度羞辱的坚定立场和高度尊严，既然现在并未搜检出任何问题，便请对方确认无误，以后可别再前来打扰。

可是王熙凤并未给出一个斩钉截铁的认证，这句"既然丫头们的东西都在这里，就不必搜了"回应得模棱两可，没有肯定地表示已经搜查过秋爽斋众人的物品，假设第二天凤姐反悔说当时并没有真正加以搜检，府中小人免不了会借题发挥、大做文章，届时必定后患无穷。精明的探春正是因为清楚了解到人性之险恶，所以便巧妙地逼迫对方承认已经完成搜检的工作：

> 探春冷笑道："你果然倒乖。连我的包袱都打开了，还说没翻。明日敢说我护着丫头们，不许你们翻了。你趁早说明，若还要翻，不妨再翻一遍。"凤姐知道探春素日与众不同的，只得陪笑道："我已经连你的东西都搜查明白了。"探春又问众人："你们也都搜明白了不曾？"周瑞家的等都陪笑说："都翻明白了。"

其实探春的包袱是她自己打开的，凤姐等人也并没有真正搜查，探春却申明既然她已经打开了包袱，凤姐等众人不搜乃是她们不愿意为之，此即等于认可探春的清白，事后可不能再狡辩说受到探春的拦阻而没有搜检。可见探春心里如明镜一般通透，她不仅三言两语就理清了其中的层次差别，还意识到界限的模糊只会为小人提供添油加醋、扭曲事实的余地，所以才坚持要把话讲得非常明确。

　　探春保护丫鬟们不被羞辱的表现，或许在别人眼中很容易会变成包庇、护短之举，但现在她已经毫无保留地把自己的所有私人物品都敞开来让凤姐等人抄检，甚至还强调"若还要翻，不妨再翻一遍"，即郑重申明她是配合搜检行动的。表面上探春是在护着丫鬟们，她知道旁人也会这样看，但她其实是以身作则，让自己成为一个牺牲品来护着丫鬟们，如此一来旁人便无话可说。这正是探春的厉害之处，她以精明的头脑、得体的做法、伶俐的口齿成功地让凤姐在没有翻查的情况之下，唯有陪笑表示"我已经连你的东西都搜查明白了"。

可是当下那一刻毕竟没有白纸黑字记录下凤姐的保证，为求稳妥，探春又进一步问众人："你们也都搜明白了不曾？"其他所有人包括王夫人的陪房周瑞家的一听，都痛快认可秋爽斋完全没有问题，这就等于全部确认无疑。而接下来的情节却更为精彩：

> 那王善保家的本是个心内没成算的人，素日虽闻探春的名，那是为众人没眼力没胆量罢了，那里一个姑娘家就这样起来；况且又是庶出，他敢怎么。他自恃是邢夫人陪房，连王夫人尚另眼相看，何况别个。今见探春如此，他只当是探春认真单恼凤姐，与他们无干。他便要趁势作脸献好，因越众向前拉起探春的衣襟，故意一掀，嘻嘻笑道："连姑娘身上我都翻了，果然没有什么。"凤姐见他这样，忙说："妈妈走罢，别疯疯颠颠的。"一语未了，只听"拍"的一声，王家的脸上早着了探春一掌。探春登时大怒，指着王家的问道："你是什么东西，敢来拉扯我的衣裳！我不过看着太太的面上，你又有年纪，叫你一声妈妈，你就狗仗人势，天天作耗，专管生事。如今越性了不得了。你打谅我是同你们姑娘那样好性儿，由着你们欺负他，就错了主意！你搜检东西我不恼，你不该拿我取笑。"

"取笑"二字已经算是说得比较轻微，其实这是一种羞辱，因为直接掀起你身上的衣服搜检赃物，不就代表把你当贼看待吗？许多论文经常引用这一段说明探春有阶级意识，然而这是一个极不公正的说法，真正的关键根本与阶级无关。即使在现代人人平等的情况之下，难道便可以去翻他人的包吗？这当然不行。同样的道理，如果走在路上却遇到警察要求把身份证拿出来，就得马上拿出来吗？那可不行，除非他有法院发出的合法凭证，否则便没有资格搜身，更不可擅自进入民宅搜查。既然在人与人平等的情况之下都不可以有这样逾越分际的行为，甚至连一个执行公权力的警察也不能如此对待平常百姓，何况是在探春所处的主奴阶级社会呢？最重要的是，王善保家的本来就是个奴才，她凭什么去搜主子身上的贼赃？把探春当贼便形同侮辱其人格，显示此人是个嚣张的奴才，是可忍孰不可忍，毋怪乎探春会赏给王善保家的一巴掌。探春出手教训刁奴的举动可谓大快人心，令人见识到贵族千金凛然不可侵犯的气质。

刁奴蓄意毁谤主子

为什么王善保家的会做出在探春身上翻贼赃的举动呢？是因为探春保护丫头的做法令她怀疑探春是在护短藏私吗？非也，王善保家的之所以胆敢轻率地对待探春，是仗着自己身为邢夫人的陪房，连王夫人都得礼让三分，故而没有把探春放在眼里。可是探春与王善保家的素无仇恨纠葛，为何她要做得这么过分，甚至还刻意羞辱探春呢？一旦回顾第五十五回的回目"欺幼主刁奴蓄险心"，便能了解其中的缘由。虽然这里的"刁奴"并非专门指称王善保家的，而是含括了第五十五回里那些不把刚上任协理荣国府的探春放在眼里的奴仆——诸如吴新登的媳妇之类，但这些"刁奴"在贾府中比比皆是，当然也包含了王善保家的。身为奴才的她竟然轻率地在探春身上翻贼赃，这种嚣张的举止实则就是"刁奴"的表现，从她连主子小姐都敢加以羞辱便可看出其"险心"之所在，她已经丧失了基本的伦理界限，所以探春才会赏她一巴掌，将王善保家的这种狗仗人势的奴仆打回原形。

其实，这段情节的安排是不无原因的，在探究刁奴王善保家的何以故意欺负探春之前，我们必须先了解探春在贾母心中地位的变化过程。要知道，在第五十五回受命理家之前，探春乃处于韬光养晦、甘于恬淡的沉潜阶段，自然而然地就不比宝玉、黛玉、宝钗那般深受贾母的宠爱，可是自从她开始协理家务后，其杰出的才干深受王熙凤的赞赏，而心如明镜的贾母对于这位才志出众的孙女的看法必定也会有所改观。果不其然，第七十一回南安太妃前来祝贺贾母八旬之庆，特别问及贾家的小姐们时，除了被贾母认证为出类拔萃的钗黛二人，以及豪迈直爽的史湘云，另外被点名进见的只有敏智过人的"三妹妹"探春，由此可见探春理家的出色表现已让贾母刮目相看，所以她具备了与钗黛处于同一阵容的资格，一跃成为贾母心中的宠儿。

贾母对探春的偏爱实际上也得到其"代言人"，即为人公道兼具洞察力的丫鬟鸳鸯的证实，第七十一回中她说道：

> 这不是我当着三姑娘说，老太太偏疼宝玉，有人背地里怨言还罢了，算是偏心。如今老太太偏疼你，我听着也是不好。这可笑不可笑？

可见从鸳鸯的眼光来看，宝玉之所以获得宠爱确实是出于祖母对孙子的偏心，宝玉身为贾府"略可望成"（第五回）的继承人，加上重男轻女此一根深蒂固的思想，贾母偏爱宝玉这个孙子可说是理所当然的。如今探春也受到偏疼，则是她应得的报偿，因为探春的聪慧、品格确实值得贾母的青睐，属于实至名归，与宝玉被偏疼的情况本质上截然有别，不可混为一谈，所以鸳鸯才会认为有人居然因此而嫉妒探春实在是很可笑的心态，毕竟探春能够被贾母列入宠儿名单完全是依靠她自己的品格、才能努力挣来的。

不过关键在于鸳鸯所说的"背地里怨言"探春受宠的人，就是那些"新出来的这些底下奴字号的奶奶们，一个个心满意足，都不知要怎么样才好，少有不得意，不是背地里咬舌根，就是挑三窝四的"之刁奴，可见这种奴才的人格是多么卑劣，以至于在主子的背后搬弄是非。这便不得不谈到贾府这种大户人家会面对的复杂人际纠葛，第九回中作者即指出：

> 宁府人多口杂，那些不得志的奴仆们，专能造言诽谤主人，因此不知又有什么小人诟谇谣诼之词。

虽然此处指的是宁府的奴才造谣生事，由之却可以发现这些刁奴时常在私底下口出针对主子的难听话，其中尊卑上下的颠倒关系打破了一般对贵族的刻板印象，原来身为主子的他们并非绝对的高高在上，反过来竟然也会遭受奴仆的欺负。到了第六十八回，甚至可以从王熙凤口中得知刁奴蓄意毁谤主子已是非常普遍的现象，她说：

> 那起下人小人之言，未免见我素日持家太严，背后加减些言语，自是常情。

可见奴才非议主子的现象并不仅限于宁国府，荣国府亦是如此，只要主子没有顺遂奴仆们的心意，后者就会私下添油加醋，肆无忌惮地议论主子的是非。而到了第七十一回，这些刁奴的真面目逐渐浮出水面，作者非常具体地指出：

> **凡贾政这边有些体面的人，那边各各皆虎视眈眈。**……邢夫人自为要鸳鸯之后讨了没意思，后来见贾母越发冷淡了他，凤姐的体面反胜自己；且前日南安太妃来了，要见他姊妹，贾母又只令探春出来，迎春竟似有如无，自己心内早已怨忿不乐，只是使不出来。**又值这一干小人在侧，他们心内嫉妒挟怨之事不敢施展，便背地里造言生事，调拨主人。**先不过是告那边的奴才；后来渐次告到凤姐，……后来又告到王夫人。

大家可别忘记，贾政与王夫人在荣国府当家，可说是府中的权力核心，那些能够伴随在侧的奴仆岂不就变成了近水楼台先得月的"大红人"吗？因此便引起了"那边"的忌恨，而所谓的"那边"又是指哪边呢？那就是邢夫人一房。按常理，荣国府应该是由身为长房的贾赦、邢夫人来掌权，可是贾母却将持家大权赋予二房的贾政与王夫人，"禀性愚懦""克啬异常"（第四十六回）的邢夫人当然会感觉到自己的利益受到侵犯。

虽然邢夫人一房一度试图走捷径，希望借由贾赦娶贾母所宠信的贴身丫鬟鸳鸯为妾，进而谋夺贾母的财产以据为己有，不过心如明镜般清明澄澈的贾母洞悉他们心里盘算的全是些不堪闻问的肮脏事，当然不会让他们得偿所愿，从此以后便越发冷淡邢夫人一房，以至于邢夫人发现"凤姐的体面反胜自己"，做媳妇的威势竟然比婆婆还高，她的心里当然更不是滋味了。"且前日南安太妃来了，要见他姊妹"，当时贾母却只叫来三春中的探春，明显压倒了其他姊妹，虽然迎春并非邢夫人所亲生，但名义上可是大房的长女，结果还比不上二房庶出的探春，如此一来，邢夫人越发心有不甘。

正如宋朝苏轼的《范增论》所言："物必先腐也，而后虫生之；人必先疑也，而后谗入之。"唯有肉本身先腐坏了，外来的虫卵才能借机大量繁殖，而人心也是如此，邢夫人自己先有了坏心思，"又值这一干小人在侧，他们心内嫉妒挟怨之事不敢施展，便背地里造言生事，调拨主人"，那"一干小人"不仅在邢夫人面前说凤姐的坏话，甚至还把贾母对她的冷淡疏离扭曲为王夫人在贾母面前挑拨离间。这种无中生有的谗害简直是超越一般人的想象，可见王府里居于高位、最有权力的主子虽然享受着仆从的服务，但同时也遭受不少诬蔑与诽谤。从这种种现象里，我们可以合理地推论，鸳鸯所说的"我听着也是不好"，即她从某些人那里所听到的对探春的怨言和批评，极可能来自邢夫人的耳目，对探春无礼的王善保家的便是其中之一。

仆从眼中无英雄

可是探春与王善保家的之间并不具有任何利害冲突，何以她要故意欺负探春呢？其实，如果了解到大哲学家黑格尔所说的"仆从眼中无英雄"这句名言寓含的意思，便能够看透王善保家的那卑劣的灵魂与行为逻辑。而黑格尔在"仆从眼中无英雄"之后又加上了一句：

"但那不是因为英雄不是英雄，而是因为仆从只是仆从。"并一针见血地说明了造成这个现象的原因，其一是上天造人时并没有同时赋予他们的灵魂以大志，其二则是因为他们满怀嫉妒与自负。就一个奴仆而言，由于其"奴仆"的身份与心智，他根本无法看到英雄的伟大之处，而不是因为英雄是一个假冒品。

黑格尔认为仆从有两种，其一是就其地位与职责而言的真正意义上的仆从，而王善保家的正属于此类，她本来便是个奴才，只是因为奴以主贵，加上贾家尤为尊重侍候长辈的仆人，在这种风俗之下，她的地位才比较高，但追根究底，她也只不过是个奴仆而已。奴仆是最接近英雄日常生活那一面的人物，他们却无法真正看出英雄卓越的灵魂与胆识，正如法国作家福尔在《拿破仑论》中所说的："一个过于接近伟大人物的人，只能理解伟大人物与他本人相似之处。"也就是说，他们只能理解伟大人物身上那些比较没有价值的、比较普通的成分，譬如仆从有上厕所的需要，同为人类的英雄当然也有一样的生理需求，那么他们便只能看到这一相似之处。

王善保家的是一个"心内没成算的人"，"素日虽闻探春的名，那是为众人没眼力没胆量罢了，那里一个姑娘家就这样起来"——正说明了其灵魂之低下，以致无法看到探春的优秀，所以她通过翻贼赃的方式对待探春，以便借此把对方降低到与自己一样的道德水准。其实，这种人即使在伟大人物的吸引下接近对方，但他还是会有所戒备，只能够注意到伟大人物平凡甚至丑恶的一面，以便从中可以合理化自己最卑劣的本质。同样的道理，王善保家的去掀探春身上的衣服，实际上就是出于把探春贬为贼犯并加以羞辱的心理。

至于黑格尔所说的另一种奴仆，即灵魂缺乏大志、因羡慕或无法理解而满怀嫉妒的心灵上的奴仆，则是我们必须时时提防、警惕的，因为这类奴仆在现实世界中处处可见，还可能已经爬到了国会议员、地方省长、国防部长，甚至总理或总统的地位，他们是有雄心的人，可是很不幸的是上帝没有同时赋予他们的灵魂以大志。这种人的灵魂层次与其现实的身份地位并不相符，正因为他们并不具备高尚的心态，以至于无法理解那些受万人景仰的英雄为何会处于比他们更高的地位，因此便心生嫉妒。正如黑格尔所说的："嫉妒心这种东西，它看见伟大和卓越就感到不快，所以努力要毁谤那伟大和卓越，要寻出他们的缺点。"恰恰一语道破了这类仆从满怀妒忌的龌龊心态。他们不明白伟人之所以伟大，是因为创造或体现了某种伟大的价值，完成了与时代相适应的、时代所需要的事物，而不只是流于单纯的幻想和空口说白话，所以那些心灵上的仆从就会发出这样的疑问："很奇怪，你怎么会伟大？为什么你会比我更受万人景仰？为什么你的权力远不如我，可是千秋万代都会记得你？"可见后一类奴仆不会去发掘英雄的伟大之处，反而只想把真正的英雄拉到与自己同样卑劣的层次同流合污。

　　如此说来，王善保家的其实兼具了黑格尔所区分的两种奴仆意义，因为她不仅在身份职责上是个奴仆，即便在灵魂心志上也是个满怀嫉妒、无法理解英雄的奴仆。她不能理解为什么别人都畏惧探春，便自负地认定别人都欠缺胆识，殊不知她自己才是一个昏聩的、心灵卑劣的人。

探春管理学

　　探春事实上就是一个入世的、要来济世的儒家理想君子。儒家君子不像佛家那样索性选择出世，断绝与世俗的一切联系；也不像道家选择忘世，身处世间也能够如"庖丁解牛"那般游刃有余，因为儒家的入世意味着必须融入这个世界并与世间的魑魅魍魉进行抗争，最惨烈的是他们不仅得为此而深受疲累艰辛之苦，有时还会被降格到与小人同样的层次，这也是儒家君子任重道远、鞠躬尽瘁所要付出的另外一个代价。他们的悲壮恐怕就是必须牺牲掉自己的某一种姿态或自我塑造的优雅形象。在我看来，儒家的悲壮才是深深吸引着中华文化里最优秀的心灵，即文化精英的真正原因，他们真正认识到世间的惨烈，而这个惨烈背后有悲壮。悲壮当然来自一种强大的心志与力量，但这股力量不仅会摧毁敌人，也会反过来伤害自己。从某种意义上来说，儒家君子正是因为愿意承受此等伤害，才会成为刚强的、愿意为理想奉献的人，而探春努力与恶势力抗争，不让自己与丫鬟们的尊严受到践踏的积极奋进精神，正是儒家君子风范的体现。

　　不过，无论多么悲愤、痛心，真正优秀的心灵绝对不会让这些强烈的情绪冲昏头而失去理智，否则只会沦为匹夫之勇，一个徒具蛮勇的人只能够在当下发泄怒气，却不可能有效地解决任何难题，而探春的悲愤绝非仅止于这个层次。在抄检的过程中，探春始终没有让悲愤震怒冲昏头脑，她是在明确的认知之下展开两次抗命犯上的行动：其一，探春坚决不许王熙凤等人搜检丫头们的包袱，只准"要搜所以只来搜我。你们不依，只管去回太太，只说我违背了太太，该怎么处治，我去自领"，此一抗命便说明了她清楚知道此举所必须付出的代价，只是因为"有所为而有所不为"，身为一位明主，她选择保护自己的丫鬟，对勤恳忠诚的属下们尽责；其二，探春因王善保家的在她身上翻贼赃的举动而掌掴了对方一巴掌，实际上这并非一般主子被刁奴冒犯后的情绪失控，试看她说"明儿一早，我先回过老太太、太太，然后过去给大娘赔礼，该怎么，我就领"的申明，便再度反映了探春了解到自己掌掴王善保家的乃是犯上之举，因为王善保家的是长辈邢夫人的陪房，有半主的身份，身为晚辈的探春论理不该做出这种违背礼教的行为。

最有意味的是，探春并未因为此举会带来的后果而感到后悔或退缩，事后她甚至和尤氏等人提及："实告诉你罢，我昨日把王善保家那老婆子打了，我还顶着个罪呢。不过背地里说我些闲话，难道他还打我一顿不成！"（第七十五回）这段话便展现出了探春刚正凛然的气质，她知道掌掴王善保家的此一举动意味着自己会被老太太、太太怪罪，可是对她而言，与受到长辈责罚相比，当下还有更重要的、更需要她维系的价值，例如个人尊严、伦理秩序，所以抗命可说是她不得不为之的决策。

其实，这一点也与上文谈论探春时所提到的"积极进取的意志"相互呼应，她的"积极进取"并非不顾一切、不分道德是非、一味向前冲刺的鲁莽，而是纠合了明确的认知、强烈的情感以及持续的目的性行为所汇集出的力量，具有一股剑及履及的奋进精神，这种强大的行动力场足以部分地改造现实世界或者顿挫那些邪恶的力量，方可称为"意志"。从探春所展现出的品行来看，她堪称是小说中唯一符合这种定义的理性人物。

对于探春如此一位具有积极进取意志的女中豪杰，清朝评点家给予"大观精神"的赞美绝非泛泛。在抄检大队到达秋爽斋之前，探春就已经"命众丫鬟秉烛开门而待"，这般凛然备战的刚健姿态，立松轩系统中的王府本于第七十四回回末总评便特别强调：

> 诸院皆宴息，独探春秉烛以待，大有提防，的是干才。

可见探春不让须眉的英雄气质，在面对抄检大队的突袭之际仍然沉着冷静的姿态，深得评点家的赞赏，其作为中流砥柱的壮烈气势可说是众金钗中极为罕见的。

不仅如此，清朝评点家野鹤所写的《读红楼梦札记》里，也针对探春在抄检大观园情节中的表现给予高度称赞：

> 凤姐抄检大观园，探春"秉烛开门而待"，此六字妙极，大有武乡侯行师气象。

综观当时所有被抄检的居所中，各屋主是弱的弱、病的病、小的小，各自的丫鬟纷纷被抄检无遗，唯独探春在接获消息后依然沉着冷静，命令丫鬟们"秉烛开门而待"。在一片漆黑的夜晚，蜡烛的光芒照亮整座秋爽斋，有别于他处在毫无防备的黑暗之中贸然被邪恶势力所入侵的狼狈情状，秋爽斋充分展现出严阵以待的凛然气势。野鹤正是领悟到此处探春所展现出的英雄气质，才会表示"此六字妙极"。对于探春这种好整以暇、随时准备迎击的状态，野鹤甚至给予了"大有武乡侯行师气象"的赞美，而与探春这位堪称巾帼英雄的主子相比，王善保家的意图在探春身上翻贼赃的行径简直就是一个毫无自知之明的贼子表现。

除此之外，野鹤还对探春掌掴王善保家的举动给予"探春的是可儿，王善保家的一掌如雷贯耳"的喝彩，可见探春不惜抗命犯上，与刁奴欺主的卑贱邪恶进行斗争，其中展现出不为性别所限的英雄凌厉气质，也深深地震撼到这些评点家的心灵并使他们发出由衷赞叹。

总括而言，探春不只具有"武乡侯行师气象"的大将军气势，从其面对抄检大队时的处变不惊、极力保护丫鬟以让她们免受抄检之辱的领袖风范，可看出她根本就是一位最杰出的主管、统帅。身为一名卓越的领导者，其职责不只是让属下训练有素，行事果断且有效率，使之成为可以灵活调度的有机作战整体，最重要的是疑人不用、用人不疑，对属下平日的勤劳尽责给予适度的体贴和优厚的待遇，并在尊严和情感上保护他们，如此一来，才能够赢得属下死心塌地的付出和忠诚，唯有达到这种种条件，才堪称是一位真正全方位的优秀领导人。而探春在抄检大观园这段情节中亲上火线、身先士卒，以"我的东西倒许你们搜阅；要想搜我的丫头，这却不能"的担当挺身而出，即便此举实为抗命犯上，她也甘愿为此承受所要付出的代价，这般不输男性豪杰的顶天立地的气概，可说是其他姊妹如黛玉、迎春、惜春等都难以企及的。

当然，探春并非盲目维护自己的丫鬟们，而是基于御下甚严，部属们在其清明的管理之下无从藏污纳垢，因此探春才能对她们的品格行为全盘负责，所谓"我原比众人歹毒，凡丫头所有的东西我都知道，都在我这里间收着，一针一线他们也没的收藏"即意谓她是个知人善任、有识人之明的明主，绝非会被属下蒙蔽的昏君。正是因为探春治下严明，让下人无法搪塞蒙混，不比迎春那般宽松无能，从而发生诸如丫鬟私藏男子物品或男女苟且的不堪之事，则借由探春在抄检大观园所展露的种种表现，恰恰可以突显管理的重要性。

大观：王道境界

探春在抄检大观园中的表现可谓一枝独秀，她不仅展现出足以成为贾府中流砥柱的聪慧与能力，还表露了带领众丫鬟平安渡过惊涛骇浪的决心与魄力。曹雪芹在《红楼梦》中确实给予这位少女极高的赞美，尤其必须说明的是，他以一种极度曲折的、独特的方式为探春戴上至高的桂冠，即"大观"一词中所隐含的王道含义。

许多读者一直认为《红楼梦》里的"大观"就是取旨于"洋洋大观"，但这是出于现代人很有限的普通常识，其实"大观"的意涵并不仅止于此。既然《红楼梦》是一部"写侯府得理，亦且将皇宫赫赫，写得令人不敢坐阅"的贵族小说，贾府乃历时百年数代的"诗礼簪缨之族"，为了元妃归宁省亲而兴建的大观园，其中的"大观"二字又怎么可能只是盛称一般意义上的壮美风景呢？另外，曹雪芹身为一位世家子弟，属于以四书五经为必备学问、基本常识的文化精英，如果我们不将"大观"放在这种文化脉络之下进行理解，就会得出与传统贵族精英的文化素质、知识领域不符合的结果，所以就此而言，也绝不可只把"大观"粗略地理解为气象万千的壮丽景象。

其实，"大观"一词最初出现于古代文人所熟读的《周易》，是一个融合了儒家价值观以及政治教化意义，并与王者政业相关的语汇。
《周易·观卦》的彖辞云：

> 大观在上，顺而巽，中正以观天下。观，盥而不荐，有孚
> 颙若，下观而化也。观天之神道，而四时不忒。圣人以神道设
> 教，而天下服矣。

对此卦象辞之诠释，孔颖达疏：

> 观者，王者道德之美而可观也，故谓之观。……圣人法则
> 天之神道，本身自行善，垂化于人，不假言语教戒，不须威刑
> 恐逼，在下自然观化服从，故云天下服矣。

所谓"大观"，学者赵宗来认为应有两义，一是人间之"王道"，二
是天地间之"神道"，所谓的"大观在上"，乃是"神道"显现并应
用于现实之中的"王道"。其中"中正以观天下"就是指"执中以驭
四方"的天子权力象征，而建立于大观园正中位置的正殿，作为元
妃行使君权的伦理场所，可说是"大观在上"在现实世界里的完美体
现。"圣人"作为构成"大观"的关键，其使命就是要"观"，即观
照、体察"四时不忒"的宇宙秩序，在领悟到其中的奥妙和智慧后，
再把这一"神道"落实于世间成为"王道"以教化平民百姓，如此一
来，才能够创造出万众归心、天下服矣的太平盛世。不过，"王道"
的实践并非仅仅依靠道德崇高的圣人教化，更有赖于政治地位的助
成，因而仁德兼具的君主至关重要，正如《红楼梦》第十六回中便提

到朝廷"大开方便之恩"，让长年幽居在深宫中的妃嫔们得以回家省亲，享受天伦之乐，这种体恤骨肉私情的君王正是仁德与权力兼备的"圣人"。总括而言，"大观"即权力与道德的完美结合，位居中正的明圣君王顺应自然之理以教化人民，通过实践大中至正的王道而达到天下景从的太平境界。

大观园与大观楼

《红楼梦》里出现的"大观楼"就是元春省亲时所驻跸的正殿之正楼，透过"楼"以展现"大观"者，最为人熟知的例子就是北宋范仲淹（989—1052）的《岳阳楼记》，其开篇曰：

> 庆历四年春，滕子京谪守巴陵郡。越明年，**政通人和，百废具兴，乃重修岳阳楼**。增其旧制，刻唐贤今人诗赋于其上。属予作文以记之。
>
> 予观夫巴陵胜状，在洞庭一湖。衔远山，吞长江，浩浩汤汤，横无际涯，朝晖夕阴，气象万千。**此则岳阳楼之大观也**。前人之述备矣。然则北通巫峡，南极潇湘，迁客骚人，多会于此，览物之情，得无异乎？……嗟夫！予尝求古仁人之心，或异二者之为，何哉？不以物喜，不以己悲，居庙堂之高，则忧其民，处江湖之远，则忧其君。是进亦忧，退亦忧。然则何时而乐耶？其必曰"先天下之忧而忧，后天下之乐而乐"乎！噫！微斯人，吾谁与归？

此中所谓的"大观"，就其所在的局部段落而言，固然是针对山水景致气象万千的"巴陵胜状"，但若从全文的整体脉络来看，由起首的"庆历四年春，滕子京谪守巴陵郡"便可知道，文中所描写的绝非繁华荟萃的京城，而是偏远落后的荒郊野外，而此地在滕子京的不懈努力之下，达到"政通人和，百废具兴"的盛世，因此岳阳楼才得到了重修的机会，可见"大观"之意并非仅仅止于包罗万象的盛大风景而已。以中唐时期被贬为江州司马的白居易为例，他从繁华昌盛的京城来到偏远落后的长江南岸，所居是"黄芦苦竹绕宅生"，所闻为"岂无山歌与村笛？呕哑嘲哳难为听"，这种环境的巨变导致他内心充满了哀怨，所以当听到琵琶乐音的那一刻便不禁发出"如听仙乐耳暂明"的赞美。因为对白居易而言，琵琶可是一种"铮铮然有京都声"的时尚音乐，是独属于长安的特别风貌，犹如今日的维也纳爱乐交响乐团一样，只要这乐音被奏响，便能够令他回想起往日待在长安的辉煌岁月，两相对照之下，身处的贬谪之地不仅环境潮湿、文化落后、乐声刺耳，更欠缺同辈之人可结伴同游赋诗，形单影只的白居易唯有"春江花朝秋月夜，往往取酒还独倾"了。

同样的纬度、同样的地理环境、同样远离了国家中心，不同的人所做出的反应也迥然相异，积极进取的人会尽己之责、大兴教化，以提高当地的文化与生活水平；消极气馁的人则很可能心生郁闷，感叹空有大好良才却无用武之地，转而弃置公务，登山玩水。而滕子京谪守巴陵郡之后做了什么事情呢？那便是"越明年，政通人和，百废具兴，乃重修岳阳楼"，就此而言，范仲淹实际上意欲表达的重点并不是巴陵郡的风景如何壮美、如何该被众人欣赏，而是强调滕子京是一位仁厚、有才干的长官，即便身处穷乡僻壤，他仍然励精图治、改革整顿，使得政通人和、百废俱兴，最终岳阳楼才得以重修，这正是仁政、王道的体现；也只有重修岳阳楼以后，才能登楼远眺"衔远山，吞长江，浩浩汤汤，横无际涯，朝晖夕阴，气象万千"的"大观"景象。再加上范仲淹在篇末归诸"居庙堂之高，则忧其民，处江湖之远，则忧其君"的"古仁人之心"，以"先天下之忧而忧，后天下之乐而乐"的兼济胸怀为结穴，实际上已经由"观一地之山水胜景"扩延至"观天下的百姓忧乐"。总括而言，《岳阳楼记》绝非纯然在描述洋洋大观的风景，其背后实有王道的实践所支撑，并普施于"巴陵"这一偏远荒寒的谪守之地，进而使其社会文化水平有所提升。据此可以说，"此则岳阳楼之大观也"的"大观"就是取自《易经·观卦》中的原初含义。

同样地，《红楼梦》中的大观园之所以命名为"大观"，一方面是依据赐名者元妃的诗句："天上人间诸景备，芳园应锡大观名。"从文字表面看来，仿佛类似于《岳阳楼记》中"浩浩汤汤"的那一段景色描写，然而另一方面，我们还必须结合由元春亲撰并书于正殿之对联：

天地启宏慈，赤子苍头同感戴；
古今垂旷典，九州万国被恩荣。

一并参照之下，可以发现其中正体现了王道仁政使"天下服矣"之意，因为所谓的"天地启宏慈"，指天地开启了宏大的恩慈，意思便相当于神道，而神道体现于人间的最高境界则是王道，王道普施于天下，让万民受惠，因此"赤子苍头同感戴"，"苍头"即白发老人，不论老幼都一同感戴，可见其慈悲之宏大；"古今垂旷典"则是说当今皇帝如此仁德，施加了古今所没有过的旷世恩典，以至于"九州万国被恩荣"，元妃和贾家现下也正承受其浩荡之恩泽，这不就是"天下服矣"吗？天下之众，皆能一心感戴，便形成了所谓的乌托邦，这个乌托邦便是王道的体现。如此便巧妙地证实了元妃何以命名为"大观园"的真正取义所在。

另外值得注意的是，作为元春省亲之际所驻跸的正殿，乃是元春执行皇权的地方，第十八回描述："礼仪太监跪请升座受礼，两陛乐起。礼仪太监二人引贾赦、贾政等于月台下排班"。连元春的父亲、其他的长辈都要在月台下排班，以行君臣之礼，可见那是非常森严、隆重肃穆的皇权的展现。如此一来，即便是大观园中多处名称的初拟都不可以涉及此处，而一直空在那里，所以当元妃进入正殿准备升座受礼时，才会好奇地问道："此殿何无匾额？"随侍的太监跪启："此系正殿，外臣未敢擅拟。"由此可见大观园正殿至高无上的神圣性，即便宝玉是元妃的亲弟，也不能够擅自为正殿拟名，因为宝玉并非皇室成员，连暂时性的初拟都是一种冒犯皇权之举。可想而知，正殿作为远远凌驾于所有伦理层级的至高至尊之地，绝对不可能成为戏子表演戏曲的场所，倘若读者以"戏楼"视之，便是重大的误解。再者，对古人而言，戏子的身份卑贱低下，属于"贱民"等级，他们的表演只不过是博取看客欢心的娱乐节目，作为身份尊贵的元妃行使皇权的地方，正殿又岂是戏子能够轻易踏足之地？

再看当元妃命众金钗各作大观园题诗，一番铺陈才华的描述后，"那时贾蔷带领十二个女戏，在楼下正等的不耐烦，只见一太监飞来说：'作完了诗，快拿戏目来！'贾蔷急将锦册呈上，并十二个花名单子。少时，太监出来，只点了四出戏……贾蔷忙张罗扮演起来"。此处仅说这些戏子是"在楼下"等待，并未提到其上演之处，而依据清宫的戏台类型来推论，她们应该是在正殿对面临时搭建的"行台"表演。根据学者丁汝芹《清代内廷演戏史话》的研究，这种临时在室外搭建的舞台，为了配合坐北朝南的正殿，一般都是坐南向北，以方便元妃众人在一定的距离外观赏。

虽然大观园的正殿规模并不能与皇宫的相比，但按照清代王府的建筑礼制，它除了具有"大观楼"此一正楼之外，还囊括了东、西两侧的配楼，即附属的建筑物。在第十八回一段关于元妃为大观园建物赐名的描写中，便提及"正楼曰'大观楼'，东面飞楼曰'缀锦阁'，西面斜楼曰'含芳阁'"，这东、西两座楼阁正是标准的王府配备。在第四十回里，李纨便曾让刘姥姥爬上缀锦阁看看："只见乌压压的堆着些围屏、桌椅、大小花灯之类，虽不大认得，只见五彩炫耀，各有奇妙。"其内可说是包罗万象、应有尽有。既然一个配楼的空间都足以容纳体积、数量如此庞大的家具灯饰、各类器物，可想而知这座正殿是多么的宏伟庄严。同样地，在这一回里也有一段贾母在缀锦阁下用餐听戏的类似情节，其中就是由藕香榭提供了演习吹打的场地。总而言之，纵观整部《红楼梦》都未曾写到于大观楼上演戏，反倒只有提及藕香榭为戏子们提供了演奏之处，由此种种文本线索，都一再证明了大观楼并非"戏楼"。

秋爽斋中的大观窑

除了元妃省亲时所赐名的"大观园""大观楼"之外，《红楼梦》里唯一拥有"大观"之称者，则仅见于布置在探春房中的摆设——大观窑。第四十回描述道：

> 探春素喜阔朗，这三间屋子并不曾隔断。当地放着一张花梨大理石大案，案上磊着各种名人法帖，并数十方宝砚，各色笔筒，笔海内插的笔如树林一般。那一边设着斗大的一个汝窑花囊，插着满满的一囊水晶球儿的白菊。西墙上当中挂着一大幅米襄阳"烟雨图"，左右挂着一副对联，乃是颜鲁公墨迹，其词云：
>
> 烟霞闲骨格，泉石野生涯。
>
> 案上设着大鼎。左边紫檀架上放着一个大观窑的大盘，盘内盛着数十个娇黄玲珑大佛手。右边洋漆架上悬着一个白玉比目磬，旁边挂着小锤。

秋爽斋作为探春迁入大观园之后的住处，其中的摆设用品大都是以"大"字作为描述的关键字，诸如"大理石大案""斗大的一个汝窑花囊""一大幅米襄阳'烟雨图'""大鼎""一个大观窑的大盘""数十个娇黄玲珑大佛手"，仔细算一算，一共用了八个"大"字，甚至房内东边所设的拔步床也是张结构高大的木床，再加上"数十方宝砚，各色笔筒，笔海内插的笔如树林一般"，可见秋爽斋整体的格局、摆设都展现出了恢宏开阔的大器风范。最具深意的是，何以只有探春的房内出现"大观窑"？为什么作者要将一个"大观窑"的盘子摆放在秋爽斋里，而不是选择别的官窑呢？要知道，如果一提及官窑，就不得不追溯到宋代所盛产的精美瓷器，那是身为贵族侯府的贾家才能够收藏的珍贵古董，毕竟官窑在如今的拍卖市场上可都是天价级别的艺术品。

但根据考证，所谓的"大观窑"只是一般的泛称，清人所说的"大观窑"其实就是古籍里一贯提到的宋代官窑，而在清代的陶瓷专书中，"大观窑"往往被联系到宋徽宗的"大观"年号（1107—1110），虽然该年号只用了短短的三年，却成为宋代官窑的代称，例如《南窑笔记》记载："出杭州凤凰山下，宋大观年间命阉官专督，故名内修司。……为宋明十大名窑。"《景德镇陶录》也特别指出："大观，北宋年号。"可见《红楼梦》之所以特别采用"大观窑"，显然是要透过宋徽宗的"大观"年号而承继了传统的政治意涵，其中必然寄托着作者的弦外之音，即由帝王所体现的王道，而经由窑名与园名、楼名相一致，便隐隐然带有借探春以彰显大观精神的寓意。

"大观"精神的展演

据此而言，探春被视为大观园中唯一真正具有"大观"之实者，而其大观精神也体现在其住所整体的建筑布局上，因为细察整个大观园，只有秋爽斋附设了一处独立的、具有公共用途的"晓翠堂"，以供群体活动之用，其他姊妹们则多如贾母在第四十回带刘姥姥逛大观园之际所说的：

> 他们姊妹们都不大喜欢人来坐着，怕脏了屋子。……我的这三丫头却好，只有两个玉儿可恶。

由此可见，探春能够与人和谐共处，具有卓越的合群能力，从刘姥姥等人逛大观园时选择在晓翠堂用餐，也证明了探春是个公私平衡之人，她并不像其他姊妹般厌恶别人会污染其住所而抗拒他人的久待，反而能够容纳并扩大自己的生活涵盖面，同时又无碍于"烟霞闲骨格，泉石野生涯"的潇洒恬淡，以及如芭蕉、梧桐般卓尔不群的雅致脱俗。单就秋爽斋的布局来看，探春实在是个兼具公私情怀又公私分明的人，其室内摆设及附设的建筑均为其大观精神的展演。

探春作为诗社的第一个发起人，还亲自写专函给宝玉，第三十七回她在花笺上写道：

娣探谨奉

二兄文几：前夕新霁，月色如洗，因惜清景难逢，讵忍就卧。时漏已三转，犹徘徊于桐槛之下，未防风露所欺，致获采薪之患。昨蒙亲劳抚嘱，复又数遣侍儿问切，兼以鲜荔并真卿墨迹见赐，何痌瘝惠爱之深哉！今因伏几凭床处默之时，因思及历来古人中处名攻利敌之场，犹置一些山滴水之区，远招近揖，投辖攀辕，务结二三同志盘桓于其中，或竖词坛，或开吟社，虽因一时之偶兴，遂成千古之佳谈。娣虽不才，窃同叼栖处于泉石之间，而兼慕薛林之技。风庭月榭，惜未宴集诗人；帘杏溪桃，或可醉飞吟盏。孰谓莲社之雄才，独许须眉；直以东山之雅会，让余脂粉。若蒙棹雪而来，娣则扫花以待，此谨奉。

显然探春不仅具有游心诗词的雅兴和推动事务的才干，由花笺上的

"前夕新霁，月色如洗，因惜清景难逢，讵忍就卧。时漏已三转，犹徘徊于桐槛之下"还可看出她赏爱自然情景的脱俗胸襟与生活情韵，竟然可以为了珍惜月色清辉而徘徊流连直到三更，大大有别于黛玉垂泪到半夜的柔弱闺秀姿态，反而更像一位在月色下欣然夜游的清朗雅士，犹如少女版的苏东坡。综合探春在受命理家前后的表现来看，她既能在贾府需要她协理家务的时候积极入世，一展领袖风范；又能在怀才不遇之际安然隐逸，享受自然的风光乐趣。因此探春的确是实践大观精神的关键人物。

评点家青山山农在《红楼梦广义》中，总括了探春的重要形象道：

> 探春聪明不及黛玉，温文不及宝钗，豪爽不及湘云，独能化三美之长，而自成其美。建社吟诗，何其风雅！钓鱼占相，何其雍容！赏花知妖，何其颖悟！停棋判事，何其精明！宝玉温柔如女子态，探春英断有丈夫风。生女莫生男，殆探春之谓欤？

关于探春"聪明不及黛玉"这一点，想必很多读者都会认同，毕竟黛玉的聪明伶俐确实从她登场的那一刻起便深深地吸引了读者的目光；而"温文不及宝钗"也是事实，宝钗即使被奴才所冒犯，也绝对不会打人家一巴掌；至于"豪爽不及湘云"则是体现在探春并不像史湘云那般快语不羁、心直口快。然而最具有启发性的一点在于探春"独能化三美之长，而自成其美"，虽然她的各项特质分别来看可能都比不上黛玉、宝钗和湘云，可是却兼具了三人之长，堪称为集大成，从这点而言恐怕便已经超越了那三位金钗。

我们暂且不论属于后四十回的"赏花知妖"一事，从青山山农所举出的例子，如"建社吟诗""停棋判事"便足以显示探春的领导能力及精明才干，因此他也忍不住就"宝玉温柔如女子态，探春英断有丈夫风"这点而感慨"生女莫生男，殆探春之谓欤"！要知道，宁愿生女儿也不要生儿子可是一反中国人的传统价值观，能够让青山山农作出如此罕见的评价，应该也是他对探春的智慧才干、气度风范所给予的由衷赞叹吧？这也从侧面表明了宝玉确实如凤姐口中所说的，是个不中用的家伙，唯有探春能成为她理家的左膀右臂，毋怪乎脂砚斋会发出"使此人不远去，将来事败，诸子孙不至流散也，悲哉伤哉"的感慨，这也正是对探春最高的赞美。

试想，假若探春没有因为远嫁而离开贾府，贾家就不会一败涂地，沦为"落了片白茫茫大地真干净"的地步，甚至很可能还有东山再起、起死回生的机会，以林如海为例，即便爵位归零，他也通过科举考试成功转型而维持了家业，难道贾府会做不到吗？对于贾府的败灭，身为继承人的宝玉可谓责无旁贷，这样一个"温柔如女子态"的男孩子如何能够担起承前启后、起死回生的重责大任？而唯一有能力的探春却囿限于女儿身，终究必须走向出嫁的道路，对于家族的败灭完全无能为力，探春之所以如此悲愤的原因正在这里。脂砚斋"悲哉伤哉"的感慨也无形中告诉我们，在贾府败落的这件事上，曹雪芹绝不是出于所谓反封建、反礼教之心去批判贵族的腐败，而是在追忆过去百年世家的繁华盛景时，对于无法挽救并延续家族而感到深切的悲痛与失落。我认为这种哀惋的情调才是《红楼梦》真正的宗旨。

除了之前所提到的大观窑、大观楼和大观园之外，"大观"一词还出现在宝玉对稻香村的批评里。在第十七回宝玉随贾政众人一起游园的过程中，他针对稻香村猛烈地抨击道：

> 此处置一田庄，分明见得人力穿凿扭捏而成。远无邻村，近不负郭，背山山无脉，临水水无源，高无隐寺之塔，下无通市之桥，峭然孤出，似非大观。争似先处有自然之理，得自然之气，虽种竹引泉，亦不伤于穿凿。古人云"天然图画"四字，正畏非其地而强为地，非其山而强为山，虽百般精而终不相宜。

纵观整部小说，这是宝玉唯一一次在他素来万分敬畏的父亲面前展开长篇大论的抗辩，显然这一段情节的安排是别有用意的，但读者务必谨记，这番话并不代表作者要控诉礼教对女性的压迫，也不是他意图借宝玉之口表达大观园属于一个顺任自然情感抒发之地，所以不该存在礼教伦理的压制。倘若我们仔细考察，宝玉对于"大观"的理解实际上是指自然与人为达到融合、协调，他之所以赞美潇湘馆"有自然之理，得自然之气"，是因为其中人为的"种竹引泉"与自然环境相互融合，并不落于穿凿，而他批评稻香村"似非大观"的重点，主要在于这所田庄"远无邻村，近不负郭，背山山无脉，临水水无源"以致"峭然孤出"的状态，失去了与周边环境的协调性。如果依据宝玉的思路逻辑，只要稻香村"背山山有脉，临水水有源"，便可以像"第一处行幸之处"的潇湘馆一样"不伤于穿凿"。显然宝玉所谓的"大观"绝非只是指天然、自然而已，所以其本质上也绝非与伦理相互排斥。

是故从人文制度要一定程度地顺应自然之理而言，这无疑正是"王道"的体现，好比第十六回说明朝廷之所以恩准皇妃省亲，是在"国体仪制"之下"大开方便之恩，特降谕诸椒房贵戚，除二六日入宫之恩外，凡有重宇别院之家，可以驻跸关防之处，不妨启请内廷鸾舆入其私第，庶可略尽骨肉私情、天伦中之至性"，而助成了"大观"精神的全面展示。如此一来，便意味着宝玉对稻香村"似非大观"的观感，乃是出于偏泥一端的有限成见，正如贾政在题撰过程中也批评他为"管窥蠡测"，暗示其狭隘的个人主义导致他无法看到超越个人之外的群体之美。值得注意的是，在脂砚斋的批语里，唯一遭到"非大观"之反面评价的，恰恰正是宝玉本人，从第十九回脂批所言：

> 余今窥其用意之旨，则是作者借此正为贬玉原非大观者也。

可见宝玉自己才是百分之百的、本质性的"原非大观"！再参照宝玉的前身曾是隶属于赤瑕宫的神瑛侍者，而"赤瑕宫"的"瑕"字正是意指瑕疵，即"玉小赤也，又玉有病也"，这更清楚说明了宝玉的性格天生掺杂了邪气的状态，本质并不健全，所以他必然无法体现出宏大的理想与志向，并受限于自我中心所致的个人主义，也才会被脂砚斋评为"玉原非大观者"。

浦安迪在讨论中国传统文学如何表现"自我"意识时，即认为："自我的悖论（paradox of selfhood）——一味执着于个人的完满（self-containment）可能会被某种错误反向的逻辑思维引向狭隘的个人主义。"换言之，单纯地追求自我完满只是见树不见林的以偏概全，反倒造成了"管窥蠡测"式的性格偏失，故谓"玉有病""玉原非大观者"。反过来说，"大观"真正的丰富其实来自"自我不足感"所产生的"自我超越"，达到自身与外在世界的圆满协调，由此才能够企及一种宇宙的周全性，而情、礼合一的"大观"便是其最高的境界。

何况我们千万不要忽略，宝玉与众金钗之所以能够住进大观园，完全是因为元妃利用皇权的开恩特许，显然身为王室成员的元妃不但没有滥用皇权来作威作福，反而善用其权力让姊妹们活得更为幸福自在，这岂不就是皇权的一种人道表现吗？可见大观园处处都离不开王道的恩泽、护卫。

言归正传，探春作为唯一具有大观精神、能够扛起家族重任的贾家子弟，实在是比只懂得安富尊荣的宝玉更为出色，然而无可奈何的是，身为女子的探春根本避免不了远嫁的命运，因此她也无法持续发挥其才干，让接近败落的贾家得以绵延久长。探春的命运不仅是个人的悲剧，也是家族的悲剧。这位聪慧敏锐、公正无私、为人通透大器的女孩，终究只能如一只断线的风筝，飘落到另外一个家族里去展开新的人生，为他姓实践大观精神，而一任心心念念的本家落了片白茫茫大地真干净，宁不哀哉！

第四章

惜春

无论是太虚幻境里的判词曲文，还是情节上的巧思安排，或是脂砚斋的批示点评，都一再地告诉我们，以"春"字作为桃名的贾氏嫡系四姊妹"元、迎、探、惜"，四人之名合起来所形成的谐音"原应叹息"就是对于女性的集体挽歌。其中关于"惜春"之名的诠释，最普遍的说法是："春"既代表美好，也是作者在失落了繁华梦幻后依旧魂牵梦萦、追思不已的美好女性之表征，加上"惜"与"叹息"的"息"谐音，则"惜春"二字必定带有珍惜和惋惜春天之意。他珍惜曾经拥有过的百花盛开，而在失落之后也只能够惋惜春天的必然离去，亦即美好的破灭、金钗们的青春丧失是早已注定的悲凉宿命。

勘破三春景不长

但我认为其实不然。《红楼梦》中众多年轻可爱、个性丰富多彩的少女里，除了迎春没有代表花之外，惜春则是另一位"无花空折枝"的人物，既然作者也把惜春安排为没有代表花的金钗，其中必有缘故。首先应该指出，关于"惜"字的意涵不只是珍惜和惋惜之类带有正面的肯定义，另外还包括"吝惜"此一负面的否定义。而恰恰与一般常见的说法相反，惜春的"惜"事实上意指吝惜，即惜春根本不喜欢"春天"，也对春天盛开的繁花不屑一顾，对她来说，春天不但毫无可贵之处，反倒为她带来另一种心灵上的压力及嫌恶，所以她甚至宁愿拒绝人人向往的美好春天！从某个意义而言，这的确是惊世骇俗的说法，但是我们如果好好地透过整部书的文本证据来分析理解的话，便会发现事实的确如此。

试看第五回太虚幻境的人物图谶中，对惜春的预告是：一所古庙，里面有一美人在内看经独坐。其判词云：

> 勘破三春景不长，缁衣顿改昔年妆。可怜绣户侯门女，独卧青灯古佛旁。

其中的"勘破三春景不长"说明惜春虽然感受到春天的美好，但却因为看透了由她三位姐姐所呈现出来的青春风采，其真正的本质是"景不长"的无常、短暂，导致她形成无需珍惜这些过眼云烟的念头。如果与后面的《红楼梦曲》一并来看，便能够更充分、详尽地了解惜春的出世性格：

> 〔虚花悟〕将那三春看破，桃红柳绿待如何？把这韶华打灭，觅那清淡天和。说什么，天上夭桃盛，云中杏蕊多。到头来，谁把秋捱过？则看那，白杨村里人呜咽，青枫林下鬼吟哦。更兼着，连天衰草遮坟墓。这的是，昨贫今富人劳碌，春荣秋谢花折磨。似这般，生关死劫谁能躲？闻说道，西方宝树唤婆娑，上结着长生果。

曲名中的"虚花"二字便点明了花开花落之无常所隐含的虚幻本质，而首句的"将那三春看破"与判词里"勘破三春景不长"的含义根本是如出一辙，其中的"看破""勘破"即相当于"虚花悟"的"悟"。

而一旦更深入理解惜春对人世间尤其是构成生命繁衍之情欲的看法后，便终于得以真正体会"把这韶华打灭"一句所蕴含的奥妙意味。

换言之，实际上惜春是主动而积极地在意志的引导之下，取消了"韶华"的美好，"把这韶华打灭"一句清楚表达出她对整个春天之意义的否定是十分强烈的，其力度近乎灭火。但何以惜春要极端否定"春天"的美好呢？是因为看破了它的短暂、无常，所以失去了追求它的动力吗？非也，其实在惜春的认知思维里，春天根本是肮脏不堪的，表面上呈现出绚烂夺目的韶华，但内里所蕴含的却是她最厌恶的某一种存在本质。如果同时参照惜春之灯谜诗所宣示的"不听菱歌听佛经"，"菱歌"指的正是男欢女爱的歌谣，即等同于春天的"韶华"，那么我们便可明白，惜春为何如此厌恶"韶华"以至于希望除之而后快了。这正是惜春之所以没有代表花的原因，也非单单用佛教信仰所能解释。

有学者认为，除了已经入宫的元春之外，剩下的迎春、探春、惜春三人恰好形成三种鲜明不同的面对世界之模式。粗略地来说，探春积极对抗恶势力并给予他们迎头痛击的个性为"入世"，符合儒家的类型；而迎春一副"虎狼屯于阶陛尚谈因果"的性格可说是"忘世"，带有一点道家的意味；很明显地，不同于前两者的"入世"与"忘世"，排行最小的惜春属于"出世"的人生样态，至于其人格类型与性格内涵，却不只是佛教的出家观那么简单。

苗而不秀

虽然有些清代评点家依循人花比配的逻辑，为惜春设定了专属的代表花，但都不免于穿凿无稽。譬如诸联在《红楼评梦》里说"惜春如菊"，王希廉则以曼陀罗作为惜春的配图，然而菊花多用来比喻陶渊明之类的隐逸之士，具有浓厚的儒家色彩，与惜春的思想内涵并不相合；同样地，曼陀罗虽然和佛教关系密切，但是我们却不能直接就其宗教信仰便轻率地断定二者等同，而最重要的关键，在于文本里完全没有证据表明惜春有代表花。更值得深思的是，如同迎春一样，作者之所以没有为惜春设定代表花，并不是因为无心的疏漏，而是有意为之，并且意味深长，"没有代表花"实为惜春性格的独特表征。

必须注意到，除了"虚花悟"而吝惜春天、打灭韶华的心态之外，惜春没有代表花的另一个重要原因还在于她年龄很小，试想：一株还在发育中的幼苗怎么可能会开花呢？惜春根本欠缺足够的时间让自己成长、成熟，相比之下，同样不具有代表花的迎春已经是个成年的十五六岁少女，她有足够的成长期以发展自身的才能、资质并形成独特的风貌，可是她却辜负和抹杀了自己的资质，泯除了自己的个性和存在感，以致变成一个人人观之可"侵"的木头，这是她自己的性格所造成的结果。相较于迎春，惜春则属于"非战之罪"，如果以望文生义的方式给予比喻的话，我认为可用"苗而不秀"（《论语·子罕》）四字形容惜春因为年幼而没有代表花的境况。

首先就惜春年幼的特点而言，第三回林黛玉初入荣国府时，即已经透过其目光清楚明确地呈现出来："钗环裙袄，三人皆是一样的妆饰。"其中，相较于探春"削肩细腰，长挑身材，鸭蛋脸面，俊眼修眉，顾盼神飞，文彩精华，见之忘俗"的鲜明亮眼，迎春"肌肤微丰，合中身材，腮凝新荔，鼻腻鹅脂，温柔沉默，观之可亲"的黯淡平凡，身为同辈中排行最小的惜春则是"身量未足，形容尚小"。所谓的"形容尚小"即形体、面容至整体的外貌都处于还未长大的状态，也就是说，惜春只是一个还来不及发展出个人特质，以至于没有表现出个人特征的小女孩，其实并非没有个性，所以在黛玉的观察入微之下，也无法给出诸如"见之忘俗""观之可亲"之类的观感描述。

根据我的推论，此时的惜春恐怕只有三四岁。这是参考第二十三回，宝玉刚迁进大观园居住便写了《四时即事诗》，"当时有一等势利人，见是荣国府十二三岁的公子作的，抄录出来各处称颂"，则比宝玉小一岁的黛玉应该是十一二岁，而大观园"盖才盖了一年"（第四十二回），落成后再加上后续的零星工程、省亲活动的筹办等又花了一些时日，换算起来，于第十六回此园开始兴建之际黛玉才十岁左右。如果以此为准往前推估，则黛玉初到荣国府时大约六七岁的说法也相对合理，那么比她更为年幼的惜春当然只可能是三至五岁的小女孩。不过，曹雪芹并没有在小说各处都精确地说明金钗们的岁数，而她们的年龄也经常是前后冲突，所以我们只能通过文本中的细节进行相对合理的推算。

但值得注意的是，作者显然是刻意对惜春做出如此的安排，因为当小说里的所有人都在成长之际，生命赖以进展变化的时间在惜春身上却似乎迟缓到处于停滞的状态，以至于"幼小"构成了她所特有的形象核心。从第三回描写惜春"身量未足，形容尚小"之后，无论是作者的描写，还是小说人物对她的描述，几乎都没有脱离"小"这个人物特征，甚至一直反复不断地出现在书中的各处细节，包括：

> "惜春小。"（第四十六回作者云）
>
> "四姑娘小呢。"（第五十五回凤姐道）
>
> "四姑娘小。"（第六十五回兴儿语）

其中，第四十六回贾母因盛怒而冤枉了王夫人，大家都不敢发声辩白，这时作者描写说"迎春老实，惜春小"，唯有聪慧勇敢的探春挺身为王夫人伸冤，此处的"惜春小"即说明她年幼到没有处理能力，何况一个小孩出来讲话也应该没人会答理她，因此只能由探春出面化解。到了第五十五回，李纨、探春、宝钗三人协理荣国府，卧病中的王熙凤一一评比府内众人的治事才干，提到惜春时同样仅仅以"四姑娘小呢"一语带过，完全没有提及是否中用的问题，可见惜春并非没有才能，只是因为年龄很小，还没有机会和时间把它发展出来，所以凤姐也无法做出明确的判断。有意思的是，即使到了第六十五回，贾琏的心腹兴儿向尤二姐介绍贾府中的太太小姐时，关于众金钗如黛玉、宝钗、探春、李纨，甚至是"二木头"迎春，都有非常生动精彩的描述，可是唯独对惜春，依旧以"四姑娘小"这么一句话便轻描淡写地带过。

再看第四十回刘姥姥逛大观园的情节里，素日矜持优雅的贵族成员们因为刘姥姥所说的"老刘，老刘，食量大似牛，吃一个老母猪不抬头"而哄堂大笑时，甚至出现"惜春离了坐位，拉着他奶母叫揉一揉肠子"的描写，旁边竟还伴有奶母随身照顾，其年幼可想而知。请试着回想：其他的少爷小姐们是否也有奶娘随侍左右呢？诸如贾宝玉的奶娘李嬷嬷、林黛玉从苏州带来的王嬷嬷，在小说中都没有出现一直待在这二人身畔的描写，因为他们都已到了不需要奶娘照护的岁数。由此更加证明惜春与其他姊妹相比，年龄确实更小，以至于奶娘不得不随时随地在她身边看顾。整体来说，"年幼"便是惜春自始至终都非常重要的人格特质，并成为构成其人格的一种力量来源。

当故事发展到第七十四回，大观园惨遭抄检而面临崩毁的时刻，书中依然一再强调"惜春年少，尚未识事""惜春虽然年幼""小孩子""四丫头年轻糊涂"，可见幼小确实是其特殊人格内涵养成的决定性因素之一。从表面上来看，种种描述都纷纷反映了惜春的不懂事，可是她究竟不懂什么事？而她又懂得什么事？这些问题便是很耐人寻味的地方。

出世性格

除了年龄幼小这一层因素之外，惜春没有代表花的另一个重要原因，就是其与生俱来的出世性格。虽然惜春还是个稚幼的孩子，却不代表她是一张白纸，完全不懂得观察和感受周遭的事物，实际上，她早已经默默地对这个世界展开认知，而且小小年纪便存有了出世的愿望。仔细推敲惜春在小说中第一次开口说话的场景，虽然篇幅很短，却隐藏了她对这个世界的观感与表态，第七回叙写道：

> 惜春正同水月庵的小姑子智能儿一处顽耍呢，见周瑞家的进来，惜春便问他何事。周瑞家的便将花匣打开，说明原故。

惜春笑道："我这里正和智能儿说，我明儿也剃了头同他作姑子去呢，可巧又送了花儿来；若剃了头，可把这花儿戴在那里呢？"说着，大家取笑一回，惜春命丫鬟入画来收了。

这只是"送宫花"的一段插曲，但对惜春而言，与智能儿玩耍一事乃是她的生命事件簿里最早的记录，不仅是首次脱离三春团体活动的详细记载，即所谓的 first solo，更是从一笔带过的模糊身影摇身变成真正有声有色的单独个人演出。

从惜春的这番话中，可以直接联想到一个光头女孩佩戴花朵的画面是多么滑稽、荒谬，一般读者也往往把它当作一个普通的玩笑话而一笑置之。可是其实这段情节非常重要，大家可别忘记，前文中曾推算惜春在黛玉初入荣国府之际只有三四岁，据此推测，第七回里的惜春甚至可能还没有到上小学的年龄，而这个时期的小孩与其玩伴一般比较容易产生认同作用，如同孟母三迁，当母子俩迁至坟场附近，孟子便与当地的孩子玩起送葬的游戏；当他们搬到集市旁边，孟子就和孩子们以买卖作为嬉乐的活动，可见惜春以智能儿作为玩伴必定与她的思想性格有着一定的关联。

但智能儿为什么会出现在贾家呢？贾家作为世家大族，在门户森严、里外不通的情况下，闺阁小姐的日常生活其实颇为单调沉闷，除了偶一为之的打醮之外，她们几乎无法呼吸府外的新鲜空气，或者获得外界的任何讯息，因此当刘姥姥从荒村乡野而来，便自然而然地担当起传递外界资讯、讲述趣闻异事的说书角色，她那粗鄙野俗的言谈举止对于高门大户来说极为新鲜有趣，所以才会出现贾府的太太、小姐们因为刘姥姥的话语动作而捧腹大笑的场景。由此可见，能够名正言顺、合法合理地通过层层关卡进入深闺内院的人，即所谓的"三姑六婆"，除了在女眷们生产时助其分娩的产婆，当然也少不了传扬宗教信仰的道姑、尼姑，而智能儿之所以能够成为惜春的玩伴，便是因为她的师父经常到贾府里与太太们说闲话。再者，第二十五回中，那位差点导致宝玉和王熙凤命丧黄泉的马道婆就是"三姑"中的道姑，可见包括智能儿及其师父在内，道姑、尼姑都拥有进入闺阁内部的特权。

这里值得疑惑的是，何以身为千金小姐的惜春会与小尼姑智能儿结成玩伴？难道她不是应该与贴身丫鬟入画一起玩耍吗？从一般常理来推测，自小即陪伴、伺候惜春的入画当然也是她的玩伴之一，可是作者却在惜春首次的个人表演主场上安排智能儿与她嬉戏，那么这必定是一段非比寻常、至关紧要的情节。当然这是出于小说家的刻意安排，尤其从小说叙事的整体性而言，更是惜春个人生命史上最早的记忆，依个体心理学家阿德勒（Alfred Adler，1870—1937）的观点，最早的记忆表明了个人对待生活的特殊方式，因为个人对自身和环境的基本认知均包含其中，也就是说，一个人如何定位、认识自己与周遭的环境，这些都会含括在其所回忆到的最早事件里。而最重要的是，这种最早的记忆是个人主观的起点，也是他/她为自己所做记录的开始，通过所能够记起的最早事件，可了解个人赋予自己和生活的意义，以及对现在和未来的影响；而个人用以应付问题的生活样式又是很早便建立起来的，在四五岁的年龄，即已经可以看出其主要轮廓。

据此来说，这一段周瑞家的"送宫花"的情节作为惜春首度自主的言行表现，不在端严整肃的厅堂之上，而是在顺任本性的孩童游戏之中，那可说是最无拘无束的自我场域，正属于惜春记忆中最富有启发性的、开始述说其人生故事的方式，以及其生活样式的根本性确立。但值得注意的是，通常幼儿孩童的游戏内容都是对成人世界的模仿，是对现实生活具体而微的再现，他们通过模仿的游戏形态逐渐学习融入社会的方式，并达到与成人世界的接轨，例如唐代诗人杜甫《北征》一诗所写的"学母无不为，晓妆随手抹"，便充分反映出女儿模仿母亲化妆的学习经历。

因此在一般常态的情况下，小孩的玩伴也大多来自身旁周遭的亲友邻居。然而奇特的是，惜春的情况却完全不同，在姊妹丫头环绕、衣食丰足无缺的世家环境中，惜春却很明显地对现实世界采取不认同的否定态度，而反向地隐微形成对出家的向往，以至于其童年游戏都如此与众不同，不但玩伴是光头的小尼姑，作为书中首度的开口言说，其游戏话语竟是"出家为尼"。就一个仅约六岁的女孩子而言，岂非十分非比寻常？

更进一步地看，Gene Bammel & Lei Lane Burrus-Bammel 合著的《休闲与人类行为》一书中指出：

> 对十七岁的人来说，其百分之八十的学习在八岁时就已经完成，百分之五十的学习，四岁时已完成。这类资料有力地支持"游戏是人一生最密集和有效学习的活动"的说法。

这个研究结果说明了当我们还处于懵懂无知的岁月，还不能够自我决定、自我选择之前，实际上我们的学习便已经包含了成年所要累积、奠定之知识内容的一半，而这也反映出孩子的教养真的非常重要，家庭环境简直决定了其一生的思想性格。

如此一来，惜春一生的学习实际上在她与小尼姑一起所玩的游戏中，便已经完成了大半，并且是以最密集和有效的活动方式进行。则"剃了头同他作姑子去"可以说是她对自己人生路向的认真考虑甚至是明确决定，这个想法一直根植于惜春尚未成熟的心灵中，成为她首要的人生选择。从最终的结局来看，"出家"已成为她的心灵归趋并一以贯之，可见其儿时所说的并非纯粹小孩子随口胡诌的天真话语。

或许大家会认为，惜春和智能儿玩耍这一情节说明了"近朱者赤，近墨者黑"的道理，她的出家思想是受到小尼姑的影响，然而这个逻辑会让惜春沦为被动的产物，缺乏个体的自主性。实则经过我的仔细分析，应该反过来说，惜春这样一种背离现实世界的出世心态乃是出于自我的意志抉择，所以她才主动选择智能儿作为玩伴，并且此一信念、意志也一直延续下去，包括第二十二回的灯谜诗，其中即隐含着惜春的世界观及生命观的重要线索。

不听菱歌听佛经

惜春所作的灯谜诗，以"佛前海灯"为谜底，大大抒发了她对于照浊澄源的无上追求：

> 前身色相总无成，不听菱歌听佛经。莫道此生沉黑海，性中自有大光明。

贾政看后，认为"惜春所作海灯，一发清净孤独"，他敏锐地察觉到其中所隐含的不祥之兆，所以心内愈思愈闷，竟至辗转反侧、难以成寐。确实对惯于世俗繁华的人来说，海灯在一片黑暗寂静的佛寺古庙里默默日夜燃放光明，那可是无比凄凉的情景，但是年纪小小的惜春却以佛前海灯作为自己心愿的具体意象，难怪贾政看了灯谜后忧心忡忡。

这首灯谜第一个最值得注意的地方，就是"莫道此生沉黑海，性中自有大光明"两句所展现的光明与黑暗之对比。惜春以"黑海"的波谲云诡、深不可测来比喻她所生存的环境，而她非常抗拒这种状况，便希望依靠自己内在的力量去绽放光明，以驱散外在的黑暗世界。要知道的是，一片漆黑的海洋是最适合海怪出来把人吞噬殆尽的一种想象，可是身为贾府千金的惜春，不仅衣食无缺，还更是锦衣玉食，为何她会以"黑海"代表自己所处的世界呢？其中隐藏的意义非常值得仔细推敲。

其实，惜春所感受到的"此生沉黑海"，不只是比喻整个世界黑暗如海，还回应了佛教的观念。例如王维《过香积寺》一诗结尾的"薄暮空潭曲，安禅制毒龙"两句，即运用《涅槃经》中的典故："但我住处有一毒龙，其性暴急，恐相危害。""毒龙"意指妄心痴念，会干扰甚至破坏内心的平静，而王维是将毒龙意象安置在潭水中，惜春则更扩大为"黑海"，可见对惜春而言，整个世界都是黑暗无边的幽暗深渊，各色毒龙处处兴风作浪，吞噬所有的光明。

在这样的存在感知之下，佛教便成为惜春心中的追求与光明的象征，而灯谜诗中第二句"不听菱歌听佛经"即清楚道出这个世界会变成"黑海"的重要原因。所谓"菱歌"，指的是江南女子到水田里采菱角、摘莲花时所唱的民谣，正如前文所提及，因为其本质都是情歌，所以"菱歌"二字实际上也涉及男女情色的含义，换言之，惜春"不听菱歌听佛经"的态度是她对于一般人所追求的男女情感、声色欲望的强烈抗拒，因为对她来说，那些都是肮脏污秽的东西。而与这句灯谜诗相关的情节，我们可从第七十四回的抄检大观园了解其具体展演。

我之所以一开始便说明惜春的"惜"字并非珍惜或惋惜而是吝惜的意思，就是因为从文本中的这些蛛丝马迹里，可以分析出惜春认为：春天的百花盛开以及大地的欣欣向荣背后，实际上隐含着无所不在的费洛蒙，春天堪称是性冲动处处满溢的一个季节，这便是惜春对于春天的认知。必须注意的是，惜春乃是宁国府当家之主贾珍的妹妹，而宁国府正是被柳湘莲嘲讽为"你们东府里除了那两个石头狮子干净，只怕连猫儿狗儿都不干净"（第六十六回）的地方，其中充斥着色情、淫秽，因此惜春才会以"黑海"来形容她所存在的世界，可见其世界观就是来自从小生长的家庭环境，再度证明家庭环境几乎决定了一个孩子的人格特质及其应对问题的生命样式。

据此而言，从第五十二回麝月所说的"家里上千的人"可知，与惜春年龄相仿的小孩子包含小丫头其实并不少，何以她唯独和小尼姑智能儿玩耍呢？显然这绝对不是一个偶然的现象，实际上已经表现出惜春对于生命的认识以及自我的抉择，在这个抉择之下，智能儿是她认可为最干净的存在，因为其身份就是远离情欲色相的出家人。可惜的是，身为尼姑的智能儿却与秦钟偷情，后来东窗事发还被逐出了尼姑庵，只能落魄地求助于秦钟，但秦钟也自顾不暇，甚至很快地丧命，最终小说并未详细交代流离失所的她究竟何去何从，但从现实常理来看，沦落风尘的可能性是极大的，毕竟会出家的小女孩多半是无家可归。所以我合理推测，智能儿原本因为出家人的身份而成为惜春渴望追求大光明的路标，可叹她竟然也陷入"菱歌"所隐含的情色旋涡里且下场悲惨，这必然会对惜春幼小的心灵带来很大的打击，导致她更坚信这个世界中情欲是很丑陋恐怖的，而后来大观园之所以会惨遭抄检，不也是因为绣春囊所引发的吗？动听诱人的"菱歌"实则隐藏着毁灭性的伤害，难怪她决定要"不听菱歌听佛经"了。

参照脂砚斋对惜春这首灯谜诗批曰："此惜春为尼之谶也。公府千金至缁衣乞食，宁不悲夫！"这段批语告诉我们，惜春最终的下场不仅是出家，还得托钵化缘，到处乞食，从一个锦衣玉食的千金小姐沦落至毫无依傍的境地，那实在是非常可怕的巨大落差，足以令人悲叹不已。不过此处必须补充说明，惜春的最终出路并非无法预料的天命际遇所致，反而纯粹是源于自我偏执所抉择的个人实践，将她自幼以来的价值观贯彻始终，因此旁观的读者虽不免感到无限唏嘘，惜春本人则应该是心安理得而万般自在。

王国维的解释

进一步来说，对于惜春的出家，红学史上最著名的解释是王国维所言，他认为在某些有灵智、慧根之人的心目中人生是辛苦的负担，只不过绝大多数乐在其中的人并未察觉，所以这些少数人想要追求解脱。王国维《红楼梦评论》曾针对小说中的解脱区分为两种意义，指出：

> 解脱之中，又自有二种之别：一存于观他人之苦痛，一存于觉自己之苦痛。然前者之解脱，唯非常之人为能，其高百倍

于后者，而其难亦百倍……唯非常之人，由非常之知力，而洞观宇宙人生之本质，始知生活与苦痛之不能相离，由是求绝其生活之欲，而得解脱之道。……前者之解脱如惜春紫鹃，后者之解脱如宝玉，前者之解脱超自然的也，神明的也；后者之解脱，自然的也，人类的也；前者之解脱宗教的，后者美术的也；前者和平的也，后者悲感的也，壮美的也。

可见他主张"解脱"有两种不同的方式：其一为"观他人之苦痛"，即虽然自己身处于幸福或至少顺利的环境，却能够通过众生的受苦领悟到存在本身就是一种苦痛，而自己的存在也必然有同样的本质，所以便想要寻求解脱；其二，"觉自己之苦痛"就是感受到自己切身的痛苦，却因无法负荷，唯有借助宗教的力量来帮助自己解脱，譬如那些因为忍受不了失恋的打击而去出家的人，便属于这一种解脱的方式。

王国维认为，"观他人之苦痛"是那种超越俗众层次的人才有办法做到的解脱。对于一般人而言，只要自己的生活过得顺利美好，能够享受荣华富贵、飞黄腾达的滋味，即便人生过得毫无意义也没什么关系；但是那些懂得"观他人之苦痛"的人却不曾被浮华的表象所围限，而足以洞察宇宙人生的本质，并领悟到生活与苦痛之不能相离，所以他们最终才会选择断绝生活的欲望，以求彻底解脱。这等人在王国维看来便属于"非常之人"，其境界比起只能够"觉自己之苦痛"的人更胜百倍，因为"觉自己之苦痛"的人是基于自己无法负荷人生的苦痛才选择遁入空门，这种逃避的方式并不具备强韧的心性尤其是智慧上的洞察力，显然不及前者的层次高。

　　总括而言，对王国维来说，惜春的欲求解脱是出于"观他人之苦痛"，"由非常之知力，而洞观宇宙人生之本质，始知生活与苦痛之不能相离"，因此断绝其生活之欲望以求得宗教的、和平的解脱，属于超自然的、非常人的表现；宝玉则是因为深陷于个人的苦痛，自然会想要解脱，而在挣扎的过程中产生了悲戚之美感，属于人类的自然表现，与之相比，惜春可说是更高明百倍，也难得百倍。

　　但我认为王国维的解释只适用于宝玉，对惜春而言却并不切合，难免诠释过度。只要仔细阅读小说，便可以发现即便到了第七十四回，于抄检大观园的一段中，作者依然明确地告诉我们"惜春年少，尚未识事"，这般还不懂事的幼小孩子，怎么可能具有非常的知力去洞观宇宙人生之本质呢？可见王国维是把他所分类的解脱之道直接投射并附会在小说人物身上，那只不过是他自己对于解脱的不同境界、不同类型、不同高下的区别，但惜春的情况其实并不符合他所阐释的那个类型。惜春是一位有血有肉的小女孩，我们不能简单随意地以所谓的超越自然或神明的方式来解释之，所以还是要回归到小说内容里去寻求比较合乎情理的解答。

　　据此，反倒是王蒙的说法较为接近实情，他指出：与柳湘莲、芳官以及中外寺院里众多"在失去了红尘的幸福以后看破红尘"者流不同，惜春是因为"一种近乎先验的对于红尘的污浊的恐惧，一种相当自私的洁身自好而出家的"。当然，我们不能就此"死于句下"，事实上惜春并不"自私"，虽然惜春在入画事件发生后表现得丝毫不关心家庭所受到的损失而只关心自己的面子，但用一个模糊、笼统的"自私"来概括惜春的性格其实并不准确，因为惜春所关心的面子与一般人所在意的层次并不相同，接下来我将会针对这点详加说明。

抄检藕香榭

关于惜春的性格特质与心智模式，直到第七十四回抄检大观园的相关情节才充分表露出来，而那也是比惜春与智能儿玩耍一段更为淋漓尽致的唯一一次主场展演。当时由王熙凤所带领的抄检大队来到了藕香榭（也称暖香坞）：

> 遂到惜春房中来。因惜春年少，尚未识事，吓的不知当有什么事故，凤姐也少不得安慰他。谁知竟在入画箱中寻出一大包金银锞子来，约共三四十个，又有一副玉带板子并一包男人的靴袜等物。入画也黄了脸。因问是那里来的，入画只得跪下哭诉真情，说："这是珍大爷赏我哥哥的。因我们老子娘都在南方，如今只跟着叔叔过日子。我叔叔婶子只要吃酒赌钱，我哥哥怕交给他们又花了，所以每常得了，悄悄的烦了老妈妈带进来叫我收着的。"惜春胆小，见了这个也害怕，说："我竟不知道。这还了得！二嫂子，你要打他，好歹带他出去打罢，我听不惯的。"凤姐笑道："这话若果真呢，也倒可恕，只是不该私自传送进来。这个可以传递，什么不可以传递。这倒是传递人的不是了。若这话不真，倘是偷来的，你可就别想活了。"入画跪着哭道："我不敢扯谎。奶奶只管明日问我们奶奶和大爷去，若说不是赏的，就拿我和我哥哥一同打死无怨。"凤姐道："这个自然要问的，只是真赏的也有不是。谁许你私自传送东西的！你且说是谁作接应，我便饶你。下次

万万不可。"惜春道:"嫂子别饶他这次方可。这里人多,若不拿一个人作法,那些大的听见了,又不知怎样呢。嫂子若饶他,我也不依。"凤姐道:"素日我看他还好。谁没一个错,只这一次。二次犯下,二罪俱罚。但不知传递是谁。"惜春道:"若说传递,再无别个,必是后门上的张妈。他常肯和这些丫头们鬼鬼祟祟的,这些丫头们也都肯照顾他。"凤姐听说,便命人记下,将东西且交给周瑞家的暂拿着,等明日对明再议。

请注意惜春最初的反应。我曾经在清朝的历史文献上看到关于抄家的记载,确实有小孩子因为抄家的庞大阵仗而被活活吓死,所以"惜春年少,尚未识事,吓的不知当有什么事故,凤姐也少不得安慰他"实在是非常合乎情理的描写,几十个人在夜晚明火执仗、气势汹汹地扑盖过来的架势,对小孩而言诚为非常巨大的心理冲击。

惜春一开始就已经受到抄检阵仗的惊吓,接着在抖出其贴身丫鬟入画私自传送收藏男子物品的隐私时,她最初的反应还是"胆小,见了这个也害怕",然后则是对入画这位自小一起长大而情同姊妹的贴身女婢及其所犯下的情有可原的小小罪过,表现了出奇冷酷的绝情绝义,惜春毫不迟疑地要凤姐"你要打他,好歹带他出去打罢,我听不惯的",并严格要求"嫂子别饶他这次方可。……嫂子若饶他,我也不依"。其实,入画的这种小小过错根本谈不上罪大恶极,毕竟那些被搜查出来的物品并非偷盗而来,确实是由主子贾珍赏赐给她哥哥的,加上她之所以帮哥哥收藏钱财私物,也是基于害怕经常吃酒赌钱的叔叔婶子拿去胡乱花费,诚属情有可原,因此大家都认为可以放过不用追究。但惜春却完全不能容忍，不顾情分地对于自小陪侍身旁的贴身丫鬟提出严惩、驱逐的主张，这已经很清楚表现出惜春那极其强烈的道德洁癖特性了。

不过有一点必须说明的是，虽说入画为哥哥收藏私物并非天大的过错，但瞒着主子私自从大观园外传递物品进来并加以藏匿，这确实是不妥当的行为，因为一旦开了先例，岂非人人都可把任何物品偷渡、私藏？万一因此让大观园内出现了严重的违禁品，例如足以毁坏众金钗之清誉的绣春囊，那可不是单靠问责、严惩便能够解决的灾难，所以充当中间媒介的"传递人"还是难辞其咎。基于此故，当凤姐问及物品传递者有哪些共犯时，惜春也立刻毫无转圜地直接供出相关人物，即"后门上的张妈"，那除恶务尽，绝不容许一丁点污秽的性格可谓展现得淋漓尽致。

到了次日，惜春甚至等不及进一步的处置，便坚持将入画押解至宁国府，也把尤氏专程请来园内：

> 忽见惜春遣人来请，尤氏遂到了他房中来。惜春便将昨晚之事细细告诉与尤氏，又命将入画的东西一概要来与尤氏过目。尤氏道："实是你哥哥赏他哥哥的，只不该私自传送，如今官盐竟成了私盐了。"因骂入画"糊涂脂油蒙了心的"。惜春道："你们管教不严，反骂丫头。这些姊妹，独我的丫头这样没脸，我如何去见人。昨儿我立逼着凤姐姐带了他去，他只不肯。我想，他原是那边的人，凤姐姐不带他去，也原有理。我今日正要送过去，嫂子来的恰好，快带了他去。或打，或杀，或卖，我一概不管。"入画听说，又跪下哭求，说："再

不敢了。只求姑娘看从小儿的情常，好歹生死在一处罢。"尤氏和奶娘等人也都十分了解，说他"不过一时糊涂了，下次再不敢的。他从小儿服侍你一场，到底留着他为是。"谁知惜春虽然年幼，却天生成一种百折不回的廉介孤独僻性，任人怎说，他只以为丢了他的体面，咬定牙断乎不肯。

足见即便是尤氏，对于入画私藏哥哥之物也只是责怪她隐瞒不报，让"官盐竟成了私盐"，意即入画哥哥所得的赏物本属于合法的，可是因为入画私自把物品"偷渡"进大观园，在没有告知主子惜春的情况下，那些赏赐的物品才变成了"非法"赃物。显然尤氏与凤姐一样，都认为入画只是犯了向主子隐瞒的错误，其余则一切清白无辜，因此算不上严重的过错，可是惜春并未因此而妥协，一心坚持要赶走入画，甚至还十分不留情面地表示"或打，或杀，或卖，我一概不管"，其表面的理由竟然只是因为"这些姊妹，独我的丫头这样没脸，我如何去见人"。面对入画的哭求、众人的说情，惜春也完全不为所动，任人怎么说，她只认定丢了她的体面，咬紧牙断乎不肯原谅。如此幼小的女孩做起事来竟然比成年人还要决绝，实在令人惊讶，可见惜春对于过错是完全不能容忍的，甚至已经到了极为偏激的地步。

　　然而，这表面上看似冷血狠毒的铁石心肠，以及爱面子所产生的虚荣心，归根究底，都不是造成惜春如此不近情理的真正原因；隐藏在铁石心肠与虚荣心背后的心理根源，其实是一种过于求全责备以致极其严苛的精神洁癖。必须说，当一个人的愤怒、不满、厌恶，或是对某一些负面事物的排斥已经趋向极端时，那就会变得愤世嫉俗，虽然也许本身是出于正义的目的，但却因为过度的决绝而失去了平衡与宽厚。

天生成一种百折不回的廉介孤独僻性

面对尤氏和奶娘等人的劝说，惜春仍然不愿改变她要驱逐入画的想法，作者对于惜春如此坚决的行为提供了解释，即惜春"天生成一种百折不回的廉介孤独僻性"，其中所说的"天生成"意指一种与生俱来的先验本质，而"廉介孤独"就是被惜春带到现实世界并成为她人格特质的核心部分，这才是对于惜春性格的正确诠释。并且必须进一步说，她那种极端干净、孤介的性格不仅是先天所秉具的天赋，甚至还经由后天家庭环境的影响而导致此一天赋变本加厉地发展。

试想：除了惜春之外，《红楼梦》里有哪些人物也可以说是天生"廉介孤独"的呢？答案是"孤高自许，目无下尘"（第五回）、"懒与人共，原不肯多语"（第二十二回）的林黛玉，及其重像"天生成孤僻人皆罕"（第五回《红楼梦曲·世难容》）的妙玉，所以表面上这种天生的孤僻性格也可以在不同的人物身上看到。然而惜春与众不同的关键在于她"百折不回"，也就是说无论如何都不会改变其精神洁癖，连探春都表示：

> 这是他的僻性，孤介太过，我们再傲不过他的。（第七十五回）

　　而反观黛玉，在第四十二回"蘅芜君兰言解疑癖"到第四十五回
"金兰契互剖金兰语"这段情节期间，其心灵、性格都产生了里程碑
式的变化，由高度的洁癖守净过渡到容污从众，从孤独的个体逐渐融
入和睦的群体，不再是大家固有印象中敏感多疑、爱钻牛角尖的林黛
玉，所以黛玉的廉介孤独僻性并不能称为"百折不回"。至于妙玉的
孤僻可否算是"百折不回"呢？那恐怕离得更远了，因为妙玉根本没
有经受任何考验，既然没有"百折"又怎么谈得上"不回"？身为官
宦小姐，她自幼备受宠爱而养成骄傲的习气，出家只是为了治病，后
来受到王夫人高规格的下帖邀请而住进了大观园里，在栊翠庵的这段
生活岁月中，其衣食起居依旧维持了名流的高度精致，因此她的高傲
性格得到了更加充分的发展以致走向极端。试看从小就认识妙玉的故
人邢岫烟，于第六十三回中得知妙玉在给宝玉的拜帖上下别号时，还
对其性格给予了"放诞诡僻""僧不僧，俗不俗，女不女，男不男"
的评价，所以不得不说妙玉的运气确实极好，可以随心所欲地放任自
己的个性。据此而言，其孤僻性格也不能以"百折不回"称之。

　　回到惜春身上，她因为"天生成一种百折不回的廉介孤独僻性"
而固执于驱逐入画的决定，那么惜春真的对自小关系亲密的入画如此
冷血无情吗？非也，其实面对众人之原宥宽谅入画的决策，惜春的
表现是"咬定牙断乎不肯"，并且申言"我不了悟，我也舍不得入画
了"，由此可见惜春并非天生无情冷酷之人，否则又何须咬牙以坚定
意志？这也显示其中自有"舍不得"的情感动摇。

　　惜春为何会如此断然忍情？必须注意的是，在惜春的心灵意识
里，现实世界根本就是"黑海"的化身，其污秽的程度已经使她产生
了极度的恐惧和压迫感，为了避免被黑海所污染，即便沾上或喷溅到

一点点污渍，她都难以容忍。虽然惜春只是以偏概全的片面了悟，但她还是抱持着贯彻到底的决心，不断用道德的显微镜扩大那些微不足道的瑕疵，并坚持彻底根绝，以至于旧情虽然温暖可贵，但如果随着旧情之锁链而来的，是污秽肮脏之世事，她也会毫不迟疑地挥刀断绝。对惜春而言，这个世界处处存在着罪恶与污秽，以及罪恶与污秽的可能，因此必须力求斩草除根，所以她才会说出："嫂子别饶他这次方可。这里人多，若不拿一个人作法，那些大的听见了，又不知怎样呢。嫂子若饶他，我也不依。"是以惜春不仅在事发当下主动供出相关人犯，更不惜牺牲与入画"从小儿的情常"。

可是我们也并不能因此而苛责惜春的决绝。她作为一个软弱无力的小女孩，只能赤手空拳去对抗现实世界的侵蚀，打从心底感到害怕的她唯有一直咬紧牙根与之抗衡到底，"天生成一种百折不回的廉介孤独僻性"便成为她保护自己的唯一武器。毕竟她小小年纪，并没有足够的力量、知识以及后天所培养的智慧，去更好地应对自己与世界之间的不协调，在这种情况之下，只能快速而直接地把这个世界判断为黑白二分，对于她所极力排斥的黑暗，也唯有依靠与生俱来的天性来护卫自己。

病态逃避型人格

心理学家荷妮认为，个人与社会文化的冲突或适应不良所导致的病态人格肇因于基本焦虑，而其潜在原因于儿童时期就已经形成。基本焦虑（Basic anxiety）作为一种以为自己"渺小、无足轻重、无助无依、无能，并生存于一个充满荒谬、下贱、欺骗、嫉妒与暴力的世界"之感，来自个体在童年时期没有得到父母真诚的温暖与关怀，所以失去了被需要的感觉。无条件的爱是儿童正常发展的最基本动因，如果儿童未能得到这种爱，便会觉得这世界和周遭环境都是可怕、不可靠、无情、不公平的，这种怀疑倾向使他们感到个人被湮灭，自由被剥夺，于是丧失快乐而趋向不安。又因为儿童年纪尚轻，不敢对父母的爱表露出怀疑，害怕为此而受到惩罚和遗弃，此一被压抑的情绪导致更深的焦虑，结果在这般充满基本焦虑的环境中，儿童的正常发展受阻，为了逃避这种焦虑并保护自我，于是便形成了病态人格。

我们在迎春的身上非常清楚地看到她具有"基本焦虑"的情况，并形成了一种病态依顺型的人格，这都肇因于其嫡母邢夫人对她冷漠无情的态度，至于惜春是否也源于相同的理由而形成了病态人格的倾向呢？试想：惜春的父母是谁？他们一直健在吗？她从小是否享受过正常家庭所给予的亲子之爱？答案都是没有。根据第六十五回兴儿向尤二姐所做的介绍，可知惜春是"自幼无母，老太太命太太抱过来养这么大"，可见她自幼就失去了在母亲温暖怀抱中成长的机会，而父亲贾敬则是一心求仙，整天和道士胡羼，长年住在道观不肯回家，惜春等于无父无母，这正是惜春形成病态人格倾向的重要原因之一。值得庆幸的是，贾母让慈爱的王夫人照护年幼的惜春，因此惜春的病态人格倾向才不至于发展到完全失控的局面。

然而无论如何，即便王夫人待惜春如亲生女儿，但她确实并不是惜春的生母。参照现实中一些相关社会新闻或电视剧，可知一个孩子对亲生父母的渴望和追寻往往十分强烈，即便养父母将之视如己出、爱护有加，可是仍然不能够打消他们去寻找亲生父母的念头，寻根问祖始终是其未竟的心愿。相信大家对这类事件并不感到陌生，同理，如此的一种本能让惜春幼小的心灵生出了失去原生家庭与亲生父母的不安全感，而身为婶子的王夫人只能给予她部分的关爱、呵护，难以完全填补失根的缺憾。这便不得不令人感慨人性的有限，即使别人对自己再好、付出再多，但对方并非亲生父母这一点就足以让当事者沉浸于遗憾的旋涡之中而无法得到圆满。

依据荷妮所区分的几种病态人格倾向，不同于迎春"病态的依顺"（Neurotic Submissiveness），惜春所发展出来的是"病态的逃避"（Neurotic Withdrawal）此一病态人格。前述惜春那首以"佛前海灯"为谜底的灯谜诗所宣示的"不听菱歌听佛经"，显示她宁愿追求、聆听清净孤寂的"佛经"，也要远离由男女情爱所构成的"菱歌"，那宛如"黑海"般幽暗危险的尘世是年幼的惜春极力想要消灭或驱赶的，然而因为她自己力有未逮，于是唯有选择逃避。

依据荷妮的研究，具有这种病态人格倾向的患者会出现以下的心理状态，即当儿童产生基本焦虑后，他越是与别人隔绝，就越会将其对自己家庭的敌意投射到外部世界，从而认为整个世界都充满了危险和威胁，因此形成一种基本敌意（basic hostility）。而惜春正是把自己对于家庭的敌意投射到外部世界上，在她的认知里，威胁和危险潜藏于世间各处，所以她才想要通过出家以远离一切黑暗，保护自己不受伤害。总括而言，这种基本敌意便是造成惜春病态人格的主要根源和直接原因。

由此可见，除了惜春"天生成一种百折不回的廉介孤独僻性"之外，后天不健全的家庭环境也是造成其基本焦虑的关键因素，而这种情绪是基于病态地认定："如果自己能自足，就可以安全。"这正是曹雪芹塑造人物个性的独具匠心之处，虽然惜春与迎春同为具有病态人格的少女，但她们的思维根据与感情表现却迥然不同：迎春不断贬低或泯灭自身的存在并迎合、顺从他人的需求，一心以为"只要我顺从你，我就会得到安全"；惜春则恰恰相反，她追求的是自给自足，不需要依靠任何人来获得安全感，因而她会寻求在情感上独立于他人，也就是不与任何人发生情感关联，譬如即便从小陪伴身旁的入画，惜春对于她的情感也可以毫不犹豫地割舍。

但是，如果因此而推论惜春是狠心自私的女孩，却会落入失之毫厘、差之千里的不够精确，其实她的内心里隐含的信念是"逃避他人"——不但压抑一切感情的倾向，甚至否认情感的存在，对任何事物都冷漠不关心。她的信条是："如果我逃避别人，他们就无法伤害我。"换句话说，那些具有病态逃避型人格的人为了避免受到伤害，唯有选择压抑人类与生俱来的情感倾向，他们的冷漠不关心并非因为无情，而是一种逃避别人的方式。如此一来，这种人与他人的适应关系便表现为脱离他人（away from people）。

进一步来说，这种人的主要基本焦虑就是孤独感，所以书中称惜春"天生成一种百折不回的廉介孤独僻性"，恰恰与之吻合。惜春不仅具有与生俱来的孤独感，加上后天原生家庭宁国府又让她感觉到世界的黑暗，于是对整个世界产生了敌意，她既不希望依属于任何人，也没有能力反抗，只想远远地躲避他人，与世无争，而"求生活安全"大约即可以概括这类人的感受。因此，从这种种条件与迹象来看，以"病态的逃避"来解释惜春的性格应该是非常恰当的。

必须注意的是，我们既不能以一般的常识去理解惜春"病态的逃避"性格，单就"逃避"二字而推论她是一个懦弱的人也未免言之过甚，因为这与懦弱与否根本毫无关系。在惜春心目中，远离尘世的黑暗是她一生的追求，为了达到这个目标，她不想和任何人发生关联，而佛门净土就是最理想的归宿，因为它完全把人从这个尘世中除籍，甚至可以脱离官府的规范，不被这个世间最有强制力的权力所主控，例如在很多时代里，出家人诸如尼姑和尚可以不必缴税。由此看来，无论从心灵、感情还是现实上的考量而言，佛教本身便是让人脱离尘世的最佳选择，因此佛教恰恰为惜春提供了一个能够缓和其基本焦虑的合理合法的出口。

与宁国府划清界限

在此必须再度强调，天性只是形成性格特质的因素之一，"天生成一种百折不回的廉介孤独僻性"只能部分地解释惜春这种以出家为终极追求的独特世界观，如果没有后天环境的激发与强化，"孤介太过"的僻性未必足以巩固其出家的心愿。

究竟后天的什么因素强化了惜春这样的天性呢？那就不得不追溯至惜春对其原生家族宁国府的认知与想法。要知道，惜春对于情色污染及世事阴暗面的厌恶、惧怕程度已经达到不惜六亲不认、避之唯恐不及的境地，其决绝的对象并非仅限于贴身丫鬟入画，而是扩大到整个原生家族，为了断绝被污浊因子侵犯的机会与可能性，以致彻底与宁国府的亲人划清界限，可见环境因素对个人性格之影响深远。

在第七十四回抄检大观园时，惜春的贴身女婢入画被搜出私藏男子物品，可是经过与尤氏的当面对证，确认了入画辩称的"这是珍大爷赏我哥哥的"乃所言非虚后，惜春却依然"咬定牙"做出了驱逐这位情同姊妹之贴身丫鬟的决定，所谓：

> "不但不要入画，**如今我也大了，连我也不便往你们那边去了。况且近日我每每风闻得有人背地里议论什么多少不堪的闲话，我若再去，连我也编派上了。**"尤氏道："谁议论什么？又有什么可议论的！姑娘是谁，我们是谁。姑娘既听见人议论我们，就该问着他才是。"惜春冷笑道："你这话问着我倒好。**我一个姑娘家，只有躲是非的**，我反去寻是非，成个什么人了！还有一句话：我不怕你恼，好歹自有公论，又何必去问人。古人说得好，'善恶生死，父子不能有所勖助'，何况你我二人之间。**我只知道保得住我就够了，不管你们。**从此以后，你们有事别累我。"

从这段情节中，我们可了解到惜春的"廉介孤独僻性"之所以会得到巩固并发展到"百折不回"的地步，皆归因于宁国府这一原生家庭环境所提供的温床。而宁国府究竟是一个怎样的地方呢？第六十六回中，柳湘莲便曾经直言不讳地讥讽宁国府"除了那两个石头狮子干净，只怕连猫儿狗儿都不干净"，其话中所着重的关键就是"干净"与否，而"干净"在此属于情色范畴内的用语，往往是小说中用以对立于色淫的贞洁概念。显然除了并非活物的"石头狮子"之外，"只怕连猫儿狗儿都不干净"便说明了在柳湘莲眼中，宁国府是个淫秽不堪、充斥着色欲的地方，因此从宝玉口中得知即将与他共结连理的女子尤三姐竟然是出自宁国府后，便忍不住当面发出这般尖锐的批评。由此可见，虽然柳湘莲并非贾府中人，却也对宁国府的情况有着一定的了解，遑论宁国府家主贾珍之妹惜春，她肯定更加清楚地知道这个原生家庭里充斥着淫逸放荡的风气。

从惜春与尤氏的对谈中，我们可以推论出惜春的这一番独立宣言实际上就是建立在对于淫秽的极端排斥之上，因而正式宣告与宁国府以及府中的家人断绝往来。值得注意的是，何以一开始惜春便表明"如今我也大了，连我也不便往你们那边去了"呢？其中的逻辑颇值得我们去推敲玩味。既然惜春是在宁国府"不干净"的前提下才做出这样的推论，而府中人又经常背地里议论关于情色、风月的"不堪闲话"，导致已经"大了"的惜春更是对宁府避之唯恐不及，以免被这些黑暗污浊所沾染。

那么，为何之前的惜春可以安心地进出宁府本家，而如今却要这般坚决地割裂彼此之间的联系呢？原来关键在于"如今我也大了"，以前还是稚嫩孩童的惜春当然不怕，因为无知的小孩是隔绝于情色话题之外的，没有人会怀疑到她身上，可如今惜春已经开始进入性成熟的青春期，如果她还常常出入宁府，难免不被人投射怀疑的眼光甚至闲言闲语。为了避嫌以保证自身的声誉清白，她认为不得不斩断自己与宁府的关系。

惜春这番话很显然触及了尤氏的心病，所以尤氏便告诉惜春应该拿出主子的威严，以身份阶级的优势杜绝悠悠众口。可是惜春对此一方式却极不以为然，她认为自己身为未婚的姑娘家，"只有躲是非"的道理，如果以尤氏这种做法去蹚浑水，她势必也会卷入是非的无底洞中，哪怕自己无涉于任何男女的风月情事，也会有口说不清，而此一"躲是非"的抉择更印证了惜春确实属于逃避型人格。她之所以逃避，就是因为在她的认知里，这个世界不仅肮脏龌龊，其中的污秽还会反过来伤害她，因此更加巩固了她要远离红尘俗世的决定，这岂不正是一种逃避的心态吗？

为了彻底断绝与宁府之间的血脉脐带，惜春甚至还说出了"'善恶生死，父子不能有所勖助'，何况你我二人之间。我只知道保得住我就够了，不管你们。从此以后，你们有事别累我"的不近人情之言。在此必须郑重提醒，当读者想要据此责怪或指控惜春的绝情之前，请务必先厘清惜春的思维脉络以及她所引用的"善恶生死，父子不能有所勖助"究竟又是何意。其实，惜春的性格并非如一般人所以为的自私、虚荣，她这番话的真正含义是："善恶"这种属于道德自决以及"生死"这种只有造物主才能够定夺的范畴，是连亲如父子者都帮不上忙的。也就是说，是善是恶，是贞洁还是淫秽，每个人都得反求诸己，毕竟这是必须由自己承担的责任，并不能依靠他人来帮忙澄清，更"何况你我二人之间"，惜春与尤氏只不过是伦理上的姑嫂关系，她们之间甚至毫无血缘关系，所以就更谈不上保住她不受下人流言蜚语的侵害了。

总括而言，年龄尚小的惜春只能够用尽全部的力量来保护自己不受污染，所以她才会说："我只知道保得住我就够了，不管你们。从此以后，你们有事别累我。"要知道，当时的惜春还是个未满十岁的小孩子，对她而言，连能不能周全保护自己都是个难题，导致内心充满愤怒与恐惧，所以唯有希望借着逃避的方式远离污染，让宁府的亲族承担他们自己所造的罪孽，而不至于连累到自己。表面上看似冷酷无情，实则充满无奈，尚且不是完人的我们又怎能够对如此稚嫩的孩童求全责备呢？

惜春这株"尚未识事"的幼苗对"干净"的坚持，使她极力撇除任何与"不洁"和"罪恶"沾上关系的人、事、物，深怕稍有不慎便万劫不复，以至于过分地全力发展她唯一可以依恃的精神武器，在这种过犹不及的情况下，终于成了一个"只有躲是非"、怕被不堪之事"编派上"，而"只知道保得住我就够了，不管你们"的冷酷女孩。

对于惜春的一番反驳，尤氏既感到生气又觉得好笑，因向地下众人道：

> "怪道人人都说这四丫头年轻糊涂，我只不信。你们听才一篇话，无原无故，又不知好歹，又没个轻重。虽然是小孩子的话，却又能寒人的心。"众嬷嬷笑道："姑娘年轻，奶奶自然要吃些亏的。"惜春冷笑道："我虽年轻，这话却不年轻。你们不看书不识几个字，所以都是些呆子，看着明白人，倒说我年轻糊涂。"尤氏道："你是状元榜眼探花，古今第一个才子。我们是糊涂人，不如你明白，何如？"惜春道："状元榜眼难道就没有糊涂的不成。可知他们也有不能了悟的。"尤氏笑道："你倒好。才是才子，这会子又作大和尚了，又讲起了悟来了。"惜春道："我不了悟，我也舍不得入画了。"尤氏道："可知你是个心冷口冷心狠意狠的人。"惜春道："古人曾也说的，**'不作狠心人，难得自了汉。'我清清白白的一个人，为什么教你们带累坏了我！**"尤氏心内原有病，怕说这些话。听说有人议论，已是心中羞恼激射，只是在惜春分上不好

发作，忍耐了大半。今见惜春又说这句，因按捺不住，因问惜春道："怎么就带累了你了？你的丫头的不是，无故说我，我倒忍了这半日，你倒越发得了意，只管说这些话。你是千金万金的小姐，我们以后就不亲近，仔细带累了小姐的美名。即刻就叫人将入画带了过去！"说着，便赌气起身去了。惜春道："若果然不来，倒也省了口舌是非，大家倒还清净。"尤氏也不答话，一径往前边去了。

其中，无论尤氏还是在场的嬷嬷们分别提及的"四丫头年轻糊涂""小孩子""姑娘年轻"，都一再说明了惜春的幼小，然而小小年纪的惜春为了避免受到色情、淫欲的污染，却以"如今我也大了"极力撇清她与宁府之间的关系，可见其道德洁癖已经到了过于戒慎恐惧的地步，所以尤氏才会忍不住批评惜春这番话是"无原无故，又不知好歹，又没个轻重"，而众嬷嬷为了缓和气氛，便笑说"姑娘年轻，奶奶自然要吃些亏的"，等于把惜春与宁府撇清关系的宣言当作小孩不懂事的玩笑话。针对尤氏和众嬷嬷一直以年纪小来降低她决绝表态的严正性，惜春抗辩说道"我虽年轻，这话却不年轻"，可见她认为"众人皆醉我独醒"，唯有她对世间的真相有所了悟，即使她还年轻。

持平地说，惜春并不知道实际上她只是看清楚这个世界的一部分真相，却不了解所谓的真相还有另外一面，即所谓"真理的相反也同样还是真理"。年幼稚嫩、涉世未深的惜春尚未能以更全面客观的角度去看待世事，虽然她所看到的确实也是真理，却未免沦为管中窥豹，她并不知道那只是真理的一个面向，为此还责骂尤氏和众嬷嬷都是"不看书不识几个字"的"呆子"，唯有她才是真正的"明白人"。

惜春这番话令尤氏更为不悦，姑嫂二人因此发生口角，尤氏借着惜春那句"你们不看书不识几个字，所以都是些呆子"给予反讽道："你是状元榜眼探花，古今第一个才子。我们是糊涂人，不如你明白，何如？"没想到惜春又认为在世俗中浮沉、功成名就的状元榜眼也未必能够对世间万物有所了悟，他们虽然饱读诗书，但这种学识上的积累却和慧根灵性上的领悟迥然不同。必须说，单单就此话本身来看，惜春说的道理是正确的。也因为她有所了悟，所以才能够坚决地斩断与入画之间亲密的主仆情感，正所谓："我不了悟，我也舍不得入画了。"可见事实上惜春是爱入画的，但是她却压抑了自己的一切情感倾向而舍弃这位姐妹，因为她明白自己在这个世界的黑暗面前尚且力不从心，其全部力量只足以用来"自了"而不足以"渡人"，为了保护自己，她必须断绝各种已经沾染上瑕疵的情感牵连，这就是"病态的逃避"人格之表现。

小乘根器

可见惜春并非自私自利或天生冷漠无情，只是后天的原生家庭环境助长了她的性格洁癖，为了追求安全感及避免自己陷入那与"黑海"无异的俗世，惜春选择援引佛教来作为其思想信念的根据，这就和迎春借由《太上感应篇》的功过格来强化其"病态的顺从"型人格的模式极为类似。根据我多年来的观察，无论身份地位、事业成就的高低成败，即便平凡无奇的人，哪怕再卑微、平庸、虚荣、无聊，也都需要某些信念或价值观来合理化自己的想法举止，否则毫无精神动力之人真的无法继续活下去，二春亦然。

可见"心狠意狠"即为惜春用以自渡的唯一方法，她所自力建构的思想体系或理论基础可以表列如下：

了悟＝明白——"善恶生死，父子不能有所勖助"的道德自决——舍得——狠心人——自了汉

比较之下，与迎春所说的每句话都带有一个否定词，以指向意志、能力的自我否定相反，惜春话语中的否定词虽也是根源于生存的极限，却都是指向对外在世界的否定，并导致个人存在关联的断裂与抽离。所谓"我也不便往你们那边去了""善恶生死，父子不能有所勖助""我只知道保得住我就够了，不管你们""不作狠心人，难得自了汉""我清清白白的一个人，为什么教你们带累坏了我"，种种言词都显示出惜春的出世思想是"自了"，而不是"渡众"；是冷肃无情，而不是宽和慈悲，她的生活形态和观照心态都带有愤世嫉俗的悲观本质，属于佛教观点中侧重于否定工夫，而以消极方法制止妄动、断除迷误的"小乘根器"。

就这点而言，惜春的了悟境界当然不是最崇高的，可我们切莫忘记她仅仅只是一个不到十岁的小孩，不但对世界缺乏全面、深刻的认识，而且还没有得到充足的知识与信念的培养，如此一来，她又怎么可能去拯救世人呢？因此，幼小的惜春便不得不走上"小乘"的道路。

与此同时还可以发现，惜春所发展的世界观属于一种极为简化的二元论，非黑即白，在其人生体验或世界认知里也只有"洁净"

与"污浊"的极端对立，非干净即肮脏，除此之外的其他价值层次都被摒除，完全没有任何的灰色地带以及复杂辩证的可能性。对惜春而言，与"洁净""光明"相敌对的就是"污浊""黑海"，而在她的观念定义里，黑暗污浊的根源便是"情色"。

我认为以"水至清则无鱼，人至察则无徒"来形容惜春这种人格特质最为恰当合适，但在解释何以如此比喻的缘故之前，必须先补充说明一般常见的误解，很多人以为，"水至清则无鱼"是由于水质过分清净而少有浮游生物，导致鱼类不来觅食。但其实大自然的水体中怎么可能会没有浮游生物呢？举个例子便可以反证这一点：杜甫因逃难而来到一处人迹罕至的偏僻山谷村落，他发现此地人烟稀少，民风淳朴，居民对自然万物都非常和善友好，不由得写了《五盘》一诗感慨道："地僻无网罟，水清反多鱼。"可见"水清"不一定"无鱼"，反倒是"多鱼"，之所以会出现截然不同的情况，就是因为当地居民能够与动物和谐共处，鱼族不必为了躲避人类的捕猎而另寻更安全的地方，因此即便水流清澈让鱼类的动向一览无余，它们也不用惧怕有性命之忧。总括而言，"水至清则无鱼"的真正原因是鱼类为了避免天敌，所以喜欢躲在水草茂密、水质相对混浊之处活动，而并非源于没有食物。古人即借此比喻一个人的性格若过度洁癖，对旁人的要求过高，那就会"人至察则无徒"，如同"水至清则无鱼"般身边没有朋友。

因此，惜春那过度严苛的"至清""至察"只会导致自己陷入形单影只的孤立境况，毕竟"人谁无过"，即便是圣贤也可能隐藏着不足为外人道的"小德出入"。令人感到无奈的是，这位小女孩始终无法容忍他人无伤大雅的瑕疵，不愿意接受犯错者的任何求情忏悔，不放过共犯结构里的漏网之鱼，甚至为了避免自己被悖德的成分所玷污，不惜"宁为玉碎，不为瓦全"，决绝到毫无商量余地的地步。

但为何一个生于侯门绣户、几乎没有踏出过家门的千金，会对人们赖以繁衍后代的情欲本能如此恐惧与厌恶呢？其中的道理就在于：对于稚幼无知的孩童而言，家庭即等同于他的全世界，所以家庭的人事环境影响必然是形塑孩童认知的主要力量，而惜春之所以会形成并发展出病态逃避型的人格，显然与其血脉本源的宁国府息息相关。

每个人都有他的地狱

此刻便产生一大难题：在注重孝道、把血缘视为亲人之间神圣不可侵犯的紧密纽带的传统文化里，倘若亲缘血脉为个人的人格带来困扰，那么应该怎样去处理和解决？惜春在面对此一困扰时，其对应之道有别于两位姊姊，即迎春的病态依顺与探春以宗法否定血缘的做法，而是以"心冷口冷心狠意狠"的思维心态去处理血缘带来的问题。

很显然，惜春这种宛如石头般冷硬的性格实在是"除了那两个石头狮子干净，只怕连猫儿狗儿都不干净"的宁国府所扭曲而成的，尤其"爬灰"的贾珍更是她的亲哥哥，两人具有最相近的骨血基因，对于天生洁癖的惜春而言，这势必造成她如影随形、无法摆脱的原罪意识。宁府的污秽不堪对于尚在成长中的惜春来说，必定压力巨大，清代评点家二知道人也已经注意到家庭环境因素对惜春出家的影响，他在《红楼梦说梦》中认为：

> 惜春幼而孤僻，年已及笄，倔强犹昔也。宝玉而外，一家
> 之举止为所腹非者久矣，决意出家，是父是子。

此言甚是，不过，所谓"宝玉而外，一家之举止为所腹非者久矣"其
实是不精确的说法，惜春所"腹非者"，即心中默默批判的对象都是
来自宁国府，并非宝玉之外的整个贾家成员。由此可见，惜春极端的
性格确实与其原生家庭密不可分。

而惜春终归是个会长大的女孩，入住大观园也只是暂时的庇护，
当她进入性成熟的青春期后就免不了嫁为人妇的命运，届时便不得不
涉及情色风月之事，对于把情欲视为洪水猛兽的惜春而言，那无疑是
非常可怕且难以想象的状况。如此一来，她该怎么做才能既远离原生
家族的污秽，又不会因为长大嫁人而接触她所厌恶的情色呢？唯一的
办法即是出家，因为佛教宣称六大皆空，一概断绝血脉亲缘、人伦关
联的佛门净土才是惜春真正可以从"黑海"中彻底解脱的出路。

就此而言，惜春之所以选择小尼姑智能儿作为玩伴，正是因为尼
姑最符合"干净"的标准，出家人断绝七情六欲，具备不染淫秽的条
件，正好与惜春期望脱离宁国府之淫秽肮脏的心愿相符合。但不幸的
是，智能儿后来竟然也与秦钟发生了情欲关系，以佛门弟子而言，这
不仅是严重的犯戒之举，还是对净土的彻底亵渎，更加重了情色的毁
灭性与罪恶性。小说中虽然没有对惜春知晓此事后的反应有所着墨，
但可想而知，深受打击的她对情欲必定是更加深恶痛绝。

对惜春这名小女孩来说，如果要正常化地健全成长，除了有待更
多的时间之外，还需要至少一位明智、宽和的精神导师，在日常生活

里兼具保姆功能，随时随地给予提点开导，化解她对世界的不满和成见，一点一滴地教会她以不同的角度和心态看待人事。而这并不是十次、百次所能达到的，必须长期伴随其身旁极有耐心地引导，才有可能使之在耳濡目染下产生滴水穿石的改变，一分一毫地融化这颗沉默却坚硬的心灵，把这个小女孩从偏离的成长方向逐渐拉回正轨。

然而不幸的是，"每个人都有他的地狱"，惜春身边的每个人也有自己的地狱要面对，首先从同辈的姊妹说起：聪慧细心的探春本来可以成为惜春的知心姐姐，但是探春也有自己的困扰必须处理，她不仅要应付生母赵姨娘的无理纠缠，在协理荣国府后，还得时刻关心整个家族的日常运作，导致她无暇理会惜春的成长状况。性格软弱的迎春更不可能担任这个角色，因为她对别人的无限顺从与退让不仅无法引导惜春去开拓更为宽广的人生景观，反而只会助长惜春病态逃避的个性。

至于黛玉和宝钗同样无法承担起惜春心灵导师的角色，前者多愁多病的身心状况令她自顾不暇，遑论还要花费心思引导惜春如何形塑更好的世界观；后者身为外来的客人，不方便介入贾府的家务事，也的确没办法担当此任。即便是长辈、嫂嫂如王夫人和王熙凤，她们要处理的事务庞杂到"一天也有一二十件"（第六回），在如此劳心劳力的情况下，实际上也没有充足的能力和时间余裕去帮助惜春这位小女孩。因此，幼小的惜春只能够依靠自己的力量，也就是那"百折不回的廉介孤独僻性"来发展自身的思想信仰，终究形成了"病态的逃避"人格。

简而言之，我认为惜春的成长经历可说是另一出悲剧，此处的"悲剧"并非指其下场悲惨，而是说惜春的人格本具有更宽广的可能性，她可以成长得更开阔、更健全，甚至绽放出属于自己的花朵，但是这株小小的幼苗却异常坚持地否定整个世界。与此同时，惜春也拒绝成长，因为成长之后就必须进到世界体系中，陷入她避之唯恐不及的黑海，于是她早早即决定要出家，以便托诸声称六大皆空的佛门净土来彻底让自己从世俗中解脱。

作为代用词的"出家"

倘若追踪"出家"一词的概念构成，我们将会更深入理解惜春出家的意义。学者王乃骥指出："出家"为儒家社会的产物，该名词最早出现在北宋真宗天禧三年（1019）和尚道诚所辑录的《释氏要览》之中（案：这个说法应该修正，"出家"一词更早地见诸六朝的佛经文献），而最有意思的是，佛教起源于印度，但作为发源地的印度，其僧侣却并不称为出家人；唯独中国有"出家"这个代用词，而深受中国文化影响的越南亦然。

那么为何会以"出家"一词指称皈依佛道呢？其答案就在于"家"是儒家文化的核心，随之而来的即为政治、经济、法律、宗教、思想的泛家化，也就是一切都以家庭的概念来理解或构建。至关重要的是，传统儒家文化注重"父子有亲，长幼有序，夫妻有别，君臣有义，朋友有信"的五伦关系，而其中君臣的从属关系往往是夫妻关系的延伸，所谓"君为臣纲，夫为妻纲"，不少臣子也经常借着书写闺怨诗来抒发他希望得到君主眷顾、器重的强烈心愿，如同身处深闺渴望得到丈夫怜爱、陪伴的怨妇，可见这两种关系具有平行一致的本质，因此泛家化确实是在儒家文化的影响下所产生的一种社会现象。中国人的家化程度之深，往往会浮现在常用的口语中而不自觉，"出家"便是一个很好的例子。

"出家"作为名词之余，也可以兼作动词或动名词，事实上这个词汇虽然常见，却是儒家社会特有的术（俗）语，以"出家"作为剃度修行的代用词，这便与儒家的人伦文化息息相关。传统社会里，"在家"的最高准则即是以儒家伦常思想为依归，在不同的情境下扮演各种角色，诸如成为孝顺的儿子、尽责的丈夫、优秀的老师等等。如果一个人想要单独行动并舍弃人伦角色所该承担的责任、义务的话，那就只能够遁入空门，形同于脱出纲常的轨道，斩断与家人的一切关系，有如出轨另走新路，因此"出家"和"在家"必然冲突对立。

其实在传统社会里，出家往往不是被乐见其成的事情，人们会认为出家直接动摇到整个社会所普遍接受的儒家价值观，更何况经济独立的出家人可以不必缴税，而寺院本身的财务也自有一套运作方式，这又冲击到整个国家的经济体系，如果我们追踪历史进程，就会发现历代政府对于出家人的态度都有所变迁，而且关键在于多非友善的态度。

总而言之，为僧为道之所以有"出家"这一别称，实际上是儒家社会特有的现象，而《红楼梦》是一部描写贵族世家的小说，这种家族比起一般人家更加注重人伦关系和孝道纲常，则可想而知，小小年纪的惜春希望以出家摆脱自己与宁国府之间的血缘关系，实际上是相当惊世骇俗的心愿。一心舍弃亲族血脉的惜春，必须寻找一个可以让她不依傍任何人也可以活下去的地方，空门就是她唯一的选择。惜春遁入空门成为出家人后，至少还可以依靠托钵化缘继续生存，则佛门净地便是可以让她安身立命的场所，所以无论从现实处境还是心理需求来说，惜春都非出家不可。

当然，"出家"也可以是一种真正超然解脱的方式，因为出家者必须脱离涵括一切人际关联的伦常社会，即等于死亡般从俗世中除籍，往往只有悟道的大智慧者才能主动投身于此。对于极欲摆脱原生家族宁国府之情色淫秽的惜春而言，出家则可谓保障其人生免于污染的最佳选择。可是惜春在还没有真正地了解这个世界之前，就决定拒绝进入并选择逃离，这难道不是一个悲剧吗？虽然出家是另外一种智慧的圆满、灵性的成熟，但惜春的情况却迥然不同，她是在缺乏对这个世界的了解之下，便毅然选择放弃这个世界，出家只是她避开情欲的途径，而不是源于领悟佛法真谛才决定走向的道路。在曹雪芹生动的刻画之下，我们可以从惜春身上看到日常生活中也许不会遇到的一种特殊人格类型，身为读者，应该努力自小说的字里行间捕捉惜春心灵的苦恼、愤慨与追求，以至于她只能够用幼小的拳头把自己的性格打造成坚硬冷漠的壁垒，这样一来，才能真正体会其病态性格的形成实乃非战之罪。

在了解惜春性格形塑的成因后，可见其"苗而不秀"的人格形态确实是《红楼梦》里独一无二的存在。惜春那种超离红尘的出世取向，在她首度担纲主演的个人表现中一鸣惊人，早早确立了性格偏执、思想极端的人格特质，由此塑造出其所独具的心智模式。所谓"心智模式"，指的是根植于一个人心中、影响其对周遭世界的看法及其行动的许多假设、成见，甚至图像、印象等等，而世界等于波谲云诡、危机四伏的黑海就是根植于惜春内心深处的图像，其中充满着败坏个人心志的靡靡之音，即便是身为佛门子弟的智能儿也不能免于

"菱歌"的侵害而走向堕落，更加巩固了惜春对于情欲的成见。

连带地，对于当时世人眼中理所当然的"男大当婚，女大当嫁"的人伦概念，惜春是非常不以为然的，在具有高度精神洁癖的惜春眼里，春天的鸟鸣花开根本是各种各样的生物散发费洛蒙的求偶仪式而已，为了杜绝必然的社会生活规律，惜春唯有走向出家的道路。总括而言，惜春在"天生成一种百折不回的廉介孤独僻性"的天赋个性、原生家族宁国府的淫秽不堪，以及稚幼的年龄状态这三种因素的交互影响之下，过早地决定走上一条孤绝弃世的出家道路。

惜春就像一个紧闭的蚌壳，奋力杜绝污水的渗透，殊不知，外面浸透进来的海水虽然会有肮脏的杂质，但其中也含有可以让它成长茁壮的养分；同样的道理，植物若缺乏土壤，又何以开花结果？当我们嫌弃土壤肮脏之际，也就失去了植根的所在。不幸的是，惜春过于极端的洁癖让她只看到泥土污染的那一面，却忽略了污泥也具有产生新生命的功能。污泥可以创造出这个世界的万重生机，而那丰沛的生机并非只有淫秽一面所可以轻易涵盖，但惜春这株小小的幼苗在认定整个世界是黑海的化身后，便已经否定了存在的根本基础，她对泥土的否定，相当于拒绝扎根在土地上健全成长的机会，连带也放弃开花的可能。惜春终究出家了，而且随着贾府的败落，她最后也走上了"缁衣行乞"的不幸道路，从此流落人间挣扎求生。

在《红楼梦》的众多金钗之中，惜春是我目前为止最心疼的一个小女孩，因为她实在没有得到充足的时间和机会去培养正常的价值观和世界观。一开始年仅四五岁的她就必须顽强抵抗周遭的肮脏世界，而令人感慨的是，她越是奋力抵抗，所抗拒之对象的反作用力也会更加强烈，最终导致这株没有足够力道的幼苗，其成长方向遭到严重的扭曲。曹雪芹透过细致入微的情节描写，为我们呈现了这种人物类型的特殊性与代表性，令人眼界一开。

暖香坞

　　大观园作为一个母性空间，庇护着园内所有的女儿，成为她们在青春年华之际最美好的乐园，是一个最为自由、温暖、安全的地方。以迎春出嫁后依旧心心念念于大观园的生活为例，她那"在园里旧房子里住得三五天，死也甘心了"（第八十回）的心愿，便清楚证明大观园里的屋舍就像母亲的怀抱一样，犹如一个只有安全而没有威胁、只有宁静而没有暴风雨的世界。但值得思量的是，大观园中有许多各具特色的住处，那些屋舍除了具有如避风港般的保护作用之外，更都是依据屋主的人格特征而量身定做的，作者在设计这些居所时，即蕴含着其对笔下人物之人格特质的一种微妙却又客观的投射。

　　正如心理分析学家荣格（Carl Gustav Jung，1875—1961）所言，"房子"作为个体最直接、最密切，且通常是最长期活动的一个空间，可以说是人类内在心灵的延伸，具有自我象征的意义。诸如"雪洞一般"的蘅芜苑，代表了薛宝钗素雅高洁的个性；犹似"上等的书房"的潇湘馆，则是林黛玉接受男儿教养与精英教育的展现；而形同迷宫的怡红院，更隐含了贾宝玉心灵不断受到启悟并展开成长之路的寓意。房子在人住进去一段时间后，通常就会变成屋主性格的一种平行反映，有的凌乱，有的整齐，有的被布置得花花绿绿，有的却异常简洁明朗。

从这个角度来看，迎春与惜春的房子究竟有什么特色呢？

其实，作者几乎没有花费多少笔墨去勾勒迎春和惜春两人住处的样貌，紫菱洲和暖香坞可以说是大观园的建筑群里最轻描淡写的所在。是因为迎春和惜春都属于配角吗？非也，我认为这是作者的刻意设计，目的是要和这两个人的人格特质产生一致的对应关系。

试看作者以"懦"作为迎春的一字定评，并以"小"作为惜春的关键特征，这般的人格特质实际上都可从她们住所的内外设计看出相互呼应之处。迎春所住的紫菱洲，其内部之具体样貌完全是付诸阙如，仅仅在她出嫁后，宝玉到紫菱洲徘徊追怀故人，才出现了"轩窗寂寞，屏帐翛然"（第七十九回）这种抽象空泛的描述。然而仔细想想，大观园里哪一所屋宇会没有轩窗屏帐呢？如此模糊难辨、全无个性的住处，实则反映了迎春几乎失去个性及自我意志，经常处在自我退缩和自我否定的状况之下，所以她的房子也变得毫无特色可言。

小说家为惜春所塑造的性情品貌，同样也反映于住屋的内外设计中。首先，第五十八回称"惜春处房屋狭小"，与被称为"这小屋子""这屋里窄"（第四十回）的潇湘馆近似，而我认为"房屋狭小"此一特点与惜春是个小孩子有着密切的关联，毕竟她"身量未足，形容尚小"（第三回），不需要住在过于宽阔的大房子，于是把大观园里空间最小的房舍分配给她，即"暖香坞"。

最有意思的是，"暖香坞"的"暖"也是惜春居处的一大特点。第五十回提到，贾母和众人想要去看看惜春的绘画进度，当时贾母便说"你四妹妹那里暖和"，果然一行人来到了暖香坞之后"打起猩红毡帘，已觉温香拂脸"。可见惜春这位少女的居处不仅温暖，而且还散发着令人愉悦的芳香。

整体而言，狭小和温暖是暖香坞的房屋设计特点，倘若只就这两项来看，我们可以发现恰恰也都是林黛玉的潇湘馆所具备的特征。第四十回刘姥姥逛大观园的过程中，刘姥姥曾感叹潇湘馆是个"比大的越发齐整"的"小屋子"，而贾母则说"这屋里窄，再往别处逛去"，由此证明黛玉的屋舍既小又窄，恰恰反映了其心窄多虑的性格。另外，第五十二回宝玉到潇湘馆找黛玉时提及"横竖这屋子比各屋子暖"，也与"暖和"的暖香坞类似，可见这两处都具有窄小和温暖这两个特点。如此便说明了惜春在人格特质上其实与黛玉颇为相近，二人都有一股天生的廉介孤独僻性，所不同的是，黛玉在经过与宝钗之间双向的互剖心迹后，从此由孤独的个体成长为能够融入群体、与众人和睦共处的闺秀，不比惜春贯彻始终。至于所谓的"暖"，以物理学的原理而言，房间小本就比较容易保暖，这是合乎写实逻辑的现象，不过从文学象征的角度来说，可惜目前我尚未分析出究竟蕴含何等的寓意，基于学者应该抱持"知之为知之，不知为不知"的研究精神与心态，此处便暂且存而不论。

最特别的是，大观园中只有惜春所住的暖香坞是作者明确表述为坐北朝南者，第五十回叙述道：

> （贾母）仍坐了竹轿，大家围随，过了藕香榭，穿入一条夹道，东西两边皆有过街门，门楼上里外皆嵌着石头匾，如今进的是西门，向外的匾上凿着"穿云"二字，向里的凿着"度月"两字。来至当中，**进了向南的正门**，贾母下了轿，惜春已接了出来。从里边游廊过去，便是惜春卧房，门斗上有"暖香坞"三个字。早有几个人打起猩红毡帘，已觉温香拂脸。

必须注意的是，贾母一行人进入藕香榭后，是从"向南的正门"进入惜春的主建筑暖香坞，可见其房舍"坐北朝南"，与园内的正殿一样；除此之外，我们再也无法确认园中另有何处是面南而建者，这一点实在非常特殊，值得注意。

其实，大观园是融合了北方的宫廷范围以及南方的私家庭园这两种系统而成的私家园林，它相对自由、不受拘束，是具有多样性的"浪漫式建筑"（romantic architecture）。同时正如前文所述，大观园作为宝玉与众金钗的"母性空间"而存在，为他们提供了保护、温暖与安全，比起园外的府宅世界，他们在园中比较不受礼教的规范，不仅日常生活相对轻松自在，且更能够随性展现自我。因此，大观园里的建筑多数是以明朝计成《园冶》一书所谓"方向随宜，鸠工合见"的布局而建造，未必遵照"坐北朝南"此一古典原则来设计。但惜春的暖香坞竟然一反其道，采取坐北朝南的正式方位，反倒比较接近宁、荣府宅与祠堂所属的"宇宙式建筑"（cosmic architecture），诚然别树一格。

挪威学者诺伯舒兹（Christian Norberg-Schulz，1926—2000）提出"人为场所的精神"（the spirit of man-made place）此一概念，指人工所建造出来的场所，由于人们在这里活动、生活、起居，一定会展现出若干的精神风貌，根据性质的不同，主要可以分为包括"宇宙式建筑"和"浪漫式建筑"在内的四个类型。其中，宇宙式建筑所反映的是一种明显的一致性和"绝对的"秩序，因为这类建筑的造型是静态而非动态的，它代表权威，属于一个稳固的绝对象征，所以其功能上着重于"需要"远超过"表现"，也就是说，它的存在即是要来满足人与人之间构成某一种群体活动的标准，以便协调众人并维护群体的秩序，因此是社会秩序的一种表征。而浪漫式建筑则是动态的、多元的，并且是自我的、有个性的，大观园内部的屋舍建构除了正殿以外，都倾向于浪漫式建筑的设计原则，由此展示出彼此不同的特色。

最关键之处在于，根据明朝计成所撰的《园冶》可知"园屋异乎家宅"，从方位本身所具有的伦理象征意义来说，大观园作为一个相对自由的个性化世界，其中大部分的建筑院落基本上都呈现出没有特定方向或坐向随意的布局，屋舍的方位因地制宜，所以不同于宁、荣家宅，几乎并不遵照"坐北朝南"这个古典原则来设计，然而惜春的暖香坞却是唯一的例外。我认为这暗示了惜春严守道德的冷肃性格，反映于她所住的暖香坞就是追求绝对秩序的宇宙式建筑，不容许一丝一毫的道德逾越及灰色地带，可是这种偏激的坚持实际上已经到了极端洁癖的地步了，在这样的情况下，惜春的个性便显得异常顽强、刚硬，因此尤氏才会说她是个"心冷口冷心狠意狠的人"。按照惜春的年龄，本该是处于活泼淘气、天真烂漫的成长阶段，但其性格却达到近乎不假辞色的境地，年纪尚小即已形成这般冷硬的性格，结合其原生家庭环境来看，着实令人感慨不已。

本性懒于诗词

再看第三十七回中，作者一并称"迎春惜春本性懒于诗词"，在写诗上兴致不大的姊妹俩都只是挂名担任诗社的副社长，"一位出题限韵，一位誊录监场"，职司行政杂务而非参与创作竞赛。甚至她们的别号都不同于黛玉、宝钗、探春等人的精心考量，虽然也同样是直接从各自的屋舍名称就地取材，却只简称为"菱洲"和"藕榭"，相比于"潇湘妃子""稻香老农"和"蕉下客""蘅芜君"等的雅致，不免显得简略。

　　不过必须注意到，虽说迎春与惜春身上都看不出任何诗歌方面的才学，然而她们隐藏于"本性懒于诗词"之表象下的真正原因却大大有别：迎春是经常抹杀自我的存在，以便不对别人构成任何压力，所以在缺乏才能兼自我压抑的情况下，其写诗能力简直无足称道；而惜春没有诗艺表现的原因却有所不同，不仅因为她的年龄太小，各方面的知识才学、文艺素养都还没有得到足够的培养和发展，最重要的是，她根本无心于诗词创作，不管自己是否具有这方面的才能，都任凭虚掷，在所不惜。我认为这和她对佛学的向往直接相关，毕竟惜春是在四五岁的小小年纪时便怀有剃头做姑子的心愿（第七回），可见她是极力想要摆脱尘世牵缠纠葛的一个人，尤其佛法认定世间皆空，一切都是梦幻泡影般的假象，所以由世间所界定之才能也是终归虚妄。怀有这种思想的惜春当然就不会潜心于发展自己的诗才——终究会沦为虚妄的事物对她而言并不具有价值。

　　饶有意味的是，佛教认为诗是由染心所发的"绮语"，即《佛光大辞典》所谓的"杂秽语、无义语。指一切淫意不正之言词"，所谓的"染心"意指因贪、嗔、痴、慢、疑、邪见而受到污染的心，变得不纯净的心灵理所当然地就与"真""空"产生了巨大的距离。佛家认为写诗乃是出于杂乱污秽的心，借由绮丽华美的文字符号去追逐世间的空幻表象，等于是舍本逐末、以假为真，所以这种被花红柳绿所迷惑，进而迷失本源真相的偏邪之作，便被他们视为"淫意不正之言词"。由此可想而知，自幼即向往出家的惜春又怎么可能会对诗词产生兴趣呢？从佛教的思维信仰角度来看，她对诗词兴致缺缺是非常合理的。

当然，如果从文学史的范畴来考察，出家人写诗的情况仍然还是存在的，不仅晚唐五代的僧诗即多达二千首，甚至六朝时期不少僧侣对涉及女性之宫体诗的发展也有所贡献，因为这些和尚希望借助诗作以达到传教的效果，所以将之视为宣扬佛理的一种媒介或工具。不过，这种现象必须另当别论，毕竟文学史本就复杂多元，不应该将此与惜春的情况混为一谈。我们必须分析的重点在于佛教信仰是否具有一些观念能够呼应惜春无意于诗词的特质，而经过我的研究，佛教把诗看作"绮语"这一观念便是对惜春性格的合理解释，与此同时，它与历史中出现诗僧的现象并不矛盾相斥。就这点而言，惜春放弃对诗词的追求显然与明清才媛在文艺才学上的高度表现大相径庭，正因为有着不同于一般人的独特精神取向，导致她自愿自我放逐于明清才媛的阵容之外。

"虽会画，不过是几笔写意"

基于同一缘故，惜春与绘画的关系也是如此。虽然小说里的人物在提起惜春之际多会涉有关"绘画"的话题，令不少读者误以为惜春是个醉心并致力于绘画，且具有高超绘画才能的小女孩。但我仔细揣摩后发现，与一般人所想象的不同，事实上惜春对绘画并不感兴趣，而她所从事的绘画也不属于一般意义上的艺术类型，亦即惜春并非把绘画当作一种艺术爱好来追求，因为她所信仰的佛教主张艺术只不过是一种空幻的表象。

表面上,小说中惜春是以"能画"著称,主要的依据在于第四十回刘姥姥极口盛赞大观园,说道:"我们乡下人到了年下,都上城来买画儿贴。时常闲了,大家都说,怎么得也到画儿上去逛逛。想着那个画儿也不过是假的,那里有这个真地方呢。谁知我今儿进这园里一瞧,竟比那画儿还强十倍。怎么得有人也照着这个园子画一张,我带了家去,给他们见见,死了也得好处。"这时贾母便指定惜春来画《大观园图》,对刘姥姥说道:"你瞧我这个小孙女儿,他就会画。等明儿叫他画一张如何?"刘姥姥听了喜得忙跑过来,拉着惜春赞美道:"我的姑娘,你这么大年纪儿,又这么个好模样,还有这个能干,别是神仙托生的罢。"

单单根据这段情节来看,读者难免会认为惜春擅长绘画,贾母才指定她来执笔,但如果仔细阅读文本,就会发现这样的推论是非常粗略的。绘画虽然是惜春在整部《红楼梦》里唯一的审美追求,然而她技艺不精,甚至难以担当描绘大观园的重责大任,而且她也缺乏创作热忱,是故才会自承:

> 我又不会这工细楼台,又不会画人物,又不好驳回,正为这个为难呢。(第四十二回)

可见惜春完全不擅长工笔和肖像画,而这些却是绘画题材与技巧的大宗,因此突然被贾母赋予如此棘手的任务,便不禁感到为难。从绘画技艺来看,惜春确实无法承担这项工作,那么在其居处藕香榭里是否备有绘画器材呢?当然还是有的,只是专业用具并不齐全,堪称缺漏甚多，所谓：

> 我何曾有这些画器？不过随手写字的笔画画罢了。就是颜色，只有赭石、广花、藤黄、胭脂这四样。再有，不过是两支着色笔就完了。

就颜料而言，只有赭石、广花、藤黄、胭脂四种绝不可能画出缤纷绚烂的花样来，更何况是壮丽宏伟的大观园呢？再者，惜春的工具也非常简陋，仅仅随手写字的笔与两支着色笔，甚至还比不上探春那"数十方宝砚，各色笔筒，笔海内插的笔如树林一般"来得完备，最关键的是，探春的文具都只是用于临帖、写字而已，相较之下，惜春以"能画"著称，其画具的简陋便显得格外奇怪。毕竟"工欲善其事，必先利其器"，如果一个人热衷于某种艺术，对相关的器材必定会尽量准备齐全，以便得心应手，更利于将其技艺发挥得淋漓尽致，可是根据惜春所说的，她的绘画器材简直比一般入门学徒的初级程度还不如。

关于这一点，其实宝钗早已清楚指出：

> 藕丫头虽会画，不过是几笔写意。

这两句话便精准地告诉我们，原来惜春擅长的是写意，即随心为之、任由自我性情流露的画法，与工笔画等大为不同。如此一来，惜春所精通的是文人画吗？要知道，文人画的最高境界就是大量的留白，并通过墨色的浓淡浅深去创造出幽远的意境，也属于写意范畴，但实际上惜春的画法亦不属于此类。

　　由于缺乏绘画的技艺与器材，乃至制图的兴趣，第四十二回才会出现惜春向诗社社长李纨告一年假的情节。何以惜春需要耗费如此长久的时间去完成这幅画呢？那就是值得我们思考之处。有趣的是，林黛玉还对此嘲笑道：

　　　　这园子盖才盖了一年，如今要画自然得二年工夫呢。又要研墨，又要蘸笔，又要铺纸，又要着颜色……又要照着这样儿慢慢的画，可不得二年的工夫！

试想，一个人画画竟然比盖造实体的建筑还要多花一倍的时间，可见黛玉知道惜春画艺不精，以至于需要花费更多的精力和时间去完成一幅画，而所谓"照着这样儿慢慢的画"便是对惜春的疏懒所作的含蓄讽刺，这也无形中暗示惜春事实上对绘画的确缺乏热忱，她并没有浑然忘我地一头栽进绘画里，反而始终未能沉浸其中，画画停停，带有不得不做的勉强。果然，历时数月之后，第四十八回提及众人到暖香坞来看惜春的画：

　　　　画缯立在壁间，用纱罩着。众人唤醒了惜春，揭纱看时，十停方有了三停。

何谓"十停方有了三停"？意即惜春花了几个月的时间却只完成了大观园全图的十分之三，进度如此缓慢，难怪黛玉先前会预测惜春得画上两年。再到第五十回时，贾母说："你四妹妹那里暖和，我们到那里瞧瞧他的画儿，赶年可有了。"众人一听贾母的期望，就忍不住笑说："那里能年下就有了？只怕明年端阳有了。"试想，画一幅画不仅需要跨年，还得历经大半年到端午节才完成，贾母听了当然大吃一惊，便感叹道：

这还了得！他竟比盖这园子还费工夫了。

这也印证了黛玉所说的"这园子盖才盖了一年，如今要画自然得二年工夫"是确有依据，并未冤枉了惜春，既然事实如此，贾母便命惜春"你别托懒儿，快拿出来给我快画"。后来贾母看上宝琴立雪的丰姿，又嘱咐惜春：

"不管冷暖，你只画去，赶到年下，十分不能便罢了。第一要紧把昨日琴儿和丫头梅花，照模照样，一笔别错，快快添上。"惜春听了虽是为难，只得应了。一时众人都来看他如何画，惜春只是出神。

对于贾母要求把宝琴立雪的美丽景致变成《大观园图》中最亮眼的一点，"不会画人物"的惜春自然感到十分为难，当众人到暖香坞看她如何画时，惜春却在"出神"，因为她根本不会画，导致迟迟难以下笔。如此种种，显示出惜春对于贾母的分派总是表现出为难与拖延，对绘画本身毫无忘我投入的执迷狂热，这种状态又怎么可能是对绘画抱有极大的兴趣呢？事实上刚好相反，惜春对绘画的态度与她的"懒于诗词"可谓五十步和百步之别。

既然如此，又该如何解释惜春仍然主动接触绘画的这个现象呢？首先，必须申明五十步与百步之间还是存在着五十步的差别，亦即比起诗词来，惜春毕竟仍然对"几笔写意"多一分兴趣。倘若探究其原因，其中必然与佛教相关，果然清末评点家姜祺早已发现这一点，于《红楼梦诗·贾惜春》一首中指出：

> 暖香别坞小壶天，小妹丹青剧自怜。色即是空空是色，从来画理可参禅。

他认为暖香坞就是个别有洞天、具体而微的小宇宙，年幼的惜春用绘画来自怜。何以她要自怜呢？因为"色即是空空是色，从来画理可参禅"，原来这几笔写意与参禅有关，最妙的是，该诗后面还附注："四姑独善丹青，早为卧佛张本。"可见姜祺敏锐地洞察到惜春与绘画的关系是建立在佛教信仰上的。这是因为绘画之理与禅修的经验本有相通之处，自唐代王维确立"禅画"一派，借由绘画标指"道心"，让绘画直接升格为一种修道证悟之门，而不只限于从一般题材为地狱或因果报应的宗教绘画中获得警醒解脱，也就是说，绘画的目的主要是自我修炼以觉悟正道，而不在于传教。明代董其昌便将自己的画论著作题为《画禅室随笔》，明确将绘画与禅学合而为一，甚至"画禅室"还变成其书房的别名。

禅画的表现特征中即包括以简略的笔法和大量的留白来画"空"写"无"，不执相以求，而"空"与"无"都是佛学里根本性的关键，用简略笔法和大量留白便不至于囿限于表象，这样一来才可以随心应手写出胸中丘壑并传达出禅理，所以禅画的风格属于写意。

这就清楚说明了惜春之所以在种种艺术形式中单取绘画一格，并独沽"写意"一道的原因，正在于她希望借由绘画来传达对佛学的追求和修练。也因此，惜春才会在被要求画《大观园图》时感到为难，因为一人一物、一草一木都必须据实描绘的《大观园图》属于"执相以求"，与惜春的绘画取向格格不入，所以她的绘画进度才会如此缓慢。

总括而言，评点家姜祺所说的"色即是空空是色，从来画理可参禅"确实是在传统的语境之下精确地捕捉到惜春背后的思想依据。就这点来看，它也提醒了我们：如果不在传统的历史文化脉络里去分析《红楼梦》，势必会造成许多误解，以一般的常识来诠释《红楼梦》也只会流于市俗，随着时代的变迁甚至会失去其论述价值而被淘汰；最关键的是，那同时会把这部伟大的经典小说解读得过于浅薄，这便是我们一定要回归传统去认识《红楼梦》的主要原因。